BOLSILLO
ZETA

Título original: *On a Wicked Dawn*

Traducción: Ana Isabel Domínguez, Concepción Rodríguez González
y María del Mar Rodríguez Barrena

1.ª edición: julio 2008

para el sello Zeta Bolsillo
Bailén, 84 - 08009 Barcelona (España)
www.edicionesb.com

Printed in Spain
ISBN: 978-84-9872-056-3
Depósito legal: B. 28.610-2008

Impreso por LIBERDÚPLEX, S.L.U.
Ctra. BV 2249 Km 7,4 Polígono Torrentfondo
08791 - Sant Llorenç d'Hortons (Barcelona)

SOMBRAS AL AMANECER

STEPHANIE LAURENS

El árbol genealógico de la Quinta de los Cynster

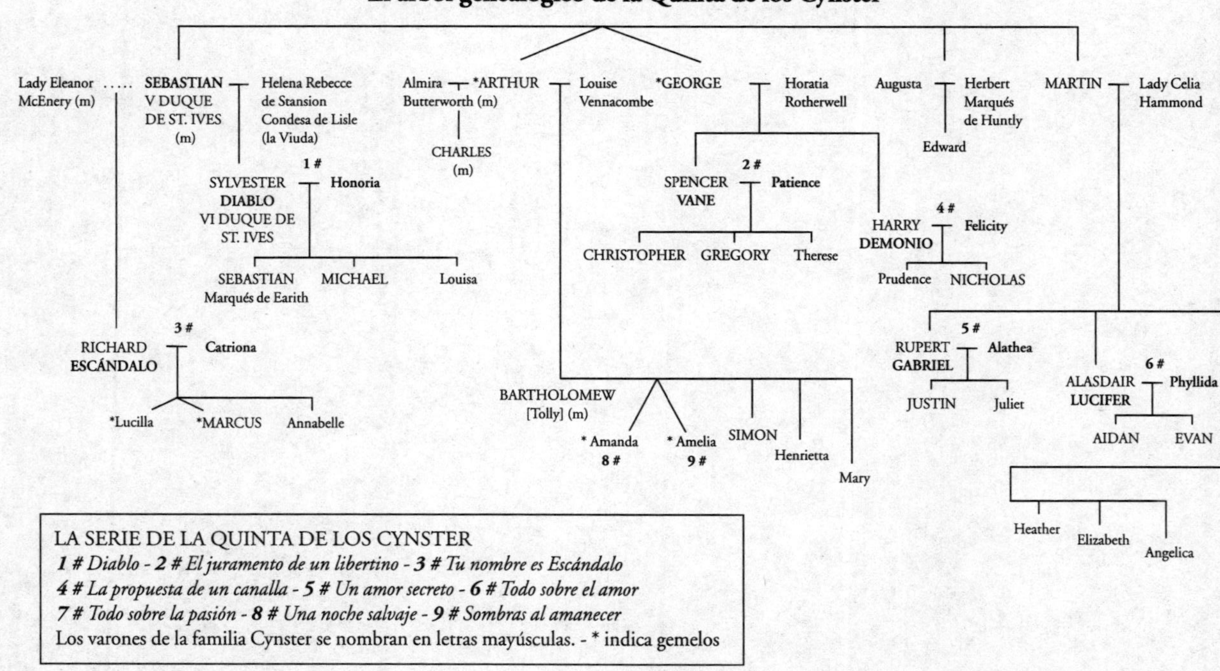

LA SERIE DE LA QUINTA DE LOS CYNSTER

1 # *Diablo* - ***2 #*** *El juramento de un libertino* - ***3 #*** *Tu nombre es Escándalo*

4 # *La propuesta de un canalla* - ***5 #*** *Un amor secreto* - ***6 #*** *Todo sobre el amor*

7 # *Todo sobre la pasión* - ***8 #*** *Una noche salvaje* - ***9 #*** *Sombras al amanecer*

Los varones de la familia Cynster se nombran en letras mayúsculas. - * indica gemelos

1

Mount Street, Londres
25 de mayo de 1825, 3 de la madrugada

Estaba borracho. Borracho como una cuba. Más borracho de lo que lo había estado jamás. No tenía por costumbre emborracharse, pero la noche anterior (o para ser más exactos, esa mañana) había sido una de esas ocasiones que suceden una sola vez en la vida: después de ocho largos años, era libre.

Lucien Michael Ashford, sexto vizconde de Calverton, caminaba sonriendo con genuina alegría por Mount Street, girando su bastón de ébano de forma despreocupada.

Tenía veintinueve años, aunque ese día en concreto era el primero de su vida adulta; el primer día que podía decir que su vida le pertenecía. Y, mejor aún, era rico. Fabulosa, fantástica y legalmente rico. No habría podido desear nada mejor. Si no corriera peligro de caerse de bruces, se habría puesto a bailar en mitad de la desierta calle.

La luna brillaba en el firmamento, iluminando el pavimento y creando profundas sombras. Londres dormía a su alrededor; aunque la capital no conocía el silencio, ni siquiera a esas horas. Desde la distancia, distorsionados por las fachadas de piedra de los edificios, llegaban el tintineo de las guarniciones de los caballos, el reverberante sonido de sus cascos y alguna que otra voz incorpórea.

De todas formas, aunque el peligro acechaba incluso en

las sombras de los barrios más elegantes, no percibía amenaza alguna. Sus sentidos aún funcionaban y, a pesar de su estado, se había tomado la molestia de caminar en línea recta; si alguien lo observaba con aviesas intenciones, no vería más que a un caballero alto de constitución atlética y musculosa que blandía un bastón que tal vez ocultara un estoque, cosa que era cierta, e iría en pos de una presa más fácil.

Media hora antes había dejado a su grupo de amigos en su club de Saint James y había decidido regresar a casa caminando, para despejarse la cabeza de los efectos ocasionados por una generosa cantidad del mejor coñac francés. Se había contenido en su celebración por la sencilla razón de que ninguno de dichos amigos sabía absolutamente nada de su estado financiero anterior, de los apuros económicos en los que su padre había dejado sumida a la familia tras su muerte, acaecida ocho años atrás; una situación de la que llevaba intentando salir desde entonces y que por fin había superado el día anterior. Sólo su madre y su astuto banquero, Richard Child, estaban al tanto.

El hecho de ignorar el motivo de su celebración no había impedido que sus amigos se le unieran. Había sido una larga noche amenizada con vino, canciones y los sencillos placeres que proporcionaba la compañía masculina.

Era una lástima que su mejor amigo, su primo Martin Fulbridge, el conde de Dexter, no estuviera en Londres. Claro que Martin estaría sin duda alguna disfrutando de su estancia en el norte del país, deleitándose con los placeres reservados para los hombres recién casados. Hacía sólo una semana que había contraído matrimonio con Amanda Cynster.

Sonriendo con arrogancia para sus adentros, Luc meneó la cabeza mientras reflexionaba acerca de la debilidad de su primo, de su rendición al amor. Cuando llegó a su casa, giró para ascender los escalones que llevaban a la puerta principal... y el mundo dio un par de vueltas antes de volver a su sitio. Con mucho cuidado, subió los escalones, se detuvo frente a la puerta y buscó las llaves en el bolsillo.

Se le escurrieron dos veces de la mano antes de que consiguiera cogerlas y sacarlas de un tirón. Con el llavero en la mano, observó las llaves con el ceño fruncido mientras intentaba averiguar cuál era la correcta. ¡Ah! Ésa. La cogió, entrecerró los ojos y la acercó a la cerradura... al tercer intento, entró. La hizo girar y escuchó el chasquido metálico.

Una vez que devolvió el manojo de llaves al bolsillo, aferró el picaporte y empujó la puerta con fuerza. Traspasó el umbral... y una figura envuelta en una capa se abalanzó sobre él desde la oscuridad de los escalones de entrada. Apenas pudo atisbarla antes de que pasara a su lado y le asestara un codazo que lo hizo tambalearse. Trastabilló y se vio obligado a apoyarse en la pared del vestíbulo.

El breve contacto humano, aunque amortiguado por las capas de ropa, le provocó un intenso estremecimiento y le indicó al punto la identidad de su asaltante: Amelia Cynster. La gemela de la flamante esposa de su primo y la amiga de sus hermanas, una mujer a la que conocía desde que llevaba pañales. Una dama aún soltera con una voluntad de hierro. Envuelta en la capa y cubierta por la capucha, entró como una exhalación en el oscuro recibidor, se detuvo en seco y dio media vuelta para enfrentarlo.

La pared que se alzaba tras él era lo único que lo sostenía. Atónito y a punto de estallar en carcajadas, observó a la muchacha... y esperó a que se desvaneciera el efecto de su roce...

Amelia soltó un furioso gruñido de frustración y regresó a la entrada para cerrar la puerta. La súbita desaparición de la luz de la luna lo hizo parpadear varias veces hasta que sus ojos se acostumbraron a la oscuridad. Una vez que la puerta estuvo cerrada, Amelia se dio la vuelta, se apoyó en ella y lo miró echando chispas por los ojos... o eso creyó.

—¿Qué demonios estás haciendo? —le preguntó ella con voz airada.

—¿¡Yo!? —Retiró la espalda de la pared y se las arregló para mantener el equilibrio—. ¿Qué coño estás haciendo tú aquí?

Para él era un completo misterio. Un rayo de luna se filtraba por el montante de la puerta y pasaba sobre sus cabezas hasta derramarse sobre las claras baldosas del recibidor. A la tenue luz, Luc apenas podía distinguir los rasgos de su visitante, sólo la delicada estructura de ese rostro ovalado, enmarcado por los tirabuzones dorados que escapaban de la capucha.

Amelia se enderezó, alzó la barbilla y se quitó la capucha.

—Quería hablar contigo en privado.

—Son las tres de la mañana.

—¡Ya lo sé! Llevo esperándote desde la una. Pero quería hablar contigo sin que nadie lo supiera... no puedo venir durante el día y decir que quiero hablar contigo en privado, ¿no te parece?

—No... y por una buena razón. —Estaba soltera, igual que él. Si no hubiera estado plantada delante de la puerta, habría sentido la tentación de abrirla y... Frunció el ceño—. No habrás venido sola, ¿verdad?

—Por supuesto que no. Hay un lacayo esperándome fuera.

Luc se llevó una mano a la frente.

—Muy bien. —La situación se complicaba.

—¡Por el amor de Dios! Sólo quiero que me escuches. Sé cuál es el estado financiero de tu familia.

El comentario logró captar su atención de inmediato. Ella asintió con la cabeza al darse cuenta.

—Exacto. Pero no tienes por qué preocuparte, no voy a decírselo a nadie... De hecho, haré todo lo contrario. Por eso necesitaba hablar contigo a solas. Tengo una proposición que hacerte.

Luc se devanó los sesos... pero no supo qué decir. Ni siquiera podía imaginar qué iba a decir ella.

Amelia no esperó; respiró hondo y se lanzó de lleno:

—Debe de ser obvio, incluso para ti, que he estado buscando un marido, pero lo cierto es que no me siento en absoluto inclinada a casarme con ninguno de los solteros elegibles. Sin embargo, ahora que Amanda se ha ido, el hecho de seguir siendo soltera me resulta aburridísimo.

Hizo una pausa antes de proseguir.

—Ése es el primer punto. El segundo es que tus circunstancias, y por ende las de tu familia, son difíciles. —Alzó una mano para acallar su réplica—. No necesitas mentirme al respecto; he pasado mucho tiempo aquí durante las últimas semanas, y he salido mucho con tus hermanas. Emily y Anne no lo saben, ¿verdad? No temas, no les he dicho nada. Pero, cuando se tiene tanta amistad, una tiende a fijarse en los detalles. Lo comprendí hace unas semanas y desde entonces he notado muchas cosas que confirman mi deducción. Los acreedores te persiguen... ¡No! No digas ni una palabra. Limítate a escuchar.

Luc parpadeó. Apenas podía seguir el hilo de sus declaraciones y, en su estado, no le quedaba cerebro para soltar un discurso. Amelia lo observó con esa severidad tan típica en ella, estimulada al parecer por su silencio.

—Sé que no eres el culpable; fue tu padre quien malgastó el dinero, ¿no es cierto? He oído decir a las *grandes dames* en muchas ocasiones que fue una suerte que muriera antes de arruinar la propiedad familiar, pero lo cierto es que logró dejar a tu familia al borde de la ruina antes de romperse el cuello, y tu madre y tú habéis estado guardando las apariencias desde entonces con sumo cuidado.

Su voz adquirió un tono más suave.

—Debe de haber sido un esfuerzo titánico, pero lo habéis hecho de maravilla; estoy segura de que nadie más lo ha descubierto. Y, por supuesto, entiendo por qué lo hicisteis. Con Emily y Anne en edad casadera, por no mencionar a Portia y Penélope, habría sido un desastre que vuestra situación económica saliera a la luz.

Frunció el ceño como si estuviera repasando mentalmente una lista.

—Así que ése es el punto número dos: es necesario que sigáis formando parte de la alta sociedad, pero carecéis de los recursos económicos necesarios para mantener ese estilo de vida. Llevas años al borde del precipicio. Lo que me lleva al punto número tres: tú.

La mirada de Amelia se clavó en su rostro.

—No pareces haber considerado la posibilidad de contraer matrimonio para solucionar tus problemas económicos. Supongo que no quieres cargar con una esposa que podría tener expectativas dispendiosas, aparte de todas las exigencias que la vida marital conlleva. Ése es el punto número tres y la razón por la que quería hablar contigo en privado.

Enderezó los hombros y alzó la barbilla.

—Creo que nosotros, tú y yo, podríamos llegar a un acuerdo mutuamente satisfactorio. Mi dote es considerable; más que suficiente para restaurar la fortuna de los Ashford, o al menos para seguir adelante. Además, nos conocemos desde siempre... no creo que nos lleváramos mal. Conozco muy bien a tu familia, ellos me conocen a mí y...

—¿¡Estás sugiriendo que nos casemos!?

La nota de asombro de su voz hizo que ella lo mirara echando chispas por los ojos.

—¡Sí! Y antes de que empieces a decirme que es absurdo, tómate un momento para considerarlo. No creas que espero...

Luc no escuchó lo que Amelia esperaba o dejaba de esperar. La observaba en la penumbra mientras sus labios se movían... suponía que seguía hablando. Intentó escucharla, pero su mente se negó a cooperar. Se había quedado helado, o más bien petrificado, al comprender un hecho crucial, trascendente y extraordinario.

Le estaba proponiendo matrimonio.

Nada podría haberlo sorprendido más, ni siquiera que el cielo se desplomara sobre su cabeza. Y no por la sugerencia en sí, sino por su propia reacción.

Quería casarse con ella; la quería como esposa.

Un minuto antes ni siquiera se lo había planteado. Diez minutos antes, se habría reído ante una idea tan estúpida. En ese momento... simplemente lo sabía con una certeza inquebrantable, absoluta y aterradoramente poderosa. Era una sensación que se había adueñado de él, despertando una serie de impulsos que por regla general se cuidaba mucho de ocultar bajo su fachada de hombre elegante.

Centró su atención en ella y la miró de verdad, algo que no había hecho con anterioridad. Hasta ese momento, Amelia Cynster había sido una distracción molesta; una mujer que lo atraía en el plano físico, pero que, dada su falta de fortuna, era inalcanzable. La había apartado de forma consciente, porque era intocable. Era una mujer prohibida, más aún teniendo en cuenta los estrechos lazos de amistad que unían a ambas familias.

—... y no hace falta que imagines que...

Tirabuzones dorados, labios de pitiminí y la figura esbelta y sensual de una diosa griega. Ojos azules como un cielo de verano, cejas y pestañas oscuras, y una piel como el alabastro. No la veía en la oscuridad, pero su memoria se encargó de recordarle todos los detalles... Así como el hecho de que detrás de toda esa delicadeza femenina se escondía una mente ágil y un corazón honesto. Además de una voluntad inquebrantable.

Por primera vez se permitió verla como a una mujer asequible. Una mujer a la que conseguir. A la que poseer. En la medida que se le antojara...

La reacción que le provocó esa imagen mental fue de lo más concluyente.

Amelia tenía razón en un detalle: jamás había deseado una esposa, jamás había deseado el vínculo emocional, la intimidad. Sin embargo, la deseaba a ella; y de eso no le cabía la menor duda.

—... cualquier razón que deba saber. Todo irá sobre ruedas... lo único que tenemos que hacer...

En eso también tenía razón; tal y como había formulado la proposición, podría funcionar. Porque era ella quien hacía la oferta y lo único que a él le restaba por hacer era...

—¿¡Y bien!?

El adusto tono de la pregunta lo arrancó de los derroteros carnales por los que se había adentrado su mente. Amelia había cruzado los brazos por delante del pecho y lo miraba ceñuda. No podía verla, pero no sería de extrañar que estuviera dando golpecitos con el pie en el suelo.

De repente fue consciente de que la tenía al alcance de la mano.

Esos ojos azules se entrecerraron con un brillo extraño en la penumbra.

—Así que, dime, ¿qué te parece? ¿Crees que es una buena idea que nos casemos?

Luc enfrentó su mirada y alzó una mano para acariciarle suavemente el mentón y alzarle la barbilla. Se tomó su tiempo para estudiarle el rostro sin disimulos y se preguntó cuál sería su reacción si él... La miró a los ojos.

—Sí. Casémonos.

La mirada de Amelia se tornó cautelosa. Luc se preguntó qué habría visto la muchacha en su rostro y volvió a recomponer su expresión, ajustándose la máscara que utilizaba para moverse en sociedad. Sonrió.

—Casarme contigo... —le dijo al tiempo que su sonrisa se ensanchaba— será un enorme placer.

La soltó para ejecutar una majestuosa reverencia...

Craso error. Un error del que apenas fue consciente antes de que todo se volviera negro y cayera de bruces a los pies de Amelia.

Ella contempló su cuerpo desmadejado en el suelo. Por un momento no supo qué hacer; casi esperaba que se levantara e hiciera algún comentario jocoso. Que se riera...

No se movió.

—¿Luc?

No obtuvo respuesta. Lo rodeó con cautela para mirarlo a la cara. Esas largas pestañas negras creaban una sombra sobre sus pálidas mejillas. Su frente y la expresión de su rostro parecían extrañamente relajadas; sus labios, delgados y a menudo fruncidos con severidad, habían adquirido una apariencia voluptuosa...

Dejó escapar el aire con exasperación. ¡Borracho! ¡Maldito fuera! Cuando por fin reunía el valor suficiente, se atrevía a salir de madrugada, lo esperaba durante horas oculta en las sombras y aterida de frío, y se las arreglaba para soltarle su ensayada proposición sin aturullarse... ¿llegaba borracho?

Justo antes de perder los estribos, recordó que había aceptado. Y en ese momento había estado perfectamente lúcido. Tal vez un poco aturdido, pero no incapacitado; de hecho, ni siquiera se había dado cuenta de su embriaguez hasta que lo vio en el suelo, porque ni su voz ni sus ademanes lo habían delatado. Los borrachos solían arrastrar las palabras, ¿no? Pero ella conocía su voz, su dicción... y no había notado nada extraño.

Bueno, el hecho de que hubiera guardado silencio y le hubiera permitido hablar sin interrumpirla había sido extraño, pero la había favorecido. Si hubiera hecho alguna de sus mordaces réplicas o le hubiera puesto alguna pega a sus argumentos, jamás habría logrado exponerlos todos.

Y había accedido. Lo había escuchado y, lo más importante, estaba segura de que él se había escuchado también. Tal vez estuviera inconsciente en ese momento, pero cuando se despertara, lo recordaría. Eso era lo único que importaba.

La invadió una sensación de triunfo, de euforia. ¡Lo había logrado! Apenas podía creerlo mientras lo contemplaba. Pero estaba ahí, al igual que él. No era un sueño.

Había ido a su casa, le había hecho la proposición y él había aceptado.

El alivio fue tan inmenso que la dejó mareada. Había una silla cerca, junto a la pared. Se dejó caer en ella y se relajó sin dejar de observarlo allí tendido.

Tenía una apariencia tan relajada tumbado en el suelo... Decidió que su estado de embriaguez había sido para bien; una ventaja inesperada para ella. Estaba segurísima de que no solía beber en exceso. No era propio del Luc que ella conocía, un hombre que mantenía un estricto control sobre sus reacciones. Debía de haber estado celebrando una ocasión especial, la buena suerte de algún amigo o algo así, para acabar en semejante estado.

Tenía las piernas dobladas. La expresión de su rostro era beatífica, pero su cuerpo... Amelia se enderezó en la silla. Si iba a casarse con él, quizá debiera asegurarse de que no se despertaba con el cuello torcido o con la espalda dañada. Sopesó la situación. Le sería imposible moverlo, o incluso arrastrarlo. Medía más de un metro ochenta de estatura, era ancho de hombros y, aunque era delgado y esbelto, tenía la constitución típica de un hombre de su altura... fuerte. El recuerdo del ruido que había hecho al desplomarse bastó para convencerla de que jamás conseguiría moverlo.

Se puso en pie con un suspiro, se colocó la capucha y se encaminó hacia el salón. La campanilla del servicio estaba junto a la chimenea. Tiró del cordón y se acercó a la puerta. La entornó y aguardó oculta entre las sombras.

El tictac de un reloj le informaba del paso de los minutos. Estaba a punto de volver a llamar a la servidumbre cuando escuchó el chirrido de una puerta. Un débil halo de luz apareció por el pasillo que llevaba a la cocina y su resplandor se intensificó poco a poco. Al llegar al vestíbulo, el portador de la vela se detuvo, jadeó y se apresuró con una exclamación sorprendida.

Amelia observó cómo Cottsloe, el mayordomo de Luc, se inclinaba sobre su señor para comprobar el pulso en su garganta. Una vez hecho eso, se enderezó visiblemente aliviado y echó un vistazo a su alrededor. Esperaba que el hombre imaginara que Luc había logrado llegar al salón para tirar de la campanilla en busca de ayuda y que después había regresado al vestíbulo, donde se había desplomado. Había supuesto que Cottsloe llamaría a algún criado. En cambio, el hombre meneó la cabeza, recogió el bastón de Luc y lo dejó en la mesita del vestíbulo junto con la vela.

Acto seguido, se inclinó e intentó ponerlo en pie.

De repente, Amelia comprendió que tal vez Cottsloe, el afable Cottsloe que adoraba a Luc y a toda la familia, tuviera sus razones para no buscar ayuda; tal vez no quisiera que el estado de embriaguez de su señor se descubriera. Claro que la situación era ridícula; el mayordomo tendría cincuenta y tantos años, era bajito y más bien orondo. Se las arregló para levantar a Luc, pero no había modo de que pudiera sostener un cuerpo tan pesado e inerte durante mucho tiempo, mucho menos si tenía que ayudarlo a subir las escaleras.

Al menos, no podría hacerlo solo.

Suspirando para sus adentros, Amelia abrió la puerta.

—¿Cottsloe?

El aludido se volvió con los ojos desorbitados y dejó escapar un jadeo. Ella salió de su escondite tras la puerta y le hizo un gesto para que guardara silencio.

—Teníamos una cita privada... estábamos hablando y se desplomó.

Aún en la penumbra distinguió el rubor que tiñó las mejillas del mayordomo.

—Me temo que está ligeramente indispuesto, señorita.

—A decir verdad, está como una cuba. ¿Crees que conseguiremos llevarlo arriba si te ayudo? Sus aposentos están en el primer piso, ¿verdad?

Cottsloe estaba perplejo, inseguro de que todo aquello fuera correcto, pero necesitaba ayuda. Y Luc confiaba en su lealtad. Asintió con la cabeza.

—Sólo hay que atravesar el pasillo situado frente a las escaleras. Si somos capaces de llevarlo hasta allí...

Amelia se agachó para pasarse el brazo inerte de Luc por encima de la cabeza y colocárselo sobre los hombros. Tanto ella como el mayordomo se tambalearon un poco hasta que consiguieron enderezarlo y sujetarlo entre los dos como si de un saco de patatas se tratara. Una vez que lo tuvieron bien agarrado, se encaminaron hacia las escaleras. Por suerte, Luc recuperó cierto grado de conciencia y, cuando llegaron al primer peldaño, alzó un pie y comenzó a subir con la ayuda de ambos, si bien lo hizo de forma insegura y un tanto inestable. Amelia intentó no pensar en lo que podría suceder si se les caía de espaldas. Tan cerca de él y esforzándose por mantenerlo erguido, se percató de lo musculoso y sólido que era su cuerpo bajo el elegante atuendo.

Adivinar hacia dónde lo inclinaría el siguiente paso a fin de contrarrestar su peso se convirtió en un juego que los hizo llegar sin resuello al vestíbulo del primer piso. La carga que llevaban permaneció ajena a todo, con los labios curvados en una alegre sonrisa y el rostro distendido, aunque oculto por algunos mechones tan negros como el azabache. No había abierto los ojos. Estaba segura de que si lo soltaban, volvería a desplomarse.

Aunando sus esfuerzos, lograron atravesar el pasillo, tras lo cual el mayordomo extendió el brazo y abrió la puerta de una habitación. Amelia aferró a Luc por la chaqueta, lo enderezó de un tirón y después le dio un empujón que lo envió de golpe al interior. Tuvo que correr tras él para evitar que acabara cayendo de bruces al suelo.

—Por aquí —dijo Cottsloe, tirando de su señor hacia la enorme cama con dosel.

Amelia colaboró empujándolo. Consiguieron llegar hasta la cama, aunque tuvieron que darle media vuelta para ponerlo de espaldas al colchón.

Lo soltaron al unísono. Luc se quedó de pie, oscilando de un lado a otro hasta que ella le colocó las manos en el pecho y le dio un empujón. Como si de un árbol se tratara, cayó de espaldas sobre la colcha de seda. Una colcha que parecía antigua, pero abrigada; como si quisiera demostrarle que así era, Luc se volvió con un suspiro y enterró la mejilla en la suave seda azul marino. Todo vestigio de tensión abandonó su cuerpo tras otro suspiro. Estaba relajado, con los labios levemente curvados, como si estuviera paladeando el regusto de algún grato recuerdo.

Amelia sonrió muy a su pesar. Estaba tan increíblemente guapo con ese cabello negro y sedoso acariciándole las pálidas mejillas, con esas manos de dedos largos relajadas junto a su rostro y con ese cuerpo enorme inmóvil e inocente por el efecto del sueño...

—Ya puedo solo, señorita.

Amelia echó un vistazo al mayordomo y asintió con la cabeza.

—Cierto. —Dio media vuelta para marcharse—. No necesito que me acompañes, pero no te olvides de cerrar la puerta con llave cuando bajes.

—Por supuesto, señorita. —Cottsloe la acompañó hasta la puerta, la cual abrió al tiempo que hacía una reverencia a modo de despedida.

Mientras bajaba las escaleras, Amelia se preguntó qué estaría pensando el viejo mayordomo. Independientemente de lo que pensara, no era dado a extender rumores y descubriría la verdad en breve.

Cuando Luc y ella anunciaran su compromiso.

La idea era desconcertante. Aunque ése había sido su objetivo final, no acababa de asimilar el hecho de haberlo conseguido y, además, de un modo tan sencillo. Una vez que se reunió con el lacayo que la aguardaba cerca de la entrada, se dirigió hacia su casa a pie por las silenciosas calles.

El amanecer ya despuntaba en el horizonte cuando llegó a Upper Brook Street. El lacayo, un hombre amigable que también se escapaba para ver a su amada, entendía la situación; o al menos así lo afirmaba. De todos modos, no la delataría. Cuando llegó a su habitación estuvo a punto de empezar a bailar de entusiasmo por el éxito obtenido.

Se desvistió con presteza, se metió entre las sábanas y se acostó... con una sonrisa en los labios. No podía creerlo, pero sabía que era verdad. Luc y ella se casarían, y pronto.

Ser su esposa, tenerlo como marido... había sido su sueño durante años, aunque no hacía mucho que lo había admitido. Al comienzo de la temporada social, Amanda y ella, cansadas de dejar en manos del destino la aparición del hombre adecuado, habían decidido tomar cartas en el asunto. Habían trazado un plan. El de su gemela había sido sencillo y directo. Había seguido el camino que la llevaba a Dexter, con quien se había casado la semana anterior.

Ella tenía su propio plan. Luc había formado parte de él desde el comienzo como una presencia indefinida pero inconfundible, aunque era consciente de las dificultades que encontraría al enfrentarse con él. Puesto que lo conocía de toda la vida, sabía que no pensaba en el matrimonio... al menos no en términos positivos. Además, era ingenioso, inteligente e inmune a las manipulaciones. A decir verdad, no cabía duda de que era el último caballero que una dama en sus cabales intentaría conquistar.

De modo que había resuelto dividir su plan en varias fases. La primera había consistido en establecer más allá de toda duda quién era el caballero adecuado para ella; a quién prefería de entre todos los solteros disponibles de la alta sociedad, sin importar si estaban dispuestos a casarse o no.

La búsqueda la había llevado hasta Luc. En realidad, era el único candidato de su lista.

La segunda fase del plan consistía en conseguir lo que quería de él. Sabía que no iba a ser nada fácil. Estaba muy segura de lo que quería: un matrimonio basado en el amor, en la entrega mutua, en un compañerismo que fuera más allá de lo establecido y hundiera sus raíces en aspectos mucho más profundos que las simples trivialidades de la vida marital. Una familia, a fin de cuentas. No una simple unión entre su familia y la de Luc, sino una familia propia, una nueva entidad. Y lo quería todo. Lo deseaba con un ansia feroz. El problema era lograr que Luc le diera el visto bueno a su plan, hacerlo partícipe de sus aspiraciones...

Supo con total claridad que necesitaba una nueva estrategia, una que él no advirtiera y que no pudiera contraatacar de inmediato. Había llegado a la conclusión de que el único modo de conseguir su objetivo sería casarse con él en primera instancia y después lograr que se enamorara de ella. En un principio no había tenido muy claro cómo lograr lo primero sin lo segundo, pero entonces se percató de las peculiaridades de los vestidos de Emily y Anne. Alertada por esos detalles, descubrió otros muchos que la llevaron a deducir, con una certeza absoluta, que los Ashford necesitaban dinero.

Un dinero que ella tenía en abundancia. Su cuantiosa dote pasaría a manos de su marido tras el matrimonio.

Había pasado horas ensayando sus argumentos; limando los defectos; buscando las palabras adecuadas que le aseguraran que sería un matrimonio de conveniencia y que jamás le haría ninguna exigencia en el plano emocional; palabras que lo convencieran de que estaba dispuesta a dejar que siguiera con su vida, siempre y cuando él le permitiera hacer lo mismo. Una sarta de mentiras, por supuesto, pero no le había quedado más remedio que ser práctica. A fin de cuentas, se trataba de Luc; no se le había ocurrido una manera mejor de acabar con su anillo en el dedo, y ése era su objetivo principal.

Un objetivo que casi había logrado. El mundo comenzaba a despertar al otro lado de su ventana. Encantada y exultante, cerró los ojos con el corazón henchido de felicidad y el entusiasmo corriéndole por las venas. Intentó refrenar un poco su alegría. La respuesta afirmativa de Luc no era el final, sino el comienzo. El primer paso de un plan trazado a largo plazo. De su plan para convertir en realidad su más preciado sueño.

Estaba un paso más cerca de su objetivo final. Aunque ese paso fuera enorme.

Cinco horas después, Luc abrió los ojos y recordó con sorprendente claridad lo sucedido en el vestíbulo. Hasta su imprudente reverencia; después, apenas recordaba nada. Frunció el ceño e intentó ver algo a través de la neblina que ocultaba esos últimos momentos de la noche. Tras un gran esfuerzo, recordó la presencia tangible de Amelia a su lado; ese cuerpo suave, cálido e innegablemente femenino bajo su brazo. Recordó la presión de esas manos sobre su pecho...

Y se dio cuenta de que estaba desnudo bajo la sábana.

Su imaginación se desbocó y estaba tomando un derrotero de lo más enloquecedor cuando escuchó que llamaban suavemente a la puerta. Alguien la abrió. Cottsloe asomó la cabeza.

Luc lo invitó a pasar con un gesto de la mano y esperó hasta que el hombre estuvo junto a la cama para preguntarle con voz tensa:

—¿Quién me metió en la cama?

—Yo, milord. —Cottsloe entrelazó los dedos de las manos y lo miró con recelo—. Si usted recuerda...

—Recuerdo que Amelia Cynster estaba aquí.

—Cierto, señor. —Parecía aliviado—. La señorita Amelia me ayudó a subirlo por las escaleras y después se marchó. ¿Desea que le traiga algo?

El alivio de Luc fue mayor que el de su mayordomo.

—Agua para lavarme. Bajaré a desayunar en breve. ¿Qué hora es?

—Las diez, milord. —Cottsloe se acercó a la ventana y descorrió las cortinas—. La señorita Ffolliot ha llegado y está desayunando con las señoritas Emily y Anne. La vizcondesa aún no ha bajado.

—Muy bien. —Luc se relajó y sonrió—. Tengo buenas noticias, Cottsloe, las cuales, no hace falta que lo diga, no podrán salir de tus labios ni de los de la señora Higgs, si eres tan amable de comunicárselas.

El rostro del mayordomo, que hasta entonces había mostrado la imperturbabilidad propia de su puesto, se relajó.

—La vizcondesa nos confesó que las circunstancias habían tomado un camino prometedor.

—Mucho más que eso. La familia vuelve a estar a flote en términos económicos. Ya no estamos con el agua al cuello y, lo que es mejor, hemos recuperado la fortuna que deberíamos haber estado disfrutando durante todos estos años, la que nos arrebataron. —Buscó los prudentes ojos de Cottsloe—. Ya no tendremos que vivir una mentira.

El mayordomo sonrió de oreja a oreja.

—¡Bien hecho, milord! ¿Debo suponer que una de sus arriesgadas inversiones ha dado fruto?

—Un fruto de lo más suculento. Hasta el viejo Child está impresionado por los resultados. Ésa fue la nota que recibí ayer por la tarde. No pude hablar con vosotros entonces, pero quería que tanto tú como Molly supierais que esta misma mañana extenderé los pagarés para que cobréis todos los atrasos que os corresponden. Sin vuestro inquebrantable apoyo, jamás habríamos superado estos ocho años.

Cottsloe se ruborizó mientras se enderezaba.

—Milord, ni Molly ni yo tenemos prisa por recuperar el dinero...

—No... ya habéis sido demasiado pacientes —replicó

con una sonrisa reconfortante—. Para mí será un placer poder daros lo que os merecéis, Cottsloe.

Dicho así, lo único que el mayordomo pudo hacer fue volver a ruborizarse y acceder a sus deseos.

—Podréis recoger los pagarés en mi despacho a las doce.

Cottsloe hizo una reverencia.

—Muy bien, milord. Se lo comunicaré a Molly.

Luc asintió con la cabeza y lo observó mientras se retiraba y cerraba la puerta sigilosamente al salir. Volvió a apoyar la cabeza en la almohada y dedicó un momento a recordar con cariño el incuestionable apoyo que el mayordomo y el ama de llaves le habían dado a su familia a lo largo de esos años de necesidad. De allí, sus pensamientos volaron hacia el cambio en las circunstancias, hacia su nueva vida... y hacia los acontecimientos de la noche anterior.

Hizo un rápido análisis que le confirmó que sus facultades físicas y mentales estaban en orden. Salvo por un leve dolor de cabeza, no había síntomas de resaca derivados de los excesos de la noche pasada. Esa cabeza dura era la única característica física que había heredado de su derrochador progenitor; al menos, era algo útil. A diferencia del resto de su legado...

El quinto vizconde de Calverton había sido un atractivo y encantador juerguista cuya única contribución a la familia fue un matrimonio ventajoso y seis hijos. A los cuarenta y ocho años se rompió el cuello cazando y dejó a Luc, que entonces tenía veintiuno, a cargo de la propiedad, momento en el que descubrió que estaba hipotecada hasta el último ladrillo. Ni él ni su madre habían imaginado siquiera que había saqueado las arcas de la familia; despertaron una mañana para descubrir que no sólo eran pobres, sino que también estaban endeudados hasta el cuello.

Las tierras de la familia eran prósperas y productivas, pero las deudas devoraban los ingresos. No había sobrado ni un penique con el que mantener a la familia.

La amenaza de la bancarrota y de una temporadita a la sombra en Newgate se cernía sobre ellos. En semejantes circunstancias, dejó de lado su orgullo y acudió a la única persona que tenía el talento necesario para salvarlos. Robert Child, el banquero de la aristocracia, en aquel entonces entrado en años y a punto de retirarse, pero aún perspicaz. Nadie conocía los entresijos de las finanzas mejor que él.

El señor Child escuchó su caso y tras meditarlo durante un día accedió a ayudarlo; a adoptar el papel de mentor financiero, según sus propias palabras. Su decisión sorprendió y alivió a Luc, pero el banquero le dejó muy claro que sólo accedía porque la perspectiva de salvar a la familia le parecía un reto, algo con lo que animar su vejez.

A Luc le daba igual cómo quisiera ver Child las cosas y se lo agradeció de todos modos. Y así comenzó lo que consideraba su aprendizaje en el mundo de las finanzas. Robert Child había sido un mentor estricto, aunque increíblemente sabio; se había puesto manos a la obra y había logrado, de forma gradual y prudente, disminuir la enorme deuda que pendía sobre su futuro y el de su familia.

A lo largo de ese período, su madre y él habían acordado con el banquero que no podría salir a la luz ni el más mínimo detalle del estado financiero de la familia bajo ninguna circunstancia. Tanto él como su madre habían estado de acuerdo, a tenor de las consecuencias sociales que la noticia conllevaría, pero el señor Child se había mostrado mucho más contundente: el más mínimo indicio de pobreza y los acreedores se les echarían encima, su secreto se haría público y el inestable castillo de naipes que habían logrado levantar a modo de fachada se desintegraría.

Se vieron obligados a hacer un esfuerzo supremo para mantener las apariencias, si bien en un principio los gastos corrieron del bolsillo del señor Child, pero lo lograron. Año tras año, su situación económica fue mejorando.

Hasta que al fin, cuando el peso de la deuda disminuyó lo suficiente, comenzó a realizar inversiones más arriesgadas, siempre bajo la tutela de su mentor. Había demostrado poseer la habilidad necesaria para aprovechar las oportunidades más arriesgadas y conseguir pingües beneficios. Era un juego peligroso, pero se le daba de maravilla; su última inversión había demostrado ser mucho más beneficiosa de lo que habría podido soñar. Tenía todo el dinero que siempre había deseado.

Frunció los labios con ironía mientras recordaba los ocho años pasados; las largas horas pasadas en su despacho estudiando a escondidas los libros de cuentas mientras la alta sociedad lo creía entregado a los placeres de las coristas y las chipriotas en compañía de sus nobles amigos. Había llegado a disfrutar del sencillo proceso de amasar dinero, de entender su flujo y de hacerlo crecer. De crear la estabilidad que necesitaba la vida de su familia. El proceso había sido una recompensa en sí mismo.

El día anterior había supuesto el fin de una era en más de un sentido, el último día de un capítulo de su vida. Pero jamás podría olvidar lo que había aprendido junto a Robert Child. No estaba dispuesto a cambiar las normas que habían regido su comportamiento durante los últimos ocho años, como tampoco lo estaba a abandonar un campo en el que había descubierto no sólo una sorprendente habilidad, sino también su propia salvación.

Semejante conclusión lo llevó a enfrentarse al futuro. Y a considerar lo que quería obtener de la siguiente etapa de su vida... a considerar lo que Amelia le había ofrecido.

En todos esos años, se había negado en rotundo a considerar el matrimonio como un medio para volver a llenar las arcas de la familia. Con el apoyo de su madre y el beneplácito del señor Child, había decidido dejar esa opción como último recurso y estaba encantado de no haber tenido que utilizarlo. No por las posibles expectativas de una esposa rica, como Amelia había supuesto, sino por una razón mucho más profunda y personal.

Porque era incapaz de hacerlo, simple y llanamente. Ni siquiera podía imaginar un matrimonio basado en una razón tan fría. La mera idea le helaba la sangre y le provocaba una aversión instintiva y apremiante. Jamás podría soportar un matrimonio semejante.

Teniendo en cuenta ese motivo, teniendo en cuenta que su sentido del honor le había impedido pensar en el matrimonio mientras fuera incapaz de mantener a su esposa de la forma adecuada, ni siquiera había pensado en casarse.

Una vocecilla en su cabeza le susurró que, sin embargo, sí había pensado en Amelia; aunque no como en una posible esposa, sino como en una mujer a la que se vería obligado a ver casada con algún otro caballero. Como era habitual, la perspectiva le provocó cierta incomodidad. Estiró los brazos sobre la cabeza y se desperezó para cambiar el rumbo de sus pensamientos. La opresión que le atenazaba el pecho se alivió de inmediato.

Gracias a un inesperado capricho del destino, Amelia no iba a casarse con otro... sino con él.

Le encantaba la idea. Hasta que ella lo propuso, no se había parado a pensar que la victoria del día anterior le rendía la oportunidad de casarse como y cuando quisiera. Pero, una vez propuesto... una vez que ella lo había propuesto...

Quería casarse con ella. El impulso que sintiera al escucharla, ese instinto de apresarla y hacerla suya, no había disminuido ni un ápice. Al contrario, en ese momento era algo mucho más concreto; había dejado de ser un vago apremio para convertirse en la más absoluta certeza, en una resolución tan firme como una roca. Libre de deudas y rico, la idea de un matrimonio con Amelia no sólo era posible, sino altamente deseable en lo que a sus sentidos se refería. La idea no le causaba repulsión, sino una inesperada y desmedida impaciencia.

Su mente se precipitó hacia el futuro y lo imaginó con Amelia como su esposa. Después, se dispuso a encontrar el modo de lograr ese objetivo. Sopesó los motivos y los detalles. Acostumbrado como estaba a ponderar cada acción en busca de sus posibles consecuencias, no tardó en vislumbrar un problema. Si le decía que ya no necesitaba su dote, ¿qué razón podría esgrimir para desear casarse con ella?

Se le quedó la mente en blanco y fue incapaz de razonar. No podía ni siquiera imaginar qué otro motivo podría tener. Hizo una mueca, varió su enfoque e intentó proseguir...

Explicarle la nueva situación y liberarla del acuerdo verbal que habían contraído para intentar conquistarla después era una estupidez. Sabía perfectamente cuál sería su reacción: se sentiría mortificada y lo evitaría durante los años venideros, cosa que era muy capaz de hacer. Sin embargo, en algún nivel atávico de su mente, ya la veía como suya, ya se había apoderado de ella, aunque no la hubiera reclamado. La idea de liberarla, de esconder las garras y dejarla marchar...

No. No podía. No lo haría. Sabía el terreno que pisaba en ese momento. Lo único que necesitaba era encontrar el modo de avanzar y proseguir hasta la boda, porque no tenía la menor intención de retroceder. En lo referente a Amelia Cynster, sus instintos tenían muy claro que no habría clemencia: ella se había ofrecido, él la había aceptado; ergo, era suya.

¿Podría decirle la verdad sin retractarse del acuerdo verbal? ¿Confesarle que ya no necesitaba su dote, pero insistir en casarse con ella de todos modos?

Amelia no lo aceptaría. Sin importar lo insistente que él se mostrara, ni lo mucho que argumentara (ni lo que dijera), ella tendría la impresión de que lo hacía en aras de la caballerosidad, para ahorrarle el dolor del rechazo...

Frunció los labios y cruzó los brazos bajo la cabeza. Había demasiada verdad en esa última suposición como para convencerla de que no era cierta, porque Amelia Cynster lo conocía muy bien. Haría cualquier cosa para evitarle el sufrimiento y, dado su previo desinterés por el matrimonio, lo creería muy capaz de hacer algo así. Las mujeres como ella, las mujeres que a él le importaban, necesitaban que alguien las protegiera, y ésa era una de las más arraigadas creencias. El hecho de que discutieran, protestaran y se opusieran no tenía la menor importancia; ese tipo de resistencia no hacía mella en él.

El único modo de convencerla de que no estaba haciéndolo por caballerosidad pasaba por admitir y explicarle el deseo de hacerla su esposa.

Su mente volvió a paralizarse. Ni siquiera podía explicarse ese deseo a sí mismo, porque no entendía su procedencia; la idea de admitir ante ella, en palabras, que ese tipo de deseo impulsaba a un hombre al matrimonio despertaba en él una resistencia tan sólida como firme era su intención de casarse con ella.

La conocía muy bien, conocía a todas las mujeres de su familia; semejante admisión equivaldría a entregarle las riendas y eso era algo que no lo obligaría a hacer ni el mismísimo demonio. La quería como esposa y la tendría, pero se negaba en redondo a darle cualquier tipo de poder sobre él.

El hecho de que otros miembros de su sexo hubieran sucumbido en última instancia, Martin era el ejemplo más reciente, le pasó por la mente, pero no le hizo el menor caso. Jamás se había dejado gobernar por las emociones o los deseos. Si acaso, los últimos ocho años le habían obligado a mantener un control aún más férreo sobre ellos. Ninguna mujer sería capaz de someter su voluntad; ninguna mujer lo controlaría jamás.

Esa idea lo dejó contemplando el dosel mientras sopesaba la única opción disponible. Meditó, analizó, extrapoló y concluyó. Elaboró un plan. Buscó sus defectos y las dificultades que conllevaría; los evaluó e ingenió el modo de contrarrestarlos.

No era un camino directo ni sencillo, pero lo llevaría al objetivo que se había marcado. Y estaba dispuesto a pagar el precio necesario para seguirlo.

Titubeó lo justo para hacer una última evaluación mental, si bien no vio nada que pudiera disuadirlo. Conociendo a Amelia, no había tiempo que perder. Si quería retomar el control de su relación, necesitaba actuar de inmediato.

Apartó la colcha y salió de la cama. Tras coger la sábana, se la enrolló en torno a las caderas y se acercó al escritorio emplazado junto a la ventana. Se sentó, sacó un elegante folio de uno de los casilleros y cogió la pluma.

Estaba secando la nota cuando entró un criado con el agua. Alzó la vista brevemente antes de devolverla al papel.

—Espera un momento.

Dobló las esquinas del pliego, mojó la pluma en el tintero y escribió el nombre de Amelia. Mientras agitaba la nota en la mano con el fin de secar la tinta, le dijo al criado:

—Lleva esto sin demora al número 12 de Upper Brook Street.

2

—¿Por qué en el museo? —preguntó Amelia tras ponerse a su lado.

Luc extendió el brazo y la cogió del codo para así obligarla a que lo mirara.

—Para que podamos mantener una conversación razonablemente privada en público y que cualquiera que nos vea piense que nos encontramos por casualidad y de forma inocente. A nadie se le ocurriría jamás que se llevan a cabo citas clandestinas en un museo. Me encuentro en este lugar, a todas luces obligado, para acompañar a mis hermanas y a la señorita Ffolliot... ¡No! ¡No las saludes! Van a dar una vuelta y después se reunirán conmigo.

Amelia echó un vistazo a las tres muchachas que había en el otro extremo de la estancia y que contemplaban con los ojos desorbitados una vitrina.

—¿Qué importa que nos vean?

—Nada. Pero en cuanto te vean, querrán unirse a nosotros, y eso sería de lo más contraproducente. —La instó a cruzar la arcada que conducía a la sala de los objetos egipcios.

Al mirarlo a la cara, Amelia se percató de que su expresión, como de costumbre, no revelaba nada. Llevaba el cabello negro, tan oscuro como el azabache, peinado a la perfección; no había el menor rastro de disipación que estropeara la belleza de su perfil clásico. Era imposible imaginar siquiera que hacía menos de diez horas se había desplomado, borracho, a sus pies.

¿Cómo formular la pregunta? ¿Tal vez «por qué nos vemos a escondidas»?

Clavó la mirada al frente e hizo acopio de fuerzas.

—¿De qué querías hablar?

Luc le dirigió una mirada dura e inquisitiva antes de hacer que se detuviera en un lateral de la sala, junto a una vitrina con vasijas de barro.

—Me parece que, dado nuestro encuentro de anoche, el asunto es de lo más evidente.

Había cambiado de opinión... Al despertar esa mañana, se había dado cuenta de lo que había dicho e iba a retractarse. Con las manos entrelazadas y los dedos apretados, Amelia levantó el mentón y lo fulminó con la mirada.

—No tiene caso que me digas que estabas tan borracho que no sabías lo que hacías. Sé muy bien lo que dijiste, y tú también. Accediste... y pienso hacer que cumplas tu palabra.

Él parpadeó y frunció el ceño. Un ceño que se tornó peligroso al instante.

—No tengo intención alguna de declarar que estaba tan borracho que no sabía lo que hacía.

—Ah...

Esa voz cortante disipó cualquier duda que pudiera albergar sobre si hablaba o no en serio.

—No es de eso de lo que tenemos que hablar. —Su ceño no se había borrado.

Se esforzó por ocultar la inmensa sensación de alivio que la embargaba tras una máscara de mero interés.

—¿De qué, entonces?

Luc miró a su alrededor antes de cogerla del brazo e instarla a continuar su lento paseo. Dada su altura, tenía que bajar la cabeza para hablarle, hecho que le daba un toque intimista a la conversación a pesar de que estaban en público.

—Hemos accedido a casarnos, así que tenemos que dar los siguientes pasos. Decidir el cómo y el cuándo.

A Amelia se le iluminó el rostro; Luc no iba a retractarse de su acuerdo. Todo lo contrario. La sensación de que el corazón se le iba a salir del pecho la distraía en extremo.

—Creo que deberíamos casarnos en unos cuantos días. Puedes conseguir una licencia especial, ¿verdad?

Él volvió a fruncir el ceño.

—¿Y qué me dices del vestido de novia? ¿Qué pasa con tu familia? Unos cuantos días... ¿no te parece un poco precipitado?

Amelia se detuvo y lo miró a los ojos con expresión desafiante.

—No me importa el vestido y puedo convencer a mis padres. Siempre he querido casarme en junio y eso quiere decir que tenemos que casarnos en las próximas cuatro semanas.

Luc entrecerró los ojos. Amelia sabía por la expresión de sus ojos azul cobalto que estaba meditando sobre algún punto; pero, como era habitual, fue incapaz de averiguar de qué se trataba.

—Cuatro semanas bastarán... Cuatro días, no. Piensa en esto: ¿qué dirá la gente cuando averigüe que, de pronto, nos ha entrado tanta prisa por casarnos? Semejante comportamiento suscitará dudas acerca del motivo; y sólo hay dos razones factibles, ninguna de las cuales hará que tu familia acepte mejor el enlace... y que tampoco me beneficiarían a mí, ya puestos.

Amelia meditó sus palabras... y las aceptó a regañadientes.

—La gente creerá que es por el dinero; y después de todos tus esfuerzos para ocultar el estado financiero de tu familia, es lo último que te gustaría. —Suspiró y levantó la vista—. Tienes razón. Muy bien... que sean cuatro semanas. —Aún estarían en junio.

Luc apretó los dientes y tiró de su brazo para continuar el paseo.

—Tampoco quiero que piensen en la otra opción.

Amelia enarcó las cejas.

—Que tú y yo... —Se ruborizó ligeramente.

—Sin tener en cuenta eso, no se lo creería nadie. —Continuó andando cuando ella intentó detenerse para encararlo—. Finge que estamos admirando la exposición.

Amelia desvió la vista hacia las vitrinas que se alineaban en las paredes.

—Pero nos conocemos desde hace años... —Su voz sonó un poco tensa.

—Y no hemos demostrado la menor inclinación por desarrollar una relación más allá de la amistad entre las familias... Tenemos que sentar las bases de nuestra relación; y si estás decidida a que sea en cuatro semanas, pues en cuatro semanas lo haremos. —Amelia levantó la vista y él se apresuró a continuar antes de que pudiera interrumpirlo—. Éste es mi plan.

Luc había esperado contar con al menos dos meses para llevarlo a cabo, pero en cuatro semanas... Bueno, era capaz de seducir a cualquier mujer en cuatro semanas.

—Tenemos que conseguir que la alta sociedad acepte nuestro matrimonio... y no hay motivo alguno para que no lo haga. Por lo que a todos respecta, somos la pareja perfecta. Lo único que tenemos que hacer es que se den cuenta de ese hecho poco a poco, antes de anunciar la boda.

Ella asintió.

—Para no levantar sospechas.

—Exacto. Tal y como yo lo veo, la forma más fácil y creíble de hacerlo es empezar a buscar pareja... No tendré que buscar mucho antes de fijarme en ti. Tú eras la dama de honor y yo el padrino en la boda de Martin y Amanda. Acompañas muchas veces a Emily y Anne. Dado que nos conocemos desde hace tanto tiempo, no hay motivo por el que no puedas llamar mi atención de buenas a primeras.

Por la expresión de Amelia, dedujo que estaba siguiendo su razonamiento y viendo el cuadro desde su misma perspectiva.

—Después —continuó—, procederemos con las fases de rigor del cortejo, aunque como tú insistes en casarte en junio, tendrá que ser un cortejo relámpago.

Unas arruguitas estropearon el ceño de Amelia.

—¿Quieres decir que tenemos que fingir que nos sentimos... atraídos de la forma habitual?

No habría fingimientos que valieran, no si él se salía con la suya, porque tenía la intención de que su cortejo (su seducción) fuera real.

—Haremos lo que se estila: encontrarnos en bailes y veladas, salir juntos y todo eso. Como la temporada está llegando a su fin y Emily y Anne necesitan compañía, no nos faltarán ocasiones para hacerlo.

—Bueno... eso está muy bien; pero ¿de verdad tenemos que esperar cuatro semanas? —Habían llegado al otro extremo de la habitación, de modo que se detuvo para mirarlo a la cara—. Todos saben que llevo bastante tiempo buscando marido.

—Desde luego... algo que nos vendrá muy bien. —La tomó del brazo y reanudaron la lenta procesión, como si estuvieran examinando las vitrinas—. Podemos fijarnos el uno en el otro y seguir a partir de esa premisa. Has perfeccionado el flirteo a lo largo de los años... sólo déjate llevar y sígueme el juego.

Ella lo miró con los ojos entrecerrados y la barbilla en alto.

—Sigo sin entender por qué necesitamos cuatro semanas para eso. Me bastaría una sola para fingirme enamorada.

Luc se mordió la lengua para no replicar con mordacidad y le devolvió la mirada hosca.

—Cuatro semanas. Tú me hiciste la proposición y yo la acepté, pero a partir de ahora seré yo quien imponga las reglas de este juego.

Amelia se detuvo en seco.

—¿Por qué?

Él buscó su mirada belicosa y la sostuvo.

—Porque así es como va a ser —respondió con voz calmada cuando ella se limitó a mirarlo con cara de pocos amigos, sin amilanarse.

No pensaba ceder en ese punto, y tampoco le disgustaba el hecho de que hubiera salido a colación tan pronto. Con cualquier otra mujer, ni siquiera habría necesitado sacarlo a relucir, pero Amelia era una Cynster... De modo que era mucho más sensato establecer las pautas desde el principio, dejar claro quién llevaba las riendas. Y ése era el momento apropiado; ella no podía discutir, al menos no podía hacerlo sin poner en peligro lo que había conseguido: que él accediera a casarse con ella.

De repente, con un gesto altanero de cabeza, apartó la vista.

—Muy bien. Lo haremos a tu manera. Serán cuatro semanas. —Reemprendió la marcha sin esperar a que él le ofreciera el brazo—. Pero ni un solo día más.

Pronunció la última frase mientras se alejaba; Luc no la siguió enseguida, sino que aprovechó el respiro para aplastar el impulso que ella había despertado sin proponérselo. Aún no podía presionarla, al menos durante una semana. Pero en cuanto la tuviera bien atada...

Amelia se detuvo y comenzó a estudiar una vitrina llena de dagas; Luc la observó sin perder detalle de cómo la luz le arrancaba destellos a sus tirabuzones.

El engaño no era la mejor base para un matrimonio, pero ni había mentido ni lo haría; sólo había omitido un detalle crucial. Una vez que fuera suya y que él estuviera seguro de que podía confiar en ella, le diría la verdad... Una vez que su corazón estuviera comprometido, a Amelia no le importaría por qué se casaban, sólo el hecho de que lo hacían.

Nada de eso, por supuesto, requería un cortejo público. Tanto si la seducía en ese momento como si lo hacía después de casarse, no marcaba diferencia alguna para su plan. No obstante y a pesar de que no le importaba demasiado que Amelia pensara que él se casaba por su dinero (dado que la idea había partido de ella), se oponía terminantemente a que la alta sociedad fuera de la misma opinión. Semejante idea no sólo sería una mentira, sino que además mancillaría la reputación de Amelia al dejarles creer que se casaba con ella por motivos puramente económicos, sin que existiera afecto. Sobre todo porque la boda se produciría poco tiempo después del matrimonio por amor entre Martin y Amanda.

A sus ojos, Amelia se merecía mucho más.

Con un gesto altanero de la cabeza que le agitó los tirabuzones, Amelia prosiguió su paseo. Luc echó a andar tras ella y la alcanzó casi sin esfuerzo gracias a sus largas zancadas.

Amelia se merecía que la cortejaran, por más tenaz, desconfiada, impaciente y altanera que fuese. Además, eso le daría la oportunidad que necesitaba para atarla a él con algo más que un pragmatismo tan prosaico. Con algo que hiciera que cualquier motivo que tuviese para casarse con ella fuera irrelevante.

Al negarse a dicha razón, esperaba que permaneciera en estado latente, abstracto... menos exigente. El hecho de que esa compulsión apareciera en ese momento en concreto, de que estuviera tan centrada en ella, así como el hecho de haberse dado cuenta de golpe de que Amelia era la única mujer a la que quería por esposa, incrementaba su inquietud. Pese al anhelo que tanto ella como esa razón le provocaban, Amelia no había mostrado el menor indicio de que sentía algo por él.

Aún.

Cuando llegó a su lado, le cogió la mano. Sus miradas se encontraron cuando ella lo encaró.

—Tengo que reunirme con Emily y Anne dentro de poco... Será mejor que no nos vean juntos.

Ella enarcó una ceja.

—¿Que no nos vean conspirando?

—Exacto. —Le sostuvo la mirada antes de hacer una reverencia—. Te veré en el baile de los Mountford esta noche.

Amelia titubeó unos instantes antes de asentir.

—Hasta esta noche.

Luc le dio un ligero apretón en los dedos antes de soltarlos. Amelia se dio la vuelta para contemplar la vitrina que tenía detrás.

En un abrir y cerrar de ojos, Luc ya no estaba.

Había una persona que debía conocer la verdad. Una vez de regreso en casa, Luc miró el reloj de pared antes de entrar en su despacho para estudiar varios asuntos financieros que reclamaban su atención. Cuando el reloj marcó las cuatro, dejó a un lado los papeles y subió las escaleras en dirección al vestidor de su madre.

Debería estar descansando, pero siempre se levantaba a las cuatro en punto. Al llegar al pasillo de la planta superior, vio a Molly, que se encontraba en el vestíbulo de la planta baja y se dirigía hacia las escaleras con una bandeja a rebosar en las manos. Luc se detuvo delante de la puerta de su madre, llamó con los nudillos y entró tras escuchar que le daba la venia.

Había estado recostada en el diván, pero en esos momentos estaba sentada y se afanaba por mullir los cojines que tenía a la espalda.

Seguía siendo una mujer bella; a pesar de que había perdido el llamativo aspecto que le otorgaban el pelo negro, la tez pálida y esos ojos de un azul tan oscuro como los suyos, su sonrisa y su mirada seguían teniendo una cualidad indefinible que conmovía a los hombres y los instaba a servirla. Una cualidad de la que era muy consciente, pero que, hasta donde sabía, no había utilizado desde la muerte de su padre. Luc jamás había entendido el matrimonio de sus padres, ya que su madre era inteligente y sagaz, y aun así se había mantenido fiel a un holgazán despilfarrador, no sólo en vida, sino también después de su fallecimiento.

Arqueó las cejas al verlo. Luc sonrió y se hizo a un lado para sujetarle la puerta a Molly, que lo saludó con la cabeza y pasó por su lado para dejar la bandeja en una mesita auxiliar emplazada junto al diván.

—Da la casualidad de que he traído dos tazas y también pastelitos de sobra. ¿Le apetece tomar otra cosa, milord?

Luc contempló el pequeño festín que Molly se afanaba por colocar.

—No, gracias, Molly. Con esto será más que suficiente.

Su madre se sumó a su agradecimiento con una sonrisa.

—Por supuesto que lo será, gracias, Molly. ¿Cómo van los preparativos de la cena que hemos discutido?

—Según lo dispuesto, señora. —El ama de llaves les dedicó una sonrisa deslumbrante a ambos—. Todo va viento en popa y no hay ni una sola cosa por la que preocuparse.

Con ese comentario jovial, hizo una reverencia y salió a toda prisa de la estancia, cerrando la puerta tras de sí.

La sonrisa de su madre se ensanchó. Le tendió la mano y cerró los dedos alrededor de los suyos cuando él se la cogió.

—Lleva dando brincos todo el día como si volviera a tener dieciocho años. —Su madre lo miró a la cara antes de proseguir—: Has conseguido que levantemos cabeza, hijo mío... ¿Te he dicho alguna vez lo orgullosa que me siento de ti?

Con la mirada perdida en los amables ojos de su madre, que lucían con un brillo sospechoso, Luc contuvo el impulso infantil de retorcer los pies y clavar la vista en el suelo. Esbozó una sonrisa indolente y le dio un apretón en la mano antes de desechar sus palabras con un gesto.

—Nadie se siente más aliviado que yo.

Se sentó en el sillón que había enfrente del diván.

La ladina mirada de su madre le recorrió el rostro antes de que sus manos volaran a la tetera.

—He invitado a Robert a cenar... una idea excelente. La cena se servirá a las seis... Algo temprano para nosotros, pero ya sabes cómo es.

Luc cogió la taza que su madre le ofrecía.

—¿Y Emily y Anne?

—Les he dicho que han estado demasiado ajetreadas últimamente. Como no tenemos que asistir a ninguna cena formal esta noche, sugerí que durmieran una siesta hasta las siete y que después cenaran en sus habitaciones antes de vestirse para el baile de los Mountford.

Luc torció los labios. Su madre era una manipuladora maquiavélica, igual que él.

—Y ahora... —comenzó al tiempo que se reclinaba en el diván con la taza en las manos, de la que bebió un sorbo antes de atravesarlo con la mirada—. ¿Qué te preocupa?

Luc esbozó otra vez esa sonrisa indolente.

—Dudo mucho que lo consideres un «problema». He decidido casarme.

Su madre parpadeó con asombro y después abrió los ojos de par en par.

—Corrígeme si me equivoco, pero... ¿no es una decisión un poco precipitada?

—Sí... y no. —Dejó la taza en la mesita mientras se preguntaba qué conseguiría contándoselo. Su madre era muy sagaz, sobre todo en lo referente a sus hijos. El único a quien no había sabido entender era a su hermano Edward, que había sido desterrado hacía poco por crímenes que aún les costaba entender.

Dejó de pensar en Edward para concentrarse en su madre.

—La decisión puede parecer precipitada porque hasta ayer, como bien sabes, no estaba en situación de pensar en el matrimonio. Pero no lo es tanto porque hace tiempo que tengo las miras puestas en cierta dama.

Su madre no vaciló.

—Amelia Cynster.

Le costó mucho no dejar entrever su sorpresa. ¿Había sido tan transparente sin pretenderlo? Se desentendió de esa idea. Agachó la cabeza.

—Así es. Hemos decidido...

—Un momento. —Su madre abrió los ojos aún más—. ¿Ya ha aceptado?

Luc intentó reconducir la conversación.

—Me encontré con ella anoche. —Dejó fuera el lugar, ya que su madre supondría que se encontraron en algún baile—. Volvimos a encontrarnos esta tarde y lo hablamos en más profundidad. Sólo es un comienzo, claro, pero... —Por más que se devanaba los sesos, no se le ocurría forma alguna de evitar confesárselo todo. Suspiró—. La verdad es que fue ella quien lo sugirió.

—¡Cielo santo! —Su madre enarcó las cejas para enfatizar su espanto.

—Sabía de nuestras circunstancias. A través de pequeños detalles, llegó a darse cuenta de que estábamos en apuros financieros. Desea casarse, realizar un matrimonio relativamente apropiado (creo que se encuentra más sola que nunca tras la boda de Amanda), pero no siente deseos de casarse con ninguno de los partidos que hacen cola para cortejarla.

—¿Así que se ha acordado de ti?

Luc se encogió de hombros.

—Nos conocemos de toda la vida. Al darse cuenta de nuestros problemas económicos, sugirió que nuestra boda mataría dos pájaros de un tiro. Ella se convertiría en mi vizcondesa y obtendría el estatus de una dama casada al tiempo que la economía de nuestra familia se repondría.

—Pero, ¿tú qué opinas?

Luc buscó los ojos azules de su madre.

—Yo me siento inclinado a estar de acuerdo —respondió tras unos instantes.

Su madre no insistió más; se limitó a estudiar su rostro antes de asentir con la cabeza y darle un sorbo al té. Pasado largo rato, volvió a mirarlo a la cara.

—¿Estaría en lo cierto al suponer que no le has dicho que ahora somos increíblemente ricos?

Luc negó con la cabeza.

—Sólo serviría para abochornarla... ya sabes cómo es. Tal y como están las cosas... —Logró reprimir otro encogimiento de hombros llevándose de nuevo la taza a los labios. Rezó para que su madre no hurgara más en sus motivos.

No lo hizo, al menos no con palabras, pero sí dejó que el silencio se alargara mientras que su mirada, ladina y sagaz, se clavaba en él... Luc la sintió como una losa. Tuvo que hacer un esfuerzo para no empezar a removerse en el asiento.

A la postre, su madre dejó la taza sobre su platillo.

—Veamos si lo he comprendido bien. Mientras que algunos hombres fingen estar enamorados o, al menos, sentir una pasión arrebatadora para esconder el hecho de que se casan por dinero, tú, en cambio, tienes la intención de fingir que te casas por dinero para esconder...

—Sólo es una situación temporal. —La miró a los ojos con los dientes apretados—. Se lo diré con el tiempo, pero prefiero escoger el momento oportuno. Por supuesto, este pequeño malentendido quedará entre nosotros; para la alta sociedad y el resto de interesados, nos casamos por los motivos habituales.

Su madre lo miró a los ojos; pasó largo rato antes de que inclinara la cabeza.

—Muy bien. —Su voz tenía un deje compasivo. Jugueteó con la taza de té con una expresión afable—. Me comprometo a no decir nada que enturbie tu revelación si es eso lo que deseas.

Ése era el compromiso que había ido a buscar al dormitorio de su madre. Y ambos lo sabían.

Luc asintió y se terminó el té. Su madre se recostó en el diván y comenzó a charlar de asuntos sin importancia. Hasta que llegó un momento en el que Luc se puso en pie para marcharse.

—No te olvides.

Luc escuchó su murmullo cuando llegó a la puerta. Echó un vistazo por encima del hombro con la mano sobre el picaporte.

Su madre cambió rápidamente de expresión pero, por un momento, le pareció que lo miraba con el ceño fruncido. De todos modos, sonrió al instante.

—La cena es a las seis.

Luc asintió. Al ver que no añadía nada más, se despidió con una inclinación de cabeza y se marchó.

Esa misma noche, entraron en el salón de baile de los Mountford y se sumaron a la cola de personas que esperaban para saludar a los anfitriones. Luc, al lado de su madre, no dejaba de mirar a su alrededor. El salón de baile estaba abarrotado como dictaban los cánones, pero no veía por ninguna parte una mata de tirabuzones dorados.

Detrás de él, Emily y Anne intercambiaban confidencias susurradas con la mejor amiga de Anne, Fiona Ffolliot. Fiona era la hija de un vecino de Rutlandshire y la propiedad de su padre colindaba con la propiedad principal de Luc. Fiona había acudido a Londres para asistir a la temporada social con su padre viudo y se alojaban en casa de la hermana del general Ffolliot en Chelsea. A pesar de que era una familia acomodada, carecían de buenas relaciones en la alta sociedad; ésa era la razón de que su madre se hubiera ofrecido a que Fiona se quedara con Emily y Anne y así pudiera ver más de la ciudad... y que más personas la vieran a ella.

Luc había estado de acuerdo. La jovial sencillez de Fiona hacía que Anne, asustadiza y tímida, tuviera más confianza a la par que liberaba en cierta medida a Emily, que era un año y medio mayor y que así podía apartarse del lado de su hermana. Daba la sensación de que Emily recibiría una proposición de matrimonio de lord Kirkpatrick al final de la temporada social. Ambos eran bastante jóvenes, pero sería un buen matrimonio y las dos familias veían el enlace con buenos ojos.

La fila de invitados comenzó a avanzar. Su madre se inclinó hacia él y bajó la voz para que nadie pudiera escucharla.

—Creo que la cena de esta noche ha sido todo un éxito. Una manera espléndida de dejar el pasado atrás.

Luc enarcó una ceja.

—¿El primer paso para a enterrarlo por completo?

Su madre sonrió y desvió la vista.

—Precisamente.

Tras una pausa muy breve, Luc replicó.

—Seguiré en contacto con Robert. No pienso dar por zanjado mi interés en estas cuestiones.

Su madre lo miró con ojos desorbitados antes de sonreír y darle unos golpecitos en el brazo.

—Cariño, si tus intereses se encaminan en esa dirección y no en la contraria, no seré yo quien se queje, créeme.

La nota risueña de su voz y la luz que brillaba en sus diáfanos ojos, así como el vivaz ánimo que se había apoderado de ella en menos de un día, hacían que todo su esfuerzo hubiera valido la pena. Mientras la acompañaba a saludar a los Mountford, escuchó el frufrú de los vestidos de sus hermanas y pensó que, pese a los años de problemas (pese a los esfuerzos de su padre y de los de Edward por evitarlo), era un hombre afortunado.

Un hombre que estaba a punto de incrementar su suerte. Ese pensamiento reapareció cuando, tras dejar a su madre en un diván junto a lady Horatia Cynster, la tía de Amelia, atisbó por fin a la que sería su esposa. Giraba al son de una contradanza, ajena todavía a su presencia. Sus tirabuzones se agitaban mientras le sonreía a Geoffrey Melrose, su pareja de baile. A Luc no le gustó la escena ni un pelo.

Fiona y sus hermanas también estaban en la pista de baile. Luc clavó la vista en Amelia, a la espera...

Ella miró a su alrededor, lo vio... y perdió pie. Se apresuró a apartar la vista al tiempo que recuperaba el ritmo de la música; y se cuidó de no volver a mirar en su dirección. Sin embargo, al final del baile, se abrió paso hasta sus hermanas. Dado que a lo largo de toda esa temporada social tanto Amanda como ella se habían preocupado por facilitar la entrada en sociedad de las dos muchachas (un acto desinteresado por el que se sentía más agradecido de lo que jamás llegaría a expresarle a ninguna de las gemelas), nadie encontró nada raro en que se uniera en ese momento a su círculo.

Ni un solo chismoso levantó siquiera una ceja cuando él cruzó el salón de baile para hacer lo mismo.

Componían un grupo alegre digno de contemplar; las tres muchachas más jóvenes, todas de pelo castaño y todas algo más bajas que Amelia, lucían vestidos de color celeste y rosa pálido, como pétalos de flores rodeados por las chaquetas oscuras de los caballeros. En el centro, Amelia relucía con su vestido de seda dorado. El color ponía de relieve la perfección de su piel de alabastro, hacía que su pelo brillara como el oro e intensificaba el increíble azul de sus ojos.

Las parejas de sus hermanas y de Fiona se habían quedado con ellas para charlar y otros tres caballeretes se habían acercado con la esperanza de convertirse en las próximas parejas de las muchachas. Para irritación de Luc, Melrose había seguido a Amelia y Hardcastle se había sumado al grupo y miraba con lujuria su esbelto cuerpo. Ocultó la mueca feroz que le salió de forma instintiva tras una sonrisa indolente, le hizo una reverencia a Amelia y saludó a los dos caballeros con un gesto de cabeza al tiempo que se las ingeniaba para acabar junto a Amelia.

Ella se dio cuenta, pero no lo manifestó más que con una miradita. Después de echar un vistazo a sus hermanas, a Fiona y a los pretendientes de las tres, Luc dejó que, por una vez, se las apañaran solas y centró toda su atención en Amelia.

Para eliminar cualquier problema en potencia.

—Tengo entendido —murmuró Luc a la primera oportunidad— que Toby Mick va a enfrentarse a El Despedazador en Derby.

Amelia lo miró de hito en hito; Melrose compuso una expresión desconcertada. Había una regla tácita por la que los caballeros jamás discutían temas tan violentos como los combates de boxeo en presencia de las damas.

Hardcastle, en cambio, se echó a temblar de puro entusiasmo. Le dirigió una mirada comprensiva a Amelia.

—No le importa, ¿verdad, querida? —Sin esperar a su contestación, se lanzó de cabeza al tema—. Es cierto... Me enteré por el mismísimo Gilroy. Dicen que va a ser a tres asaltos, pero...

Melrose no sabía qué hacer. Luc se limitó a escuchar con aparente interés mientras fingía no percatarse de la mirada asesina de Amelia.

—Y también se rumorea que ahora que se ha doblado la apuesta, Catwright se está pensando participar en el combate.

La mención de ese contrincante fue demasiado para Melrose.

—¡Cielo santo! Pero, ¿de verdad hay posibilidades de que eso suceda? Vamos, Catwright no es que necesite participar... Hace apenas dos semanas del combate en Kent. ¿Por qué arriesgarse...?

—¡No, no! Verá, es el desafío.

—Sí, pero...

Luc se volvió hacia Amelia. Y le sonrió.

—¿Te apetece dar un paseo?

—Desde luego. —Le tendió la mano.

Luc se la colocó en gesto posesivo sobre el brazo. Los dos caballeros apenas si interrumpieron su discusión para darse por aludidos.

—Eres perverso —le dijo Amelia en cuanto se alejaron—. Alguna de las anfitrionas los escuchará y esos dos estarán metidos en un buen lío.

Él se limitó a enarcar una ceja.

—¿Acaso los he obligado a hacerlo?

—¡Pamplinas!

Amelia clavó la vista al frente e intentó controlar las mariposas que le revoleteaban en el estómago. No podían ser nervios... así que no tenía ni idea de qué las causaba.

En ese momento, Luc se acercó más a ella para sortear a un trío de caballeros. El repentino escalofrío que le recorrió el costado, allí donde él la había rozado, le hizo abrir los ojos de par en par.

¡Pues claro! Jamás había estado tan cerca de él, salvo por el momento en el que Luc había estado *non compos mentis.* En ese momento, estaba bien despierto y más cerca de lo que dictaban las buenas maneras; podía sentir ese cuerpo duro, fuerte y masculino... como una intensa presencia vital a su lado.

Un instante después, pasada su distracción, se dio cuenta de que la emoción que le provocaba su proximidad no era pánico, ni tampoco miedo, sino algo mucho más embriagador. Y decididamente mucho más placentero.

Desvió la mirada hacia su rostro. Cuando Luc se percató de que lo miraba, bajó la vista. Clavó los ojos en los suyos para estudiarla.

Se quedó sin respiración.

Los acordes iniciales del primer vals de la noche se abrieron paso entre las conversaciones. Luc levantó la vista y ella volvió a respirar con normalidad.

Aunque se quedó sin aliento de nuevo cuando volvió a mirarla. Apresó los dedos de su mano y se la apartó del brazo antes de inclinarse en una elegante reverencia sin dejar de mirarla a los ojos.

—Creo que éste es mi baile...

En ese preciso instante, se habría sentido mil veces más a salvo si bailara con un lobo, pero se obligó a sonreír, tras lo que le hizo un gesto afirmativo con la cabeza y permitió que la llevara a la pista de baile. ¿Cómo lo había llamado Amanda? ¿Una pantera negra?

Y letal de necesidad.

Se vio obligada a coincidir con la opinión de su hermana cuando Luc la estrechó entre sus brazos y la guió entre la vorágine de bailarines.

Le costaba respirar y tenía la piel en llamas. La cabeza le daba vueltas y tenía todos los sentidos alerta. Por la expectación, por el anhelo. No estaba segura de cuál era la causa, pero eso sólo servía para acrecentar su acaloramiento.

Era ridículo... Ya habían bailado el vals en un buen número de ocasiones, pero jamás había sido como en ésa en particular. Jamás había sentido sus ojos, su atención, fijos en ella. Luc ni siquiera parecía escuchar la música, o, para ser exactos, la música formaba parte de un mundo sensorial en el que se incluían la forma en la que sus cuerpos se mecían y giraban al unísono, la forma en que se rozaban mientras él la guiaba sin esfuerzo alguno por la pista de baile.

Jamás había sido tan consciente de sus alrededores; jamás había bailado el vals de esa manera, ni con él ni con nadie. Sumida en la música, en el momento, en...

Algo había cambiado. Algo fundamental: él no era el mismo hombre con el que bailara anteriormente. Incluso sus facciones parecían más duras, más definidas, más austeras... Su cuerpo parecía más poderoso; y la máscara social tras la que se ocultaba, más transparente. Y había algo en sus ojos mientras la traspasaban con la mirada... algo que era incapaz de definir, pero que sus instintos reconocieron, haciéndola temblar.

Luc sintió su temblor y entrecerró los párpados para ocultar sus ojos azules tras esas largas pestañas. Esbozó una sonrisa socarrona al tiempo que movía la mano sobre la base de su espalda para calmarla.

Ella se tensó.

—¿Qué estás tramando? —pronunció las palabras sin pensarlo y con un deje tan suspicaz como la expresión de sus ojos.

Luc abrió los ojos de par en par y resistió el impulso de echarse a reír... de preguntar qué diantres creía ella que estaba tramando. Pero, en ese momento, las implicaciones de su pregunta se hicieron evidentes y ya no sintió deseos de reír... sino que tuvo que esforzarse por ocultar la posesiva satisfacción que lo recorría, por evitar que sus labios se curvaran en una sonrisa satisfecha. Pese a todos sus esfuerzos, algo debió de notársele, así que se aprestó a calmar la tormenta que se fraguaba en los ojos de Amelia.

—No te preocupes, sé lo que hago. Ya te lo dije esta tarde: limítate a seguirme el juego.

Volvió a cambiar la posición de su mano, estrechándola más contra su cuerpo a medida que giraban al son de la música.

—No voy a morderte, pero no puedes pretender que cambie mis hábitos de la noche a la mañana.

O cambiarlos en absoluto, pero eso no lo dijo. Pasado un momento, la expresión seria desapareció de sus ojos y sintió que Amelia se relajaba entre sus brazos... De hecho, sintió que adoptaba una postura mucho más relajada que momentos antes.

—Ah, comprendo...

Luc lo dudaba mucho. A decir verdad, ni siquiera él mismo lo comprendía, así que le llevó unos instantes averiguar a lo que ella se refería, hasta que por fin vio la luz: Amelia pensaba que él había tomado su reacción como el efecto provocado por su... halo de misterio. Como el resultado natural de la aplicación de sus aclamados talentos de seductor.

Por un lado, estaba en lo cierto; pero por otro, eso no explicaba del todo la reacción de Amelia... ni la suya. Ni la reacción que ella le provocaba, ya puestos.

La experiencia, y él tenía a espuertas, le decía que Amelia era extraordinariamente sensible e increíblemente receptiva. El hecho de que se hubiera sorprendido tanto indicaba que esas respuestas se habían limitado, al menos hasta el momento, a su persona.

De ahí la oleada de apreciación que le había despertado. Amelia era un premio sensual, pura, latente... y era suya, toda suya. Así pues, no era de extrañar que se regodeara.

Sabía, lo había sabido desde hacía años, que la respuesta que esa muchacha le provocaba era mucho más intensa y poderosa, totalmente distinta, a la que le había producido cualquier otra mujer. Durante todos esos años, concentrado como había estado en reprimir sus propias reacciones, jamás había intentado averiguar qué sentía Amelia. ¿Por qué? Pues porque jamás se le había pasado por la cabeza la idea de cortejarla. Hasta ese momento.

Tuvo que luchar contra el impulso de estrecharla contra su cuerpo y seguir con su plan de atarla a él a través del placer; sin embargo, la experiencia adquirida a lo largo de los años le advirtió que acelerar las cosas sólo conseguiría que ella adivinara su plan... y se resistiera. Se mostraría mucho más recelosa que hacía unos instantes.

No obstante, si se tomaba las cosas con calma, si la seducía paso a paso con total deliberación, Amelia, que pensaba que sus reacciones eran habituales y absolutamente normales... En fin, cuando se percatara de cuánto lo deseaba, se habría vuelto una adicta incapaz de liberarse, demasiado hechizada como para poner objeciones al motivo por el que se casaban, incluso cuando él le confesara que no necesitaba su dote.

La música acabó y el baile llegó a su fin. Tenía toda su atención y sus cinco sentidos clavados en ella. En su silueta, en la inherente promesa de su esbelto cuerpo, en su piel, en sus ojos, en sus labios... en la cadencia de su respiración.

Era suya, toda suya.

Tuvo que obligarse a soltarla, tuvo que ocultar sus verdaderas intenciones tras el oscuro velo de sus pestañas. Tuvo que esbozar una sonrisa indolente mientras se colocaba la mano de la muchacha sobre el brazo y se volvía para enfrentar al resto de invitados.

—Será mejor que paseemos un rato.

Amelia parecía algo aturdida.

—No hay nadie con quien quiera hablar.

—Aun así. —Cuando ella lo miró, él aclaró—: No podemos convertirnos en inseparables de la noche a la mañana, tras un vals de nada.

Ella compuso una mueca, pero asintió con la cabeza.

—Muy bien... Tú primero.

Y así fue, muy en contra de sus deseos, sobre todo al saber que también iba en contra de los de ella. Sin embargo, un plan era un plan y el suyo tenía lógica. Encontraron a un grupo de amigos comunes y conversaron con ellos con la facilidad acostumbrada. Ambos se sentían muy cómodos en ese mundo y ninguno necesitaba la ayuda del otro.

Se llevó toda una sorpresa cuando se dio cuenta de que había dejado de participar en la conversación y estaba encantado escuchando a Amelia, escuchando sus risas y sus réplicas ingeniosas. Tenía una lengua casi tan viperina como la suya y una mente igual de ágil; se quedó estupefacto por la cantidad de veces que Amelia puso voz a lo que él estaba pensando.

Se percató de que más de una persona los miraba y sonrió para sus adentros. Su presencia relajada, aunque atenta, al lado de la muchacha no estaba pasando desapercibida. Puesto que reanudó su paseo por el salón de baile en el momento más oportuno, consiguió que Amelia se quedara a su lado durante la siguiente pieza. Observaron a las parejas mientras paseaban junto a la pista.

Por desgracia, no podía, aún, retenerla a su lado durante toda la velada. Lord Endicott apareció a su lado y, con una pomposidad de lo más irritante, reclamó el segundo vals.

Se vio obligado a ver cómo Amelia sonreía y se reía con Endicott todo el tiempo que duró la pieza. La tontorrona no regresó a su lado una vez que el baile llegó a su fin, de modo que tuvo que ir a buscarla.

Cuando Reggie Carmarthen apareció de pronto entre la multitud, estuvo a punto de abalanzarse sobre él. Reggie no se sorprendió en lo más mínimo cuando vio que lo empujaba para que bailara con Amelia, ya que todos se conocían desde siempre.

Y, por tanto, cuando reapareció al final de la pieza en busca de Amelia, Reggie se quedó anonadado.

Amelia le sonrió y le dio unos golpecitos en el brazo.

—No te preocupes.

Reggie la miró largo rato antes de desviar la mirada hacia él. A la postre, Reggie consiguió replicar.

—Lo que tú digas...

Por más impaciente que estuviera, Luc se tomó su tiempo. No espantó a Reggie, una pareja segura, a pesar de que éste no dejaba de mirarlo de soslayo, como si esperara que le enseñara los dientes en cualquier momento. Ellos tres, junto con algunas otras personas, pasaron al salón para un tentempié y ocuparon una de las enormes mesas entre bromas bienintencionadas. Se sentó junto a Amelia, pero salvo eso, se cuidó mucho de hacer cualquier gesto que pudiera interpretarse como posesivo.

Regresaron al salón de baile justo cuando la orquesta comenzaba a tocar los primeros acordes del siguiente vals. Sonrió y le solicitó el baile con indolente encanto.

Amelia le devolvió la sonrisa y le tendió la mano... en el preciso momento en el que lord Endicott, que se acercaba a ellos como una exhalación, los alcanzó.

—Lo siento —se disculpó Amelia con una sonrisa—. Lord Calverton me lo ha pedido antes.

Lord Endicott aceptó la derrota con dignidad e hizo una reverencia.

—Tal vez la siguiente pieza...

La sonrisa de Amelia se ensanchó.

—Tal vez.

Luc le apretó los dedos y ella desvió la mirada de su otro pretendiente y lo miró a los ojos, donde atisbó una frialdad, algo que le cortó la respiración... justo antes de que él apartara y se despidiera de Endicott para conducirla a la pista de baile.

No tuvo otra oportunidad de mirarlo a la cara hasta que comenzaron a girar por la estancia. Sus ojos, de un azul cobalto, siempre habían sido casi impenetrables; pero en esos momentos, medio ocultos por sus largas y abundantes pestañas, era del todo imposible interpretar su expresión. Sin embargo, sus facciones estaban crispadas en un gesto inflexible que nada tenía que ver con su habitual indiferencia...

—¿Qué es lo que pasa? Y no me digas que nada, porque sé que pasa algo.

Al escuchar sus propias palabras, se dio cuenta de que eran más ciertas que nunca; porque en esos momentos sabía que la tensión que invadía su esbelto cuerpo no era normal.

—Nos ayudaría muchísimo que te abstuvieras de animar a otros caballeros.

Ella parpadeó.

—¿Endicott? No estaba...

—Podrías empezar por no sonreírles.

Le estudió el rostro, estudió la expresión severa y la frialdad de sus ojos... Hablaba en serio. Su tono sarcástico le indicaba que estaba en uno de sus arranques de furia. Reprimió una sonrisa.

—Luc, pero ¿te has dado cuenta de lo que dices?

La miró un instante antes de fruncir el ceño.

—Preferiría no hacerlo.

Él la acercó más a su cuerpo (casi demasiado cerca para los dictados del decoro) mientras giraban al compás de la música. Y no aflojó su abrazo ni un momento.

El hecho de que la estrechara con tanta fuerza y la hiciera girar sin esfuerzo alguno era una distracción de lo más placentera, y aun así...

—Muy bien, ¿cómo quieres que me comporte? Creí que debía fingir que no me enamoraba de ti la primera semana. ¿Vamos a cambiar el libreto?

Él tardó un instante en contestar... entre dientes.

—No. Limítate a... no mostrarte tan efusiva. Sonríe con

aire distraído, como si no les estuvieras prestando atención de verdad.

Cuando por fin se sintió segura de poder reprimir la sonrisa, lo miró a la cara y asintió.

—Muy bien. Lo intentaré. ¿Debo entender entonces que tengo que prestarte atención a ti? —murmuró cuando la música llegó a su fin.

Notó que los ojos de Luc se habían oscurecido y que apretaba la mandíbula. No le respondió. Se limitó a cogerla de la mano y a sacarla de la pista de baile.

Desconcertada, dejó que la arrastrara a pasos agigantados hasta las puertas que daban a la terraza. Estaban abiertas. La luz de la luna iluminaba las baldosas del suelo.

—¿Adónde vamos?

—A seguir con nuestro libreto.

3

La llevó a la terraza, que estaba ocupada por numerosas parejas que disfrutaban de la agradable temperatura nocturna. La luna, un semicírculo plateado, lucía en el firmamento y bañaba la escena con su resplandor.

Luc echó un vistazo a su alrededor antes de tomarla del brazo y comenzar a caminar.

—Es costumbre —le dijo como si estuviera respondiendo a la pregunta que le rondaba la mente—, entre las parejas en pleno cortejo, pasar un tiempo juntos en los lugares... propicios.

«¿Propicios para qué?», pensó mientras lo miraba, pero él no dijo nada más. Devolvió la vista al frente.

—¿Crees que alguien se habrá dado cuenta ya?

—Sí, pero harán falta varias noches para convencerles de que nuestra relación va más allá de la simple interacción social.

—En ese caso, ¿qué propones para apresurar nuestro libreto?

Sintió su mirada clavada en ella.

—Sólo necesitamos seguir el viejo plan. Los chismes no tardarán en surgir.

«El viejo plan.»

Estaba más que convencida de que la versión de Luc difería de la suya en gran medida. Aunque no tenía la menor intención de protestar por el plan que imaginaba que él tenía en mente; no cuando al suyo le iba como anillo al dedo.

Siguieron caminando por la cada vez más solitaria terraza, ya que la mayoría de las parejas no se alejaba de la zona iluminada por las luces del salón. Al llegar al extremo, Luc echó un rápido vistazo a su alrededor antes de tomarle la mano con fuerza; Amelia lo siguió y en tres largas zancadas llegaron a uno de los laterales de la mansión. Una serie de pequeños escalones llevaba al nivel inferior, donde la terraza se prolongaba bajo una veranda cubierta por un rosal blanco cuajado de flores. Una vez allí, el rosal los ocultó de aquellos que seguían en el piso superior. Tanto la habitación cuyos ventanales daban a la veranda como el jardín que se extendía más allá de ésta estaban desiertos. Estaban solos. Escondidos a los ojos de los demás.

Luc se detuvo y la instó a volverse para quedar cara a cara. Cuando alzó la vista, sólo atisbó una fugaz imagen de su rostro antes de que él bajara la cabeza y, tras colocarle una mano en el mentón, la besara en los labios. Con enorme dulzura.

La sensación penetró en el torbellino de sus pensamientos. Se había preparado para un asalto en toda regla. Ya la habían besado antes y, según su experiencia, todos los hombres se dejaban llevar por la avidez. No así Luc. Aunque, de todos modos, no tenía la menor duda de que él deseaba mucho más y tomaría mucho más, pero sin exigir nada y sin recurrir a la fuerza. Su método era la seducción.

Roce a roce, caricia a caricia. Fue ella la que se acercó a él, la que cambió la naturaleza del beso. La mano de Luc bajó desde el mentón hasta su nuca y el tacto de esos dedos largos supuso todo un impacto para su sensible piel. Aún la tenía aferrada por la otra mano, con los dedos entrelazados, unidos.

La boca masculina se movía sobre la suya con delicadeza, animándola... y, sin pensar, ella separó los labios y él aprovechó la situación. No de forma agresiva, pero sí con decisión. La elegante serenidad tan característica en él parecía ser mucho más evidente en ese terreno en particular. Cada movimiento era tranquilo y lánguido, pero ejecutado con la maestría de un experto.

Amelia se estremeció al darse cuenta de que la había cautivado por completo; había cautivado sus sentidos y sus pensamientos. No veía, no oía. Estaba apartada del mundo y no tenía el menor deseo de regresar; no tenía el menor deseo de que la distrajeran del maravilloso deleite de ese beso. Como si lo entendiera, él ladeó la cabeza y la besó con más ardor, arrastrándola con él.

La excitación se adueñó de ella. La intimidad del abrazo la afectó hasta tal punto que se rindió con avidez y desenfreno, dejando que el placer la recorriera mientras él tomaba lo que quería. Reclamaba lo que quería.

Eso era lo que él había querido desde un principio, lo que había intentado conseguir apresurando el «libreto». Había decidido avanzar para grabar su marca en ella a modo de declaración de intenciones, un primer paso que dejaba bien claro cuál era su objetivo.

Y ella no podía estar más de acuerdo. Luc había elegido el escenario, había cumplido su palabra... Y por fin había llegado su turno. Si se atrevía a hacerlo, claro. Porque no sabía cómo debía proceder. Se acercó a él con inseguridad y dejó que su corpiño le acariciara el pecho. Luc se tensó aún más y los dedos que la sujetaban por la nuca se crisparon. Amelia se encogió de hombros mentalmente, le devolvió el beso con frenesí... y él se quedó de piedra.

Envalentonada, alzó la mano libre hasta su hombro y de allí la movió para posarla sobre una de sus elegantes mejillas. Le dio otro beso largo y provocativo mientras se zafaba de su férreo apretón. Tras alzar ese brazo, le rodeó el cuello y hundió los dedos en el sedoso cabello... al tiempo que se pegaba a él y confería al beso una nueva dimensión...

Él la estrechó entre sus brazos. No hasta el punto de sofocarla, pero sí sin ocultar el afán posesivo del gesto. Abandonó su mejilla para rodearle el cuello con ambos brazos, aunque no necesitaba retenerlo en modo alguno; le ofreció los labios y él retomó el control, se lo arrebató.

El beso que le dio a continuación la dejó sin respiración.

La pasión se adueñó de ella. No como una riada asoladora, sino como una marea continua e inexorable. Invadió sus venas y la recorrió, inundándola por entero... y ella se dejó arrastrar, dejó que sus sentidos se ahogaran bajo sus cálidas olas. Se apoyó en él, en ese cuerpo duro como el acero oculto bajo la elegante ropa, y notó que la estrechaba aún más entre sus brazos.

Esa fachada de languidez que siempre lo acompañaba había desaparecido. Cada beso parecía mucho más sensual, mucho más potente que el anterior, como si fuera una corriente inagotable que erosionaba cualquier resistencia por su parte. Aunque no se estaba resistiendo y él lo sabía muy bien. Sin embargo, si bien no le pedía permiso, tampoco le exigía nada; se limitaba a tomar aquello que ella le ofrecía, a reclamarla, a abrirle los ojos, a quitarle la venda que los cubría y a mostrarle hasta dónde podía llevarlos un simple beso.

Y ella lo acompañó en cada paso del camino.

Fue la tensión de los dedos de Amelia en la nuca, el modo en que su espalda se arqueó hacia él, la repentina y acuciante necesidad de que el beso fuera mucho más lejos, lo que hizo que Luc volviera a la realidad. Que recobrara el sentido común.

¿Qué demonios estaban haciendo?

Se alejó con brusquedad e interrumpió el beso. Tuvo que esforzarse para respirar y detener el torbellino de sus pensamientos. Sin embargo, no podía hacerlo con ella entre los brazos; no mientras ese cuerpo esbelto, complaciente y femenino se apretase contra él de un modo tan tentador. Tenía el corazón desbocado. Se obligó a mover los brazos, a apartar las manos de su cintura y a alejarla de él.

Amelia se tambaleó y tuvo que sostenerla mientras parpadeaba por la sorpresa.

Luc respiró hondo.

—Tenemos... —La palabra no fue más que un áspero murmullo estrangulado. Se aclaró la garganta, agarrotada por el deseo, y consiguió decir con voz ronca—: Ya es hora de que regresemos al salón.

—¿Hora? —Lo miró un instante a los ojos antes de apartar la vista—. ¿Cómo lo sabes? No hay reloj.

—¿Reloj? —Por un instante fue incapaz de comprenderla... y luego meneó la cabeza—. No importa. Vamos.

La agarró de la mano y la condujo escaleras arriba, hacia la terraza. Tras tomar otra honda bocanada de aire, se detuvo y comenzó a recobrar poco a poco el uso de la razón, aunque sabría Dios cuánto tiempo había estado sin él.

Aún había parejas paseando. Se colocó la mano de Amelia en el brazo y la condujo hacia el salón. Se percató de que respiraba de forma más agitada de lo normal, pero cuando llegaron a la zona iluminada y la inspeccionó por el rabillo del ojo, la encontró bastante sosegada. Sus mejillas estaban sonrosadas; tenía un brillo luminoso en los ojos, que estaban abiertos de par en par; y cualquiera que se fijara con detenimiento en sus labios se daría cuenta de que estaban hinchados. Sin embargo, la imagen que proyectaba, la de una joven con chiribitas en los ojos, era perfecta para sus planes.

Cuando llegaron a la puerta del salón, retrocedió para dejarla pasar. Ella entró, se detuvo y se volvió para mirarlo. Lo miró a los ojos durante un instante antes de recobrar su expresión habitual. Estaba seguro de que iba a decirle algo; pero, en cambio, sonrió. No sólo con los labios, también con los ojos.

Acto seguido se dio la vuelta y se adentró en el salón.

Luc la observó brevemente antes de maldecir entre dientes y seguirla. Ya le había sonreído así en una ocasión y, al igual que sucedió entonces, se le erizó el vello de la nuca.

Su intención había sido la de besarla sin más. Pero el beso se había transformado en... una serie de recuerdos que lo mantuvieron en vela la mitad de la noche.

El reloj dio las doce del mediodía cuando atravesaba el vestíbulo de entrada. Había documentos e informes aguardándolo en el despacho. Les echaría un vistazo antes del almuerzo para alejar su mente de su más reciente obsesión.

Acababa de extender el brazo para asir el picaporte de la puerta del despacho cuando escuchó su risa. Conocía muy bien su sonido y lo escuchaba a menudo en su cabeza. Y eso creyó por un instante, que su imaginación le estaba jugando una mala pasada. Pero luego escuchó la voz que acompañaba a la risa; no palabras concretas, pero sí el tono, la cadencia. Miró hacia el otro extremo del vestíbulo y agudizó el oído. Amelia estaba con sus hermanas y su madre. También estaba Fiona. No escuchó a nadie más. No era un almuerzo formal, sino una visita de una amiga de la familia.

Los documentos que descansaban en su escritorio lo reclamaban. Algunos eran disposiciones que debía atender antes de esa misma noche; otros eran facturas urgentes que por fin podía pagar. La responsabilidad lo instaba a entrar en el despacho, pero un instinto mucho más profundo y primitivo lo guiaba en una dirección diferente.

La noche anterior Amelia había acatado su edicto, había asentido con docilidad y le había permitido variar el curso de su plan... hasta el beso. El primer beso que compartían; un beso que, supuestamente, no debería haber tenido ninguna complicación. Sin embargo, había puesto su plan patas arriba. No había sido él quien convirtiera el encuentro en un preludio de placeres mucho más sensuales. Y si él no había sido, tenía que haber sido ella.

Ese hecho lo inquietaba bastante. Si Amelia era capaz de desafiar sus reglas en ese ámbito, ¿qué otra cosa podría intentar? Y eso lo llevaba a otra acuciante y pertinente pregunta: ¿qué estaba haciendo en su salón en ese momento?

Amelia alzó la vista cuando se abrió la puerta del salón. Sonrió encantada y no hizo intento alguno por ocultar la satisfacción que sentía al ver que Luc entraba, las miraba, cerraba la puerta y atravesaba la estancia para acercarse al lugar donde ellas se sentaban, delante del ventanal.

Sus acompañantes también lo miraron y sonrieron. La

madre de Luc, Minerva, estaba sentada en el diván a su lado mientras que Emily, Anne y Fiona ocupaban dos sillones y una otomana emplazados frente a ella. Cualquier dama habría sonreído con aprobación al verlo. La chaqueta de costosa lana azul oscura le quedaba como un guante y resaltaba la línea de sus hombros y la estrechez de sus caderas. Esos muslos largos y musculosos estaban cubiertos por unos pantalones de montar de ante que desaparecían bajo un par de relucientes botas negras. El contraste entre el tono pálido de su piel y el negro de su cabello y de sus cejas resultaba sorprendente incluso a la luz del día.

Saludó a las tres jovencitas con un gesto de la cabeza. Pasó de largo y, al llegar frente a ella, saludó a su madre y extendió el brazo, ofreciéndole una mano de largos dedos.

El corazón de Amelia comenzó a latir con fuerza cuando tomó la mano que le ofrecía y sintió su apretón. Le hizo una reverencia.

—Amelia.

En casa de cualquiera de los dos podían utilizar sus nombres de pila; sin embargo, aunque su tono de voz no evidenciaba nada a oídos del resto de las presentes, ella sí captó la nota de advertencia; y también la vio reflejada en sus ojos cuando se enderezó y la soltó.

Dejó que su sonrisa se ensanchara mientras correspondía al saludo.

—Buenos días. ¿Has ido a montar?

Luc titubeó antes de asentir, tras lo cual retrocedió para apoyarse en la cercana repisa de la chimenea.

—¿Quieres un té? —le preguntó su madre.

Luc echó un vistazo al servicio de té dispuesto en la mesa.

—No gracias, no quiero nada.

Minerva se arrellanó con elegancia en el diván.

—Estábamos comentando las últimas invitaciones. A pesar de que la temporada está a punto de acabar, parece que habrá unos cuantos acontecimientos interesantes durante las semanas que restan.

Luc enarcó una ceja con desinterés.

—¿De veras?

Amelia lo miró.

—Aunque sólo resten tres o cuatro semanas para que concluya, dudo mucho de que nos aburramos.

La miró y ella le correspondió con una expresión de lo más inocente en esos ojos azules.

—¡Todo es tan emocionante! —intervino Fiona, alegre como unas castañuelas. La muchacha daba botes de entusiasmo en su sillón haciendo que se agitaran sus tirabuzones castaños, que estaban peinados con el mismo estilo que los de Anne. Incluso tenía cierto parecido con ella... pensó, hasta que se dio cuenta de que llevaba una de las chaquetillas de su hermana.

—Al menos los bailes ya no estarán tan concurridos —intervino Anne.

Fiona se dio la vuelta para mirarla.

—¿Que no estarán tan concurridos?

—Desde luego que no —confirmó Emily—. Cuando la temporada estaba en pleno apogeo era muchísimo peor; aglomeraciones en todo el sentido de la palabra.

—Entonces, ¿vuestro baile de presentación fue una aglomeración? —le preguntó su amiga.

Su madre sonrió.

—Así es; fue un acontecimiento de lo más multitudinario.

Emily lo miró con una sonrisa orgullosa que él correspondió al punto. Aún temblaba para sus adentros cuando pensaba en el trastorno y en el esfuerzo económico que había supuesto la presentación en sociedad de sus hermanas, pero por fin podría pagar su coste.

—Fue una pena que te lo perdieras —dijo Anne mientras tomaba a Fiona de la mano—. Fue detestable que tu tía insistiera en hacer esa visita a tus primos.

—Vamos, vamos, niñas —intervino su madre—. Fiona se aloja en casa de su tía, y la señora Worley ha sido de lo más amable al permitirle que nos acompañe siempre que sea posible.

Anne y Fiona aceptaron la reprimenda con docilidad, pero estaba claro que su opinión sobre la inoportuna visita que la señora había organizado a Somerset la misma semana del baile de presentación no había variado un ápice.

—He oído que pasado mañana elevarán un globo en el parque.

El comentario de Emily las distrajo un instante. Su madre volvió a reclinarse en el diván, observando con cariño a las tres muchachas mientras discutían el evento.

Luc no prestó la menor atención a la conversación y, en cambio, clavó la mirada en la cabeza rubia de Amelia mientras se preguntaba... Amelia estaba observando a sus hermanas y sonreía ante sus muestras de entusiasmo.

—¿Te gustaría asistir al espectáculo?

Ella alzó la cabeza, lo miró a los ojos, leyó su expresión... y un delicado rubor le coloreó las mejillas. Volvió a mirar a las muchachas.

—Podríamos ir todos...

Luc hizo una mueca de fastidio para sus adentros, pero asintió con elegancia cuando sus hermanas lo miraron con evidente ilusión.

—¿Por qué no?

Sería una oportunidad inmejorable para aparecer en público acompañando a Amelia por primera vez.

Fiona dejó escapar un grito de júbilo, Anne sonrió y Emily soltó una carcajada. Comenzaron a planear los detalles.

Aprovechando la alborozada conversación, Amelia alzó la mirada hacia su rostro con una expresión perspicaz en sus ojos.

—A decir verdad, estábamos comentando que... —su madre solicitó su atención antes de que pudiera descubrir el motivo de semejante mirada. Lo miró con una sonrisa— puesto que Amanda se ha marchado al norte y no regresará en lo que resta de temporada, y dado que tengo la obligación de hacer de carabina de estas tres vivarachas jovencitas, es lógico que Amelia nos acompañe, en especial cuando Louise tenga otros compromisos ineludibles.

Luc se las arregló para mantener una expresión impasible antes de volver a mirar a Amelia. Ella sostuvo su mirada sobre el borde de la taza antes de dejarla de nuevo en el platillo con una sonrisa deslumbrante.

—Nos pareció la solución más obvia.

—Desde luego. Así que Amelia vendrá esta noche y desde aquí saldremos hacia la fiesta de lady Carstairs. —Su madre lo miró con una ceja enarcada—. No lo habrás olvidado, ¿verdad?

Luc se enderezó.

—No.

—Ordenaré que preparen el carruaje grande, que tiene capacidad para seis personas; supongo que no tendremos problemas para ir cómodos.

Amelia soltó la taza para hablar.

—Gracias, Minerva. Estaré aquí antes de las ocho. —Le dedicó una sonrisa de la que hizo partícipes también a las muchachas—. Pero ahora debo irme.

Luc aguardó y contuvo su impaciencia mientras se despedía de su madre y de sus hermanas. Cuando se volvió hacia él, le hizo un gesto en dirección a la puerta.

—Te acompaño.

Tras despedirse de su madre y de las muchachas con un breve gesto de la cabeza, siguió a Amelia hasta la puerta, extendió el brazo y se la abrió para que saliera al vestíbulo. Un rápido vistazo le informó de que no había ningún criado por los alrededores. Cerró la puerta y buscó su mirada.

—Accediste a seguir mis disposiciones.

Ella abrió los ojos de par en par.

—¿No tenías pensado que acompañara a tu madre y a tus hermanas tarde o temprano? —Amelia se volvió hacia la puerta principal mientras se ponía los guantes—. Me pareció una estupidez desperdiciar semejante oportunidad.

—Cierto. —Caminó a su lado de camino a la puerta—. Pero a su debido momento.

Ella se detuvo y lo miró.

—¿En qué momento?

Luc frunció el ceño.

—Después del ascenso del globo, posiblemente.

Ella enarcó las cejas y después se encogió de hombros.

—Lo de esta noche me pareció mejor. De todos modos —bajó la vista y comenzó a forcejear con uno de los diminutos botones del guante—, ya está decidido.

Imposible discutir ese punto. Se dijo que no tenía la menor importancia. Llegaron a la puerta. La abrió, pero ella seguía intentando abotonarse el guante.

—A ver... permíteme. —Le sujetó la muñeca y percibió, más que escuchó, su repentino jadeo. Sintió el estremecimiento que la recorrió cuando sus dedos encontraron el recalcitrante ojal en el puño del guante y rozaron la piel desnuda.

La miró a los ojos y le alzó la mano para observar de cerca el terco botón.

Amelia permaneció totalmente inmóvil; incluso su respiración parecía haberse detenido mientras él bregaba con el diminuto ojal. Consiguió colocar el botón en su sitio. Alzó la vista, atrapó su mirada... y acarició con toda deliberación el suave guante de piel para asegurarse de que el botón estuviera en su sitio antes de recorrer lentamente con el pulgar la delicada piel de la parte interna de su muñeca.

Ella lo miró echando chispas por los ojos y comenzó a retorcer la muñeca. La soltó. Amelia bajó la vista y se alzó las faldas.

Él se metió las manos en los bolsillos y se apoyó contra el marco de la puerta.

—En ese caso, te veré esta noche. Antes de las ocho.

—Por supuesto. —Inclinó la cabeza, pero rehuyó su mirada—. Hasta entonces.

Alzó la cabeza y salió al exterior. Bajó los escalones. Una vez en la acera, se volvió en dirección a su casa y agitó una mano. Su lacayo llegó de inmediato al escalón inferior. El hombre lo saludó y se marchó tras ella. Luc reprimió la expresión ceñuda que había estado a punto de asomar a su rostro; se enderezó y cerró la puerta. Sólo entonces se permitió sonreír.

Tal vez Amelia hubiera tomado la delantera a la hora de dar el siguiente paso, pero él aún tenía las riendas.

Se encaminó satisfecho hacia su despacho. Al pasar junto a la consola emplazada en el otro extremo del vestíbulo, se detuvo y observó la lisa superficie. ¿Dónde estaba la escribanía de su abuelo? Hasta donde le alcanzaba la memoria, siempre había estado allí... Tal vez Molly se la hubiera llevado para pulirla durante la vorágine de la limpieza anual de primavera. Se hizo el propósito de preguntar por el objeto en alguna ocasión y se marchó, dispuesto a ocuparse de los negocios que aún le aguardaban tras la puerta de su despacho.

—¿Estás segura de que hay sitio para ti en el carruaje de Minerva?

Amelia echó un vistazo al otro extremo de su habitación y lanzó una sonrisa a su madre.

—Dijo que mandaría preparar la berlina. Sólo seremos seis.

Su madre meditó al respecto antes de asentir.

—Ninguno de vosotros está gordo, después de todo. Debo admitir que será un alivio poder disfrutar de una noche de descanso en casa. Todavía no me he repuesto del ajetreo de la boda de Amanda. —Tras una pausa, murmuró—: Supongo que puedo confiar en que Luc te eche un ojo.

—Por supuesto. Ya lo conoces.

Los labios de su madre esbozaron una pequeña sonrisa antes de ponerse seria y exclamar:

—¡No, no y no!

Amelia acababa de coger su ridículo y su chal, y corría hacia su madre, que la hizo retroceder con un gesto de la mano.

—Detente ahora mismo y deja que te vea.

Amelia la obedeció con una sonrisa. Se colocó el ridículo en la muñeca, se echó el reluciente chal sobre los hombros y se enderezó para girar con la cabeza bien alta frente a su madre. Una vez hubo dado una vuelta completa, la miró a los ojos.

Ella señaló su aprobación con un gesto afirmativo de la cabeza.

—Me preguntaba cuándo te lo pondrías. Ese tono te favorece mucho.

Amelia abandonó la pose y se apresuró en dirección a la puerta.

—Lo sé. —Le dio un beso a su madre en la mejilla—. Gracias por comprármelo. —Una vez en el pasillo, echó un vistazo por encima del hombro y sonrió—. Tengo que darme prisa... no quiero llegar tarde. ¡Buenas noches!

Louise observó cómo se alejaba con una sonrisa en los labios y una mirada tierna. Cuando hubo desaparecido por las escaleras, suspiró.

—No quieres perder la oportunidad de meterlo en cintura... lo sé. Buenas noches, querida, y buena suerte. Con él vas a necesitarla...

Ataviado con chaqueta y pantalón negros, corbata de color marfil y chaleco de seda, Luc aguardaba en el vestíbulo de entrada mientras observaba las escaleras en las que su madre, sus hermanas y Fiona, por fin, se habían reunido ya preparadas para la fiesta cuando escuchó que Cottsloe abría la puerta principal. No prestó la menor atención, ya que supuso que el mayordomo quería comprobar si el carruaje estaba listo.

En ese momento escuchó que Cottsloe murmuraba:

—Buenas noches, señorita.

A lo que siguió la presta respuesta de Amelia.

Se dio la vuelta de inmediato, dando gracias a Dios por su llegada... pero su mente se paralizó, literalmente y al instante, en cuanto sus ojos se posaron en ella. Fue incapaz de apartarlos. La imagen no sólo afectaba a sus sentidos físicos, sino también a su sentido común. Se le quedó la mente en blanco mientras se la comía con los ojos. Mientras todos sus instintos despertaban, voraces.

Embargados por el deseo.

Una vez que hubo saludado a Cottsloe, Amelia se dio la vuelta y se acercó a él con la cabeza bien alta y los tirabuzones dorados acariciándole los hombros y la espalda. Luc cerró los puños. Ella lo miró a los ojos y esbozó una sonrisa confiada... como si tuviera por costumbre aparecer en su vestíbulo ataviada como una diosa del mar, como una sacerdotisa de Afrodita en carne, hueso y ojos azules.

Conocía esos tirabuzones, esos ojos y ese rostro, pero en cuanto al resto... ¿acaso la había visto bien alguna vez? Estaba seguro de no haberla visto nunca tal y como estaba en ese momento.

Su vestido estaba confeccionado con una seda resplandeciente y tan liviana que se agitaba al menor movimiento, delineando sus curvas al detalle: la voluptuosidad de sus senos y sus caderas, la firmeza de sus muslos y la redondez de su trasero. Era de un pálido color azul verdoso con matices plateados. El corpiño del vestido estaba formado por un volante de la misma tela y otro volante adornaba el bajo. De corte exquisito, el diseño enfatizaba su delicada cintura y se derramaba sobre ella como si fuera agua, envolviéndola y brillando a su alrededor...

Por un desquiciante momento creyó que estaba ataviada con algo tan insustancial como la espuma del mar y que, en cualquier instante, las olas se retirarían, la brisa soplaría, la espuma desaparecería y... Una ilusión, pero una ilusión tan real que se descubrió conteniendo la respiración.

En un principio creyó que no tenía mangas ni tirantes, pero luego se dio cuenta de que eran transparentes. Los hombros desnudos y las deliciosas curvas de sus pechos parecían emerger del escote del corpiño para que todo el mundo los viera y le dio la impresión de que sólo había que bajar un poco para que...

Amelia llegó a su lado y se detuvo frente a él, oculta a los ojos de las demás. Desde las escaleras se escucharon varias exclamaciones y el sonido de las pisadas de su madre y de sus hermanas, que ya descendían a toda prisa.

Alzó la mirada hasta posarla sobre esos profundos ojos azules.

Ella la enfrentó con una sonrisa burlona en los labios y una ceja enarcada.

—¿Estás preparado?

Su voz era ronca y tan fascinante como el canto de una sirena...

¿Preparado?, pensó.

La miró a los ojos... unos ojos que no eran ni por asomo tan angelicales como había supuesto. Antes de que pudiera fruncir el ceño, Amelia ensanchó su sonrisa y pasó a su lado para saludar a su madre y a sus hermanas.

Dejándolo para que reprimiera, o controlara, mejor dicho, una numerosa horda de instintos que ni siquiera había sido consciente de poseer hasta ese momento. Se dio la vuelta y puso los brazos en jarras mientras la observaba. Su madre y sus hermanas tomarían su pose como fruto de la impaciencia; iban retrasados. Amelia la interpretaría mucho mejor, pero...

En ese instante comprendió que le importaba un bledo lo que ella supiera o dedujera. De haber existido una mínima posibilidad de que lo obedeciera, le habría ordenado al instante que se marchara a casa para cambiarse de ropa. Sin importar lo tarde que llegaran a la fiesta. Sin embargo, el entusiasmado recibimiento que ese... vestido, a falta de una palabra mejor, estaba recibiendo por parte de las Ashford, le dejó muy claro que no todo el mundo compartía su opinión sobre el diseño.

Era arrebatador, pero en su opinión, su lugar estaba en el dormitorio y no en una maldita fiesta. ¿Se suponía que debía acompañarla durante toda la noche? ¿Que tendría que mantener las manos apartadas de ella?

¿Y las de todos los demás hombres?

Necesitaría la ayuda de la mitad de la guardia de palacio.

Frunció el ceño y estaba a punto de preguntar con un gruñido acorde con su expresión si al menos llevaba chal, cuando vio que lo sujetaba a la altura de los codos. Cuando se lo echó sobre los hombros y se acercó acompañada por su madre, Luc descubrió que el tejido resplandeciente era el complemento perfecto para la fantasía en la que la envolvía el tentador vestido.

Refrenó su temperamento, por no mencionar otras cuantas cosas más, y les indicó que lo precedieran hacia la puerta.

—Será mejor que nos vayamos.

Sus hermanas y Fiona le sonrieron con indulgencia cuando pasaron junto a él, suponiendo que era su tardanza la culpable de su malhumor. Su madre pasó tras ellas con una expresión alegre, pero evitó su mirada.

Amelia seguía su estela, aunque al llegar a su lado esbozó una sonrisa antes de seguir adelante.

Luc se quedó donde estaba por un instante, observando el vaivén de sus caderas bajo la reluciente seda, tras lo cual gimió para sus adentros y la siguió.

Si hubiera pensado con claridad, si hubiera sido capaz de hilar un solo pensamiento, habría bajado los escalones más rápido. Cuando llegó a la acera, las tres muchachas habían subido ya al carruaje y se habían sentado. Ayudó a su madre a subir y después le ofreció la mano a Amelia. La costumbre lo llevó a bajar la mirada justo para atisbar un asomo de tobillo desnudo antes de que las faldas volvieran a su lugar.

A decir verdad, estaba más que «preparado» cuando subió al carruaje; la erección que le había provocado resultaba de lo más incómoda. Pero la cosa empeoró de forma considerable cuando se percató de que el único sitio libre estaba junto a Amelia, entre ésta y el lateral del vehículo. Había el espacio justo para que se sentaran tres personas en cada asiento; las tres muchachas estaban cuchicheando con las cabezas muy juntas. Era imposible obligarlas a cambiarse de sitio, ¿qué excusa podría utilizar? Así pues, apretó los dientes, se sentó... y soportó el contacto de la cadera de Amelia y el bamboleo del carruaje. De ese muslo delicado y femenino que se apretaba contra él; de ese puñetero vestido que se deslizaba entre ellos, tentándolo subrepticiamente.

Durante todo el trayecto por el margen del río hasta la residencia de los Carstairs en Chelsea.

La pareja poseía una enorme casa en Mayfair, pero había elegido celebrar su fiesta estival en esa propiedad, cuyos jardines se extendían hasta la orilla del Támesis.

Saludaron a los anfitriones en el vestíbulo antes de unirse al resto de los invitados en una larga sala de recepción que ocupaba todo un lateral de la casa. La pared más alejada estaba formada por un ventanal y varias puertas, en ese momento abiertas para dar paso a los jardines. Dichos jardines habían sido transformados en un lugar mágico, con cientos de farolillos colgados de los árboles y dispuestos en largas hileras sujetas por postes. La ligera brisa procedente del río agitaba los farolillos y hacía bailar las sombras que éstos proyectaban.

Muchos invitados ya se habían rendido a la tentadora iluminación. Una vez que hubo inspeccionado la multitud, Luc se dio la vuelta, miró a Amelia... y decidió imitarlos de inmediato. A la luz del vestíbulo de su casa le había parecido deslumbrante. A la luz de las arañas parecía... el manjar más delicioso que un lobo hambriento pudiera imaginar.

Y el lugar estaba plagado de lobos hambrientos.

Maldijo para sus adentros mientras la sujetaba por el codo y lanzaba una apresurada mirada a sus hermanas. Desde su fabuloso baile de presentación no las vigilaba con tanto celo como antes, o al menos no lo hacía de forma tan evidente. Emily se sentía cómoda en ese tipo de acontecimientos y Anne hacía gala de su naturaleza sosegada. No le inquietaba dejarlas a su aire y Fiona estaría bien con ellas.

Más tarde volvería a echarles un vistazo.

—Vamos al jardín. —No miró a Amelia, pero sintió sus ojos sobre él y percibió la sorna con que lo observaban.

—Como desees.

En ese instante sí la miró, de soslayo y con rapidez; la burla que destilaba su voz se reflejaba en sus labios, ligeramente curvados. La tentación de reaccionar en consecuencia, de borrar con un beso esa sonrisa burlona, fue alarmantemente intensa. La reprimió. Tras despedirse con un gesto brusco de su madre, que ya había encontrado a sus amigas, condujo a Amelia al otro extremo de la habitación con cara de pocos amigos.

Para llegar hasta las puertas de acceso al jardín no quedaba otro remedio que atravesar toda la estancia. Les llevó media hora lograrlo. Todo el mundo parecía detenerlos, tanto las damas como los caballeros; ellas para hacer algún comentario sobre su vestido, ya fuera un cumplido sincero o alguna exclamación inocente acerca de su atrevimiento al llevarlo; ellos para adularla y piropearla, si bien en su mayor parte no utilizaron palabras para hacerlo.

Cuando por fin los dejaron atrás y llegaron a las puertas de salida, la mandíbula de Luc estaba tensa y su rostro lucía una expresión de lo más adusta; al menos, a los ojos de Amelia. Percibía el malhumor que lo embargaba y la creciente tensión provocada por el esfuerzo de mantener el control.

Y sopesó el modo de exacerbarlo.

—¡Qué bonito! —exclamó mientras salían a la terraza embaldosada.

Los dedos de Luc le soltaron el codo, de donde no se habían apartado desde que llegaran a la residencia de los Carstairs, para bajar hasta la muñeca y cogerle la mano a fin de colocársela sobre el brazo, donde la retuvo.

—No me había percatado de que los jardines fueran tan extensos. —Escrutó los oscuros caminos que se alejaban de la terraza—. Apenas se oye el río desde aquí.

—Sólo el chapoteo de algún que otro remo y las olas sobre la orilla, pero muy distante. —Ella misma estaba contemplándolo todo—. Parece que tienen la intención de que el baile se celebre aquí fuera. —Señaló con la cabeza en dirección a un grupo de músicos que descansaban con sus instrumentos en un extremo de la amplia terraza—. Demos un paseo.

Si no lo hacían, no tardarían en estar rodeados por otras personas. Y ella no tenía la menor intención de hablar con nadie más que con Luc. Incluso con él prefería hacer otro tipo de intercambio en el que no estuvieran involucradas las palabras, y el jardín prometía ser el mejor lugar para lograrlo. Bajó los escalones de la terraza a su lado.

Los caminos cubiertos de grava se extendían en numerosas direcciones; tomaron el que parecía menos frecuentado, uno que se perdía en la distancia tras pasar bajo el frondoso dosel de una arboleda. La luz de la luna se alternaba con las sombras de los árboles mientras caminaban, pero Amelia guardó silencio, consciente de la mirada de Luc; consciente de que volvía una y otra vez a sus hombros desnudos y a su escote, como si no pudiera evitarlo.

No le sorprendió en absoluto que le preguntara con voz desabrida:

—¿De dónde demonios has sacado ese vestido?

—Celestine lo mandó traer expresamente de París. —Bajó la vista y ahuecó el volante que formaba el corpiño, a sabiendas de que la mirada de Luc seguía cada uno de sus movimientos—. Es diferente, pero no escandaloso. Me gusta, ¿y a ti? —Alzó la vista y pudo ver que él fruncía los labios a pesar de la escasa luz.

—Sabes muy bien lo que pienso de ese puñetero vestido, y no sólo yo, sino también todos los hombres presentes que aún no chochean. Lo que pienso de ti con ese vestido. —Se mordió la lengua para reprimir su siguiente pensamiento: «Lo que pienso de ti sin ese vestido.» Entrecerró los ojos y le lanzó una mirada furibunda—. Según recuerdo, quedamos en que serías tú quien siguiera mis planes.

Ella lo miró con los ojos desorbitados.

—¿Es que esto —preguntó, apartando la mano de la suya para extender la reluciente falda de su vestido— no forma parte del camino que hemos acordado? ¿Del camino que todos esperan que tomemos? —Se detuvo para mirarlo de frente. Estaban bastante lejos de la terraza y no había ningún otro invitado en las cercanías; podían hablar sin temor—. ¿No se supone que mi cometido debe ser deslumbrarte?

Puesto que no podía entrecerrar más los ojos, Luc tensó la mandíbula y replicó entre dientes:

—Ya eres lo bastante deslumbrante sin ese vestido. —¿Qué acababa de decir?—. Quiero decir que habría bastado con un vestido de baile normal y corriente. Eso... —dijo al tiempo que señalaba la deslumbrante prenda con un dedo— es ir demasiado lejos. Es demasiado exagerado. No te sienta bien.

Lo que quería decir era que lo exagerado no iba con ella. Amanda era exagerada, Amelia era... lo que fuera, pero era otra cosa.

Aunque alzó la barbilla, el rostro de Amelia quedó oculto bajo las sombras de las ramas.

—¿Cómo has dicho?

No hubo nada en su voz que delatara una supuesta ofensa; al contrario, su tono pareció alegre. Sin embargo, fue el gesto de su barbilla lo que le provocó un escalofrío premonitorio en la espalda y le hizo farfullar una explicación, ocultando la inquietud tras una mueca de exasperación.

—No quería decir...

—No, no. —Lo interrumpió con una sonrisa—. Lo entiendo perfectamente. —La sonrisa no le llegó a los ojos.

—Amelia... —Intentó tomarla de la mano, pero ella se volvió entre el frufrú de la seda y comenzó a desandar sus pasos.

—Creo que si ése es el rumbo que piensas que debemos tomar, tendríamos que regresar a la terraza. —Siguió caminando en esa dirección—. No queremos que ningún chismoso exagere el estado de nuestra relación.

Luc la alcanzó con dos zancadas.

—Amelia...

—Tal vez tengas razón y debamos tomarnos esto con más calma. —Su voz destilaba algo... que lo puso en guardia—. Ya que, siendo así...

Habían llegado a la terraza. Ella se detuvo en el escalón inferior, en un pequeño círculo de luz procedente de los farolillos. Luc se detuvo a su lado y la vio observar al grupo de invitados que aguardaban en la terraza a que la orquesta comenzara a tocar. Entonces sonrió... pero no a él.

—Por supuesto. —Lo miró de reojo e inclinó la cabeza a modo de despedida—. Gracias por el paseo. —Dio media vuelta y comenzó a subir los escalones—. Y ahora voy a bailar con alguien que sí admire mi vestido.

4

Cuando Luc escuchó esas palabras ya era demasiado tarde para detenerla. En cuanto Amelia llegó a la terraza se internó en la multitud. A pesar de que la siguió en un abrir y cerrar de ojos, cuando logró localizarla, ya se había unido a un grupo y charlaba animadamente con lord Oxley, a quien había tomado del brazo.

Los músicos eligieron ese preciso momento para empezar a tocar y, en cuanto sonaron los primeros acordes del cotillón, los invitados se aprestaron a colocarse para el baile. Luc apretó la mandíbula y se retiró hacia las sombras que reinaban junto a los muros de la casa; cruzó los brazos y apoyó la espalda contra la pared para observar cómo Amelia, su futura esposa, ejecutaba los pasos de la danza.

El maldito vestido flotaba a su alrededor como si fuera un resplandeciente halo de luz. Fue testigo de al menos dos tropiezos debidos a la distracción de los caballeros. Las emociones que lo embargaban no le resultaban familiares, aunque reconocía en parte la tensión que lo atenazaba. Estaba acostumbrado al deseo, podía controlarlo sin problemas, pero lo otro...

Se sentía a punto de estallar, con los nervios a flor de piel. Demasiado inquieto, y eso no era normal en él. ¿Cómo era posible que ella le hubiera provocado semejante estado con tanta facilidad?

Menos mal que el puñetero baile no era un vals...

Esa idea le hizo soltar un juramento. Era muy probable

que el siguiente sí lo fuera, y no confiaba en sí mismo lo suficiente como para tenerla entre sus brazos, no en público y no mientras fuera ataviada con esa indecencia a la que llamaba «vestido». Sin embargo, sabía muy bien lo que ocurriría si se veía obligado a verla bailar, vestida así, con algún otro hombre.

Tras lanzar unos cuantos vituperios contra todas las mujeres, y en especial contra las Cynster, se dedicó a observar a Amelia mientras esperaba... Y trazaba un plan.

Amelia sabía que la estaba mirando; su deslumbrante sonrisa, sus risas y sus coqueteos con lord Oxley eran un ardid. No tenía la menor intención de cambiar a su recalcitrante vizconde por un aristócrata de título mayor. Por suerte, era imposible que Luc estuviera seguro de ello.

Al final del baile, evitó mirar en su dirección y, en cambio, se dedicó a alentar a otros caballeros a reunirse en torno a ella. Estaba observando al señor Morley inclinarse sobre su mano cuando Luc se acercó. En cuanto Morley la soltó, Luc se apropió de ella y, tras saludarla con una apática y quizás hastiada inclinación de cabeza, se colocó su mano en el brazo y la retuvo cubriéndola con la suya.

Ella abrió los ojos de par en par.

—Me preguntaba dónde estabas...

Sus oscuros ojos cobalto se clavaron en ella.

—Pues no hace falta que te lo preguntes más.

Los cuatro caballeros que la rodeaban los miraron de forma alternativa con la perplejidad pintada en el rostro. Sabían que había llegado al baile con él, pero debían de haber asumido que su relación era la de siempre: una amistad familiar, nada más.

Nada más profundo.

Sin embargo, la tensión que los embargaba decía otra cosa bien distinta.

Le ofreció una sonrisa mientras deseaba poder descifrar su expresión y volvió a prestar atención a los caballeros.

—¿Se han enterado de lo del globo aerostático? —les preguntó con jovialidad.

—¡Desde luego que sí! —contestó lord Carmichael—. Será en el parque.

—Pasado mañana —añadió el señor Morley.

—¿Me permite ofrecerle mi nuevo faetón, querida? —preguntó lord Oxley con actitud ufana—. Tiene más de dos metros de altura ¿sabe? La vista es excelente.

—¿De veras? —Amelia lo miró con una sonrisa—. Yo...

—La señorita Cynster ya se ha comprometido a asistir al espectáculo con mis hermanas —intervino Luc. Amelia lo miró con las cejas arqueadas en un gesto algo arrogante. Él enfrentó su mirada antes de añadir—: Y conmigo.

Lo miró a los ojos un instante más y a continuación sonrió e inclinó la cabeza. Hizo un gesto de impotencia dirigido a lord Oxley e intentó suavizar el rechazo con una sonrisa.

—Como iba a decirle, me temo que ya he aceptado la invitación de los Ashford para asistir al espectáculo.

—Vaya, en fin... está bien. —Lord Oxley miró a Luc con expresión perpleja—. Lo comprendo —añadió, si bien su tono revelaba que no entendía nada en absoluto.

El estridente sonido del violín advirtió a los invitados de que el vals estaba a punto de comenzar.

—Querida, ¿sería tan amable de...?

—Señorita Cynster, si me permite el atrevimiento...

—¿Me concedería el honor...?

El señor Morley, lord Carmichael y sir Basil Swathe guardaron silencio al unísono y se miraron los unos a los otros antes de volver la vista hacia ella. Amelia vaciló un instante... y después alzó la barbilla.

—Yo...

Luc le dio un pellizco en los dedos que cubría con su mano.

—Querida, he venido a buscarte porque mi madre quiere presentarte a una vieja amiga.

Ella lo miró con desconcierto.

—Pero ¿y el vals?

—Me temo que la señora en cuestión es bastante mayor

y se marchará pronto. No tiene por costumbre visitar la capital. —A continuación, se dirigió a sus cuatro pretendientes—: Si nos disculpan...

Ni siquiera le pidió su opinión, por supuesto; apenas esperó a que murmurara una despedida antes de alejarla. Y no hacia la pista de baile, donde ella deseaba ir (con él), sino de vuelta hacia la casa.

Una vez que traspasaron las puertas de la alargada sala de recepción, se detuvo y se negó a ir más lejos.

—¿Quién es esa vieja amiga a la que tu madre quiere que conozca?

Luc clavó la mirada en ella.

—Una invención.

Antes de que pudiera responder, Luc cambió de dirección y tiró de ella hacia una puerta.

—Por aquí.

Intrigada y esperanzada a un tiempo, dejó que la condujera por un corto pasillo a través del cual se accedía a un corredor paralelo a la sala de recepción y que estaba flanqueado por varias puertas.

Sin soltarle la mano, Luc se dirigió a una puerta situada en mitad del pasillo. Abrió la puerta, echó un vistazo al interior y dio un paso atrás para indicarle que entrara primero. No le quedó más remedio que hacerlo. Él la siguió de inmediato.

Una vez dentro, Amelia echó un vistazo a su alrededor. La estancia era una salita amueblada con un surtido de cómodos sofás, sillones y mesas bajas. Las enormes cortinas que cubrían las ventanas estaban descorridas y permitían que la pálida luz de la luna, tenue aunque abundante, iluminara la escena.

Una escena en la que no había un alma salvo ellos.

Escuchó un chasquido apagado. Se dio la vuelta a tiempo para ver que Luc se guardaba algo en el bolsillo del chaleco. Un vistazo a la puerta le bastó para comprobar que se trataba de la típica cerradura con llave. Sin embargo, de la llave no había ni rastro.

Una extraña sensación se deslizó sobre su piel y le provocó un escalofrío en la espalda. Alzó la vista hacia el rostro de Luc mientras éste acortaba la distancia que los separaba. No pensaba permitirle que la aturullara ni que la convirtiera en una pavisosa a la que pudiera manejar con repugnante facilidad. Cruzó los brazos por debajo del pecho, impertérrita por el hecho de que ese gesto le tensara el volante del corpiño, y alzó la barbilla.

—¿De qué va todo esto?

Él parpadeó con aire confundido y se detuvo. En ese momento, Amelia se percató de que no la estaba mirando a la cara. Detalle que Luc enmendó al instante cuando alzó la vista hasta sus ojos.

—Esto... —respondió con los dientes apretados— va de «esto».

Ella frunció el ceño.

—¿De qué?

El rostro de Luc se crispó y la ira comenzó a arder en su mirada.

—Tenemos que discutir nuestra estrategia. Los pasos que vamos a dar para hacer creer a la alta sociedad que nuestro matrimonio no es ni mucho menos de conveniencia. Es preciso que discutamos el orden en el que vamos a dar esos pasos. Y es imperativo que discutamos el asuntillo del momento oportuno.

—¿El momento oportuno? —repitió, al tiempo que lo miraba con los ojos como platos—. Está claro que es una simple cuestión de ponerse de acuerdo en el orden apropiado de los pasos a seguir y en caso de que se nos presente la oportunidad de acelerarlos...

—¡No! Ahí radica nuestro desacuerdo.

Seguía hablando con los dientes apretados. Amelia frunció el ceño de nuevo y examinó su rostro.

—¿Qué es lo que te pasa?

Luc contempló largo y tendido esos enormes ojos azules, pero le resultó imposible dilucidar si le estaba tomando el pelo.

—Nada —masculló—. Nada que cualquier hombre normal... ¡No! No tiene la menor importancia. —Se pasó una mano por el pelo, pero se interrumpió al darse cuenta de lo que estaba haciendo—. Lo importante en este momento es que nos pongamos de acuerdo en el ritmo de nuestra pequeña farsa.

—¿El ritmo? ¿Qué...?

—No puede ser demasiado rápido.

—¿Por qué no?

«Porque correría el riesgo de revelar demasiado», pensó. Clavó la mirada en el rostro de Amelia, que lo observaba con expresión obstinada.

—Porque eso levantaría sospechas... y no queremos que nos hagan preguntas. Como la del motivo de mi súbito cortejo cuando sólo te conozco desde... ¿cuánto hace, veintitantos años? Si vamos demasiado rápido, la gente empezará a preguntarse cuál es el motivo. Y mis motivos serán lo que menos les interese. Te advertí desde el principio que debemos ser convincentes y que para eso es necesario ir despacio. Cuatro semanas. Nada de atajos.

—Creí que te referías a que teníamos un máximo de cuatro semanas, no a que tuviera que durar cuatro semanas.

—La gente debe ser testigo de una progresión que comience por un ligero interés y que, tras pasar por una etapa de conocimiento, se transforme en una decisión que dé pie a una declaración. Si no encuentran motivo alguno... si no les proporcionamos un buen espectáculo... no se lo tragarán.

Una estupidez, desde luego. Si tenía más vestidos como el que llevaba esa noche, nadie cuestionaría su repentina decisión. La idea hizo que bajara la vista y que frunciera el ceño al observar la ofensiva prenda.

—¿Tienes más vestidos como éste?

Ella lo miró echando chispas por los ojos antes de bajar la vista hasta el vestido y desplegar las faldas.

—¿Qué tiene este vestido para que te irrite tanto?

Tenía suficiente experiencia como para saber que debía mantener la boca cerrada, pero se escuchó mascullar:

—Es demasiado tentador, maldita sea.

Su respuesta pareció tomarla por sorpresa.

—¿En serio?

—¡Sí!

El efecto del vestido ya le había parecido una tortura en el vestíbulo de su casa, y la cosa empeoró al verla a la luz de las arañas. Sin embargo, había descubierto que en la penumbra resultaba mucho más incitante. Ya se había percatado de ello bajo los árboles y ésa había sido en parte la causa de su desacertado comentario. A la mortecina luz de la luna, el vestido hacía que su piel también resplandeciera, como si sus hombros y su escote formaran parte de una perla que acabara de emerger de la espuma del mar. Un obsequio a la espera de que la mano apropiada lo reconociera y lo tomara, lo hiciera suyo y descubriera aquello que el vestido ocultaba...

No era de extrañar que apenas pudiera pensar con claridad.

—Es... —Hizo un gesto con las manos mientras se esforzaba por encontrar una palabra que lo sacara del aprieto.

Ella bajó la mirada con aire pensativo.

—Incitante... pero, ¿no es ése el aspecto que se supone que debo tener?

Fue el gesto que hizo al alzar la cabeza y enfrentar su mirada lo que lo ayudó a recobrar el juicio. Entrecerró los ojos mientras reflexionaba... sobre sus palabras y sobre la actitud que había adoptado esa noche.

—Lo sabes. —Dio un paso amenazador hacia ella. Amelia soltó las faldas del vestido y se enderezó, pero no retrocedió. Se detuvo frente a ella y la observó con cara de pocos amigos—. Sabes muy bien el efecto que tienes sobre los hombres ataviada con ese puñetero vestido.

Ella abrió los ojos de par en par.

—Por supuesto que sí. —Ladeó la cabeza, como si se estuviera preguntando por su lucidez mental—. ¿Por qué sino crees que me lo he puesto?

Luc dejó escapar un sonido ahogado... el vestigio del rugido que se negaba a permitir que ella oyera. Jamás perdía los nervios... Salvo esos días, ¡con ella! Le apuntó a la nariz con el índice.

—Si quieres que me case contigo, no vuelvas a ponerte este vestido, ni ninguno que se le parezca, a menos que yo te dé permiso.

Ella enfrentó su mirada y se enderezó antes de cruzar los brazos por debajo del pecho...

—¡No hagas eso, por el amor de Dios! —exclamó él mientras cerraba los ojos para no ver cómo esos pechos se alzaban aún más sobre el corpiño fruncido.

—Voy decentemente vestida —replicó con voz cortante y ácida.

Luc se arriesgó a levantar un poco los párpados y, como era de esperar, su mirada se clavó en esas exquisitas curvas de color alabastro que el dichoso vestido dejaba a la vista. Los pezones debían de estar un poco más...

—Cualquiera diría que no has visto nunca los pechos de una dama... No esperarás que me lo crea. —Amelia mantuvo a raya el placer que semejante despliegue de susceptibilidad le provocaba. No le resultó difícil, ya que no le hacía mucha gracia el rumbo que estaba tomando la conversación.

Él seguía con la vista clavada en sus pechos y, bajo esas abundantes pestañas negras, sus ojos parecían resplandecer.

—En este momento me trae sin cuidado lo que creas. —Había cierto deje en su voz, en la forma pausada y precisa con la que pronunciaba cada palabra, que le dio qué pensar y puso en alerta todos y cada uno de sus instintos. Alzó la mirada muy despacio hasta posarla en sus ojos—. Te lo repito: si quieres que me case contigo, no vuelvas a ponerte ese vestido ni ningún otro que se le parezca.

Ella alzó la barbilla.

—Tendré que hacerlo algún día... Cuando estemos a punto de anunciar...

—No. Ni hablar. Ni tendrás que hacerlo ni lo harás.

Amelia tensó la mandíbula y percibió casi de forma física la pugna de sus voluntades; no obstante, mientras que la suya se asemejaba a un muro, la de Luc era como una riada... una riada que lo inundaba todo, que asolaba los obstáculos y debilitaba sus cimientos. Lo conocía muy bien; sabía que no debía presionarlo demasiado y no se atrevió a desafiarlo tan pronto.

No le resultó fácil, pero se obligó a claudicar.

—Está bien. —Respiró hondo antes de continuar—. Pero con una condición.

Puesto que había vuelto a bajar la vista, Luc parpadeó y levantó la cabeza para mirarla a la cara una vez más.

—¿Qué condición?

—Quiero que me beses otra vez.

Él la miró fijamente. Tras una pausa, le preguntó:

—¿Ahora?

Amelia extendió los brazos a los lados y lo miró con los ojos desorbitados.

—¡Estamos a solas! Y has cerrado la puerta con llave. —Señaló el vestido con un gesto de la mano—. Tengo puesto este vestido. ¿No crees que nuestra farsa requiere... cierto libreto?

Luc fue incapaz de apartar la mirada de sus ojos; tenía la absoluta certeza de que no se había sentido tan inseguro en toda su vida. Cada instinto, cada impulso, cada demonio que poseía clamaba por apoderarse de ella y darse un festín con ese esbelto cuerpo que tan provocadoramente estaba expuesto ante él. Todos los instintos salvo uno. El de la supervivencia era el único que se negaba, y lo hacía a gritos.

Aunque se estaba quedando afónico.

No había forma de eludir su petición. Además, su mente se negaba en redondo a tomar parte en semejante hipocresía.

Alzó los hombros en un gesto que esperaba pareciera de indiferencia y que en realidad sirvió para aliviar la tensión que se había apoderado de sus músculos.

—Muy bien. —Su voz parecía serena y su tono, bastante despreocupado—. Un beso.

Un beso estrictamente controlado y definitivamente corto.

Extendió un brazo y ella se acercó. Antes de que pudiera tocarla y mantenerla apartada, ella ya estaba entre sus brazos, rozándole la chaqueta con ese dichoso vestido y pegándose a él mientras se ponía de puntillas para arrojarle los brazos al cuello.

Luc inclinó la cabeza para apoderarse de sus labios... sin pensar en nada más. Le aferró la cintura con las manos, pero fue incapaz de apartarla. Sus labios se fundieron y la necesidad compulsiva de acercarla aún más se acrecentó.

Ella entreabrió los labios y él la imitó.

Deslizó las manos sobre la suntuosa seda y las voluptuosas curvas que cubría antes de estrecharla con toda deliberación, amoldando ese suave cuerpo al suyo, mucho más duro. Le robó el aliento y se lo devolvió, apoderándose de su boca muy despacio y a conciencia.

No percibió el menor reparo durante el explícito intercambio; la lengua de Amelia salió al encuentro de la suya en un alarde de atrevimiento de lo más femenino, sincero y tentador. Seductor. Como si sólo ella entre todas las mujeres pudiera ofrecerle algo desconocido para sus sentidos hasta entonces. Como si ella fuera consciente de ese hecho y lo supiera con una certeza absoluta.

La sentía rendida aunque vibrante entre sus brazos; no pasiva, pero sí limitada por su falta de experiencia a la hora de tomar las riendas de la situación. Tanto sus labios como su respuesta exudaban una entrega sincera a los placeres del beso. Así como la voluntad de incitar otros deleites ulteriores, tal y como ya hiciera en la otra ocasión.

Lo había sabido de antemano, y por esa razón se había puesto un límite. En esa ocasión estaba preparado para su pertinaz naturaleza... para eludir sus intentos de arrastrarlo hacia una precipitada e irreflexiva situación que, tal y como le advertían sus agudizados instintos, no se parecería en absoluto a lo que él estaba acostumbrado. Esa mujer iba a ser su esposa; nada, ni siquiera la tentación, bastaría para hacerle olvidar ese hecho ni todas sus connotaciones.

A pesar de toda su experiencia, los instintos le advertían

que tuviera precaución. En esa batalla no tenía más experiencia que ella... pero sí mucho más que perder.

Amelia no pensaba en ganar o perder mientras le devolvía el beso con avidez; había pedido ese beso para disfrutarlo y para seguir aprendiendo. Para aprender algo más sobre el delirante placer que Luc conjuraba con tanta facilidad y que parecía consumirla desde el interior.

Su segundo beso superó con creces sus expectativas. Luc parecía haberse resignado a abrazarla con fuerza; sus sentidos se regodearon en el placer de estar tan cerca de ese cuerpo fuerte y musculoso que le rozaba los pechos y los muslos mientras sus brazos la rodeaban por la cintura y por los hombros. Se sentía tentada a acercarse un poco más.

Luc ni siquiera había intentado reducir la oportunidad a un inocente y casto beso como ella había sospechado que haría. En cambio, no le cabía la menor duda de que estaba disfrutando del intercambio, de sus mutuas caricias, tanto como ella.

¿Qué pasaría a continuación? Se le ocurrió de repente y decidió investigar. Tras prepararse mentalmente lo besó con más descaro aún, distrayéndolo lo suficiente para amoldarse por completo a él, de modo que sus pechos quedaron aplastados contra ese fuerte torso.

La presión alivió un poco el extraño dolor que parecía haberse apoderado de sus senos y se retorció un poco, en busca de un alivio mayor. De forma instintiva, Luc la estrechó un poco más. A medida que la naturaleza del encuentro cambiaba, él comenzó a devolverle los besos con mayor ardor, con mayor pasión. Gimió para sus adentros al sentir que él aflojaba los brazos y deslizaba las manos por su espalda... y supo de repente lo que quería, lo que necesitaba de él.

Sus caricias cambiaron de dirección y comenzaron a ascender desde las caderas hasta la cintura y de allí hasta los costados...

Donde se detuvieron.

Antes de volver a bajar.

Antes de que tuviera tiempo de pensar, Luc devoró su

boca un instante más y después se alejó de sus labios y apartó la cabeza. La alejó de él, pero la sostuvo por la cintura. Observó la expresión perpleja de su rostro y buscó su mirada antes de enarcar una ceja con su acostumbrada arrogancia.

—¿Suficiente?

Amelia apenas podía respirar; la cabeza le daba vueltas y el corazón le latía desbocado. Sin embargo, no tuvo dificultad para interpretar la expresión de Luc. Su carácter inflexible no le resultaba en absoluto desconocido. Se obligó a esbozar una sonrisa y deslizó un dedo con audacia por su mejilla antes de retroceder.

—Por ahora —contestó y, sin más, se volvió hacia la puerta—. Será mejor que volvamos, ¿no crees?

Desde luego que sí, pero Luc tardó un rato en lograr que su cuerpo lo obedeciera. Se sentía animado, reconfortado; esa noche había vadeado unas aguas peligrosas a las que Amelia quería arrojarlo de cabeza... Una hazaña nada desdeñable, a tenor del desafío. Se acercó a ella, sacó la llave del bolsillo, abrió la puerta y la sostuvo, para que ella saliera en primer lugar.

Su Jezabel pasó a su lado con la cabeza alta y una sonrisa satisfecha en los labios; recorrió con la mirada esa esbelta figura y la siguió después de cerrar la puerta, recordándose que debía enviarle una nota a Celestine para encargarle unos cuantos vestidos parecidos a ése. El matrimonio, después de todo, duraba mucho tiempo... y lo más sensato era asegurarse de disfrutarlo.

En la espesura de los jardines cercanos al río, una joven se escabulló entre los árboles. Al llegar al muro de contención, muy elevado y construido con piedras, lo siguió hasta el extremo de la propiedad. Allí, bajo un gigantesco árbol, la aguardaba un caballero que apenas se distinguía entre las sombras. Se dio la vuelta cuando ella se acercó.

—Bien, ¿los tiene?

—Sí. —La muchacha parecía sin aliento; alzó su ridículo, un poco más grande de lo habitual, y lo abrió—. He conseguido las dos piezas.

Los objetos resplandecieron mientras se los ofrecía.

—Le enviará a Edward todo lo que le den por ellos, ¿verdad?

El caballero no respondió; se limitó a alzar los objetos, primero una recargada escribanía de oro y después un frasquito de perfume de oro y cristal, para observarlos a la tenue luz que se filtraba a través de las hojas.

—Esto valdrá unas cuantas guineas, pero Edward necesitará mucho más.

—¿Más? —La joven lo miró de hito en hito al tiempo que volvía a bajar el ridículo—. Pero... ésas fueron las únicas piezas que mencionó Edward...

—Desde luego. Pero el pobre Edward... —El caballero guardó los dos objetos en los amplios bolsillos de su gabán y suspiró—. Me temo que trata de ser valiente, pero estoy seguro de que usted podrá imaginar las condiciones en las que se encuentra. Repudiado por su familia, muriéndose de hambre en el extranjero, en algún cuchitril de mala muerte, olvidado, sin un amigo en el mundo...

—¡Dios, no! No puede ser. No puedo creer... Estoy segura de que... —Se interrumpió y clavó la mirada en el hombre a través de la penumbra.

El caballero se encogió de hombros.

—Hago todo lo que puedo, pero yo no me muevo en estos círculos. —Sus ojos recorrieron el jardín iluminado por los farolillos, y más allá, la terraza donde la gente elegante bailaba y reía.

La muchacha se irguió.

—Si pudiera ayudar en algo más... pero ya le he dado todo el dinero que tengo. Y no hay muchos objetos valiosos de ese tipo expuestos en Ashford House, al menos ninguno que a Edward le pertenezca por derecho.

El caballero guardó silencio durante algún tiempo con la mirada clavada en los bailarines y después se giró una vez más hacia ella.

—Si de verdad desea ayudar... algo que Edward le agradecerá eternamente, estoy seguro... hay muchos más objetos como estos que podrían serle útiles y que ellos... —señaló con la cabeza a la distante multitud— posiblemente ni siquiera echen de menos.

—¡Por Dios! Pero no puedo... —La muchacha lo observó con detenimiento.

El caballero volvió a encogerse de hombros.

—Si así son las cosas, le diré a Edward que tendrá que apañárselas sin ayuda de ahora en adelante; que a pesar del cuchitril infestado de ratas y de pulgas en el que se ve obligado a vivir, que a pesar del rechazo de su familia y de sus amigos, aquí ya no hay ayuda para él. Tendrá que renunciar a toda esperanza...

—¡No! Espere... —Tras un momento, la joven dejó escapar un suspiro de resignación—. Lo intentaré. Si veo algún otro objeto que pueda servir...

—Cójalo y tráigamelo. —El caballero volvió a echar un vistazo en dirección a la casa—. Me mantendré en contacto para hacerle saber dónde podemos encontrarnos la próxima vez.

Se dio la vuelta para marcharse, pero ella extendió el brazo y lo agarró de la manga.

—Le enviará el dinero a Edward directamente, ¿verdad? ¿Le dirá que al menos a mí sí me sigue importando?

El caballero estudió su ferviente expresión y asintió con la cabeza.

—Estoy seguro de que significará mucho para él.

Tras hacerle una reverencia, se dio la vuelta y se internó entre los árboles. Con un suspiro, la joven alzó la vista hacia la distante terraza y a continuación se alzó las faldas y se encaminó de vuelta a la casa.

—Disculpe, señora, pero lord Calverton, las señoritas Ashford y la señorita Ffolliot acaban de llegar.

Amelia parpadeó con perplejidad mientras su madre alzaba la cabeza. Estaban cómodamente sentadas en el saloncito matinal, emplazado en la parte trasera de la casa. Su madre estaba leyendo y ella hojeaba el último número de *La Belle Assemblée* en el diván.

—Hazlos pasar, Colthorpe —dijo su madre sin moverse del cómodo sillón. Una vez que el mayordomo se retiró tras la reverencia de rigor, miró a Amelia con una sonrisa—. Puesto que se trata de los Ashford, podemos seguir aquí tranquilas.

Ella asintió con aire distraído, sin apartar la mirada de la puerta. Luc no había dicho nada sobre visitarla esa mañana. La noche anterior, cuando regresaron a la sala de recepción de lady Carstairs, se plantó a su lado de forma sutil pero definitiva hasta que llegó la hora de marcharse. Los Ashford la dejaron en la puerta de su casa y Luc la acompañó hasta las escaleras de entrada con su habitual parsimonia... y sin mencionar ninguna cita.

La puerta se abrió y las alegres Emily, Anne y Fiona entraron animadamente. Amelia plegó el periódico y lo dejó a un lado. Luc entró a continuación, ataviado de forma impecable con una chaqueta azul marino, pantalones de montar y botas altas, tan moreno y peligrosamente apuesto como siempre. Las muchachas hicieron la reverencia de rigor a su madre mientras que ella buscaba la mirada de Luc; sin embargo, salvo por el efímero vistazo que le echó al entrar, no miró en su dirección.

Se acercó a su madre y la tomó de la mano para saludarla con su acostumbrada elegancia. Ella le señaló el diván con la mano en un alarde de perspicacia, pero él malinterpretó la indicación (de forma deliberada, Amelia estaba segura) y, en cambio, la saludó con una reverencia.

—Amelia.

Le respondió con una inclinación de cabeza y después contempló perpleja cómo se sentaba en el sillón que había junto al de su madre. Las tres muchachas se apresuraron a sentarse con ella en el diván. Mientras él iniciaba una conversación con su madre, ella lo hizo con Emily, Anne y Fiona.

—Hace un día maravilloso.

—Muy agradable, no hay más que una ligera brisa.

—Habíamos pensado en ir a tomar el aire al parque, pero Luc sugirió...

En realidad, lo que ella quería saber era lo que le estaba sugiriendo Luc a su madre en esos momentos.

Tras esbozar una sonrisa mientras observaba a Amelia rodeada de las tres parlanchinas jovencitas, Louise lo miró y enarcó las cejas.

—Espero que la tarea de vigilar por las noches a Amelia, a tus hermanas y a la señorita Ffolliot no te resulte excesiva.

Luc enfrentó su mirada y replicó de forma sucinta:

—No. —Amelia sí suponía un desafío, pero podría apañárselas—. Sin embargo, tu hija tiene una vena testaruda y una tendencia a hacer lo que le da la gana, como sin duda sabes muy bien.

—Desde luego.

Louise parecía intrigada. Luc dirigió la mirada hacia el otro extremo de la habitación, donde Amelia escuchaba la charla de Fiona y de sus dos hermanas.

—Se lleva bien con mis hermanas, y con mi madre también, por supuesto, lo que facilita mucho las cosas.

—¿De veras? —El deje risueño de la voz de Louise le aseguró que se había percatado de su cambio de táctica; sabía muy bien a qué tipo de «cosas» se refería.

—Tenía la esperanza —comenzó tras volver a mirar a la dama— de que lo aprobaras. —Hizo una pausa antes de continuar con serenidad—: He pensado que, dado que hace tan buen día, una excursión a Richmond podría ser una buena idea. Llevaremos el carruaje descubierto, por supuesto.

Aguardó el veredicto de Louise. Ella lo miró durante un tiempo desconcertantemente largo, pero al final sonrió y asintió con la cabeza.

—A Richmond, entonces, si crees que ayudará en algo.

El último comentario le hizo fruncir el ceño para sus adentros, pero no tuvo oportunidad de pedirle una explicación... aunque ni siquiera estaba seguro de quererla; Louise se volvió para hablar con las muchachas, que ya habían puesto a Amelia al corriente de los planes.

Louise le dio su consentimiento. Amelia lo miró un instante.

—Tendré que cambiarme.

Luc se puso en pie.

—Te esperaremos.

Cruzó la habitación y le abrió la puerta. Ella hizo una pausa en el vano para mirarlo con una expresión suspicaz. Luc se limitó a esbozar una sonrisa. Puesto que su espalda los ocultaba a los ojos de las demás, le dio un golpecito en la mejilla con un dedo.

—Date prisa —le dijo—. Te aseguro que será divertido.

Ella lo miró a los ojos y, tras alzar la barbilla en un gesto arrogante, se marchó.

Regresó diez minutos después ataviada con un vestido de muselina blanca estampada con florecillas rojas. El bajo estaba adornado con tres volantes, el corpiño le quedaba muy ajustado y las mangas eran diminutas y abultadas. Llevaba una cinta de intenso color rojo en el pelo y otra, un poco más ancha y del mismo tono, adornaba el mango de la sombrilla que llevaba bajo el brazo. Agradeció en silencio que no le gustaran mucho los bonetes; ya se encargaría de que cuando pasearan, mantuviera la sombrilla cerrada.

Se estaba poniendo unos guantes de cabritilla rojos, el mismo color de los botines que calzaba. Tenía un aspecto delicioso... tanto como para devorarla.

Luc se puso en pie. Anne y Fiona estaban junto a la ventana, contemplando los objetos que adornaban el amplio alféizar; les hizo saber con la mirada que estaban listos para marcharse y se volvió hacia el lugar donde Emily charlaba con Louise.

—Será mejor que nos vayamos ya.

Tras las despedidas, les hizo un gesto a las cuatro para que lo precedieran y, una vez que hubo cerrado la puerta tras de sí, las siguió hasta el vestíbulo. Las jóvenes avanzaron a toda prisa y le dedicaron una sonrisa radiante a Colthorpe cuando el mayordomo les abrió la puerta principal. Una vez fuera, tomó la mano de Amelia y se la colocó sobre el brazo. Bajó la vista al tiempo que ella la alzaba para observarlo.

—Disfrutarás del trayecto.

Ella enarcó una ceja en un gesto escéptico.

—¿Y de las horas que pasaremos en Richmond siguiendo a esas tres?

Luc sonrió y miró al frente.

—Eso lo disfrutarás aún más.

En esa ocasión, fue él quien decidió qué lugar ocupaba cada uno. Sus hermanas y Fiona se sentaron obedientes tras el asiento del cochero, de cara a ellos dos. Cuando el carruaje se puso en marcha, Amelia le lanzó una mirada suspicaz antes de abrir la sombrilla para protegerse el rostro.

Las tres jovencitas charlaban mientras observaban los alrededores; el paisaje les arrancó unas cuantas exclamaciones cuando giraron en dirección sur y atravesaron el río en Chelsea antes de tomar rumbo oeste, dejando atrás aldeas y pueblos. Sentada tan cerca de Luc, Amelia no tenía interés alguno en la conversación, aunque se encontrara a un paso de distancia de ellas.

Luc guardaba silencio mientras contemplaba el paisaje, elegantemente arrellanado en el asiento. La sombrilla lo obligaba a mantener cierta distancia. Para compensar, había extendido los brazos; uno descansaba sobre el lateral del carruaje y el otro, sobre el respaldo del asiento.

No sabía qué estaba tramando, pero a medida que avanzaban sin contratiempos, Amelia comenzó a relajarse. Sólo entonces se dio cuenta de lo tensa y concentrada que había estado durante los últimos meses en su plan. Su plan que la había conducido hasta allí, donde deseaba estar.

Con el caballero adecuado a su lado.

Acababa de llegar a esa conclusión y de esbozar una discreta sonrisa cuando los dedos de Luc le acariciaron los suaves rizos de la nuca. Se quedó helada y no consiguió disimular del todo el escalofrío que la caricia le había provocado. Como de costumbre, se había recogido el pelo en un moño alto, pero dado que los rizos tenían tendencia a escaparse, algunos de ellos le caían sobre la nuca y resultaban en extremo sensibles.

Giró la cabeza con la intención de mirarlo con el ceño fruncido, pero la expresión que brillaba en sus ojos la distrajo. La miraba con intensidad, mientras sus dedos la acariciaban.

—¿Por qué sonríes?

El brillo de esos oscuros ojos azules indicaba que no le estaba tomando el pelo; quería saberlo de verdad. Ella volvió la vista al frente y se había encogido de hombros, pero... no quería que apartara la mano.

—Sólo estaba pensando... —hizo un gesto para señalar el bucólico paisaje que atravesaban—, que hace años que no voy a Richmond. Había olvidado lo apacible que resulta el trayecto.

Volvió a mirarlo y una vez más sus ojos la atraparon.

—Sales demasiado —afirmó él sin apartar los ojos y los dedos de ella—. De ahora en adelante, no tendrás que hacerlo.

Amelia no pudo reprimir la sonrisa. Era muy propio de los hombres pensar que la única razón por la que las damas «salían demasiado» era para perseguirlos.

—Todavía estamos en plena temporada y es necesario hacer acto de presencia. Casi obligatorio, diría yo.

Las muchachas estaban absortas en su conversación, de modo que ellos podían hablar con libertad.

—Sólo hasta cierto punto. —Luc hizo una pausa antes de añadir con serenidad—. En los próximos meses descubrirás que hay actividades más de tu gusto que girar en los salones de baile.

No le cupo la menor duda de la naturaleza de las actividades a las que se refería. Su mirada estaba lejos de ser serena. Lo miró a los ojos y enarcó una ceja.

—¿Como cuáles?

Una mirada bastó para decirle: «Eso es algo que yo sé y que tú tendrás que descubrir.»

—¡Caray, mirad! ¿Ese pueblo es Richmond?

Ambos se volvieron para mirar en la dirección que Fiona señalaba. Amelia maldijo para sus adentros. Miró a Luc, pero él ya había apartado el brazo y se había girado en el asiento. El momento había pasado.

O eso le hizo creer. Sólo cuando estuvieron paseando tras las tres jovencitas bajo los enormes robles y hayas, comprendió que él tenía algo más en mente que entretener a sus hermanas... algo que les concernía únicamente a ellos dos.

Se encontraban bajo un gigantesco roble que los ocultaba de la vista de los demás; Emily, Anne y Fiona estaban más adelante, lejos ya de la sombra del árbol, cuando Luc la detuvo, le dio media vuelta y la besó con rapidez, con pasión y con demasiada arrogancia.

Luego la soltó, volvió a llevarse su mano al brazo y siguió paseando.

Ella lo miró de hito en hito.

—¿A qué ha venido eso?

Luc la miró con los ojos entornados y una expresión peculiar cuando comenzaron a pasear bajo la luz del sol.

—No sabía que hiciera falta una razón.

Ella parpadeó con incredulidad y volvió a mirar al frente. No hacía falta, desde luego. Ni para besarla ni para... ninguna otra cosa.

Su imaginación resultó de lo más productiva y pasaron el resto del día absortos en lo que se convirtió en un divertido juego. En un principio, cuando esos largos dedos descubrieron la pequeña abertura de sus guantes y comenzaron a acariciarle la muñeca de forma tan inocente que le resultaba difícil entender por qué le parecía algo tan escandaloso, Amelia no encontró una razón para desanimarlo; estaba mucho más preocupada en adivinar lo que haría a continuación, qué zona sensible le acariciaría... ya fuera con el roce de su aliento, con la mano o con un beso.

Más tarde, después de comer en La Estrella y La Jarretera, cuando las sombras de la tarde se alargaban de un modo glorioso al pie de la colina, llegó a la conclusión de que, en aras del decoro, al menos debía quejarse. Las caricias de una mano que se deslizó por su cadera y su trasero, apenas cubierto por la fina capa de muselina y de la camisola de seda, resultaron lo bastante explícitas como para que se sonrojara. Sabía a la perfección que nadie los veía, pero aun así...

Sin embargo, cuando decidió aprovechar la sombra de otro oportuno árbol para volverse hacia él y amonestarlo... se descubrió entre sus brazos mientras él la besaba apasionadamente. Hasta robarle el sentido. Cuando la soltó, ya no recordaba lo que quería decirle.

Con una sonrisa maliciosa en los labios y una mano en su trasero, él le dio un tironcito a un tirabuzón y la instó a volver al carruaje.

Mantuvo la sombrilla frente a ella durante todo el trayecto de vuelta a fin de que las muchachas no vieran su rubor. ¡Ese hombre era un libertino! En esos momentos, ya no sentía sus caricias sobre la nuca, sino que le había colocado la mano con un gesto posesivo en el lugar donde el hombro se unía con el cuello.

No obstante, hizo un descubrimiento sorprendente: le gustaba que tuviera la mano allí... Le gustaban las caricias de sus dedos, sentir el peso de su mano. El roce de su piel.

El descubrimiento la dejó sumida en el silencio, meditando, durante todo el trayecto de vuelta.

5

La forma más eficaz de controlar a Amelia no era limitarse a llevar las riendas, sino que había que usarlas. Para guiarla y distraerla de manera que no tuviera tiempo de arrancárselas de las manos.

Una vez establecido ese punto, Luc la acompañó, junto con sus hermanas y Fiona, a la ascensión del globo, y también a través de un prudente flirteo que la tuvo en vilo todo el tiempo... que mantuvo la atención de la muchacha clavada en él. Amelia ni siquiera se percató del resto de caballeros que intentaban sin mucho éxito recibir una de sus sonrisas.

Al día siguiente, seguro de que por fin sabía cómo manejarla, seguro de que podría distraerla lo suficiente como para que su inesperado cortejo aburriera a la alta sociedad hasta que ésta lo aceptara y pasara a preocuparse de otro asunto, accedió a acompañar a su madre, a sus hermanas, a Fiona y a Amelia al almuerzo al aire libre que se celebraría en casa de los Hartington.

Tras hacer cálculos, le envió un mensaje a Reggie en el que lo invitaba a unirse al grupo. Reggie llegó a Mount Street justo cuando las mujeres, tanto las jóvenes como las que no lo eran tanto, charlaban animadamente mientras descendían la escalera principal de Ashford House. El landó de los Cynster estaba junto a la acera, donde también se veía el tílburi de Luc.

A la zaga de sus protegidas, Luc sonrió a Reggie. Quien también era capaz de hacer sus propios cálculos.

Reggie no dejó de mirarlo a la cara mientras se acercaba.

—Me debes una por esto. —Ya le había hecho una reverencia a Minerva y a Louise, ambas amigas de su madre. Saludó con la cabeza a las jovencitas con aire resignado. El lacayo las ayudó a subir al carruaje. Reggie se volvió hacia Amelia cuando ésta se detuvo junto a él.

Ella acababa de adivinar la estrategia de Luc.

Reggie la miró a los ojos.

—Que te diviertas... aunque yo me lo pensaría muy bien antes de acceder a nada de lo que él diga.

Amelia sonrió y le dio un apretón a Reggie en la mano para después ver cómo subía al landó y se sentaba en el hueco que quedaba libre, junto a Louise. Luc le dio al cochero la dirección y regresó a su lado cuando el carruaje se puso en marcha.

Una vez que el tílburi ocupó el lugar del landó, Luc la ayudó a subir y la siguió en cuanto ella se hubo acomodado en el elevado asiento. Cogió las riendas y le hizo una señal al lacayo. Éste soltó a la pareja de tordos, que agitaron la cabeza con nerviosismo. Luc los calmó y, con un sutil giro de muñeca, hizo que se pusieran al trote en pos del landó.

A Amelia no le quedó más remedio que sonreír.

—Pobre Reggie...

—Disfrutará de lo lindo siendo el centro de atención y contándoles los últimos cotilleos.

—Cierto. —Miró de soslayo el rostro de rasgos bien definidos de Luc—. Pero si encuentras tan tedioso acompañarnos, ¿por qué te ofreciste voluntario?

Luc volvió la cabeza para que sus miradas se encontrasen. El mensaje estaba claro: «No seas obtusa.» El brillo de esos ojos cobalto dejaba a las claras que había hecho planes para el almuerzo al aire libre de lady Hartington, planes que nada tenían que ver con la comida en sí.

Cuando Luc devolvió la vista a los caballos, ella tenía el corazón desbocado y las fantasías más increíbles le rondaban la cabeza, con los nervios a flor de piel y una mezcla de nerviosismo y emoción que sólo él era capaz de provocarle. El resultado fue una sensación de agradable expectación, de alegre confianza, que la acompañó mientras avanzaban por las calles.

Y tanto que era así, porque cuando miró de reojo a su acompañante, ataviado con un gabán sobre una chaqueta de paseo azul oscuro, unos ajustados pantalones y unas lustrosas botas altas, que sostenía las riendas en sus largos dedos para guiar con mano diestra a los briosos tordos a través de las concurridas calles, no se le ocurría otra cosa para que su día fuera más perfecto. Tenía al hombre adecuado y, si había interpretado correctamente la mirada que le había echado, también contaba con su promesa de futuros placeres. Con una sonrisa en los labios, se reclinó contra el respaldo y contempló las casas que iban dejando atrás. Hartington House se encontraba al oeste, en mitad de unas tierras de suaves colinas. La mansión se erigía en un parque de gran extensión con enormes árboles, un lago y unos maravillosos paisajes. Lady Hartington los recibió calurosamente. Luc se apresuró a adoptar la expresión indolente que era habitual en él, proyectando así la idea de que, a tenor de la cantidad de féminas de su familia que asistía al almuerzo, se había visto obligado a acompañarlas.

Se reunieron con el resto de los invitados en la amplia terraza que daba a los jardines, donde se abrieron paso entre el gentío entre saludos y cumplidos. Si bien no se movió de su lado, ni su expresión ni ese halo de hombre condenado a una tarde de aburrimiento cortés se esfumaron.

Amelia lo miró a los ojos cuando llegaron al otro extremo de la terraza, en un momento de relativa, y breve, intimidad.

—Tal vez no debiera decir esto, pero si quieres que la alta sociedad crea que te has fijado en mí, ¿no tendrías que parecer más interesado en pasar el tiempo en mi compañía?

Fingió admirar el lago que se veía a lo lejos; por el rabillo del ojo, vio cómo los labios masculinos se curvaban ligeramente y sintió que su mirada se le clavaba en el rostro.

—Pues... la verdad es que no. Eso, me temo, sería forzar los límites de la realidad. Pero no —se apresuró a continuar cuando ella se volvió de golpe para mirarlo echando chispas por los ojos y con una réplica mordaz en la punta de la lengua— porque mi deseo de pasar el tiempo en tu compañía sea increíble —explicó, atravesándola con los ojos—, sino porque la idea de que yo permitiera que se notara, como si fuera un cachorro embrujado que babea a tus bonitos pies, sí que sería un poquito sospechosa. —Enarcó una ceja—. ¿No te parece?

Un jovenzuelo inexperto, un cachorro embrujado... No, no recordaba haberlo visto jamás de esa manera. A lo largo de toda su vida, Luc siempre había sido como era en ese momento: indolente en su arrogancia, altivo... distante. Como si ocultara una capa de acero bajo sus ropas que protegiera y aislara al hombre de carne y hueso.

Tuvo que darle la razón, aunque no por eso tenía que gustarle. Asintió con un gesto regio de la cabeza y después desvió la vista.

Luc contuvo a duras penas una sonrisa locuaz. Le aferró la muñeca y le acarició la piel antes de colocarle la mano sobre el brazo.

—Vamos, debemos proseguir nuestro paseo.

Mientras se detenían a charlar primero con un grupo y después con otro, Luc catalogó a los presentes. Había muy pocos como él. Un par de hombres mayores, como el coronel Withersay, que estaba concentrado en ganarse los favores de una bonita viuda, y un puñado de jovenzuelos, que asistían llevados por sus madres, de mejillas sonrosadas y que se ponían a tartamudear ansiosos cuando le sostenían el ridículo a una jovencita mientras ésta sc ajustaba el chal sobre los hombros. No había ningún marido, aunque tampoco se esperaba su presencia. Dado que la temporada social estaba llegando a su fin, la atención de los depredadores estaba en otros lugares. Luc dudaba que hubiera muchos despiertos a esas horas. Desde luego, ninguno fuera de su cama, o fuera de la cama en la que estuvieran reposando.

Cuando lady Hartington hizo sonar una campanilla mediante la cual los instaba a reunirse en el jardín, donde se había dispuesto todo un banquete en largas mesas, acompañó a Amelia y, con su habitual e indolente elegancia, la ayudó a llenar un plato con una selección de manjares al tiempo que él hacía lo mismo. Sin dejar de lado su expresión de resignado aburrimiento, lo que le valió una mirada suspicaz por parte de Reggie, se quedó junto a ella e intercambió comentarios insípidos con aquellos que se habían arremolinado a su alrededor.

Sin dejar que las madres, cuyo instinto las hacía vigilar a los de su calaña, averiguaran que intentaba emplear sus malas artes con alguna de las jovencitas presentes, mucho menos con la belleza rubia que tenía a su lado.

El sol subió en el cielo y empezó a hacer más calor. Los manjares de su anfitriona fueron consumidos con gran deleite, al igual que su vino.

Tal y como había esperado, los jóvenes, una vez satisfecho su voraz apetito, quisieron explorar la famosa gruta que había junto al lago. Sus madres sólo querían descansar sentadas a la sombra y charlar sin ton ni son. Así pues, recayó en Reggie y en unos cuantos jovenzuelos entusiastas la tarea de acompañar a las muchachitas a través de los jardines y las arboledas hasta la gruta que había al otro lado del lago.

No tuvo que decir nada; le bastó con esperar a que Louise y su madre miraran hacia donde seguía sentado con Amelia, en el jardín. Las risueñas muchachas se habían reunido en un colorido grupo y cruzaban el jardín haciendo girar las sombrillas, seguidas por unas pocas chaquetas oscuras.

Su madre lo miró con una ceja enarcada. Louise, en cambio, apenas pareció esbozar una sonrisa.

En respuesta a la tácita insinuación de su madre, compuso su expresión más indolente y miró de soslayo a Amelia.

—Vamos, deberíamos acompañarlos.

Ella era la única que estaba lo bastante cerca como para leer la expresión de sus ojos, la única que podía darse cuenta de que su verdadero objetivo no era hacer de carabina. Sin apartar la vista de su rostro, Amelia le tendió la mano.

—Por supuesto, estoy segura de que la gruta es fascinante.

Él no respondió, sino que se limitó a ponerse en pie y a ofrecerle una mano. El sol brillaba con fuerza, de manera que tuvo que dejar que abriera la sombrilla antes de seguir a las hordas parlanchinas a cierta distancia.

Se preguntó si alguien más aparte de Louise había interpretado correctamente la expresión inquisitiva de su madre. A ésta, en cambio, no le preocupaban sus hijas; sentía más curiosidad por lo que él estaba tramando. No atinaba a averiguarlo, de modo que no dejaba de preguntarse si...

Luc tenía toda la intención de dejarla con las dudas. Había ciertas cosas que una madre no tenía por qué saber.

Los jardines terminaban en un soto; más allá estaba el lago, cuyas aguas tranquilas reflejaban el cielo azul. Una vez que se encontraron a la sombra de los árboles, se metió las manos en los bolsillos y aminoró el paso con la mirada fija en el grupo que los precedía.

Amelia lo miró y también redujo el paso.

—Nunca he estado en la gruta. ¿Merece la pena?

—Hoy tampoco la verás. —Señaló con la cabeza el escandaloso grupo—. Ellos estarán allí.

La distancia con el grupo iba aumentando a pasos agigantados.

—No obstante, si te sientes con ánimo de aventuras... —La miró de soslayo—. Bueno, podríamos ir a otro sitio.

Ella le devolvió la mirada sin pestañear.

—¿Adónde?

La cogió de la mano y tiró de ella, llevándola por entre los árboles y más allá de un seto hasta un estrecho sendero que serpenteaba por la campiña y subía por la ladera artificial en cuya base se había excavado la gruta. La cima de la colina también formaba parte del paisaje creado por los dueños de la propiedad; había un banco de piedra con cojines acolchados en lo más alto, desde el que se observaba una vista maravillosa de la campiña que se extendía al oeste. Se habían plantado laureles para dar sombra al banco. Amelia dejó escapar un suspiro encantado y se sentó al tiempo que cerraba la sombrilla.

Desde la ladera de la colina les llegó una risilla lejana, flotando en la brisa que provenía del lago. Tras otear el paisaje, Luc se volvió y la estudió con sus ojos azul cobalto un instante antes de sentarse a su lado y reclinarse en el banco con un brazo sobre el respaldo.

Amelia esperó a que él diera el primer paso, pero pasado un momento se volvió para estudiarlo. Tenía un aspecto relajado y absolutamente arrebatador con el cabello oscuro alborotado por la brisa. De su cuerpo emanaba una potente y peligrosa atracción. Siguió contemplando el paisaje un rato más antes de mirarla a los ojos. Y buscar lo que allí ocultaba.

Estaba a punto de decir algo, sin duda un comentario cortante, cuando él levantó la mano. La extendió hacia su rostro, pero no la tocó; se limitó a enredar los dedos en el tirabuzón que le rozaba la oreja. Apretó el mechón con fuerza y después tiró de él con mucho tiento.

Sin dejar de mirarla a los ojos, tiró de ella, hasta que sus largos dedos se cerraron sobre su nuca, hasta que estuvieron tan cerca que ella entornó los párpados, entreabrió los labios y clavó la mirada en su boca. Hasta que, por fin, le deslizó el pulgar por debajo de la barbilla para levantarle la cabeza y la besó en los labios.

No se había movido, sino que la había instado a ella a hacerlo. E igual sucedió con el beso. Movió los labios, con certera impaciencia, sobre los suyos embaucándola con promesas, con incitantes retazos de lo que podría tener, de todos los placeres que podría enseñarle... que le enseñaría. Si era su deseo.

Si tomaba la decisión de ir a sus brazos, de separar los labios y de ofrecerle su boca. De ofrecerse a él...

Ella se pegó más a él y la sombrilla se le cayó del regazo cuando levantó las manos para apoyarse en su pecho, inclinándose más hacia él, de manera que el beso fuera más sensual, incitándolo a seguir. Entonces se le ocurrió algo: ésa era la razón por la que tenía tanto éxito entre las mujeres, la razón por la que se arremolinaban a su alrededor y competían por llamar su atención.

Luc sabía que no tenía por qué insistir, que le bastaba con lanzar una invitación, con esbozar la posibilidad, y cualquier dama que estuviera lo bastante cerca como para percibir la virilidad que exudaba, como para sentir la caricia de sus dedos contra su muñeca o como para experimentar el contacto de esos labios en su boca, aceptaría.

A diferencia de otras mujeres, ella lo conocía a la perfección y sabía que esa imagen de indolente sensualidad era una fachada. Incluso mientras la arrastraba hacia las maravillosas sensaciones que le provocaba su beso, mientras sus manos le acariciaban la cintura y la levantaban para pegarla más a su cuerpo de modo que quedó prácticamente sobre él, era más que consciente de que esa fachada era muy tenue; de que era más que capaz de presionar, de insistir y de exigir una rendición hasta que se hiciera con todo lo que ansiaba.

Ese poder estaba allí, un poder que exhortaba a las mujeres a entregarse a él, que hacía que desearan hacerlo. Lo percibió en el modo en que se tensaron los músculos de su pecho cuando la envolvió en un férreo abrazo; lo percibió en esos labios que la hechizaban... sin esfuerzo alguno. Era un poder inherentemente masculino, primitivo y un tanto aterrador... sobre todo porque tendría que enfrentarse a dicho poder y lidiar con él durante el resto de su vida.

Se estremeció ante la idea. Y él se dio cuenta. Apenas tuvo un mínimo respiro antes de que Luc extendiera las manos sobre su espalda y la asaltara con renovado ardor, devorándole la boca y despojándola de todo pensamiento coherente.

No le quedó más remedio que seguirlo sin oponer resistencia allí donde él quisiera llevarla, hasta un torbellino de sensaciones y de creciente deseo. Jadeó e intentó apartarse para recuperar el sentido; Luc deslizó una de las manos hasta que volvió a cerrarse sobre su nuca y le enterró los dedos en el pelo para obligarla a concentrarse de nuevo en el beso y en las llamaradas de deseo que la abrasaban.

Su pasión era peligrosa, incitante, tentadora... Cedió a ella y, relajada, se dejó llevar...

Exhaló un suave suspiro sobre sus labios y desechó cualquier idea de controlar el momento para, en cambio, deleitarse con las sensaciones. Para experimentar las hábiles caricias de sus dedos que se deslizaban sensualmente cuello abajo hacia la piel que dejaba al descubierto el escote del vestido. Esos dedos vagaron en una lenta caricia sobre la curva de sus pechos antes de juguetear con el volante de su corpiño. En su interior comenzó a arder un anhelo insatisfecho; se agitó inquieta y musitó algo, un sonido que se quedó atascado entre ambos.

Luc pareció entenderlo a la perfección, ya que volvió a trazar la curva de sus pechos con los dedos, aunque más despacio en esa ocasión. Y otra vez más. Esos dedos se volvían más insistentes con cada caricia, y sintió que sus pechos se tensaban y que su piel comenzaba a arder. Hasta que le cubrió un pecho con la palma.

Una sensación increíble la recorrió de pies a cabeza, una sensación que se trocó de inmediato en una cálida marea que se extendió por sus venas. Luc flexionó sus perversos dedos y comenzó a acariciarle el pecho, despertando sensaciones que ni siquiera sabía que existían. Una oleada de puro placer se apoderó de ella cuando la mano que le había estado acariciando la espalda le cubrió el otro seno. Con los ojos cerrados y los labios aún atrapados en la arrebatadora sensualidad de su beso, se dejó llevar por las sensaciones que le provocaban esas manos sobre los pechos, por las llamaradas de pasión que la consumían y por ese nudo de tensión que sólo él sabía generar y aliviar a un tiempo.

Era toda una revelación el que algo pudiera ser tan maravilloso y tan satisfactorio; sin embargo, sabía que había más, sabía que quería más y que su cuerpo anhelaba más. Le habían bastado unos instantes para convencerse de que tenía que tener más.

Luc interrumpió el beso, pero sólo para recorrerle la línea del mentón con los labios hasta llegar al hueco de debajo de la oreja. Parecía saber lo que ella quería... saber que podría apoderarse de todo cuanto quisiera. Aparte de mirar de vez en cuando para asegurarse de que seguían solos, circunstancia que gracias a los invitados de lady Hartington estaba casi convencido de que no variaría, tenía los cinco sentidos puestos en la mujer que se retorcía en sus brazos y en la tentadora promesa que su esbelto cuerpo le ofrecía.

Había poseído a innumerables mujeres, pero ésa... Lo atribuyó a que era demasiado experimentado como para no darse cuenta, por la pasión de su deseo, de que ella llevaba demasiado tiempo siendo la fruta prohibida. Una fruta prohibida que ya podía disfrutar y saborear cuando le apeteciera. Y como le apeteciera. Esa idea apenas consciente acicateó su deseo; pero lo controló para enardecerla a ella, convencido de que, a la postre, conseguiría todo lo que deseaba, todo lo que siempre había deseado. Sus sueños más salvajes se verían cumplidos.

La respiración entrecortada de Amelia le agitaba el pelo de la sien y le acariciaba la piel de forma tan pecaminosa y sugerente como la seda. Deslizó los labios más abajo, trazando un sendero por su garganta, por la delicada piel de alabastro. Apretó la boca sobre la base de la garganta, allí donde sentía el pulso frenético que lo instaba a continuar; de la misma forma que lo instaban a continuar los dedos que se clavaban en su pecho, arrugándole la camisa y arañándole por encima de la tela hasta avivar su necesidad de sentir las manos femeninas sobre su piel desnuda.

Pensar en piel desnuda hizo que su atención se desviara hasta los senos que le llenaban las manos. Unos pechos grandes y firmes, henchidos por el deseo. Los botones del corpiño estaban tirantes y no le costó trabajo deshacerse de ellos. Las cintas de su camisola estaban atadas con diminutas lazadas que se soltaron con un tironcito.

Con un mínimo esfuerzo, tuvo sus pechos desnudos en las manos. Amelia jadeó y pestañeó, pero no abrió los ojos. No miró hacia abajo.

Con una sonrisa torcida, Luc levantó la cabeza y la besó de nuevo, para nada sorprendido cuando ella le devolvió el beso con voracidad. Se dejó llevar por la marea de deseo antes de hacerse con el control y volver a dejarla sin sentido mientras memorizaba su piel con las manos. Deslizó los dedos hacia los enhiestos pezones y jugueteó con ellos antes de darles un ligero apretón... Hasta que Amelia volvió a jadear, hasta que interrumpió el beso y levantó la cabeza sin aliento.

Él bajó la cabeza y recorrió su garganta con los labios hasta la fina piel que le cubría la clavícula; y más abajo, hasta las suaves curvas del nacimiento del pecho. En cuanto el calor de sus labios le entibió la piel, ella se echó a temblar... Él no se detuvo, sino que comenzó a lamerle el pezón y a rodearlo con la punta de la lengua antes de metérselo en la boca para mordisquearlo con delicadeza.

El sonido que salió de la garganta de Amelia no fue ni un jadeo ni un quejido, sino una exclamación de aturdida sorpresa. De placentera sorpresa. Así que continuó con sus atenciones, sujetándola con firmeza y sin dejar de observar su expresión con los párpados entornados mientras le daba placer... y él lo obtenía. Ésa era la primera vez en la que saboreaba su piel, y se le quedaría grabada a fuego para toda la eternidad. Con el placer añadido de saber que ningún otro hombre la había saboreado, que nadie más la había tocado de esa manera.

La había incorporado poco a poco; en esos momentos la tenía sentada sobre su vientre y uno de esos femeninos y esbeltos muslos rozaba su enorme erección. Era imposible que ella no se hubiera dado cuenta del estado en el que se encontraba, pero no se apartó ni mostró un repentino recato virginal... No tenía miedo.

Ese hecho sólo sirvió para acicatear su deseo, un deseo que alcanzó cotas insospechadas cuando atisbó un resquicio de azul zafiro tras sus pestañas y se dio cuenta de que Amelia lo miraba. Observaba cómo rendía homenaje a sus pechos y se daba un banquete con su carne.

Le sostuvo la mirada.

Con toda deliberación, enroscó la lengua en su pezón y muy despacio lo mordisqueó, lo justo para hacerle perder el sentido, antes de succionar. Amelia soltó un jadeo y cerró los ojos. Después, le colocó una mano sobre la nuca y lo acercó más, en una rendición tan explícita como el estremecimiento que la recorrió de arriba abajo cuando él comenzó a succionar con más fuerza.

Le soltó el otro pecho y deslizó la mano por su cadera, deteniéndose a acariciarle el trasero antes de rozarle el muslo mientras le levantaba las faldas del vestido...

Amelia se recostó contra él, con el cuerpo dócil y complaciente... una invitación flagrante.

Extendió los dedos sobre la parte superior de un muslo, impaciente por deslizarlos más abajo en busca de...

Se detuvo al recordar...

Al recordar dónde estaban... y lo que se suponía que debían hacer.

Llevar el asunto un paso más allá.

No diez.

Levantó la cabeza, buscó sus labios y la besó. Se deleitó devorando su boca, tomando de esa forma lo que no tomaría de manera más explícita.

Todavía.

Consiguió reprimir el gemido de protesta de su propio cuerpo con esa promesa. No era más que una situación temporal, una táctica con la que ganar la guerra. Y era una guerra que estaba decidido a ganar sin hacer concesiones.

Se obligó a dejar lo que estaba haciendo y la sujetó por las caderas para pegarla contra él, aprovechando ese instante para deleitarse con sus curvas, con la prueba de lo bien que encajarían a su debido tiempo, con la femenina calidez que calmaría su ardor cuando llegara el momento.

Al percibir que ya no estaba del todo concentrado en el

beso, ella levantó la cabeza para mirarlo con el ceño fruncido.

—¿Qué pasa? ¿Por qué te has detenido?

Él consideró la sensatez de decirle que, dadas las circunstancias, debería de estar agradeciéndole que lo hubiera hecho. Allí, bajo su cuerpo, estudió su rostro y se percató de que el destino se estaba riendo a su costa. Amelia no quería que se detuviera; de hecho, estaría encantada de que la volviera a pegar contra él y besara sus labios henchidos y... Tuvo que apelar a todo su autocontrol para respirar simplemente.

—No es un buen momento. —Las chispas que asomaron a los ojos de Amelia lo instaron a pensar con rapidez—. Además —comentó y bajó la mirada a las tentadoras curvas que estaban a escasos centímetros de su rostro—, no deberíamos apresurar las cosas hasta un punto que te resulte abrumador.

Le pasó un brazo por las caderas y la pegó a él mientras que con la otra mano le acariciaba la piel por encima del borde del vestido y reavivaba las brasas del deseo.

Amelia se echó a temblar mientras observaba con los párpados entornados.

—¿Abrumador?

El ceño se había atenuado un poco, pero no había desaparecido por completo.

Tras mirarla de soslayo, eligió las palabras con sumo cuidado.

—Hay muchas cosas nuevas que experimentar, muchas cosas que podría enseñarte, pero tras esa primera vez, ya no será lo mismo. Jamás será una novedad... tan maravillosa.

El ceño volvió a su lugar.

Enganchó un dedo en el corpiño abierto y bajó de nuevo la tela para dejar al aire un endurecido pezón. Acarició la areola con el pulgar, aplicando la presión justa.

Amelia cerró los ojos y exhaló un tembloroso suspiro.

—Ya comprendo...

—Bueno. Dada nuestra situación, creí que preferirías coger la ruta más larga, contemplar todos los paisajes, visitar todos los templos... por decirlo de alguna manera. —Le sostuvo la mirada.

Esos enormes ojos del color del cielo de verano lo miraron con una expresión confusa.

—Y... ¿hay muchos... templos?

Sus labios esbozaron una sonrisa espontánea.

—Unos cuantos. Y muchos se pasan de largo porque a la gente le gusta apresurarse. —Deslizó la mano hacia el otro pecho y repitió su sutil tortura sin apartar la mirada de sus ojos y muy consciente en todo momento de la tensión sensual que estaba provocándole—. Aún nos quedan tres semanas... Parece lo más sensato del mundo que veamos cuanto nos sea posible. Que visitemos cuantos templos podamos. Tantos lugares de culto como sea posible.

Amelia le sostuvo la mirada. Luc era muy consciente de los lentos movimientos respiratorios que sentía bajo la mano, del ritmo del corazón que latía contra su pecho y de ese palpitar mucho más profundo de la entrepierna femenina que notaba contra su abdomen.

Amelia entornó los párpados y suspiró. Con su aliento también se fue la tensión y se quedó relajada en sus brazos, sin resquicio alguno de resistencia. Movió las caderas con total deliberación, frotándose contra su erección.

Logró mantenerse impasible a duras penas, si bien una parte de su anatomía escapaba a su control. Amelia lo miró a la cara y se lamió el labio inferior.

—Creí que te mostrarías más impaciente.

Consiguió no apretar los dientes.

—Es un asunto de control.

—Bueno, supongo que tú eres el experto...

Fue incapaz de responder. Amelia bajó la mirada y él se dio cuenta de que su pulgar había vuelto a las andadas por voluntad propia y la acariciaba una y otra y otra vez.

—¿De verdad hay tanto por saborear?

—Sí. —No era una mentira. Tenía los ojos clavados nuevamente en su enhiesto pezón y le costó la misma vida tomar el aliento suficiente para suspirar—. Pero hoy ya no nos queda tiempo.

Le volvió a colocar la camisola en su sitio. Con un suspiro resignado de cosecha propia, la ayudó a recomponer su atuendo. Aunque cuando le rodeó la cintura con las manos para apartarla de él, lo detuvo enredándole una mano en el cabello después de acariciarle el mentón.

Amelia escudriñó su rostro, sus ojos, con mirada sincera y sonrió.

—Muy bien, lo haremos a tu manera.

Se inclinó hacia delante y lo besó... Un beso largo, dulce y seductor.

—Hasta la próxima vez... y el siguiente templo que nos encontremos por el camino —susurró contra sus labios cuando levantó la cabeza.

Era un hombre al que no se podía manipular ni obligar a nada; sabía eso desde hacía años. La única manera de tratar con él era aceptar lo que le ofrecía y sacarle el mayor partido posible.

A esa conclusión llegó Amelia. Así pues, reconsideró la insistencia de Luc en un cortejo de cuatro semanas, pero en esa ocasión se concentró en las oportunidades que semejante arreglo podrían proporcionarle a ella. Unas oportunidades cuya existencia desconocía antes del almuerzo al aire libre de lady Hartington.

Dichas oportunidades no eran cosa baladí.

¿Qué conllevaría que un caballero, y uno tan experimentado como Luc Ashford, prometiera abrirle los ojos a una dama... despacio? Paso a paso. Sin abrumarla.

Su actitud hacia la imposición de cuatro semanas debía cambiar por completo.

Había accedido a casarse con ella, y a hacerlo en junio; sabía que lo haría. Una vez conseguido ese primer objetivo, no había razón para que no pudiera experimentar con otros que no estaban en el libreto... y lo que él le había propuesto sobrepasaba con mucho sus sueños más salvajes.

Pasó todo el día siguiente en una agradable nube recordando, planeando y haciéndose preguntas... Cuando saludó a lady Orcott del brazo de Luc esa misma noche mientras seguían a su madre al interior del abarrotado salón de baile, se estaba mordiendo la lengua por la necesidad de preguntar qué templo en concreto visitarían.

—Allí están Cranwell y Darcy. —Luc la llevó hacia el grupo en el que se encontraban esos dos caballeros, en cierta manera, amigos.

Saludó a los presentes. La señorita Parkinson, una marisabidilla seria aunque muy rica, también se encontraba allí y correspondió al saludo con una inclinación de cabeza sin dejar de lanzar miraditas reprobatorias al vestido de seda color melocotón de Amelia.

Ese mismo vestido obtuvo la inmediata y tácita aprobación de Cranwell y Darcy, algo que sin duda explicaba la desaprobación de la señorita Parkinson.

—¿También encuentra aburridos los últimos coletazos de la temporada, querida? —preguntó Cranwell al tiempo que apartaba la vista del bajo escote del corpiño para recorrer el nacimiento de los pechos que dejaba al descubierto.

Ella esbozó una sonrisa radiante.

—En absoluto. De hecho, ayer mismo pasé una tarde maravillosa visitando paisajes desconocidos en Hartington House.

Cranwell parpadeó.

—Vaya. —Se sabía al dedillo los entretenimientos que ofrecía Hartington House—. ¿La gruta?

—¡Caray, no! —Le tocó el brazo con la mano y le aseguró—: Hay vistas muchísimo más interesantes, novedosas y atractivas.

—¿En serio? —Darcy se acercó más, a todas luces intrigado—. Dígame, ¿eran esas vistas de su agrado?

—Mucho. —Sus ojos lucían una expresión risueña cuando miró a Luc. Éste llevaba su máscara indolente, pero sus ojos... Dejó que la sonrisa se ensanchara y volvió a dirigirse a Darcy. Si Luc insistía en arrastrarla por el salón de baile de conocido en conocido antes de enseñarle el siguiente templo... bueno, tendría que afrontar las consecuencias—. De hecho, me temo que me he convertido en adicta... Estoy ansiosa por tener una nueva revelación.

Tras tomar nota de las maliciosas y especulativas expresiones de Cranwell y Darcy, le sonrió a la señorita Parkinson.

—Los nuevos paisajes resultan fascinantes cuando se tiene la oportunidad de contemplarlos... ¿no cree usted?

Sin rubor alguno, la señorita Parkinson replicó:

—Por supuesto. Sobre todo cuando se está en la compañía adecuada.

—Cierto. Aunque creo que eso no hace falta decirlo —replicó ella con expresión radiante.

La señorita Parkinson asintió sin el menor asomo de sonrisa.

—La semana pasada estuve en Kincaid Hall. ¿Ha visitado el templete que hay allí?

—No recientemente y desde luego que no en la compañía adecuada.

—¡Caramba! Pues no debería dejar que esa oportunidad se le escapara de las manos si llega a presentársele. —La señorita Parkinson se recolocó el chal—. Al igual que usted, mi querida señorita Cynster, espero con impaciencia el comienzo de las fiestas campestres... Nos proporcionan incontables oportunidades para apreciar la naturaleza en su justa medida.

—Eso está fuera de toda cuestión. —Encantada por haber encontrado una lengua afilada con la que batirse, se lanzó al juego; un juego que estaba incomodando sobremanera a los tres caballeros presentes—. Es un placer contar con la oportunidad de ampliar nuestros conocimientos sobre los fenómenos naturales. Es algo a lo que se debería animar a todas las damas.

—Sin duda alguna. Si bien en otras épocas se creía que sólo los caballeros contaban con la capacidad necesaria para apreciar tales cuestiones, por suerte vivimos en tiempos ilustrados.

Amelia asintió con la cabeza.

—Cierto, hoy en día no hay impedimento alguno para que una dama amplíe sus horizontes.

Cuánto tiempo habrían continuado por esos derroteros, incomodando a sus acompañantes masculinos (que no se atrevían a intervenir), se quedó en incógnita, ya que la orquesta eligió ese momento para tocar un cotillón. Los caballeros, los tres, estaban ansiosos por dar por zanjada esa conversación. Intrigado por las posibilidades que sugería la charla, lord Cranwell le pidió la mano para ese baile a la señorita Parkinson.

Lord Darcy le hizo una reverencia.

—¿Me concede el honor de este baile, señorita Cynster?

Ella sonrió y le tendió la mano antes de lanzarle a Luc una sonrisa inocente en el último momento. A él no le hacían mucha gracia los cotillones y, dado que sólo podría bailar con ella dos veces esa noche, se esperaría a los valses.

Sus miradas se entrelazaron y se demoró por un instante contemplando esos ojos azules tan oscuros. A la postre, Luc asintió con rigidez mientras Darcy la conducía hacia una de las filas que se estaban formando.

Mientras bailaba sin dejar de sonreír y charlar, sopesó ese gesto de cabeza... o, mejor dijo, lo que quería indicar. Había cierta tensión entre ellos, una emoción que no había estado presente con anterioridad. Cuando terminó la pieza, había llegado a la conclusión de que le gustaba.

Lord Darcy estaba más que dispuesto a monopolizar su atención, pero Luc reapareció y, con su arrogancia innata, reclamó su mano sin decir ni una palabra y se la colocó sobre el brazo. El otro caballero enarcó las cejas, pero fue lo bastante sensato como para no decir nada. Los actos de Luc hablaban de un compromiso que aún no se había hecho público.

Ella siguió charlando y sonriendo; pero, pasados unos minutos, Luc se despidió por los dos y la alejó del grupo.

Comenzaron a pasear entre la multitud. Mientras contemplaba su perfil, tuvo que reprimir una sonrisa ufana y se dispuso a esperar pacientemente.

A esperar durante incontables encuentros con amigos, durante el primer vals y la cena. Cuando Luc la rodeó entre sus brazos mientras bailaban el segundo y último vals de la noche, había perdido toda la paciencia.

—Creí que habíamos acordado explorar nuevos paisajes —dijo mientras giraban por la pista de baile.

Luc enarcó una ceja en su habitual gesto indolente.

—Este lugar es un tanto restrictivo.

Ella no era tan inocente.

—Supuse que un experto en la materia como tú, alguien a quien tanto ensalzan, estaría a la altura del desafío.

El sutil énfasis con el que pronunció esas palabras disparó sus alarmas. Luc la miró a los ojos, algo que hasta el momento había evitado; por la sencilla razón de que no quería ver la irritación en sus ojos azules. Sin embargo, no había rastro de terquedad en su rostro (no tenía los dientes apretados ni los labios fruncidos); no había cambio alguno en la tensión expectante que se había apoderado del grácil cuerpo que tenía en los brazos desde que la viera en su vestíbulo esa misma tarde. Aun así, intuía que esa acerada determinación que sabía que poseía comenzaba a bullir.

Levantó la cabeza y examinó la estancia.

—Hay muy pocas posibilidades. —Orcott House no era una mansión grande y el diseño del salón de baile era muy sencillo.

—Me da igual...

La miró de nuevo a los ojos. Y confirmó que la amenaza que creyó oír en sus palabras había sido intencionada. Su réplica fue instintiva.

—No seas estúpida.

De haber podido, habría retirado las palabras... de inmediato. Sin embargo, Amelia lo había pillado desprevenido, le había hecho considerar la absurda idea de que tal vez pudiera estar batiéndose con él (con él, nada menos) con el objetivo de obligarlo a complacerla con algún tipo de flirteo indecente...

La idea era una locura... Se mirara por donde se mirase. Opuesta por completo al funcionamiento del mundo; o, al menos, del suyo.

El súbito refulgir de sus ojos azules le indicó que se preparara para que su mundo acabara patas arriba. Y para algo peor.

Amelia esbozó una sonrisa dulce cuando el vals terminó.

—¿Estúpida? Creo que no. —Se apartó de sus brazos en cuanto se detuvieron, al darse cuenta de que él tenía intención de retenerla y de que le costaría un verdadero esfuerzo dejar que se marchara. Sin dejar de mirarlo, mantuvo la sonrisa hasta que él apartó las manos. A continuación, se dio la vuelta, sin romper el contacto visual hasta el último momento—. Tengo algo mucho más interesante en mente.

Una ultrajante provocación era lo que pretendía, lo que había servido en abundancia. Tenía veintitrés años, era una experta en esa arena y... había muy poco que no se atreviera a hacer. Sobre todo con Luc pegado a sus talones.

Coqueteó y flirteó con sus mejores armas... y observó cómo Luc iba perdiendo los estribos. Nunca resultaba fácil provocarlo, ya que ejercía demasiado control sobre sus emociones. Sin embargo, no le gustó en lo más mínimo verla reír y llamar la atención de otros hombres. Y desde luego que no le gustó que se inclinara hacia ellos y los invitara a echar un vistazo a sus encantos naturales... una invitación que dichos hombres no se veían en la obligación de rechazar.

Después de pasar seis años en salones de bailes, sabía muy bien a qué hombres elegir, a quiénes podía incitar a placer y sin remordimientos de conciencia. Esos mismos hombres eran perfectos para sus propósitos en cierto sentido, ya que seguramente recogerían el guante que ella no tenía el menor escrúpulo en lanzar.

Aunque no coqueteaba con el peligro, de eso estaba segura. No había forma humana de que Luc permitiera que otro hombre tomara lo que él ya consideraba suyo.

La única pregunta que quedaba sin contestar era cuánto tardaría en rendirse.

Y en reclamarla para sí.

La respuesta fue veinte minutos. Tras dejar a un grupo de asombrados libertinos con una carcajada seductora, Amelia retrocedió un paso, hizo caso omiso de Luc, que estaba a su lado, y se perdió entre la multitud. Un instante después, escuchó un juramento mascullado (ni mucho menos educado) cuando Luc vio el grupo al que se dirigía. Entre ellos se encontraban Cranwell, Darcy y Fitcombe, otro de sus conocidos.

No pronunció palabra alguna, se limitó a cogerla de la mano y a tirar de ella hacia la pared más cercana, donde abrió una puerta de la que ni se había percatado (una que usaban los criados). Dos sorprendidos criados tuvieron que sortearlos a pesar de que llevaban unas enormes bandejas; después, Luc abrió otra puerta que conducía a un oscuro pasillo. Tiró de ella y cerró la puerta a su espalda antes de obligarla a darse la vuelta y pegarla contra la madera.

Lo miró a la cara con asombro, ya que en esos momentos no lucía su máscara civilizada... De hecho, no había rastro alguno de educación. Tenía los ojos entrecerrados y los labios apretados mientras la fulminaba con la mirada. Carentes de toda dulzura, sus cinceladas facciones parecían sombrías y duras en la penumbra.

—¿Qué crees que estás haciendo?

Las palabras eran duras, incisivas, y su voz profunda estaba cargada de amenaza.

Ella le sostuvo la mirada y replicó con calma:

—Lograr que me trajeras aquí.

Con un brazo apoyado en la puerta y la otra mano en su cintura, inmovilizándola e intimidándola, se inclinó hacia ella hasta dejar apenas separación entre sus rostros y sus cuerpos.

No era intimidación lo que ella sentía y así se lo hizo saber.

Eso sólo consiguió que la expresión se tornara aún más sombría.

—¿Qué diantres crees que vas a experimentar en un pasillo a oscuras?

Arqueó las cejas y, sin apartar la mirada, le recorrió el pecho con las manos antes de aferrar las solapas de su chaqueta.

—Algo que no he experimentado antes —respondió con calma.

Un flagrante desafío que él respondió con tanta rapidez que la dejó mareada.

Se apoderó de sus labios con voracidad. Había esperado que la aplastara contra la puerta, pero aunque la mano que le sujetaba la cintura la mantenía justo donde quería tenerla, inmóvil contra el panel, no acortó la escasa distancia que los separaba ni utilizó su duro cuerpo para atraparla.

No le hacía ninguna falta... El beso en sí, indudablemente sexual y despiadadamente explícito, bastó para hacerle perder la cabeza, para acabar con cualquier posible idea de huida. De hecho, acabó con todas sus ideas.

Apaciguarlo... No había sido ésa su intención, aunque no tardó en descubrir que estaba haciendo precisamente eso, impelida por la implacable exigencia de sus labios, de su lengua y de su maestría. Luc sabía muy bien lo que se hacía... y lo que le hacía a ella. No le dio cuartel, sino que la llevó sin miramientos y en un abrir y cerrar de ojos hasta un punto en el que la rendición era la única salida.

Intentó levantar los brazos y rodearle el cuello, pero se lo impidió la mano de la cintura, que estaba allí para mantener la escasa distancia que los separaba. Tuvo que conformarse con enredar los dedos en su espeso cabello oscuro, maravillada por el tacto de esos sedosos mechones contra su piel. Intentó atraparlo en el beso, darle cualquier cosa que quisiera. Lo invitó a tomar más.

Ni siquiera se había percatado de que le estaba desatando las cintas; sólo se dio cuenta de que había estado muy ocupado cuando él cambió de posición y bajó la mano con la que le había sujetado la cara para recorrer con fuerza su garganta hasta la línea del escote del vestido. Sólo entonces se dio cuenta de que tenía el corpiño abierto. Sin vacilar, deslizó sus hábiles dedos bajo la seda y se afanó por liberar su seno mientras apretaba con las yemas el endurecido pezón.

Sus dedos no vacilaban en lo más mínimo. Apretó, acarició y rozó hasta que ella comenzó a jadear y a agitarse contra su mano mientras que las sensaciones que esa mano despertaban en ella se entremezclaban con las que le producía la devastadora posesión de su boca. De sus labios. De su aliento.

Estaba a punto de desmayarse cuando Luc por fin levantó la cabeza, aunque sólo fue para tomar en la boca el sensible pezón que había estado torturando. Para lamerlo y succionarlo hasta que ella, con la cabeza apoyada contra la puerta, ya no pudo controlar sus gritos.

Luc se movió en ese momento y le apartó la mano del pecho. La colocó extendida sobre su vientre y comenzó a acariciarla de una manera que no había imaginado... y que no había imaginado que le aflojaría las rodillas.

Con los ojos cerrados y los dedos enterrados en el cabello de Luc, jadeó cuando comenzó a tironear del pezón con los labios. Cuando su mano se deslizó más abajo, le fallaron las piernas.

De repente, lo único que la mantenía erguida contra la puerta era la mano que aún tenía en la cintura.

A través de dos capas de seda, esos indagadores dedos habían dado con los rizos de su entrepierna. Los acariciaron sin prisas. Los separaron. Amelia comenzó a sentir un calor líquido en su interior, entre las piernas. Esos dedos no le dieron ni un respiro y prosiguieron con su exploración, tocando esa carne que nadie había tocado, ni siquiera a través de la tela.

No le separó los muslos y no metió la mano entre ellos. Continuó devorando con avidez su pecho, distrayéndola. Después, la tocó con un dedo, tocó un punto que ella ni siquiera sabía que existía con habilidad y gentileza. Pero sin tregua.

La acuciante sensación de su boca sobre el pecho, así como la inesperada y novedosa caricia de ese dedo en un lugar tan íntimo, estuvo a punto de postrarla de rodillas.

Sentía la piel en llamas y le faltaba la respiración. En ese momento, el dedo comenzó a moverse más despacio y a ejercer más presión... Y ella pronunció su nombre sin aliento.

Para su sorpresa, Luc levantó la cabeza, aunque no para mirarla, sino para escudriñar el otro lado del pasillo.

Después soltó un juramento, se enderezó y apartó las manos de ella, que comenzó a deslizarse por la puerta hasta el suelo.

Evitó que se cayera con un nuevo juramento.

—Alguien se acerca —masculló.

En un abrir y cerrar de ojos le colocó el corpiño, con la misma destreza que se lo había quitado. Una vez cumplida esa tarea, le dio la vuelta, la pegó a él, abrió la puerta y la obligó a pasar, cerrándola después con sumo cuidado y sigilo...

Se quedaron muy quietos en el vacío pasillo del servicio. Luc le rodeaba la cintura con un brazo para mantenerla pegada a su cuerpo. Ella se aferraba a él a pesar de que ya no le hacía falta.

Escucharon voces y pasos al otro lado de la puerta. Un grupo de personas pasó por el mismo lugar que ellos acababan de abandonar.

Las pisadas se perdieron en la distancia y Luc dejó escapar un suspiro aliviado. Había estado cerca, demasiado cerca. Miró a Amelia en silencio y alerta. Sin pronunciar palabra, la instó a dirigirse a la puerta que daba al salón de baile.

—Espera. —La detuvo justo delante de la puerta. Desde el otro lado les llegaban los sonidos del baile. Daba la sensación de que hacía una eternidad que lo habían abandonado.

Amelia se detuvo delante de él. A pesar de la oscuridad, no tuvo el menor problema en volver a atar las cintas de su vestido.

Cuando bajó las manos, ella lo miró a la cara y luego se acercó a él. Le colocó una mano en la mejilla, se puso de puntillas y lo besó.

—¿Ya no hay más? —preguntó en un murmullo cuando sus labios se separaron.

No se molestó en reprimir su gruñido.

—Eso ha sido más que suficiente para una noche.

6

Ya había padecido tortura de sobra. Dudaba mucho de que Amelia se diera cuenta del efecto que tenía sobre él, en especial cuando la tenía entre sus manos para hacer con ella lo que le viniera en gana. Aunque no tenía la más mínima intención de decírselo ni de dejar que lo adivinara.

No era tan estúpido.

Se encogió por dentro al recordar lo que sucedió la última vez que mencionó algo acerca de la estupidez mientras ejecutaba con sumo cuidado los tortuosos pasos de la contradanza en el salón de baile de lady Hammond. El compañero de Amelia era Cranwell; desde el baile de lady Orcott, cinco noches atrás, Cranwell y los demás caballeros con quienes había flirteado se habían vuelto de lo más atentos. Estaban esperando a que él perdiera interés y la dejara sola para abalanzarse sobre ella.

Tras sofocar un resoplido desdeñoso, se concentró en Amelia. Se estaba divirtiendo de lo lindo, como era habitual esos días; le brillaban los ojos por la emoción, ya que aguardaba el momento en el que la arrastrara hasta un lugar solitario donde aprovecharían todo el tiempo posible para disfrutar de su ilícito encuentro.

Una frustración acumulada no era su idea de diversión, pero aun así tampoco iba a provocar otra escena como la que protagonizara en el baile de los Orcott. Había capitulado en cuanto se dio cuenta de que ella había descubierto una grieta en su coraza y había tomado las medidas necesarias para lidiar con Amelia, aunque fuera por obligación.

Como resultado, había aceptado que debía bailar al son que ella tocara, hasta cierto punto al menos. Si la dejaba creer que así era, seguiría teniendo el control de sus interludios; sobre todo en lo referente al extremo al que llegaban dichos interludios.

Un extremo que, por el momento, no excedería lo establecido en el baile de lady Orcott.

La supervivencia era un objetivo sensato e inteligente.

Unos dedos femeninos le tocaron la manga; puesto que sabía de quién se trataba, Luc se dio la vuelta y se colocó la mano de su madre sobre el brazo.

Ella esbozó una sonrisa.

—Vamos, hijo mío... demos un pequeño paseo.

Él enarcó las cejas, pero accedió; al mismo tiempo, escudriñó la estancia en busca de Emily, Anne y Fiona. Amelia podía acaparar casi toda su atención, pero no se olvidaba de sus obligaciones.

—No, no... Están bien. De hecho, se encuentran en muy buena compañía. Es de ti, y de la joven a la que no dejas de observar, de lo que quiero hablarte.

—¿Sí? ¿Por qué?

—Me han abordado nada menos que tres de las anfitrionas de mayor categoría y otras tantas chismosas de menor importancia. Corre el rumor de que la relación que hasta ahora habías mantenido con Amelia ha sufrido un cambio radical.

Tuvo que reprimir una sonrisa, ya que era una descripción bastante acertada.

—¿En qué basan esas buenas señoras semejante rumor?

—Se han percatado de que últimamente pasáis mucho tiempo juntos; de que tú has puesto un especial empeño en que así fuera; y, por supuesto, tampoco ha pasado desapercibido que tenéis la extraña tendencia de desaparecer de la escena principal de cualquier evento para reaparecer pasado un tiempo (que está dentro de lo razonable, por supuesto). Cómo no, esa... costumbre ha provocado que se formulen ciertas preguntas.

—Pues parece que seguimos con el plan previsto. —Miró a su madre—. ¿Qué les has contestado tú?

Ella abrió los ojos de par en par.

—Bueno, que os conocéis desde hace años y que siempre habéis mantenido una estrecha relación.

Él asintió.

—Es posible que incluso tú hayas comenzado a preguntarte si...

Su madre enarcó las cejas.

—¿Por qué fecha te has decidido?

El tono de su voz hizo que intentara ganar tiempo.

—Bueno, no depende sólo de mí...

—Luc. —Su madre le lanzó una mirada penetrante—. ¿Cuándo?

Luc sabía muy bien cuándo debía rendirse; se había convertido en una práctica habitual de un tiempo a esa parte.

—Más o menos a finales de mes.

—¿Y la ceremonia?

Él apretó los dientes.

—A finales de mes.

Su madre lo miró de hito en hito antes de adoptar una expresión pensativa.

—Vaya... Ya veo. Eso explica unas cuantas cosas. —Volvió a mirarlo a los ojos antes de darle unas palmaditas en el brazo—. Muy bien. Al menos ahora sé qué debo esperar... y cómo debo responder a los rumores. Déjame eso a mí.

—Gracias.

Ella lo miró a los ojos y esbozó una sonrisa mientras meneaba la cabeza.

—Sé que al final harás lo que creas conveniente, pero te advierto que el matrimonio no te va a resultar tan sencillo como crees.

Se marchó sin dejar de sonreír. Luc la siguió con la mirada; tenía el ceño fruncido y una pregunta le rondaba la cabeza. «¿Por qué?»

Mujeres. Un mal necesario, o eso había acabado por aceptar. Podía enumerar con exactitud cuáles eran las partes necesarias. En cuanto al resto, bueno, sólo había que acostumbrarse a ellas... si se quería conservar la cordura.

Como entretenimiento para el día siguiente, habían organizado una merienda campestre en Merton. Una merienda... sabía muy bien lo que eso significaba. Placeres bucólicos (como un suelo lleno de piedras o embarrado, árboles de rugosa corteza muy incómodos o inquisitivos patos), todos los obstáculos con los que se había encontrado en su inexperta juventud.

Hacía mucho que había dejado esa época atrás... y también las meriendas campestres.

—Lo cambiaría por un invernadero sin pensármelo dos veces.

—¿Qué has dicho?

Miró de reojo a Amelia, que se sentaba a su lado en el tílburi.

—Nada. Pensaba en voz alta.

Amelia sonrió y clavó la vista al frente.

—Hace años que no voy a casa de mi prima Georgina.

Estaba ansiosa por llegar y tener la oportunidad de pasar algo más que unos cuantos momentos robados a solas con Luc. Quería, sin lugar a dudas, llevar su relación más lejos, averiguar más sobre esa magia que conjuraba, deleitarse con las sensaciones que con tanta maestría le despertaba. Y, en última instancia, proseguir su camino y visitar el siguiente templo.

Desde lo ocurrido en el oscuro pasillo de lady Orcott, habían hecho muy pocos progresos, sobre todo debido a la falta de tiempo. Al menos ése parecía ser el motivo, si bien, y para ser sincera, perdía la noción del tiempo en cuanto los labios de Luc se posaban sobre los suyos.

Por no hablar de cuando le ponía las manos encima, tanto si estaba vestida como si no.

De cualquier forma, había aprendido un par de cosas. Por ejemplo que, a pesar de que la deseaba físicamente, esa voluntad de hierro que tenía estaba presente en todo momento para darle el control de la situación, no sólo sobre ella, sino también sobre sí mismo. Incluso cuando la reducía a un estado en el que sólo era capaz de jadear, él mantenía sus facultades mentales y actuaba como si sólo estuviera dando un paseo a caballo. De hecho, ésa era una comparación de lo más adecuada, ya que a él le encantaba montar, pero jamás perdía el control.

Socavar ese control, verlo consumido por la pasión y tan ardiente e irreflexivo como la dejaba a ella era una idea de lo más tentadora.

Lo miró de soslayo y estudió la fuerte línea de su mandíbula antes de esbozar una sonrisa y volver a clavar la mirada al frente.

El camino que conducía hasta la villa de Georgina apareció tras la siguiente curva. Luc hizo pasar el tílburi entre los pilares de la entrada; el camino acababa en un patio circular justo delante de la puerta principal.

Georgina los esperaba para darles la bienvenida.

—Queridos míos. —Le dio a Amelia un perfumado abrazo y un beso en la mejilla. Después sonrió y le tendió la mano a Luc—. La última vez que estuviste aquí te caíste del ciruelo. Por suerte, no te rompiste nada.

Luc le hizo una reverencia.

—¿Y rompí alguna rama?

—No, pero te comiste un montón de ciruelas.

Amelia tomó a su prima del brazo.

—El resto está a punto de llegar, nosotros nos hemos adelantado. ¿Quieres que te ayudemos en algo?

Como Georgina les dijo que no hacía falta, se sentaron en la terraza y se tomaron un refresco mientras esperaban a que llegaran los demás. Además de Fiona, de las hermanas de Luc y de sus madres, habían invitado a lord Kirkpatrick y a un par de amigos del joven, a Reggie y al hermano de Amelia, Simon. Por último, también asistirían tres de sus primas, Heather, Eliza y Angélica, acompañadas de varias amigas.

Cuando llegaron por fin los carruajes y sus ocupantes se reunieron con ellos en la sombreada terraza, el grupo resultó ser muy numeroso, además de estar lleno de risas y conversaciones animadas.

Luc contempló a la concurrencia con sentimientos encontrados. Daba las gracias porque sus hermanas, Portia y Penélope, siguieran en casa, en Rutlandshire. La razón primordial por la que no habían acudido a Londres con el resto de la familia era el elevado coste; tras su reciente golpe de suerte, Luc había sopesado la idea de mandarlas a buscar; sin embargo, dado que tenían trece y catorce años respectivamente, se suponía que debían concentrarse en sus estudios. Sin duda alguna, Penélope tendría la nariz enterrada en algún libro; en cambio, en un día como ése, Portia estaría deambulando con su rehala de sabuesos. De estar allí, en esa merienda, se habría visto obligado a no quitarles el ojo de encima y a soportar sus constantes, y a menudo pesadas, bromas. Así que era una bendición que esas dos latosas a las que no se les escapaba nada estuvieran bien lejos.

—¿Luc?

La voz de Amelia lo llevó de vuelta a Merton; parpadeó unos instantes y vio la silueta femenina recortada contra el resplandor del sol que bañaba los prados. Llevaba un vestido de delicada muselina, perfecto para el caluroso día; la brillante luz volvía transparente el tejido, revelando la curva de sus pechos, la estrechez de su cintura que enfatizaba la voluptuosidad de sus caderas, y las largas y esbeltas piernas.

Luc tuvo que respirar hondo antes de conseguir que sus ojos regresaran al rostro de Amelia. Ella ladeó la cabeza para estudiarlo con una pequeña sonrisa en los labios. Hizo un gesto con el plato.

—Vamos a comer.

Se puso en pie muy despacio y aprovechó el momento para aplacar su súbito, desenfrenado e inesperadamente arrollador deseo. No se había dado cuenta de que había llegado a ese extremo, hasta el punto de que se apoderaba de él y lo instaba a poseerla.

Se reunió con ella y vio que a la derecha de Amelia estaban las puertas abiertas del comedor en el que se había dispuesto todo un banquete. Muchos de los invitados estaban llenando sus platos mientras parloteaban sin cesar; otros, ya plato en mano, se encaminaban hacia las sillas y las mesas dispuestas en el jardín.

Tras coger el plato de Amelia, clavó la mirada en sus interrogantes ojos azules. Con la otra mano, se apoderó de sus dedos y se los llevó a los labios. Dejó que ella, y sólo ella, viera la verdadera naturaleza de la pasión que ardía en sus ojos.

A lo que ella respondió abriendo los ojos de par en par. Antes de que pudiera decir nada, le soltó la mano y la condujo hacia la mesa.

—Bien, ¿cuál es el manjar más delicioso?

Amelia reprimió una sonrisa, pero le explicó con tranquilidad que las hojas de parra rellenas estaban deliciosas.

Llenaron sus platos y se reunieron con los demás en los jardines. Y pasaron la siguiente hora charlando distendidamente. Buena compañía, comida excelente, un vino delicioso y un magnífico día de verano; no había envidias ni tensiones en el grupo, de modo que todos se relajaron y disfrutaron del instante.

Llegó el momento en el que, con el apetito ya saciado, los más jóvenes (entre los que se contaban todos salvo sus madres, la prima Georgina, Luc, Reggie y ella misma) decidieron acercarse al río. Había un camino que atravesaba los jardines y que se unía a un sendero agreste que conducía hasta la orilla; Simon, Heather, Eliza y Angélica lo conocían muy bien. El grupo se puso en pie con la ayuda de los caballeros más jóvenes, en medio de un remolino de volantes de muselina color pastel y de sombrillas ribeteadas.

—No hay ninguna prisa —los reconvino su madre—. Aún quedan varias horas antes de que tengamos que marcharnos.

Minerva asintió para darles su permiso con una sonrisa.

La mayoría del grupo emprendió la marcha por los jardines; Heather y Eliza se abalanzaron sobre Reggie.

—Vamos... queremos que nos lo cuentes todo sobre la peluca de lady Moffat.

—¿De verdad le salió volando en Ascot?

Siempre dispuesto al cotilleo, Reggie permitió que lo arrastraran.

Luc enarcó la ceja al mirar a Amelia.

—¿Vamos?

Ella le devolvió el gesto con un brillo calculador en los ojos.

—Supongo que deberíamos ir, ¿no te parece?

Luc se puso en pie y le apartó la silla. Por supuesto, ninguno de los dos tenía intención de caminar hasta el río; no obstante, fingieron que cumplían con su deber de vigilar a los más jóvenes a regañadientes (que, dada la compañía, no precisaban vigilancia alguna) y comenzaron a andar, codo con codo, en pos del grupo.

Se alejaron de los jardines y cuando éstos ocultaron la villa, Luc se detuvo en un alto del camino. Por delante de ellos, los demás caminaban en grupos de tres o cuatro hacia los campos dorados y la lejana franja verde del río.

La voz de Simon llegó hasta ellos; Angélica y él discutían sobre las probabilidades de encontrarse de nuevo con la misma familia de feroces patos que en su última visita.

Luc desvió la vista hacia ella.

—¿Quieres ver el río, con patos y todo?

Sus labios se curvaron en una sonrisa.

—Ya lo he visto antes.

—En ese caso, ¿en qué dirección está la huerta? Tal vez demos con el árbol del que me caí la última vez que estuve aquí.

Ella señaló otro sendero que se perdía hacia la izquierda un poco más adelante.

—Al menos, las ciruelas estarán maduras.

Luc la siguió por el desvío.

—No son ciruelas lo que quiero saborear.

Ella le lanzó una desafiante mirada altanera por encima del hombro, pero no se detuvo.

Luc se limitó a sonreír.

La huerta era el sueño de todo seductor hecho realidad: enormes árboles de grandes copas cuajadas de hojas, rodeados por un alto muro de piedra; estaba lo bastante lejos de la villa como para asegurarles la intimidad y lo bastante apartada del camino que conducía al río como para que fuera poco probable que los demás aparecieran por allí.

Una vez bajo las copas de los árboles, quedaban totalmente ocultos a la vista de cualquiera que pasara por el camino. Amelia había estado en lo cierto: las ciruelas estaban maduras. Estiró el brazo para coger una. Al percatarse de que ella lo miraba, se la ofreció y, acto seguido, cogió otra para él.

—Mmm... deliciosa.

La miró mientras mordía la fruta; volvía a estar en lo cierto: la ciruela, tibia por el sol, estaba deliciosa. La vio cerrar los ojos para saborearla. El jugo rojo de la ciruela le tiñó los labios. Abrió los ojos y le dio otro mordisco. El jugo le corrió por los labios hasta derramarse por la comisura.

Extendió una mano y atrapó la gota con la yema del dedo. Ella parpadeó y acto seguido se inclinó hacia delante para atrapar el dedo entre sus labios y succionarlo con delicadeza.

Sintió que se le paralizaban los pulmones, por no hablar del resto de su cuerpo, y fue incapaz de ver nada durante un instante. De inmediato, parpadeó, respiró hondo, se las apañó para bajar la mano... y vio detrás de Amelia el tesoro de la huerta, al menos para sus propósitos.

Habían erigido un pequeño mirador en el centro, sin duda para extremar la intimidad. La huerta se encontraba sobre una colina, de manera que el mirador tenía vistas de los lejanos campos y del río, pero los árboles que lo rodeaban aseguraban que nadie pudiera ver el interior.

Muchas de las villas de Merton habían sido regalos de los caballeros a sus amantes; y estaba más que dispuesto a aprovecharse de la previsión de terceras personas, sobre todo porque no creía que pudiera mantener las manos alejadas de su acompañante mucho más tiempo. Además, aunque había una gruesa alfombra de hierba bajo los árboles y no se habían caído muchas ciruelas a esas alturas del año, la más mínima mancha en el vestido de una dama delataría lo que habían estado haciendo.

Hizo un gesto hacia el mirador. No hizo falta que dijera nada; ella estaba tan impaciente como él. Amelia se dio la vuelta y tomó la delantera. Se alzó las faldas para subir los tres escaloncitos con una sonrisa en los labios; una vez dentro, se dirigió directamente al sofá acolchado desde el que se podía contemplar el paisaje y se sentó.

Después lo miró con una media sonrisa en los labios y un gesto de altanero desafío en su rostro. Se quedó parado bajo el arco de entrada un instante antes de reunirse con ella.

Sin embargo, la sorprendió, ya que no se sentó a su lado, sino que colocó una rodilla sobre los cojines y se inclinó sobre ella al tiempo que le levantaba la barbilla con una mano y la besaba en los labios.

No estaba de humor para interludios educados, para fingir un distanciamiento que ya no existía entre ellos. Una de las consecuencias de los besos que habían compartido en los cinco días previos era el desmoronamiento de ciertas barreras; los labios de Amelia, y ella misma, eran suyos cada vez que así lo deseara. Él lo sabía; y ella también.

Amelia respondió con ardor, como siempre. Separó los labios bajo los suyos, invitándolo a entrar, dándole la bienvenida. Tenía un dulce y delicioso sabor a ciruela; exploró su boca y bebió de sus labios al tiempo que se acomodaba en el sofá junto a ella.

Lo abrazó y tiró de él mientras se recostaba contra el brazo del sofá, sin importarle el brazo con el que él le abrazaba la cintura. Ambos estaban hambrientos, a causa de la frustración. Y no había motivo alguno para que en esos momentos no se dieran un festín.

Eso fue a lo que se dedicaron largo rato, a aplacar el apetito insatisfecho que habían ido acumulando durante los días anteriores. Aunque no bastó para saciar su necesidad. Ni la de ella.

Estaba tan absorto en el beso, en el dulce esplendor de su boca, que no se percató de que ella, una vez más, llevaba las riendas de la situación. Le había abierto la camisa por iniciativa propia para desnudarle el pecho. Un escalofrío que se desvaneció al instante fue la única advertencia que recibió antes de que le pusiera las manos encima... y lo estremeciera hasta el alma.

Dejó de besarla con la respiración entrecortada, aturdido, con los sentidos embelesados por las estremecedoras emociones que le provocaban sus audaces y descaradas caricias.

No lo tocaba tímidamente, sino con avidez... y también con ardor cuando extendió las manos y cerró los dedos sobre su musculoso pecho antes de comenzar a recorrerle la piel con afán posesivo, como si fuera un esclavo a quien acabara de comprar.

Por un instante, atrapado en el hechizo, se preguntó si no sería verdad.

A continuación, contuvo el aliento y aprovechó un momento de distracción para recuperar las riendas, para sacudirse de la cabeza el embriagador placer que le proporcionaban sus caricias. Tras desabrochar los botones de su corpiño, liberó esos firmes senos de su confinamiento, unos senos que ya conocía de primera mano, y se tomó su tiempo para deleitarse con su perfección mientras contemplaba la piel de alabastro y sus enhiestos y rosados pezones. Echó el aliento sobre uno y observó cómo se endurecía justo antes de acercar la cabeza para saborearlo.

Con la respiración entrecortada por la sensación de su lengua sobre el pezón, Amelia echó la cabeza hacia atrás. Dejó una mano sobre su pecho mientras que alzaba la otra para acariciar ese cabello de color azabache. Con los ojos cerrados y los labios entreabiertos como si le costara trabajo respirar, se deleitó en las sensaciones que habían dejado de ser una novedad, en la sencilla intimidad, en el placer ya conocido, y aguardó expectante y excitada (fascinada, incluso) lo que estaba por llegar.

La boca de Luc se movía sobre sus pechos y sobre los pezones, dolorosamente endurecidos. Una pasión abrumadora se adueñó de su cuerpo, exigiéndole satisfacción.

Se retorció excitada bajo él, a la espera, siempre a la espera...

Cuando no pudo esperar más, apartó la mano que tenía apoyada en su torso y lo aferró por la muñeca para llevar esa mano que le acariciaba los senos hacia su vientre. No hizo falta que dijera más; los dedos de Luc se tensaron y le dieron un pequeño apretón antes de deslizarse hacia abajo para tocarla como ya lo había hecho en otra ocasión, para juguetear con los rizos que ocultaba su vestido.

Aunadas al roce de sus labios, de su boca y de su lengua sobre los pechos, las seductoras caricias de las yemas de sus dedos resultaron... más que agradables. Aunque todavía quedaba más... Le quedaban más cosas por experimentar; lo sabía y las quería... en ese preciso momento.

Sobre todo cuando su cuerpo comenzó a tensarse de un modo inexplicable... un tanto doloroso. Acuciante.

Levantó las caderas para obligarlo a introducir más sus dedos entre sus muslos.

Luc la miró a la cara mientras seguía lamiéndole los pechos; sus ojos tenían un brillo peligroso.

Ella le devolvió la mirada.

—Más. —Al ver que no la complacía de inmediato, insistió—: Sé que hay algo más. Muéstramelo. Ahora.

Esos diabólicos ojos azul cobalto ocultaban algo en sus profundidades; a pesar de la luz, parecían casi negros. Impenetrables.

Acto seguido, Luc enarcó una ceja y cambió de postura, abandonando sus pechos para inclinarse sobre ella una vez más.

—Si insistes...

El gruñido acarició los labios de Amelia un instante antes de que él volviera a apoderarse de su boca. No lo había esperado, así que no tuvo oportunidad de prepararse para la súbita acometida. Aunque no fue una acometida física, sino sensual; una poderosa marea que le arrebató el juicio y cualquier facultad salvo la de sentir y reaccionar.

Cualquier cosa que no fuera sentir el cambio en la naturaleza del beso o el cambio de postura, que le había otorgado una posición dominante y le permitía inmovilizarla y hacer con ella lo que le viniera en gana. Cada una de las lentas y profundas embestidas la hacía temblar, si bien de un modo diferente; el roce de su camisa y su chaqueta contra los senos desnudos era una sensación nueva. En un momento dado, Luc bajó el torso y se pegó a ella un instante... y la molesta tela que los separaba desapareció a ambos lados de su pecho. El calor de su torso y su crespo vello negro se apretaron contra sus senos.

Una oleada de sensaciones la atravesó. Luc cambió nuevamente de postura y sus pezones se endurecieron a causa de un placer rayano en el dolor cuando él los rozó con toda deliberación.

Fue entonces cuando sintió una mano sobre el muslo y se dio cuenta de que le había levantado las faldas. El aire fresco le rozó las pantorrillas, pero no le importó en absoluto, ya que tenía los cinco sentidos puestos en el dulce recorrido de esos dedos por la cara interna de su muslo.

Se estremeció cuando Luc llegó a su entrepierna; y cuando le deslizó un dedo entre los rizos, dio un respingo. Luc eligió ese momento para profundizar el beso y arrastrarla de nuevo a la vorágine; intentó resistirse, intentó concentrarse en el recorrido de esos dedos, pero él le arrebató sin miramientos los últimos jirones de cordura y los amarró a la apasionada danza de sus lenguas, a la creciente intimidad de la unión de sus bocas.

Cuando por fin le permitió recuperar el sentido (aunque no del todo, apenas lo justo para sentir de nuevo), se dio cuenta de que tenía los muslos separados y de que las manos de Luc estaban entre ellos mientras sus dedos se deslizaban sobre esa parte de su ser que sentía hinchada, húmeda y ardiente.

Fue un descubrimiento desconcertante, un descubrimiento que la embriagó de placer. Luc no interrumpió el beso, sino que la mantuvo inmersa en él mientras sus dedos jugueteaban con ella. Aunque ya no era un juego; bajo toda aquella embriagadora sensualidad y del placer infinito, yacía un afán posesivo, un impulso primitivo que percibía a pesar de los esfuerzos de Luc por disimularlo. Por mantenerlo oculto, invisible... en secreto.

Se percibía en la tensión de su cuerpo, en la tensión que agarrotaba sus músculos y lo dejaba rígido. En la enorme erección que notaba contra el muslo, en la acerada fuerza de esa mano que acariciaba su sexo. Lo percibía en la arrolladora pasión que refrenaba y mantenía oculta, como si quisiera protegerla de las llamas. Unas llamas a las que él estaba acostumbrado, pero que ella aún tenía que experimentar.

Si la decisión hubiera dependido de ella, habría exigido esas llamas... Las mismas que la tentaban con un placer adictivo. Sin embargo, lo único que podía hacer era aceptar lo que él le daba, aferrarse a lo que él le ofrecía... a lo que le permitía.

Estaba demasiado desesperada como para discutir, demasiado atrapada en el sensual hechizo que Luc había tejido. Necesitaba más. En ese mismo instante. Y él pareció darse cuenta. Le separó todavía más los húmedos pliegues para abrirla a sus caricias y explorar con suma delicadeza la entrada de su cuerpo hasta que le entraron ganas de gritar. Y después, lenta pero descaradamente, introdujo un dedo en su interior.

Una parte recóndita de su cerebro le decía que la penetración aliviaría su necesidad, y así fue durante unos instantes. Pero después, la suave fricción de ese dedo indagador que se deslizaba dentro y fuera de su cuerpo prendió fuego a otro deseo, a otro anhelo... un anhelo incluso más desesperado.

Luc alimentó ese anhelo con total deliberación y lo avivó hasta que ella le clavó las uñas en los brazos y arqueó el cuerpo bajo el suyo. Una cautiva, sin duda; una cautiva dispuesta a entregarse, a rendirse.

Y así lo hizo.

El millar de sensaciones que la recorrió, el súbito estallido de pasión que la consumió, la pilló totalmente desprevenida y la elevó hasta cotas insospechadas, hasta un paraíso de placer.

La calma, la placidez que la invadió, le resultaba desconocida, si bien la acogió con entusiasmo y se relajó entre sus brazos sin ser apenas consciente del momento en el que Luc retiró la mano y le bajó las faldas.

Sin embargo, no apartó sus firmes y expertos labios de los suyos, por más que la pasión se fuera desvaneciendo poco a poco; percibió cómo colocaba barreras en su sitio y la alejaba por completo del fuego y de las llamas.

Cuando por fin levantó la cabeza, ella lo esperaba. Alzó una mano y le enredó los dedos en el cabello para evitar que se alejara de ella. Se obligó a abrir los ojos y estudió su rostro.

Ni siquiera a tan corta distancia pudo descifrar lo que ocultaban.

—¿Por qué te has detenido? —Luc bajó la mirada hasta sus labios y ella le agarró el cabello con más fuerza—. Y si se te ocurre decir que no teníamos tiempo o que no es el momento oportuno, te juro que gritaré.

Él esbozó una sonrisa antes de mirarla a los ojos.

—No tiene nada que ver con el tiempo. Pero sí con los templos. —Sacó la lengua y le lamió el labio inferior—. Aún no hemos llegado a ese templo en particular.

La explicación no le hizo demasiada gracia, pero se abstuvo a regañadientes de discutir; parecía haber aceptado que, al menos en ese terreno, no podía darle órdenes.

La tarde era apacible y aún disponían de mucho tiempo. Luc se recostó en el sofá y la arrastró con él hasta dejarla con la espalda contra su pecho; así abrazados, la acunó en sus brazos mientras le daba tiempo para que su cuerpo volviera a la normalidad y reflexionara. Un momento de dichosa paz que él se dispuso a aprovechar. Tal y como estaba, Amelia no podía verle la cara... no podía ver las miradas que le lanzaba.

Intentaba recuperar la compostura y, al mismo tiempo, no quería que ella se enterara de que la había perdido siquiera. No quería que adivinara, como sin duda haría si viera su expresión incierta, que había perdido el norte aunque fuera un solo instante.

En un terreno que conocía como la palma de su mano y que había recorrido más veces de las que podía recordar.

Las mujeres, su posesión, jamás le habían preocupado en el pasado, al menos de forma específica. Había asumido que poseer a Amelia sería, si no exactamente igual, básicamente parecido.

Sin embargo, el anhelo ciego que lo había invadido momentos antes le resultaba desconocido. Una lujuria ciega, un deseo ciego... con ésos sí estaba familiarizado. Pero, ¿un anhelo ciego? Eso era algo muy distinto. Algo que jamás había experimentado con anterioridad. No podía explicar de manera lógica por qué el anhelo de poseerla a ella, y sólo a ella, se había vuelto de repente tan acuciante. Tan absolutamente necesario.

No sabía cuán intensa era esa emoción. No sabía si podría controlarla... o si, a la postre, acabaría por controlarlo a él.

Esa idea lo dejó inquieto, incluso más que antes. Sin embargo, a medida que pasaban los minutos y el sol descendía, el cálido cuerpo femenino que yacía entre sus brazos lo apaciguó a pesar de todo.

Ella ya no mantenía las distancias; estaba feliz y contenta entre sus brazos, sin importarle que su corpiño estuviera abierto y sus deliciosos pechos al aire. Se descubrió sonriendo; le gustaba mucho más de esa manera, sin duda. Sintió la tentación de alzar la mano hacia esos suaves senos para juguetear con ellos... pero el día estaba a punto de tocar a su fin.

Cuando llegó el momento, se levantaron y se acomodaron la ropa antes de regresar a la villa. Ella iba delante, como era habitual. Justo antes de que alcanzaran el camino principal, la detuvo; se paró justo detrás de ella e inclinó la cabeza para depositar un breve beso en el arco de su cuello.

Amelia no dijo nada, pero giró la cabeza y lo miró a los ojos cuando él se enderezó. Después esbozó una sonrisa (esa extraña, gloriosa y femenina sonrisa que siempre levantaba sus sospechas) y prosiguió alegremente la marcha.

Llegaron a los jardines instantes antes de que los demás regresaran, cansados aunque sonrientes. Volvieron a apiñarse en los carruajes. Aunque las muchachas habían dejado de parlotear, Reggie le suplicó a Luc que le diera un respiro, de modo que éste le permitió subir al puesto del lacayo en la parte trasera del tílburi. El rápido carruaje no tardó en dejar al resto atrás.

Ya habían entrado en Londres cuando Reggie bostezó y se desperezó. Luc esbozó una sonrisa.

—¿Te has enterado de algo que merezca la pena saber?

Reggie resopló.

—Sólo me he enterado de algo sobre una cajita de rapé que desapareció en casa de lady Hammond y sobre un florero bastante valioso que se extravió en casa de lady Orcott. Ya sabes cómo es esto, la temporada está llegando a su fin y empiezan a moverse cosas de sitio y luego es imposible recordar dónde se pusieron...

Luc pensó en la escribanía de su abuelo. Sin duda Reggie tenía razón.

7

La noche se presentaba como una catástrofe; de haber podido librarse del baile de máscaras de la condesa de Cork, Luc lo habría hecho, pero la vieja bruja era una amiga íntima de la familia y su asistencia era obligatoria. De todas formas, no hubo manera de convencer a Amelia de que no asistiera; albergaba la esperanza de que la velada fuera un éxito y así se lo había hecho saber de forma tajante.

Mientras subía los escalones de la mansión de la condesa con Amelia del brazo cubierta por la capa y la máscara, la ironía de la situación se le antojó de lo más incómoda. Jamás se había sentido tan dividido en toda su vida. Al menos le quedaba el consuelo de que no asistirían ni su madre ni la de Amelia, y tampoco sus amigas. Esa noche estaba planeada para gente como ellos y para aquéllos más jóvenes que aspiraban a imitar su estatus de pareja.

Tras entregar las invitaciones al mayordomo, guió a Amelia a través de la multitud que abarrotaba el vestíbulo de entrada de Su Ilustrísima. Los que asistían por primera vez a un acontecimiento semejante se habían detenido allí. Ataviados con máscaras e irreconocibles con los dominós, observaban a los restantes invitados intentando identificar a los otros. Con una mano en su espalda, Luc la instó a continuar.

—Al salón de baile —le dijo cuando ella titubeó y lo miró por encima del hombro—. Estará menos concurrido.

En un momento dado, tuvo que ponerse delante de ella

y abrirse paso a empujones, pero su pronóstico resultó correcto; en el salón de baile al menos podían respirar.

—No tenía ni idea de que habría semejante aglomeración. Teniendo en cuenta que estamos a finales de la temporada, claro. —De puntillas, Amelia observaba a la multitud, intentando distinguir el lugar en el que se encontraban.

—Si los bailes de máscaras no estuvieran abarrotados, no tendrían sentido.

Ella lo miró.

—¿Porque sería demasiado fácil reconocer a los demás?

Contestó con un brusco gesto de asentimiento y la tomó del brazo. Nadie tendría el menor problema para identificarla a pesar de la multitud; esos ojos azules, abiertos de par en par tras la máscara, eran inconfundibles, sobre todo si se sumaban a los tirabuzones dorados que se atisbaban bajo la capucha de su dominó.

—Aquí. —Se detuvo y le dio un tironcito a la capucha que la ocultaba, con la intención de cubrirle mejor el rostro y el pelo.

Ella alzó la vista.

—No importa que la gente me reconozca. Ya he encontrado a mi pareja para la velada.

Cierto, pero...

—Dadas las esperanzas que has depositado en ella, sería mejor que no atrajéramos ningún tipo de atención innecesaria.

Amelia llevaba una máscara que dejaba la parte inferior de su rostro al descubierto. Él observó su expresión y vio la sonrisa seductora que curvó sus labios cuando inclinó la cabeza.

—En ese caso, debo dejarme guiar por tu dilatada experiencia.

Le puso la mano en el brazo y se colocó junto a él, justo en la posición donde él la quería; se sentía mucho más cómodo cuando estaba a su lado, con la mano sobre su brazo. Reprimió un suspiro y accedió a dar una vuelta por la estancia.

En circunstancias más normales habría estado evaluando el salón de baile y la casa en busca de algún lugar al que llevar más tarde a la dama que lo acompañara con el fin de disfrutar de otros placeres más íntimos. Esa noche y acompañado de la dama que presidía continuamente sus pensamientos, le preocupaba más poder evitar, en la medida de lo posible, ese tipo de placeres.

—Amelia. —Su intención era la de tensar las riendas que ella había aflojado. E intentar dar un giro a la situación—. A pesar de lo que estás pensando, aún vamos demasiado rápido por el camino que hemos elegido.

Ella tardó un momento en mirarlo a la cara y, para entonces, su expresión estaba crispada.

—¿No estarás sugiriendo por casualidad que retrocedamos?

—No. —Sabía que jamás aceptaría algo así—. Pero... —¿Cómo explicarle que, a pesar de lo que le había hecho creer, el número de templos que podían visitar antes de disfrutar de un encuentro pleno era limitado? Al menos si quería conservar su cordura, claro—. Confía en mí, no podemos avanzar más de lo que ya lo hemos hecho. Aún.

Para su sorpresa, ella no se tensó, ni lo miró echando chispas por los ojos, ni discutió. En cambio, se detuvo y lo enfrentó. Clavó la mirada en sus ojos, esbozó una de esas sonrisas que ponían en alerta todos sus instintos y se acercó para poder hablar sin que los escucharan.

—¿Estás diciendo que no vas a seducirme todavía?

Luc sintió que endurecía su expresión; enfrentó su mirada y sopesó su respuesta con cuidado.

—Todavía.

Amelia sonrió de oreja a oreja y se acercó aún más. Alzó una mano y sus dedos le acariciaron la mejilla.

—Deja de ser tan noble. —Habló en voz baja, apenas un murmullo hipnotizante—. Estoy más que preparada para que me seduzcan. Para que tú me seduzcas. —Estudió con atención su mirada y ladeó la cabeza—. ¿Es porque me conoces desde siempre?

Resultaba toda una tentación decirle que sí; aceptar esa conclusión como una excusa y aprovecharse de su empatía.

—No tiene nada que ver con el tiempo que hace que nos conocemos —contestó con voz cortante, si bien eso no pareció molestarla. En cambio, Amelia se limitó a seguir observándolo con las cejas levemente arqueadas en un gesto curioso.

Le había colocado una mano en el pecho y estaba tan cerca que podría abrazarla si quisiera. Un rápido vistazo a los alrededores le confirmó que, aun distraído, sus instintos de libertino seguían funcionando a la perfección. Estaban en uno de los extremos del salón de baile, en un rincón cobijado por las sombras donde el pasillo se unía a la estancia principal. A tenor de las circunstancias, le pareció que lo más natural era abrazarla y retenerla allí donde estaba.

Se devanó los sesos tratando de averiguar la razón por la que ella había aceptado la demora en su seducción hasta que él aceptara el verdadero significado de dicha seducción.

—Sólo llevo cortejándote abiertamente diez días. Una seducción completa en este momento sería de lo más precipitada.

Amelia prorrumpió en carcajadas contra su pecho, con el rostro alzado hacia él.

—¿Por qué? ¿Cuánto tiempo sueles tardar en engatusar a una dama para llevártela a la cama?

—Ésa no es la cuestión.

—Cierto. —Su risueña mirada seguía clavada en él—. Pero si nos damos el gusto, ¿quién iba a enterarse? No voy a acabar con un sarpullido, ni a ir de un lado a otro con una sonrisa bobalicona, ni a hacer nada que pueda dar pie a que alguien lo adivine.

No le preocupaba un posible cambio en ella, estaba preocupado por sí mismo. Por su falta de sentido común, por su potencial falta de autocontrol y por ese anhelo que despertaba en él. Un anhelo que lo instaba a completar su plan de seducción en ese mismo momento, si no antes. Un anhelo que lo instaba a imaginarla bajo su cuerpo, rendida... A poseerla.

Sin embargo, era un anhelo muy distinto a todo lo que había experimentado hasta ese momento; mucho más poderoso, mucho más exigente. Un anhelo que lo arrastraba como jamás nada lo había arrastrado.

La miró a los ojos.

—Créeme, es preciso que retrasemos la seducción al menos otros diez días.

Amelia escuchó su réplica, pero se concentró en su tono de voz. Cortante, implacable... decidido. Sin embargo, había hablado, había discutido el tema en lugar de intentar someterla a su voluntad de forma dictatorial. Cosa que, tal y como bien sabía, era su actitud habitual a la hora de lidiar con cualquier mujer. Las explicaciones, por someras que éstas fueran (detalle en absoluto sorprendente dada su falta de práctica), jamás habían sido su estilo. Y, aun así, lo había intentado. Había intentado ganarse su colaboración en lugar de obligarla a obedecer.

Así pues, continuó sonriéndole.

—¿Otra semana y media?

No creía ni por asomo que pudieran aguantar. Después de sus últimos encuentros, sobre todo después del que tuvo lugar en el huerto de Georgina con ese beso final tan revelador en el camino de regreso a la villa, estaba segura de que las cosas entre ellos progresaban precisamente como había deseado desde un principio. Como había soñado. Estaba claro que él la veía como a una mujer, como a una mujer a la que deseaba, pero había mucho más en su relación.

Como su futuro y enamorado marido, Luc estaba plegándose a sus planes a la perfección, mucho mejor de lo que había esperado en esa fase tan temprana del plan. Detalle que sugería que debía tratar sus titubeos sobre la seducción con cierto grado de magnanimidad.

Ensanchó la sonrisa al tiempo que alzaba los brazos y le rodeaba el cuello.

—Muy bien. Cómo desees.

La sospecha que asomó a sus ojos la hizo sonreír aún más. Lo instó a bajar la cabeza para besarlo en los labios.

—Por el momento, dejemos que las cosas avancen a su placer.

Sus labios se encontraron y sellaron el acuerdo; Luc no daba crédito a su suerte. De hecho, mientras sus labios se unían y se separaban antes de volver a reunirse llevados por el deseo mutuo, parte de su mente analizaba el respiro con cínico escepticismo.

Y siguió haciéndolo cuando se separaron y, de tácito acuerdo, se sumaron a las parejas que bailaban el primer vals. Mientras la hacía girar por la estancia, consciente hasta la médula de los huesos de lo mucho que ella disfrutaba del momento y de la sensación de estar entre sus brazos al compás de la música, no pudo evitar sospechar de su aquiescencia.

La última vez que había intentado llevarle la contraria y frenar la creciente intimidad de su relación, ella había alzado la barbilla y lo había dejado plantado para coquetear con otros hombres. Por suerte, en un baile de máscaras, donde en teoría las posibilidades de hacer lo mismo eran ilimitadas, estaba entre sus brazos y, en la práctica, no había nada que pudiera alejarla de ellos.

Era un libertino consumado; mantener la atención de una dama concentrada en la ilícita sensualidad propia de un baile de máscaras y no en sí mismo le resultaba tan fácil como respirar. Se dejó llevar por la costumbre y comenzó a tocarla, a acariciarla bajo el voluminoso dominó y a robarle besos en la penumbra casi sin darse cuenta. Y cuando ambos estuvieron demasiado excitados como para encontrar satisfacción en el salón de baile, no vio peligro alguno en marcharse en busca de un rincón tranquilo donde poder saciar las exigencias de sus sentidos.

No vio ningún peligro.

Guiado por la costumbre, la condujo a un pequeño despacho; una habitación tan pequeña que nadie más la tendría en cuenta. Aún mejor, la puerta tenía pestillo, ventaja que aprovechó. En un lateral había un escritorio y el centro estaba ocupado por un enorme sillón con una alfombra de piel de leopardo extendida a sus pies.

Con una carcajada de pura emoción, Amelia se quitó la capucha y se echó los extremos del dominó sobre los hombros. Luc pasó a su lado y se dejó caer en el sillón. Se quitó la máscara para arrojarla a un lado y extendió los brazos hacia ella.

Amelia se sentó en su regazo envuelta en las capas de escurridiza seda y le llevó las manos al rostro para acercarlo a sus labios. Mientras se besaban, él le desató con presteza las cintas del dominó. La pesada capa se deslizó hasta el suelo, a sus pies. Amelia se quitó la máscara y la arrojó con un gesto despreocupado antes de acercarse más a él para colocarle las manos en el pecho y tentarlo con sus labios en descarada invitación.

Luc aceptó el reto con avidez, más que preparado para tomar lo que les fuera posible. Habían asistido a la fiesta con la intención de pasar la noche disfrutando de su mutua compañía; no tenían otra cosa que hacer. Sus manos exploraron ese cuerpo firme y se deslizaron sobre sus curvas con afán posesivo. Ella lo besó con sincero deleite, invitándolo a proseguir.

No tardaron mucho en sentirse embriagados, pero no a causa del champán de lady Cork. Los besos se tornaron más enloquecedores, más tentadores; el cuerpo de Amelia se relajó y el suyo correspondió endureciéndose. La decisión de complacerla con besos y caricias le había parecido lógica y justa; no tenía sentido negarle esos placeres tan nimios. Jamás se le había pasado por la cabeza que Amelia pudiera echar por tierra su decisión de no seducirla, por mucho que lo intentara.

Y no lo hizo. Estaba seguro de que ni siquiera se lo había propuesto.

No fue ella quien abandonó el sillón para tenderse en la alfombra de piel de leopardo. No fue ella quien se colocó bajo él. No obstante, una vez allí, jadeante, embriagada y excitada, lo ayudó de buena gana a desabrochar los diminutos y endiablados cierres de su corpiño para desnudarle los senos y animarlo a admirar, acariciar y degustar, una vez que él hubo dejado claro que ése era su objetivo.

Ya le había acariciado los pechos antes, ya los había visto, se había dado un festín con su suavidad, pero jamás había sido ella quien se los ofreciera. Hasta ese momento, él había tomado y ella había accedido. Tal vez fue ese sublime gesto de entrega el que motivó el cambio, esa alteración irresistible e irreversible en la naturaleza de su interludio.

Dicho cambio lo pilló desprevenido y con la guardia baja, si no indefenso. Antes de que lo comprendiera, antes de atisbar el peligro, atrapó sus labios con avidez y voracidad, mientras le acariciaba un pecho con una mano igual de insistente. Se dejó arrastrar por la pasión y la aprisionó bajo su cuerpo con la más clara de las intenciones.

Antes de que pudiera pensar, ambos estallaron en llamas.

No era la primera vez que lo experimentaba, ya había sufrido antes el infierno del deseo. Y aunque ella no lo había hecho, no demostró miedo alguno. La besó con más ardor y de forma mucho más explícita de lo que lo había hecho hasta entonces. Ella le correspondió y lo apremió a ir más allá.

Sus manos lo acariciaban con frenesí, se enterraban en su cabello y lo aferraban por la camisa; descubrió de repente que tenía el torso descubierto y que sus manos descansaban allí. Le clavó los dedos en el pecho con fuerza cuando él comenzó a pellizcarle un endurecido pezón cada vez con más fuerza, hasta que ella puso fin al beso con un jadeo y se arqueó bajo él.

Una flagrante invitación. El deseo que el gesto evidenciaba, primitivo e incontenible, despertó su ofuscado sentido común con la fuerza de un mazazo. Le bastó ese instante de lucidez para darse cuenta de que la situación en la que se encontraban era obra suya, y no de Amelia. En su mente ya sabía que ella le pertenecía; era suya para tomar lo que se le antojara dónde y cuándo quisiera si así lo deseaba.

Y la deseaba con una desesperación rayana en el dolor. No había esperado que sus instintos lo traicionaran y le entregaran en ese preciso instante aquello que más anhelaba.

Podía hacerla suya en ese instante, en ese lugar. Mientras sus labios retomaban su asalto y su cuerpo se movía sobre ella, una vocecilla le preguntó: «Y después, ¿qué?» No estaba preparado para enfrentarse a la respuesta; no estaba preparado para enfrentarse al deseo que Amelia despertaba en él, ni a las posibles consecuencias de ese deseo. Le faltaban datos para sentirse seguro. Si sucumbía a sus deseos aunque sólo fuera por esa vez, podría acabar condenado a... ¿qué? No lo sabía.

Y mientras no lo supiera...

Se había visto atrapado por las garras del deseo las veces suficientes como para saber controlarlo. Una vez que hubo reconocido el peligro, su fuerza de voluntad fue capaz de escapar a la trampa que él mismo había tendido.

Por supuesto, había un precio... uno que estaba más que dispuesto a pagar.

Amelia sabía que su interludio la llevaría muy cerca del último templo de su camino. Una especie de apremio se había adueñado de ellos bajo el poderoso asalto de la pasión, instándolos a continuar.

Sus sentidos apenas podían asimilar lo que estaba sucediendo, pero parecieron agudizarse. Su piel ansiaba cada roce y cada caricia, aunque le parecían imposibles de soportar; era consciente de su respiración alterada y de los jadeos de Luc. Tenía la sensación de que sus besos eran lo único que los anclaba al mundo y disfrutaban de cada uno como si les fuera la vida en ello. Su cuerpo parecía haberse derretido y no mostraba el menor indicio de resistencia. El de Luc, en cambio, parecía haberse tensado, como si la fuerza que normalmente animaba sus músculos se hubiera condensado hasta convertirlos en piedra.

En una piedra candente. Desde los labios que la devoraban hasta las piernas que se entrelazaban con las suyas, pasando por la mano que le acariciaba el pecho. Su erección, tan ardiente como el resto de su cuerpo e incluso más dura, era una promesa de lo que estaba por llegar, o eso esperaba ella.

Se quedó sin respiración cuando la mano que le acariciaba el pecho se deslizó por su vientre hasta la cadera para subirle el vestido. Una abrumadora mezcla de emoción, excitación y deseo se apoderó de ella.

Una sensación nueva, porque jamás había deseado hacer algo así con ningún otro hombre. Sin embargo, con Luc estaba escrito que sucediera; ni siquiera se lo cuestionó, lo sabía sin más.

Sintió la caricia fresca del aire. Sin apartarse de ella, Luc le alzó el vestido y la camisola hasta la cintura antes de descender de inmediato hasta los rizos de su entrepierna. Tomó su sexo en la mano al mismo tiempo que le introducía la lengua en la boca. El osado ritmo que impuso la distrajo por un instante, un segundo que él aprovechó para explorar un poco más y penetrarla con un dedo.

Su cuerpo, que ya no le pertenecía por entero, reaccionó elevando las caderas hacia él. Sin embargo, Luc no le dio respiro; al contrario, capturó todos sus sentidos mediante el ritmo hipnotizante de su lengua, idéntico al de ese atrevido dedo.

La pasión creció y creció en su interior hasta que se vio obligada a apartarse de sus labios para poder respirar. Luc se separó para observarla mientras ella apoyaba la cabeza en el suelo entre jadeos; se habría retorcido, pero su peso se lo impedía. En ese instante, él se apoyó sobre un codo para apartarse un poco. Amelia abrió los ojos... y lo descubrió contemplando la mano que la acariciaba entre los muslos desnudos que mantenía separados con una de sus piernas. Mientras lo observaba, esos ojos azul cobalto fueron subiendo desde las caderas hasta el vientre desnudo y de allí al torso, dejando atrás el vestido arrugado en su cintura antes de detenerse en sus pechos, aún expuestos a su mirada, con la piel sonrojada por la pasión y los pezones endurecidos.

La contemplaba con una expresión decidida y tensa, pero había algo en su mirada, en el rictus de sus labios, que sugería una especie de ternura, una emoción intangible que jamás había visto antes en él. En ese momento, alzó la vista y la miró a los ojos.

Movió la mano que tenía entre sus muslos con deliberada lentitud y la penetró un poco más. Comenzó a acariciarla con el pulgar, trazando círculos alrededor de ese lugar que solía atormentar con frecuencia.

Amelia contuvo la respiración, cerró los ojos y tensó el cuerpo. Sin embargo, se obligó a abrir los ojos de nuevo y a extender los brazos hacia él.

—Ven... ahora.

Lo aferró por los hombros y tiró de él... en vano. Sólo consiguió que a sus labios asomara una leve sonrisa.

—Todavía no. —Volvió a mirar la mano con la que la acariciaba antes de zafarse de ella y alejarse un poco más—. Aún queda un altar por adorar.

Amelia no supo a qué se refería, pero cuando él inclinó la cabeza y le dio un beso en el ombligo fue incapaz de respirar o de expresar sus dudas en voz alta. Luc dejó una lluvia de besos sobre su vientre y descendió, logrando que la ya enfebrecida piel se enardeciera aún más.

Las inesperadas e ilícitas caricias le nublaron la mente y embriagaron sus sentidos. Sin embargo, cuando apartó la mano de su sexo y la sustituyó con los labios, dio un respingo, repentinamente insegura.

—¿Luc?

Él no contestó.

Sus labios la acariciaron de nuevo, arrancándole un grito.

—¡Luc!

Él no le prestó la menor atención. Amelia comprendió que no había esperanza de detenerlo y, además, abandonó cualquier deseo de que lo hiciera. Su mente y su sentido común se perdieron en la vorágine de sensaciones.

Jamás había soñado que pudiera hacerse algo así, que un hombre pudiera tocarla de esa manera, y mucho menos que Luc lo hiciera. Había deseado que la hiciera suya y lo había logrado en todos los aspectos salvo en uno. A la postre, se rindió, dejó que la tomara como quisiera y se entregó a su experta guía, dejándose llevar por la corriente de erótico deleite que él había conjurado.

Incapaz de moverse y desprovista de toda resistencia, dejó que se diera un festín con su cuerpo. Como era habitual en todo lo que hacía, las caricias de su lengua fueron lentas, pausadas y concienzudas. La acarició cada vez más rápido, provocándole tal nudo de tensión que creyó que moriría allí mismo; hasta que al final, cuando ya vislumbraba el glorioso deleite que había experimentado en su anterior encuentro, cuando estaba a punto de dejarse llevar por el placer, él la penetró con la lengua muy despacio y con total minuciosidad, provocándole el éxtasis más arrollador.

Después se limitó a abrazarla y, cuando ella intentó protestar, la acalló con un beso, dejando que degustara su propia esencia en sus labios y en su lengua.

—Todavía no —fue su única explicación.

Poco después regresaron al salón de baile, donde Luc insistió en que bailaran el último vals y se quitaran las máscaras para que todos supieran que, en efecto, habían estado allí donde se suponía que debían estar, bailando, antes de acompañarla a casa.

A la mañana siguiente, Luc acudió a Upper Brook Street, pero le informaron de que Amelia estaba en el parque, paseando con Reggie. Titubeó un instante antes de encaminarse hacia allí. Tenía que hablar con ella. A solas, pero a ser posible en un sitio público y seguro.

La vio antes de que ella lo viera a él. Estaba conversando con un grupo de damas y caballeros. Se detuvo bajo un árbol, oculto en parte por sus frondosas ramas, y sopesó la situación. Reflexionó sobre ella, sobre él y sobre lo que estaba haciendo allí. En realidad, estaba intentando ganar tiempo. Necesitaba tiempo para descubrir la verdad, para comprender. Para descubrir las respuestas a los interrogantes que lo acosaban: ¿Desde cuándo poseer a una mujer era sinónimo de compromiso? Y dado que, por extraño que pareciera, así lo era, ¿qué quería decir?

Sabía a la perfección que la ecuación no sería la misma

con otra mujer, pero con Amelia... así estaban las cosas. Al margen de sus fingidas pretensiones y de sus deseos. Había pasado media noche obligándose a asimilar esa verdad. E intentando comprender qué se escondía detrás de ella.

Su preocupación más inmediata era la fiesta campestre en Hightham Hall a la que todos estaban invitados, los Ashford, Amelia y su madre. Tres días de desinhibidas diversiones estivales que darían comienzo al día siguiente. En esa etapa del plan, una fiesta semejante era lo último que necesitaba.

Lo que precisaba era tiempo; para asimilar el deseo que sentía por ella; para comprenderlo hasta el punto de poder manejarlo y controlarlo. Sus instintos luchaban entre sí cada vez que la tenía cerca; la deseaba con locura, pero en cierta medida sabía que era peligroso. Sin embargo, el peligro no residía en Amelia, sino en el efecto que tenía sobre él y en lo que él podría llegar a hacer a causa de ese efecto. Estar en manos de las emociones no era una amenaza que hubiera experimentado con anterioridad; y se negaba en redondo a permitir que la situación llegara a ese extremo.

Así que había acudido al parque para pedir clemencia. De forma temporal.

Abandonó su escondite justo cuando el grupo se dispersaba. Lady Collins y la señora Wilkinson llegaban tarde a un almuerzo; apenas tuvo tiempo de saludarlas antes de decirles adiós y aprovechó la distracción de su partida para saludar a Amelia y apoderarse de su mano.

Reggie, que estaba al otro lado de Amelia, se dio cuenta, pero disimuló muy bien; cuando las dos damas se alejaron, se dio un tironcito del chaleco.

—No sé qué opináis vosotros, pero a mí no me importaría estirar un poco las piernas. ¿Qué os parece un paseo hasta La Serpentina?

Los demás (la señora Wallace, lady Kilmartin, lord Humphries y el señor Johns) respondieron afirmativamente a la sugerencia; giraron al unísono y emprendieron la marcha por el camino de grava en dirección al lago.

No fue difícil rezagarse, aminorar el paso hasta que hubo

suficiente distancia entre ellos y el grupo como para hablar con libertad.

Amelia ladeó la cabeza y enarcó una ceja en un gesto interrogante.

—Supongo que tienes algo en mente.

La sonrisa que asomó a sus labios y el brillo que iluminó esos ojos azules sugirieron que sabía a la perfección qué le había pasado por la mente en cuanto tuvo ese cuerpo delicado y femenino a su lado, sólo para él. Aplastó el deseo sin demora, pero siguió mirándola a los ojos.

—Desde luego. —Ella parpadeó al escuchar su voz. Antes de que comenzara a hacer conjeturas, Luc prosiguió—: La fiesta campestre de Hightham Hall. Mañana.

El brillo que asomó a sus ojos lo llevó a explicarse sin demora.

—Tenemos que ser cuidadosos. Sé lo que estás pensando; pero, aunque el lugar pueda parecer agradable y adecuado a primera vista, en realidad ese tipo de casas de campo pequeñas y atestadas son un peligro en sí mismas.

Amelia lo escuchaba con la cabeza ladeada y la mirada clavada en su rostro. En ese momento miró al frente.

—Dados nuestros planes, creí que esa invitación nos había caído como llovida del cielo. —Lo miró de soslayo—. ¿Me estás diciendo que no estaba en lo cierto?

Luc asintió con la cabeza. Tenía que convencerla como pudiera de que no intentara aprovecharse de las circunstancias para tentarlo aún más, porque estaba seguro de que intentaría hacerlo. Su objetivo era impedirlo, en caso de que ella tuviera éxito en su empeño.

—Las circunstancias parecen caídas del cielo, es cierto, pero...

El grupo seguía caminando en cabeza. Por suerte, el paseo de La Serpentina era bastante largo. Amelia se mordió la lengua y escuchó... lo que cualquiera que conociera a Luc tomaría por una plétora de excusas nerviosas. De sus labios y dado el tema de conversación, el hecho era sorprendente.

—Te aseguro que las posibles repercusiones son mucho

menos satisfactorias de lo que te esperas. —La miró de soslayo, vio que alzaba las cejas y sopesó lo que acababa de decir antes de explicarse sin más demora—: No en términos de placer inmediato, sino...

Estaba clarísimo que no quería aprovechar la fiesta campestre para ahondar en su relación y dar el que sería el último paso. Sus motivos no lo estaban tanto.

Lo dejó hablar sin interrumpirlo con la esperanza de averiguar algo más. La situación, la reacción que estaba demostrando, era tan distinta a la que había esperado (teniendo en cuenta su forma de ser) que estaba más perpleja que desalentada. Ése era el hombre con el que deseaba casarse y estaba demostrando tener más recovecos de los que había imaginado; era imprescindible que se concentrara en todos los detalles.

—En última instancia, hay que considerar el hecho de que debemos evitar a toda costa cualquier comportamiento que pueda mancillar tu reputación.

El comentario era tan pomposo que tuvo que esforzarse para no soltar una carcajada. Habían llegado a las orillas de La Serpentina; el grupo había dado la vuelta en dirección a los prados. Luc se detuvo, la instó a enfrentarlo y buscó su mirada.

—Lo entiendes, ¿verdad?

Amelia estudió esos ojos azul cobalto y comprobó que, en efecto, estaba preocupado, si bien el motivo le resultaba todo un misterio. De todos modos, sabía qué actitud debía asumir. Esbozó una sonrisa reconfortante.

—Sabes muy bien que jamás haría nada que pudiera mancillar mi reputación.

Luc no conocía tan bien sus reacciones como para sacar conclusiones precipitadas, así que la miró fijamente a los ojos, esperando ver allí la confirmación de sus palabras. O, al menos, de lo que él creía que significaban sus palabras. Amelia ensanchó su sonrisa de forma intencionada y le dio unas palmaditas en el brazo antes de echar un vistazo hacia el paseo.

—Y ahora será mejor que me lleves de vuelta, antes de que Reggie empiece a cuestionarse si ha hecho lo correcto al dejarnos a solas.

Sus respectivas madres habían decidido que el grupo partiría hacia Hightham Hall a las nueve de la mañana del día siguiente. La madre de Reggie no se encontraba bien, así que él también iba con ellos. En opinión de Luc, el apoyo masculino del joven no era suficiente, dado el numeroso grupo de féminas que tenía a su cargo; sobre todo, porque cualquiera de esas mujeres podía manejar a Reggie con el dedo meñique.

Aguardaba en la acera al lado de Reggie, mientras observaba con resignación cómo descendían los ejes de los carruajes a medida que cargaban baúl tras baúl.

—Que me aspen si van a ponerse la mitad de lo que llevan. —Reggie echó un vistazo al tiro de cuatro caballos del carruaje de los Cynster, que había llegado un cuarto de hora antes ya cargado con los baúles y las bolsas de viaje de Amelia y Louise—. Espero que los caballos estén a la altura.

Luc resopló.

—Puedes estar tranquilo al respecto. —Tanto sus establos como los de los Cynster albergaban sólo los mejores animales—. Pero nos supondrá al menos una hora más de viaje. —Hightham Hall estaba en Surrey, en las colinas del río Wey.

Reggie observó a un lacayo que entregaba otra sombrerera al cochero de los Ashford.

—Asumiendo que lleguemos...

Un torbellino de actividad los hizo mirar hacia la puerta principal. Emily, Anne y Fiona, ya habitual en el grupo, bajaban los escalones conversando animadamente. Luc echó un vistazo sobre sus cabezas y se encontró con la mirada de Cottsloe. El mayordomo regresó a la casa para ordenar que prepararan su tílburi.

Reggie estaba contando el número de viajeros cuando Luc le informó de que Amelia y él viajarían por separado. El joven pareció sorprendido.

—No se me había ocurrido que te tomaras la molestia; hay sitio de sobra.

Luc lo miró a los ojos.

—Se te han olvidado las doncellas...

Reggie parpadeó antes de soltar un gruñido.

Mientras bajaba los escalones tras su madre y Minerva, Amelia se percató de la expresión apesadumbrada de Reggie. Era tan típica de un hombre cuando viajaba acompañado de un grupo de mujeres de su familia que no tuvo que esforzarse mucho para adivinar sus pensamientos. El semblante de Luc era igual de típico, pero sólo en lo que a él se refería: adusto, impasible e imposible de descifrar.

Sin embargo, en ese momento alzó la vista, la vio y titubeó, como si se sintiera inseguro. La felicidad se adueñó de ella. Sonrió con actitud serena y confiada y se acercó a él.

A partir de ese instante, todo fueron órdenes y organización mientras se debatía y se decidía quién iría en qué carruaje, tras lo cual todo el mundo ocupó su lugar. Luc cerró la puerta del segundo vehículo y retrocedió.

—Os adelantaremos antes de que lleguéis al río —le dijo a Reggie, quien asintió con la cabeza y se despidió con la mano.

Luc le hizo una señal a su cochero, quien chasqueó el látigo al instante, haciendo que los caballos se alinearan entre los varales y el pesado carruaje comenzara a avanzar lentamente. El carruaje de los Cynster se puso en marcha justo cuando el lacayo de Luc aparecía conduciendo su tílburi. Detuvo el vehículo junto a ellos. Luc siguió a los dos carruajes con la mirada hasta que desaparecieron tras la esquina y, después, se volvió hacia Amelia.

Ella estaba esperando a que lo hiciera para enarcar las cejas con un gesto un tanto desafiante. Se acercó a él y le murmuró:

—Deja de preocuparte; todo saldrá de maravilla.

Luc le sacaba una cabeza y sus hombros eran tan anchos que, a esa distancia, la ocultaban por completo a los ojos de quien estuviera detrás. A esa distancia, percibía la fuerza masculina que emanaba de él y la rodeaba como si fuera un zumbido. A esa distancia, el poderoso erotismo que se ocultaba bajo su elegante fachada resultaba tan evidente que adquiría un tinte amenazador.

Sin embargo, era ella la que tenía que tranquilizarlo acerca del cariz íntimo de su relación. Acerca del ritmo de dicha relación.

¿No era deliciosa la ironía?

Su sonriente intento de sosegarlo tuvo el efecto contrario al deseado; esos ojos azul cobalto (que seguía encontrando difíciles de interpretar, aunque cada vez le costara menos esfuerzo hacerlo) se tornaron más recelosos y regresó el ceño fruncido, completando así su expresión desconfiada.

Amelia resistió el impulso de reír a carcajadas y, en cambio, sonrió bajo su penetrante escrutinio mientras le daba unas palmaditas en el brazo.

—Deja de fruncir el ceño, vas a asustar a los caballos.

El comentario le reportó una mirada torva, pero Luc suavizó su expresión y la ayudó a subir al tílburi. Una vez sentada, se colocó las faldas y decidió que el sol aún no estaba lo bastante alto como para abrir la sombrilla. Tras intercambiar unas palabras de última hora con Cottsloe, Luc se reunió con ella y, en un abrir y cerrar de ojos, estuvieron en marcha.

Era un conductor avezado y manejaba las riendas de forma instintiva, aunque sabía que no debía distraerlo con una conversación mientras sorteaba el tráfico matinal. Tal y como él había vaticinado, alcanzaron a los dos carruajes tras dejar atrás Kensington. Mucho más pesados y bastante más difíciles de manejar, los vehículos tenían que hacer frecuentes paradas y esperar a que el camino quedara despejado para avanzar.

Encantada de estar en el tílburi, al aire libre, Amelia dejó que su mirada vagara por la miríada de detalles que el paisaje le ofrecía; aunque lo había visto todo incontables ocasiones, la presencia de Luc a su lado y el hecho de estar a punto de lograr su sueño hacían que cada detalle pareciera más vívido, más intenso, más significativo a sus ojos.

Tomaron rumbo sur al llegar a Chiswick y cruzaron el río hasta Kew. Desde allí, prosiguieron hacia el suroeste, en dirección a la campiña. A medida que las casas iban quedando atrás, la luminosidad de la mañana estival los fue rodeando y no sintió necesidad de hablar; no había necesidad de iniciar una conversación insustancial para pasar el rato.

Ésa era una de las cosas que habían cambiado. Llevaba la cuenta de los días; habían pasado catorce desde aquel amanecer en el que se armó de valor y lo desafió en el vestíbulo de su casa. Hasta entonces, siempre había sentido la imperiosa necesidad de hablar, de mantener el mínimo de contacto social con él.

Sin embargo, en los últimos días habían cambiado muchas cosas; ya no necesitaban una conversación que sirviera de puente entre ellos.

Lo miró de reojo para observar su expresión antes de apartar la vista; estaba absorto en el manejo de las riendas y no quería distraerlo. No quería que pensara en ella ni que meditara acerca de su relación o en el modo en el que debería o no debería progresar. No quería que pensara en el cómo o en el dónde debía tener lugar el siguiente paso. Les iría mucho mejor si era ella quien se encargaba de tomar esas decisiones.

La peculiar discusión que mantuvieron en el parque el día anterior le había dado mucho que pensar. El sorprendente hecho de que deseara retrasar el momento crucial cuando estaba consumido por el deseo, al igual que ella, le había resultado tan incomprensible en un principio que se había visto obligada a meditar a fondo antes de dar por seguro que había identificado las razones que lo motivaban.

Una vez que comprendió que sólo podía haber dos razones y que, en su opinión, ninguna de ellas era válida para justificar otra semana de retraso, se sintió embargada por el entusiasmo en lugar de dejarse llevar por el desánimo. Embargada por la certidumbre de que debía poner fin a su cortejo, de que ya no era necesario alargarlo más.

Había negado sentirse afectado por el hecho de conocerla desde siempre y, en cierta medida, Amelia sabía que era verdad. Sin embargo, Luc siempre la había visto como a sus hermanas o como a cualquier otra dama de buena cuna. Mujeres que debían ser protegidas de todo peligro. Los lobos de la alta sociedad eran un peligro en potencia y, puesto que esperaba convertirla en su esposa (y ya había tenido catorce días para hacerse a la idea), no era de extrañar que su definición de peligro se extendiera a sí mismo y a sus deseos depredadores que, en otras circunstancias, serían reprobables.

«Pobrecito», pensó. Sólo estaba confundido. Atrapado entre la espada y la pared a causa de ese instinto protector tan arraigado en él. Y lo entendía; recordaba que algunos de sus primos se habían visto en las mismas circunstancias y habían acabado cayendo en su propia trampa.

No sería apropiado reírse. Los hombres se tomaban esas cuestiones muy en serio. Y, además, si quería tener éxito a la hora de convencerlo de que dejara de lado sus escrúpulos caballerescos, lo último que debía hacer era enfurecerlo.

El segundo motivo que lo había llevado a tomar esa decisión era aún más comprensible; no era más que un simple caso de testarudez masculina. Había decretado desde el principio que para lograr el beneplácito social necesitarían cuatro semanas de cortejo público y el hecho de que lo hubieran logrado en sólo dos (como habían demostrado las alentadoras reacciones de las damas más preeminentes durante la semana anterior) no iba a cambiar sus planes.

A decir verdad, no tenía la menor intención de discutir ese punto con él. Siempre y cuando se casaran en junio, la boda le reportaría todo lo que deseaba.

Sin embargo, en sus pensamientos la boda no era sinónimo de una relación más íntima. Podrían invertir el orden, tal y como solían hacer a menudo las parejas. Habían tomado una decisión y la sociedad los había aceptado; siempre y cuando no alardearan de haber mantenido relaciones íntimas, ni la sociedad ni sus familias tendrían nada que decir.

No le cabía la menor duda de que Luc lo sabía; o lo sabría si se permitiera considerar el tema con objetividad. Sin embargo, la objetividad no estaba al alcance de su mano si eran sus instintos y no su voluntad los que lo guiaban.

Por tanto, era ella quien debía encargarse del asunto. Debía llevar a su atascado cortejo a un satisfactorio final y acelerar el libreto hasta la última escena... esa a la que él se negaba a llegar, por sorprendente que pareciera. Si no estuviera tan convencida de que la deseaba (en la misma medida que ella a él), no sería capaz de afrontar la tarea que tenía por delante con el aplomo con el que lo hacía.

—Ahí está.

Las palabras de Luc interrumpieron sus pensamientos; alzó la vista y vio que sobre los árboles se alzaban las dos torres de Hightham Hall. Los límites de la propiedad estaban señalados por una cerca de piedra; no tardaron en llegar a las puertas, abiertas de par en par. Luc hizo girar a los caballos y enfilaron el camino de grava mientras observaban cómo la extensa mansión se iba haciendo más grande a medida que se acercaban.

El mayordomo, los lacayos y algunos sirvientes los aguardaban; un carruaje acababa de dejar a sus ocupantes, que ya habían entrado en la casa. El vehículo se alejó traqueteando cuando ellos llegaron frente a la puerta. Un lacayo se apresuró a hacerse cargo de los caballos mientras Luc le arrojaba las riendas a otro antes de bajar.

Una vez que estuvo en el suelo, se dio la vuelta y la ayudó a bajar del tílburi. Por un momento, por un instante más de lo que dictaba el decoro, la sostuvo con fuerza mientras los sirvientes de lady Hightham se apresuraban a descargar el equipaje y lo llevaban al interior. La sostuvo tan cerca que Amelia percibió la respuesta física de sus cuerpos. Aunque él no le prestó la menor atención; se limitó a estudiar su rostro con un semblante un tanto adusto.

—Estás de acuerdo, ¿verdad? —le preguntó con los ojos

clavados en los suyos—. No habrá ni un avance más, al menos durante la próxima semana.

Ella esbozó una sonrisa deslumbrante; de haber estado solos se habría lanzado sobre él para alejar sus temores con un beso. Tal vez debiera dar gracias por estar acompañados. Alzó una mano y le acarició una mejilla.

—Ya te lo he dicho: no te preocupes. —Sostuvo su mirada antes de dar media vuelta para dirigirse a la casa—. No tienes nada que temer.

Se zafó de sus manos y se encaminó hacia la mansión. Supo que la estaba observando, porque tardó un instante en escuchar el sonido de sus pisadas sobre la grava, tras ella. Sintió que esos ojos seguían clavados en su espalda. Ensanchó la sonrisa; Luc no la creía... ni por asomo. Por desgracia, la conocía demasiado bien.

Subió los escalones con la cabeza bien alta, meditando acerca del único interrogante que aún le quedaba: ¿Cómo iba a seducir a un hombre que, según su legendaria reputación, debía de haberlo visto todo?

8

Había ido preparada. Pero incluso así tendría que pillarlo desprevenido.

Llegaron en un buen momento: apenas era mediodía cuando entró, con Luc pegado a los talones, en el salón donde su anfitriona agasajaba a los invitados ya presentes.

—Mi madre y lady Calverton están de camino —respondió Amelia cuando lady Hightham le preguntó—. Yo he venido con Luc en su tílburi.

El rostro de su anfitriona se iluminó al tiempo que le daba unas palmaditas al asiento que quedaba libre a su lado.

—Siéntate, querida... ¡cuéntamelo todo!

Amelia se sentó y reprimió una sonrisa cuando Luc hizo caso omiso de la mirada socarrona de la mujer; se limitó a hacerle una reverencia y a unirse a un grupo de caballeros en su mismo estado que se había refugiado junto a las ventanas. Amelia dejó que se fuera. Había estado en muchas fiestas campestres y conocía el programa previsto tan bien como él.

Las damas se enzarzaron en una animada conversación mientras los invitados seguían llegando; los carruajes de los Calverton y los Cynster aparecieron justo a tiempo para unirse al almuerzo tardío.

Después de dicho almuerzo, llegó un momento en el que los caballeros se marcharon a algún refugio típicamente masculino para quitarse de en medio mientras las damas se aposentaban. Esa tarde estaba dedicada a la organización femenina: había que averiguar qué habitaciones les habían designado y asegurarse de que las doncellas las habían encontrado a fin de deshacer el equipaje y airear los vestidos como era debido. Además de averiguar quién se alojaba en las habitaciones contiguas y dónde se encontraban las carabinas y las cotillas más deslenguadas.

Más avanzada la tarde, las damas que pretendían mantener una relación ilícita encontrarían la oportunidad para comunicarle su paradero a la otra parte interesada. Lo que resultara se vería a lo largo de los días siguientes; se trataba, por tanto, de seguir esa norma establecida de antemano según la cual nada escandaloso ocurriría en la primera tarde de una fiesta campestre.

Cuando llegó a la habitación que le habían asignado, un dormitorio encantador que se encontraba al final de una de las alas y convenientemente cerca de una escalera de servicio, Amelia descubrió que su doncella, Dillys, había obedecido sus órdenes al pie de la letra. Sus vestidos ya colgaban del armario y sus peines estaban ya dispuestos sobre el tocador. El atuendo que le había pedido que preparara estaba extendido sobre la cama. Puesto que había trabajado como una esclava desde que pusiera el pie en la casa, Dillys disfrutaría de la tarde libre... de manera que pudiera echarles el ojo a los lacayos y asimismo adelantarse al resto de doncellas.

Con las manos entrelazadas, Dillys estaba al pie de la cama, impaciente por recibir el visto bueno a su esmerado trabajo y poder marcharse.

Al cerrar la puerta, Amelia se percató de que los demás detallitos que le había pedido también estaban listos.

—Muy bien. Y ahora... una última cosa. —Sacó una nota de su ridículo, la misma que escribiera en el saloncito de la planta inferior—. Cuando el reloj marque las tres, dale esto al mayordomo. Las indicaciones están en la nota. Sólo dile que te he pedido que sea entregada de inmediato.

—A las tres en punto.

La doncella cogió la nota.

Amelia miró el reloj que había sobre la repisa de la chimenea; las manecillas marcaban las tres menos veinte.

—Y hagas lo que hagas, no te olvides de entregar esa nota. Te llamaré cuando te vuelva a necesitar.

Con una sonrisa radiante, Dillys hizo una reverencia y cerró la puerta al salir. Amelia se volvió hacia el atuendo que había sobre la cama.

Las tres atronadoras campanadas del reloj de pared emplazado en un rincón de la biblioteca sacaron a Luc de su ensimismamiento. Echó un vistazo al resto de caballeros desperdigados por la enorme estancia; salvo por un par que discutían acerca de una carrera de carruajes, el resto tenía los ojos cerrados. Algunos incluso roncaban.

Menuda suerte la suya; Luc ni siquiera era capaz de relajarse lo suficiente como para echar una cabezadita. Fingía leer las noticias con el rostro oculto tras el periódico cuando, en realidad, no dejaba de darle vueltas a su más reciente y constante obsesión.

La imagen de Amelia surgió en su mente, con esa sonrisa afable que en los últimos días afloraba a sus labios cada vez que él intentaba resaltar los límites que había dispuesto para su relación. Cada vez que dicha sonrisa aparecía, tenía que reprimir el impulso de devorar sus labios. Y después...

Maldijo para sus adentros y obligó a su mente a abandonar los derroteros que él mismo había insistido en no seguir. Al menos todavía. Llegaría el momento, sin duda... pero todavía no. Por desgracia, las costumbres arraigadas eran difíciles de quebrar. El mero hecho de estar allí en aquella fiesta, una reunión concebida casi expresamente para consumar el acto que él estaba tan empeñado en retrasar, dificultaba aún más su ya de por sí difícil decisión de resistirse. De aguantar.

No debería haber acudido a esa fiesta. Era como si se flagelara con un látigo de siete colas. Sin embargo, se había percatado de su error cuando la bajó del tílburi y comprendió que se encontraban en un escenario que podría utilizar sin el menor inconveniente para lograr la satisfacción que su cuerpo anhelaba, en una casa que ni era la suya ni la de Amelia y donde ella no estaba, gracias a la presencia de su madre, bajo su protección.

Hasta ese momento no había comprendido hasta qué punto había crecido su deseo por ella.

Y sólo para que ella se burlara de él.

Con los ojos entrecerrados, recordó una vez más todo lo que le había dicho y el tono certero con el que lo había dicho.

No se fiaba de ella ni un pelo. Tendría que vigilarla de cerca; a partir de esa noche, no bajaría la guardia ni un instante...

Poco después, compuso una mueca y cambió de postura discretamente. Su cuerpo estaba bajo un hechizo muy peculiar. Por una parte, estaba impaciente por hacerla suya; por la otra, estaba desesperado por refrenar el impulso y luchaba por posponer el momento que tanto anhelaba. Si alguien hubiera sugerido que sería capaz de contenerse hasta esos extremos, se habría reído en su cara.

La puerta se abrió. El altanero mayordomo asomó la cabeza y, al verlo, entró, cerrando la puerta tras él. Atravesó la estancia y le tendió la bandeja que llevaba.

—Para usted, milord. Me han dicho que es urgente.

Luc le dio las gracias con un gesto de cabeza y cogió el pliego de papel. Dado que el mayordomo había hablado en voz baja, ninguno de los caballeros que dormitaban se había despertado. La pareja que hablaba los miró, pero pronto volvieron a su conversación. El mayordomo hizo una reverencia y se retiró. Luc dejó el periódico a un lado y desdobló la nota.

> Luc... Ven a mi habitación de inmediato, por favor.
> A.
>
> P.D. Está en el primer piso, al final del ala oeste, junto a las escaleras que hay al final del pasillo.

Frunció el ceño y releyó la nota antes de doblarla y guardársela en el bolsillo.

No podía fiarse de ella, y sin embargo... ni siquiera habría tenido tiempo de acomodarse. Tal vez la cerradura de su baúl estuviera atascada... No, debía de tratarse de algo más grave. Tal vez hubiera perdido sus joyas. Tal vez... tal vez tuviera un problema mucho más grave.

Reprimió un suspiro y se puso en pie. Lo que quiera que escondiera tras su llamamiento, parecía requerir de su presencia en concreto; además, la nota, escrita con prisas en un trozo de papel, no se parecía en nada a una invitación para un encuentro amoroso. Con un gesto de despedida hacia los dos caballeros que había despiertos, salió de la biblioteca.

Llegó a las escaleras que había al final del ala oeste. A esa hora, pocas personas a las que tuviera que evitar estaban por allí, ya que todas las damas se encontraban en sus habitaciones, ocupadas en deshacer el equipaje y en azuzar a sus doncellas.

Subió las escaleras y dio con la puerta indicada. Llamó con sumo cuidado.

Y escuchó la respuesta de Amelia.

—Adelante.

Luc abrió la puerta. Era una habitación amplia. El sol se filtraba por las dos ventanas, que tenían las cortinas descorridas. A la izquierda estaba la cama, una enorme plataforma con cuatro postes y un dosel de diáfanos cortinajes blancos recogidos con cintas. La colcha era de satén color marfil estampado. Un conjunto de cojines ribeteados de encaje se apilaba en la cabecera de la cama. Al otro lado de la cama había un tocador y un aguamanil. En el centro de la habitación había una mesa redonda con un jarrón lleno de azucenas, cuya fragancia impregnaba el ambiente. La zona que había a su derecha, en la que veía un armario, un biombo, la chimenea y un sillón orejero, se encontraba en relativa penumbra; las sombras parecían más oscuras en contraste con el resplandor que presidía el resto de la estancia.

Esa rápida inspección no le indicó dónde se encontraba Amelia. Quedarse en el vano de la puerta era demasiado peligroso, así que entró y cerró tras de sí con el ceño fruncido.

Abrió la boca para llamarla... pero en ese preciso instante atisbó un movimiento por el rabillo del ojo.

Se quedó sin aliento y se le paralizaron todos los músculos, tensos por...

No por una absoluta estupefacción, pero sí algo que sobrepasaba con creces la sorpresa.

Se había ocultado junto al biombo, donde las sombras eran más densas. No la había visto debido al intenso resplandor que se filtraba por las ventanas... el mismo resplandor que la bañó cuando salió de las sombras lentamente.

Se le secó la boca al ver lo que llevaba... o, mejor dicho, lo que no llevaba. No podía apartar la vista de su cuerpo; su cabeza, de la mano del instinto, se había centrado de golpe. Se había centrado en esa diosa de piel de alabastro, cuyos encantos quedaban al descubierto bajo la translúcida bata de seda que colgaba, abierta, de sus hombros.

Amelia se acercó a él. No podía moverse... de la misma manera que no podía apartar la mirada de ella. No llevaba absolutamente nada bajo la diáfana bata, que exponía con descaro los encantos de su cuerpo.

Para él.

Esa idea lo dejó anonadado. Sabía que debía salir de allí corriendo en ese mismo instante, pero se quedó plantado donde estaba mientras ella se acercaba, incapaz de darse la vuelta, de rechazar lo que le ofrecía sin tapujos. No se detuvo hasta que sus senos le rozaron el pecho, hasta que esos muslos cubiertos de seda se apretaron contra los suyos. Amelia le rodeó el cuello con un brazo prácticamente desnudo; y mientras le colocaba la otra mano sobre el pecho, lo miró a los ojos sin miedo alguno. A la expectativa.

El control de Luc vaciló; consiguió reunir el aliento suficiente para mascullar algo.

—Has prometido...

Los labios de Amelia se curvaron en esa afable sonrisa, esa sonrisa sagaz, condescendiente y desafiante.

—Te dije que no había motivo para preocuparse... y no lo hay.

Sus manos se cerraron por voluntad propia en torno a la cintura femenina; su intención de apartarla se desmoronó de inmediato ante ese contacto, ante la calidez de la piel que se filtraba a través de la diáfana seda, ante la suavidad y la turgencia de ese cuerpo que apresaba entre sus manos, casi piel contra piel.

Era una seducción en toda regla.

Luc lo sabía... Vio la verdad, así como la decisión, pintada en su rostro, en el brillo de sus ojos azules, en el mohín tan femenino de sus labios.

Sintió cómo la realidad surgía por su cuerpo como una marea, como un deseo infinitamente más poderoso de lo que jamás había sido, como una pasión mucho más abrasadora.

Hizo un último intento por recobrar el sentido común, por recordar la razón por la que debía detener aquello, pero fue incapaz de hacerlo. Ni siquiera sabía si había una razón.

La mirada de Amelia se posó en sus labios. Él inspiró otra bocanada de aire. Abrió la boca...

Amelia se puso de puntillas, le bajó la cabeza, acercó sus labios y murmuró:

—Deja de pensar. Deja de resistirte. Sólo...

Se apoderó de esa boca para detener sus palabras; no necesitaba escucharlas. La besó con voracidad y dejó escapar las riendas del autocontrol que había aferrado con tanta desesperación... Simplemente, se dejó llevar. No podía hacer otra cosa. Deslizó las manos sobre la delicada seda y la rodeó con los brazos para acercarla, para estrecharla contra su cuerpo.

Dejó que sus sentidos se dieran un festín... que corrieran libres.

Amelia tenía razón: no había motivo para resistirse, no había razón para negarse eso. Cualquier oportunidad de escapatoria había desaparecido en cuanto puso los ojos en ella y vio lo que estaba dispuesta a ofrecerle. Prácticamente desnuda en sus brazos, Amelia se aferró a él y le devolvió los besos con ansia y pasión... animándolo a apresarla, a reclamarla y a poseerla.

Con el corazón desbocado, Amelia sintió cómo sus brazos la estrechaban; sintió, en esos labios exigentes, su decisión. Su rendición. Luc se enderezó, pegándola a su cuerpo; sin romper el beso, la cogió en brazos y se acercó a la cama.

Tras detenerse, la bajó poco a poco deslizándola contra su cuerpo y le aferró el trasero con las manos para frotar su miembro contra ella mientras le hundía la lengua en la boca, haciendo estragos en sus sentidos. Amelia sintió que la pasión comenzaba a arder en sus venas... pero en esa ocasión quería más.

En esa ocasión, lo quería todo.

Interrumpió el beso a fin de recuperar el aliento suficiente para hablar.

—Tu ropa —consiguió jadear.

Le puso las manos en el pecho y le abrió la chaqueta, atrapándole así los brazos. Con una maldición, Luc la soltó, retrocedió un paso, se quitó la chaqueta de un tirón y la arrojó al suelo.

La violencia del gesto la pilló desprevenida. Luc se percató y se quedó muy quieto. La miró con los ojos entrecerrados y oscurecidos por un ardiente deseo antes de extender las manos hacia ella. Le cogió la barbilla con una mano y le inclinó la cabeza, acercándola a él. Estudió su expresión y ella no intentó ocultar la curiosidad que sentía. Después, inclinó la cabeza hacia ella.

—Deberías tener cuidado con lo que deseas. Es posible que se haga realidad —murmuró.

Amelia le devolvió el beso con ardor, esperando... esperando encontrar el salvajismo que había vislumbrado momentos antes. Era una parte de él de la que siempre había conocido su existencia, escondida bajo la superficie, una parte que solía mantener muy oculta; una parte vibrante y vital que sospechaba era más cercana a su verdadera naturaleza.

Una naturaleza que siempre la había fascinado; algo diferente, prohibido y misterioso. En realidad, ésa era la razón de que le resultara tan atractivo, la razón de que él y sólo él fuera su hombre.

Y eso era algo que sabía sin más, una realidad sobre la que no albergaba la más mínima duda. Así pues, tironeó de los botones de su camisa y la abrió de par en par antes de extender las manos sobre su pecho para acariciarlo con un ronco gemido de placer. Sentía esa piel caliente bajo las palmas y los músculos, tensos como la cuerda de un arco. Su pecho era una maravillosa combinación de crespo vello negro y puro músculo; se deleitó recorriéndolo con las manos mientras lo instaba a continuar con besos profundos y apasionados.

Luc se quitó la camisa, pero no hizo ademán de hacerse con el control; Amelia lo tomó como su consentimiento y siguió con sus caricias.

Extendió los dedos sobre su espalda para estrecharlo con fuerza mientras él le devoraba la boca y le acariciaba el trasero. Los acerados músculos de su espalda se contraían y relajaban bajo sus manos. Comenzó a acariciarlo más abajo, deleitándose con su cuerpo, para después deslizar las manos por los costados y acariciarle el duro abdomen, que se contrajo bajo las caricias. Luc inhaló con fuerza cuando sus manos bajaron todavía más. Y contuvo el aliento cuando rozó la zona cercana a su erección. Sus sentidos se concentraron en ese lugar... y ella se dio cuenta. Se quedó muy quieto, pero no la detuvo cuando comenzó a desabrocharle los pantalones. El cariz del beso cambió; Luc respiraba con dificultad, completamente absorto en el placer...

Reprimiendo una sonrisa, Amelia metió una mano por la pretina abierta y cubrió su miembro. Duro, tal y como había esperado, pero ardiente, y con una piel tan sedosa...

Ninguno interrumpió el beso, pero ya no le prestaban atención; estaban concentrados en las caricias indagadoras e inexpertas de sus dedos. Sólido, casi tan grueso como su muñeca, aquel miembro le llenaba la mano por completo. Lo rodeó con los dedos y sintió que lo recorría un estremecimiento.

Se tomó su tiempo para explorarlo a placer, aunque el instinto le advertía que no se lo permitiría durante mucho más, que esa marea de ardiente pasión que le había provocado con sus caricias, y que él se esforzaba por contener, se haría muy pronto con el control de la situación.

Y que, llegado ese momento, él dejaría que la marea los arrastrara a ambos.

Sin embargo, demostró ser lo bastante fuerte como para concederle ese instante, y dejar que lo acariciara, pese al delicioso tormento que estaba causándole. Sólo fue consciente de que él le estaba quitando la bata cuando tuvo que soltarlo para sacarse la bata por los brazos, si bien se apresuró a tomarlo de nuevo... con la única intención de seguir atormentándolo.

Luc apretó la mandíbula y aguantó lo que pudo mientras su autocontrol se iba haciendo trizas. Todavía no tenía mucha experiencia, gracias a Dios, pero aun así, sus manos poseían una intuición innata que hacía que sus caricias resultaran deliciosas. Su cuerpo prometía el paraíso, y allí era donde pretendía llegar. Y aún más allá.

No encontró fallo alguno en sus preparativos; la luz era como un regalo caído del cielo, ya que le permitía verla, tanto en ese momento como cuando la tuviera bajo su cuerpo. Cuando por fin la poseyera.

Esa idea lo enardeció todavía más con una oleada de puro deseo que le recorrió todo el cuerpo y endureció todavía más esa parte de su anatomía que en esos momentos la fascinaba por completo. Amelia se dio cuenta y titubeó; él bajó la mirada cuando ella le acarició la punta con el pulgar.

No necesitaba mirar para saber que había encontrado una gota. Incapaz de pensar o de reaccionar siquiera, contuvo el aliento, le levantó la cara y buscó de nuevo su boca con un beso arrebatador para después, con plena deliberación, dejar que sus defensas cayeran y devorar sus labios hasta hacerle perder el sentido.

Le aferró la muñeca y le apartó la mano de su miembro para tirar de ella poco a poco hasta pegarla a su cuerpo, deleitándose en la sensación de su sedosa piel al rozarle el pecho, los brazos y su erección mientras le devoraba la boca, sin soltarla ni liberar sus sentidos. Amelia no podía liberarse, ni lo haría nunca. A partir de ese momento, era él quien marcaba las pautas de su libreto.

Amelia lo sabía; estaba indefensa, no sólo ante su fuerza, sino también ante su autocontrol. No luchó contra él; no tenía intención de hacerlo, ni en ese instante ni nunca. Eso era lo que quería: que él la hiciera suya. Muy lejos de resistirse, se sumergió en su abrazo, se rindió a su exigente beso y esperó con los nervios a flor de piel a que Luc la reclamara.

Él pareció darse cuenta, ya que no perdió el tiempo. Dejó de besarla y la cogió en brazos para dejarla de rodillas en el centro de la cama. Antes de que pudiera preguntarle nada, bajó la cabeza y le besó los pechos. Cogió un pezón entre los labios y succionó con fuerza.

Amelia echó la cabeza hacia atrás y su jadeo resonó en el dormitorio. Luc se dio un festín como un rey que la supiera su esclava. La aferró con fuerza por la cintura para sostenerla y después bajó una mano hasta su cadera para empujarla y lograr que se sentara sobre los talones.

Le permitió que le lamiera los pechos, que succionara y torturara los enardecidos pezones con su ardiente boca. Le sujetó la cabeza con las manos para impedir que se apartara y sólo cuando se enderezó y se apartó de ella un instante se dio cuenta de que se había quitado las botas y los pantalones.

Por fin estaba desnudo delante de ella. Abrió los ojos de par en par para disfrutar de semejante estampa, para embriagarse con su belleza. Extendió la mano para tocarlo, pero él la cogió de la cintura y la hizo erguirse sobre las rodillas para besarla. La encerró una vez más en un apasionado abrazo, en un ardiente y tempestuoso juego de conquista y placer.

Luc la conquistó mientras ella se dejaba arrastrar por la oleada de sensaciones. Le devolvió cada gesto y cada jadeo cuando el beso se convirtió en una acuciante necesidad, en un infierno de deseo insatisfecho. El roce de sus manos no dejó lugar a dudas sobre la naturaleza de su deseo; no había máscaras ni disimulo. En las garras de la pasión, Amelia se entregó a ese deseo, sin inhibición alguna.

Cuando sintió ese cuerpo duro sobre ella y la cálida y apremiante evidencia de su deseo contra el vientre, perdió cualquier vestigio de modestia y timidez y dejó a un lado todas sus reservas.

Luc la instó a que se recostara y le introdujo una rodilla entre las piernas para separárselas. Su musculoso muslo, cubierto de vello, se apretó contra su entrepierna, robándole el aliento de golpe. A continuación, cambió de postura y presionó esa zona tan sensible con maestría...

Hasta que ella jadeó y echó la cabeza hacia atrás mientras intentaba luchar contra la marea de sensualidad. Tenía la piel en llamas; el cuerpo, consumido; los nervios, a flor de piel; y los sentidos, embriagados. Algo diferente, algo absolutamente desconocido para ella, la inundaba y la exhortaba a continuar; un fuego líquido que le corría por las venas y la consumía por entero. Luc la hundió en el colchón y ella se dejó llevar a placer, sumida en una vorágine de deseo... Él la siguió con su cuerpo al tiempo que la otra rodilla se unía a la anterior para separarle aún más las piernas, abriéndolas de manera que pudiera quedar entre ellas.

El contacto de sus muslos, el roce del vello masculino en la cara interna de sus piernas, la hizo abrir los ojos. Luc estaba encima de ella, apoyado sobre los brazos. Estaba observando el lugar en el que se unirían y la expresión de su rostro, la dureza de esos rasgos que el deseo había convertido en los de un conquistador implacable y viril, quedó grabada a fuego en su ofuscada mente.

Luc cambió de posición y ella sintió entre sus muslos la caricia y la presión de ese miembro que explorara momentos atrás; sintió su fuerza inherente y el calor que emitía mientras se frotaba contra su húmedo sexo. Luc la miró a los ojos y atrapó su mirada. Sin apartar la vista de ella, se apoyó con fuerza sobre los brazos, movió las caderas hacia delante.

Apenas un poquito. Después se retiró con delicadeza... y ella le apretó la cintura. Luc dejó escapar una carcajada ronca.

—Creo que éste es el momento en el que se supone que debo decirte que no te preocupes.

Volvió a presionar mientras hablaba, pero una vez más se detuvo justo al penetrarla. Lo justo para que vislumbrara el paraíso, para volverla loca. Amelia inspiró hondo y dejó escapar el aire cuando él se retiró de nuevo.

—No estoy preocupada.

Luc enarcó una de sus cejas oscuras antes de bajar la cabeza; ella se incorporó un poco para salir al encuentro de sus labios. En el preciso momento en el que se rozaron, Luc murmuró:

—Pues deberías.

Después, la besó con ternura; no sólo con la intención de obnubilarle los sentidos, sino para que disfrutara de las abrumadoras sensaciones que la obligaba a sentir mientras movía las caderas adelante y atrás, quedándose justo en la entrada de su cuerpo.

Hasta que Amelia comenzó a retorcerse y a arquear el cuerpo, buscando más. Hasta que ya no pudo seguir soportando esa tortura, hasta que estuvo empapada y dispuesta, tan abrumada por el deseo y tan consciente del vacío de su interior, que intentó poner fin al beso y le clavó las uñas en las caderas cuando él se negó a separarse.

De pronto se vio sumida en un beso tan arrebatador que perdió la noción de la realidad. La lengua de Luc se hundió en su boca y la devoró sin compasión. Se dio cuenta de que él contenía el aliento y apoyaba las caderas con más fuerza contra ella. Y en ese momento embistió con fuerza.

Amelia gritó, pero el sonido quedó ahogado por el beso. Luc no se detuvo, empujó hasta que se introdujo en ella hasta el fondo. Amelia no podía respirar y aceptó el aliento que él le daba; su mente se esforzaba por asimilar lo que parecía imposible: la sensación de tenerlo, grande y duro, en su interior, llenándola hasta límites insospechados.

Antes de que pudiera recuperar el aliento, él se retiró y

volvió a penetrarla; se tensó a la espera de ese dolor punzante, pero no llegó. Sin embargo, aún sentía una leve molestia... y se tensó a causa de la abrumadora presión que sentía en su interior, contra la arrolladora fuerza de su envite.

Luc repitió el movimiento y luego se apartó de sus labios para mirarla; sus ojos, oscurecidos por la pasión, la mantuvieron cautiva mientras salía muy despacio antes de volver a hundirse en ella con una embestida más profunda si cabía, inmovilizándola con su peso.

Amelia sintió cada centímetro del miembro que la llenaba; sintió que tensaba y que arqueaba la espalda.

—Relájate. —Luc bajó la cabeza para rozarle la comisura de los labios con un beso—. Túmbate y déjate llevar. Deja que tu cuerpo aprenda.

A pesar de la ternura de las palabras, fue una orden, una que se vio impelida a obedecer. Luc continuó moviéndose sobre ella, dentro de ella y la tensión fue desapareciendo poco a poco.

Y entonces se percató de la intimidad de lo que estaban haciendo. La realidad se coló en su mente a medida que él la penetraba con mayor facilidad, a medida que sus sexos se rozaban en cada penetración. A medida que sentía el azote de la pasión, del deseo renovado.

Amelia levantó la vista y atrapó su mirada... No era el momento oportuno para reconocer la verdad, pero así fue. La verdad de que se encontraba desnuda, vulnerable y totalmente indefensa ante la fuerza de Luc, atrapada bajo su cuerpo con las piernas abiertas.

No supo qué vio él en su rostro, pero aunque su duro semblante no varió, sí que se suavizó el rictus de su boca.

—Deja de pensar —dijo.

Se retiró por completo de su interior para volver a enterrarse hasta el fondo un instante después con más fuerza aún, haciendo que ella se retorciera un poco, llenándola de tal forma que sintió un ramalazo de emociones y supo de inmediato cuál eran sus intenciones y que aún quedaba mucho placer por llegar.

Sin apartar los ojos de su mirada, se apoyó sobre los codos y la aplastó con su cuerpo.

—Deja de resistirte.

Y obedeció; el contacto de su cuerpo, tan cercano y real, le dio confianza; la calidez que emanaba de él, el contradictorio consuelo que le provocaba su fuerza, cayó sobre ella y se llevó los últimos vestigios de sus miedos virginales. De hecho, ya no era virgen. Era suya.

Habría sonreído, pero sentía el rostro demasiado tenso; en cambio, extendió las manos sobre su espalda y lo apretó contra ella. Levantó el rostro hacia él y le susurró junto a la boca:

—Pues enséñame. Ahora.

Sus labios se curvaron en una sonrisa torcida un instante antes de besarla. Fue un beso largo, profundo... carnal.

—Sígueme —musitó él, que se apoderó de su boca justo antes de apoderarse de nuevo de su cuerpo.

Y otra vez.

Y otra. La implacable repetición alimentó el torbellino de sus sensaciones, la anhelante marea de deseo. Se unió a las insatisfechas llamas de la pasión y las avivó hasta crear un anhelo más fuerte y poderoso, un anhelo incontrolable e inconmensurable.

Que entró en erupción.

En una tormenta de fuego.

En una conflagración incontrolable de emociones, sensaciones físicas y sensualidad; en una conflagración donde los labios se unían, las lenguas se debatían, las manos arañaban y sus cuerpos se fundían en su afán por dar, por tomar... por convertirse en un único ser.

Era una fuerza aterradora, excitante y absolutamente arrebatadora. Amelia gimió; Luc jadeó. Ella le clavó las uñas en la espalda y se arqueó en un movimiento salvaje que lo llevó más adentro, justo donde lo deseaba, y sólo se quedó satisfecha cuando Luc respondió hundiéndose en ella con más fuerza y con embestidas cada vez más frenéticas.

Le enterró una mano en el pelo y tiró de ella hacia atrás

para devorar su boca mientras se hundía en su cuerpo. Bajo él, Amelia se retorcía con ansia... excitándolo todavía más.

No era ningún juego, era una feroz danza de deseo. Era la expresión de un anhelo que rayaba en la desesperación, que desafiaba su conocimiento y que necesitaba calmar.

Una necesidad que él parecía compartir, también sobrecogido por el afán de poseerla e igual de enloquecido por el deseo.

Ese acuciante anhelo los transportó a un nuevo mundo donde sólo existían ellos dos y la pasión que los consumía. Donde la única realidad era la unión de sus cuerpos, las sensaciones que abrumaban sus sentidos y la creciente tensión que los dejaba acalorados y jadeantes. Esa excitación que no dejaba de crecer.

Amelia habría hecho cualquier cosa por alcanzar la recompensa que vislumbraba, la culminación del placer que estaba al alcance de su mano y la llamaba desde la sensual vorágine. Luc la obligó a ir más lejos y ella jadeó; cuando volvió a embestir con fuerza, ella se cerró hambrienta alrededor de su miembro, atrapándolo y tensándose todavía más...

Y de repente lo sintió... Se dejó llevar, se dejó arrastrar de buena gana por la marea de placer que reclamó su alma para llevarla al paraíso. Estalló en una orgía de glorioso éxtasis que se extendió por todo su cuerpo y se transformó en plenitud bajo su piel. Un intenso deleite se adueñó de ella cuando esa ola remontó y la llevó más alto... y sintió cómo Luc la llenaba por completo antes de quedarse muy quieto, reteniéndola junto a él en ese éxtasis hasta que la marea comenzó a retirarse lentamente.

Luc respiró hondo y cerró los ojos con fuerza al notar que los espasmos del orgasmo de Amelia remitían. Sólo entonces dejó que su cuerpo tomara el mando, que se hiciera con el control de la situación y se dejara llevar por ese anhelo que se le escapaba de las manos, ese anhelo que debía satisfacer.

El anhelo de hacerla suya, de atarla a él... de poseerla y conocerla más allá del cariz carnal del momento. De ordenarle que se sometiera. Por completo y sin reservas.

Que fuera suya.

Había sido incapaz de resistirse a la fruta prohibida, a pesar de que la parte de su mente que aún pensaba le advertía que una vez que la hubiera probado, la desearía de nuevo. Ni siquiera la certeza de una vida de adicción lo haría desviarse de su objetivo; se apoyó en los brazos para levantarse un poco y la contempló mientras le hacía el amor, mientras su cuerpo lo acogía y lo rodeaba. Contempló cómo sus voluptuosas curvas de alabastro se elevaban para recibir sus envites, sintió que ella aceptaba su pasión cuando le separó aún más los muslos para penetrarla más profundamente.

La liberación llegó como una oleada, como una gigantesca ola de sentimientos que creció hasta romper sobre él, destrozándolo mientras se estremecía sobre ella y derramaba su simiente en su interior antes de dejarse caer, exhausto, a su lado. Más saciado y en paz de lo que jamás lo había estado en la vida.

Los dos estaban exhaustos. El sol había descendido en el horizonte y sus rayos se colaban por las ventanas para iluminar sus cuerpos entrelazados mientras yacían tumbados el uno junto al otro, demasiado cansados como para moverse, a la espera de que la vida volviera a surgir, a la espera de que el mundo comenzara a girar de nuevo.

Tendido de espaldas, con la cabeza de Amelia sobre el pecho y su cuerpo acurrucado junto a él, Luc comenzó a juguetear con su cabello mientras intentaba pensar.

Mientras intentaba definir lo que acababa de suceder y sus posibles repercusiones.

Lo más aterrador era el hecho de verse incapaz de definir ese impulso que había surgido de la nada y se había apoderado de él... de ellos, aunque no podía estar seguro de eso. Probablemente ella creyera que era lo normal, pero él sabía que no era así. Lo más preocupante era la sensación de que esa fuerza, ese impulso, era correcta y parecía formar parte de ambos... como un elemento innato en su vínculo físico.

Un elemento que había elevado dicho vínculo a unas cotas que lo habían sorprendido incluso a él.

Cerró los ojos e intentó no pensar en esa primera embestida que lo introdujo en su interior ni en el momento en el que por fin había podido penetrarla a placer y había sentido cómo se contraía a su alrededor. Era tan estrecha... Conseguir que se relajara para poder penetrarla hasta el fondo había puesto a prueba su autocontrol, aunque el resultado bien había valido la pena...

Reprimió un gemido y abrió los ojos, clavando la vista en el dosel. Volvía a tener una dolorosa erección, pero no podía poseerla de nuevo, no con la hora de la cena tan cerca...

Esa idea le hizo recordar dónde se encontraban, la hora que era y la identidad de la dueña de la casa. La miríada de gente que los rodeaba. Lo recordó todo de golpe. Levantó la cabeza y miró al otro lado de la estancia... hacia la puerta que no había cerrado con llave. Al aguzar el oído, escuchó pisadas a lo lejos.

—Mmm... —Amelia se desperezó y comenzó a acariciarle el pecho hacia abajo...

Luc le sujetó la muñeca para detenerla.

—No tenemos tiempo. —Le apartó el brazo y la instó a incorporarse antes de apartarle el enredado cabello de la cara. Buscó sus ojos, que tenían un brillo lánguido y sensual, y se percató de sus labios, hinchados y enrojecidos—. Tengo que marcharme antes de que comiencen a aparecer el resto de las damas. Por cierto... la colcha está manchada de sangre.

Amelia esbozó una sonrisa ufana.

—No pasa nada. Esta colcha es mía. La traje de casa. Me la llevaré cuando nos vayamos.

Con los labios apretados y los ojos entrecerrados, Luc recordó la bata transparente; estaba claro que no era una prenda que su madre le hubiera regalado por Navidad. Amelia lo había planeado todo, y muy a conciencia, a tenor de dónde se encontraban en esos momentos.

—Muy bien. —Se dio la vuelta sobre el colchón para colocarse encima, aunque ella no se quejó. Le cogió las manos y se las colocó a ambos lados de la cabeza antes de besarla... un beso profundo y devastador, justo como él quería.

Amelia se retorció bajo él, tan voluptuosa como una sirena. Tras dar por concluido el beso, levantó la cabeza y se valió de su peso para mantenerla inmovilizada.

—Ahora no.

—Seguro que tenemos tiempo...

—No. —Titubeó un instante mientras contemplaba su rostro, pero después inclinó la cabeza y le besó el lóbulo de la oreja antes de susurrar—: La próxima vez que te haga mía, tengo toda la intención de que dure al menos una hora y tendré que amordazarte, porque te prometo que vas a gritar.

Se apartó y estudió su expresión. Amelia se limitó a devolverle la mirada con un brillo en los ojos que decía a las claras lo que pensaba.

Luc esbozó una sonrisa... ladina. Después se apartó de ella y se levantó de la cama.

Amelia no recordaba absolutamente nada de la primera cena.

Después de que Luc se marchara de su habitación, tras comprobar que no había nadie que pudiera ver cómo bajaba las escaleras, se obligó a levantarse. Al descubrir que le dolían músculos que ni siquiera sabía que tenía, decidió darse un baño; un largo baño durante el cual pudiera rememorar lo que su hermana gemela calificara una vez de momento mágico.

Y tanto que había sido mágico... Se quedó dormida en la bañera. Por suerte, Dillys la había despertado y la había vestido y peinado antes de enviarla al salón; de haber sido por ella...

Una extraña y maravillosa sensación se había apoderado de ella, de manera que cualquier pensamiento, cualquier esfuerzo, parecía del todo innecesario. Tuvo que esforzarse por reprimir una sonrisilla tonta, demasiado reveladora. Hasta el momento en el que sus ojos se posaron en su futuro prometido, cuando se reunió con los invitados del salón.

Tras hacerles una reverencia a sus anfitriones, se dirigió hacia donde Emily conversaba con lord Kirkpatrick, y de inmediato sintió la mirada de Luc. Lo buscó entre el gentío y lo vio charlando con una dama y tres caballeros al otro lado de la estancia.

Sus miradas se encontraron y, a pesar de la distancia, supo que algo no andaba bien. Supo con certeza que Luc no prestaba atención a los comentarios que le hacían. En ese instante, pareció recuperar la compostura, titubeó y luego se centró de lleno en la conversación.

Esa muestra de incertidumbre tan impropia de él hizo que comenzara a hacerse preguntas, preguntas que no tardaron en dejarla llena de dudas.

—Hemos pensado en dar un paseo hasta los Downs mañana por la mañana. —Lord Kirkpatrick la miraba esperanzado—. No queda demasiado lejos y dicen que las vistas son magníficas. ¿Le gustaría acompañarnos?

—¿Mañana? —Desvió la vista hacia Emily y vio que los ojos de la muchacha también la miraban con ilusión—. No se me había... —Otro vistazo le confirmó que la pareja deseaba que los acompañara alguien como ella, una persona que apoyaba su incipiente romance, para poder pasar algo de tiempo juntos sin estar rodeados de mirones—. Bueno... Sí, me encantaría salir a dar un paseo si el tiempo lo permite.

—Por supuesto... Si el tiempo lo permite.

Ambos sonrieron de oreja a oreja, agradecidos.

Amelia suspiró para sus adentros y se resignó a pasar una mañana de placeres bucólicos entre prados y riachuelos. Le habría gustado deleitarse con otros placeres, pero... no tenía ni idea de lo que Luc estaba pensando, mucho menos lo que tenía planeado para el día siguiente.

Sintió de nuevo su mirada y se volvió, sólo para percibir una vez más que algo lo preocupaba. Aunque esa expresión no llegó a traslucirse en su apuesto rostro, ella la sintió como una pesada losa. Una vez más, en cuanto sus miradas se encontraron, él apartó la vista... como si lo hubieran distraído sus acompañantes, aunque en realidad...

¿En qué estaba pensando? Emily y lord Kirkpatrick no necesitaban que ella participara de su conversación, de modo que pudo permanecer junto a ellos mientras intentaba comprender lo que sucedía. Tras rememorar lo acaecido esa tarde, intentando ponerse en la piel de Luc, se vio asaltada por la desolación.

¿Debería haber gritado? ¿O se trataba de todo lo contrario y a Luc no le había gustado su descaro? ¿Había sido demasiado complaciente? ¿Acaso eso era posible con un hombre, un libertino, como él?

¿Había hecho algo, llevada por su inexperiencia, que no le había gustado?

¿Había sido ésa la razón por la que se marchara, sin duda mucho antes de lo necesario? Se había mostrado muy firme, implacable de hecho, a la hora de no volver a poseerla, aunque había estado más que preparado para ello. Ése no era el comportamiento que hubiera esperado de un hombre de su reputación. Era más que consciente de que, desde su adolescencia, no le habían faltado las mujeres y de que nunca les había hecho ascos.

Se le hizo un nudo en el estómago, y no debido a una sensación placentera; un pensamiento muchísimo peor le cruzó la cabeza. ¿Sería su estado de ánimo señal de que se arrepentía de haber acudido a ella... de que se arrepentía de todo lo sucedido esa tarde?

Una vez que se le ocurrió la idea, no pudo quitársela de la cabeza y bloqueó cualquier otro pensamiento. Intentó captar de nuevo su mirada, pero Luc no volvió a mirar en su dirección. De hecho, se mantuvo bien alejado de ella.

Sonó el gong que anunciaba la cena y los invitados se trasladaron al comedor. Dado que tenía uno de los títulos más importantes, Luc tuvo que acompañar a una de las *grandes dames* y ella se vio casi al otro lado de la mesa.

Tuvo que reír, charlar y mantener una máscara jovial. Todo el mundo, sobre todo su perspicaz madre, esperaba que se comportara así. Albergaba la esperanza de haber interpretado bien su papel, aunque no tenía ni idea. Durante la cena, el alma se le fue cayendo a los pies mientras se preguntaba en qué situación se encontraba su relación en esos momentos y si Luc acudiría a su habitación esa noche para que así pudiera despejar todas sus dudas.

No era de extrañar que no recordara absolutamente nada, ni de la comida ni de la conversación.

Las damas se levantaron de la mesa y pasaron al salón para que los caballeros tomaran su copita de oporto a solas. Con una sonrisa en los labios, se unió a las más jóvenes, Anne, Fiona y otras tres jovencitas, para entretenerse con su cháchara mientras esperaba a que los caballeros se reunieran con ellas, a la vez que aguardaba que Luc se acercara y hablara con ella para concertar otro encuentro, de la clase que fuera.

Los caballeros regresaron, pero Luc no.

Se obligó a comportarse con normalidad, a tomar el té y a charlar mientras le daba vueltas a la idea de ir en su busca. Hightham Hall era una mansión enorme y enrevesada; no tenía ni idea de dónde podía estar en esos momentos ni de dónde se encontraba su habitación. Era imposible encontrarlo.

Él, en cambio, sí podía encontrarla a ella.

Cuando se animó a los más jóvenes a que se retiraran, fingió reprimir un bostezo y aprovechó la oportunidad para retirarse a su dormitorio con la excusa de que el viaje la había dejado agotada.

Una vez en su habitación, se puso un largo camisón de linón. Tras pedirle a Dillys que se retirara, apagó la vela y se acercó a la ventana. Descorrió las cortinas y esperó mientras contemplaba cómo la luz de la luna se desplazaba lentamente sobre el suelo de la estancia.

Fue entonces cuando cayó en la cuenta de que, con indiferencia de la hora a la que ella se hubiera retirado, Luc no se arriesgaría a acudir a su dormitorio hasta bastante después, hasta que las *grandes dames* se hubieran ido a dormir. Masculló una maldición y se acostó. Se tapó con la colcha hasta la barbilla y mulló las almohadas antes de decidirse a bajar la cabeza.

Si se quedaba dormida, Luc tendría que despertarla... y estaba bastante segura de que lo haría.

Cerró los ojos, suspiró y se dispuso a esperar.

9

La despertó el sol de la mañana que se colaba por las ventanas, ya que no había corrido las cortinas la noche anterior. Tenía tiempo de sobra hasta la hora de reunirse con Emily y lord Kirkpatrick para su excursión a los Downs.

Regresaron a casa cuando el sol estaba bien alto, acalorados y exhaustos, tras lo que había resultado ser toda una aventura. Vio que Luc los esperaba en la terraza trasera con los brazos en jarras. O, para ser más precisos, la esperaba a ella. Cuando Emily y lord Kirkpatrick subieron los escalones, él se limitó a saludarlos con un seco movimiento de cabeza. La pareja escapó tras mirarla por encima del hombro, ya que se había quedado un tanto rezagada. Y la dejaron allí para que se enfrentara a un encallecido libertino y a su magnífica interpretación de Zeus agraviado.

Subió los escalones con una sonrisa alegre y de lo más descarada mientras mecía el sombrero cuyas cintas llevaba en la mano. La expresión de Luc se tornó más torva y frunció los labios al ver su aspecto desaliñado, el rubor de sus mejillas y los mechones sudorosos que se le adherían al cuello y la frente. Se hacía una ligera idea del aspecto que tenía, pero no estaba de humor para adivinar sus pensamientos, fueran cuales fuesen.

—¿Dónde demonios has estado? —le preguntó él con los dientes apretados.

Restó importancia a la cuestión con un gesto de la mano en la que llevaba el sombrero.

—En los Downs. Las vistas son impresionantes. Deberías ir a echar un vistazo.

—Gracias, pero no... me basta con tu palabra. Habría sido aconsejable que mencionaras tu pequeña excursión. ¿Por qué no me has dicho que te ibas, maldita sea?

Amelia enfrentó su mirada.

—¿Por qué tendría que haberlo hecho?

Se mordió la lengua para no decir: «No soy tu prisionera.»

Sin embargo, él pareció comprenderlo de todas formas, porque tensó la mandíbula. No estaba lo bastante cerca como para estar segura, pero le dio la impresión de que sus ojos se habían vuelto negros. Solía sucederle cuando estaba enfadado y también cuando estaba...

—Quería hablar contigo. —Su voz sonó serena, aunque su tono no dejaba duda alguna de que estaba haciendo un considerable esfuerzo por controlar su genio.

Amelia enarcó las cejas.

—¿Sobre qué? —Alzó la barbilla y le dio la espalda para atravesar la terraza.

Luc se interpuso en su camino.

—Creí que... —En ese momento sonó el gong que anunciaba el almuerzo. Miró hacia la casa echando chispas por los ojos mientras maldecía entre dientes—. Hay un par de asuntos que me gustaría aclarar contigo. No desaparezcas después del almuerzo.

No estaba de humor para aguantar mandatos dictatoriales, pero mantuvo una expresión de inocente sorpresa y lo rodeó con cautela. Una vez que tuvo despejado el camino a la mansión, se encogió de hombros.

—Como quieras.

Le dio la espalda con un gesto altanero que hizo que se le arremolinaran las faldas en torno a las piernas.

Luc la agarró de la muñeca, pero no se movió ni dijo nada. Se limitó a detenerla y a esperar que volviera a mirarlo.

Ella se tomó su tiempo para hacerlo, porque estaba a punto de estallar; hervía de furia.

Sus miradas se encontraron y se enfrentaron durante un instante.

—Ni se te ocurra —le advirtió él.

Una amenaza primitiva, básica y de lo más evidente. Luc no hizo el menor esfuerzo por disimular su naturaleza. Amelia sintió que la furia le henchía el pecho, sintió la colisión entre sus voluntades y supo, sin ningún asomo de duda, que la de él era mucho más fuerte. Jamás lo había enfurecido antes, pero sabía que tenía un carácter fuerte. Era la otra cara de la moneda que ella ansiaba poseer. Y no podía tener una sin la otra.

Sin embargo, si tenía que aceptarlo como era, él tendría que hacer lo mismo con ella.

Alzó la barbilla y retorció la muñeca para zafarse de sus dedos. Él la soltó, pero muy despacio, lo bastante como para hacerle entender que la soltaba porque así lo quería.

—Si me disculpas, debo cambiarme —dijo con un breve gesto de la cabeza y dio media vuelta en dirección a la casa—. Te veré después del almuerzo.

Una hora después de que los invitados hubieran abandonado las mesas, Luc se detuvo al pie de la escalinata y soltó una maldición para sus adentros. ¿Dónde coño se había metido? Había recorrido toda la casa, buscando en todos y cada uno de los salones de recepción, y había sorprendido sin quererlo a unas cuantas parejas. Recorrer los jardines le había llevado media hora bajo un sol abrasador. En vano.

Respiró hondo y refrenó el malhumor para poder pensar. Rememoró los acontecimientos del día. Amelia había asistido al almuerzo, al que había llegado tarde después de cambiarse el sudoroso vestido de paseo por uno más fresco de muselina de color verde manzana. Al verlo, había deseado con todas sus fuerzas haberla acompañado a su habitación para apartar el vestido de paseo de su piel sudorosa... En lugar de darse un festín de ensaladas y fresas, podría haberse deleitado con otras frutas bastante más de su gusto...

Alejó las imágenes que esa idea había conjurado y obligó a su mente a retroceder hasta el almuerzo celebrado al aire libre, a la sombra de los árboles. Había estado observándola desde lejos porque, dado sus respectivos estados de ánimo, no se había atrevido a acercarse mucho. Sabría Dios lo que ella le habría hecho decir. O lo que era mucho peor, hacer. Después, cuando los invitados comenzaron a dispersarse, lady Mackintosh lo había acorralado. La anciana había insistido en presentarle a su sobrina, una jovencita ostentosa y presumida, demasiado segura de sus propios encantos. Unos encantos que utilizó con descaro para atraerlo.

Había estado tentado de decirle que no tenía la menor oportunidad; jamás le habían atraído las mujeres poco sutiles. Para su desgracia...

La idea lo hizo mirar a su alrededor... y entonces se dio cuenta de que Amelia se había ido. Había hecho un esfuerzo supremo para despedirse con cierto grado de urbanidad y había comenzado la búsqueda.

Y ahí estaba, una hora después, y no había avanzado nada.

Amelia sabía de antemano que quería hablar con ella; le había prometido que no desaparecería. Consideró la posibilidad de que hubiera decidido plantarlo de forma deliberada, pero la descartó a regañadientes. No era estúpida.

Así que... si estaba esperándolo pacientemente en algún sitio...

Cerró los ojos y gimió para sus adentros. No podía ser, ¿verdad? Era el último lugar donde se le habría ocurrido buscarla, de hecho ni siquiera se le había pasado por la cabeza hasta ese momento, pero dados los derroteros que la mente de Amelia se empeñaba en seguir...

La visita a su habitación la tarde anterior había sido demasiado peligrosa para su tranquilidad mental. Varios hechos lo habían puesto en un brete: la facilidad con que lo había seducido; la facilidad con la que el deseo que sentía por ella había vencido a su sentido común; la planificación al detalle de lo sucedido, cosa que ella había hecho en contra de su expreso deseo; y, por último, las inesperadas y desconcertantes emociones que se habían adueñado de él y con las que estaba intentando lidiar. No había querido hablar con ella hasta haber tenido tiempo para reflexionar. Además, habría sido propio de sinvergüenzas haberse acercado a ella tan pronto con otra intención que no fuese la de hablar. Y la idea de mantener una conversación íntima con Amelia en su habitación sin tocarla y sin que ella lo tocase le había parecido risible.

Sin embargo, la noche que había pasado reflexionando no le había servido para llegar a una conclusión definitiva. Cosa que había cambiado en los cinco minutos posteriores al desayuno, cuando se percató y comprobó que ella no estaba en la casa. Su mente se había decidido en un abrir y cerrar de ojos.

Ni siquiera el descubrimiento de que había estado actuando como carabina de su hermana había logrado mejorar su malhumor. Un malhumor nacido de una emoción primitiva y profunda que no tenía el menor deseo de discutir con nadie. Y menos con ella.

Sabría Dios lo que podría pasar si lo hacía.

Abrió los ojos, exhaló un suspiro resignado y salió de la mansión. Tras bajar los escalones de la entrada principal enfiló el camino que llevaba hacia el ala oeste. Había demasiadas damas, jóvenes y maduras, vagando por los pasillos como para intentar un acercamiento desde el interior. La suerte le sonrió; cuando volvió a entrar en la casa por la puerta del jardín, comprobó que no había nadie en el pequeño vestíbulo de las escaleras de servicio. Subió los peldaños de dos en dos. Cuando llegó arriba, se detuvo y se asomó por la esquina para echar un vistazo al pasillo de la planta alta. También estaba desierto, al menos de momento. Llegó a su puerta en un abrir y cerrar de ojos. La abrió, pero apenas tuvo tiempo de mirar en el interior antes de cerrarla sin hacer ruido.

Amelia estaba allí, en la cama. Había visto de soslayo el color verde de su vestido y el dorado de su cabello.

Una vez que la puerta estuvo convenientemente cerrada, se dio la vuelta para refrenar su irritación...

Estaba dormida.

Se dio cuenta antes de haber dado siquiera un paso. Uno de sus brazos yacía sobre la colcha, una diferente a la de la tarde anterior. Un rayo de sol caía sobre sus dedos, ligeramente doblados. Tanto la mano como el brazo estaban relajados de un modo que sólo se lograba con el sueño más profundo. Sus pies lo llevaron por iniciativa propia hasta la cama, donde se detuvo para contemplarla a través de la diáfana cortina.

Estaba tendida de costado, con la mejilla apoyada en la palma de la mano. Sus tirabuzones, dorados como el oro más puro, enmarcaban unas facciones delicadas y elegantes, con un cutis sedoso y blanco como el alabastro. Sus pestañas eran ligeramente más oscuras que el cabello y estaban inmóviles a causa del sueño. Un ligero rubor le teñía las mejillas, cortesía de la excursión matinal. Sus labios, suaves y vulnerables, estaban ligeramente entreabiertos y resultaban de lo más tentadores...

¿Cómo reaccionaría si la besaba? ¿Si la despertara del sueño, pero no le dejase abrir los ojos? ¿Si la llevara de un sueño a otro y de allí al éxtasis?

Deslizó la mirada por ese delicioso cuerpo. Respiró hondo. El movimiento de sus senos, que subían y bajaban despacio por debajo del escote redondo, confirmaba que estaba profundamente dormida. Su mirada siguió descendiendo por las curvas de la cintura y la cadera hasta llegar a los muslos. Se había quitado los zapatos. Sus pies asomaban por debajo del borde del vestido. Los observó por un instante. La delicada curva del empeine, las uñas de nácar... estaba extendiendo un brazo para tocarla cuando se detuvo y retrocedió.

Si la despertaba... ¿qué harían?

No hablarían, aun cuando su objetivo hubiera sido ése en un principio. Se conocía lo bastante bien como para estar seguro al respecto. Sin embargo, ¿no le sorprendería a Amelia su cambio de estrategia dado lo bien que lo conocía?

Echó un vistazo a su alrededor y vio el taburete emplazado frente al tocador. Se alejó de la cama, se sentó en él, apoyó la espalda en el tocador... y dejó que su mirada siguiera deleitándose con ella mientras sopesaba las preguntas que habían estado atormentándolo desde que salió de esa misma habitación.

Desde que la poseyó y descubrió que tras su deseo había mucho más que simple lujuria. Lo que sentía trascendía el deseo, trascendía la pasión. Sin embargo, desconocía la naturaleza exacta de esa emoción tan huidiza pero tan poderosa que se había entrelazado con su deseo hasta unirse a él como si de una enredadera se tratase. Sospechaba que su primo Martin podría darle un nombre; cosa que a él le resultaba imposible, porque jamás había creído que existiera esa emoción que exaltaban los poetas; al menos, en su caso. Jamás la había sentido con anterioridad.

Sin embargo, era esa emoción o algo parecido lo que se había apoderado de él, y la experiencia se le antojaba desconcertante, frustrante. De haber tenido la oportunidad, la habría evitado. Habría eludido la oportunidad de experimentarla. Le resultaba incomprensible que un hombre en su sano juicio pudiera aceptar de buena gana lo que a él se le avecinaba.

Cuando ella se diera cuenta... ¿Qué iba a suceder? ¿Resultarían evidentes sus sentimientos? Claro que para ello, Amelia tendría que adivinar que no había estado buscándola para hablar con ella o que había fabricado la excusa para poder explicarle la reacción que su desaparición había desencadenado, la reacción que el descubrimiento de que no estaba pendiente de él en la misma medida que él lo estaba de ella había desencadenado...

Devolvió la mirada a su rostro, a los delicados rasgos que el sueño había relajado. ¿Lo habría adivinado ya?

Rememoró la conversación que habían mantenido en la terraza. Ella había reaccionado a su furia; una furia ilógica a menos que se tuviera en cuenta esa supuesta emoción, cosa que incrementaba el recelo que le inspiraba y no lo ayudaba a mejorar su opinión sobre sus supuestas virtudes. Amelia había respondido a su furia con el mismo ardor, irritada por lo que había interpretado como una posición dominante por su parte. Si se hubiera dado cuenta del verdadero motivo de su irritación, habría adoptado una actitud engreída.

Contempló su rostro mientras el tictac del reloj indicaba el paso de los minutos. Consiguió relajarse poco a poco y la tensión lo abandonó.

Su escrutinio le reportó una extraña satisfacción. Aún le tentaba la idea de despertarla, pero... apenas habían pasado veinticuatro horas desde que se hundiera en ella hasta el fondo. Y no se había mostrado delicado al respecto. Por si eso fuera poco, esa misma mañana había ido caminando hasta Dios sabría adónde. No era de extrañar que la hubiera rendido el sueño.

Sonrió mientras la observaba. Se puso en pie y echó a andar hacia la puerta. La dejaría dormir; le vendría bien recuperar las fuerzas... para después poder reclamarla por la noche con la conciencia tranquila.

Lo detuvo una súbita idea justo antes de llegar a la puerta. Si Amelia despertaba y pensaba que no había ido a buscarla, iría en su busca y esperaría encontrarlo enojado. Enarbolaría sus defensas para un enfrentamiento... cosa que no sería útil, dado su nuevo plan.

Echó un vistazo a la habitación y descubrió que no había escritorio. Metió la mano en el bolsillo para sacar su cuaderno de notas y el lápiz mientras ojeaba la estancia y localizaba lo que estaba buscando. Meditó un instante y escribió seis palabras: «Esta noche a las doce. Aquí.» Arrancó la hoja, volvió a guardarse la libreta y el lápiz en el bolsillo antes de atravesar la habitación en dirección a la mesa que ocupaba el centro de la estancia.

Eligió una de las azucenas cuyo fragante perfume flotaba en la habitación, le cortó gran parte del tallo y enrolló la nota a su alrededor mientras regresaba a la cama.

Amelia seguía dormida. Ni siquiera se movió cuando introdujo el tallo de la flor entre sus tirabuzones, de modo que descansara sobre la oreja.

Se demoró unos minutos más para contemplarla antes de salir en silencio.

Aún faltaba mucho para la medianoche. Amelia se armó de paciencia durante el té, que fue seguido de unas cuantas horas de charadas, antes de vestirse apropiadamente y permitir que el señor Pomfret la distrajera durante la cena.

Cuando Luc se acercó a ella en el salón, tuvo que reprimir un suspiro de alivio al tiempo que aguardaba a que se dirigiera a ella en particular. En cambio, él se limitó a permanecer a su lado mientras conversaba con lady Hilborough y la señorita Quigley, que estaba acompañada por su prometido, sir Reginald Bone.

Siguió esperando con una sonrisa, guardándose la irritación para sus adentros. Era él quien quería hablar con ella y se lo había hecho saber de modo insistente y airado, como si quisiera dejar claro algún tema concreto. Sin embargo, en esos momentos se comportaba con su acostumbrada serenidad, como si tras esa fachada de elegancia no se escondiera un temperamento volcánico. Consiguió refrenar un resoplido, si bien estuvo a punto de gemir cuando lady Hightham dio unas palmaditas, instándolos a reunirse en el centro de la estancia para escuchar música.

«¿Música? ¿A estas horas? ¡Por el amor de Dios...!»

Sin embargo, ninguna deidad escuchó sus plegarias. Se vio obligada a soportar dos horas de arpa, piano y clavicordio; incluso tuvo que hacer una aportación personal a la velada, aunque se cuidó de que fuera lo más breve posible. Ya no era una debutante, una jovencita que necesitaba impresionar con sus talentos a los posibles pretendientes. Por si fuera poco, su futuro marido, como ella bien sabía, no era muy amante de la música y, por tanto, no iba a perder la cabeza por ella al oírla tocar.

Cuando regresó a su asiento, situado en la última fila,

Luc enfrentó su mirada con una ceja alzada en un gesto cínico. Estaba sentado a su lado, con las piernas estiradas y cruzadas a la altura de los tobillos.

—Se supone que amansa a las fieras —le dijo.

Ella tomó asiento con deliberada lentitud y replicó serenamente:

—Yo, en cambio, preferiría con mucho excitarlas.

Se vio obligado a reprimir una carcajada, pero el sonido ahogado que se le escapó la hizo sentirse mucho mejor.

Un poco después y aprovechando que el volumen de la música ascendía en un *crescendo* particularmente estruendoso, Luc le preguntó con un murmullo:

—¿Has visto mi nota?

Lo miró de reojo; tenía la vista clavada al frente, en la pianista.

—Sí.

—Bien. En ese caso... —encogió las piernas y se enderezó en la silla— me voy. Ya no lo soporto más. —Le aferró la muñeca mientras buscaba su mirada y la alzó para depositar un beso en la cara interna—. Hasta luego.

Con esa promesa, cuya naturaleza quedó reflejada en su mirada, la soltó, se puso en pie y abandonó la estancia con suma discreción.

Amelia lo siguió con la mirada y deseó poder hacerlo en persona. En cambio, se dispuso a escuchar el resto de las interpretaciones con un suspiro resignado.

Y fue una suerte que lo hiciera, porque cuando las damas por fin decretaron que había llegado la hora de retirarse, se percató de que tanto lady Hilborough como lady Mackintosh, junto con otras cuantas de la misma calaña, tomaban buena nota de la ausencia de Luc y del hecho de que ella estuviera presente. Una circunstancia de lo más afortunada. Las damas en cuestión se merecían sin lugar a dudas el sambenito de «chismosas» y no dudarían en relatar cualquier suceso sospechoso, profusamente adornado, cuando regresaran a Londres.

Si bien todo el mundo estaba al tanto de las escandalosas citas que se sucedían en las fiestas campestres y, de hecho, era lo que se esperaba, eso no quería decir que aquellos que se daban el gusto pudieran escapar a la censura social si se mostraban tan torpes como para hacer alarde de su comportamiento. Hasta ese momento, ni Luc ni ella habían dado pábulo a ningún rumor.

Mientras subía la escalinata tras su madre y Minerva, comprendió que él prefería que las cosas siguieran así. Y estaba de acuerdo. Por tanto, cuando la casa quedó en silencio una hora antes de la medianoche, se armó de paciencia y se dispuso a esperar.

La despertaron unos toquecitos en la ventana. Se había quedado dormida en el sillón situado junto a la chimenea. Le echó un vistazo al reloj, aunque no veía muy bien a la tenue luz de la única vela que había dejado encendida. Pasaban diez minutos de las doce.

Volvió a escuchar los golpecitos. Miró hacia la puerta, pero estaba segura de que procedían de la ventana, oculta tras las cortinas. Se puso en pie y, tras acordarse que la había cerrado antes de quedarse dormida, se acercó de puntillas y apartó la cortina para echar un vistazo al exterior.

Se encontró con una cabeza morena de lo más familiar.

—¡Válgame Dios! —musitó mientras se apresuraba a descorrer las cortinas y a abrir la enorme ventana.

Luc tomó impulso para sentarse en el alféizar, tras lo cual metió las piernas en la habitación. Se puso en pie para acercarse sin hacer ruido a la puerta y le hizo un gesto para que guardara silencio, aunque no era necesario, porque estaba tan sorprendida que no había dicho ni una sola palabra. Estupefacta, observó cómo hacía girar la llave en la cerradura con sumo cuidado antes de enderezarse y darse la vuelta. Suponía que debía haber echado el pestillo, pero no estaba segura porque no se había escuchado el chasquido metálico.

Se acercó a la ventana y miró hacia abajo. Una frondosa

hiedra cubría el muro exterior. Ya sabía cómo había subido. El motivo, sin embargo, seguía siendo un misterio.

—Ciérrala de nuevo y corre las cortinas.

Escuchó su voz, suave y misteriosa, desde las sombras. Pasó por alto el escalofrío que le recorrió la espalda y se apresuró a obedecerlo. Cuando lo hizo, se dio la vuelta... y se encontró entre sus brazos. Tuvo que retroceder un poco para mirarlo a la cara.

—¿Por qué...?

—Chitón. —Inclinó la cabeza para susurrarle—: Lady Mackintosh está rondando la escalinata.

Lo miró con los ojos como platos.

—¡No!

La expresión que asomó a sus ojos fue bastante elocuente.

—No creerás que he arriesgado mi vida trepando por la hiedra en aras del romanticismo, ¿verdad?

La irritación de su voz hizo que Amelia soltara una risilla.

Él la acercó y la silenció con un beso. Un beso que no tardó en convertirse en un intercambio sensual una vez que su naturaleza práctica quedó atrás. Las ligeras caricias fueron sustituidas por una invasión lenta y explícita.

Cuando por fin la liberó, musitó:

—Tenemos que guardar silencio.

—¿Silencio? —repitió ella en un murmullo.

Él le dio un beso rápido pero exigente antes de volver a hablar.

—Un silencio total y absoluto. Sin importar lo que hagamos.

La última frase, pronunciada con un apasionado susurro contra sus labios, le dejó muy claro que no había olvidado su afirmación de que, en esa segunda ocasión, gritaría.

La paradoja le puso los nervios de punta e incrementó el deseo de interrogarlo, pero él la silenció con otro beso hasta que consiguió que se derritiera entre sus brazos. Cuando por fin se apartó para dejarla respirar, le dijo:

—Creí que querías hablar.

Como réplica, él volvió a apoderarse de sus labios mientras le acariciaba la espalda y las caderas... hasta pegarla contra su cuerpo y dejarle muy claro que una discusión racional no entraba en sus planes más inmediatos.

Su mente protestó cuando él volvió a apartarse. Sin embargo, la intención de Luc no era otra que la de desatarle el nudo de la bata que llevaba sobre el camisón.

—Mañana —le dijo antes de acariciarle la comisura de los labios con la lengua; una erótica caricia que la dejó sin aliento—. Mañana podremos hablar. —Su lengua repitió las delicadas caricias antes de adueñarse de nuevo de su boca—. Esta noche... —su voz era ronca y profunda, y Amelia tenía la impresión de que estaba sintiendo las palabras en el pecho en lugar de escucharlas— tenemos cosas más importantes que hacer.

Volvió a besarla mientras deslizaba las manos hasta sus hombros para quitarle la bata. Una vez que la prenda cayó al suelo, Amelia extendió los brazos para quitarle la chaqueta. Lo sintió sonreír contra sus labios cuando él por fin prestó atención a sus insistentes tirones y se apartó lo justo como para librarse de la prenda con un simple movimiento de hombros. Ella la dejó caer al suelo, muy consciente de que estaba ocupado con los diminutos botones de la parte delantera de su camisón.

Sin separarse, la hizo avanzar de espaldas hasta la cama con mucho cuidado, hasta que ella notó el colchón tras los muslos. La mantuvo atrapada allí, entre la cama y su enorme cuerpo. Le inmovilizó las manos de modo que no lo acariciara y, una vez que ella lo comprendió, se las soltó y le abrió el escote del camisón hasta la cintura. Se lo pasó por los hombros y dejó que cayera y le atrapara los brazos a ambos lados del cuerpo.

Habría puesto fin al beso de buena gana para conseguir liberar los brazos, pero él no se lo permitió. No dejó que interrumpiera las exigentes caricias de sus labios. En cambio, la distrajo colocándole las manos en los senos. Sabía muy bien lo que estaba haciendo; sabía cómo podría distraerla, cómo podría fusionar el familiar roce de sus labios y su lengua con las desenfrenadas caricias de sus manos y sus dedos hasta convertirlo todo en una sinfonía que comenzaba con unas notas delicadas pero que, poco a poco, se iba transformando en una melodía mucho más apasionada.

En algo diferente.

En algo licencioso y un poco salvaje.

Esa promesa la excitó e hizo que se entregara sin reservas al momento. Le devolvió el beso con avidez, emulando su voracidad. La respuesta de Luc fue inmediata. La pasión se cernió sobre ellos como una ola gigantesca y se vieron arrastrados por el apremio.

Sus manos no alcanzaban más allá de su cintura, pero le aferró la camisa y consiguió sacársela de la pretina del pantalón. Él detuvo sus caricias el tiempo justo para quitarse el chaleco, desabotonarse la camisa y arrojarla a un lado después de quitársela. Amelia no esperó a que se acercara de nuevo, sino que se pegó a él con descaro, ansiosa por sentir su pecho desnudo contra los senos. Se frotó contra él, deleitándose con el roce áspero del vello mientras gemía desde el fondo de la garganta y dejaba que el cosquilleo se extendiera por su sensibilizada piel.

Las manos de Luc se cerraron sobre sus hombros y el beso se tornó incendiario. Sentía los pezones duros y notó que el calor invadía su cuerpo. Un calor que pareció propagarse hasta los fuertes músculos del pecho contra el que se frotaba. Percibió el gemido que brotó de la garganta masculina justo cuando le apartaba las manos del pecho para bajarle el camisón por la espalda. Unas manos que fueron acariciándola con gesto posesivo mientras bajaban la prenda por la cintura, por la base de la espalda y por las caderas hasta que la agarraron por el trasero sin muchos miramientos.

El apretón fue de lo más excitante. Sus labios parecieron fundirse al mismo tiempo que sus lenguas, no enzarzadas en una lucha por la conquista, sino movidas por el placer compartido. En cuanto la alzó del suelo, el camisón se deslizó por sus piernas. La sostuvo contra él y Amelia notó la presión de su erección contra el vientre. El roce los excitó por igual y prolongaron el momento, deleitándose en la promesa de lo que estaba por llegar antes de dejarse caer sobre la cama.

Los labios de Luc no la abandonaron, al contrario, siguieron sobre los suyos para amortiguar la carcajada que el súbito movimiento le arrancó. La aferró por el pelo para inmovilizarla y así devorar su boca a placer mientras ella se retorcía bajo su cuerpo. Utilizó su peso para sujetarla y la besó con ardor antes de separarse.

—Espera —le dijo.

El susurro resonó por toda la habitación. Ella lo obedeció con los ojos desorbitados y el cabello desordenado sobre la colcha. La luz de la vela jugueteaba sobre las voluptuosas curvas de su cuerpo, desnudo y expectante... un cuerpo que le pertenecía. Era suya. Sus ojos lo siguieron mientras se sentaba para quitarse los zapatos y los dejaba a un lado sin hacer el menor ruido. Se puso en pie y se deshizo de los pantalones, que acabaron en el suelo junto a la chaqueta.

Se acercó de nuevo a la cama y la sorprendió con un beso exquisito y delicado. La mirada de Amelia estaba clavada en algo situado muy por debajo de su barbilla. Se habría reído de buena gana, pero no se atrevía; en cambio, volvió a subirse a la cama y comenzó a acariciarle la cara interna de las piernas muy despacio y con un movimiento ascendente. Su mente anticipaba lo que estaba por llegar y estaba convencido de que tendría que besarla sin descanso para sofocar sus gritos.

Amelia extendió los brazos para acercarlo, pero él la tomó por la cintura y la alzó. Atrapó sus labios sin pérdida de tiempo para adueñarse del jadeo sorprendido que escapó de ellos. La curiosidad que la embargaba era palpable en su beso. Le acarició los hombros y el torso mientras se alejaba de ella para contemplarla, sentado sobre los talones. Las rodillas de Amelia descansaban entre sus muslos. Le colocó una mano en la base de la espalda y la inclinó hacia él hasta que su rígida erección quedó situada entre los muslos femeninos. A salvo, de momento, de sus indagadoras manos.

Amelia parecía fascinada por su pecho; la dejó explorar mientras él se deleitaba descubriendo las maravillas de su boca, el delicado contorno de su espalda, deliciosamente femenina, y la excitante curva de su trasero. La acarició a placer, consciente del momento en el que ella contuvo la respiración y se concentró en sus caricias. Consciente de la pátina de sudor que le cubrió la piel enfebrecida y de los endurecidos pezones que frotó con maestría contra su pecho hasta enardecerlos. Consciente de la tensión que se apoderó de ella cuando introdujo una mano entre sus cuerpos y descubrió la humedad que empapaba los rizos de su entrepierna. Sus dedos se demoraron antes de hundirse en ella.

Todo ello sin dejar de besarla.

Cuando notó que arqueaba las caderas hacia su mano y le clavaba las uñas en los hombros, apartó la mano para aferrarla por la parte trasera de los muslos y alzarla. La colocó a horcajadas sobre él, sobre su vientre. Ella se dejó caer de forma instintiva.

Para su sorpresa, a partir de ese instante fue ella la que tomó las riendas del beso, utilizando todo el cuerpo para acariciarlo en flagrante invitación. El momentáneo asombro lo distrajo lo suficiente como para permitir que una de sus menudas manos se cerrara en torno a su verga.

El corazón le dio un vuelco. Amelia aflojó la presión de sus dedos y lo acarició antes de volver a apretarlo. Atrapado por el roce de esos dedos e incapaz de reunir las fuerzas para detenerla, la dejó hacer. Sus caricias destilaban una entrega, un asombro y un deleite tan genuinos que su fatigada mente se dejó atrapar en el hechizo, previniéndolo en contra de poner fin a un momento que, dado quien era ella, le resultaba francamente sorprendente. No supo muy bien cuánto tiempo lo mantuvo hechizado. Sólo reaccionó cuando el deseo de hundirse en ese acogedor paraíso femenino se convirtió en algo doloroso. En ese instante, la aferró por las caderas y volvió a hacerse con el control.

O, al menos, lo intentó. En esa ocasión, Amelia no se mostró tan dispuesta a rendirse como de costumbre. En cambio, se enfrentó a él y respondió al desafío. En lugar de retirar la mano, se apoyó con la otra sobre su pecho y guió su miembro hasta la entrada de su cuerpo.

Ambos contuvieron la respiración, se olvidaron de respirar.

En cuanto tuvo el extremo de su miembro allí donde lo quería, Amelia lo soltó y él la penetró. Se detuvo con la respiración alterada y dejó que fuera ella quien alejara las rodillas de su cuerpo poco a poco mientras descendía sobre su miembro para tomarlo por entero, con los ojos cerrados y sin dejar de besarlo.

Luc se mantuvo inmóvil. Reprimió el desesperado impulso de agarrarla por las caderas y hundirse en ella de una sola embestida y, en cambio, decidió disfrutar del regalo que le estaba entregando, que no era otro que su cuerpo, mientras descendía y se abría para él. Percibió que Amelia contenía la respiración cuando se dio cuenta de que lo tenía muy adentro. La recorrió un estremecimiento. Le arrojó los brazos al cuello y lo besó con ardor, totalmente entregada. Estaba a punto de perder el control.

Fue entonces cuando la agarró por las caderas y, mientras la inmovilizaba, empujó para enterrarse en ella hasta el fondo, arrancándole un jadeo entrecortado. En ese instante de suprema unión fue consciente de la magnitud del momento, de la oleada de emoción que lo recorrió, que los recorrió a ambos, de la entrega total.

La emoción los envolvió y los atrapó en sus redes con más intensidad que la vez anterior, con mucha más fuerza. A medida que comenzaba a moverse dentro de ella y Amelia correspondía a sus envites ajustando su posición y moviéndose sobre él, la red se tensó en torno a ellos y los encerró.

Ya no era una cuestión de quién estaba conquistando a quién, sino de qué era lo que los conquistaba a ambos. Aunque, a decir verdad, no hubo interrogantes a partir de ese momento. Luc lo aceptó tal y como sucedió, no tenía otra opción. Sin resuello, con el corazón desbocado según aumentaban el ritmo de sus movimientos y cegado por el ímpetu de las sensaciones, comprendió que no necesitaba pensar para saber que eso era lo que deseaba, lo que quería por encima de todo.

Amelia se tensó en torno a su miembro al tiempo que descendía y lo tomaba por entero. Él le clavó los dedos en las caderas y la ayudó a descender mientras respondía al movimiento embistiendo hacia arriba. Sus bocas estaban unidas y se devoraban la una a la otra, frenéticas en su empeño por sofocar los gemidos y los jadeos que escapaban de sus gargantas. Luc alzó la mano hasta un pecho, buscó el pezón, lo pellizcó, y notó cómo ella se contraía alrededor de su verga en respuesta. Arqueó el cuerpo y lo tensó, logrando que la pasión se intensificara aún más...

Amelia creía estar a punto de perder la razón. Si no alcanzaba el éxtasis que cada vez veía más cercano, si su cuerpo no lograba relajarse con la satisfacción que sabía que tenía al alcance de la mano, se volvería loca. Sin embargo y aunque no sabía muy bien cómo, él se empeñó en prolongar el momento hasta que estuvo a punto de ponerse a llorar a causa del intenso anhelo. La mantuvo al borde de la culminación con las caricias de esa mano sobre el pecho, una mano tan exigente como sus labios, y con las embestidas lentas e incansables de sus caderas, que seguían el mismo ritmo de esa lengua que la devoraba como si fuera la de un despótico emperador.

Se rindió con un gemido y se dejó llevar de buena gana. Dejó que su mente se expandiera en todas direcciones y liberó sus sentidos. Se entregó a las sensaciones del momento, a ese deseo desmedido y desgarrador. Lo único que quería era sentirlo dentro, unido a ella tan profundamente como él quisiera. Separó aún más los muslos. Los dedos de Luc se clavaron con más fuerza en sus caderas a fin de inmovilizarla para poder penetrarla hasta el fondo. Su otra mano siguió torturándole el pezón sin tregua al ritmo de su lengua y de sus caderas, lo que la hizo ser consciente de la magnitud de su vulnerabilidad.

Sin embargo, el hecho de ser vulnerable ante él le resultó tan excitante como el roce de unos dedos frescos sobre la piel y le provocó un escalofrío, porque tras esa vulnerabilidad, tras su rendición, encontró un deleite, un gozo y una victoria mucho más satisfactorios que cualquier cosa que hubiera soñado jamás.

Y era algo real. Lo percibía en los besos que compartían, en la unión de sus bocas, en la entrega mutua al glorioso momento.

Sentirlo dentro de ella, sentir su fuerza y su vitalidad en el interior de su cuerpo, se había convertido en una adicción poderosa y exigente. El lento roce de esa verga que se deslizaba por su sexo una y otra vez saturaba su mente de deseo; su cuerpo, de pasión; su alma, de un anhelo para el que no tenía nombre.

Se aferró a él y se entregó al deleite, se entregó a él. Se concentró en acariciarlo con el cuerpo del mismo modo que lo hacía él. Volvió a contraer los músculos a su alrededor y, de repente, descubrió que no podía respirar; le resultaba imposible hacerlo. Intentó apartarse, pero él la atrapó y se negó a abandonar sus labios. La mano que le acariciaba el pecho se apartó para hundirse en su cabello, de modo que no pudiera alejarse. Luc le dio su aliento, la sujetó con más fuerza por las caderas y la instó a bajar.

Al mismo tiempo que él presionaba hacia arriba.

Amelia chilló.

Luc bebió el agónico grito mientras ella se deshacía entre sus brazos, arrastrada por la ola. Con un ritmo magistral que alternaba las embestidas con la fricción, siguió proporcionándole placer hasta llevarla a un nuevo y devastador clímax. Por un efímero instante, perdido en el beso, creyó vislumbrar el alma de Amelia. Y entonces se unió a ella; el éxtasis lo inundó y lo arrojó de cabeza a la vorágine de fuego y gloria. Al desquiciante delirio que apaciguaba la pasión más desmedida y reportaba la satisfacción sexual más profunda.

Jamás había sido tan poderoso, tan agotador, tan completo.

Jamás había conocido una satisfacción más intensa.

Una dicha tan prolongada.

Una dicha que aún seguía viva en él cuando despertó, horas después. La oscuridad reinaba en el exterior y también en la habitación. Hacía mucho que la vela se había apagado. El instinto le advirtió que el amanecer estaba cerca. Tendría que dejarla pronto.

Pero todavía no.

Estaban acostados bajo la colcha. Amelia yacía acurrucada a su lado, con una mejilla sobre su pecho y una mano sobre su vientre, como si quisiera retenerlo. Un peso de lo más femenino y cálido. Tenía al lado a su mujer, aunque aún no lo fuera en términos legales.

Se volvió para quedar cara a cara con ella. Lo invadió un placer increíblemente masculino mientras devolvía su cuerpo a la vida con suma delicadeza. Aún dormida, ella se removió con inquietud, pero sin saber por qué. Luc sonrió y se colocó sobre ella, separándole los muslos para poder acomodarse entre ellos.

Se despertó cuando la penetró. Parpadeó varias veces, jadeó y abrió los ojos de par en par cuando introdujo su verga un poco más en ella. Lo agarró por los hombros al tiempo que arqueaba la espalda. Él buscó sus labios y la besó, arrancándole un suspiro. Sintió cómo se relajaba y le permitía penetrarla hasta el fondo antes de contraer los músculos a su alrededor.

Se detuvo un instante para saborear la inefable dicha que, una vez más, había colmado el momento.

Sintió una de las manos de Amelia en la espalda, deslizándose en dirección a las caderas. Le dio un apretón en el trasero al tiempo que se alzaba un poco y lo instaba a proseguir.

Reprimió una sonrisa mientras la obedecía y comenzaba a moverse. Sus labios permanecieron unidos, aunque no hacía falta. En esa ocasión, la ternura arrancaba suspiros de contento en lugar de gritos de pasión.

Amelia alcanzó el clímax despacio y lo apresuró en el último momento. Él la siguió al instante, y se reunió con ella en el cálido mar de la satisfacción.

Se apartó de ella poco después y apaciguó sus protestas con un beso. Se vistió con rapidez y se inclinó sobre la cama para susurrarle:

—Hay un banco en la orilla norte del lago. Espérame allí a las once.

Amelia parpadeó a la luz grisácea del amanecer antes de asentir con la cabeza y tirar de él para darle un último beso.

Era demasiado temprano para un alarde de heroísmo, así que se marchó por la puerta.

10

—Aquí tiene, milord... esto debería bastar.

Luc aceptó el ramo de rosas amarillas y anaranjadas con un breve gesto de agradecimiento. Las flores estaban sujetas por varias hojas de agapanto en torno a los tallos. Le entregó al anciano jardinero una moneda de plata.

—Se merece cada penique.

El hombre sonrió.

—Sí, bueno. Sé lo que se precisa para persuadir a una dama...

Su dama en particular no necesitaba que la persuadieran, sino que la distrajeran. Inclinó la cabeza.

—Lo que usted diga. —Dejó al jardinero y se encaminó hacia el lago.

Eran casi las once de la mañana; desde la rosaleda hasta el lago había una distancia considerable. Mientras doblaba la esquina del ala oeste de la casa, vislumbró brevemente en el camino que bordeaba el lago a una figura ataviada con un vestido de muselina blanca cuyos tirabuzones dorados brillaban con el sol de la mañana. Los arbustos que rodeaban el lago artificial no tardaron en ocultarla a su vista. Luc aceleró el paso.

Al menos esa mañana sabía dónde encontrarla... justo donde se suponía que debía estar.

Donde la quería.

La noche anterior, o para ser más exactos, las horas que había pasado con ella habían erradicado cualquier duda que pudiera albergar acerca del mejor modo de proseguir con su plan. Quejarse por el hecho de que Amelia lo hubiera seducido no tenía sentido; era imposible fingir que no lo había disfrutado. El hecho de que él, de que su fuerza de voluntad, no hubiera sido lo bastante fuerte como para resistir semejante tentación hablaba por sí solo. No tenía sentido negar que la deseaba de ese modo; como tampoco tenía sentido perder el tiempo si quería volver a tomar las riendas de la situación.

Sobre todo, dada la confirmación de la noche anterior.

De todos modos, ella no se había dado cuenta. No lo había visto porque carecía de la experiencia necesaria para reconocer que lo que habían compartido (el modo en que lo habían compartido y esa emoción que había aflorado y florecido entre ellos cuando alcanzaron el clímax juntos) no era lo normal. Amelia jamás había estado con un hombre antes, era inocente en el aspecto sexual... una principiante. ¿Por qué iba a adivinarlo?

Siempre y cuando él no se lo dijera, siempre que no le revelara hasta qué punto estaba unido a ella, jamás lo sabría. Lo que significaba que estaba a salvo. Podría tenerla junto con todo lo que ella despertaba en él, esa innombrable marea de emoción; podría reclamarla y dejar que esa emoción creciera y se desarrollara a su antojo, bajo su control. Deseaba las dos cosas en la misma medida y ese hecho era incuestionable. El paquete al completo era un reclamo para su alma de conquistador. A tenor del desarrollo de los acontecimientos, no podría tenerlo todo sin hacer algún tipo de sacrificio que excediera los límites que se había impuesto en un principio.

Lo único que necesitaba era casarse con ella.

Rápido.

Y llevársela a Calverton Chase, donde podría aprender a manejarla (no sólo a ella, sino también a esa emoción recién descubierta) en soledad y a salvo de cualquier mirada.

La necesidad de una boda rápida era obvia; si no quería

que dedujera la naturaleza de sus sentimientos, tenía que evitar situaciones que lo hicieran reaccionar de algún modo que lo delatara. No podía olvidar que Amelia era una mujer educada por su madre, por sus tías y por las esposas de sus primos. Había tenido suerte en una ocasión, pero no podía contar con la posibilidad de que el destino le sonriera dos veces. Limitar el tiempo que pasaban en sociedad antes de la boda era una parte esencial de su plan.

Una vez que hubiera asumido el papel de marido y hubiera aprendido a controlar las emociones que los unían, podría regresar a Londres y reinsertarse en la vorágine social a finales de año, puesto que ya no tendría problemas para manejar la situación. Sin haberle entregado a Amelia un arma con la que controlarlo.

Tenía clarísimo lo que debía hacer.

El camino había ido ascendiendo poco a poco y en ese momento llegó a un claro situado sobre el lago. Amelia estaba sentada en el banco dispuesto frente a la distante mansión, observando los prados y los caminos en su busca. Tan absorta estaba que ni siquiera notó que se acercaba hasta que rodeó el banco, le dedicó una florida reverencia y le ofreció el ramo de rosas.

—Mi querida Amelia, ¿me concederás el inestimable honor de convertirte en mi vizcondesa?

Ella se quedó de piedra, con el brazo extendido para coger el ramo. Parpadeó antes de mirarlo a los ojos y después cogió las flores y echó un vistazo a su alrededor.

Con el asomo de una sonrisa en los labios, Luc se sentó a su lado.

—No, no tenemos público o, al menos, no en las cercanías. —Hizo un gesto hacia la casa con la cabeza—. No me cabe la menor duda de que alguien nos verá y tomará nota, pero aquí estamos solos.

Amelia sostuvo las rosas con ambas manos y se las llevó a la nariz para olerlas. Después, lo miró.

—Creí que ya habíamos dejado claro que íbamos a casarnos.

Sin apartar los ojos de la mansión, Luc se encogió de hombros.

—Creí que merecías una petición formal.

Tras un instante de vacilación, ella replicó con voz serena:

—No te has arrodillado.

Él enfrentó su mirada.

—Confórmate con lo que hay.

Aún perpleja, ella intentó descifrar su expresión.

Luc devolvió la mirada al frente.

—Además, me refería a una boda inmediata.

Si antes estaba sorprendida, en ese momento se quedó atónita.

—Pero creí que...

—He cambiado de opinión.

—¿Por qué?

—¿Aparte del asuntillo de haber pasado la noche en tu cama? Y, por supuesto, aparte de que no ha sido la primera vez que nos dejamos llevar...

Ella entrecerró los ojos.

—Sí, aparte de eso. Porque... eso... no implica una boda inmediata, como muy bien sabemos los dos.

—Cierto, pero suscita la pregunta del por qué no. ¿Por qué no casarnos de inmediato para poder dejarnos llevar a nuestro antojo sin necesidad de arriesgar el pescuezo trepando por las ramas de una hiedra? Peso bastante y, además, ¿qué vamos a hacer cuando volvamos a Londres?

¿Qué estaba pasando allí?, se preguntó Amelia.

—No intentes distraerme del tema principal —le dijo, si bien él siguió mirando hacia la casa—. Fuiste tú quien decidió que no nos casaríamos hasta que pasaran al menos dos semanas más porque, de lo contrario, la sociedad no aceptaría nuestra relación y buscaría otros motivos ocultos tras ella.

—Tal y como ya te he dicho, he cambiado de opinión.

Amelia alzó las cejas todo lo que pudo ante la desapasionada y arrogante afirmación.

Él la estaba observando por el rabillo del ojo, pero frunció los labios e inclinó la cabeza.

—De acuerdo. Tenías razón. Las viejas chismosas nos han aceptado como pareja; a decir verdad, están esperando el anuncio del compromiso. No hace falta que prosigamos con el cortejo. —La miró y tanto sus ojos como su expresión se tornaron intransigentes—. No discutas.

Sus miradas se encontraron y Amelia se mordió la lengua. Luc tenía razón: «Confórmate con lo que hay.» Eso haría, sobre todo porque era precisamente lo que deseaba. Desde ese momento en adelante podría continuar con el plan que había trazado.

—Muy bien. —Observó las flores, se las acercó al rostro e inhaló su aroma. Lo miró por encima de los pétalos—. Gracias, caballero, por su propuesta. Será un honor convertirme en su esposa.

El perfume de las rosas era celestial. Cerró los ojos por un instante para deleitarse con él antes de volver a mirarlo.

—Entonces... ¿cuándo deberíamos casarnos?

Luc se agitó, nervioso, frunció el ceño y devolvió la mirada a la mansión.

—Tan pronto como nos sea humanamente posible.

La gente creería que el motivo de tanta precipitación no era otro que su impaciencia.

Cuando abandonaron Hightham Hall esa misma tarde, todos lo tenían muy claro; aun cuando ellos no habían dicho ni una sola palabra, los demás habían adivinado sus intenciones. Tras soportar durante varias horas las bromas de todas las damas presentes, jóvenes y no tan jóvenes, Luc sentó a Amelia en su tílburi, dejó a un socarrón Reggie encargado de velar por su madre, sus hermanas y Fiona, y huyó.

Cuando enfiló el camino de salida, tuvo la sensación de estar volando.

Amelia, sentada a su lado con la sombrilla abierta y con una sonrisa en el rostro, tuvo el buen tino de morderse la lengua mientras sorteaba los estrechos caminos; de vez en cuando percibía su mirada y sabía que ella se había percatado del malhumor que lo embargaba.

No obstante, cuando llegaron al camino que llevaba a Londres, rompió el silencio:

—¿Cuánto se tarda en conseguir una licencia especial?

—Unos cuantos días. A menos que sea posible arreglar una entrevista antes. —Titubeó antes de añadir—: Ya he conseguido una.

Amelia lo miró.

—¿En serio?

Sin apartar la vista de los caballos, Luc se encogió de hombros.

—Ya habíamos decidido casarnos para finales de junio. Dado que en dos semanas no dispondríamos de tiempo, era obvio que necesitaríamos una licencia especial.

Amelia asintió, encantada de que hubiera previsto los detalles; encantada de que, sin importar las apariencias, él hubiera estado tan decidido a casarse como ella.

—Lo más importante es saber cuánto vas a tardar en hacer los preparativos —le dijo, mirándola fijamente—. El vestido, las invitaciones... y todo lo demás.

Abrió la boca alegremente para restar importancia a esos detalles, pero titubeó.

Él lo notó y le lanzó una mirada penetrante antes de devolver la vista al frente mientras proseguía hablando con el asomo de una sonrisa en los labios:

—Sí. Hay que tener en cuenta que debemos satisfacer las expectativas familiares, tanto las de mi familia como las de la tuya. Por no mencionar las de la alta sociedad.

—No. No tenemos por qué considerar las expectativas sociales. Ni tu edad ni la mía lo hacen necesario y mucho menos en esta fecha, con la temporada prácticamente acabada. La aristocracia aceptará sin rechistar nuestro deseo de celebrar una boda íntima.

Él inclinó la cabeza.

—Entonces, ¿qué has pensado? —Su tono de voz, aunque sereno, dejaba bien claro que no tenía sentido fingir que no lo tenía todo previsto.

—Había pensado que podíamos celebrar la boda en Somersham, si te parece bien.

Luc enarcó las cejas.

—¿En la antigua iglesia o en la capilla?

Conocía la propiedad de Diablo porque había estado allí en varias ocasiones.

—En la iglesia... allí es donde se han casado casi todos los Cynster. ¿Recuerdas al señor Merryweather, el viejo capellán de Diablo? Es bastante mayor, pero estoy segura de que estará encantado de oficiar la ceremonia. Y, por supuesto, la servidumbre está acostumbrada a organizar ese tipo de acontecimientos... tienen mucha experiencia.

Luc la miró de reojo.

—Pero supongo que no con tan poca antelación.

—Estoy segura de que Honoria se las arreglará —replicó, pasando por alto la indirecta, clarísima en su tono de voz, de que Honoria y su servidumbre ya estaban puestos sobre aviso—. Así que la ceremonia, el almuerzo de bodas y mi vestido no supondrán ningún problema.

Él volvió a mirar los caballos.

—¿Y las invitaciones?

—Tu madre ya habrá pensado en ello. No es ciega.

—¿Y la tuya?

—Tampoco. —Lo miró, pero él evitó su mirada—. Si enviamos las invitaciones por mensajero, sólo necesitaremos cuatro días de plazo.

—Hoy es jueves... —La miró tras una pausa—. ¿Qué te parece el próximo miércoles?

Amelia lo meditó antes de asentir con la cabeza.

—Sí, eso nos dará un par de días extra. —Hizo una pausa antes de observarlo—. Tendremos que hacer algún tipo de anuncio oficial. —Al ver que se limitaba a asentir con la cabeza sin más, con la vista clavada en el camino, compuso una mueca y sacó a colación la única pega del plan—. Cuando hablemos con mi padre tendremos que estar preparados para explicarle la cuestión de tus finanzas.

Él le lanzó una mirada tan breve que Amelia apenas tuvo tiempo de atisbarla; el caballo guía hizo un desplante y tuvo que atender a las riendas.

Ella inspiró hondo y prosiguió.

—Si se tratara sólo de mi padre, sería fácil; pero también están mis primos... Diablo y los demás. Lo comprobarán, no me cabe la menor duda, y tienen todo tipo de contactos. Tendremos que estar preparados para defendernos, aunque sé que acabarán aceptándolo. Pero si nos ponen las cosas difíciles, no hay razón para que no divulguemos, en el ámbito estrictamente familiar, que hemos mantenido relaciones. No creo que los sorprenda en absoluto, pero los obligará a comprender que estamos decididos y comprometidos y... bueno, ya sabes a lo que me refiero.

Luc no la miró y ella no supo interpretar sus pensamientos sólo por el perfil de su rostro, ya que su expresión parecía tan inescrutable como siempre.

—Dado tu linaje y tu título, eres precisamente el tipo de caballero con el que siempre han querido que Amanda y yo nos casemos. El hecho de que no dispongas de dinero hoy por hoy no es significativo, dada la cuantía de mi dote. —Había dicho todo lo que se atrevía, todo lo que sentía que estaba obligada a decir. Se mordió el labio mientras contemplaba su pétreo perfil y, después, concluyó—: Tal vez refunfuñen un poco al principio, pero si les dejamos muy claro que estamos decididos a casarnos, accederán.

Luc inspiró hondo y su pecho se ensanchó.

—Hemos dicho que el miércoles. —La miró con los ojos entrecerrados y expresión adusta—. Quiero que me jures por lo más sagrado que no le dirás nada a nadie sobre nuestro compromiso hasta que yo te lo diga.

Amelia lo miró sin parpadear.

—¿Por qué? Creí que habíamos acordado que...

—Y lo hemos hecho. Es definitivo —replicó con la vista

clavada en el camino, si bien la miró para decirle—: Quiero atender unos cuantos asuntos antes.

Ella parpadeó, pero puesto que entendía su postura, asintió con la cabeza.

—Muy bien; pero si hemos decidido que sea el miércoles próximo, ¿cuántos días necesitas antes de que se lo comuniquemos a la familia?

Luc sacudió las riendas y los tordos aceleraron el paso. Alzó la vista al cielo mientras hablaba.

—Esta noche será imposible hacer nada. Tendré que dejarlo para mañana. —La observó de reojo—. Me encargaré de esos asuntos e iré a recogerte mañana por la tarde.

—¿A qué hora?

Hizo una mueca.

—No lo sé. Si sales, déjame un mensaje. Iré en tu busca.

Amelia dudó antes de consentir.

—De acuerdo.

Pasó un minuto antes de que Luc la mirara a los ojos.

—Créeme, es necesario.

Había algo en su mirada, cierta turbación y una pizca de vulnerabilidad que la llevó a extender un brazo y acariciarle la mejilla antes de inclinarse para besarlo en los labios.

Luc se vio obligado a prestar atención a los caballos en cuanto sus labios se separaron, pero le cogió la mano y la alzó para depositar un beso en su palma cuando estuvo seguro de que tenía controlados a los animales. Le cerró el puño como si quisiera sellar el beso y le dio un apretón antes de soltarla.

—Mañana por la tarde. Te encontraré dondequiera que estés.

Debería habérselo dicho. La decencia dictaba que se lo dijera y le explicara que no era en absoluto tan pobre como ella creía. A la mañana siguiente, mientras bajaba los escalones de su casa y se encaminaba hacia Upper Brook Street, Luc se enfrentaba al desabrido hecho de que la decencia no era aplicable en su caso, porque temía la reacción de Amelia. Sin la garantía absoluta de que seguiría adelante con los planes de boda una vez que supiera la verdad, no estaba dispuesto a hacerla partícipe de ésta.

A decir verdad, tras la estancia en Hightham Hall debía andarse con mucho ojo para no agitar el avispero a esas alturas y darle algún motivo que la llevara a obstaculizar o a romper definitivamente el compromiso. Una tarde y una noche habían bastado para cambiar su perspectiva; si bien antes la creía deseable para él, la dama perfecta para tener a su lado, después de esos dos interludios lo sabía con total seguridad.

Estaba totalmente decidido a no ofrecerle la menor oportunidad para escapar de él. A no dejarle otra opción que convertirse en su esposa.

El miércoles siguiente.

Después, tendría todo el tiempo del mundo para contarle la verdad cuando lo estimara conveniente. Asumiendo que necesitara conocerla, claro estaba...

Esa última frase le rondaba la cabeza con frecuencia; la dejó de lado y se negó a ahondar en el tema, a sabiendas de que era una actitud de lo más cobarde.

Y él no era ningún cobarde; se lo diría todo... algún día. Cuando lo amara, lo entendería y lo perdonaría. El amor se basaba en eso, ¿no? Lo único que tenía que hacer era conquistar su amor y, tarde o temprano, las cosas se pondrían en su lugar.

Cuando llegó a la entrada del número 12 de Upper Brook Street, alzó la vista hacia la puerta y subió con determinación los escalones del porche para tirar de la campanilla.

Había enviado un mensajero poco antes; lord Arthur Cynster, el padre de Amelia, lo estaba esperando.

—Entra, muchacho —lo saludó Arthur al tiempo que se levantaba del sillón en el que estaba sentado, al otro lado del escritorio de su biblioteca, y le tendía la mano.

Luc le dio un apretón.

—Gracias por atenderme con tanta precipitación, señor.

—¡Pamplinas! De no haberlo hecho, me habría caído una

buena... —Le hizo un gesto para indicarle que tomara asiento con un brillo peculiar en los ojos—. Siéntate. —Una vez que estuvo sentado, le preguntó con una sonrisa—: ¿Qué puedo hacer por ti?

Luc le devolvió la sonrisa sin esfuerzo.

—He venido a pedir la mano de Amelia.

Ésa era la parte fácil, la de pronunciar las palabras que jamás creyó que diría. Arthur sonrió de oreja a oreja y dijo lo esperado; lo conocía desde que era pequeño y lo consideraba casi un sobrino.

El deseo de Amelia de casarse en Somersham Place el miércoles siguiente logró que Arthur enarcara las cejas, pero aceptó la obstinación de su hija sin parpadear.

—Es su deseo y me alegra poder complacerla —afirmó Arthur.

A la postre, llegaron al aspecto financiero.

Luc sacó un papel doblado del bolsillo.

—Le he pedido a Robert Child que hiciera una declaración escrita por si acaso usted hubiera escuchado algún rumor acerca del efecto adverso que las actividades de mi padre tuvieron sobre la posición económica de los Calverton.

Arthur parpadeó, pero aceptó el documento, lo abrió y lo leyó. Arqueó las cejas.

—Bueno, ¡caramba! No hay necesidad de preocuparse al respecto —replicó mientras doblaba de nuevo el documento y se lo devolvía—. Y tampoco lo había considerado un problema con anterioridad.

Luc cogió el papel, pero el padre de Amelia no lo soltó de inmediato. Enfrentó la mirada del hombre, muy azul y muy perspicaz, por encima del documento.

—No imaginaba que pudieras tener dificultades económicas, Luc. ¿A qué viene esta declaración? —preguntó mientras soltaba el papel y se arrellanaba en el sillón en espera de su respuesta, con una actitud paciente y paternal.

Hacía bastante tiempo que Luc no se enfrentaba a ese tipo de actitud y sabía que no debía mentir. De todos modos, no había planeado hacerlo.

—Yo... —Parpadeó e hizo acopio de valor—. La cuestión es que Amelia cree que tengo dificultades en ese aspecto. En resumen, cree que su dote será la base que garantice nuestra unión, dada su cuantía.

Las cejas de Arthur se habían alzado de nuevo.

—Pero está claro que no es así.

Los labios de su futuro suegro se curvaron, definitivamente se curvaron, en una pequeña sonrisa. Luc sintió que pisaba terreno inestable.

—Por supuesto. Sin embargo, a estas alturas no quisiera... desconcertarla con esa revelación. —Se echó hacia atrás y señaló el papel doblado que descansaba sobre sus rodillas—. A mi lado no correrá el menor peligro de sufrir penuria alguna, pero ya sabe cómo es ella, bueno, cómo son las damas en general. Nuestra decisión ha sido precipitada e inesperada... y no he encontrado el momento adecuado para sacarla de su error. Y ahora... puesto que desea casarse tan pronto, preferiría no sacar el tema a colación con la boda tan cerca...

—A sabiendas de que es probable que se plante, que insista en reexaminar todos y cada uno de los detalles y que, en resumidas cuentas, convierta tu vida en tu infierno porque ha malinterpretado la situación. Posiblemente también se niegue a casarse en junio y, además, se pasará toda la vida reprochándote tu actitud. ¿Van por ahí los tiros?

Luc no había analizado la cuestión tan a fondo y, por tanto, no le costó trabajo adoptar una expresión agraviada.

—En resumen, sí. Veo que entiende el problema.

—Desde luego. —El brillo de su mirada dejaba claro que entendía mucho más de lo que a él le gustaría, pero Arthur parecía dispuesto a mostrarse comprensivo—. En ese caso, ¿cómo quieres que enfoquemos el asunto?

—Esperaba que consintiera en guardar discreción sobre el asunto de mi estado financiero, al menos hasta que tenga la oportunidad de darle las noticias a ella.

Arthur meditó un instante antes de asentir con la cabeza.

—Puesto que estamos ocultando una fortuna en lugar de

la falta de ésta, y puesto que éste no es el momento oportuno para que ella lo sepa, no veo razón alguna para negarme a hacerlo. El único problema que podemos encontrar reside en los términos del acuerdo matrimonial. Verá las cifras cuando lo firme.

—Cierto, si a usted no le parece mal, yo sugeriría que las cifras que Amelia vea sean porcentajes y no cantidades concretas.

Arthur sopesó el tema antes de dar su conformidad.

—No hay razón para no hacerlo de ese modo.

Arthur escuchó que la puerta principal se cerraba tras Luc. Se relajó en su sillón y clavó la vista en el reloj que descansaba sobre la repisa de la chimenea. Había pasado poco menos de un minuto cuando la puerta de la biblioteca se abrió y entró su esposa con un brillo ansioso en la mirada.

—¿Y bien? —Rodeó el escritorio para sentarse en una esquina, frente a él—. ¿Qué quería Luc?

Arthur sonrió.

—Exactamente lo que tú me dijiste que querría. Al parecer, han fijado la fecha para el próximo miércoles, si nos parece bien.

—¿El miércoles? —repitió Louise mientras parpadeaba—. Caramba con esta chiquilla... ¿Por qué no mencionó ese detalle esta mañana?

—Es posible que Luc no quisiera que lo privaran de la sorpresa.

—La mayoría de los hombres prefiere encontrarse el camino allanado.

—No todos, y yo no incluiría a Luc en esa categoría.

Louise hizo una pausa antes de hacer un gesto afirmativo con la cabeza.

—Desde luego. Eso dice mucho a su favor. —Clavó la mirada en su esposo—. Así que todo está hablado y decidido. ¿Crees que es el hombre adecuado para Amelia?

Arthur sonrió mientras desviaba la vista hasta la puerta.

—No tengo ningún tipo de duda al respecto.

Su esposa estudió su sonrisa y entrecerró los ojos.

—¿Qué? Me estás ocultando algo.

Arthur devolvió la mirada a su rostro, al tiempo que ensanchaba su sonrisa.

—Nada que necesites saber. —Extendió un brazo y, tras rodearle la cintura, tiró de ella para sentarla sobre su regazo—. Simplemente estoy encantado de que haya mucho más entre ellos que simple deseo físico; tal y como debe ser.

—¿Más que simple deseo físico? —le preguntó su esposa, mirándolo a los ojos con expresión risueña—. ¿Estás seguro?

Arthur la besó en los labios.

—Me has enseñado muy bien a reconocer las señales... Luc está enamorado de ella hasta las cejas y lo más curioso es que lo sabe.

Una vez en la acera, Luc le echó un vistazo a su reloj y se encaminó hacia su segunda cita sin mucho entusiasmo. Grosvenor Square estaba justo al final de Upper Brook Street. Una figura majestuosa lo recibió en la mansión por el ala norte.

—Buenos días, Webster.

—Milord —replicó el mayordomo al tiempo que hacía una reverencia—. Su Excelencia lo espera. Si es tan amable de acompañarme...

El hombre lo precedió hasta el despacho de Diablo y abrió la puerta.

—Lord Calverton, Excelencia.

Luc entró al tiempo que Diablo se levantaba del sillón que ocupaba frente a la chimenea. Aunque se conocían bastante bien, su relación era el resultado de la proximidad social de sus familias, las cuales se movían en los mismos círculos. Diablo, su hermano y sus primos (los seis que conformaban el legendario grupo conocido como «el Clan Cynster») eran unos años mayores que él.

Cuando Luc se acercó, el duque de St. Ives esbozó una sonrisa.

—Espero que no te moleste hablar delante de mi hija.

Mientras intercambiaban un apretón de manos, Luc echó un vistazo a la pequeñina de rizos oscuros que se sentaba frente a la chimenea y los miraba de forma alternativa con unos enormes ojos de color verde claro. Tras apartarse de la boca el bloque de madera que estaba mordisqueando, lady Louisa Cynster le regaló una deslumbrante sonrisa.

Luc se echó a reír.

—No, en absoluto. Ya veo que será discreta.

Una de las oscuras cejas de Diablo se alzó mientras tomaba asiento de nuevo y lo invitaba a hacer lo propio en el sillón opuesto.

—¿La discreción es necesaria?

—Sí, en parte. —Luc enfrentó la mirada del duque—. Acabo de salir de Upper Brook Street. Arthur ha dado su consentimiento a un enlace entre Amelia y yo.

Diablo inclinó la cabeza.

—Enhorabuena.

—Gracias.

Luc titubeó y Diablo aprovechó la situación para comentar de repente:

—Supongo que no es ése el motivo de tu visita, ¿verdad?

—No exactamente —contestó tras mirarlo a los ojos—. He venido a pedirte que ni tú ni tus primos le mencionéis a Amelia la extensión de mi fortuna.

El duque parpadeó.

—Has tenido un golpe de suerte hace muy poco... Gabriel lo comprobó. Estaba celoso. De hecho, nos comentó que si la brisa seguía soplando en la dirección correcta y acababas convirtiéndote en un miembro de la familia, os reclutaría a Dexter y a ti para el negocio.

Luc sabía a qué negocio se estaba refiriendo; los Cynster manejaban una inversión asociada que, según los rumores, era fabulosamente lucrativa. Inclinó la cabeza.

—Si Gabriel lo desea, estaré encantado de participar.

Diablo lo observó con expresión suspicaz.

—Entonces, ¿cuál es el problema?

Luc se lo explicó tal y como lo había hecho con Arthur; Diablo, sin embargo, no se mostró tan acomodadizo como su tío.

—¿Quieres decir que cree que te casas con ella por su dote?

Luc titubeó.

—Dudo mucho que crea que es el único motivo por el que me caso con ella.

Los ojos del duque se entrecerraron aún más mientras se arrellanaba en el sillón y lo observaba con expresión implacable. Luc enfrentó la mirada sin flaquear.

—¿Cuándo vas a decírselo?

—Después de la boda; cuando estemos en Calverton Chase y las cosas adquieran un tinte de normalidad.

Diablo meditó el tema durante largo rato. Louisa gateó hasta él como si percibiera la disconformidad de su padre y, tras agarrarse a una de las borlas de sus botas, se puso en pie, agitando el bloque que llevaba en la mano y dándole golpecitos con él. Diablo la alzó y se la sentó en el regazo con gesto distraído, tras lo cual la niña se recostó sobre su pecho y lo observó con esos enormes ojos verdes mientras volvía a mordisquear su juguete. El duque se apoyó de nuevo en el respaldo del sillón.

—Accederé a no decirle nada y a advertirles a los demás que no interfieran en tus asuntos con una condición. Quiero que me asegures que se lo dirás, sin dejarte nada en el tintero, antes de que regreséis a la ciudad en otoño.

Luz enarcó las cejas.

—Sin dejarme nada en el tintero... —repitió, imitando la entonación de Diablo mientras meditaba sobre su significado. Y comprendió lo que quería decir exactamente. Su expresión se endureció—. ¿Quieres decir que esperas que me declare antes de que regresemos a Londres? —preguntó con voz queda pero cortante.

Diablo sostuvo su mirada e hizo un gesto afirmativo.

Luc sintió un arrebato de ira; se sentía atrapado y no por Diablo, sino por el destino.

Como si le leyera el pensamiento, el duque murmuró:

—Todo vale en el amor y en la guerra.

Luz arqueó una ceja.

—¿En serio? En ese caso, podrías darme algún consejo... ¿cómo se lo dijiste a Honoria?

El silencio fue su respuesta. Había hecho un disparo a ciegas, pero comprendió que había acertado de pleno. La mirada de Diablo siguió clavada en la suya, pero no pudo adivinar lo que pasaba por la mente de su oponente.

Al percatarse del enfrentamiento, la niña se dio la vuelta para observar primero a su padre y después a él. Mientras estudiaba su rostro con esos ojos verdes, Louisa separó los labios, extendió el brazo con gesto decidido y lo apuntó con su juguete.

—¡Lo!

El sonido fue tan parecido a «hazlo» que a Luc le pareció el mandato de una imperiosa emperatriz. Sorprendido, Diablo la miró con el asomo de una sonrisa.

La niña giró la cabeza, volvió a señalarlo con el bloque y repitió su severa orden.

—¡Lo!

En esa ocasión su voz sonó aún más dictatorial; como si quisiera subrayar su intención, Louisa lo repitió y, después, aferró el bloque de madera con ambas manos, se llevó una esquina a la boca y, tras hacer caso omiso de su presencia (después de todo, sólo eran dos hombres ignorantes), apoyó la mejilla sobre el chaleco de su padre y prosiguió mordisqueando el juguete con la mente ocupada en otras cuestiones.

Teniendo en cuenta que ni siquiera había cumplido un año, era imposible que la niña hubiera entendido la conversación. Sin embargo, cuando Diablo alzó la cabeza y buscó su mirada, Luc abrió los ojos de par en par, con un sentimiento de asombro compartido.

La tensión, esa pugna contenida pero real entre sus dos

fuertes personalidades que había alcanzado un momento álgido poco antes, se desvaneció y fue sustituida por un incómodo malestar.

Fue Luc quien rompió el silencio que había caído sobre ellos.

—Intentaré hacer lo que me pides —respiró hondo—, pero no te prometo nada; al menos no puedo prometerte cuándo lo haré.

Estaban hablando de una declaración, no de asuntos financieros; de una realidad de tipo emocional. Una realidad que ninguno de los dos, al parecer, había sido capaz de expresar con palabras hasta ese momento. Y posiblemente por la misma razón. Ninguno de ellos deseaba reconocer esa vulnerabilidad que compartían; y, en ambos casos, no había nadie que pudiera obligarlos a hacerlo.

Salvo que Diablo había utilizado el malentendido sobre su fortuna para presionarlo y él, con ayuda de Louisa, había vuelto las tornas.

Consciente del cambio en la situación, Diablo asintió con la cabeza.

—Muy bien; acepto tu palabra. Sin embargo —sus ojos verdes se tornaron más serios—, me has pedido consejo y en este tema puedo afirmar que soy un experto. Cuanto más lo demores, más duro será.

Luc sostuvo esa mirada persuasiva antes de hacer un gesto afirmativo.

—Lo tendré presente.

Louisa giró la cabeza y lo observó con expresión compungida, como si estuviera practicando el modo de conquistar los corazones masculinos.

En cuanto salió de St. Ives House, Luc se marchó en dirección a su club en busca de algún sustento que consistió en un agradable almuerzo compartido con varios amigos. Volvió a Upper Brook Street con ánimos renovados. Amelia había salido con su madre y estaba en el parque. Meditó un instante y regresó a Mount Street, donde dio órdenes precisas a sus lacayos. Cinco minutos después, salía en su tílburi para alejar a su futura esposa de las miradas de la aristocracia, que a esas alturas debía de estar ávida de noticias.

La localizó en un prado, paseando del brazo de Reggie a la zaga de un grupo que incluía, entre otros, a sus hermanas, a Fiona y a lord Kirkpatrick. Dos caballeretes que le resultaron desconocidos revoloteaban con insistencia en torno a Fiona y Anne.

Refrenó su pareja de tordos sin muchos miramientos y detuvo el tílburi en el borde del prado mientras aprovechaba la oportunidad para estudiar el grupo. Emily y Mark, lord Kirkpatrick, habían ido estrechando su relación poco a poco y parecían bastante cómodos el uno en compañía del otro; estaba claro que no prestaban la menor atención al resto. Ese asunto se desarrollaba estupendamente. En cuanto a Anne, tal y como había esperado, parecía mucho menos reservada gracias a la vivaracha presencia de Fiona, aunque aún no había logrado zafarse de su tendencia a guardar silencio, a juzgar por la penetrante mirada del joven que la acompañaba. El resto del grupo estaba formado por jóvenes de la misma edad y condición social. No había amenaza alguna; no había lobos disfrazados con pieles de cordero ni de ninguna otra guisa.

Su mirada voló hacia Amelia. Su futura esposa estaba arrebatadora con ese vestido de muselina blanca estampado con motivos azules. Sintió un vuelco en el corazón y un nudo en las entrañas mientras devoraba esa figura delgada pero mucho más madura que las de las restantes jóvenes del grupo. Ella debió de percibir su escrutinio porque, tras apartar las cintas del bonete que la brisa le había puesto frente al rostro, giró la cabeza y miró exactamente hacia el lugar donde él se encontraba.

Su sonrisa espontánea y sincera, ya que fue el instinto lo que la hizo responder de ese modo antes de ser consciente de sus alrededores, le provocó una oleada de afecto. Se dio la vuelta en dirección a Reggie al tiempo que señalaba hacia su tílburi. Tras un breve aviso a los demás miembros del grupo, se separaron de ellos y caminaron con rapidez hacia él.

Su primer impulso fue el de bajar del pescante y encontrarse con ella a medio camino; no obstante, una sola mirada le bastó para confirmar que, tal y como se había temido, eran el centro de atención. Todas las miradas que podían observarlos con disimulo estaban centradas en ellos.

Saludó a Reggie con un gesto de la cabeza y extendió un brazo para tomar la mano que Amelia le ofrecía.

—Sube. Rápido.

Ella obedeció sin rechistar y él la ayudó a sentarse a su lado. Mientras Amelia se acomodaba, Luc miró a Reggie.

—¿Puedes encargarte tú solo de todo ese grupito y decirle a Louise que llevaré a Amelia de regreso a Upper Brook Street dentro de una hora?

Reggie, que hacía todo lo posible para no sonreír, abrió los ojos de par en par.

—¿Dentro de una hora?

Luc lo miró con los ojos entrecerrados.

—Desde luego —respondió al tiempo que observaba a Amelia de soslayo, quien a su vez, estaba haciendo lo mismo—. Sujétate.

Ella lo hizo y tras instar a los caballos a que retrocedieran, sacudió las riendas y se pusieron en marcha. Condujo sin apartar la vista de la pareja de tordos, poco dispuesto a encontrarse con el saludo de alguien que pudiera detenerlos, pero no siguió por la avenida, sino que abandonó el parque.

Cuando atravesaron la verja de entrada, Amelia giró la cabeza hacia él con una sonrisa en los labios y un brillo intrigado en los ojos.

—¿Adónde vamos?

La llevó a casa (a su casa, a Calverton House), a su despacho. El único lugar en el que nadie los molestaría y donde podrían hablar sobre los preparativos necesarios; o donde podría distraerla si fuese preciso. Cottsloe les abrió la puerta y, tras retroceder para dejarlos pasar, esbozó una sonrisa de oreja a oreja.

—Milord. Señorita Amelia.

En los ojos del mayordomo ardía un brillo especulativo, avivado por el hecho de que llevaba a Amelia de la mano. La guió hasta el vestíbulo principal.

—Mereces estar entre los primeros en saber la noticia, Cottsloe. La señorita Amelia me ha concedido el honor de acceder a ser mi esposa. En breve, será lady Calverton.

El rostro redondo de Cottsloe pareció a punto de estallar de alegría.

—Milord... señorita Amelia, acepten mi más sincera enhorabuena.

Luc sonrió, encantado, al igual que Amelia.

—Gracias, Cottsloe.

—Si no le importa que le pregunte, milord...

Luc miró a Amelia a los ojos y vio reflejada allí la misma pregunta que el mayordomo estaba a punto de hacer.

—El próximo miércoles. Un poco precipitado, pero casi tenemos el verano encima. —Sin apartar la mirada de los ojos de Amelia, se llevó su mano a los labios—. Y no hay motivo alguno para demorarse.

Al ver que lo miraba con los ojos desorbitados, Luc adivinó los interrogantes que le pasaban por la mente. Miró de soslayo a Cottsloe.

—Estaremos en mi despacho. Que nadie nos moleste.

—Por supuesto, milord.

Se dio la vuelta sin soltar la mano de Amelia y así atravesaron el vestíbulo.

Al llegar al despacho, Luc abrió la puerta, entró y le dio un tirón para que lo siguiera. Acto seguido se volvió, cerró la puerta de un empujón y, tras apoyar a Amelia de espaldas contra la puerta, enterró la mano en sus tirabuzones dorados y la besó.

Con avidez.

La sorpresa la paralizó momentáneamente, aunque no

tardó en responder al beso y echarle los brazos al cuello, en clara invitación a que la devorara.

Y eso hizo Luc. Su sabor, la suavidad de esa boca que se rendía gustosa a él, era ambrosía para su alma. Sólo había pasado un día desde la última vez que la tuvo entre los brazos, pero ya estaba loco de deseo por ella.

Un deseo desesperado y voraz.

Amelia se mostraba muy dispuesta a saciar esa avidez, y la suya también, de paso, porque sintió que sus manos se apartaban del cuello y le acariciaban el pecho antes de descender. La tomó por la cintura, la alzó del suelo y utilizó su peso para aprisionarla contra la puerta con la cabeza a la altura precisa, una posición desde la que no podría acariciarlo más allá del torso.

Volvió a rodearle el cuello con los brazos y lo estrechó con fuerza, entregándose tan de lleno al beso como él.

Cuando se separaron, ambos respiraban con evidente dificultad; los senos de Amelia subían y bajaban de forma espectacular.

No se apartaron, ni siquiera se movieron. Siguieron unidos, con las frentes apoyadas y las miradas entrelazadas, rebosantes de deseo. Sus bocas estaban prácticamente unidas. Aguardaron a que la sangre dejara de rugirles en los oídos.

A la postre, él murmuró:

—He hablado con tu padre y con Diablo.

Amelia abrió los ojos de par en par.

—¿Con los dos?

Él asintió.

—Estuvimos debatiendo las cosas... —Le rozó los labios con los suyos, saboreando su calidez, su suavidad—. Revisamos todos los puntos que necesitábamos aclarar. —Ladeó la cabeza y le alzó la barbilla con la nariz para poder acariciarle el cuello con los labios.

—¿Y?

—Y no hay nada ni nadie que se interponga en nuestro camino hacia el altar.

Percibió la tensión que se apoderó de ella, una tensión nacida de la expectación.

—¿Han accedido a que se celebre el miércoles?

Él asintió con la cabeza.

—El miércoles. —Alzó la cabeza para observar esos deslumbrantes ojos azules antes de volver a bajarla—. El próximo miércoles serás mía.

11

Esa noche, Amelia y su madre asistieron a la velada musical de lady Hogarth. En la lista de eventos sociales más aborrecidos por Luc, las veladas musicales ocupaban el primer lugar. En consecuencia, cenó con sus amigos y después se dirigió a Watier's.

Una hora más tarde, profundamente disgustado consigo mismo, le tendió su bastón al mayordomo de lady Hogarth. El mayordomo le hizo una reverencia y señaló en silencio el largo pasillo que conducía a la sala de música. Aunque tampoco hacía falta, porque un estridente alarido procedía de esa dirección. Reprimió un estremecimiento y se encaminó hacia los gritos.

Al llegar al arco de entrada, se detuvo y echó un vistazo por la estancia; la sala de música estaba a rebosar de mujeres, sobre todo casadas, alguna que otra de la edad de Amelia y muy pocas jovencitas. El resto estaba en algún baile esa noche; su madre y sus hermanas tenían planeado asistir a dos. El recital de lady Hogarth había atraído a aquellos que se consideraban amantes de la música o a quienes, como el caso de Amelia y Louise, tenían alguna relación con la anfitriona.

Había pocos caballeros presentes. Aceptó con pesar que destacaría como un cuervo en una bandada de gaviotas y esperó a que la soprano estuviera inmersa en su canto para acercarse con paso indolente hacia donde se encontraba Amelia, en uno de los laterales.

Amelia lo vio y parpadeó, pero se las arregló para no quedarse mirando como una tonta. Louise, que estaba sentada junto a su hija, echó la vista atrás para ver qué la había distraído y entrecerró los ojos al verlo.

Se había retrasado mucho (una hora, para ser exactos) en devolver a su hija esa tarde. Amelia había subido directamente a su habitación y él no se había quedado para charlar con Louise. La expresión de ésta no dejaba dudas acerca de que sabía muy bien qué conclusiones sacar de esos dos hechos.

Hizo una reverencia, primero a Louise y luego a Amelia, y después se sentó en el asiento vacío que había junto a su prometida, apoyando el brazo en el respaldo.

Y fingió escuchar la música.

Odiaba a las sopranos.

Por suerte, el recital sólo duró diez minutos más. Lo bastante como para que se inventara una respuesta que ofrecer cuando le hicieran la capciosa pregunta de por qué había asistido.

Cuando la ovación terminó, Amelia se volvió en el asiento y lo miró.

—¿Por qué...? —preguntó, apretándole la mano que tenía sobre el respaldo.

Luc buscó sus ojos, pero las caricias de Amelia lo distrajeron. Bajó la vista hacia sus manos y, aturdido, tardó un instante en volver a respirar, tras lo que giró la mano para entrelazar los dedos con los suyos. Sentir el anillo que le había colocado esa misma tarde en el dedo le provocó una enorme satisfacción.

—No pasa nada... ningún problema —dijo en respuesta a la pregunta que brillaba en sus ojos. Sin apartar la mirada de ella, se inclinó—. Quería avisarte de que he enviado un comunicado a *La Gaceta.* Lo publicarán mañana por la mañana.

Echó un vistazo a la multitud de féminas que los rodeaba, que apenas si le prestaban atención, y a sabiendas de que el breve momento de intimidad que le había permitido hablar con ella a solas estaba a punto de terminar, se apresuró a continuar:

—No quería que te pillara desprevenida cuando la mitad de la alta sociedad se presente en Brook Street por la mañana.

Amelia lo observó con detenimiento y estudió sus ojos antes de sonreír. Una sonrisa natural y sincera, por más que detrás se escondiera esa otra sonrisa que jamás dejaba de burlarse de él.

—Supuse que harías algo parecido, pero te agradezco que me lo hayas confirmado. —Se puso en pie y se arregló las faldas del vestido de seda turquesa.

Luc cogió su chal y se lo colocó sobre los hombros. Ella lo miró a la cara y volvió a sonreír, sólo que, en esa ocasión, con conmiseración.

—Me temo que estamos en apuros.

Y lo estaban. Aquellos que habían asistido a la fiesta campestre en Hightham Hall habían tenido todo un día para difundir rumores. La expectación se palpaba en el ambiente y su acto de presencia esa noche sólo había contribuido a echarle más leña al fuego.

Sitiado, no le quedó más remedio que quedarse junto a Amelia y soslayar las preguntas capciosas lo mejor que pudo. Su temperamento quiso aflorar, pero lo controló, muy consciente de que sólo él tenía la culpa de su irritación. La tentación de verla, de comprobar que estaba allí, feliz y contenta, de que se había recuperado tras averiguar que un escritorio tenía muchos más usos aparte del obvio, se había apoderado de él y lo había consumido hasta que no le quedó la menor duda de que ceder sería el peor de los males. Después de haberse rendido a tamaña debilidad, ése (enfrentarse al ávido interés de aquellas mujeres) era el precio a pagar.

Y una vez que había hecho acto de presencia, se sintió obligado a quedarse para acompañar a Amelia y a su madre de vuelta a casa; con su máscara social en el rostro, permaneció a su lado estoicamente y se negó a morder el anzuelo, a confirmar lo que *La Gaceta* revelaría por la mañana.

Esas arpías ya se enterarían de su destino por la mañana. Entonces podrían regodearse, pero al menos él no tendría que verlo.

Amelia hizo lo propio, ya que ni confirmó ni negó lo que todos daban por sentado. Por la mañana sería de conocimiento general y tendría que compartir la noticia; esa noche era su momento para atesorar la verdad, para saborear la victoria.

Por incompleta que ésta fuera. Claro que nunca había creído que se enamoraría de ella sin más, sólo porque le sugiriera que se casaran. Pero en apenas unos días estarían casados y tendría tiempo y oportunidades de sobra para abrirle los ojos, para convencerlo de que la viera como algo más que su esposa.

Estaba acostumbrada a la charla social, acostumbrada a la necesidad de sortear o hacer caso omiso de preguntas impertinentes. Enfrentarse con las preguntas de las numerosas personas que se acercaban a ellos antes de que otras las imitaran, le era tan fácil como respirar. Entre conversación y conversación, miró de reojo a su futuro marido.

Como de costumbre, poco pudo sacar de su expresión, al menos no en público. Sin embargo, en esos interludios íntimos que habían compartido... bueno, se estaba haciendo una experta en interpretar sus emociones. Esa hora que habían pasado por la tarde en su despacho había sido uno de dichos interludios. Había algo de lo que estaba completamente segura: jamás le había entregado su corazón a una mujer.

Seguía allí para que ella lo reclamara si estaba dispuesta a desafiar al destino y cogerlo. Lo conocía bien; de una manera instintiva conocía los dictados de su mente y entre ellos había cierta afinidad, al menos en algunas ocasiones, como para saber lo que sentía. Esa tarde, cuando la había tumbado sobre el escritorio, dejándola expuesta para saborearla y tomarla como quisiera, algo había brillado en sus ojos, una especie de reconocimiento, como si entre ellos hubiera mucho más que el aspecto meramente físico.

La sospecha de que Luc podría haber reconocido un vínculo más profundo entre ellos se había agudizado más tarde, cuando le colocó el anillo de perlas y diamantes en el dedo mientras descansaba, exhausta y satisfecha, en su regazo. El anillo de pedida que llevaba durante generaciones en la familia de Luc. Había sido un momento de vívida emoción, al menos en lo que a ella se refería; y habría jurado que tampoco él había sido inmune.

Era un atisbo de la victoria final que buscaba, o eso esperaba.

Al percibir que lo miraba absorta, Luc se volvió, buscó sus ojos y enarcó una ceja. Ella se limitó a sonreír y a centrarse en las mujeres que intentaban sonsacarle las buenas nuevas. Y dejó que su mente se ocupara de esa victoria final.

La velada estaba tocando a su fin cuando se acercó la señorita Quigley. A pesar de que la joven sentía tanta curiosidad como el resto, la supuesta relación entre Amelia y Luc no era la mayor de sus preocupaciones.

—Señorita Cynster, me preguntaba si... —comenzó la señorita Quigley antes de bajar la voz y dándoles la espalda a los demás— por casualidad vio los impertinentes de mi tía lady Hilborough, en Hightham Hall.

—¿Sus impertinentes? —Amelia los recordaba a la perfección; de hecho, cualquiera que conociera a lady Hilborough lo haría, ya que los utilizaba más para señalar que para ver—. No. —Lo pensó un instante y después negó con más decisión—. Lo siento, no los vi.

La señorita Quigley suspiró.

—Bueno, no importa, valía la pena intentarlo. —Miró a su alrededor antes de bajar la voz todavía más—. Si me permite, ahora que sé que al señor Mountford le falta su cajita de rapé y a lady Orcott un frasco de perfume, me temo que he empezado a dudar.

—¡Válgame Dios! —Amelia la miró sorprendida—. Podría ser que esos objetos se hayan perdido...

La señorita Quigley negó con la cabeza.

—Enviamos aviso a Hightham Hall en cuanto llegamos a Londres. Lady Orcott y el señor Mountford hicieron lo mismo. Imagínese lo inquieta e irritada que debe de estar lady Hightham. Registraron la mansión pero no se encontró ninguno de los objetos.

Amelia sostuvo la mirada de la señorita Quigley.

—¡Válgame Dios! —Desvió la vista hacia donde su madre charlaba con unas amigas—. Debo decírselo a mi madre... No creo que haya mirado sus joyas, y mucho menos todas esas cosas insignificantes que siempre llevamos con nosotros. Y también a lady Calverton. —Sus ojos regresaron a la señorita Quigley—. Ni ella ni sus hijas han asistido esta noche.

La señorita Quigley asintió.

—Parece que tenemos que estar atentas.

Sus ojos se encontraron y ninguna tuvo que especificar contra qué debían estar atentas. Al parecer, había un ladrón entre la alta sociedad.

A las ocho de la mañana del día siguiente, Luc estaba sentado solo a la mesa del desayuno y hojeaba un ejemplar de *La Gaceta.*

Se había levantado temprano adrede, mucho antes de que sus hermanas lo hicieran. Había bajado para ver (para contemplar y reflexionar) su destino impreso en blanco y negro.

Y allí estaba: una misiva corta y bien redactada que informaba al mundo de que Lucien Michael Ashford, sexto vizconde de Calverton, de Calverton Chase en Rutlandshire, iba a casarse con Amelia Eleanor Cynster, hija de lord Arthur y lady Louise Cynster de Upper Brook Street, en Somersham Place el miércoles 16 de junio.

Dejó el periódico en la mesa y le dio un sorbo al café mientras intentaba identificar sus sentimientos. La emoción dominante era bastante sencilla: impaciencia. Y en cuanto a lo demás...

Muchas más emociones se acumulaban en su interior: triunfo, irritación, expectación, desaprobación... e incluso un toque de desesperación, si era sincero. Pero bajo todo eso bullía una fuerza imparable que crecía cada vez más... más poderosa, más avasalladora y mucho más exigente.

Pero no sabía adónde lo conducía... ni cuán lejos lo llevaría.

Clavó la vista en el periódico, en el anuncio que contenía.

Un instante después, apuró la taza de café, se levantó de la mesa y salió del comedor matinal. Se detuvo en el vestíbulo principal para recoger sus guantes de montar.

Ya no importaba hacia dónde le condujera ese camino. Estaba comprometido, tanto en privado como en público, y, pese a las dudas, no se había cuestionado ni un solo momento que iba por buen camino.

El futuro era suyo para moldearlo a su antojo.

Mientras se ponía los guantes, compuso una mueca. Por desgracia, su futuro incluía a Amelia y ella no era una fuerza que pudiera controlar por completo.

Escuchó el sonido de los cascos de un caballo contra los adoquines; con un gesto de cabeza al criado que se apresuró a abrirle la puerta, salió de la casa.

Se detuvo en el porche, levantó el rostro hacia el sol de la mañana y echó un vistazo al futuro más cercano. Una vez considerados todos los aspectos, seguía sintiendo lo mismo.

Impaciencia.

Mientras Luc cabalgaba por Hyde Park no muy lejos, una joven entraba en el jardín ubicado en el centro de Connaught Square y se acercaba a un caballero vestido con un largo gabán, que la esperaba bajo las ramas de un viejo roble.

Cuando estuvo a su lado, la muchacha inclinó la cabeza en rígido saludo.

—Buenos días, señor Kirby.

Le temblaba la voz.

Kirby se movió y asintió con brusquedad.

—¿Qué ha conseguido esta vez?

La joven miró a su alrededor, con creciente nerviosismo ante el burlón desprecio del rostro de Kirby. Éste la contempló inmóvil cuando sostuvo en alto una bolsa de tela, parecida a la que las doncellas utilizaban para ir a comprar; la joven revolvió en su interior y sacó una cajita de rapé.

Kirby la cogió, miró a su alrededor para asegurarse de

que nadie los observaba y levantó la cajita para que la luz se reflejara en la pintura que decoraba la tapa.

—¿Es...? —comenzó ella, pero tuvo que tragar saliva antes de susurrar—: ¿Cree que tiene valor?

Kirby bajó el brazo y la cajita desapareció en uno de los espaciosos bolsillos del gabán.

—Tiene buen ojo. Conseguiré unas cuantas guineas. ¿Qué más?

La joven le tendió un frasquito de perfume, de cristal con tapa de oro, unos impertinentes, viejos pero adornados con pequeños diamantes, y unos candelabros, de plata y finamente labrados.

Kirby estudió cada objeto un instante; uno a uno, fueron desapareciendo en sus bolsillos.

—Bonito botín. —Vio que ella se estremecía y la estudió con frialdad—. Su excursión a Hightham Hall ha valido la pena. —Bajó la voz antes de añadir—: Estoy seguro de que Edward se lo agradecerá.

Ella levantó la vista.

—¿Tiene noticias de él?

Kirby estudió su rostro y replicó con calma.

—Las últimas noticias no pintan nada bien. Cuando alguien como Edward es desterrado... —Se encogió de hombros—. Bueno, le cuesta mucho hacerse a los cuchitriles.

La muchacha suspiró desanimada y apartó la vista.

Kirby guardó silencio un momento, pero después añadió como al descuido:

—Me han llegado rumores de una boda. —Fingió no darse cuenta de la expresión horrorizada de la muchacha cuando se volvió para mirarlo; en cambio, sacó un ejemplar de *La Gaceta* de un bolsillo y señaló el anuncio que había marcado—. Parece que se celebrará en Somersham Place el miércoles próximo. —Levantó la vista y la clavó en el rostro de la joven—. Asistirá al enlace, seguro, y es una oportunidad demasiado buena como para desaprovecharla.

Ella se llevó una mano al encaje que le adornaba el cuello y negó con la cabeza.

—No... ¡No puedo!

Kirby la contempló con detenimiento un instante antes de replicar:

—Antes de que tome una decisión, escúcheme. Los Cynster son ricos como Creso, tienen más de lo que pueden gastar. Se dice que Somersham Place está atestado de objetos adquiridos a lo largo de los siglos por miembros de una familia que siempre ha tenido los medios para financiarse sus caros caprichos. Cualquier cosa de esa mansión valdrá una pequeña fortuna, pero no será más que un objeto sin importancia, perdido en una mansión abarrotada de cosas parecidas. Es muy poco probable que alguien se dé cuenta de que falta una cosita aquí y otra allá.

»Y no tenemos que olvidar que Somersham Place sólo es una de las residencias ducales. Además, hay que tener en cuenta las residencias de los otros miembros de la familia... Tal vez no todos sean tan ricos, pero seguro que tendrán obras de arte y adornos de la mejor calidad... No le quepa la menor duda.

»Y ahora comparemos esto con la difícil situación de Edward. —Kirby hizo una pausa, como si escogiera las palabras y eligiera callar algunas cosas; cuando continuó, su tono era sombrío y apagado—. No le miento cuando le digo que la situación de Edward es desesperada.

Miró con frialdad a la muchacha largo rato antes de proseguir.

—Edward no tiene nada, tal y como le escribió, y su hermano se ha negado a apoyarlo económicamente, de manera que se ve obligado a ganarse la vida como buenamente puede. Un cuartucho infestado de ratas, con pan rancio y agua sucia por todo alimento; está al límite de sus posibilidades y en muy baja forma. —Kirby dejó escapar un suspiro pesaroso y perdió la mirada en las casas que había al otro lado de la plaza—. Sólo quiero ayudarlo, pero ya le he dado todo cuanto puedo... y yo no tengo acceso a esos lugares, a las casas de las personas que poseen cosas que no echarán de menos.

La joven estaba lívida; cuando dio media vuelta para marcharse, Kirby alargó el brazo para detenerla, pero ella regresó por decisión propia mientras se retorcía las manos. Él bajó el brazo sin que se diera cuenta.

—En su carta, sólo me pidió que le consiguiera esas dos cosas: la escribanía y el frasquito de perfume. Dijo que pertenecieron a sus abuelos y que eran suyos por herencia... Eran suyos. Lo único que hice fue dárselos a usted para que se los hiciera llegar. —Levantó la mirada, implorante, hacia el rostro de Kirby—. Sin duda, si creía que esos dos objetos bastarían para sacarlo de apuros, junto con las otras cosas... —Señaló con la cabeza los bolsillos de Kirby—. Con lo que le he dado y todo lo demás, Edward tendrá para sobrevivir unos cuantos meses.

La sonrisa de Kirby era pesarosa y condescendiente, aunque comprensiva.

—Me temo, querida, que Edward, en la situación que se encuentra, no es más avistado que usted. Dado que necesita con tanta desesperación el dinero que estos objetos le reportarán, no puede conseguir mucho dinero por ellos. Así es como funcionan estas cosas. —Hizo una pausa antes de añadir—: Como he dicho, está muy mal. De hecho... —Pareció pensárselo mejor y se detuvo; después, tras debatirse con su conciencia mientras la joven lo observaba, suspiró y la miró a los ojos—. No debería decirlo, pero mucho temo que no respondo de lo que haga si no podemos proporcionarle fondos con celeridad.

La joven abrió los ojos de par en par.

—¿Se refiere a...?

Kirby compuso una mueca.

—No sería el primer vástago de un aristócrata incapaz de enfrentarse a la vida en un cuchitril de mala muerte en el extranjero.

La muchacha se llevó una mano a los labios y le dio la espalda. Kirby la observó con los ojos entrecerrados y esperó.

Pasados unos instantes, respiró hondo y se volvió para enfrentarlo.

—¿Y dice que cualquier cosa, por pequeña que sea, de Somersham Place valdrá una pequeña fortuna?

Kirby asintió.

—De manera que si cojo algo de allí y se lo doy, Edward tendrá lo suficiente para seguir adelante.

El gesto afirmativo de Kirby fue inmediato.

—Evitará que se muera de hambre.

—¿O que haga otra cosa?

—Eso está en manos de Dios, pero al menos tendrá una oportunidad.

La joven observó el otro extremo del jardín con la mirada perdida antes de respirar hondo y asentir.

—Muy bien. —Alzó ligeramente la barbilla y miró a Kirby a los ojos—. Encontraré algo... algo bueno.

Kirby la estudió un instante y después inclinó la cabeza.

—Su devoción es encomiable.

En pocas palabras, le dijo dónde encontrarse con él, dónde y cuándo debía entregarle la siguiente contribución al bienestar de Edward. Cuando ella accedió, se separaron. Kirby la siguió con la mirada mientras cruzaba la plaza, después se volvió y se encaminó en la dirección contraria.

¿Por qué demonios se había decantado por el miércoles?

Cuando regresó a Calverton House el lunes por la tarde, Luc entró a grandes zancadas en su despacho, cerró la puerta de golpe y se arrellanó en su sillón para contemplar el fuego apagado.

Si hubiera dicho el lunes...

Había evitado Upper Brook Street el día del anuncio de su compromiso. Como era de prever, la alta sociedad londinense al completo, o esa sensación le había dado, se había abalanzado sobre los Cynster para felicitar a Amelia y para cotillear sobre la boda. Incluso en Calverton House, su madre se había visto asediada por un sinfín de visitantes a lo largo de la mañana; tras el almuerzo, había decidido reunirse con Amelia y Louise en Brook Street, de manera que los ansiosos chismosos pudieran verlas a las tres de una sola vez.

El viernes por la noche soportaron un ávido (y también rabioso) escrutinio en la velada de lady Harris, uno de los últimos grandes acontecimientos de la temporada social antes de que la aristocracia se retirara a sus casas solariegas para pasar el verano. Por fin había llegado el calor, y con él, los vestidos de las damas se volvían mucho más reveladores. Para su inmenso alivio, Amelia se comportó; apareció de su brazo ataviada con un recatado vestido de seda dorada, tranquila y amable con todo aquel que se detenía para felicitarlos.

No había tenido la menor oportunidad de pasar un momento a solas con ella. Recordándose que esa noche era, después de todo, una ocasión que no volvería a repetirse, aceptó ese hecho con lo que entonces se le antojó una gracia bastante razonable. La expresión decidida de Amelia había hecho mella en él para cuando dieron por terminada la velada y se marcharon, bajo la atenta mirada de Louise, y le indicó que al menos ella había visto lo que se escondía detrás de su máscara... que había percibido la inquieta insatisfacción que ocultaba.

Tras decidir que no le preocupaba que Amelia percibiera su impaciencia, la había visitado a la tarde siguiente, el domingo, con la esperanza de llevarla a dar una vuelta, de pasar al menos unos instantes a solas con ella, unos momentos en los que él fuera el centro de su atención; pero cuando llegó a su casa, descubrió que todas las mujeres de la familia se habían reunido para planear la boda.

Vane, que había acompañado a su esposa, Patience, a la reunión, salía cuando él llegaba.

—Hazme caso, White's será mucho más de tu agrado.

Le había llevado menos de un abrir y cerrar de ojos sopesar la situación y reconocer esa verdad a desgana. White's a esa hora era terriblemente aburrido; sin embargo, era mucho más seguro.

El domingo por la noche, habían celebrado en casa la cena, más o menos tradicional, para las familias de la pareja. Jamás había visto a su personal tan animado; Cottsloe pasó toda la noche a punto de estallar. Molly se superó a sí misma. A pesar de que una vez más se le negaba la oportunidad de hablar a solas con Amelia, tuvo que admitir que la noche había ido bastante bien.

Diablo, cómo no, había estado presente. Habían acabado hablando en el saloncito esa misma noche. Los ojos de Diablo buscaron su mirada y después sonrió.

—¿Aún no le has contado ese penoso asuntillo?

Se volvió para contemplar con tranquilidad a los presentes.

—Cómo lo sabes... —Esperó apenas un instante antes de añadir—: Y te puedo asegurar que no habrá mención alguna antes de la boda.

—¿Sigues decidido?

—Por completo.

Diablo suspiró en ese momento con teatralidad.

—No digas que no te lo advertí.

—No lo haré. —Se volvió para enfrentar la mirada del duque—. Aunque, por supuesto, puedes darme algún que otro consejo...

Diablo había musitado algo y le había dado una palmadita en el hombro.

—No tientes a tu suerte.

Se separaron en términos amistosos, ya que el problema que compartían había forjado un vínculo. Ese hecho sólo sirvió para definir el asunto con más claridad y que se le grabara en la cabeza.

Tendría que decírselo en algún momento.

Saber eso sólo sirvió para incrementar su impaciencia.

Había ido esa mañana a Upper Brook Street, lo bastante temprano, o eso creyó entonces, sólo para que el mayordomo, Colthorpe, le informara con aire solemne de que Amelia y Louise ya se encontraban en el salón con otras cuatro damas.

Se tragó sus maldiciones y meditó la posibilidad de enviarle una nota para que se escabullera. Mientras lo hacía, al-

guien llamó a la puerta principal. Colthorpe lo miró a la cara.
—Tal vez, milord, le apetezca esperar en la salita.
Así lo hizo, y escuchó cómo las elegantes damas que habían acudido de visita pasaban al salón. Para ver a Amelia.
Con una creciente decepción y un desasosiego que era incapaz de definir, se había dado por vencido y se había marchado. No dejó ninguna nota.
Se marchó a su club; varios amigos lo invitaron a almorzar. Algunos se marcharían a Cambridgeshire al día siguiente, como haría él; esa tarde sería la última para celebrar su soltería. Y tanto que la habían celebrado; si bien, por más que había disfrutado de su compañía, su mente ya estaba puesta en el futuro... de igual modo, no fueron sus amigos quienes ocuparon sus pensamientos, sino la mujer que se convertiría en su esposa.
Con los ojos clavados en el hogar vacío de la chimenea, intentó definir lo que sentía... cómo se sentía. Por qué se sentía de esa manera. Cuando el reloj marcó las seis, ni un segundo más, se levantó y fue a su dormitorio para cambiarse de ropa.

El gran baile de lady Cardigan tenía algo a su favor: era un baile y, por tanto, se bailaba. Habría momentos en los que podría tener a Amelia entre sus brazos, por más que fuera en una pista de baile. En el estado en el que se encontraba, incluso eso le bastaba.
—¿Te encuentras bien? —le preguntó ella en el instante en el que comenzaron su primer vals—. ¿Qué pasa?
La miró, o más bien, la fulminó con la mirada.
—Nada.
Amelia dejó que su máscara de jovialidad se quebrara lo justo para mirarlo con expresión incrédula.
—Ni se te ocurra. —Utilizó deliberadamente la orden que él mascullara en otra ocasión—. Puedo verlo en tus ojos.
No sólo se habían oscurecido, sino que se habían tornado turbulentos; nada más verlos supo que algo andaba mal. En

su opinión, estaban demasiado cerca del momento crucial, que serían sus votos matrimoniales, como para permitir que algo se interpusiera en su camino.

—Deja de complicarlo todo.

Sintió que se le crispaba el rostro y tuvo que obligarse a relajar la expresión.

Cuando él se limitó a esconderse tras su máscara indolente, Amelia inspiró hondo y sacó a relucir lo que creía que era el problema.

—¿Es por el dinero?

—¿Qué?

Luc parecía a punto de matar a alguien, aunque bien podría tratarse de su reacción al hecho de que cualquier dama le hablara de semejante asunto.

—¿Necesitas fondos para algo... antes de la boda?

Sus facciones ya no eran impasibles. Nunca lo había visto tan horrorizado.

—¡Por el amor de Dios, no! ¡No! No necesito...

Le relampaguearon los ojos. Era evidente que había tocado un punto sensible, si bien no se arrepintió.

—Eso te enseñará a decirme lo que te pasa en lugar de dejarme hacer conjeturas.

Esperó mientras los pasos del vals los llevaron al otro lado del salón, consciente de la tensión de sus brazos, que la pegaban a su cuerpo... y también consciente de cómo aflojó el abrazo para no causar un escándalo.

—Entonces, ¿cuál es el problema? —inquirió cuando hicieron el recorrido inverso en relativa armonía.

Luc bajó la vista hasta sus ojos.

—No es dinero lo que necesito.

Ella escudriñó su mirada, aliviada en cierta manera.

—Pues entonces... ¿qué es?

Una oleada de exasperación y frustración la asoló, avivada por el hecho de que Luc no se apresurara a responder a su pregunta. Habían llegado al centro de la estancia cuando por fin le replicó:

—Que estoy deseando que llegue el miércoles.

Ella enarcó las cejas y sonrió sin premeditación.

—Y yo que pensaba que eran las novias quienes se ponían ansiosas ante su boda...

Esos ojos azul cobalto se clavaron en los suyos.

—No es la boda lo que me tiene ansioso.

Si le quedaba alguna duda de lo que quería decir, la expresión de sus ojos (que no sólo era ardiente, sino que también despertaba con total deliberación recuerdos de sus anteriores encuentros íntimos) la erradicó. Un ligero rubor, evidente aunque no excesivo, le tiñó las mejillas, pero se negó a apartar la vista, se negó a hacerse la inocente cuando, gracias a él, ya había dejado de serlo.

—¿Estás seguro de que quieres emprender el viaje esa misma tarde? —Con las cejas ligeramente arqueadas, le sostuvo la mirada—. Podríamos quedarnos a pasar la noche en Somersham.

El rictus serio de su boca se suavizó, aunque no así la intensidad de su mirada.

—No. No cuando Calverton Chase está apenas a unas horas de distancia...

El vals llegó a su fin con unos últimos acordes; Luc la hizo girar y le retuvo la mano. Sus miradas siguieron entrelazadas mientras depositaba un ligero beso en sus nudillos.

—Será muchísimo más apropiado que nos retiremos a mi casa solariega.

Amelia tuvo que reprimir un escalofrío, la reacción instintiva a la sutil sugerencia de su voz, a la situación que la acechaba como algo desconocido. Si bien Luc le había dejado organizar la boda a su antojo, había insistido en que después del banquete de bodas se marcharan a Calverton Chase. La primera noche como su esposa, por tanto, la pasaría en la casa solariega de su familia.

Una especie de compromiso que establecería desde el principio cómo sería su relación pareció flotar entre ellos, como si ambos lo reconocieran en su interior y también en el otro.

Con cierto recelo, Amelia reconoció ese hecho con una

leve inclinación de cabeza y con una sonrisa, no deslumbrante, pero sí decidida, en los labios. Luc la observó; se distrajo un instante cuando otras parejas se les acercaron y se apresuró a asentir también sin apartar sus ojos de los de ella.

Con ese acuerdo tácito entre ellos, se volvieron para charlar con las personas que se habían congregado a su alrededor.

La noche pasó como otras tantas semejantes, pero en esa ocasión sólo disfrutaron de la intimidad necesaria para hablar durante los dos valses que compartieron... y durante el segundo, ninguno se molestó en hacerlo.

A Amelia le faltaba el aliento cuando hubieron terminado el segundo vals, pero estaba preparada para quedarse junto a la pista de baile y conversar con amigos y conocidos mientras la tensión que se había apoderado de sus nervios, y le había encendido la piel, se disipaba poco a poco.

Cuando la noche tocaba a su fin, Minerva se acercó; tras dejar que Luc charlara con lady Melrose y la señorita Highbury, Amelia se concentró en la madre de su prometido. Confirmaron los miembros de la familia de Luc que asistirían a la boda; Minerva estaba a punto de alejarse cuando Amelia se percató de que su mirada se clavaba en el anillo de perlas y diamantes que Luc le había dado.

Con una sonrisa, extendió la mano para enseñarle el anillo.

—Es precioso, ¿verdad? Luc me dijo que es el anillo de pedida de la familia.

Minerva estudió el anillo y esbozó una cálida sonrisa.

—Es perfecto para ti, querida. —Sus ojos se desviaron hacia su hijo, y su sonrisa se desvaneció—. Si no te importa, Amelia, me gustaría hablar un momento con Luc.

—Por supuesto. —Se unió a la conversación que estaba teniendo lugar y atrajo la atención de las dos mujeres para que Luc pudiera hablar con Minerva.

Luc se volvió hacia su madre; ésta le colocó una mano en el brazo y lo instó a alejarse unos pasos. Luc se inclinó hacia ella cuando habló en voz baja.

—Amelia acaba de enseñarme el anillo.

Antes de que pudiera evitarlo, Luc se tensó. Su madre lo estudió con mirada sagaz.

—Parece ser —continuó— que Amelia cree que es el anillo de pedida que ha pasado de padres a hijos en la familia Ashford.

Luc le sostuvo la mirada; pasado largo rato, admitió a regañadientes:

—Mencioné un anillo de pedida cuando le di ése.

—Y, sin duda, dejaste que ella hiciera solita la conexión... —Cuando él no respondió, su madre sacudió la cabeza—: ¡Ay, Luc!

Lo que asomó a los ojos de su madre no fue precisamente una expresión reprobatoria, pero fuera lo que fuese, lo hizo sentirse como un niño pequeño.

—No quería que se preocupara por la procedencia del anillo.

Su madre enarcó las cejas.

—Ni que viera qué se ocultaba detrás, ¿no?

Su madre esperó, pero Luc se negó a decir nada más, se negó a justificar su postura o su comportamiento.

Tras ver lo que se ocultaba tras sus ojos (ella era una de las pocas capaces de hacerlo), suspiró.

—Te prometí no interferir y no lo haré. Pero te lo advierto: cuanto más tardes en contar tu secreto, más te costará hacerlo.

—Eso me han dicho. —Hablaban de dos secretos muy diferentes, si bien uno llevaba al otro. Desvió la vista a Amelia—. Juro por mi honor que se lo diré. Pero no todavía.

Miró de nuevo a su madre; ésta volvió a sacudir la cabeza, si bien en esa ocasión tenía una sonrisa torcida en los labios. Le dio un apretón en el brazo antes de apartarse.

—Te irás al infierno a tu modo. Siempre lo has hecho.

Observó cómo su madre se alejaba y después se reunió con Amelia.

A la mañana siguiente, Amelia partió hacia Somersham Place en compañía de sus padres, su hermano Simon y sus hermanas pequeñas, Henrietta y Mary; además de Colthorpe y otros criados de la familia. Éstos tenían la misión de ayudar al personal de Somersham Place, la casa solariega de Diablo, una enorme mansión que representaba sin duda el corazón de la dinastía ducal.

Llegaron a media mañana y descubrieron que ya habían llegado otros miembros de la familia; entre los que se encontraban Helena, la duquesa viuda y madre de Diablo, y la tía abuela Clara, que había acudido desde su residencia en Somerset. Lady Osbaldestone, un familiar alejado, llegó pisándoles los talones; Simon se apresuró a ayudarla a entrar en la casa.

Honoria y Diablo habían llegado el día anterior con su familia. La gemela de Amelia, Amanda, y su marido, Martin, el conde de Dexter y primo de Luc, acudirían desde su residencia en el norte; se esperaba su llegada a últimas horas de la tarde. Catriona y Richard habían enviado sus disculpas, pero desplazarse con tan poco tiempo desde Escocia y con un recién nacido había sido del todo imposible.

Luc, su madre y sus hermanas llegarían a lo largo de la tarde. Gracias a un sutil interrogatorio, Amelia descubrió que a Luc le habían asignado una habitación en el ala opuesta a la suya, lo más lejos posible. Y en una mansión del tamaño de aquélla era una distancia considerable. Cualquier idea de visitarlo esa noche había sido erradicada de golpe.

Los presentes acababan de sentarse para almorzar cuando el repiqueteo de unas ruedas sobre el camino avisó de otra llegada. Unos instantes después, se escuchó cómo dos voces agudas y algo nerviosas saludaban a Webster.

Amelia dejó su servilleta en la mesa y miró a su madre con una sonrisa. Ambas se levantaron y salieron al vestíbulo; al adivinar la identidad de esas dos voces, Honoria también se puso en pie y las siguió mucho más despacio.

—Espero que nos estén esperando —le dijo una jovencita ataviada con un desvaído vestido de viaje y gruesos anteojos sobre el puente de la nariz a Webster.

Antes de que el mayordomo pudiera contestar, la otra joven, vestida de manera similar agregó:

—De hecho, tal vez no nos recuerdes. Hemos crecido bastante desde la última vez que estuvimos aquí.

Louise se echó a reír y salió al vestíbulo, evitando así que Webster tuviera que dar explicaciones posiblemente bochornosas.

—Por supuesto que os estamos esperando, Penélope. —Envolvió a la hermana pequeña de Luc en un cálido abrazo antes de empujar a la pequeña hacia Amelia—. Y en cuanto a ti, señorita, nadie que te haya visto una vez habría podido olvidarte.

Portia, la tercera de las hermanas de Luc, arrugó la nariz cuando le devolvió el abrazo.

—Si lo recuerdo bien, era una mocosa regordeta la última vez que estuve aquí, así que esperaba que sí me hubiera olvidado.

—No, no, señorita Portia —le aseguró Webster con esa regia serenidad tan característica en él, pero con un brillo sospechoso en los ojos—. La recuerdo a la perfección.

Tras darle un caluroso abrazo a Amelia, Portia hizo una mueca burlona destinada al mayordomo y se volvió para saludar a Honoria.

—Por supuesto que sí, querida. —Los ojos de Honoria recorrieron el pelo azabache de Portia que tendía a ondularse de forma natural—. Es imposible que esperes que alguien te olvide. Cualquier crimen que hayas cometido te perseguirá para siempre.

Portia suspiró.

—Con estos ojos y este pelo, supongo que es inevitable.

El cabello negro y los ojos azul cobalto que en Luc resultaban tan masculinos, en Portia eran increíblemente femeninos. Sin embargo, teniendo en cuenta que era todo un marimacho, odiaba ese hecho.

—No importa. —Amelia la tomó del brazo con una sonrisa y deslizó el otro por la cintura de Penélope—. Acabamos de sentarnos a almorzar y estoy segura de que estáis muertas de hambre.

Penélope se subió los anteojos.

—En fin, no vamos a hacerle ascos a la comida.

Amelia pasó el resto de la tarde recibiendo a los invitados y ayudando a los familiares a acomodarse en sus habitaciones. Apenas tuvo tiempo de pensar en la boda salvo para confeccionar una lista de cosas que tenía que hacer; ni siquiera más tarde, cuando se probó el vestido de novia por última vez, delante de Amanda, su madre y sus tías, la asaltaron los nervios.

Más tarde, se retiró con Amanda a su habitación para tumbarse en la cama y charlar, tal y como siempre habían hecho y como siempre harían, por más casadas que estuvieran. Cuando, cansada del viaje, Amanda se quedó dormida, Amelia salió de puntillas de la habitación.

Había deambulado por aquella casa desde su más tierna infancia, de manera que escabullirse por una puerta de servicio hacia los jardines sin ser vista fue cosa de niños. Al amparo de las espesas ramas de los robles, cruzó el jardín hacia el único lugar en el que sabía que podría pasar un tiempo a solas y tener así un momento de paz.

El sol se estaba poniendo, pero aún brillaba con fuerza entre las copas de los árboles cuando cruzó el claro que se abría delante de la antigua iglesia normanda. Construida en piedra, había soportado el paso de los siglos y visto decenas de matrimonios Cynster, todos ellos, o eso decía la leyenda, habían durado toda la vida. Ése no era el motivo por el que había escogido casarse entre sus antiguos muros. Sus padres se habían casado allí; la habían bautizado allí. Sencillamente le había parecido lo adecuado, el lugar idóneo para terminar una fase de su vida y dar los primeros pasos de la siguiente.

Se detuvo en el pequeño porche y sintió que la invadía la paz, la intensa sensación de inmutabilidad, de bendición y profunda alegría, que emanaba de esas piedras. Extendió el brazo y abrió la puerta, que se movió sin hacer ruido, para entrar. Y se dio cuenta de que no era la única que había acudido a aquel lugar en busca de paz.

Luc estaba de cara al altar y con las manos en los bolsillos de los pantalones mientras contemplaba la enorme vidriera que había justo encima. Los brillantes colores eran increíbles, aunque no eran lo que ocupaba su mente.

No terminaba de definir qué era, no era capaz de desentrañar sus sentimientos, de separar uno solo de la maraña que conformaban... Se entremezclaban y confundían hasta crear una compulsión predominante.

Convertir a Amelia en su esposa.

Sucedería en ese lugar, a la mañana siguiente. Sólo tenía que esperar y ella sería suya.

La violencia de su anhelo lo sacudió, mucho más al pensarlo en semejante lugar, donde nada ni nadie podía evitar que reconociera la aterradora verdad.

En ese lugar, testigo mudo de matrimonios a lo largo de los siglos, imbuido de su espiritualidad y en consonancia a cierto nivel con el poder que destilaban dichos enlaces, lo que conectaba el pasado con el presente hasta tocar el futuro... Hasta hacer que la realidad de la vida pareciera algo natural e incluso necesario.

Siempre había creído que Somersham Place tenía algo indefinible; había visitado la mansión a lo largo de los años, y siempre había sabido de alguna manera que tenía algo especial, aunque hasta ese momento no lo había tenido claro. Sólo en ese instante, cuando su mente (y, si debía ser sincero, también su corazón y su propia alma) estuvo en armonía con el ritmo latente que emanaba de esas piedras, colocadas por un pueblo impulsado por su afán conquistador.

No sabía cuándo se había convertido en algo tan importante para él. Tal vez siempre hubiera estado ahí, a la espera del momento oportuno, de la mujer adecuada, para salir a la luz y liberarse.

Para dictar sus actos.

Inspiró hondo y clavó la vista en el altar. Eso sería lo que aceptara cuando se casara con Amelia al día siguiente. Cuando pronunciara sus votos, no sería sólo ante ella, ni ante él mismo, sino ante algo que trascendía su individualidad.

Sintió una corriente de aire y volvió la cabeza para ver que Amelia cerraba la puerta. Con una sonrisa afable y tranquila, se acercó a él. Luc se dio la vuelta para enfrentarla.

Se detuvo delante de él, cerca pero sin tocarse. Estudió su rostro con serenidad. Curiosa, pero sin hacer exigencias.

—¿Estás pensando?

Había estado devorando su rostro; la miró a los ojos y asintió. Se obligó a levantar la vista y a echar un vistazo a su alrededor.

—Hiciste bien al elegir este lugar.

La sonrisa de Amelia se ensanchó. También ella echó un vistazo a su alrededor.

—Me alegro de que estés de acuerdo.

Luc no quería tocarla, no quería arriesgarse a hacerlo; era muy consciente del deseo que le corría por las venas y le provocaba un hormigueo en la piel.

—Supuse que no nos veríamos, al menos, no a solas.

—Me parece que nadie creyó que lo hiciéramos.

La miró a los ojos y supo lo que estaba pensando. Por un instante, consideró decirle la verdad... toda. Desahogarse antes de la boda.

Pero ella aún tenía que dar el sí. Al día siguiente.

Hizo una mueca y señaló la puerta.

—Será mejor que regresemos a la casa antes de que algún iluminado acabe por darse cuenta de nuestra ausencia y empiece a imaginarse cosas.

Amelia volvió a sonreír, pero se dio la vuelta y lo precedió por el pasillo. Luc se adelantó para abrirle la puerta... y ella lo detuvo con una mano sobre el brazo.

Sus ojos se encontraron... Amelia sonrió, se puso de puntillas y alzó la boca hacia sus labios. Lo besó con ternura; y la lucha por controlar su reacción estuvo a punto de postrarlo de rodillas.

Antes de que perdiera la batalla, Amelia se apartó y lo miró a los ojos.

—Gracias por aceptar mi proposición, y por cambiar de idea.

Amelia siguió mirándolo un instante antes de esbozar otra sonrisa y volverse hacia la puerta. Tras un momento, Luc la abrió. Ella salió y esperó a que cerrara antes de emprender el camino de regreso a la mansión codo con codo, tal y como dictaba el decoro.

12

El día amaneció despejado; una brisa juguetona soplaba por los jardines para dejar clara la festividad de la jornada. Agitaba cintas y lazos, alborotaba los vestidos de las damas y coqueteaba con flores y volantes. La gente reía; la brisa capturó su alegría y la expandió entre los invitados, familiares y amigos íntimos, ataviados con sus mejores galas para presenciar la ceremonia.

Ésta se celebró sin que hubiera el menor problema, sin ningún silencio incómodo, sin ningún momento de pánico. Una vez que la alegre multitud llenó la antigua iglesia normanda, con los caballeros de pie en los pasillos y las damas sentadas en los bancos, Luc caminó hacia el altar para esperar a la novia junto a Martin, su primo y cuñado de la novia. Martin a su vez tenía al lado a Simon, el hermano de Amelia, un muchacho de diecinueve años al que Luc consideraba un hermano, debido a la buena relación que existía entre sus familias.

Martin, que miró primero hacia la derecha y después a la izquierda, se vio impelido a hacer un comentario.

—Esto empieza a adquirir tintes incestuosos. ¿Te das cuenta de que a partir de ahora no sólo seremos primos sino también cuñados?

Luc se encogió de hombros.

—Siempre hemos tenido un gusto impecable.

Simon resopló.

—Sería mejor decir que ambos compartís la tendencia

natural a sucumbir a los encantos de mujeres con las que ningún hombre cuerdo se atrevería a enfrentarse.

Y eso lo decía un Cynster... Luc tenía la réplica en la punta de la lengua, pero cuando estaba a punto de pronunciar las palabras, vio la expresión de Martin por el rabillo del ojo; vio que su rostro expresaba justo lo que él estaba pensando. Ambos conocían la verdad. Así que intercambiaron una mirada sagaz antes de devolver la vista al altar, dejando de mutuo acuerdo que Simon averiguara el destino que le esperaba por sus propios medios.

En ese mismo momento, Amelia salía de la mansión desde la terraza delantera del brazo de su padre para emprender el camino del matrimonio. Ayudada por Amanda y Emily, la novia estaba resplandeciente y albergaba la certeza de que por fin había conseguido lo que llevaba tanto tiempo soñando; además de la satisfacción de saber que su más ansiado sueño estaba a un paso de cumplirse. De hecho, estaba casi segura de que ni siquiera le faltaba ese paso completo.

Mientras atravesaban los jardines al amparo de las copas de los árboles, se inclinó hacia su padre.

—Gracias.

Su padre enarcó las cejas y esbozó una sonrisa.

—¿Por qué?

—Pues por haberme tenido, por supuesto, y por haberme cuidado todos estos años. Dentro de nada, ya no estaré en tus manos, sino en las de Luc... Bueno, seré su responsabilidad.

Clavó la vista al frente, seria de pronto. Había añadido ese último comentario para suavizar lo que sabía que era la verdad; y su padre, un Cynster de los pies a la cabeza, también la reconocía. Volvió a mirarlo y vio que la sonrisa no le había abandonado el rostro.

—Me alegro de que eligieras a Luc... Puede que tengáis altibajos, pero es la clase de hombre que jamás renegará de su deber. De sus responsabilidades. —Su padre le dio unas palmaditas en la mano—. Y eso es un buen comienzo.

Ya veían la iglesia; Amelia aprovechó ese instante para

tomar aire, para apropiarse las bendiciones que los años habían dejado en aquel lugar, antes de entrar; después, tras una breve pausa, echó a andar por el pasillo hacia Luc con una sonrisa tranquila y radiante en los labios.

La estaba esperando. Sus miradas se encontraron y él le cogió la mano cuando llegó a su altura; juntos, se volvieron hacia el altar.

El señor Merryweather ofició la ceremonia, encantado por casar a otro miembro de la generación que él mismo había bautizado. Pronunciaron sus votos con voces claras y fuerte... y, después, se acabó. Ya eran marido y mujer.

Amelia se levantó el velo del rostro y Luc la acercó a él, inclinó la cabeza y la besó en los labios. Aunque fue un beso ligero, duró una eternidad; sólo ella supo de la fuerza con la que esos dedos le apretaban las manos y de todo el poder que él escondía.

Cuando levantó la cabeza, sus miradas se encontraron y descubrieron las emociones que se escondían detrás de la serenidad de sus respectivas máscaras; después, con dichas máscaras en su lugar, se volvieron como uno solo para recibir las felicitaciones de sus familiares y amigos.

Luc no había creído posible que la impaciencia pudiera alcanzar semejantes cotas, hasta el punto de ser como una sensación física, como una bestia feroz que clamaba en su interior por conseguir su objetivo, por alcanzar la satisfacción. Esperaba (rezaba por ello) que la promesa que le proporcionaba la certeza de saberla suya, a los ojos de Dios y de los hombres, sería suficiente para hacerle soportar el día. Mientras aceptaban las felicitaciones, los besos, los apretones de manos y las palmaditas de todos los que los rodeaban, comenzó a percatarse de la tensión que se iba adueñando de él hasta que tuvo los nervios a flor de piel, listos para saltar a la menor provocación.

Lo único que quería era agarrarla, amoldar ese cuerpo al suyo, despejar el camino hasta la puerta, encontrar un caballo y alejarse de allí; llevársela de ese lugar que era de Amelia a uno que fuera sólo suyo.

El atavismo que encerraba ese impulso lo dejó sin aliento, sorprendido; durante los últimos diez años, se había tenido por un elegante sibarita; lo que en esos momentos le corría por las venas no tenía nada de elegante.

Sin embargo, tenía que sobrevivir a lo que quedaba de día... y eso haría. No iba a permitir que descubrieran cuán afectado estaba. Nadie salvo Amelia, cuyos ojos azules gritaban a los cuatro vientos que ella sí lo sabía... pero que no entendía qué le provocaba esa reacción ni cómo interpretarla. Y nadie salvo Martin, que lo miró a los ojos y esbozó una elocuente sonrisa de complicidad.

Luc entrecerró los ojos un instante, pero acabó decidiendo que no le importaba que Martin supiera cómo se sentía; en realidad, la circunstancia de que su primo supiera por lo que estaba pasando no era otra que la experiencia personal.

La idea, aunque no lo animaba mucho, al menos lo ayudaba a resignarse. Si Martin había sobrevivido, él también podría hacerlo.

Una boda en junio tenía muchas ventajas, entre ellas la oportunidad de celebrar el banquete en el exterior. Los amplios jardines de Somersham Place eran el entorno perfecto; durante la ceremonia, el personal había preparado enormes mesas con sus correspondientes sillas bajo las copas de los árboles del jardín principal.

El banquete con sus inevitables brindis se convirtió en una algarabía. Dado que las familias siempre habían mantenido una estrecha relación y sus miembros se llevaban tan bien, todo el evento estuvo impregnado de una informalidad que no habría sido posible de otra manera.

Amelia agradeció el ambiente relajado, agradeció el hecho de que el banquete adquiriera el tinte de una agradable reunión familiar. Era muy consciente de la tensión que embargaba a Luc (consciente de que reprimía algo), si bien no sabía, no se le ocurría, de qué se trataba. Temía que se debiera a su acuerdo; a la posibilidad de que, una vez que se había casado y tenía por fin su dote, quisiera seguir caminos separados y dejar de lado la farsa que habían estado interpretando en público.

Todo el mundo, por supuesto, creía que estaban enamorados, ya que ésa era la norma entre los matrimonios que se celebraban en ese lugar. En cierto modo, era cierto; estaba casi segura de que estaba enamorada de Luc. Como también estaba casi segura de que la otra parte de la ecuación, que él la correspondiera, llegaría con el tiempo. Aunque aún no era una realidad. Imaginaba que las circunstancias de su matrimonio irritaban el orgullo de Luc, al igual que su conciencia; sí, eso era lo que percibía en él: deseaba marcharse de allí y dar por finalizado el día.

Sin embargo, los dos sabían cuál era su deber; la informalidad del evento les facilitó la tarea.

Una vez terminado el banquete, se separaron; empezaron a recorrer las mesas en direcciones opuestas para recibir las felicitaciones de los invitados y charlar con ellos. Otros comensales también se levantaron; la mayoría de los caballeros se puso en pie para estirar las piernas, reuniéndose en grupitos para charlar de diferentes temas y matar el tiempo... para no molestar a las damas, en definitiva.

Uno de los caballeros se separó de un grupo para acercarse a Amelia. Ella le sonrió y le tendió la mano.

—¡Michael! Me alegro muchísimo de que hayas podido venir. Honoria me ha dicho que has estado muy ocupado estos últimos meses.

Michael Anstruther-Wetherby, el hermano de Honoria, compuso una mueca mientras le daba un apretón en la mano.

—Tal y como ella lo dice, parece que soy un anciano enterrado en montones de documentos en el sótano de Whitehall.

Amelia soltó una carcajada.

—¿Y no es verdad?

Michael era miembro del Parlamento y tenía grandes perspectivas de futuro; pertenecía a varios comités y se decía que estaba destinado a ocupar un ministerio en muy poco tiempo.

—Lo de los documentos mucho me temo que sí sea verdad. En cuanto a lo de mi edad, te agradecería que no te burlaras.

Amelia volvió a reír y él esbozó una sonrisa al tiempo que echaba un vistazo a su alrededor, movimiento que le permitió a Amelia echar un vistazo a las vetas plateadas que le adornaban las sienes, muy evidentes dado su lustroso cabello castaño. Michael era muy apuesto y poseía un aura de serenidad y fortaleza. Unos rápidos cálculos le indicaron que debía de tener treinta y tres años. Y seguía soltero, aunque para ascender en su carrera (tal y como todo el mundo esperaba que sucediera ya que contaba con el respaldo de los Cynster y con el de su abuelo, el temible Magnus Anstruther-Wetherby) tendría que cambiar su estado civil. Era una norma tácita que los ministros estuvieran casados.

—Magnus está allí.

Michael hizo un gesto en dirección al anciano que seguía sentado muy a su pesar, ya que era un mártir de la gota y no podía estar de pie demasiado tiempo; lady Osbaldestone estaba sentada junto a él, obligándolo a comportarse. Amelia saludó; el anciano respondió con un gesto de cabeza y su habitual ceño. Amelia sonrió y devolvió la mirada hacia Michael.

Él la estaba mirando con detenimiento.

—¿Sabes? Me acuerdo de vosotras dos, de Amanda y de ti, la primera vez que os vestisteis de adultas, en vuestro primer baile informal.

Amelia echó la vista atrás y los recuerdos la hicieron sonreír.

—La primera reunión informal de Honoria en la sala de música de St. Ives House. ¡Parece que fue hace una eternidad!

—Sólo seis años.

—Un poco más. —Su mirada se desvió hacia su gemela, que se apoyaba en su esposo con una sonrisa—. Qué jóvenes éramos Amanda y yo por aquel entonces.

Michael sonrió.

—Seis años es mucho tiempo a estas edades. Ambas habéis crecido y ahora os marcháis de aquí. Amanda al distrito de Peak y tengo entendido que tú a Rutlandshire.

—Sí. Calverton Chase no queda muy lejos de aquí.

—Así que tendrás una casa propia que dirigir. Sé que Minerva está más que dispuesta a cederte el mando.

Amelia reconoció sus palabras con una sonrisa al tiempo que su mente vislumbraba el futuro y lo que éste llevaría consigo. El siguiente paso.

—Supongo que habrá mucho trabajo por hacer.

—Sin duda... Pero también estoy seguro de que te las apañarás a las mil maravillas. Y ahora me temo que tengo que marcharme. Tengo que atender unos asuntos en Hampshire, y tengo que hacerlo en persona.

—¿Un asunto electoral?

Michael enarcó las cejas.

—Bueno... sí, se le podría llamar así.

Se despidió con su habitual elegancia y una sonrisa afable y se alejó por el jardín. Amelia vio cómo Diablo lo interceptaba para intercambiar unas últimas palabras con él; y, a juzgar por la expresión de Magnus ante la partida de su nieto, Michael ya se había despedido del anciano.

Amelia localizó a Luc entre las mesas, cuyos comensales teñían la sombra de los árboles con un arco iris de color. Estaba con sus hermanas. Anne, Portia y Penélope, junto con Fiona, habían sido invitadas y se les había permitido quedarse como algo excepcional. Estaban sentadas al final de la enorme mesa con otros familiares de su misma edad, entre las que se encontraban las primas de Amelia, Heather, Eliza y Angélica. Simon presidía ese extremo de la mesa; estaba intercambiando unos cuantos comentarios con Luc, que se echó a reír y le dio unas palmaditas en el hombro antes de alejarse.

Mientras seguía su recorrido por la mesa, Luc escuchó que alguien lo llamaba con un tono imperioso que sabía muy bien que no debía contrariar. Levantó la vista y vio que la duquesa viuda de St. Ives lo observaba. Se acercó a ella.

—Ven. —La mujer le hizo un gesto con la mano—. Dame tu brazo. Daremos un paseo para que puedas contarme lo afortunado que eres de casarte con mi sobrina y hasta qué extremos llegarás para que siempre sea feliz.

Con una sonrisa en los labios pero con la mente alerta, Luc ayudó a Helena a levantarse de su silla y, acto seguido, procedió a ofrecerle el brazo; de mutuo acuerdo, se alejaron de los grupos que charlaban para buscar la relativa intimidad que proporcionaban los árboles.

—Sabes que serás feliz, ¿verdad?

El comentario lo pilló desprevenido; miró a Helena y se vio atrapado por sus claros ojos verdes, unos ojos que sabía muy bien que veían demasiadas cosas. Helena era incluso peor que su propia madre, ya que muy poco se escapaba a los ojos de la duquesa viuda de St. Ives.

La mujer esbozó una sonrisa y le dio unas palmaditas en la mano antes de clavar la vista al frente.

—Cuando has presenciado tantas bodas como yo, es algo que se sabe sin más.

—Qué... reconfortante. —Luc se preguntó por qué le estaba diciendo aquello, se preguntó cuánto sabría la mujer.

—Al igual que este lugar. —Helena señaló la antigua iglesia normanda, que se erigía tranquila y silenciosa a la luz del sol una vez cumplido su deber—. Es como si estas piedras estuvieran imbuidas de magia.

Se quedó anonadado por el enorme parecido que guardaban esas palabras con sus pensamientos del día anterior.

—¿Es que nunca ha habido matrimonios Cynster que no hayan sido felices para siempre? —Él sabía, al menos, de uno.

—Ninguno que se celebrara aquí. Y ninguno desde que yo estoy aquí.

Pronunció las últimas palabras con firmeza, como si tuviera que responder ante ella si su enlace con Amelia no cumpliera las expectativas.

—Ese otro matrimonio en el que estás pensando, el primero de Arthur, no se celebró aquí. Me dijeron que Sebastian lo prohibió, y la verdad sea dicha, se negó a pedirle el favor.

Y si Helena hubiera sido la duquesa por aquel entonces, en vez de una jovencita que vivía en Francia, estaba seguro de que esa aciaga unión jamás se habría celebrado.

—Usted... —comenzó e hizo una pausa en busca de las palabras adecuadas— cree en eso, ¿verdad?

—*Mais oui!* He vivido mucho, he visto muchas cosas, como para dudar de la existencia de ese poder.

Luc se percató de que lo miraba con expresión risueña, pero se negó a mirarla a los ojos.

—Vaya —dijo, clavando de nuevo la vista al frente—. Así que te estás resistiendo... ¿no es así?

Como era habitual en las conversaciones con Helena, le llegó el momento de preguntarse cómo habían llegado precisamente a ese punto. Luc no respondió ni reaccionó de ninguna manera.

La dama sonrió y le dio otra palmadita.

—No te preocupes. Sólo recuerda una cosa: sea lo que sea lo que aún no hayáis resuelto entre vosotros, la magia está ahí. Puedes aceptarla y usarla cuando quieras. No importa cuán difícil sea, sólo tienes que pedirlo y el poder te ofrecerá los medios... Resolverá los problemas o allanará el camino, hará lo que sea necesario. —En ese momento se detuvo y procedió a continuar con una nota socarrona en la voz—: Por supuesto, para utilizar ese poder antes tienes que reconocer su existencia.

—Ya sabía yo que había un truco.

Eso le arrancó una carcajada a la dama y aprovecharon el momento para regresar a las mesas.

—*Eh, bien...* Te las apañarás. Confía en mí, lo sé.

Luc arqueó las cejas un instante; no iba a discutir con ella. Aunque no pudo evitar preguntarse si tendría razón.

Por fin llegó, ¡por fin!, la hora de partir. La tarde iba avanzando; Amelia desapareció en el interior de la mansión para ponerse un vestido de viaje de color azul celeste antes de regresar a los jardines.

Se produjo todo un caos cuando tiró el ramo, ya que lo lanzó mal y acabó en la rama de un árbol tras lo cual cayó sobre la cabeza de Magnus, hecho que provocó un ataque de risa generalizado y toda una sarta de sugerencias obscenas. Después, los más jóvenes se marcharon al lago tras despedirse de la pareja con un sinfín de abrazos. Los adultos permanecieron en sus sillas bajo los árboles; el resto, el Clan Cynster y sus esposas, junto con Amanda y Martin, los rodeó para besarla, estrechar la mano de Luc... y ofrecer más sugerencias, tanto al novio como a la novia. A la postre, dejaron que se fueran, quedándose atrás para observar cómo la pareja, acompañada por Diablo y Honoria, se acercaban al carruaje de los Calverton que los esperaba delante del porche, mientras los caballos se agitaban inquietos.

Había bastante distancia como para que el momento tuviera cierta intimidad.

Cuando llegaron al carruaje, una Honoria con los ojos sospechosamente brillantes envolvió a Amelia en un abrazo.

—Han pasado casi siete años desde que te conocí, aquí, junto a un carruaje.

Sus miradas se encontraron y ambas recordaron el momento; después sonrieron y se dieron un beso.

Honoria susurró:

—Ten siempre presente una cosa: hagas lo que hagas, disfruta.

Reprimiendo una carcajada, Amelia asintió; estaba a punto de subir al carruaje cuando Diablo la abrazó, le dio un beso en la mejilla y la ayudó a entrar. Acto seguido, se dirigió a Luc.

—A partir de ahora, te toca a ti cogerla cuando se caiga.

Luc la miró y ella se limitó a sonreír mientras se acomodaba en el asiento. Tras recordarse que tenía que pedirle una explicación más adelante, Luc besó la mejilla de Honoria y luego extendió la mano.

Diablo se la estrechó sin apartar la mirada de sus ojos.

—Te veré en Londres en septiembre.

Luc respondió con una inclinación de cabeza.

—Por supuesto. Nos pondremos al día entonces; sin duda Gabriel querrá poner en marcha su idea.

—Asumiendo que las condiciones previas se cumplan.

Con un pie en el escalón del carruaje, Luc lo miró con una ceja arqueada.

—Por supuesto. Y a ver si para entonces tú y yo podemos comparar notas.

Ambos eran de la misma altura. Diablo sostuvo la mirada de Luc con serenidad antes de inclinar la cabeza, aceptando así el desafío.

—Como gustes.

Luc subió al carruaje y Diablo cerró la portezuela.

—¡Adiós! —se despidió Honoria con un gesto de la mano.

—¡Buena suerte! —añadió su marido.

El cochero chasqueó el látigo y el carruaje se puso en marcha; muy despacio al principio, hasta pasar la curva del camino, momento en el que comenzó a coger velocidad. Honoria y Diablo se quedaron allí de pie, contemplando su marcha, hasta que la alameda se interpuso y ocultó el carruaje a sus ojos.

Honoria dejó escapar un profundo suspiro.

—Bueno, ya se ha acabado. —Se volvió hacia su marido—. ¿A qué ha venido eso? ¿De qué tenéis que comparar notas Luc y tú?

Con la vista perdida en el camino, Diablo no contestó de inmediato. Después bajó la mirada hacia su duquesa. Su esposa. Clavó la vista en sus brillantes ojos grises, esos ojos que habían conquistado su endurecido corazón.

—¿Te he dicho alguna vez que te quiero?

Honoria parpadeó antes de abrir los ojos de par en par.

—No. Como muy bien sabes.

Diablo sintió que se le crispaba el rostro.

—Bueno, pues te quiero.

Ella, la madre de sus tres hijos y la persona que mejor lo conocía (incluso mejor que su propia madre), estudió su expresión antes de sonreír.

—Lo sé. Siempre lo he sabido. —Lo tomó del brazo y se volvió, pero no para reunirse con sus invitados, sino para encaminarse a la rosaleda que había detrás de la mansión—. ¿Acaso creías que no lo sabía?

Diablo lo meditó un instante mientras dejaba que ella marcara el rumbo.

—Supongo que siempre he asumido que ya te habrías dado cuenta.

—¿Y a qué viene esta repentina confesión?

Eso era mucho más difícil de contestar. Se adentraron en el jardín bañado por los rayos del sol y pasaron junto a los rosales en flor hasta llegar al banco que había al otro lado. Honoria no dijo nada más ni lo apremió a contestar. Se sentaron y ambos miraron la mansión, su hogar, que se erigía sobre las glorias del pasado y resonaba con las carcajadas de sus hijos, la personificación del futuro.

—Es una especie de rito de madurez —respondió Diablo a la postre—. Pero no está relacionado con nada en particular. Al menos, no para mí... ni para otros.

—¿Como Luc?

Diablo asintió.

—Para nosotros es mucho más sencillo vivir la realidad que expresarla con palabras; reconocer lo que sentimos pero no declararlo nunca en voz alta. Se podría decir que es actuar de acuerdo a las circunstancias, pero sin reconocerlas.

Con la mirada fija en la mansión, Honoria escuchó su explicación mientras intentaba comprender.

—Pero... ¿por qué? Bueno, puedo entender que sea así al principio, pero, sin duda alguna y con el paso del tiempo, tal y como acabas de admitir, los actos hablan por sí solos y las palabras se vuelven innecesarias...

—No. —Diablo negó con la cabeza—. Esas palabras en concreto jamás carecerán de significado. Ni saldrán con facilidad. —Miró a su esposa—. Jamás perderán su poder.

Honoria se dio cuenta de ello mientras lo miraba a los ojos. Y lo entendió de pronto. Con los ojos anegados en lágrimas, sonrió.

—¡Caramba, ya lo comprendo! Poder. De manera que, para ti, expresar la realidad con palabras...

—Decirlas en voz alta.

—Pronunciarlas, declarar la verdad, es como... —Agitó

las manos, ya que sabía lo que quería decir pero no era capaz de expresarlo correctamente.

Diablo sí que era capaz y lo hizo.

—Es como pronunciar un voto de fidelidad. Es un modo de ofrecer tu espada y aceptar el poder de otra persona para dictar tu vida, además de reconocer la soberanía de tus actos. —Buscó su mirada—. Los hombres como yo, los hombres como Luc, estamos condicionados para no pronunciar ese voto postrero, no hasta que nos veamos obligados a hacerlo. Pronunciarlo de manera voluntaria va en contra de todos los principios y reglas por los que nos regimos.

—¿Quieres decir que tú (y Luc) sois bastante más... atávicos que la mayoría de hombres?

Diablo entrecerró los ojos.

—Sería más acertado decir que nuestros instintos son menos... flexibles. Ambos somos los cabezas de familia, ambos protegemos lo que es nuestro... y ambos nos criamos sabiendo que otras personas esperan que hagamos precisamente eso.

Honoria meditó sus palabras y después inclinó la cabeza. Sonrió y se volvió entre sus brazos, en absoluto sorprendida cuando se cerraron de inmediato a su alrededor. Le obligó a bajar la cabeza y murmuró:

—¿Eso quiere decir que... yo dicto tu vida?

Los labios de su esposo, casi sobre los suyos, esbozaron una sonrisa maliciosa.

—El único punto que mitiga ese hecho es que el amor dicta mi vida, pero sólo porque también dicta la tuya.

Honoria acortó la distancia que los separaba y lo besó en los labios antes de dejar que él tomara todo lo que quisiera; no le importaba mientras ese poder del que hablaba siguiera dictando sus vidas, mientras el amor existiera entre ellos.

La esencia del presente, un recuerdo del pasado y una promesa eterna del futuro.

El carruaje de los Calverton aminoró la marcha al pasar la verja de entrada de Somersham Place para girar a la izquierda por el camino que llevaba a Huntingdon. Desde allí, se dirigirían rumbo noroeste, pasando por Thrapston y Corby, por caminos decentes. Lyddington estaba al norte de Corby. Y Calverton Chase al oeste del pueblecito.

Amelia había recorrido ese mismo camino en multitud de ocasiones cuando había ido de visita a Calverton Chase. Asumió que el nerviosismo que le atenazaba las entrañas se debía a que el familiar destino, que estaba a unas pocas horas de distancia, se había convertido en su nuevo hogar.

El resto, la mayor parte en realidad, de ese nerviosismo podía atribuirse al propietario de Calverton Chase. Luc estaba sentado a su lado; cualquier persona que lo viera creería que estaba relajado. Ella sabía que no era así. Percibía la tensión que se concentraba en su interior, como una red que contuviera un poder listo para entrar en acción. No había escuchado todo lo que había dicho Diablo, y tampoco había entendido lo poco que oyera. La conversación había distraído a Luc, lo había sumido en sus pensamientos...

Le dio un tironcito en la manga de la chaqueta.

—¿Lo ha adivinado Diablo?

Luc volvió la cabeza para mirarla, pero su expresión no revelaba nada.

—¿Adivinado?

—Que concertamos nuestro matrimonio... Que el dinero es la causa de todo esto.

Luc la miró fijamente largo rato antes de negar con la cabeza.

—No. —Apoyó la cabeza contra el lateral del carruaje y se dedicó a observarla; si bien no había suficiente luz en el interior para que Amelia pudiera ver la expresión de sus ojos—. No es eso.

—Entonces, ¿a qué se refería?

Luc titubeó un instante antes de contestar.

—Sólo eran los típicos comentarios crípticos que tanto le gustan a tu primo. Nada que deba preocuparte.

Guardó silencio mientras se preguntaba si, dado su estado y el brutal deseo que lo carcomía, se atrevería a tocarla; después extendió un brazo para acariciarle el mentón, deleitándose en la suavidad de su piel. Nada más hacerlo tuvo que luchar contra el impulso de aferrarla, recordándose que ya era suya.

Deslizó los dedos hasta su nuca para acercarla a él. Inclinó la cabeza hacia sus labios.

Y la besó.

Luchó por ocultar el escalofrío que lo recorrió cuando Amelia se rindió, apoyándose contra él.

Lo consiguió en cierta manera; se aferró a unas briznas de autocontrol para que el beso fuera una caricia ligera. Para apartarse y darle un casto beso en la frente.

—Si no estás cansada, agotada de sonreír e interpretar el papel de novia encantada, deberías estarlo.

Amelia levantó la vista hacia su rostro y sonrió.

Antes de que pudiera pensar, reconsiderar su decisión... y antes de que ella pudiera decir nada, se adelantó él.

—Gracias.

Los ojos de Amelia se iluminaron de repente con tal felicidad que Luc deseó perderse en ellos.

—Creo que ha ido bastante bien. —Amelia le colocó una mano sobre el pecho—. Ha sido justo como siempre he querido: nada recargado y elegante, sino sencillo.

Para él no había tenido nada de sencillo. Se obligó a devolverle la sonrisa.

—Yo estoy feliz si tú también lo estás.

Amelia se estiró para darle un suave beso en los labios.

—Lo estoy.

La sensación de tenerla en sus brazos, de ver la expresión de sus ojos... Apartó la vista en dirección a los verdes campos por los que pasaba el carruaje e inspiró hondo.

—Aún nos quedan unas cuatro horas de viaje. Deberíamos llegar sobre las siete.

Cuando volvió a mirarla se encontró con sus ojos antes de inclinar la cabeza y obligarla a cerrarlos con sus besos.

—Descansa —bajó la voz hasta convertirla en un susurro—. Todo el personal estará esperándonos para darnos la bienvenida y la cena estará lista.

Era más un recordatorio para él que para ella, pero Amelia asintió y cerró los ojos antes de apoyar la cabeza en su hombro. La facilidad con la que había aceptado su orden aplacó en cierto grado su lado más primitivo, ese lado con el que estaba empezando a familiarizarse a medida que pasaba más tiempo junto a ella.

Se recostó contra el respaldo y la acomodó entre sus brazos mientras sentía cómo Amelia se relajaba. Se convenció a regañadientes de que el hecho de que estuviera bien descansada en su noche de bodas era muchísimo mejor que la alternativa. Muchísimo mejor que poseerla en ese instante.

Desde luego, Amelia tenía que estar tan exhausta como él había sugerido, ya que no tardó ni un kilómetro en sumirse en un sueño ligero.

De modo que se quedó con la mirada perdida en el paisaje, presa de unos pensamientos que jamás se le habrían pasado por la cabeza, de unos anhelos que no terminaba de comprender... de unas emociones mucho más fuertes y salvajes de lo que jamás había sentido.

Emociones lo bastante fuertes como para dictar su vida.

Amelia despertó al sentir un beso. Los labios de Luc siguieron acariciándola un instante. Cuando se separó, ella echó un vistazo a su alrededor.

—Acabamos de pasar la verja —le informó él.

Lo que quería decir que tenía muy poco tiempo para adecentarse. Dejó a regañadientes el abrigo de sus brazos para sentarse y estirarse antes de colocarse bien el corpiño y sacudirse las faldas.

Se percató de que el corpiño seguía abotonado por completo. Luc no se había tomado ni una sola libertad con ella desde que contrajeron matrimonio.

—Casi hemos llegado.

Su voz no reflejaba lo que pensaba ni lo que sentía; en el caso de que estuviera pensando o sintiendo algo... Sin embargo, su advertencia la hizo acercarse a la ventanilla para contemplar una vista que tenía unas ganas enormes de ver.

Para saborear el primer vistazo de su nuevo hogar, cuyas pálidas piedras se erigían bajo los dorados rayos del sol poniente al abrigo de una suave colina. La casa quedó a la vista del carruaje por un instante, ya que el camino corría en paralelo a la loma que se alzaba al otro lado del profundo valle; una vista diseñada para proporcionarles a los visitantes la verdadera medida de la belleza de Calverton Chase, una elegante mansión construida en un maravilloso paisaje lleno de contrastes.

Los campos que rodeaban la casa eran de un frondoso verde, cuyo vibrante color se iba desvaneciendo a medida que el sol se ocultaba tras el horizonte. La casa resplandecía bajo las luces del crepúsculo, como si la piedra brillara desde el interior, prometiéndole al viajero su calidez, y mucha más calidez si se trataba de alguien que regresaba a casa.

La enorme mansión contaba con dos plantas más un ático abuhardillado; la fachada de estilo clásico tenía dos columnas sobre las que se asentaba el pórtico central. Sin embargo, no se trataba de una fachada recta, sino de una profunda U, en cuyo bloque central se situaba el pórtico y cuyas dos alas se extendían hacia el valle.

Siempre había habido una casa en aquel lugar; el bloque central había sido reconstruido incontables veces antes de que se añadieran las nuevas alas.

Más allá del ala este se extendía el espeso bosque; el señorío feudal original que se había convertido en bosque. Al oeste de la mansión se extendían los campos de labor y los tejados de los establos y los graneros. Al otro lado de la mansión, ocultos a la vista, se hallaban los jardines formales. Mientras miraba por la ventanilla, Amelia pensaba en ellos y en todas las horas que había pasado allí; después, dejó que esos recuerdos se desvanecieran.

Desvió sus pensamientos al futuro y a sus sueños, que quedaban representados por la mansión que tenía delante; allí era donde realizaría sus sueños.

Contemplando el mismo paisaje desde detrás de ella, Luc dejó que su mirada vagara por la mansión... por su hogar. Con los ojos entrecerrados, confirmó que se había reparado el tejado del ala oeste y que se había reconstruido el muro derribado por un árbol caído casi una década atrás. Lo que vio le llegó al alma; en ese momento tenía el mismo aspecto que cuando la viera por primera vez, en tiempos de su abuelo.

El deterioro al que había llegado durante la etapa de su padre ya se estaba borrando; ésas habían sido las primeras órdenes que diera al día siguiente de saber que volvía a ser rico. El mismo día en cuyo amanecer había accedido a casarse con Amelia, a aceptar su mano y comprobar lo que podían construir en el futuro.

Juntos. En ese lugar.

Desvió la vista hacia ella y sintió tal afán de posesión que lo dejó desorientado y confuso. Se reclinó en el asiento y clavó la vista al frente mientras el carruaje continuaba su camino. Los árboles les ocultaron la vista cuando llegaron a un recodo del camino y se internaron en el valle; Amelia suspiró y se apoyó de nuevo en el respaldo, pero su mirada siguió perdida en el paisaje con expresión soñadora.

El carruaje pasó por un puente de piedra y transpuso la colina, donde los caballos entraron por fin en el amplio sendero de entrada a la mansión.

Unos momentos después, el carruaje se detuvo delante del pórtico de Calverton Chase.

Había acertado en su predicción; no sólo el personal de servicio, sino también los mozos de cuadra, los jardineros y los encargados del criadero de perros aguardaban para darles la bienvenida. El lacayo abrió la portezuela y extendió los escalones; Luc salió y unos vítores espontáneos se alzaron de entre la multitud reunida.

Fue incapaz de reprimir una sonrisa. Se volvió y ayudó a Amelia a salir del carruaje; ella se situó a su lado, sin soltarle la mano, y los vítores alcanzaron nuevas cotas. Algunas gorras salieron por los aires y los rostros de los presentes resplandecían de felicidad. Consciente de las nubes que se acercaban por el oeste y que ocultaban el crepúsculo veraniego, la instó a moverse. Cottsloe y Molly se habían marchado de Somersham Place justo después de la ceremonia para asegurarse de que todo estuviera a punto para darles la bienvenida a su nueva vida.

Luc sonrió cuando Molly les hizo una profunda reverencia; con un gesto, dejó a Amelia a sus cuidados. Cottsloe y él siguieron a las dos mujeres mientras Molly le presentaba a la nueva señora la servidumbre de la mansión antes de que Cottsloe tomara el relevo e hiciera lo propio con los mozos de cuadra, los jardineros y los encargados del criadero de perros.

La larga línea de criados terminaba en el último escalón del pórtico donde un muchacho se esforzaba por controlar un par de ansiosos sabuesos. Los animales no dejaban de retorcerse y gemir ante la cercanía de Luc.

Amelia soltó una carcajada y se detuvo para contemplar cómo Luc les daba unas palmaditas y los perros lo lamían con adoración. En cuanto se quedaron tranquilos, Amelia les acercó la mano para que la olisquearan. Los recordaba a ambos. *Patsy*, *Patricia de Oakham*, era la perra que utilizaban para criar y adoraba a Luc; *Morry*, *Morris de Lyddington*, era su cachorro de más edad y el más laureado de su rehala.

Patsy ladró en bienvenida y frotó la cabeza contra su palma; para no quedarse atrás, *Morry* ladró más fuerte y fue a echarle las patas encima, pero Luc le dio una orden y el perro se calmó, limitándose a agitar el rabo y a saltar con tanta fuerza que su pobre cuidador estuvo a punto de caerse de bruces.

—A las perreras —declaró Luc con un tono que no dejaba lugar a objeciones, perrunas o de otro tipo. Ambos perros gimieron, pero se calmaron; con expresión agradecida, el muchacho se marchó rumbo a las perreras.

Luc extendió la mano.

Amelia levantó la vista, se encontró con su mirada... y sonrió antes de deslizar los dedos entre los suyos. Luc le apretó la mano con fuerza y, con una floritura, la hizo volverse para que mirara a los criados.

—¡Os he traído una nueva señora: Amelia Ashford, vizcondesa de Calverton!

Unos vítores ensordecedores respondieron a esa declaración; Amelia se ruborizó, esbozó una sonrisa y saludó con la mano antes de permitir que Luc la condujera hacia la casa y juntos atravesaran el umbral de su nuevo hogar.

El personal se apresuró a seguirlos, distribuyéndose por el amplio vestíbulo mientras Molly hacía los arreglos pertinentes.

—He dispuesto que se sirva la cena a las ocho y media, ya que no estábamos seguros de cuándo llegarían. ¿Les parece bien?

Luc asintió. Desvió la vista hacia Amelia y después se llevó su mano a los labios.

—Dejaré que Molly te muestre las habitaciones. —Tituteó un instante antes de añadir—: Estaré en la biblioteca... Reúnete conmigo cuando estés lista.

Amelia sonrió y asintió con la cabeza; él la dejó marchar.

Se quedó en el vestíbulo mientras ella subía la escalinata, charlando con Molly; cuando se perdió de vista, Luc se volvió para encaminarse a la biblioteca.

Habría preferido enseñarle sus habitaciones en persona, pero en ese caso la cena de Molly se habría echado a perder y sus criados se habrían divertido de lo lindo con gestos, guiños y sonrisillas elocuentes.

Aunque nada de eso lo habría detenido.

Con una copa de brandi en la mano, Luc se plantó delante del enorme ventanal de la biblioteca y contempló cómo el cielo se oscurecía. Se avecinaba una tormenta de verano; sus arrendatarios se estarían frotando las manos. Un lejano rayo captó su atención.

Se llevó la copa a los labios y dio un sorbo sin apartar la mirada de las turbulentas nubes, pruebas fehacientes de una fuerza tempestuosa que se parecía mucho a la que le corría por las venas. La fuerza aunada de un conjunto de emociones, pasiones y deseo insatisfecho que, reprimida, se había ido acumulando a lo largo del día hasta que todos sus músculos se habían tensado en su lucha por mantener el control y no desatar su violencia. De momento.

Le dio la espalda al ventanal y se acercó a la chimenea, donde se dejó caer en un sillón. No quería pensar en lo que llegaría a continuación. La sensación no de estar fuera de control, sino de que algo se escapara a su control, lo atormentaba. Como si una parte de su ser que hasta entonces le hubiera resultado desconocida lo estuviera controlando. Y él fuera incapaz de resistirse.

Era capaz de controlar sus actos, pero no así de variar el resultado; era capaz de marcar el camino, pero no así el objetivo final.

Mientras que su intelecto se resistía, una parte oculta de su mente se regodeaba; literalmente se reía a carcajadas del peligro y estaba ansiosa por catar lo indómito e inexplorado, por desafiar su inteligencia y su fuerza contra ese poder, por experimentar la emoción que prometía.

Dio un largo sorbo antes de dejar la copa a un lado.

—Gracias a Dios que ya no es virgen.

Seguía sentado, arrellanado en el sillón, cuando la puerta se abrió y apareció Amelia. Volvió la cabeza y se obligó a permanecer inmóvil mientras ella atravesaba la estancia.

Se había puesto un vestido de seda verde pálido, tan delicado como una hoja empapada de rocío. La seda se amoldaba a sus adorables curvas y el amplio escote le resaltaba los pechos, enmarcando la delicada piel del cuello y la elegante curva de su garganta. Se había recogido los rizos dorados y un par de tirabuzones le caían a ambos lados del rostro. No llevaba más joyas que la alianza de oro que él le había colocado en el dedo. No necesitaba nada más. Cuando se detuvo junto al otro sillón, delante de él, quedó bañada por la luz de los candelabros que había sobre la repisa de la chimenea. Su piel resplandecía como el alabastro.

Era su esposa... Suya. Apenas si daba crédito, ni siquiera en esos momentos. La conocía desde hacía tanto tiempo, la había considerado inalcanzable durante tantos años... y, sin embargo, era suya para hacer con ella lo que quisiera. El salvaje arrebato de posesividad que la idea le provocó le resultó alarmante. Aunque estaba claro que no le causaría daño alguno, ni físico ni emocional ni de ninguna otra clase. El placer era su meta, y lo había sido durante bastante tiempo, lo bastante para saber cuán amplio era el significado del placer físico.

La idea de explorar dicho placer con ella... Dejó de reprimir la idea mientras la recorría con la mirada. Empezó por el rostro y descendió por su cuerpo, dejando que su mente imaginara... y planeara.

Ella siguió de pie delante de él, con mirada solemne y tranquila, sin demostrar el menor asomo de miedo. No obstante, él fue consciente del modo en el que se le aceleró el corazón como si fuera el suyo propio; del mismo modo que percibió el momento en el que se le erizó la piel y separaba los labios.

Volvió a clavar la mirada en sus ojos e intentó averiguar lo que escondían, pero estaban demasiado lejos. Hasta ese momento, se había cuidado mucho de mantener una expresión impasible y los párpados entornados, de modo que ella no supiera lo que le pasaba por la cabeza. Pasado un instante, Amelia ladeó la cabeza y enarcó una ceja.

No había nada que pudiera decirle, que deseara decirle, a modo de advertencia. Levantó la copa en silencioso brindis y bebió.

La puerta se abrió y los dos miraron hacia ella.

Cottsloe estaba en el vano de la puerta.

—La cena está servida, milord. Milady —la saludó el mayordomo.

La impaciencia lo embargó, pero se desentendió de ella y se puso en pie, dejando la copa a un lado antes de ofrecerle el brazo a Amelia.

—¿Vamos?

Ella lo miró con expresión curiosa, como si no estuviera muy segura de a qué se refería. Sin embargo, sus labios esbozaron el asomo de una sonrisa cuando lo tomó del brazo y permitió que la condujera al comedor.

13

No tenía ni la menor idea de lo que les habían preparado Molly y la cocinera; ni siquiera prestó atención a la comida que Cottsloe le puso delante. Debió de comer, pero a medida que la tormenta arreciaba y los truenos hacían vibrar los cristales de las ventanas, sintió que su atención se distanciaba de ese lugar y que todo lo que había reprimido durante el día, todo lo que ansiaba saciar, afloraba en respuesta a la violencia de la naturaleza hasta olvidar todo lo demás.

Amelia lo observaba y meditaba al respecto desde el otro extremo de la mesa, reducida en la medida de lo posible, pero todavía con las dimensiones suficientes para albergar a diez comensales. A lo largo de los años había visto numerosos cambios de humor en Luc, pero ése era nuevo. Diferente.

Estaba crispado.

Hasta ella llegaba el poder de ese deseo que hacía crepitar el aire por la tensión, por la expectación. Una expectación que el alivio había incrementado. La inesperada contención que él había demostrado hasta entonces, privándola de cualquier gesto de naturaleza amorosa, le había provocado una enorme inseguridad. La había llevado a preguntarse si, una vez convertida en su esposa, ya no estaba interesado físicamente en ella como en un principio. La había llevado a preguntarse si dicho interés había sido tan intenso como lo recordaba. La había llevado a preguntarse si no lo habría fingido en cierto modo.

Cuando miró hacia el otro extremo de la mesa, vio que

Luc observaba la tormenta que se desataba en el exterior con la copa de cristal en los labios. Siempre había sido un hombre enigmático, distante y reservado; ella había supuesto que a medida que su relación avanzara, se desharía de sus defensas. En cambio, cuanto más iban estrechando lazos, más impenetrables resultaban éstas y más enigmático su comportamiento.

No lograría engañarlo con la pretensión de que una relación apasionada sería suficiente para lidiar con ella, para satisfacerla dentro del matrimonio. No era tan inocente como para ignorar el hecho de que eso era lo que tendrían si era lo que a él más le convenía.

Cottsloe se acercó con la botella de vino; Luc echó un vistazo hacia ella, o más bien hacia su plato de higos escalfados, y negó con la cabeza. Su mirada regresó a la tormenta.

Entretanto, la tensión entre ellos creció, avivada por esa breve aunque impaciente y misteriosa mirada.

Amelia reprimió una sonrisa y se dispuso a dar buena cuenta del postre. No podía dejar los higos intactos; el ama de llaves le había asegurado que la cocinera se había esmerado con cada plato y, ciertamente, todo había estado exquisito. Dado que el señor no había dado cuenta de los manjares, le correspondía a ella hacer el esfuerzo.

Probablemente necesitara las fuerzas que la comida le proporcionase...

El descarriado pensamiento le pasó por la cabeza de repente y estuvo a punto de hacer que se atragantara. Sin embargo, sólo era un indicio de sus más profundos pensamientos y expectativas.

Desde que se reuniera con Luc en la biblioteca había comprendido que, por más excusas que se le ocurrieran, la pasión, esa tensión que crepitaba entre ellos, no era fingida. No era obra de un experto seductor para conquistarla; al contrario, el experto seductor no parecía muy contento de esa reacción.

Y esa certeza le había henchido el corazón de alegría y había hecho renacer sus esperanzas. Luc estaba haciendo una imitación perfecta de un hombre motivado no por el deseo, sino por algo mucho más poderoso. No obstante, su malhumor no provenía ni de la naturaleza de ese sentimiento ni de lo que podría conseguir con él; lo que le molestaba era la magnitud de esa compulsión. Al ser un hombre que controlaba todos los aspectos de su vida, sentirse arrastrado por una emoción...

Ése era uno de los motivos de que se hubiera mostrado tan impaciente por abandonar Somersham Place y de que estuviera tan ansioso por quedarse a solas con ella. Para...

Detuvo el rumbo de sus pensamientos llegada a ese punto y se negó a ir más allá. Se negó a ahondar en esa embriagadora mezcla de curiosidad y emoción que iba invadiéndola por momentos.

El tintineo de los cubiertos cuando los dejó sobre el plato hizo que Luc la mirara.

Cottsloe apartó el plato de inmediato mientras dos criados se encargaban de llevarse las fuentes. El mayordomo regresó para ofrecerle a Luc un surtido de licores, pero él rechazó la oferta con un brusco movimiento de cabeza. Sin apartar los ojos de ella, apuró la copa de un trago y la dejó sobre la mesa con un ruido sordo. Acto seguido, se puso en pie, rodeó la mesa, la tomó de la mano y la instó a levantarse.

Sus miradas se entrelazaron por un fugaz instante.

—Ven.

Salieron del comedor de la mano. Amelia lo seguía con paso vivo para no quedarse rezagada. Habría sonreído de no ser por los nervios y por la emoción que sentía. Una emoción nacida de la expresión que acababa de vislumbrar en el rostro de su marido y del insondable deseo que había percibido en sus ojos.

La guió escaleras arriba sin apartarse de su lado. A juzgar por su semblante, si cometiera la estupidez de intentar zafarse de su mano, estaba segura de que le soltaría un gruñido. Exudaba una energía animal que, a esa distancia, era imposible no percibir, y también era imposible evitar que le pusiera los nervios de punta, que le oprimiera el pecho.

Llegaron a la planta alta. La *suite* principal ocupaba la parte trasera del ala central de la mansión, un lugar privilegiado que daba a los jardines traseros. El acceso a las habitaciones consistía en un pequeño pasillo que concluía en un distribuidor circular, donde se alzaban tres puertas de roble tallado. Las de la izquierda daban a los aposentos de la vizcondesa, conformados por un gabinete luminoso y alegre, paralelo a un vestidor y a un cuarto de baño. A la derecha estaban los aposentos del vizconde, con la misma distribución. Los dominios privados de Luc. Entre ellos, justo detrás de unas puertas dobles de roble, se encontraba el dormitorio principal.

Amelia ya había visto la habitación antes. Una estancia amplia, despejada de muebles y con una enorme cama con dosel. Había explorado el lugar, encantada con las vistas de los jardines por sus tres lados.

En ese momento Luc no le dio tiempo a admirar nada; abrió una de las hojas de la puerta, tiró de ella para hacerla pasar y se detuvo lo justo para echar un vistazo a su alrededor a fin de asegurarse de que no hubiera ninguna doncella presente. En cuanto cerró la puerta, la atrapó entre sus brazos...

Para besarla. O, más bien, para devorarla.

Todo vínculo con la realidad quedó olvidado tras ese primer arrebato de pasión. Aprisionada por su poderosa fuerza y rodeada por sus brazos, Amelia era incapaz de respirar; no le quedó más remedio que aceptar el aire que él le daba y apaciguar su voracidad, apaciguar el desesperado apremio con el que la besaba. Le entregó su boca y se rindió a sus deseos mientras intentaba no perderse en la vorágine.

Luc no le dejó oportunidad alguna. Dio media vuelta con ella en brazos, y en dos zancadas la atrapó contra la puerta para seguir devorando su boca. Amelia enterró los dedos en los duros músculos de sus brazos para sujetarse y respondió al sensual asalto de su lengua, dejándose llevar por la turbulenta pasión que los consumía. Lo incitó abiertamente y lo instó a ir más allá, movida por el deseo.

Luc movió las caderas para presionarla contra la puerta y sujetarla mientras interrumpía el beso con el fin de quitarse la chaqueta, que fue a parar al otro extremo de la habitación. Ella se encargó de la camisa y, en su premura por acariciarle el pecho desnudo, le arrancó algunos botones. Notó la presión de su erección mientras él le desataba las cintas del corpiño.

En cuanto hubo desabotonado la camisa, la apartó y colocó las manos sobre ese impresionante despliegue de piel ardiente, hundiendo los dedos en el crespo vello que le cubría el pecho. Se dio un festín con las manos mientras él hacía lo mismo con su boca, avivando las llamas del deseo entre ellos hasta que éste los consumió.

Y los derritió.

Amelia se encontró de repente más allá de la pasión; él perdió el control. Alzó la cabeza y le desgarró el vestido y la camisola en su afán por desnudar sus pechos. A ella no le importó; lo único que importaba era el deseo que la consumía y que exigía satisfacción. Luc inclinó la cabeza, acercó la boca a un pecho, succionó... y ella gritó.

Su cuerpo se arqueó hacia él cuando volvió a chuparle un pezón y sus manos comenzaron a recorrerla con exigentes caricias. No era un amante tierno ni le prodigaba caricias reconfortantes; allí sólo había pasión, afán conquistador y un deseo desmedido.

Un deseo que la devoraba y la hacía jadear mientras le enterraba los dedos en el pelo y lo acercaba a su cuerpo para que siguiera dándose un festín con ella.

Un festín abrasador.

Una bocanada de aire fresco le rozó las pantorrillas y después los muslos, lo cual le indicó que acababa de subirle el vestido. Por un instante se preguntó si la tomaría allí mismo, contra la puerta; sin embargo, una de las manos de Luc eligió ese momento para posarse sobre su sexo y dejó de pensar.

Sus diestras caricias fueron abiertamente posesivas. Tras explorar un instante, la penetró con un dedo, al que siguió otro poco después. Al momento comenzó a acariciarle con el pulgar esa zona tan sensible, atormentándola mientras movía los dedos al compás de los labios que le chupaban el pezón.

El placer llegó tan de improviso y con tal intensidad que vio una lluvia de estrellas tras los párpados cerrados. No obstante, las manos y los labios de Luc la abandonaron... demasiado pronto, demasiado rápido. Se sintió vacía, insatisfecha, lánguida y conquistada...

Sin embargo, cuando notó que las piernas le fallaban, él la alzó en volandas y la llevó a la cama. La dejó sobre ella y la despojó del vestido sin muchos miramientos. Siguió quitándole la ropa hasta que estuvo desnuda. Una vez que no hubo prenda que ocultara ni un solo centímetro de su cuerpo a esa mirada, oscura como la noche y llameante de deseo, colocó los almohadones a su gusto y la colocó entre ellos. La dejó expuesta como la víctima de un sacrificio.

Era incapaz de moverse, ni siquiera tenía fuerzas para alzar una mano. Luc se trasladó a los pies de la cama y se detuvo allí para contemplarla. Sus ojos la recorrieron como si estuviera evaluando cada detalle mientras se quitaba la camisa antes de arrojarla a un lado y se llevaba los dedos a la pretina de los pantalones.

Su semblante parecía una máscara pétrea; los rasgos eran los mismos, pero había algo distinto en ellos. Ya habían sido amantes, pero esa noche era diferente; hasta ese momento, Amelia no había paladeado el deseo, no lo había sentido como si fuera un aura palpitante en torno a Luc, en torno a ella. Algo se había intensificado, algo... una mezcla de deseos físicos y de otros muchos más incorpóreos que resultaba aterradora e irresistible a un tiempo.

Luc se quitó los zapatos de un puntapié y los pantalones de un tirón. Los arrojó al suelo mientras se enderezaba. Y por fin estuvo desnudo frente a ella, con una impresionante erección.

Colocó una rodilla sobre el colchón, entre sus pies. Los músculos de sus hombros y de sus brazos se contraían y se relajaban con cada movimiento, adquiriendo la apariencia de la roca y la dureza del acero. Clavó los ojos en los rizos de su entrepierna antes de mirarla a los ojos.

—Separa las piernas.

Una orden pronunciada con voz ronca, profunda. Un mandato.

Accedió, no de inmediato, pero sí de buena gana. Luc apretó los puños con fuerza para contenerse. Recordaba el tacto de esas manos sobre los pechos, el apremio de sus caricias, la fuerza de sus dedos. Cuando enfrentó esa mirada oscurecida por el deseo al mismo tiempo que separaba las piernas, supo que él no quería acariciarla... todavía.

No mientras estuviera poseído por esa fuerza ingobernable.

Una fuerza que, no bien hubo separado las piernas, lo hizo subir a la cama y tumbarse sobre ella, con los brazos tensos y las manos apoyadas en los almohadones a ambos lados de su cabeza. Colocó las caderas entre sus muslos, obligándola a separarlos aún más.

La miró a los ojos mientras la punta de su miembro se deslizaba sobre su húmedo sexo hasta encontrar la entrada. En cuanto lo hizo, Amelia contuvo la respiración, atrapada en las profundidades de su ardiente mirada. La penetró con una embestida decidida y poderosa que la llenó por completo y la hizo arquearse hacia él entre jadeos al tiempo que le clavaba las uñas en los brazos y hundía la cabeza en los almohadones, rendida a la fuerza de su invasión.

De su posesión. De esa posesión tan completa que le robó el uso de la razón.

Y entonces comenzó a moverse.

Jadeó y se agitó bajo él, embargada de nuevo por el deseo más potente e implacable. Le colocó las manos en la espalda, se aferró a esos fuertes músculos contraídos por la tensión y se rindió. La posición en la que había colocado los almohadones tenía un propósito. La rodeaban y protegían al tiempo que le alzaban las caderas en un ángulo que le permitía penetrarla con movimientos rápidos y profundos. Y así su cuerpo fue capaz de soportar su invasión, la fuerza y el ardor con el que la tomaba.

Y la amaba.

Lo supo de repente, en un arrebato cegador, mientras observaba su rostro, crispado por la pasión y con los ojos cerrados. Luc estaba totalmente concentrado en el acto en sí. La fuerza de sus embestidas lo llevaba cada vez más adentro y, sin embargo, Amelia sentía que su cuerpo cedía y lo acogía cada vez que alzaba las caderas entre continuos jadeos. Él también jadeaba y aceptaba todo lo que ella le entregaba. Inclinó la cabeza para atrapar con los labios un enhiesto pezón, el mismo que ella le acercó en flagrante invitación cuando arqueó la espalda. Él aceptó el festín sin rechistar y siguió hundiéndose en ella.

Una abrasadora oleada de energía se apoderó de Amelia; una energía que recorrió su cuerpo hasta condensarse en cuanto hubo inundado hasta el último recoveco de su alma. Comenzó a crecer con cada uno de los profundos envites de Luc, con cada torrente de sensaciones que él le provocaba.

Hasta que desató un incendio. Hasta que la hizo estallar. Hasta que le hizo perder el sentido y la arrastró a una inconsciencia donde brillaba la pasión más exquisita.

Sin embargo, en esa ocasión Luc no la abandonó; al contrario, la exhortó a proseguir con un gemido. La obligó a continuar, le suplicó que no lo abandonara.

Y ella obedeció. Se abrazó a él con todas sus fuerzas y se entregó en cuerpo y alma. Lo acarició y lo reconfortó. Y él tomó lo que ofrecía una y otra vez, y otra...

El restallido de un trueno fue el contrapunto a sus jadeos.

En el exterior estalló la tormenta; en el interior, la energía vibraba en un salvaje torbellino.

Más allá de las ventanas el viento azotaba los árboles y los relámpagos iluminaban el cielo. En el interior, el ritmo de sus cuerpos se aceleró, lenta pero inexorablemente.

La energía crepitaba entre ellos y se condensaba en cada sensación, en cada deslumbrante emoción, en los brillantes colores de la pasión y el deseo. Creció hasta casi cobrar vida, hasta alcanzar la incandescencia. Se intensificó y los atrapó, los rodeó, tensando cada músculo y cada nervio. Hasta que esa tensión provocó una implosión...

Y encontraron la liberación. Los dos cabalgaron al unísono sobre una ola de placer que fragmentó cualquier pensamiento consciente y llegaron a un plano donde las emociones conformaban el mar y las sensaciones, la tierra. Donde los sentimientos eran el viento y el goce, la cumbre de las montañas. Y el sol era el éxtasis más delicioso y exquisito; un orbe cuyo poder era tan intenso que derritió sus corazones.

Y los hizo latir como si fueran uno solo.

«¿Alguna vez ha sido así? Jamás. ¿Por qué ahora? ¿Por qué con ella?», se preguntaba Luc.

Preguntas insondables.

Yacía de espaldas en la cama, recostado en los almohadones con Amelia a su lado. Había apoyado la cabeza sobre su brazo y una mano, sobre su pecho. Sobre su corazón.

La tormenta había dejado tras de sí una noche agradable. Ni siquiera se había molestado en cubrir sus enfebrecidos cuerpos, en ocultar su desnudez.

Bajó la vista hacia Amelia mientras sus dedos jugueteaban con sus tirabuzones y contempló esas piernas desnudas enlazadas con las suyas; contempló la sedosa curva de alabastro de la cadera sobre la que descansaba su mano en gesto posesivo. Y sintió que algo dentro de él se tensaba hasta que comenzó a relajarse lentamente.

Le resultaba extraño. Le resultaba extraño que fuera ella, una mujer a la que había visto crecer desde que era un bebé. Una mujer a la que había creído conocer a la perfección. Y, sin embargo, la mujer que había alcanzado el orgasmo bajo él, la que había aceptado cada embestida de sus caderas, la que lo había tomado en su interior y se había cerrado en torno a él sin importar la violencia de su pasión, la que había estado a su lado durante esa salvaje marea de deseo... era una desconocida.

Era diferente. Un misterio atávico, velado y oculto; familiar, pero desconocido a un tiempo.

Esa noche los besos tiernos y las caricias delicadas habían brillado por su ausencia; sólo había existido esa fuerza poderosa que lo había poseído... y que también la había poseído a ella. El hecho de que Amelia la hubiera aceptado, o más bien ansiado, de que la hubiera recibido con los brazos abiertos y hubiera permitido que la envolviera en la misma medida que a él para que los arrastrara juntos... había sido toda una sorpresa.

Una ligera llovizna golpeaba los cristales. La tormenta se alejaba.

Al contrario de lo que sucedía con la fuerza que había surgido de ellos y que los había llevado al clímax con ese ímpetu arrollador, ya que ésta seguía allí, aunque latente. Serena, pero viva. Respiraba con él, circulaba por sus venas... se había apoderado de él.

Y seguiría allí hasta el día en que muriera.

¿Lo sabría Amelia? ¿Lo habría comprendido?

Más preguntas insondables.

Si lo había entendido, sin duda se enteraría por la mañana, cuando se despertara e intentara gobernarlo. Cuando intentara hacer uso del poder que, a decir verdad, ella ostentaba.

Dejó caer la cabeza sobre los almohadones y escuchó el repiqueteo de la lluvia en los cristales.

Rendirse.

Los hombres siempre albergaban la certeza de que las mujeres acabarían por rendirse a ellos. No obstante, los hombres también se rendían. A ese poder innombrable.

Mucho más hacia el sur, los vientos de la tormenta azotaban las copas de los vetustos árboles que rodeaban Somersham Place. Esos leales centinelas eran demasiado viejos y estaban demasiado enraizados como para plegarse incondicionalmente a los vientos y puesto que éstos sólo lograron agitar sus ramas, decidieron reunir las nubes frente a la luna, creando así un desapacible paisaje de sombras en continuo movimiento.

La oscuridad rodeaba la mansión. Había pasado la medianoche y todos sus habitantes descansaban en sus respectivos lechos.

Salvo la delgada figura que salió por la puerta lateral y la cerró a duras penas por la fuerza del viento, antes de arrebujarse en la gruesa capa que la cubría. La capucha se negó a permanecer sobre su cabeza, de modo que la dejó bajada y se apresuró a cruzar la extensión de césped en busca del abrigo de los árboles. El ridículo que llevaba en la muñeca le golpeaba las piernas, pero no le prestó la menor atención.

Una vez que rodeó el lateral de la mansión, se encaminó hacia la parte delantera de la casa, en dirección al mirador emplazado en la linde de la arboleda que se alzaba frente a la fachada principal y de cuyas sombras surgió Jonathon Kirby.

Cuando llegó a su lado, estaba prácticamente sin aliento. Sin mediar palabra, se detuvo, cogió el ridículo, lo abrió y sacó un objeto cilíndrico delgado. Se lo entregó al hombre y echó un temeroso vistazo hacia la casa por encima del hombro.

Kirby alzó el objeto para verlo a la escasa luz y examinó el elaborado grabado antes de comprobar su peso.

La joven lo miró y contuvo el aliento.

—¿Y bien? ¿Servirá?

Él asintió con la cabeza.

—Servirá a las mil maravillas. —Se metió el pesado objeto, un antiguo salero, en el bolsillo del gabán y dejó que su mirada se demorara sobre la muchacha—. Por ahora.

Ella alzó la cabeza de inmediato para mirarlo a los ojos. Pese a la escasa luz, era obvio que se había quedado lívida.

—¿Qué...? ¿Qué quiere decir con eso de «por ahora»? Me aseguró que un solo objeto de este lugar sería suficiente para mantener a Edward a salvo una buena temporada.

Asintió con la cabeza.

—Para Edward, sí —replicó con una sonrisa, revelándole así a la estúpida muchacha su verdadera naturaleza—. Sin embargo, ahora soy yo el que tiene que asegurarse su parte.

—¿¡Su parte!? Pero... pero usted es el amigo de Edward.

—Edward ya no está aquí. Pero yo sí. —Al ver que el asombro seguía pintado en el semblante de la joven, enarcó las cejas—. No creerá que voy a ayudar a un pusilánime como Edward movido por el altruismo, ¿verdad?

Su tono de voz no dejó lugar a dudas.

La muchacha retrocedió con los ojos desorbitados y clavados en él. Su sonrisa se ensanchó.

—No... no debe temer por su persona, no tengo planes para usted. —La observó de arriba abajo con manifiesto desprecio—. Pero sí tengo planes para sus... dejémoslo en sus bonitos y hábiles dedos, ¿le parece bien?

La joven se llevó una mano a la garganta. Le costó trabajo encontrar el aliento necesario para hablar, pero le preguntó:

—¿Qué quiere decir? —Tragó saliva—. ¿¡Qué me está diciendo!?

—Le estoy diciendo que voy a exigirle que siga entregándome estos pequeños objetos, tal y como lo ha estado haciendo durante las últimas semanas.

Horrorizada, ella soltó una temblorosa carcajada.

—Está loco. No lo haré. ¿Por qué iba a hacerlo? Sólo he robado por Edward, para ayudarlo... usted no necesita ayuda.

Él inclinó la cabeza y le hizo saber con una mueca socarrona que estaba disfrutando con su angustia, que estaba disfrutando poniéndola en su lugar.

—Pero, querida, el hecho es que ha robado. Y, en cuanto a por qué iba a seguir haciéndolo, es muy simple. —Su voz se tornó desabrida—. Hará lo que yo le diga y me entregará los objetos que yo elija de cada mansión a la que entre porque, si no me complace, arreglaré las cosas para que la verdad salga a la luz. Y descuide que no hablaré de mi participación, pero sí de la suya. Y eso causará un escándalo de considerable magnitud. La aristocracia la desterrará de por vida, pero lo que es peor, las sospechas salpicarán a los Ashford.

Aguardó a que comprendiera el alcance de sus palabras antes de proseguir con una sonrisa:

—De hecho, la aristocracia jamás ha visto con buenos ojos a aquellos que, aunque inocentes, albergan bajo su techo a algún ladrón.

La muchacha estaba tan inmóvil y tan pálida que pareció que una bocanada de viento podría llevársela en cualquier momento. El azote del viento ya le había soltado el cabello, que le caía en esos momentos sobre los hombros.

—No puedo —dijo con voz ahogada, mientras retrocedía.

Inmóvil e impasible, la observó con una expresión tan dura como el granito.

—Lo hará —insistió con una firmeza que no dejó lugar a réplica alguna—. Nos veremos en Connaught Square a la misma hora de siempre, la mañana siguiente a su regreso a la ciudad. Y... —agregó con una sonrisa cruel— espero que traiga al menos dos objetos valiosos consigo.

Con los ojos como platos, la muchacha meneó la cabeza con énfasis, como si quisiera negarse a sabiendas de que estaba atrapada. Después, tragó saliva y dio media vuelta con rapidez.

La observó oculto entre las sombras mientras huía con la capa flotando tras ella. A sus labios había asomado una sonrisa sincera. Cuando la dama desapareció al doblar la esquina de la casa, él se dio la vuelta y desapareció por la arboleda.

La muchacha rodeó la casa como una exhalación entre continuos y estremecedores sollozos. Las lágrimas le bañaban las mejillas. «¡Estúpida, estúpida, estúpida!», se reprendía una y otra vez para sus adentros. Se detuvo temblando de pies a cabeza y se colocó la capa, arrebujándose en ella con la cabeza gacha mientras intentaba calmarse. Mientras trataba de convencerse de que era imposible, de que sus buenas intenciones, unas intenciones nacidas del más puro de los motivos, no podían haberse torcido tanto. No podían haber terminado de semejante manera. Sin embargo, la letanía que le cruzaba la mente no cesaba. Alzó la cabeza con un sollozo entrecortado. No podía quedarse ahí fuera; alguien podría verla. Se obligó a continuar, arrastrando los pies, hasta la puerta lateral y, por tanto, la seguridad de la mansión.

En el piso superior, una mujer miraba a través de la ventana con el ceño fruncido, en dirección al lugar que la joven acababa de abandonar. Llevaba horas despierta porque la anciana a la que cuidaba había sufrido una de sus noches inquietas y se había dormido poco antes. Ella acababa de regresar a su habitación. Se estaba desvistiendo a oscuras cuando un movimiento que hubo en el jardín le llamó la atención. Un movimiento demasiado rápido como para que fuera un truco de su vista. Y un movimiento que la había llevado hasta la ventana.

Y allí estaba, meditando acerca de lo que había visto. Acerca de la muchacha que huía, evidentemente angustiada. Acerca de ese momento de inmovilidad que precedió al supremo esfuerzo de continuar hacia la casa.

Esa joven estaba metida en problemas.

Su cabello era castaño y abundante, lo bastante largo como para pasarle los hombros. De constitución ligera y altura media. Joven, definitivamente joven.

Y muy vulnerable.

Ella había vivido lo suficiente como para deducir ciertos detalles, y su experiencia le decía que, de una u otra manera, había un hombre implicado. Frunció los labios y se hizo el propósito de mencionar lo que había visto, cuando llegara el momento adecuado. Su señora conocía a la muchacha, estaba segura. Habría que hacer algo al respecto.

Una vez tomada la decisión, acabó de desvestirse, se metió en la cama y se quedó dormida como un tronco.

Luc despertó al sentir que lo acariciaban unas manos femeninas. Alguien le estaba acariciando el pecho, deslizando las manos por su torso con afán posesivo antes de descender por sus costados y seguir hacia abajo, hasta detenerse sobre sus caderas. Las indagadoras manos hicieron un alto allí, pero no tardaron en cerrarse en torno a su erección matinal.

No era un sueño. Eran cálidas y su tacto resultaba increíblemente real.

Gimió y se movió mientras su mente registraba el cálido peso de la mujer sobre sus piernas. Quienquiera que fuese estaba sentada a horcajadas sobre él, mirándolo. Detalle que bastó para despertarlo del todo en cuanto recordó la identidad de la misteriosa mujer.

Se las arregló para reprimir el impulso de abrir los ojos. Ya tenía la boca seca y no estaba seguro de poder enfrentarse a la imagen que tendría frente a él. Se esforzó por mantener una expresión impasible, aun cuando dudaba de que ella lo estuviera mirando a la cara. Lo más difícil fue seguir respirando con normalidad, sobre todo cuando esas manos comenzaron a acariciar y explorar.

De repente, las manos se alejaron, aunque regresaron al instante. Se colocaron sobre su cintura y fueron ascendiendo por su pecho hasta detenerse en los hombros. Lo mejor de todo fue que a las manos les siguió el cuerpo a medida que se tumbaba sobre él.

No le quedó más remedio que mirar. Abrió un poco los ojos y la observó con disimulo. Lo estaba mirando, esperándolo... esos ojos del color de un cielo de verano lo contemplaban abiertos de par en par, con una expresión tierna. Sus labios esbozaban una sonrisa.

El cariz de esa sonrisa fue su perdición. Sintió que su cuerpo se tensaba por el férreo autocontrol que estaba demostrando a la hora de contenerse. Después del salvaje interludio, del ardor desinhibido de la noche anterior, un poco de ternura no estaría de más. Tumbarla de espaldas en el colchón y penetrarla sin más preámbulos no le haría ganar ningún punto.

Y si Amelia había adivinado la verdad, sería de lo más revelador y ridículo. Se suponía que debía mantener las riendas con sereno control.

No obstante, en su mirada había una seguridad que estaba convencido de no haber visto antes. Cuando esos ojos azules descendieron hasta sus labios, se preguntó si estaba a punto de confesarle que lo había calado por completo y que a partir de ese momento bailaría al son que ella tocara.

Enarboló sus defensas y reunió con rapidez unos cuantos argumentos que respaldaran su negativa; entretanto, ella soltó un gemido gutural y se estiró sobre él para besarlo en los labios.

Fue un beso suave, lento y persuasivo; un ruego delicado y sutil.

—Más —le dijo sin apartarse, antes de volver a besarlo y acariciarlo con la lengua. Una lengua que se coló en el interior de su boca cuando él separó los labios para recibirla, y que estuvo dispuesta a entregarse en cuanto la suya salió al encuentro—. Hay más, mucho más y tú lo sabes todo...

Ella ladeó la cabeza para volver a besarlo. Esos turgentes y sedosos senos, innegablemente femeninos, se apretaron contra la parte superior de su pecho y sintió el roce de sus endurecidos pezones. Sus manos se habían movido por iniciativa propia para acariciar la larga curva de esa espalda antes de aferrarle las nalgas.

—Quiero que me enseñes —prosiguió ella.

Le dio un último beso y se alejó tras propinarle un tironcito a su labio inferior.

El deseo le había nublado la razón. Esa otra parte de su cuerpo que Amelia había incitado poco antes estaba atrapada entre sus muslos y palpitaba de forma dolorosa. Parpadeó mientras contemplaba, aturdido, esos sensuales ojos de sirena.

—¿Quieres que te enseñe más? —Esa voz no era suya. Sonaba ronca y un poco áspera a causa de la pasión que ella había conseguido despertar del modo más efectivo.

—Quiero que me enseñes... —dijo e hizo una pausa mientras enfrentaba su mirada con descaro— todo lo que sepas.

Era bastante posible que para ello le hicieran falta los siguientes cincuenta años, sobre todo si tenía en cuenta los innumerables descubrimientos que hacía cada vez que estaba con ella. Era suya. Esa mujer que estaba demostrando ser mucho más de lo que había supuesto era suya.

Y pareció tomar su silencio como una afirmación. Entornó los párpados y ocultó su expresión mientras a sus labios asomaba una sonrisa en extremo femenina.

—Podrías enseñarme algo ahora mismo.

La invitación era tan flagrante que lo dejó sin aliento. El impulso de actuar se adueñó de todo su cuerpo.

Ella alzó los párpados y lo miró a los ojos con las cejas alzadas.

—Si es que estás a la altura de las circunstancias.

No pudo evitarlo. Luc echó la cabeza hacia atrás, sobre los almohadones, y estalló en carcajadas. Ella sonrió e intentó apartarse, pero no se lo permitió. Sus brazos la mantuvieron donde estaba. A la postre, fue testigo del momento en el que comprendió el motivo de sus carcajadas. El motivo que había logrado aliviar la tensión que se había apoderado de su cuerpo y, a la vez, había puesto de manifiesto su fuerza y la promesa de que la utilizaría. Después de todo, era mucho más fuerte que ella.

Tomó nota de la reacción de Amelia para tenerla presente en el futuro; tomó nota de la necesidad de ir despacio hasta estar seguro de lo que ella prefería. Aunque no la conociera lo suficiente, la noche anterior...

Su lengua le recorrió el labio inferior; esos ojos azules, brillantes y ávidos, aunque un tanto inseguros, regresaron a los suyos.

—¿Podemos hacerlo así?

Luc esbozó una lenta sonrisa.

—Ya lo creo que sí...

Ella alzó las cejas y sonrió.

—¿Cómo? Enséñame.

La miró a los ojos al tiempo que deslizaba las manos desde su cintura hasta la parte trasera de sus muslos, demorándose un instante en las caderas. Una vez allí, tiró de ella hacia arriba, de modo que sus rodillas quedaran a la altura de sus costados. En esa postura, la aferró por las caderas y la instó a descender poco a poco por su torso hasta que ambos sintieron que sus cuerpos se acariciaban del modo más íntimo y sagrado.

Había asumido que ya estaría excitada y no lo decepcionó. La entrada de su cuerpo estaba húmeda, hinchada y suave por el deseo. La guió un poco más hasta introducirse parcialmente en esa cálida humedad y se detuvo.

—Apóyate en mi pecho e incorpórate poco a poco.

Ella lo obedeció. La expresión de su rostro cuando comprendió lo que sucedería, lo que sucedería de forma natural, no tuvo precio. Cuando estaba a medio camino, sentada a horcajadas sobre él con la mitad de su verga hundida en ella, lo miró con los ojos desorbitados al comprender que en esa posición podía controlar el ritmo y la velocidad de sus movimientos. Que sería ella la que tendría el control.

En ese momento cerró los ojos, tensó los brazos y le apretó los costados con las rodillas mientras lo tomaba poco a poco, experimentando con los movimientos hasta que lo tuvo hundido en ella hasta el fondo.

Luc era incapaz de respirar, pero enfrentó su mirada cuando ella abrió los ojos y lo aprisionó en su interior.

—Y ahora, ¿qué?

Reírse, aunque fuera una risilla angustiada, estaba fuera de toda cuestión. El control que ejercía sobre sus demonios y la necesidad de éstos de tomarla con desenfreno pendía de un hilo.

—Ahora, tú decides cómo quieres moverte.

Amelia parpadeó y lo intentó.

Y descubrió que le encantaba...

Cosa que fue obvia debido a los suaves gemidos que escaparon de su garganta cuando se deslizó sobre él y volvió a bajar con el gozo pintado en el rostro. Repitió el movimiento varias veces.

Decidió que aquello era delicioso. El placer más puro y exquisito. No había conocido ninguna mañana como ésa, llena de descubrimientos y rebosante de promesas. Se entregó a ambos, a los descubrimientos y a las promesas, y experimentó todo lo que pudo, obteniendo placer y dándoselo a él.

Disfrutó muchísimo. Por intenso que hubiera sido el placer que conoció la noche anterior, ese momento era el paraíso, porque podía observar el rostro de Luc con los ojos entornados mientras se movía sobre él, utilizando su cuerpo para acariciarlo, y era ella la que decidía cuándo su miembro la llenaba por completo y cuándo se deslizaba de la forma más satisfactoria.

El sol ascendió por el horizonte y sus rayos iluminaron un paisaje empapado por la lluvia. Entraron por las ventanas e inundaron la cama. Su luz se derramó sobre ellos y su calidez fue como una delicada bendición.

Luc le estaba acariciando los pechos, pero movió las manos por su cuerpo, recorriendo las curvas y los contornos mientras los sometía a un intenso escrutinio, como si fuera un experto conocedor del tema que contemplara una nueva adquisición. Una adquisición que le reportaba un placer absoluto. Amelia estuvo segura de ello porque, a medida que la pasión crecía y se extendía por sus cuerpos, se sintió arder y el rostro de Luc se crispó por el deseo.

Volvió a colocarle las manos en los senos y, en esa ocasión, sus caricias fueron más intensas, más exigentes. Se incorporó para apoyarse sobre un codo mientras que su otra mano, que le había colocado en la base de la espalda, la instaba a inclinarse hacia él de modo que pudiera tomar un enhiesto pezón con los labios.

Las caricias de esa lengua y esos labios estaban conectados con los envites de sus caderas de algún modo que le resultaba incomprensible. La pasión siguió creciendo hasta que se vio obligada a apoyarse en su pecho, donde enterró los dedos en el vello que lo cubría. La mano que le acariciaba la espalda descendió hasta cerrarse sobre la enfebrecida curva de una cadera. Luc le limitó los movimientos, pero a cambio comenzó a moverse bajo ella, embistiéndola con un ritmo poderoso y arrollador del que era partícipe en esa ocasión. Se ajustó al ritmo que él impuso sin interrumpir el festín que estaba dándose con su pecho.

El tempo siguió aumentando hasta que creyó que le estallaría el corazón. Que la tensión que se había adueñado de ella la despedazaría.

Y así fue. La tensión se fragmentó en exquisitas sensaciones mientras el gozo más puro le invadía las venas, le recorría la piel y llegaba hasta sus párpados cerrados, inundándola por completo.

Luc se echó hacia atrás y la aferró con fuerza por las caderas, impidiendo que se moviera y dejando que su miembro la llenara al máximo. Con la cabeza apoyada sobre los almohadones y la respiración visiblemente acelerada, apretó los dientes y reprimió todos sus impulsos mientras la observaba. Mientras observaba cómo alcanzaba el clímax y saboreaba la fuerza de esos músculos que se cerraron en torno a él con cada espasmo, a la espera de que pasara el último estremecimiento, por más que el proceso lo dejara al borde del precipicio.

Todo vestigio de tensión abandonó el cuerpo de Amelia mientras se dejaba caer sobre su pecho. La sostuvo y rodó sobre el colchón con ella entre los brazos para dejarla apoyada en los almohadones.

Y se hundió de nuevo en ella.

A pesar de estar saciada, abrió los ojos y parpadeó. Luc se movió en su interior y ella se excitó al instante, acompañándolo con avidez y entregándose de tal modo que lo dejó estremecido. Se apoderó de su boca. Ella separó los labios y le dio la bienvenida. Se movieron juntos y convirtieron el refugio de los almohadones en un mundo propio.

Un mundo de sensaciones ilimitadas, un verde prado donde el poder fluía sin tapujos. Ese poder que imbuía su unión y que, como antes, les ofrecía y prometía una pródiga recompensa.

Lo tomaron, lo aferraron con ambas manos y permitieron que los poseyera; dejaron que los inundara.

Hasta el punto de ebullición. Luc interrumpió el beso lo justo para jadear:

—Rodéame... Rodéame la cintura con las piernas.

Ella lo obedeció de inmediato. Luc gimió cuando la penetró hasta el centro mismo de su ser.

El poder los fundió. Cayó sobre ellos como una ola y los arrastró. Por completo.

Él se rindió sin rechistar y supo que ella haría lo mismo. Escuchó el delicado grito que surgió de los labios de Amelia cuando llegó al clímax. La siguió sin demora, aferrándola con fuerza.

Y supo en ese instante de absoluta lucidez que ella, al igual que ese poder, se había convertido en la piedra angular de su vida.

14

Semejante revelación no arruinó su confianza. Unas cuantas horas más tarde, sentado en el comedor matinal y con la mirada perdida en el periódico, reflexionaba sobre la locura que lo había conducido hasta ese momento de su vida. No sólo estaba casado, sino que, además, su esposa era una Cynster.

No podía aducir ignorancia al respecto. La conocía de toda la vida.

Y, sin embargo, allí estaba, la mañana posterior a su noche de bodas y con la sensación de ser él quien necesitaba que lo tranquilizaran. Reprimió un resoplido y se obligó a leer el periódico. Su mente se negaba a entender las palabras.

El problema no tenía nada que ver con sus habilidades sexuales; y ni por asomo con las de Amelia. De hecho, desconocía cuál era el problema concreto; no sabía por qué sentía la necesidad de seguir adelante con mucha cautela, e incluso a regañadientes, a lo largo de un camino que a pesar de ser conocido había variado de un modo indefinible desde la boda.

Era un alivio que su madre se hubiera llevado a sus cuatro hermanas a Londres, donde pasarían toda la semana, porque así podían acostumbrarse a la vida matrimonial en una bendita soledad. Dada la inseguridad que se había apoderado de él, la idea de enfrentarse a Portia y a Penélope en la mesa del desayuno le resultaba espeluznante.

Alzó la taza, tomó un largo sorbo de café y apartó el periódico.

Justo cuando entraba su esposa.

No había esperado verla durante el desayuno. La había dejado dormida plácidamente en la cama; exhausta, o eso creyó en su momento.

Entró irradiando felicidad, ataviada con un vestido estampado de color lavanda y con una sonrisa jovial en los labios.

—Buenos días.

Correspondió al saludo con un gesto de la cabeza y ocultó su sorpresa tras la taza que se llevó a los labios. Entretanto, ella se dirigió al aparador. Cottsloe se apresuró a sostenerle el plato mientras ella elegía el desayuno. Tras dejar que el mayordomo se encargara de servirle el té y llevarlo a la mesa, hizo ademán de sentarse.

En la silla situada a su derecha.

Uno de los criados se acercó sin pérdida de tiempo para retirársela. Amelia le ofreció una sonrisa y le dio las gracias mientras se sentaba, e hizo lo mismo con Cottsloe.

Luc les indicó con la mirada que se marcharan. Acto seguido, volvió a observar a su esposa. Y al plato rebosante de comida que tenía delante. No cabía duda de que los deberes conyugales que la habían ocupado poco antes habían despertado su apetito.

—Supongo que esta mañana estarás ocupado poniéndote al día con el trabajo, ¿verdad? —le preguntó mientras lo miraba de soslayo y cogía el tenedor.

Él asintió con la cabeza.

—Siempre que vengo hay asuntos urgentes que necesitan atención inmediata.

—Aquí es donde pasas la mayor parte del año salvo la temporada social y los últimos meses del año, ¿no es cierto?

—Sí. No suelo ir a la ciudad hasta por lo menos finales de septiembre e intento regresar para últimos de noviembre.

—¿Para la temporada de caza?

—Sí, pero sobre todo para supervisar los preparativos necesarios para la llegada del invierno.

Amelia hizo un gesto afirmativo. Los condados vecinos de Rutlandshire y Leicestershire eran zonas privilegiadas para la caza.

—Sospecho que en febrero tendremos un buen número de invitados.

—Cierto —replicó mientras se removía en la silla—. Debo marcharme ya, pero si quieres que me...

—No, no. No pasa nada. Tu madre estuvo hablando conmigo y con Molly antes de marcharse a Londres, así que lo tenemos todo bajo control. —Sonrió—. Fue todo un detalle por su parte entregarme las riendas con tan pocos aspavientos.

Luc resopló.

—Lleva años esperando entregárselas a alguien de confianza.

Titubeó antes de extender un brazo para tomarla de la mano. Amelia soltó el tenedor y él se llevó su mano a los labios. Sin apartar la mirada de sus ojos, le besó la punta de los dedos y, después de darle un apretón, se puso en pie y se acercó a ella al tiempo que la soltaba y le decía:

—Estoy seguro de que dejo mi casa en buenas manos. —Hizo una pausa, tras la cual añadió—: Volveré para la hora del almuerzo.

Si sus manos eran buenas o no, aún estaba por verse, pero Amelia contaba con la preparación necesaria y con todas las ganas del mundo. Para eso había nacido. Había sido educada y la habían preparado para administrar los asuntos domésticos de un hogar aristocrático.

El ama de llaves apareció justo cuando acababa el té. Respondió a la resplandeciente sonrisa de la mujer con una de su propia cosecha.

—Muy oportuna. ¿Empezamos con los menús?

—Por supuesto, señora, si eso es lo que quiere.

Amelia conocía la casa bastante bien gracias a sus anteriores visitas a la propiedad.

—Vamos a la salita contigua a la sala de música —le indicó al ama de llaves al tiempo que se ponía en pie.

Molly la siguió al vestíbulo.

—¿No prefiere su gabinete privado, señora?

—No. Tengo intención de que sea lo más privado posible.

«Completamente privado, a decir verdad», pensó.

La salita contigua a la sala de música era una estancia pequeña, en la que el sol de la mañana entraba a raudales. Estaba amueblada con un diván muy cómodo, dos sillones orejeros con tapicería de cretona y un escritorio, emplazado contra la pared. Todo estaba tal y como lo recordaba. Atravesó la estancia hasta el escritorio y la silla de patas torneadas que había frente a él. Sus suposiciones eran ciertas: el escritorio contenía papel y unos cuantos lápices, pero no cabía duda de que llevaba años sin usarse. Lo mejor de todo era que tenía cerradura.

—Esto servirá a las mil maravillas. —Tomó asiento y rebuscó entre los papeles uno que no estuviera usado. Acto seguido, examinó los lápices—. Ya buscaré algo mejor para la próxima vez, pero esto me valdrá por hoy —le dijo a Molly mientras señalaba con la cabeza el sillón más cercano—. Acércalo y siéntate para que nos pongamos manos a la obra.

A pesar de conocer la teoría y de haber acompañado a su madre en incontables ocasiones mientras ella se ocupaba de los asuntos domésticos, le estuvo infinitamente agradecida a la mujer por su sentido común y su experiencia, por no mencionar su incondicional apoyo.

—El pato con cerezas complementaría el menú a la perfección. Ahora que podemos permitirnos algo más extravagante, le daremos gusto al señor. El pato con cerezas es uno de sus platos favoritos.

Amelia añadió el plato al menú de la cena. La mención de la mejora en la economía de la familia no le pasó desapercibida. El ama de llaves debía de llevar años apañándoselas con el más reducido de los presupuestos. Luc había hecho bien en comunicarle que ya no habría necesidad de ello.

—¿Qué te parece si añadimos una *crême brulée*? Sería el toque perfecto para el menú.

La mujer asintió con la cabeza.

—Una buena elección, señora.

—Excelente. Entonces, hemos acabado. —Amelia soltó el lápiz y le tendió la hoja al ama de llaves. Ésta la ojeó y se la guardó en el bolsillo del delantal—. Y, ahora, ¿hay algo que deba saber? —le preguntó, mirándola directamente a los ojos—. ¿Alguna crítica sobre la casa o la servidumbre? ¿Alguna dificultad a la que deba enfrentarme?

El ama de llaves volvió a esbozar una sonrisa deslumbrante.

—No, señora. De momento no hay nada. A decir verdad, anoche mismo estuvimos comentando que ahora que el señor se ha casado y, además, con usted, señori... digo, señora, a la que conocemos desde que era pequeña... ¡Bueno! —Hizo una pausa para recobrar el aliento—. A ninguno se nos habría ocurrido una esposa mejor, se lo digo de todo corazón.

Amelia le devolvió la sonrisa.

—Sé que las cosas han debido de ser difíciles durante los últimos años.

—Sí que lo fueron. Y hubo veces en que fueron más que difíciles por culpa de todo ese asunto con lord Edward. ¡Pero...! —El pecho de la mujer se ensanchó al tomar aire y su expresión, que se había enturbiado un tanto con el recuerdo del pasado, se aclaró—. Todo eso es agua pasada. —Señaló con la cabeza en dirección a la ventana y al glorioso día estival—. Al igual que el clima, la familia ha capeado el temporal y a partir de ahora el futuro sólo nos deparará cosas buenas y sorpresas maravillosas.

Amelia fingió no haber entendido la parte de las «sorpresas maravillosas», una clara alusión a los niños, a los bebés que tendrían Luc y ella.

Asintió con elegancia.

—Espero que todos seamos felices mientras yo sea la vizcondesa.

—No me cabe duda —replicó el ama de llaves al tiempo que se levantaba del sillón—. Ha comenzado con buen pie y ahora sólo es cuestión de mantener el ritmo. —Se dio unas palmaditas en el bolsillo—. Será mejor que le lleve esto a la cocinera. Después estaré a su entera disposición, señora.

—Tengo una idea mejor —le dijo Amelia, que también se había puesto en pie—. Iré contigo y así podrás enseñarme la cocina. Y, después, el resto de la casa; conozco las estancias principales, pero hay muchos lugares que ni siquiera he visto.

Lugares a los que una invitada no entraría, pero que la señora de la casa debía conocer.

Como el ático y el desván.

El ático del ala oeste albergaba las dependencias de la servidumbre, al igual que parte del ala este. Eran estancias pequeñas y rectangulares, apenas más grandes que una celda, pero a medida que avanzaba por el pasillo central le alegró comprobar que todas tenían una ventana abuhardillada y que no sólo estaban ordenadas y limpias, sino que también disfrutaban de algunos objetos que añadían un toque hogareño: un espejo, algún que otro cuadro en la pared, una jarra que hacía las veces de florero...

La otra mitad del ático del ala este albergaba el desván. Tras un ligero vistazo decidió que no necesitaba realizar una inspección más detallada. Luc le había dicho que regresaría para el almuerzo. No quería aparecer con telarañas en el pelo en su primer día de casados.

Cuando regresaron al ala central, el ama de llaves se detuvo en la escalera y señaló las estancias emplazadas allí.

—La habitación infantil es la de la parte delantera y el aula está al fondo. También hay habitaciones para las niñeras y para la institutriz; la señorita Pink ocupa esta última.

Amelia recordó a la tímida y menuda mujer.

—¿Cómo se las arregla con Portia y Penélope? —Toda una proeza, ya que las hermanas menores de Luc eran un par de diablillos.

—La verdad sea dicha, creo que es más bien al contrario y son las niñas quienes se las arreglan con ella. Esas dos jovencitas son más listas que el hambre para salirse con la suya, pero, pese a su terquedad, tienen buen corazón. Creo que se compadecieron de la señorita Pink en cuanto la vieron. Es la marisabidilla que estaban esperando, así que no las decepcionó en absoluto.

—¿Están contentas con sus clases?

—¡Les encantan! En confianza, señora, la señorita Pink les enseña mucho más de lo que debe saber una jovencita. Claro que tienen cerebro más que suficiente para asimilarlo todo sin ponerse enfermas, así que están la mar de contentas con ella. Y, como les gusta, las dos se portan de maravilla.

Una vez que dejaron atrás la segunda planta, comenzaron el recorrido por las estancias situadas en la primera. La mayoría de las salas y salones de recepción se encontraba en la planta baja, pero había varios gabinetes y salitas emplazados entre los dormitorios de las dos alas.

—Ya veo que tenemos varias *suites.* Muy conveniente, sobre todo para los invitados de mayor edad. —Hizo una anotación en el cuadernillo que llevaba.

En ese momento el sonido del gong reverberó por la casa. El ama de llaves alzó la cabeza.

—Ésa es la señal de que el almuerzo está listo, señora.

Amelia dio media vuelta en dirección a la escalinata.

—Seguiremos esta tarde.

Llegó al vestíbulo principal justo cuando Luc salía del pasillo del ala oeste. Ataviado con el traje de montar, era el epítome del caballero rural inglés. Sus facciones y su constitución dejaban bien clara su ascendencia aristocrática.

El ama de llaves hizo una reverencia y pasó a su lado en

dirección a las dependencias diarias de la servidumbre. Luc la miró y alzó una ceja cuando llegó a su lado.

—¿Lo has visto todo?

—Ni la mitad —le contestó mientras lo precedía para entrar en el comedor—. Molly continuará enseñándome las estancias después del almuerzo.

Volvió a tomar asiento a su derecha. Se negaba a sentarse al otro extremo de la mesa cuando estuvieran solos. Cottsloe pareció estar de acuerdo con ella, porque su servicio estaba colocado precisamente en el lugar de su elección aun cuando no lo había especificado. Miró a Luc mientras sacudía la servilleta.

—¿Hay algún detalle referente al manejo de la casa —dijo al tiempo que hacía un gesto con la mano, englobándolo todo— que desees cambiar?

Luc tomó asiento y meditó la respuesta mientras Cottsloe servía. Cuando el mayordomo se alejó, negó con la cabeza.

—No. Lo hemos reorganizado todo a lo largo de los últimos años. —Enfrentó su mirada—. Ahora que mi madre te ha cedido las riendas, el control de los asuntos domésticos queda enteramente en tus manos.

Amelia asintió con la cabeza. En cuanto empezaron a comer, le preguntó:

—¿Hay algún otro asunto relacionado con la administración de la propiedad del que quieras que me ocupe?

Una pregunta delicada, ya que Minerva no era joven y Luc... bueno, era Luc. A pesar de que, sin duda, su suegra había cumplido sus deberes de forma abnegada, estaba segura de que él la habría ayudado cargando sobre sus propios hombros el máximo de responsabilidades de las que fuera capaz. Luc volvió a meditar su respuesta antes de negar otra vez, tal y como ella había supuesto que haría, aunque se detuvo de repente.

—En realidad —contestó, al tiempo que le echaba un vistazo—, hay unas cuantas cosas de las que podrías ocuparte.

Estuvo a punto de dejar caer el tenedor por la respuesta.

—¿Cuáles?

Esperaba que su afán no fuera demasiado evidente. Dada su estrategia a largo plazo, era esencial que adoptara con rapidez su papel de esposa, no sólo ante la servidumbre, los trabajadores de la propiedad y los arrendatarios, sino también ante su marido.

—La Reunión Otoñal... la llamamos así a falta de un nombre mejor, es una fiesta que se celebra en la propiedad a finales de septiembre.

—La recuerdo —replicó ella—. Asistí a una de ellas.

—Pero seguro que no viste ninguna de las que se celebraron cuando mis abuelos eran los vizcondes. Aquéllas sí que eran grandiosas...

Lo miró a los ojos y sonrió.

—Estoy segura de que podremos igualarlas si nos lo proponemos.

—Cottsloe era un simple criado en aquella época y Molly una de las criadas encargadas de la limpieza. Recordarán lo bastante como para resucitar algunas de las tradiciones más pintorescas.

Siguió mirándola a los ojos mientras ella asentía con la cabeza.

—Les preguntaré y veré lo que podemos organizar —dijo, tras lo cual soltó el tenedor para coger la copa—. ¿Algo más?

Luc titubeó.

—Esto está aún en el aire... mi madre solía visitar a los arrendatarios y estoy seguro de que tú también lo harás; pero estamos aceptando más trabajadores y no sólo para la mansión, sino también para las granjas. Hay un gran número de niños. Demasiados para que se encarguen el día de mañana de las tierras ocupadas por sus padres. —Cogió la copa, tomó un sorbo de vino y se apoyó en el respaldo de la silla—. He escuchado excelentes comentarios de algunas propiedades donde se han organizado escuelas para los hijos de los trabajadores. Me gustaría hacer algo parecido aquí, pero no tengo tiempo para recabar la información precisa y mucho menos para comenzar con los planes propiamente dichos.

Y si Diablo y Gabriel se salían con la suya y lo hacían partícipe del grupo de inversión de los Cynster, tendría mucho menos tiempo para ese tipo de actividades. Observó a Amelia con detenimiento y se percató del brillo interesado que iluminó sus ojos.

—¿Cuántas propiedades tienes?

—Cinco —contestó, y procedió a nombrarlas—. Todas son productivas y proporcionan beneficios suficientes para justificar el tiempo y el esfuerzo de reinvertir en ellas.

—No creo que te dejen tiempo para nada más.

Luc hizo un gesto afirmativo.

—Suelo visitarlas al menos dos veces al año.

Amelia lo miró.

—Te acompañaré.

Una afirmación, no una pregunta. Satisfecho, asintió otra vez con la cabeza.

—El resto de tus propiedades... ¿cuenta con un número de trabajadores que justifique la puesta en marcha de una escuela?

—Es probable que durante los próximos años el número se incremente hasta hacerlo necesario.

—Así que, si ponemos el proyecto en marcha aquí a modo experimental y conseguimos solucionar cualquier problema que se plantee, después podremos implantarlo en el resto de tus propiedades.

En ese momento enfrentó su ávida mirada sin tapujos.

—Llevará tiempo y un considerable esfuerzo en todos los casos. Siempre existen prejuicios que vencer.

Amelia sonrió.

—Tendré tiempo de sobra; puedes dejar el asunto en mis manos.

Ocultó la satisfacción que sentía tras un escueto gesto afirmativo. Cuanto más se involucrara Amelia en su vida, en el manejo de sus propiedades y de su hogar, mejor.

La inspección a caballo de los terrenos de Calverton Chase le había reportado información sobre el gran número de mejoras y reparaciones que se estaban llevando a cabo. Cosa que Amelia atribuiría a su dote, sin duda alguna.

Según dictaba la convención, una mujer no tenía por qué inmiscuirse en los asuntos de su marido. Sin embargo, él era incapaz de ocultarle la verdad para siempre.

Era incapaz de seguir ocultándole que su dote no era más que una pequeña gota en el océano comparada con su fortuna; que lo había sabido desde antes de que ella se le ofreciera junto con su dinero; que había puesto todo su empeño en que no descubriera el menor indicio de la verdad... hasta el punto de haber involucrado a su padre en el asunto y de haber hecho un pacto con Diablo...

¿Podría confiar en la posibilidad de que su temperamento fuera una venda que le impidiera ver la verdad que se ocultaba tras todo lo demás? Hizo una mueca para sus adentros. Era una Cynster... respetaba demasiado su perspicacia como para pensarlo siquiera.

Tenía de plazo hasta septiembre para confesarle la verdad.

Ya llegaría el mañana con sus preocupaciones...

—Milord...

Alzó la vista y vio a Cottsloe en la puerta.

—McTavish acaba de llegar. Está esperándolo en el despacho —le informó el mayordomo.

Luc dejó la servilleta sobre la mesa.

—Gracias —replicó, mirando a Amelia—. McTavish es mi administrador. ¿Lo conoces?

—Sí, pero me lo presentaron hace años. —Echó la silla hacia atrás al tiempo que un criado se acercaba para ayudarla. Luc le hizo un gesto para que no lo hiciera y se encargó él de la silla.

Amelia se puso en pie y lo miró a los ojos con una sonrisa.

—¿Qué te parece si te acompaño y vuelves a presentarnos? Después dejaré que te ocupes de tus deberes y yo seguiré con los míos.

Él la tomó de la mano y se la colocó en el brazo.

—El despacho está en el ala oeste.

Después de saludar al administrador y de echar una mirada curiosa al despacho, Amelia se reunió de nuevo con el ama de llaves para reanudar el recorrido por la mansión. Aunque el edificio estaba en excelentes condiciones y la madera (tanto el parqué como los muebles) brillaba por la capa de cera y el magnífico cuidado que recibía, las tapicerías y telas en general necesitaban una renovación. No de inmediato, pero sí a lo largo del año siguiente.

—No podremos hacerlo de golpe.

Ya habían completado el recorrido por las estancias de recepción. Amelia anotó el cambio de las cortinas del salón principal como prioridad. Y, en segundo lugar, las del comedor. Las sillas de ambas estancias necesitaban tapicerías nuevas.

—¿Es todo, señora? —preguntó el ama de llaves—. ¿Le gustaría que le trajera el té?

Amelia alzó la cabeza y lo pensó un instante. Era poco probable que Luc quisiera tomar el té con ella.

—Sí, por favor. Lleva la bandeja a la salita.

El ama de llaves asintió con la cabeza y se retiró. Amelia regresó a la salita contigua a la sala de música.

Tras dejar el cuadernillo de notas (en el que había escrito una ingente cantidad de ellas) sobre el escritorio, se acomodó en el diván para relajarse. No tardó en aparecer un criado con el servicio de té. Le dio las gracias y lo despachó, tras lo cual se sirvió una taza que procedió a beber a pequeños sorbos. En silencio y soledad. Circunstancias con las que no estaba familiarizada. No durarían. Esa casa siempre había estado llena de gente, sobre todo de mujeres. En cuanto Minerva y las hermanas de Luc regresaran de Londres, la casa volvería a la normalidad.

No. No del todo.

Ése era el significado de ese extraño interludio: el nacimiento de una nueva época. Tal y como el ama de llaves había dicho, la tormenta había pasado, el verano proseguía y la familia se adentraba en una época nueva.

En una época en la que llevaría las riendas de esa enorme mansión; se encargaría de su administración y de su cuidado. Luc y ella serían los responsables de cuidarla y de guiar a la familia que cobijaba bajo su techo a través de los avatares que el futuro les deparara.

Bebió un sorbo de té y sintió que esa nueva realidad, la realidad que tejía su futuro, se cernía sobre ella. Todavía era amorfa e incompleta, pero su presencia era indiscutible. Y estaba impaciente por afrontar el desafío de darle forma, de esculpir todas las posibilidades.

Una vez que apuró el té, el sol de la tarde la tentó. Probó a abrir las puertas francesas y, en efecto, estaban en buen estado. Salió al jardín.

Recorrió el paseo central cuyos setos estaban perfectamente recortados y, cuando llegó a un cenador cubierto por una glicinia y bañado por la luz del sol, comenzó a meditar acerca de su plan fundamental, a trazar su futuro más inmediato.

La relación física entre Luc y ella parecía marchar bien por sí sola; sólo tenía que entregarse, tal y como se suponía que era su deber, para lo que estaba más que dispuesta, sobre todo después de la noche anterior. Y de esa mañana.

Sonrió. Tomó otro camino al llegar a una encrucijada. No había esperado sentir esa confianza en sí misma; sentirse estimulada por la certeza de que lo complacía en la cama, de que el deseo que Luc sentía por ella era real y no fingido. En todo caso, había crecido en lugar de disminuir desde la primera vez que ambos se rindieran a él.

La buena disposición que él había demostrado a la hora de aceptar su ayuda para la Reunión Otoñal y para la planificación del proyecto de las escuelas era otro éxito inesperado. Tal vez sólo fuera que la consideraba competente y estuviera dispuesto a aceptar ayuda dado el sinfín de responsabilidades con las que cargaba; fuera por la razón que fuese, era un comienzo. Un paso que los acercaba a una relación de entrega y compañerismo que, en definitiva, conformaba la base de un matrimonio.

Un matrimonio real. Ése era su objetivo final. La meta que se había propuesto. El matrimonio que quería conseguir.

Llegó al final del camino y miró al frente, en dirección a los establos y al enorme edificio que se alzaba más allá. Desde allí le llegaba el inconfundible ladrido de los perros de caza.

Los tesoros de Luc. Con una sonrisa en los labios, se dispuso a echar un vistazo. Le encantaban los perros; lo cual era estupendo porque Luc era un aficionado a la cría de sabuesos desde pequeño. Un pasatiempo muy lucrativo gracias a la contratación de las rehalas durante la temporada de caza, a las montas y a la venta de los cachorros de los campeones como *Morry* y *Patsy*.

Las perreras estaban limpias y muy bien acondicionadas. Se accedía a ellas a través del patio central de los establos. El edificio, una construcción alargada, estaba dividido por un pasillo y en cada uno de los laterales había diferentes compartimentos. En uno de ellos encontró a Luc, que estaba charlando con Sugden, el encargado del criadero.

Luc se encontraba de espaldas a ella. Los dos hombres debatían la posibilidad de comprar otra perra para criar. Sugden se ruborizó nada más verla. Guardó silencio de repente y la saludó llevándose la mano a la gorra. Luc se dio la vuelta y vaciló un instante.

—¿Has venido a ver mis tesoros? —le preguntó con una ceja enarcada.

Ella sonrió.

—Por supuesto.

No se le había escapado la momentánea indecisión. Estaba segura de que Luc se preguntaba si podría molestarle el hecho de que utilizara su dote para comprar una nueva perra de cría. Dejó que la admiración que sentía por los animales asomara a sus ojos, cosa fácil porque eran unos perros magníficos, y asintió con la cabeza en dirección a Sugden al tiempo que se cogía del brazo de su marido.

—Parecían llamarme. ¿Cuántos tienes?

Él se dispuso a guiarla en un recorrido por el pasillo.

—Piensan que les has traído la cena.

—¿Tienen hambre? ¿A qué hora comen?

—Siempre, a la primera pregunta, y pronto, a la segunda. Hay sesenta, pero sólo se utilizan cuarenta y tres para las rehalas. Los otros son muy jóvenes. Y hay unos cuantos demasiado viejos.

Una de las más viejas estaba acurrucada sobre una manta en el último compartimento, el más cercano a la estufa que calentaba el lugar en invierno. La puerta estaba abierta de par en par. Cuando Luc se acercó, el animal alzó la cabeza y comenzó a mover el rabo.

Luc se puso en cuclillas a su lado y le acarició la cabeza.

—Ésta es *Regina*. Era la matriarca antes de que llegara *Patsy*.

Amelia se puso en cuclillas a su lado y dejó que la perra le oliera la mano antes de acariciarla detrás de las orejas. *Regina* ladeó la cabeza y entornó los párpados.

Luc apoyó el peso en los talones.

—Había olvidado que te gustan los perros.

Lo que era una suerte, ya que en invierno andaban por todas partes. Incluso llevaba algunos a la casa durante los días más fríos, en especial a los más pequeños y a los más viejos como *Regina*.

—A Amanda también le gustan; siempre ha querido tener un cachorrito, pero no era justo para el animal porque pasábamos la mayor parte del tiempo en Londres.

Luc jamás se había detenido a considerar que aunque tuvieran muchas cosas en común, había otras que... A él, por ejemplo, le resultaba imposible la idea de no contar con una propiedad campestre como Calverton Chase a la que llamar «hogar». Sin embargo, Amelia no había disfrutado de algo así. Mientras que él pasaba los veranos cabalgando por los bosques, ella iba de una propiedad a otra, pero ninguna le pertenecía.

Los ladridos de los perros cambiaron sutilmente. Luc echó un vistazo en dirección al pasillo y se enderezó al tiempo que aferraba el brazo de Amelia.

—Ven, puedes echar una mano para darles de comer.

Ella se puso en pie con presteza. La acompañó al otro extremo del pasillo e indicó a los muchachos que solían encargarse de la tarea que serían ellos quienes lo hicieran. Acto seguido, le mostró a Amelia la cantidad que debía poner en cada comedero. Ella se puso manos a la obra sin más demora y no tardó en comprender que primero debía apartar los hocicos de los animales con la mano para poder llenar los comederos.

Al final del pasillo, en el compartimento situado frente al de *Regina*, Sugden estaba echándole un vistazo a la última camada. Los cachorros tenían seis semanas y aún no habían sido destetados. El hombre le hizo un gesto con la cabeza cuando se acercaron.

—Todo va bien. Es posible que haya otro campeón entre ellos —dijo al tiempo que señalaba a uno de los cachorritos, que estaba olisqueando ruidosamente uno de los extremos del compartimento.

Luc sonrió, se inclinó sobre la pequeña barrera que impedía que los cachorros salieran y cogió al curioso perrito para que ella lo viera.

—¡Oh! Qué suave... —exclamó mientras lo acariciaba y se lo quitaba de las manos con la alegría pintada en el rostro.

Cuando lo acunó entre los brazos como si fuera un bebé y comenzó a acariciarle la barriga, el cachorro cerró los ojos y soltó un resoplido de puro contento.

La escena fue todo un impacto para él. La observó un instante antes de apartar la vista. Cuando volvió a mirar, descubrió que Amelia lo observaba de reojo.

—Cuando crezcan... ¿podemos regalarle uno a Amanda? —Su mirada regresó al cachorro, cuya suave barriga seguía acariciando. Le dijo algo con voz dulce.

Luc observó sus tirabuzones dorados.

—Por supuesto. Pero antes tendrás que elegir uno para ti —respondió mientras le quitaba al soñoliento perrito de las manos y examinaba el tamaño y la forma de sus patas—. Éste sería una buena elección.

—¡Vaya! Pero... —comenzó y le echó una mirada a Sugden—, si es un campeón...

—Será el mejor para tenerlo como mascota. —La interrumpió mientras volvía a dejar al animal junto a su madre—. *Belle* estará encantada —dijo, acariciando la cabeza de la perra, que cerró los ojos antes de ladear la cabeza para lamerle la mano.

Se enderezó y se despidió de Sugden con un gesto de cabeza.

—Seguiremos hablando mañana.

Tomó a Amelia del brazo y la apartó de la fascinante imagen del pequeño campeón, que mamaba de la teta de su madre. Recorrieron el pasillo en dirección a la salida.

—Tendrás que pensar un nombre. En un par de semanas habrá que destetarlo.

Ella no dejaba de observar el compartimento de los cachorros por encima del hombro.

—¿Podré sacarlo a pasear?

—No creo que puedas avanzar mucho. A los cachorros les encanta jugar y dar brincos.

Amelia suspiró al tiempo que miraba al frente y lo tomaba del brazo.

—Gracias. —Sonrió cuando él la miró, y se puso de puntillas para darle un beso—. No se me ocurre mejor regalo de bodas.

El semblante de Luc se tornó un tanto adusto y ella respondió frunciendo el ceño.

—Me temo que no tengo nada para corresponder al detalle.

Enfrentó su mirada con los ojos abiertos de par en par,

pero fue incapaz de descifrar su expresión. Un momento después, él le tomó la mano y se la llevó a los labios.

—Contigo me basta —replicó.

Supuso que se refería a la dote, pero a sus ojos asomó una fugaz expresión que la hizo dudar... y un escalofrío le recorrió la espalda. Siguieron paseando. Mantuvo la mirada al frente, consciente de la opresión que sentía en el pecho. Se preguntó si debería decirle que no le importaba en absoluto que invirtiera dinero en sus perros. Se preguntó si sería ésa la razón de que le hubiera regalado uno, un futuro campeón para más señas. Desechó la fugaz idea tan pronto como se le ocurrió. Luc nunca había sido una persona retorcida; era demasiado arrogante como para tomarse la molestia...

¿Debería sacar el tema a colación? No habían vuelto a hablar de la dote desde los primeros días; aunque, a decir verdad, no había nada de lo que hablar. En lo referente al dinero, en la inversión de lo que ya era su fortuna conjunta, confiaba plenamente en él. Estaba claro que no se parecía en absoluto a su padre; la devoción que demostraba por Calverton Chase y por su familia estaba fuera de toda cuestión.

De hecho, era esa devoción la que le había permitido llegar tan lejos. Llegar al lugar donde se encontraba en esos momentos, paseando con él, su marido, por Calverton Chase, su hogar.

Percibió la mirada de Luc sobre su rostro. Sintió el calor que emanaba de su cuerpo, el roce de dicho cuerpo, delgado y musculoso, que caminaba a su lado. No era una caricia en sí misma, pero sí una promesa.

Alzó la vista hacia él y le sonrió al tiempo que se aferraba con más fuerza a su brazo.

—Es demasiado temprano para regresar a casa. Enséñame los jardines. ¿El templete de la loma sigue estando en pie?

—Por supuesto. Es uno de los lugares más visitados. No podíamos permitir que se cayera a pedazos. —Enfiló el camino que partía en esa dirección—. Es uno de los mejores lugares del condado para contemplar la puesta de sol. —La miró de soslayo—. Si te apetece, podemos ir.

La sonrisa de Amelia se ensanchó mientras lo miraba a los ojos.

—Es una idea maravillosa...

15

La idea que rondaba a Amelia no era la misma que rondaba a Luc; de hecho, él había imaginado que iban a ver la puesta de sol.

A la mañana siguiente, mientras se paseaba por el vestíbulo a la espera de que se reuniera con él para recorrer a caballo la propiedad (algo mucho más seguro que pasear por los jardines o por cualquier otro sitio con ella), Luc seguía reprendiéndose en silencio a la par que intentaba recuperar el sentido común en vano. Un sentido común que parecía haberlo abandonado habida cuenta de sus últimos despropósitos.

En primer lugar estaba la visita al templete (¡y menuda forma de templar la situación!)... No había sido idea suya arriesgarse a que cualquiera de los jardineros o sus ayudantes los sorprendiera en *flagrante delicto* (estaban a principios de verano y los jardineros andaban por todas partes) o, lo que era peor, uno de sus vecinos, muchos de los cuales visitaban el templete con su permiso para meditar. Lo que hubieran visto les habría abierto los ojos... y tal vez, en el caso de alguno en concreto, podría haberle provocado una apoplejía.

En segundo lugar, y sin tener en cuenta el consiguiente retraso en volver a casa, estaba el inesperado desafío que supuso la cena y la lucha que se había obligado a librar consigo mismo para evitar el comportamiento de la noche anterior. Todo en vano, por supuesto, ya que la había arrastrado al dormitorio cuando ni siquiera llevaban diez minutos en el salón. Por no hablar de las consecuentes acciones que tuvieron lugar esa madrugada y la mañana posterior, las cuales lo habían dejado totalmente desorientado.

Era... bueno, había sido un libertino afamado; sin embargo, daba la impresión de que fuese Amelia quien estaba decidida a corromperlo.

Aunque no se quejaba, al menos no en lo referente al resultado; ni siquiera de la escena en el templete (el simple recuerdo lograba que el deseo se adueñara de él). No obstante, todo era... muy diferente de lo que había imaginado.

Había asumido, con total convicción, que se casaba con una obstinada aunque delicada florecilla; sin embargo, Amelia había resultado ser toda una tigresa. Desde luego, tenía las uñas afiladas... y bien que lo sabía él.

El sonido de sus tacones en la escalinata hizo que se volviera. Alzó la vista y la observó mientras bajaba. Llevaba un traje de montar verde manzana, color que confería un tono más dorado a sus tirabuzones. Ella alzó la cabeza y lo vio; una expresión de placer y de algo más (o eso creyó) le iluminó el rostro. Una especie de emoción que nada tenía que ver con el paseo a caballo que habían planeado.

Terminó de bajar las escaleras y se acercó a él; se detuvo un instante, con la cabeza gacha, mientras se abotonaba los guantes. El sol matutino se filtraba por el montante de la puerta que tenía a su espalda y se derramaba sobre ella.

Por un instante, Luc fue incapaz de respirar, de pensar. Volvió a apoderarse de él el mismo sentimiento que lo consumió el día anterior cuando la vio acunando al cachorro. Un anhelo nacido de lo más profundo de su corazón; la necesidad de darle algo mucho más precioso para que lo acunara entre sus brazos.

Amelia masculló algo, irritada con los diminutos botones. El sentimiento se atenuó, aunque no lo abandonó por completo. Inspiró hondo, dando gracias porque ella estuviera distraída, antes de extender la mano hacia su muñeca. Tal y como hiciera en aquella otra ocasión, le abotonó el guante con destreza. La miró a los ojos y se llevó la mano a los labios antes de entrelazarla con la suya.

—Vamos, los caballos están listos.

Una vez en el exterior, la subió a la silla y contempló con ojo crítico cómo colocaba el pie en el estribo y recogía las riendas. Hacía años que no montaba con ella a caballo. Su postura había mejorado con el tiempo y cogía las riendas con más confianza. Satisfecho, se acercó a su caballo y montó, tras lo cual le indicó con un gesto que enfilara el camino.

Cabalgaron juntos durante toda la mañana, atravesando un paisaje de prados verdes, moteados por los tonos más intensos de los sotos. Pusieron rumbo al sur y saltaron alguna que otra cerca baja; conocía cada prado, cada zanja y cada cerca en kilómetros a la redonda... y evitó cualquier ruta que considerara demasiado peligrosa.

Si Amelia se percató, no dio señales de ello; saltó cada uno de los obstáculos con una confianza que lo tranquilizaba y lo distraía a la vez. Una nueva señal de que había cambiado, de que había madurado con el paso de los años, de que ya no era una niña, sino toda una mujer.

Sobre sus cabezas, el cielo lucía el perfecto azul de un día estival, apenas ensombrecido por unas cuantas nubes vaporosas. El zumbido de los insectos y el aleteo de algún pájaro espantado eran los únicos sonidos que se escuchaban aparte de la cadencia de los cascos de los caballos.

Llegaron hasta el extremo del valle del Welland, donde se detuvieron para contemplar los frondosos campos por los que discurría el río cual cinta plateada que relucía bajo el sol.

—¿Cuál es el límite de tus tierras?

—El cauce del río. La mansión está en la zona más septentrional de la finca.

—¿Eso quiere decir que aquello de allí también es tuyo? —Amelia señaló hacia un grupo de tejados que se veía a través de los árboles.

Luc asintió y azuzó a su caballo pinto en esa dirección.

—Estamos reparando una de las casas. Debería comprobar cómo va el trabajo.

Amelia azuzó a su montura para que siguiera a Luc a lo largo de la loma y después comenzó el descenso de la suave pendiente que llevaba hasta las casas.

Eran tres viviendas robustas, construidas con la típica piedra rojiza de la zona. A la del centro le estaban colocando el tejado. De hecho, en esos momentos no tenía. Había algunos hombres encaramados al armazón de madera, colocando algunas vigas más. Los martillazos resonaban en el valle.

El capataz los vio, los saludó con la mano y se aprestó a descender. Luc desmontó y ató las riendas de su caballo a una rama antes de ayudar a Amelia a hacer lo mismo.

—El invierno pasado una rama enorme cayó sobre el tejado durante una tormenta. La casa ha estado desocupada desde entonces —le explicó al tiempo que señalaba con la cabeza hacia una de las otras casas, de la que había salido una caterva de niños que los miraba boquiabiertos—. Las tres familias llevan seis meses viviendo apretujadas en las otras dos casas.

Luc se volvió hacia el capataz cuando éste se acercó, y le presentó a Amelia. El hombre inclinó la cabeza y se llevó una mano a la gorra a modo de saludo antes de dirigirse a Luc, que observaba la evolución de la obra con los ojos entrecerrados.

—Vais más adelantados de lo que creía.

—Sí.

El capataz observó la casa con ojo crítico.

Amelia decidió dejarlos a solas. Se encaminó hacia los niños, ya que no tenía sentido desperdiciar una buena oportunidad de conocer a las familias que vivían en la propiedad.

—Desde luego, si no hubiéramos recibido la madera antes de junio, a estas alturas estaríamos cruzados de brazos. El maderero tenía el material justo para la reparación, pero con todos los pedidos que recibió en cuanto mejoró el tiempo, se quedó sin nada en menos de una semana.

—Pero habéis hecho muchos progresos. ¿Cuánto falta para que comencéis a colocar la pizarra?

Amelia dejó que las voces se desvanecieran a su espalda; cuando llegó hasta los niños que se habían acercado más, se agachó con una sonrisa en los labios.

—¡Hola! Vivo en la casa grande, en Calverton Chase. ¿Está vuestra madre?

Los más pequeños la miraron con abierta curiosidad. Uno de los mayores, que se había quedado junto a la puerta, se volvió y gritó hacia el interior.

—¡Mamá, la nueva vizcondesa está aquí!

El anuncio provocó el caos. Cuando logró convencer a las tres mujeres de que no esperaba ninguna atención especial y aceptó tomarse un vaso de limonada mientras charlaba con dos ancianas sentadas junto a la chimenea, ya había pasado casi media hora. Sorprendida por el hecho de que Luc no hubiera ido a buscarla, salió de la casa y echó un vistazo a los alrededores. Los caballos seguían atados al árbol, pastando, pero no había señales de Luc. Fue entonces cuando escuchó su voz y levantó la vista.

Su marido, el perfecto aristócrata, se había quitado la chaqueta; con la camisa remangada y el pañuelo atado al descuido alrededor del cuello, guardaba el equilibrio sobre un travesaño del nuevo armazón. Con los brazos en jarras, saltó sobre el madero para comprobar la resistencia de la viga mientras discutía algo sobre la estructura. Recortado contra el cielo azul y con el cabello alborotado por la brisa, estaba pecaminosamente guapo.

Alguien le dio unos tironcitos en la manga. Amelia bajó la vista y vio a una pequeñina de cabello castaño y rizado y enormes ojos pardos que la miraba sin parpadear. La niña debía de tener alrededor de seis o siete años.

La niña carraspeó y miró a sus compañeros; parecía ser la líder del grupo. Inspiró hondo y devolvió la mirada a Amelia.

—Nos preguntábamos si... ¿son todos sus vestidos tan bonitos como éste?

Amelia observó su traje de montar veraniego. Era, o eso supuso, lo bastante bonito, pero ni mucho menos se podía comparar con sus vestidos de fiesta. Meditó la respuesta sin perder de vista cuán valiosos eran los sueños.

—¡Caramba, no! Tengo vestidos mucho más bonitos que éste.

—¿De verdad?

—Sí. Y todos podréis comprobarlo cuando vengáis a la casa grande para la fiesta que celebraremos dentro de unos meses.

—¿Fiesta? —Uno de los niños se acercó más a ella—. ¿La Reunión Otoñal?

Amelia asintió.

—Yo seré la organizadora este año. —Volvió a mirar a la niña de rizos castaños—. Tendremos muchos más juegos que antes.

—¿De verdad?

Los otros niños la rodearon.

—¿Habrá concurso de saltos?

—¿Y de tiro con arco?

—¿Y tiros con herraduras? ¿Qué más, qué más?

Amelia soltó una carcajada.

—Todavía no lo sé, pero habrá muchos premios.

—¿Tiene perros como él? —La niña la tomó de la mano mientras señalaba con la cabeza a Luc, que seguía en el tejado—. A veces los trae, pero hoy no. Son grandes pero muy simpáticos.

—Pues la verdad es que tengo un perro, pero todavía es un bebé. Bueno, un cachorro. Cuando crezca, lo traeré de visita. Podréis verlo en la fiesta.

La niña la miró con expresión confiada.

—Nosotros también tenemos mascotas. Están en la parte de atrás. ¿Le gustaría verlas?

—Por supuesto —contestó, observando el grupo de niños que la rodeaba—. ¿Por qué no vamos y me las enseñáis?

Rodeada de niños que no dejaban de hacerle preguntas, fue conducida a la explanada que había detrás de la casa.

Luc la encontró allí un cuarto de hora más tarde, mientras examinaba un gallinero.

—Guardamos las plumas para las almohadas —le estaba diciendo su más reciente amiga—. Es importante.

Amelia sabía que Luc la estaba esperando, se había percatado de su presencia en cuanto rodeó la casa, pero no podía dejar a los niños sin más. De manera que asintió con aire solemne a la pequeña Sarah antes de mirarlo.

—¿Tenemos un concurso para elegir al mejor pollo... no, al pollo más bonito de la propiedad?

Luc se acercó al grupo y saludó a los niños. Los conocía a todos desde que nacieron y los había visto crecer, por lo que no le tenían miedo.

—No que yo sepa, pero no veo por qué no podemos hacerlo.

—¿En la Reunión Otoñal? —preguntó Sarah.

—Bueno, si yo soy quien manda —dijo Amelia al tiempo que se enderezaba—, las cosas serán como yo diga. Y si yo digo que habrá un concurso para elegir al pollo más bonito de la propiedad, será mejor que empieces a acicalar a *Eleanor* y a *Iris*, ¿no te parece?

El comentario suscitó una buena polémica; al examinar el grupo, Luc se percató de los ojos brillantes y de las miradas fijas en Amelia, de la manera en la que los niños la escuchaban y observaban sus movimientos. Amelia estaba muy a gusto entre ellos, y lo mismo sucedía con los niños.

Le llevó un buen rato separarla de los pequeños para ponerse en marcha. En el trayecto de regreso a la mansión, le señaló el emplazamiento de otras granjas, pero no se detuvieron. La imagen de Amelia, no sólo con los niños sino también con las madres mientras se despedían, se le había quedado grabada en la mente.

La capacidad de relacionarse con los criados era una cosa, pero la capacidad de relacionarse con los granjeros y sus familias, sobre todo con los niños, con tanta facilidad era algo completamente distinto. No era una característica en la que hubiera pensado a la hora de elegir esposa y, sin embargo, era esencial. Aunque Amelia no hubiera disfrutado de un hogar permanente en el campo, sí provenía de una gran familia, al igual que él. Desde la cuna habían estado con otros niños, mayores o más pequeños... siempre había habido algún bebé en las cercanías.

Tratar con personas de todas las edades era uno de sus talentos naturales; no se imaginaba careciendo de semejante don. Ayudar a una esposa que no tuviera esa habilidad habría sido difícil. Mientras entraban en los establos de Calverton Chase y escuchaban el gong que anunciaba el almuerzo, dio gracias a su buena suerte por haber escogido, aunque fuera por casualidad, a Amelia.

No obstante, cuando entró en el fresco interior de la mansión recordó que había sido ella quien lo eligiera a él...

Y el motivo que tuvo para hacerlo.

El comentario del capataz resonó con fuerza en su cabeza. Esperaba que Amelia no lo hubiera escuchado. Mientras subían las escaleras para cambiarse de ropa, ella siguió parloteando con su habitual jovialidad. De modo que llegó a la conclusión de que no lo había escuchado y se olvidó del asunto... así como de la punzada de culpabilidad.

Amelia recordó las palabras del capataz mientras se desvestía. Había algo en el comentario que le había llamado la atención, pero no era capaz de recordarlo.

Antes... sí, antes de junio. Eso era. Luc había autorizado el pedido crucial de madera a finales de mayo. Y dado lo que sabía de sus circunstancias... Bueno, debía de haber sido su dote, o la promesa de su dote, lo que le permitió hacerlo.

Por un instante se quedó allí plantada, con la chaqueta a medio quitar y la mirada perdida más allá de la ventana, hasta que Dillys apareció y volvió a la realidad.

No había motivo por el que Luc no debiera contar con su dote, no después de que ella le propusiera matrimonio y él hubiera aceptado. En su mundo, era lo único que hacía falta; a partir de ese momento, a menos que ella cambiara de opinión y él aceptara renegar del compromiso, su dote había sido de Luc.

Y era evidente que le hacía mucha falta. Con urgencia. Las palabras del capataz y las familias apretujadas en las casas daban fe de ese hecho. La madera no sólo había sido un gasto lógico, sino también necesario.

Mientras se ponía un vestido de diario y esperaba a que Dillys le anudara las cintas, repasó todo lo que sabía de Luc y todo lo que había aprendido en los días pasados... y llegó a la conclusión de que era lo que ella siempre había imaginado que sería: un terrateniente que no rehuía sus responsabilidades. Ni las inherentes a su familia ni las inherentes a sus trabajadores.

Y ésa era una cualidad que ella apreciaba en su justa medida. No había razón para que eso la inquietara.

Ninguna razón salvo la extraña sensación de que algo, de alguna manera, no terminaba de encajar.

A la mañana siguiente cabalgaron hasta Lyddington. Las casas del pueblo se alineaban a ambos lados de la calle principal, y la posada, la panadería y la iglesia se erigían alrededor de un prado. El pueblo estaba rodeado por una agradable aunque adormecida aura de prosperidad; si bien era un lugar silencioso, ni mucho menos estaba desierto.

Tras dejar las monturas en la posada, Luc la cogió del brazo y la llevó a la panadería, desde la que llegaba un aroma celestial, arrastrado por la suave brisa. Amelia echó un vistazo a su alrededor y se percató de que habían cambiado muy pocas cosas desde la última vez que visitara el pueblo, cinco años atrás.

En la panadería seguían haciendo los bollos de canela más deliciosos; Luc compró dos mientras ella charlaba con la señora Trickett, que no sólo era la propietaria del establecimiento sino que también atendía el mostrador. La señora Trickett se apresuró a felicitarlos por la boda, dejando claro que la noticia de su matrimonio era de conocimiento general.

—Fue una agradable sorpresa descubrir que usted era la nueva señora de Calverton Chase, milady... Bueno, es como si ya fuera uno de nosotros.

Amelia le devolvió a la mujer la deslumbrante sonrisa antes de despedirse y dejar que Luc la acompañara al exterior. Sus miradas se encontraron al salir del establecimiento, pero se limitaron a sonreír sin pronunciar palabra. De haber pensado en la posibilidad, ambos habrían esperado una reacción semejante; nunca había vivido en la propiedad, pero no era una desconocida para los lugareños.

Se sentaron en un banco situado frente al prado y dieron buena cuenta de los bollos de canela.

—Mmm —musitó Amelia a la postre, relamiéndose el azúcar con canela que se le había quedado en los dedos—. Delicioso. Tan bueno como siempre.

—Las cosas no suelen cambiar por aquí.

Luc había devorado su bollo y se había arrellanado en el banco, con las piernas estiradas.

Cuando Amelia lo miró, se dio cuenta de que tenía la vista clavada en sus dedos y en sus labios. Ensanchó la sonrisa y se dio un último lametón en un dedo. Instantes después, Luc parpadeó y alzó la vista hacia sus ojos. Ella lo miró con aire inocente.

—¿Te parece que demos un paseo y saludemos a más personas?

Ya habían saludado al posadero y a su esposa, pero quedaban algunas personas en el pueblo a quienes debían saludar como dictaban las buenas maneras.

Luc miró hacia algún lugar situado a su espalda.

—No hace falta. —Replegó las piernas con elegancia y se enderezó en el banco—. Ya vienen ellos.

Amelia se volvió y vio que la esposa del vicario se acercaba. Se pusieron en pie e intercambiaron los cumplidos de rigor con la señora Tilby, tras lo cual la buena señora le pidió que la ayudara con el asilo de pobres.

—Lady Calverton... Quiero decir, la vizcondesa viuda, es nuestra madrina, por supuesto, y esperamos que continúe con su papel durante muchos años, pero nos sentiríamos honrados si usted también se uniera a la causa.

Amelia sonrió.

—Por supuesto. Lady Calverton regresará de Londres en breve. La acompañaré a la próxima reunión.

La promesa alegró el día de la señora Tilby, que se alejó de ellos deshaciéndose en halagos y buenos augurios, además de asegurarles que le transmitiría sus saludos a su marido. A la postre los dejó solos, aunque antes de marcharse se detuvo para saludar al señor Gingold, un caballero corpulento y simpático.

El caballero en cuestión se acercó a ellos, con una mirada resplandeciente y una sonrisa afable en su rubicundo rostro.

—Mi más sincera enhorabuena, querida. —Hizo una reverencia formal a Amelia, que ella correspondió de la misma forma. Después se volvió hacia Luc y le estrechó la mano—. Siempre supe que tenías buen olfato, muchacho.

Luc enarcó las cejas.

—Después de pasar tantos años criando sabuesos, supongo que algo se me ha pegado.

El hombre se echó a reír y le preguntó por los perros. Luc y él compartían un sinfín de responsabilidades relacionadas con la caza en la zona; a Amelia no le sorprendió que la conversación acabara tomando ese rumbo.

De todas formas, no tuvo oportunidad de aburrirse, ya que un carruaje se detuvo a las puertas de la posada. Cuando la portezuela se abrió, bajaron tres jovencitas que se sacudieron las faldas y abrieron sus sombrillas. La madre, que bajó con mucha más elegancia, las reunió antes de echar a andar hacia ella.

Ése fue el principio. Durante la hora que siguió y sin necesidad de moverse del prado, Amelia fue presentada a casi todos los terratenientes de los alrededores. O, para ser más precisos, retomó la relación, puesto que ya los conocía; de hecho, debido a las numerosas fiestas campestres a las que había asistido en Calverton Chase a lo largo de los años, estaba más familiarizada con la nobleza local que con los aldeanos.

Todos le dieron una cariñosa bienvenida, ya que la familiaridad presidía las presentaciones e instaba a las mujeres a invitarla a tomar el té. Ella era una persona conocida, una presencia en absoluto amenazadora.

Cuando la reunión improvisada se dispersó y fueron a por los caballos para regresar a Calverton Chase para almorzar, Amelia percibió la mirada de Luc clavada en ella. Se la devolvió con una sonrisa.

—Ha sido mucho más fácil de lo que me esperaba.

Él titubeó mientras un pensamiento, alguna conclusión profunda, brillaba en las profundidades cobalto de sus ojos e instó a su caballo a que diera media vuelta.

—Y tanto. Pero será mejor que nos demos prisa.

Amelia soltó una carcajada.

—¿Por qué? ¿Tienes hambre?

Siguió observándola mientras ella, ya montada en la yegua, se colocaba a su lado.

—Estoy famélico —masculló antes de hundir los talones en los flancos de su montura.

Amelia encajaba tan bien que resultaba pavoroso. Encajaba en su hogar, encajaba en su vida... encajaba con él mismo. Era como un complemento natural, como si fuera la cerradura para su llave.

No lo había previsto... ¿Cómo podría haberlo hecho? Jamás se le había pasado por la cabeza que la vida matrimonial, que su vida matrimonial, sería así: un paseo sencillísimo que concluía en una serena felicidad.

Almorzaron juntos. Ya se había establecido una cómoda camaradería entre ellos. Conocían los gustos del otro y se habían familiarizado con sus respectivas costumbres. Si bien aún no se conocían por completo (motivo que confería un deje incierto a su antigua amistad convertida en matrimonio), había cierta familiaridad, cierta comodidad... el sencillo consuelo de disfrutar de la comprensión de otra persona y de corresponderla...

Tenía la impresión de que lo hubieran arrastrado a un torbellino demasiado bueno para ser cierto.

Apartó la silla de la mesa.

—Tengo que ver cómo están los perros.

Amelia sonrió y lo imitó.

—Voy contigo. Quiero ver a mi cachorro. —Se detuvo, con la vista clavada en sus ojos—. ¿Lo dijiste en serio?

Luc rodeó la mesa para apartarle la silla.

—Por supuesto.

El cachorro haría de regalo de bodas provisional hasta que pudiera darle el verdadero: el collar y los pendientes de perlas y diamantes que había encargado y diseñado a juego con el anillo de compromiso. Claro que no podría dárselo hasta que confesara, ya que, de otra manera, ella pensaría que le estaba regalando parte de su dote, cosa que era incapaz de soportar.

Amelia se levantó y él le ofreció el brazo.

—Estoy seguro de que no le impedirás acompañar a los demás cuando sea necesario.

—¿Te refieres a cuando salgan a cazar? Pero les encanta cazar, ¿no es cierto?

—Para un sabueso, sería una tortura impedirle seguir el rastro de su presa.

Amelia siguió haciéndole preguntas acerca de los cuidados de los sabuesos; cuando llegaron a las perreras, se dirigió directamente al compartimento de los cachorros. Su perrito estaba de nuevo olisqueando por debajo de la barrera. Sin dejar de hablar con Sugden, Luc la observó mientras sacaba al cachorro. Y lo tranquilizaba con sus palabras. Comenzó a acunarlo entre los brazos y el animalillo se quedó de lo más contento mientras le hablaba.

Amelia se volvió cuando se acercó a ella.

—Dijiste que podía ponerle un nombre.

Luc acarició la cabeza del cachorro.

—Sí, pero tiene que tener un nombre adecuado que se pueda registrar, uno que no se haya usado antes. —Señaló con la cabeza en dirección a la oficina emplazada en el otro extremo de las perreras—. Sugden tiene el libro de registro. Dile que te lo enseñe. Tendrás que comprobar que el nombre no se haya usado antes.

Amelia asintió.

Luc se agachó y le dio unas palmaditas a *Belle* antes de comprobar el estado de los demás cachorros, después se levantó.

—Tengo que atender algunos asuntos de negocios... Estaré en mi despacho. Pregúntale antes a Sugden, pero creo que a tu cachorro y a los demás les vendrá bien salir un poco.

Amelia lo miró.

—¿A jugar?

Él esbozó una sonrisa maliciosa.

—¿Qué otra cosa hacen los cachorros? —Y con un saludo, se alejó.

Amelia devolvió toda su atención al perrito. En cuanto estuvo segura de que Luc no podía escucharla, susurró:

—*Galahad*. Nunca le ha gustado mucho el rey Arturo, así que no habrá utilizado ese nombre.

Llevaba en su despacho unos veinte minutos revisando inversiones, cuando se levantó para coger un libro de cuentas y la vio en el jardín, con los cachorros saltando a sus pies. Sugden y *Belle* contemplaban la escena desde cierta distancia; Amelia, con los tirabuzones dorados al viento y el vestido del mismo azul que el cielo, era la estrella del espectáculo mientras peleaba en broma por un trozo de cuerda con los perritos.

Los animales saltaban y caían a sus pies, manchándole el vestido con las patas y tironeándole del bajo, aunque a ella no parecía importarle.

Un momento después Sugden dijo algo. Amelia levantó la vista y agitó la mano a modo de despedida mientras el hombre se alejaba. *Belle* apoyó el hocico sobre las patas y cerró los ojos; al igual que Sugden, estaba convencida de que sus cachorros estaban a salvo.

Con el libro de cuentas en la mano, Luc vaciló. Tal vez debiera... Unos golpecitos en la puerta lo distrajeron.

—Adelante.

McTavish entró.

—Han llegado las cotizaciones que estábamos esperando, milord. ¿Quiere echarles un vistazo ahora?

Luc deseaba negarse, deseaba desentenderse del trabajo y reunirse con su flamante esposa en el jardín para jugar con los cachorros. Ya había pasado toda la mañana en su compañía y acababa de comprender que le encantaría pasar la tarde del mismo modo.

—Por supuesto. —Le indicó a McTavish que tomara asiento en la silla del otro lado del escritorio mientras él se acercaba a su sillón con el libro de cuentas en las manos—. ¿Cuánto piden?

Había sido todo demasiado fácil. Sorprendentemente sencillo.

Dos días después, Amelia se dio la vuelta en la cama y miró con una sonrisa bobalicona los destellos de luz que se reflejaban en el techo. Había un pequeño estanque en el otro extremo de la terraza; todas las mañanas (y durante casi todo el día), el sol se reflejaba en el agua y bañaba el dormitorio de luz.

El dormitorio de los dos, de Luc y de ella. La cama en la que yacía en esos momentos era la cama que compartían cada noche, y cada mañana también.

Su sonrisa se ensanchó al recordar esas noches y esas mañanas. Sólo habían pasado cinco días desde su boda, pero se sentía plenamente segura en ese aspecto de su relación. Como también se sentía muy segura en el papel de lady Calverton delante de los criados y en sus relaciones con los vecinos. En esos ámbitos, su matrimonio era todo lo que ella había deseado, justamente lo que había querido conseguir.

Como primer paso.

Había conseguido ese primer paso mucho antes de lo que esperaba. Lo que la llevaba a enfrentarse a la siguiente fase del plan mucho antes de lo que había imaginado. Podría relajarse y disfrutar de su logro antes de hacer acopio de valor y encarar la siguiente, mucho más peliaguda. Sin embargo, tenía veintitrés años y su impaciencia por lograr que ese matrimonio fuera lo que había soñado no había mermado. Sabía lo que quería... y no se conformaría con menos. La mera idea la inquietaba.

Su matrimonio estaba teñido de un sentimiento extraño; no podía tildarse de insatisfacción, pero sí echaba algo en falta. Aunque, a decir verdad, no se trataba de que ella introdujera así de repente eso que faltaba.

Porque ya estaba presente, ya existía; estaba convencida de que era así, al menos en lo que a ella concernía. Amaba a Luc, a pesar de que aún no se lo había dicho. Semejante declaración a esas alturas era demasiado arriesgada; si él no correspondía a su amor, o no estaba dispuesto a admitir que lo hacía, sólo provocaría incomodidad. O, en el peor de los casos y teniendo en cuenta el carácter de su marido, bien podría plantarse y negarse en redondo a aceptar esa idea.

Sin embargo, ése debía ser su siguiente paso: debía declarar su amor (primero ella para que él respondiera en consonancia), zafarse de sus defensas y persuadirlo para que él hiciera lo mismo. Necesitaba sacar el amor de su escondrijo, porque estaba segura de que estaba presente en todo lo que hacían; necesitaba sacarlo a la luz, de modo que se convirtiera en una parte vital de su relación.

Para que la fortaleciera con su apoyo.

Tenía que persuadir a Luc; convencerlo y engatusarlo para que lo reconociera y llegara a desearlo.

La pregunta era cómo lograrlo. ¿Cómo se animaba a un hombre como Luc a tratar con una emoción como el amor? Una emoción que sin duda alguna él preferiría evitar.

Se sabía al dedillo las formas en las que los hombres como él, como sus primos, intentaban sortear el amor. Y Luc era inmune a la manipulación; siempre había sabido que ésa sería la batalla más difícil de todas.

Así que, ¿cuál era la mejor estrategia a seguir?

Mientras descansaba sobre las sábanas revueltas y los almohadones, puso su mente a trabajar en el asunto. Ahondó en sus recuerdos y en todo lo que había averiguado acerca de su marido en las últimas semanas...

Y consiguió el esbozo de un plan. Un plan que enseñaría a Luc el verdadero potencial de su unión con los únicos argumentos que él aceptaría dado el tema en cuestión. El único lenguaje que garantizaba su absoluta atención.

Un plan perverso. Tal vez incluso un poco taimado; o así lo vería él a buen seguro. Sin embargo, cuando una dama debía enfrentarse a un caballero como él... Bueno, todo valía en el amor y en la guerra.

Y tenía la oportunidad perfecta. Para llevar a cabo su plan, debían estar a solas, sin familia ni amigos. En cuanto Minerva llegara con sus hijas, comenzarían las visitas del resto de familiares, pero aún contaba con cuatro días antes de que eso sucediera.

Cuatro días en los que podría concentrarse en otros menesteres, porque ya estaba más que segura en su papel de vizcondesa.

Otros menesteres como... su marido.

Luc entró en el comedor y lo encontró vacío. El gong que anunciaba el almuerzo había sonado hacía unos minutos, de manera que le resultó extraño que Amelia no estuviera. Con el ceño fruncido, se acercó a su silla y se sentó. Cottsloe acababa de llenarle la copa de vino cuando escuchó pasos en el pasillo.

Los pasos de Amelia.

Levantó la copa y se acomodó en la silla con la vista clavada en el vano de la puerta. Desde que había descubierto que tenía que trazar una línea, que tenía que controlar el deseo de estar en su compañía de manera que éste adoptara unos límites aceptables, todo había ido a las mil maravillas. Durante el día, ella se paseaba por la casa y los jardines, cabalgaba con él por la propiedad y jugaba con sus cachorros; día a día, su esposa se involucraba más con los quehaceres diarios que conllevaba su matrimonio.

En cuanto a las noches... lo recibía con una pasión desenfrenada y un deseo tan sincero que le abrasaba el alma.

Las pisadas se interrumpieron un instante, tras el cual continuaron y Amelia apareció en el vano de la puerta. Se detuvo un momento, lo miró a los ojos y sonrió.

Luc parpadeó; antes de que pudiera detenerse, la devoró con una mirada hambrienta. El vestido que llevaba era de una muselina tan diáfana que sería translúcido de no haber tenido una sobrefalda del mismo material. Dos capas finísimas, eso era todo lo que cubría esas voluptuosas curvas que él conocía de primera mano. Unas curvas que su mente recordaba sin esfuerzo alguno.

El vestido de color melocotón resaltaba la perfección de su piel de alabastro. Mientras se acercaba, el deseo de acariciar sus pechos, expuestos en parte por el generoso escote, comenzó a hormiguearle en los dedos, en las manos.

Apartó la mirada y se obligó a beber de la copa como si nada mientras Cottsloe le apartaba la silla para que ella se sentara.

Amelia le sonrió.

—¿Te encontró el coronel Masterton?

Luc asintió. El coronel, uno de sus vecinos, había ido a buscarlo esa mañana; Amelia había encandilado al hombre antes de indicarle la dirección por la que él se había marchado.

—Quería hablar sobre el soto de la linde norte. Este año tendremos que desbrozar esa zona.

Hablaron de temas sin importancia. Dada la extensión de la propiedad, siempre había algo que reclamaba su atención; y tras años de dejadez forzada, había mucho por hacer. Mientras Amelia se deshacía en halagos hacia los nuevos muebles (le había dado *carte blanche,* asegurándole que disponían de fondos más que suficientes para hacer los cambios que quisiera), Luc contempló su rostro y se quedó prendado de su vivacidad.

Entretanto, intentó que su mente no se perdiera por esos derroteros que debía evitar... Como la vivacidad que su esposa demostraba en otros menesteres y en otras circunstancias. Y en lo mucho que deseaba volver a ser testigo de ella.

Los ojos de Amelia resplandecían y sus labios carnosos tenían un tinte rosado. Los paseos al aire libre habían conferido un delicado tono dorado a la suave piel de sus brazos.

Un lustroso tirabuzón dorado había escapado del recogido y le rozaba la oreja una y otra vez, distrayéndolo. Siempre llevaba el pelo recogido, así que debía de haberse soltado de alguna manera. Observó el elegante moño y le pareció que estaba bien sujeto. Ese mechón, sin embargo... Estuvo a punto de extender la mano para tocarlo, para acariciarlo. Consiguió reprimir el impulso a duras penas.

Se obligó a apartar la mirada... primero hacia sus labios y después hacia sus ojos. Cambió de postura en la silla, se apoyó de nuevo contra el respaldo y tomó un sorbo de vino en un intento por evitar que su imagen le nublara la mente.

Cuando la comida llegó a su fin, ya se encontraba excitado, la mar de incómodo y listo para marcharse.

Le apartó la silla para que ella se levantara de la mesa, gesto que Amelia le agradeció con una sonrisa.

—Voy a jugar con los cachorros... ¿Vas a las perreras?

Ésa había sido su intención. La miró a los ojos. Apenas unos centímetros separaban sus cuerpos y jamás había sido más consciente de una mujer en toda su vida.

—No. —Clavó la vista al frente y le hizo un gesto para que lo precediera—. Tengo trabajo en el despacho.

Amelia abrió la marcha y se detuvo en el pasillo para mirarlo con una sonrisa.

—En ese caso, te dejo.

Con esa despedida, se alejó envuelta en la fina muselina que flotaba alrededor de sus caderas y de sus piernas...

Luc parpadeó, se reprendió en silencio y dio media vuelta para encerrarse en su despacho.

Dos horas más tarde, estaba sentado a su escritorio... y ya había acabado con todo el trabajo. Lo primero que había hecho al entrar en la estancia fue correr las cortinas de las ventanas que daban al jardín y desde entonces había estado luchando contra la tentación de descorrerlas. Sólo Dios sabía lo que podría ver. Llevaba diez minutos con la mente totalmente en blanco y la vista clavada en el grabado de la incrustación de piel del escritorio.

Alguien llamó suavemente a la puerta. No era Cottsloe, porque él daba un golpe seco para anunciar su presencia. Levantó la vista... y vio que Amelia entraba.

Estaba observando con el ceño fruncido el enorme libro que llevaba abierto en las manos. A juzgar por el tono sonrosado de su pálida piel había estado de nuevo al sol.

Otro rizo se había escapado del recogido y, junto al primero, se agitaba del modo más tentador, rozándole el mentón y la garganta.

Ella alzó la vista y echó un vistazo a su alrededor para asegurarse de que estaba solo antes de sonreír y cerrar la puerta.

—Bien, tenía la esperanza de que ya hubieras terminado.

Luc se las arregló para no mirar su escritorio despejado... Allí no había nada que lo ayudara.

Ella levantó el libro.

—He estado comprobando los nombres de los perros.

Luc aguardó sin moverse a que ella se sentara en la silla que había al otro lado del escritorio. Sin embargo, rodeó el escritorio con los ojos clavados en el libro y lo dejó frente al papel secante al tiempo que se inclinaba hacia delante.

Lo bastante cerca como para que él percibiera la calidez de su piel, para que su suave perfume (una mezcla de azahar y jazmín) le obnubilara la mente. Inspiró hondo y cerró los ojos un instante. Se agarró a los brazos del sillón mientras lo alejaba subrepticiamente.

—He estado mirando los nombres... ¿Hay alguna razón por la que todos se tengan que llamar «de Lyddington»?

Amelia lo miró a los ojos y él se vio obligado a alzar la vista. La posición en la que se encontraba inclinada hacía que sus pechos, y el seductor escote del vestido, quedaran a la altura de sus ojos.

—Se acostumbra a nombrarlos así para indicar el criadero, y se suele utilizar la población más cercana.

Su voz era tranquila, increíblemente serena, a pesar de que se sentía más acalorado por momentos.

—¿Es necesario? —le preguntó ella, mientras se enderezaba y apoyaba una cadera en el escritorio para quedar frente a frente—. Me refiero a si tiene que ser de la población más cercana. ¿No podría ser...? Bueno, ¿no podría ser «de Calverton Chase»?

Luc parpadeó. Tardó un instante en conseguir que su mente se pusiera en funcionamiento... en seguir la conversación.

—Las normas no especifican hasta ese punto. No veo por qué no podemos hacerlo si así lo deseas... —Puesto que su mente volvía a funcionar, añadió—: ¿Qué nombre has elegido?

Ella esbozó una sonrisa.

—*Galahad de Calverton Chase*.

Luc reprimió un gemido.

—Portia y Penélope te adorarán para siempre. Llevan años insistiendo para que use ese nombre. —La miró con el ceño fruncido—. ¿Qué os pasa a las mujeres con la leyenda del rey Arturo?

Ella lo miró a los ojos y su sonrisa se ensanchó. Antes de que averiguara sus intenciones, Amelia ya estaba sentada en su regazo. Su cuerpo reaccionó de inmediato y sus manos la aferraron por las caderas.

Su sonrisa se ensanchó todavía más cuando se inclinó hacia él.

—Tendrás que preguntarle a Lancelot.

Lo besó, aunque fue un beso ligero como una pluma, un roce efímero de sus labios. Cuando se apartó le enterró los dedos de una mano en el pelo y se removió hasta que sus pechos estuvieron pegados contra su torso.

—Acabo de caer en la cuenta de que no te he dado las gracias como es debido por *Galahad*.

Luc tuvo que humedecerse los labios antes de contestar.

—Si quieres ponerle *Galahad*, será mejor que añadas una buena propina.

La risa que escapó de la garganta de Amelia, ronca y sensual, estuvo a punto de ser su perdición. Se inclinó hacia él con los labios entreabiertos.

—Veamos si puedo convencerte.

Se entregó al beso en cuerpo y alma, haciendo que le diera vueltas la cabeza. Sus labios lo tentaban y lo incitaban... de modo que no pudo rechazar su oferta y la aceptó gustoso. Hundió la lengua en la calidez de su boca para saborearla; para disfrutar del beso y de todo lo que ella le ofrecía. La estrechó entre sus brazos y la obligó a echarse hacia atrás a fin de profundizar el beso y recrear una cadencia de lo más evocadora. Ella se dejó hacer y lo instó a continuar enredándole los dedos en el cabello mientras sus lenguas se encontraban.

En el exterior, el calor de la tarde inducía al letargo; las actividades se redujeron y el personal se tomó un descanso. En el despacho, resguardado del calor gracias a las cortinas corridas, ellos se acariciaban entre el susurro de la seda mientras la temperatura se incrementaba.

Gracias a sus lecciones, Amelia había aprendido a no precipitarse; besarla, percibir la promesa encerrada en ese voluptuoso cuerpo, en esas curvas que se apretaban contra sus muslos, era como ahogarse en un mar de goce sensual. Ella se rindió entre sus brazos... Como una sirena que lo tentara a sumergirse en las aguas con ella.

En el olvido que proporcionaba el éxtasis.

La tentación se filtró en su mente y corrió por sus venas, enardeciéndole la piel. Estaba a punto de capitular cuando el escaso instinto de supervivencia que aún le quedaba chasqueó los dedos.

¿Acaso ella...? ¿Sería posible que lo estuviera seduciendo?

Su reacción instintiva fue esbozar una sonrisa y desechar semejante idea. Ella era su esposa y sólo quería agradecerle su generosidad. Amelia era como el cálido verano en sus brazos, rebosante con la promesa de un futuro. La necesidad de tomarla, a ella y a todo lo que le ofrecía, era muy fuerte... Además, no le había hecho exigencia alguna. Sólo ofrecía...

Porque lo conocía a la perfección. Porque sabía que tomaría lo que ella le ofreciera, pero se resistiría si le exigía algo.

Profundizó el beso para robarle el sentido mientras que él intentaba recuperar el suyo. Mientras que intentaba dilucidar si ella estaba siguiendo alguno de sus planes... Aunque, de ser así, ¿qué importaba?

La incertidumbre se apoderó de él hasta que Amelia le devolvió el beso y la sensación se difuminó, junto con su resistencia. Ambos sabían cómo estaban las cosas entre ellos, conocían el poder y la fuerza, y sabían que los consumirían.

Y lo deseaban... Eran una sola mente con un único propósito.

Rodeó un pecho con una mano y ella arqueó la espalda; siguió devorándola mientras se daba un festín con su carne. La acercó más a él y la estrechó con más fuerza...

Ambos escucharon los pasos al otro lado de la puerta... Ambos se quedaron inmóviles antes de separarse con los ojos desorbitados...

Se oyó un golpecito en la puerta. Al instante, el picaporte giró. La puerta se abrió y McTavish apareció en el vano.

El administrador parpadeó, asimilando la escena, mientras él lo miraba con una ceja arqueada.

—Esto... lo siento, milord. —McTavish se ruborizó—. No sabía que... —Señaló con la cabeza a Amelia, que estaba sentada en el escritorio mientras él pasaba las páginas del libro de registro.

—No importa. —Cerró el libro e indicó al hombre que tomara asiento al otro lado del escritorio, tras lo cual miró a Amelia—. El nombre parece correcto. —Le tendió el libro—. Ya discutiremos el precio...

Amelia vio la abrasadora pasión que iluminaba esos ojos

azul cobalto... y también vio un asomo de sospecha. Cogió el libro, sonrió y se bajó del escritorio.

—Excelente. —Dejó que a su voz asomara un leve deje gutural que sólo él reconocería—. Te dejaré para que te ocupes de tus asuntos.

Tras despedirse del administrador con una sonrisa, echó a andar hacia la puerta, de lo más compuesta.

Tal vez no hubiera conseguido todo lo que deseaba, pero sí lo suficiente para continuar. Además, ¿quién sabía? Quizá McTavish había llegado justo a tiempo...

16

—Voy a montar... Me apetece ir a aquel lugar en la orilla del río al que solíamos ir hace años.

Luc apartó la vista del informe financiero que estaba estudiando para contemplar la visión que acababa de aparecer en el vano de la puerta del despacho. Ataviada con el traje de montar de color verde pálido, Amelia sonrió y bajó la vista para lidiar con los recalcitrantes botones de los guantes... un gesto de lo más habitual en ella. Bajo la chaqueta entallada llevaba una blusa de gasa, sugerente a más no poder debido a su transparencia. El sol de la tarde entraba a raudales por las ventanas, bañándola en su luz dorada y resaltando el papel de seductora que estaba interpretando. Porque estaba convencido de que era un papel.

Una vez que tuvo los guantes abotonados, alzó la vista y volvió a sonreír.

—Volveré a tiempo para la cena —le dijo mientras hacía ademán de dar media vuelta.

—Espera. —Luc se dio cuenta de que se había puesto en pie sin pensar, pero no se detuvo—. Te acompañaré.

Ella lo miró con las cejas alzadas.

—¿Estás seguro...? —le preguntó, echando un vistazo hacia los papeles que él había soltado en el escritorio antes de mirarlo a los ojos—. No fue mi intención molestarte.

Luc no supo si mentía o no. Tuvo que morderse la lengua para no replicarle: «En ese caso, no te deberías haber acercado por aquí.» Con un gesto indolente, le indicó que lo precediera.

—Me vendrá bien montar un rato.

Ella lo miró con los ojos desorbitados al tiempo que esbozaba una deliciosa sonrisa.

—Ya veo. —Dio media vuelta con tranquilidad y comenzó a alejarse por el pasillo—. Será agradable tomar el aire.

No supo con qué intención había hecho el comentario. Apretó los dientes y se dispuso a seguirla. Ella ya había ordenado que le prepararan una montura. Su caballo no tardó en estar embridado y ensillado.

Emprendieron el galope en dirección sur, hacia el río. Sabía perfectamente cuál era el lugar al que ella se refería. Un meandro del río que rodeaba una porción de tierra elevada por tres de sus lados. Una arboleda resguardaba la base del pequeño promontorio. Dejaron los caballos allí y se dirigieron a la parte más alta. Era un lugar recóndito, cubierto de hierba y protegido en parte de los rayos del sol gracias a las copas de los árboles.

Durante su niñez, había sido el lugar favorito de todos ellos. Allí se relajaban, nadaban o simplemente soñaban. Habían ido en numerosas ocasiones, pero jamás habían estado a solas en ese reino de paz infantil.

Tras tomarla de la mano, se inclinó para pasar bajo la rama de un árbol e inició la marcha. A medida que iban ascendiendo la pendiente, tuvo la impresión de que volvía a escuchar los agudos gritos, las risas y los susurros, acompañados del constante murmullo del agua. Se detuvo al llegar al centro del pequeño prado y respiró hondo. En el aire flotaba el olor del verano, de las hojas entibiadas por el sol, de la hierba recién pisada.

—Todo sigue igual que estaba —dijo Amelia mientras liberaba la mano para sentarse en la frondosa hierba, seca gracias al cálido día. Alzó la vista y buscó la mirada de Luc—. Siempre ha transpirado serenidad.

Se colocó bien las faldas y echó un vistazo a su alrededor. Después, dobló las piernas, se las abrazó y, tras apoyar la barbilla sobre las rodillas, clavó la vista en la mansa corriente del agua.

Él no tardó en sentarse a su lado. Estiró las piernas por delante del cuerpo y las cruzó a la altura de los tobillos. Se reclinó para apoyarse sobre un codo y dejó que su mirada vagara también hacia el río.

El sentimiento que los unía a ese lugar era algo que se había transmitido a lo largo de las generaciones, a lo largo de los siglos. Algo que los ataba a esa tierra, a su pasado, pero que también los dejaba vislumbrar el futuro.

Amelia dejó que la sensación calara en ella hasta la médula de los huesos. Se dejó reconfortar por el aire tibio, por la música del agua y por el sonido de las hojas que agitaba la brisa. Bebió de su fuerza. A la postre, lo miró y esperó a que él volviera la cabeza. Cuando sus miradas se entrelazaron, esbozó una sonrisa y enarcó una ceja.

—Bueno —dijo ella—, ¿puedo llamar *Galahad* al cachorrito?

Se percató de que las pupilas de Luc se dilataban hasta que el azul cobalto de sus ojos se convertía en negro. Ella sabía por qué, sabía qué estaba recordando. Recordaba los acontecimientos de la noche anterior, cuando pagó el precio requerido... y también la propina. A esa distancia, percibía el poder sensual que ostentaba y también distinguía el resurgir de esa otra emoción. Esa emoción que ella ansiaba despertar, evocar y repetir en cada uno de sus encuentros hasta que él reconociera su presencia y la aceptara.

La sensualidad estaba reflejada en la tensión que se había apoderado de los músculos de esas largas piernas y que le había endurecido las facciones. La otra emoción era más etérea, una fuerza indefinible, la esencia que animaba su respuesta compulsiva.

Reconoció ambas emociones en sus ojos, cuando entrelazaron las miradas.

—Hace calor —le dijo él—. Desabróchate la chaqueta. —Unas palabras sencillas que le provocaron una oleada de deseo.

Sus ojos seguían clavados en ella. Reconoció ese tono de voz tan suyo, ronco, sereno y controlado. A esas alturas sabía que debía obedecerlo al pie de la letra. Ésas eran las reglas del juego... asumiendo que ella quisiera jugar.

Sostuvo su mirada mientras apartaba los brazos de las piernas y se desabotonaba despacio la chaqueta. No le había dicho que se la quitara, por lo que se la dejó puesta, más que deseosa de seguir hasta donde su experiencia la guiara. Los ojos de Luc no perdieron detalle de los movimientos de sus manos.

—Ponte frente a mí y ábrela.

Ella lo obedeció, ofreciéndole una vista privilegiada de lo que llevaba bajo la chaqueta. La blusa era de gasa muy ligera, prácticamente transparente, y se le había olvidado ponerse una camisola...

Luc sintió que se le secaba la boca al percatarse de que no se había puesto la camisola. Antes de ser consciente de lo que hacía, extendió las manos hacia ella. Con la mirada clavada en un enhiesto pezón, siguió el contorno con los dedos antes de pellizcarlo. Sus ojos se demoraron a placer, como si fuera un sultán que contemplara a su esclava, a sabiendas de que estaba desnuda bajo la falda; a sabiendas de que estaría excitada, mojada y más que dispuesta para recibirlo en su interior.

Cuando se percató de que le temblaba la mano por el esfuerzo de atenerse al libreto que se había autoimpuesto, alzó la vista hasta la garganta y descubrió que tenía la piel ruborizada. Sus ojos siguieron ascendiendo hasta el mentón y se demoraron en los dos tirabuzones que descansaban junto a la oreja. Extendió la mano, se los enrolló en torno a un dedo y tiró de ella con suavidad, pero de modo insistente.

Amelia le colocó una mano en el pecho y la otra en un hombro mientras sus miradas se encontraban brevemente. Vio que ella abría los ojos de par en par y que tenía las pupilas dilatadas antes de que entornara los párpados y le permitiera acortar la distancia que los separaba para apoderarse de su boca. Para devorarla, porque ni siquiera se molestó en hacer el intento de ocultar el ávido deseo que se había adueñado de él. El deseo que ella había provocado y avivado. El deseo que estaba convencido de haber visto reflejado en sus ojos.

La besó como si en realidad fuera su esclava, y ella respondió pidiéndole más. La sostuvo por el mentón para inmovilizarla mientras le introducía la lengua en la boca y le exigía que se rindiera, cosa que ella se mostró encantada de hacer.

Apartó la mano de su rostro y la devolvió al pecho. Sus bruscas caricias le arrancaron un gemido. Buscó el pezón y lo acarició antes de pellizcarlo, logrando que ella arqueara la espalda y contuviera la respiración.

Se tendió sobre la hierba, la aferró por las caderas y la colocó a horcajadas sobre sus muslos. Las manos de Amelia comenzaron a moverse sobre su pecho.

—No. Quédate quieta.

Si lo tocaba... no le cabía la menor duda de que perdería el control y no estaba muy seguro de que ninguno de los dos estuviera preparado todavía para enfrentarse a esa posibilidad.

Ella obedeció con evidente renuencia. La ironía de que sólo le obedeciera por completo en el plano sexual no se le escapó. Sin embargo, no le apetecía pensar en cuánto podría durar esa situación.

Apartó los voluminosos pliegues de su vestido para desabotonarse los pantalones de montar y liberar su palpitante erección. Sintió cómo los dedos de Amelia se tensaban sobre su pecho, pero aparte de eso, se mantuvo inmóvil.

—Álzate la parte frontal del vestido.

Ella parpadeó y lo miró fugazmente antes de mover las rodillas para obedecerlo y tirar de sus faldas.

En cuanto no quedó ni un centímetro de tela entre ellos, Luc metió las manos bajo el vestido, la aferró por las caderas desnudas y la hizo descender sin más concesiones.

Se hundió hasta el fondo y ella lo acogió, húmeda y preparada.

Amelia jadeó y lo miró con los ojos desorbitados. Había esperado sus caricias, no que la penetrara sin más. Que la llenara por completo.

No bien la tuvo en torno a él, más ardiente que el sol estival, lo invadió la conocida sensación de dicha. Algo se relajó en su interior a pesar de que la tensión sexual iba en aumento.

La noche anterior la había poseído de ese modo, encima de él, en pago por la seducción a la que lo sometió en el despacho. El recuerdo asomó a los ojos de Amelia mientras lo miraba y así supo que estaba rememorando el modo en el que la instó a montarlo hasta que el olvido cayó sobre ellos; que estaba rememorando el tiempo que la había retenido, entregada al éxtasis, mientras él saciaba sus sentidos y sus deseos hasta que quedaron exhaustos tras el devastador clímax.

No obstante, eso fue la noche anterior. En ese momento tiró de ella hacia abajo y la inmovilizó. Acto seguido, comenzó a moverse bajo ella, sujetándola y guiándola para que se colocara en el ángulo adecuado mientras él se deleitaba con su cuerpo y le entregaba a cambio un placer desmedido.

Amelia cerró lo ojos. La rapidez y la facilidad con las que se había hundido en su cuerpo la habían sorprendido, porque no estaba preparada para la abrumadora sensación que se había apoderado de ella y que le había robado el sentido. Sentía los pezones endurecidos y doloridos por la tensión; Luc se movía rítmicamente entre sus muslos, pero sin llegar a salir de ella, y no con la cadencia habitual, sino con un movimiento más íntimo y profundo. El anhelo la abrumó. La conocida oleada de deseo la arrastró y le inundó el corazón. Se mordió el labio para reprimir un gemido, la expresión más sincera del deseo, y le clavó los dedos en el pecho. Hizo ademán de inclinarse hacia delante y extender las manos sobre él.

—No. Quédate como estás. Sentada.

Su voz sonó autoritaria y brusca. Lo obedeció, enderezándose de nuevo, y sintió cómo la posición le permitía sentirlo mucho más adentro. Ni siquiera alcanzaba a rozarle la camisa con los dedos, de modo que no sabía qué hacer con las manos.

—Pon las manos en tus pechos.

El asombro la hizo abrir los ojos para mirarlo y en ese momento se dio cuenta de lo alterada que tenía la respiración. El deseo había oscurecido los ojos de Luc. Su pecho también subía y bajaba con rapidez.

—Hazlo. Ahora.

Lo hizo sin comprender muy bien lo que quería. Se colocó las manos sobre los pechos, un tanto insegura al principio, pero con más firmeza cuando comprobó que sus propias caricias aumentaban el placer.

—Acaríciate. Despacio.

Se dispuso a obedecerlo con los ojos cerrados y dejó que fuera él quien se moviera a placer. Cuando le dijo que se tocara los pezones lo hizo, imitando los pellizcos y las suaves caricias que él acostumbraba a prodigarle, a sabiendas de que la estaba observando.

Y en ese momento sintió que el éxtasis la embargaba. Sintió la tensión que se apoderó de su cuerpo y que la hizo contraer los músculos en torno a él. Luc jadeó y le clavó los dedos en las caderas mientras la obligaba a bajar un poco más y él impulsaba las caderas hacia arriba.

Alcanzaron el clímax prácticamente a la vez, sin saber quién fue el primero y quién lo siguió.

Amelia gritó y escuchó el gemido que escapó de la garganta de Luc en respuesta. Sintió la cálida humedad que la invadió cuando él derramó su semilla en su interior mientras ella se estremecía y sus músculos se contraían a su alrededor.

La tensión se desvaneció, no tanto como si se hubiera agotado, sino más bien como si estuviera saciada de momento y les concediera un pequeño respiro.

Luc le soltó las caderas y deslizó las manos por esos sedosos muslos. La aferró por las rodillas para ayudarla a apartarse un poco y en cuanto sacó las manos de debajo del vestido, extendió los brazos y tiró de ella para abrazarla contra su corazón.

Escuchó los latidos que seguían el compás de esa emoción que los poseía cada vez que hacían el amor. Con los labios enterrados en su cabello, esperó a que esos latidos recobraran su ritmo normal. No sabía a qué jugaba Amelia, pero estaba convencido de que pretendía obtener algo a través de esa escalada sensual en sus encuentros sexuales. Aunque albergaba serias dudas acerca del objetivo que ella se había marcado, debía reconocer que después de lo que habían compartido la noche anterior, la opción de negarse (de negar la pasión que Amelia despertaba en él) era el camino más rápido a la locura. Era incapaz de resistirse a lo que ella le ofrecía. Y esa incapacidad suya bastaba para ponerlo en guardia, para recordarle hasta qué punto era peligrosa la dirección que ella había tomado y hasta qué punto era imperioso mostrarse cauto. Por desgracia, su única opción era la de permitirle que siguiera adelante con su juego. Echó un vistazo a los tirabuzones dorados y a la parte de su rostro que vislumbraba bajo ellos. Sentía la calidez de sus senos sobre el pecho, y el peso de su cuerpo se asemejaba a una suave caricia.

La pasión que despertaba en él encerraba una compulsión poderosa. Una pasión que Amelia estaba empeñada en seguir incitando. No terminaba de identificar lo que ella le hacía sentir; era una emoción brutal, violenta en su intensidad, pero no en su expresión. No exigía dolor para apaciguarse, sino algo muy distinto. Atrapado en las garras de esa compulsión, sólo deseaba una cosa.

Rendirse a esa emoción. Coronar la cresta de esa ola pese a todo.

Estaba condenado a la locura si se negaba, pero se volvería loco si cedía. Con Amelia entre los brazos, contempló el cielo mientras se preguntaba cómo había llegado a ese punto.

La medianoche llegó y pasó; y, aunque aún no había encontrado una respuesta satisfactoria, comenzaba a sospechar cuál era. Amelia dormía a su lado. Saber dónde estaba y lo que estaba haciendo ayudaba a su mente a liberarse de la obsesión que parecía sentir por ella, cosa que le permitía pensar.

Esa noche había dejado que se fuera a la cama sola, fingiendo un arrebato de mesura conyugal. Ella lo había mirado fugazmente a los ojos mientras esbozaba una sonrisilla y se daba media vuelta para salir del comedor. Al menos no había soltado una carcajada...

Se obligó a esperar media hora antes de subir al dormitorio.

Amelia lo estaba esperando en la penumbra de la habitación, vestida con la luz de la luna y nada más.

La había tomado allí, sin más, de rodillas en la cama frente a él, jadeando mientras la penetraba y emprendía el camino que los había llevado al éxtasis. Después se desvistió y se reunió con ella en la cama para hacerle el amor de forma mucho más concienzuda. Entregándose en cuerpo y alma. Poniendo a prueba toda su experiencia.

Y allí estaba. La palabra que intentaba evitar. La que rehuía. El simple hecho de pensar en ella lo inquietaba. Le hacía tomar conciencia de la delicada mano que descansaba sobre su pecho y que ella colocaba allí todas las noches, extendida sobre su corazón. Cogió esa mano, le dio un beso en la palma y, sin soltarla, volvió a colocarla donde estaba.

Amor. Ésa era la verdad, simple y llanamente. No tenía sentido negarlo, por más inesperado que fuese. No creía que el amor pudiera cambiar demasiado la situación. Desde luego, no alteraría su comportamiento ni su forma de lidiar con ella. Aunque era posible que alterara sus percepciones y sus motivaciones, pero ya se encargaría él de que esos cambios no se reflejaran en las acciones resultantes. Siempre había sido capaz de ocultar sus pensamientos y había nacido con la arrogancia suficiente como para hacer lo que le diera la gana, cuando le diera la gana y sin necesidad de dar explicaciones a nadie.

Estar al azote de tan peligrosa emoción no era el fin del mundo. Podría capearla y ocultar la verdad sin mucha dificultad. Al menos hasta estar lo bastante seguro de los sentimientos de Amelia como para dejarle vislumbrar los suyos, cosa que sucedería si le contaba la verdad sobre su dote.

Entretanto... tendría que soportar el jueguecito que ella había puesto en marcha. Había tardado un tiempo en dilucidar el objetivo de su estrategia. Amelia no sabía que la amaba, pero sí tenía muy claro que la deseaba hasta un extremo doloroso. Dado que compartía la tendencia de las Cynster a controlarlo todo y que creía ser la instigadora de su matrimonio, no esperaría llegar a dominarlo mediante el amor. Sobre todo, teniendo en cuenta que él le había ocultado el secreto de su fortuna.

Sin embargo, al parecer sí que esperaba dominarlo mediante la lujuria. Mediante el deseo.

Debía admitir que su táctica ofensiva era magnífica.

Provocarlo con estrategias de naturaleza sensual y prohibida, en lugar de mostrarse simplemente dispuesta en el tálamo era el mejor modo de avivar el deseo que existía entre ellos. El mejor modo de avivar el fuego. Y sin importar cuál fuera el resultado del plan que hubiera trazado durante el día, cuando estuvieran en esa habitación, se cobraría su recompensa.

La tensión sexual se incrementaba con cada día que pasaba, con cada noche. Esa misma tarde había llegado a la conclusión de que, a pesar de toda la cautela, estaba más que dispuesto a bailar al son de su flauta.

Dejando a un lado su puñetera incapacidad para resistirse, a la postre la estrategia de Amelia podría redundar en su propio beneficio. Quería, o más bien necesitaba, que lo amara. Tenía demasiada experiencia como para creer que se conformaría con la lujuria o el deseo. Lo que él buscaba era el amor. Un amor reconocido y entregado de forma generosa. Sólo ese sentimiento sería lo bastante fuerte como para apaciguar sus miedos e inseguridades, como para permitirle confesar su engaño y sentirse seguro al hacerlo. Como para sentirse seguro al admitir lo que en realidad sentía por ella.

No creía que Amelia lo amara todavía porque no había visto indicio alguno de ello en su comportamiento. Ella correspondía a su deseo sin ambages, pero eso no era amor. Él lo sabía mejor que nadie. En una ocasión fue lo bastante ingenuo como para creer que cuando una dama entregaba su cuerpo tal y como Amelia lo hacía era un signo inequívoco de amor. La experiencia de los últimos diez años había acabado con su inocencia.

Las mujeres, sobre todo las damas más refinadas, podían tener apetitos sexuales tan voraces como los de cualquier hombre. Como los suyos. Para lograr una rendición incondicional sólo se necesitaba cierta confianza.

Sin embargo, ése no era un mal comienzo. Cuanto más se entregara de esa forma, más confianza depositaría en él, y eso los acercaría en el plano emocional. Incluso él, que no era un ser en absoluto emocional, lo percibía.

El jueguecito de Amelia podía resultarle beneficioso. Sí...

Su objetivo tal vez fuera el de dominarlo mediante el deseo y así controlarlo de por vida... Sin embargo, él planeaba conseguir su amor para hacerla suya por siempre jamás.

Amelia no tenía pruebas fehacientes de que su plan estuviera funcionando, pero la expresión que asomaba a los ojos de Luc cada vez que la miraba sin darse cuenta de que lo estaba observando hacía que la alegría le inundara el corazón.

Eso era lo que sucedía en esos momentos. Estaba observándola mientras ella cortaba un racimo de uvas y lo dejaba en el plato. Habían tomado un almuerzo ligero en deferencia al caluroso día. Ése prometía ser un largo y cálido verano.

Se metió una uva en la boca y lanzó una mirada fugaz en su dirección.

Él se removió, apartó la vista y cogió la copa de vino.

Amelia volvió a mirar al plato mientras reprimía una sonrisa. Cogió otra uva.

—¿Cómo soportan los perros este calor?

—Se limitan a pasar el día tumbados, con la lengua fuera. Nada de carreras ni de entrenamientos durante estos días. —Tras una pausa, añadió—: Es probable que Sugden y los chicos los lleven luego al río, cuando refresque un poco.

Ella asintió con la cabeza, pero se negó a ayudarlo con otra pregunta. Decidió que su plan iría mucho mejor si guardaba silencio y se comía las uvas una a una, con delicadeza.

Su plan era el epítome de la simplicidad. Entre ellos había amor; en su caso estaba claro y siempre había creído que él podía llegar a amarla. Sin embargo, conseguir su amor, hacer que saliera a la superficie no una vez sino una y otra más, conseguir que él lo reconociera y lo aceptara, por más terco que fuera... Bueno, era una tarea que requeriría el abandono de sus propias defensas.

No obstante, jamás se había enfrentado a él sin haberlas enarbolado antes o, al menos, no lo tenía por costumbre. Sólo se deshacía de ellas cuando estaban unidos en el plano físico y percibía la emoción que lo embargaba, el poder que se ocultaba tras su deseo, tras su tumultuosa pasión. El objetivo que la guiaba no era otro que el de debilitar las defensas de Luc para poder conectar con esa emoción que, de otro modo, se empeñaba en ocultar. Y para lograrlo tenía que avivar la pasión entre ellos, hacer que alcanzara nuevas cotas.

Y su plan estaba resultando muy efectivo. No sólo era la expresión de sus ojos lo que había ido cambiando a lo largo de los días. El torrente de emoción que los inundaba cuando alcanzaban juntos el clímax se hacía más poderoso, más nítido, más intenso a medida que se sucedían sus interludios sexuales. Aún no se había desbordado, no había logrado asolar sus defensas y obligarlo así a reconocer sus sentimientos, pero la victoria sólo parecía cuestión de tiempo.

Seguía resultándole sorprendente que un hombre tan severo, tan implacable, tan pasional, tan dominante y tan dictatorial pudiera demostrar una ternura, un afecto y una devoción tan patentes en sus caricias que ni siquiera la pasión más desmedida podía disfrazar.

Ese último pensamiento le provocó un escalofrío. No intentó reprimirlo. Lo miró de soslayo, comprobó que él se percataba y sonrió.

—Molly me ha dicho que las uvas proceden de nuestros propios viñedos. No sabía que teníamos viñedos.

Él la miró a los ojos y observó cómo se llevaba otra uva a la boca antes de hablar.

—Están en los invernaderos de la parte oeste de la propiedad, entre la casa y la granja.

Con los ojos clavados en él, le preguntó:

—¿Te gustaría enseñármelos?

Su pregunta logró que una de esas cejas negras se arqueara.

—¿Cuándo?

Ella le correspondió enarcando las suyas.

—¿Por qué no ahora?

Luc echó un vistazo en dirección a las ventanas, hacia los prados que dormitaban bajo el sol. Bebió un sorbo de vino antes de volver a mirarla.

—Muy bien. —Hizo un gesto en dirección a su plato—. En cuanto acabes.

Sus miradas siguieron entrelazadas. Había aceptado el desafío y acababa de lanzar otro en respuesta.

Amelia sonrió y se dispuso a dar buena cuenta de las uvas.

Abandonaron el comedor cogidos del brazo. Enfilaron el pasillo que conducía al ala oeste. Luc le abrió la puerta y, al salir, una brisa cálida la recibió y le agitó el cabello. Lo miró de reojo cuando se colocó de nuevo junto a ella. Él enfrentó su mirada. En lugar de tomarla del brazo, le cogió la mano y se pusieron en marcha.

—El camino más directo es a través de los jardines.

Pasaron bajo el arco del primer seto tras el cual se abría una serie de patios comunicados entre sí. El primero era un jardín con una fuente en el centro; el segundo tenía un estanque con peces plateados; el último daba cobijo a un enorme magnolio de tronco muy grueso y ramas retorcidas por la edad. Aún conservaba unas cuantas flores, cuyos pétalos tenían un ligero tono rosado en contraste con el verde intenso de las hojas.

Amelia observó el árbol. Era un monstruo vetusto.

—No me había internado nunca tanto en los jardines.

—No hay razón para tomar este camino a menos que se vaya a los invernaderos.

La guió en dirección al seto por el que se salía. En cuanto lo atravesaron, vio que al otro lado se alzaban tres edificios alargados, con multitud de paneles de cristal en el techo y las paredes. Tres caminos empedrados llevaban hasta sus respectivas puertas. Luc la guió hacia el invernadero emplazado a la izquierda.

Cuando abrió la puerta los envolvió una bocanada de aire cálido que olía a tierra mojada, moho y hojas húmedas. Ante ellos había una jungla en toda regla. Amelia entró.

Cuando él la siguió y cerró la puerta, escuchó el susurro de las hojas más altas y alzó la vista. Las ventanas del techo estaban abiertas para permitir el paso de la brisa.

Echó un vistazo a su alrededor con ojos asombrados al ver el intenso verde de las plantas.

—Es verano —le dijo a Luc—, pero están en pleno crecimiento.

Él asintió con la cabeza al tiempo que le colocaba una mano en la base de la espalda y la instaba a caminar.

—Lo único que se puede hacer en esta época es recolectar la fruta. Después se podará todo, pero ahora es preferible dejarlas crecer.

Y desde luego que habían crecido. Tuvieron que agacharse y sortear las ramas para poder avanzar por el camino central hasta la puerta que se abría en el otro extremo. Una vez abandonada la idea de disfrutar de un apasionado encuentro en el invernadero debido a la falta de espacio, Amelia salió en primer lugar.

La puerta daba acceso a una zona parcialmente rodeada por una cerca de piedra no muy alta, resguardada del sol por las copas de unos árboles enormes. La temperatura era mucho más agradable que en el invernadero. Desde allí se podía disfrutar de una inesperada vista del valle que se extendía frente a la mansión. Echó un vistazo para orientarse. La granja principal se alzaba tras los árboles. La perrera y los establos estaban a la derecha. A la izquierda se encontraba el valle, que dormitaba bajo el calor estival.

Echó a andar en dirección a la cerca, tras la cual el terreno descendía hasta llegar al prado situado frente a la mansión. Cerca del invernadero había unos escalones que llevaban al camino de acceso principal.

—Creí que conocía la mayor parte de la propiedad, pero esta parte tampoco la había visto nunca.

Luc cerró la puerta del invernadero y caminó hacia ella. Se detuvo a su espalda y observó el valle por encima de su cabeza. La vista le resultaba tan familiar como el rostro de su madre.

—Tendrás todo el tiempo del mundo para familiarizarte con todos sus recovecos.

Notó que Amelia se estremecía al percatarse de lo cerca que estaban. Hizo ademán de darse la vuelta, pero él se acercó un poco más y la atrapó entre su cuerpo y la cerca.

Ella jadeó y se quedó inmóvil.

Luc le colocó las manos en los hombros e inclinó la cabeza. Sí, podía doblegarse a sus planes, pero eso no quería decir que no pudiera llevar la batuta en vez de bailar al son que ella tocara. Le rozó con los labios el punto donde el cuello se encontraba con el hombro, provocándole un estremecimiento. Amelia se apoyó contra él y echó la cabeza hacia atrás para facilitarle el acceso, pero no se relajó ni mucho menos.

Le soltó los hombros y deslizó las manos hasta sus codos. Una vez allí, las cambió a la cintura y las extendió para atraerla hacia él y pegarla contra su cuerpo. Se detuvo un instante con el mentón apoyado en su sien, para disfrutar del roce de ese cuerpo delgado y voluptuoso, y murmuró:

—¿Por qué?

—¿A qué te refieres? —preguntó ella a su vez, tras una pausa.

—¿Por qué estás... seduciéndome, a falta de una palabra mejor?

Ella pareció meditar su respuesta.

—¿No te gusta? —volvió a preguntarle mientras colocaba las manos sobre las suyas, que aún descansaban sobre su vientre.

—No es una queja, pero te vendrían bien un par de lecciones de todo un experto.

Su respuesta logró arrancarle una carcajada.

—¿Qué sugieres? —le preguntó, al tiempo que entrelazaba los dedos con los suyos.

—Cuando atrapes a tu presa en una habitación y estés dispuesta a seducirla, es una buena idea cerrar la puerta con llave.

—Lo recordaré —replicó con un deje risueño en la voz, un deje que iba acompañado de otra emoción—. ¿Algo más?

—Si decides hacer uso de otro emplazamiento más exótico, es aconsejable hacer una inspección previa.

Amelia suspiró.

—No tenía ni idea de que el invernadero pudiera ser un lugar tan frondoso. —Hizo una pausa y añadió—: De todas formas, hace demasiado calor ahí dentro.

—Todavía no me has dicho por qué.

Se aseguró de que su voz dejara bien claro que quería una respuesta.

—Porque creí que te gustaría. —En cierto modo, era cierto—. ¿Estaba equivocada?

—No. ¿A ti te gusta?

Una pausa desconcertada.

—Por supuesto.

—¿Qué es lo que más te gusta? —Al ver que no contestaba de inmediato, Luc añadió—: ¿Que te acaricie los senos, que te chupe los pezones, que te toque entre los muslos...?

Amelia ya estaba excitada, pero semejante pregunta fue su perdición.

—Me gusta sentirte dentro. Y apretarte cuando estás ahí...

Su respuesta fue seguida de una larga pausa.

—Interesante.

De todos modos, no pensaba dejar pasar la ocasión.

—Y a ti, ¿qué te gusta más?

—Hacer el amor contigo —contestó él después de una brevísima pausa.

—Pero ¿cómo? ¿Me prefieres desnuda o vestida?

—Desnuda —respondió, tras una ronca carcajada.

—Y tú... ¿cómo prefieres estar, desnudo o vestido?

Al parecer, tuvo que meditar la respuesta. A la postre, contestó:

—Me da igual. Depende de la situación. Pero, ¿quieres saber lo que me gusta por encima de todo?

—Sí —contestó con presteza.

—Lo que más me gusta es que estemos los dos desnudos en la cama.

Antes de que pudiera hacerle otra pregunta, él inclinó la cabeza y le acarició el lóbulo de la oreja con los labios; acto seguido, bajó un poco más.

—A cualquier hora, de noche... o de día...

Las palabras flotaron en el aire. La tarde era tranquila y silenciosa. El calor le confería cierta pesadez al ambiente y esa languidez resultaba de lo más incitante.

Amelia no podía respirar y no porque él le estuviera presionando la cintura con fuerza (una fuerza que en esa postura resultaba evidente), ni porque estuviera atrapada en el aura de poder sexual que él exudaba. En ese aspecto, ya estaba más que atrapada. El desafío ya estaba lanzado y realmente no tenía que tomar decisión alguna. Lo único que le restaba por hacer era contestar, acceder.

—Sí... —le dijo sin aliento y sintió que sus dedos se crispaban fugazmente sobre su cintura.

En ese instante, él alzó la cabeza, apartó las manos y se separó de ella. La tomó de la mano y la instó a dar media vuelta. Esa mirada tan oscura como un cielo nocturno se posó en sus ojos, en sus labios y, después, en la mansión.

—Ven.

La guió por los escalones que descendían hasta el camino principal, el cual llevaba a la puerta de entrada de la mansión. Sin prisa alguna. En lugar de aliviar la tensión que se había apoderado de los nervios de Amelia, esa aparente falta de apremio sólo sirvió para acrecentarla. Cualquiera diría por la actitud que él demostraba que tenía todo el derecho de hacer con ella lo que se le antojara... así como toda la tarde para hacerlo.

Y, de hecho, así era.

Entraron en el vestíbulo principal y escucharon las voces alegres y distantes de los criados, atareados con sus labores en la frescura de la casa. Sin embargo, el sonido se alejó a medida que subían la escalinata.

El silencio los envolvió; cuando llegaron a sus aposentos, el mundo quedó muy atrás.

Calverton Chase era el hogar de Luc y ella era la dueña y señora. Era su bastión y sus muros estaban diseñados para darles fuerza y protección. Él abrió la puerta, la hizo entrar y volvió a cerrar. El clic de la cerradura fue un sonido delicado, pero cargado de significado.

Las cortinas estaban corridas para mantener la habitación fresca. A través de ellas se filtraba la luz dorada del sol, creando la ilusión de que habían llegado a un paraíso cálido donde no hacía ni frío ni calor. Un paraíso que sólo les pertenecía a ellos.

Amelia se acercó a la cama, se detuvo y echó un vistazo por encima del hombro. Él la había seguido, pero se había detenido a unos metros. Se encogió de hombros para quitarse la chaqueta, la dejó caer al suelo y, acto seguido, comenzó a desabrocharse la camisa. Sin dejar de mirarla a los ojos. Amelia enarcó una ceja y siguió su ejemplo.

Cuando su camisola cayó al suelo, él ya estaba completamente desnudo y tendido de costado en la cama, observándola con la cabeza apoyada en una mano. Había apartado la colcha y quitado la mayoría de los almohadones, dejando un amplio espacio libre en las sábanas de seda.

Rodeó la cama con una sonrisa en los labios y dejó que sus ojos lo recorrieran desde las pantorrillas hasta los hombros. Sospechaba que su marido era muy consciente de la magnífica estampa que representaba allí tumbado. La erección le confería un aspecto desvergonzadamente masculino. Sintió que sus ojos la observaban, demorándose en los senos y en los muslos, mientras apoyaba las rodillas en el colchón y subía a la cama.

En cuanto estuvo a su alcance, la aferró por las caderas y tiró de ella hasta que quedó tumbada a su lado. La miró a los ojos y pareció calibrar el momento antes de que una de sus manos se cerrara sobre un pecho. Comenzó a acariciarla con delicadeza sin dejar de mirarla.

La tarde se transformó en un continuo deleite, en una dicha sin fin, envuelta en el halo dorado de la luz estival. Él guiaba y ella seguía, aunque intercambiaron las riendas en más de una ocasión.

Hacía demasiado calor como para permanecer tumbados en la cama demasiado tiempo, pegados el uno al otro. Cuando Amelia lo tuvo bajo sus manos, en una de esas satisfactorias ocasiones en las que cambiaron de posición, lo tomó en la boca, decidida a darle el máximo placer, y supo por primera vez desde que comenzara su relación que era ella la que mandaba. Porque él se lo había permitido. Porque le había permitido hacer con él lo que quisiera.

Y le devolvió el favor con creces y sin reserva. Sin más intención que la de proporcionarle placer.

Hacía demasiado calor para pensar, para seguir los derroteros de los pensamientos del otro, para intentar adivinar sus respectivas intenciones. Por tácito acuerdo, un acuerdo del que Amelia fue tan consciente como él, dejaron a un lado los deseos que albergaban para el futuro, abandonaron las esperanzas y los miedos cotidianos, los deseos y los anhelos que los impulsaban cuando no estaban en esa habitación. Mediante un deliberado acto de buena voluntad se entregaron mutuamente al momento, a la sensualidad y a la satisfacción física, además de a lo que ésta enmascaraba.

Las horas pasaron y ellos alcanzaron el clímax una y otra vez, del modo más dulce y placentero. No dedicaron pensamiento alguno a otra cosa que no fueran sus cuerpos y el deleite que podían dar y recibir. Los únicos sonidos que interrumpieron el pesado silencio fueron sus jadeos y gemidos, el rítmico encuentro de sus sudorosos cuerpos y el suave susurro de la seda cuando se movían sobre las sábanas.

En el exterior, todo seguía tranquilo y adormilado bajo el sol abrasador. En la habitación, la pasión creció y los envolvió en su vorágine. Se acariciaron lánguida y pausadamente con las lenguas y los dedos, arquearon sus cuerpos, entrelazaron sus piernas, se descubrieron con las manos... se entregaron el uno al otro y tomaron en la misma medida.

Las horas se llevaron algo a su paso... las defensas tras las que ambos habían decidido esconderse hasta ese momento. Amelia sintió que Luc titubeaba cuando comprendió que sus defensas pendían de un hilo, pero se rindió y dejó que la última barrera se desplomara. La felicidad le inundó el corazón hasta el punto de hacerle creer que le estallaría. Y, en ese momento, sintió el éxtasis al alcance de la mano, a un paso de arrastrarla.

Al final, lo único que quedó entre ellos fue la honestidad. Ninguno lo había planeado, pero allí estaba, por su propia iniciativa. La tenían delante, al alcance de la mano. Resplandecía con una luz dorada. Sus miradas se encontraron y ambos reconocieron la incertidumbre del otro, idéntica a la propia. Ambos tomaron aire con la respiración entrecortada y un nudo en la garganta.

Por acuerdo mutuo y sin dejar de mirarse a los ojos, lo aceptaron, lo reclamaron. Aceptaron el hecho de que, una vez dado ese paso, no había marcha atrás; no podrían volver a la situación en la que habían estado antes de cerrar la puerta del dormitorio esa tarde.

Se acercaron a la vez para besarse porque anhelaban la unión más completa y ansiaban más.

Amelia enterró los dedos en el pelo de Luc y lo acercó aún más a ella.

Él hizo lo mismo, enterró los dedos en esos tirabuzones enredados mientras giraba sobre el colchón y se colocaba sobre ella, obligándola a separar los muslos un poco más. Ella le rodeó las caderas con las piernas y arqueó la espalda cuando volvió a penetrarla, acogiéndolo gustosa. Alzó un poco las rodillas para colocarlas a sus costados a medida que comenzaba a moverse en su interior y respondió a sus embestidas hasta que el sudor empapó las sábanas y el olor de su deseo impregnó la habitación.

Sus lenguas se encontraron y se unieron. Sus cuerpos, sudorosos y enfebrecidos, adoptaron un ritmo desinhibido y apremiante. La fricción del vello de su pecho en los pezones la hizo jadear.

Luc se apoderó de ese jadeo y la besó con ardor mientras deslizaba las manos por su cuerpo para aferrarle las nalgas y hundirse en ella aún más. La entrega que ella demostraba, el modo con el que contraía y relajaba los músculos en torno a su miembro, acariciándolo con evidente placer, lo volvía loco.

El poder estalló de repente, los invadió y ellos lo siguieron. Más rápido, más fuerte, más profundo. No había defensas, restricciones, pensamientos ni lamentos. Sólo el irresistible, indomable e incitante anhelo de entregarse a las llamas. De arrojarse a ellas y dejar que esa emoción que los unía los consumiera.

17

«¡Hombres!», pensaba Amelia. Gracias a Dios que era testaruda. Mucho más testaruda que él. Mientras subía los escalones en dirección a la segunda planta de la mansión, siguió recriminando para sus adentros a su amo y señor. Ese epítome de infalibilidad masculina que, en esa cuestión en concreto, estaba resultando increíblemente obtuso.

¡No podía creer que fuera tan estúpido como para no ver lo que tenía delante de las narices!

Después de lo que habían compartido durante esa calurosa tarde, cualquiera diría que la situación era más que obvia. Se amaban. Estaban enamorados. Ella estaba enamorada de él y Luc estaba enamorado de ella. No había más alternativa. No había ninguna otra posibilidad que explicara lo que había sucedido entre ellos y todo lo que había surgido desde entonces.

Sin embargo, ya habían pasado dos días (¡cuarenta y ocho horas!) y él seguía sin decirle nada y sin dar indicios de hacerlo.

Lo que sí hacía era observarla con detenimiento, cosa que la había llevado a tomar la firme determinación de imitarlo. Ella sí que no iba a decir nada...

No se atrevía.

¿Y si ese dichoso hombre era en realidad tan estúpido como para no haberse percatado de la verdad? O si se negaba a verla... que era lo más probable. Pero, en cualquier caso, si mencionaba la palabra «amor», perdería toda la ventaja que tanto trabajo le había costado conseguir. Él volvería a enarbolar sus defensas y ella se quedaría al otro lado.

No era tan tonta como para correr ese riesgo. Después de todo, tenía tiempo. Dos días antes se estaba felicitando por haber llegado tan lejos en tan poco tiempo. Ambos se habían adentrado en el misterioso reino que era el amor. El misterioso reino que el amor estaba demostrando ser. Aunque sólo llevaran casados nueve días.

Junio ni siquiera había llegado a su fin.

Por tanto, no había necesidad de afrontar el riesgo de obligarlo a confesar.

Cuando llegó al último escalón, no se molestó en guardar silencio.

—¡Ja! —Como si pudiera obligarlo a hacer algo...

Tendría que ser paciente y ceñirse al plan inicial, aferrarse con uñas y dientes a su objetivo.

«¡Tengo veintitrés años!», se quejó para sus adentros.

Hizo a un lado las protestas de su mente y atravesó con paso decidido el pasillo situado justo sobre los aposentos principales.

—¿Has visto a Su Ilustrísima? —le preguntó Luc al ama de llaves cuando la vio aparecer por el otro extremo del pasillo llevando un montón de sábanas limpias en los brazos y con dos camareras a la zaga.

—No, milord. No he visto a la señora desde el almuerzo. Estaba en la salita.

Eso era antes. En esos momentos no estaba allí, y lo sabía porque acababa de comprobarlo. Frunció el ceño y se encaminó hacia el vestíbulo principal.

Una de las camareras se detuvo para hacerle una reverencia antes de decir:

—Vi a milady subiendo la escalinata, milord. Cuando veníamos de camino hacia aquí.

La muchacha llevaba otro montón de sábanas dobladas en los brazos.

—Hará unos quince minutos, milord —apuntó el ama de llaves.

—Gracias, Molly —dijo al tiempo que echaba a andar hacia las escaleras.

Aminoró el paso conforme subía y comenzó a preguntarse por qué habría subido Amelia a sus aposentos y qué estaría haciendo cuando la encontrara. ¿Qué iba a decirle? ¿Qué excusa podría ofrecerle que explicara su presencia?

Se detuvo al llegar a la primera planta y dejó a un lado las dudas. ¡Estaba casado con la puñetera mujer y tenía todo el derecho a buscarla cuando se le antojara!

Se encaminó hacia el dormitorio, abrió la puerta... y un vistazo rápido le indicó que estaba vacío. Se sintió un tanto decepcionado. Miró en dirección a la puerta que comunicaba el dormitorio con el gabinete de Amelia. Decidido, entró y cerró la puerta tras de sí. Tal vez hubiera escuchado sus pisadas en el pasillo. Si aparecía por la puerta del gabinete procedente del dormitorio, daría la impresión de que la estaba buscando.

No obstante, cuando entró en el gabinete, descubrió que también estaba vacío. Frunció el ceño y regresó al dormitorio. Miró en su propio gabinete, una estancia que rara vez utilizaba, pero Amelia tampoco estaba allí.

Regresó al dormitorio y clavó la vista en la cama. En la cama de ambos. En la cama en la que, desde aquella tarde que pasaron en ella, ya no había barreras entre ellos, ni emocionales ni físicas. Allí reinaba la verdad; sin embargo, de lo que no estaba tan seguro era de que esa verdad fuera realmente amor por parte de Amelia.

Por su parte ya no lo dudaba. Cosa que incrementaba su incertidumbre y hacía que su problema tuviera una importancia vital.

Si lo que Amelia sentía por él era amor, tanto él como el futuro de ambos se asentaban sobre buenos cimientos.

Si no era amor... se encontraba en una posición horriblemente vulnerable.

No podía asegurar nada. Aun cuando la observaba como un halcón, todavía no había vislumbrado ni una sola señal externa de que lo amara; ninguna evidencia de que lo que sentía por él cuando estaba enterrado en su cuerpo era algo más que un vínculo físico.

Contempló la cama y después dio media vuelta. Para otros hombres esa entrega física sería suficiente garantía. Para él no lo era. Hacía mucho tiempo que había dejado de serlo.

Cuando llegó a la puerta volvió la vista atrás, hacia la cama. Lo que representaba ese lecho lo aterrorizaba y lo estimulaba a la vez. Al menos tenía tiempo, unos cuantos meses. Hasta finales de septiembre. No tenía por qué cundir el pánico.

El matrimonio duraba toda la vida; y, en esos momentos, nada era más importante que convencer a Amelia de que lo amaba y de que lo demostrara, al menos lo suficiente como para que él se convenciera. A fin de que pudiera sentirse seguro y emocionalmente a salvo de nuevo.

Salió de sus aposentos y se encaminó hacia la escalinata, donde se detuvo, perplejo. ¿Dónde estaba? Extendió una mano hacia la barandilla con la intención de bajar, pero en ese momento oyó un ruido. Débil y distante. Imposible localizar su emplazamiento. Cuando se repitió con más fuerza, alzó la vista.

Instantes después, enfilaba hacia el siguiente tramo de escalera para subir a la segunda planta.

La puerta del otro extremo del pasillo se encontraba abierta. Tras ella estaba la habitación infantil, que gozaba de unas excelentes vistas del valle. Se acercó sin que ella lo oyera, gracias a la alfombra. Apoyó un hombro en el marco de la puerta y se dispuso a observarla.

Amelia estaba de perfil, contemplando una cuna grande, situada entre dos ventanas. Tomaba notas.

La imagen hizo que le diera un vuelco el corazón y que comenzara a hacer cálculos a toda prisa... No, era imposible. La emoción que lo había embargado era familiar y, a tenor de lo que Amelia estaba haciendo, había alcanzado nuevas cotas. Deseaba verla con su hijo en brazos; ese deseo se había convertido en una parte integral y poderosa de su ser. Y, gracias a Dios, era una faceta del amor que sentía por ella que no necesitaba ocultar.

Amelia alzó la cabeza tras anotar algo. Todavía no se había percatado de su presencia. Leyó lo que había escrito y se guardó el cuadernillo y el lápiz en el bolsillo.

Se apartó de la cuna y se encaminó hacia una cómoda pequeña situada a los pies de una de las ventanas. Abrió dos cajones, echó un vistazo al interior y después los cerró. Acto seguido, miró hacia la ventana y extendió un brazo para tirar de los barrotes sujetos al marco.

Luc esbozó una sonrisa.

—Son fuertes. Te lo aseguro.

Ella soltó los barrotes y lo miró de reojo.

—¿Intentaste salir por ahí?

—En más de una ocasión. —Se apartó de la puerta para acercarse a ella—. Edward y yo. Los dos a la vez.

Amelia contempló los barrotes con renovado respeto.

—Si pudieron haceros frente a vosotros dos, son seguros.

Se detuvo al llegar a su lado. Ella no dio media vuelta ni lo miró.

—¿Qué estás haciendo? —le preguntó.

Amelia comenzó a alejarse mientras hacía un gesto con la mano, pero él la aferró por la muñeca. Clavó los ojos en sus dedos antes de mirarlo a la cara.

—He estado haciendo una lista con las cosas que debemos renovar. Molly y yo no entramos aquí cuando recorrimos la casa el otro día. —Echó un vistazo a su alrededor al tiempo que hacía un amplio gesto con la otra mano—. Hay que cambiar los muebles, como puedes ver. Desde que hubo niños aquí han pasado... ¿cuántos, doce años?

Sin dejar de mirarla a los ojos, Luc se llevó la muñeca a los labios.

—Me lo dirías, ¿verdad?

Amelia parpadeó varias veces.

—Por supuesto —contestó antes de apartar la vista hacia la ventana—. Pero no hay nada que decir.

—Todavía... —replicó él sin soltarla de la mano y entrelazando los dedos con los suyos. Mientras contemplaba su perfil se percató de que ella había tensado la mandíbula—. Cuando haya algo que decir, te acordarás de hacerlo, ¿verdad?

Ella lo miró.

—Cuando haya algo que necesites saber...

—Eso no es lo que te estoy pidiendo.

Amelia alzó la barbilla y devolvió la vista a la ventana. Luc reprimió un suspiro.

—¿Por qué no tenías pensado decírmelo?

En realidad, la respuesta no importaba. Si era capaz de seguir la evolución de las complicadas operaciones financieras en las que invertía, era más que capaz de deducir otras cosas por sí mismo, sobre todo cuando se lo recordaban. Y Amelia se lo había recordado. No obstante, el hecho de que no hubiera mencionado la posibilidad de inmediato... ¿qué decía ese detalle de la impresión que tenía de él?

—Tal y como te he dicho, no hay nada todavía que comunicarte y cuando necesites saberlo...

—Amelia...

Ella dejó de hablar y frunció los labios. Poco después, prosiguió:

—Sé cómo vas a comportarte. Lo he visto en todos mis primos. Incluso en Gabriel, que es el más sensato. En cuanto a ti... te conozco y sé que serás peor que cualquiera de ellos. Llevo años viendo cómo te comportas con tus hermanas. Te negarás en redondo a que haga nada y me encerrarás... no podré montar, ¡y ni siquiera podré jugar con mi cachorro! —Dio un tirón para zafarse de su mano, pero él no se lo permitió. Lo miró echando chispas por los ojos—. ¿Vas a negarlo?

Luc enfrentó su mirada sin titubear.

—No te prohibiré que juegues con los cachorros. —Guardó silencio mientras ella lo miraba con los ojos entrecerrados. Al instante, añadió—: Supongo que te das cuenta de que querría saber si estás embarazada, de que no sólo me preocuparía por el niño, sino también por ti. Te das cuenta, ¿no? No puedo ayudarte en la gestación, pero sí que puedo ayudarte a que no te suceda nada y eso es lo que pienso hacer.

Amelia sintió que la invadía una especie de calma. Había un deje de sinceridad en la voz de Luc, en su mirada, que le resultó enternecedor.

Se tensó bajo su escrutinio, pero siguió mirándola.

—Sé que seré obsesivo al respecto o, al menos, que mis órdenes te parecerán algo obsesivas, pero debes recordar que en lo que a los embarazos se refiere, los hombres como yo nos sentimos... inútiles. Podemos regir nuestras vidas como nos plazca, pero en ese aspecto... todos nuestros anhelos y deseos, lo que conforma el núcleo de nuestras vidas, parece estar en las inciertas manos del destino. No sólo fuera de nuestro control, sino también más allá de toda nuestra influencia.

Hablaba desde el fondo del corazón. Una confesión sincera y simple que los hombres como él rara vez hacían. Le dio un vuelco el corazón. Dio media vuelta para mirarlo cara a cara...

Y un alboroto procedente del exterior los interrumpió, haciendo que ambos se acercaran a la ventana para ver qué sucedía. Un carruaje acababa de detenerse frente a la entrada principal; tras él llegaba una procesión de vehículos más pequeños.

Un grupo de personas salió de la casa; otros saltaron de los distintos carruajes. La vizcondesa viuda, sus cuatro hijas y toda su servidumbre acababan de regresar de Londres.

Luc suspiró.

—Nuestra privacidad ha llegado a su fin.

La miró. Amelia sostuvo su mirada y percibió su deseo de besarla. Un deseo que flotó en el aire antes de que él cerrara los ojos. Le soltó la mano y retrocedió al tiempo que hacía un gesto en dirección a la puerta.

—Será mejor que bajemos.

Se dio la vuelta, pero en lugar de encaminarse hacia la salida, se acercó a él, se puso de puntillas y lo besó en los labios. La respuesta de su marido fue inmediata. Antes de alejarse de él disfrutó de la dulzura del momento como si de un tesoro se tratara.

Luc la dejó marchar a regañadientes.

Ella sonrió y lo tomó del brazo.

—Sí, te lo diré. Y sí, será mejor que bajemos.

—Fuimos al Astley's Amphitheatre y a Gunter's. Y al museo —estaba diciendo Portia mientras daba vueltas frente a la ventana del salón. Las horas que había pasado en el carruaje no habían mermado su entusiasmo por la vida en lo más mínimo.

—Fuimos dos veces al museo —agregó Penélope. La luz del sol se reflejó en los cristales de sus anteojos cuando alzó la cabeza. Estaba sentada en el diván.

Luc observó la frágil figura que se sentaba junto a Penélope. La señorita Pink parecía exhausta y no era de extrañar. Al parecer, la habían arrastrado por toda la ciudad varias veces durante la breve estancia de sus hermanas en la capital.

—No podíamos desaprovechar la oportunidad de ver todo lo que nos fuera posible.

Luc observó a su hermana. Ella le devolvió la mirada sin vacilar. Como era habitual, Penélope leyó sus pensamientos. En su opinión, ése era uno de sus hábitos más molestos.

—Disfrutamos muchísimo de nuestra estancia en Somersham —intervino su madre—. Y, aunque los últimos días en Londres han sido un tanto ajetreados porque debíamos cerrar la casa y demás, debo admitir que ha resultado un interludio agradable y jovial.

Su madre estaba sentada en su sillón habitual, tomándose un té. Su mirada voló brevemente hacia Emily, que estaba sentada al lado de la señorita Pink, antes de dirigirse a él.

Luc supuso que no tardaría en tener nuevas noticias sobre lord Kirkpatrick.

—Me alegró mucho que pudierais asistir a la boda en Somersham —dijo Amelia, que estaba sentada en otro sillón con una taza de té en la mano.

—Fue perfecta. ¡Perfecta! —exclamó Portia, que seguía dando vueltas y saltitos frente a la ventana—. Y volver a ver a todo el mundo... En fin, nos conocemos desde hace años, pero ha sido estupendo ponerse al día y saber cómo les va a todos.

Luc apoyó la espalda en la repisa de la chimenea. Estaba rodeado por un numeroso grupo de mujeres, tal y como era lo normal desde hacía ocho años. Las quería a todas, incluso apreciaba a la señorita Pink, por más que su cháchara supusiera una amenaza para su cordura. Por si no tenía bastante, había agregado otra al grupo... Una que amenazaba con convertirse en la más enervante de todas.

Portia era la más predecible. Cuando acabó con sus brincos, se acercó a él. Se parecían mucho; ambos compartían el cabello oscuro y los ojos azul cobalto. Además, su hermana también había heredado la constitución delgada de la familia de su madre. Era la más alta de las cuatro.

—Voy a ver los cachorritos. Deben de haber crecido muchísimo durante estas dos semanas.

Hizo una reverencia antes de echar a andar hacia las puertas francesas por las que se accedía a la terraza.

Luc se encogió en su fuero interno, pero se sintió obligado a decir:

—El macho más grande ya está adoptado... así que no te encariñes con él. —Portia se detuvo y le echó un vistazo por encima del hombro con las cejas enarcadas—. Creí que era un futuro campeón... ¿te lo vas a quedar tú?

—No —contestó al tiempo que señalaba a Amelia con la cabeza—. Se lo he regalado a Amelia.

—¡Vaya! —La sonrisa de su hermana reflejó una sincera alegría... que englobaba más de un motivo... Miró a Amelia sin dejar de sonreír de oreja a oreja—. ¿Qué nombre le has puesto?

Luc cerró los ojos por un instante y gimió para sus adentros.

—Parece que le encanta husmear e investigar todos los recovecos —dijo Amelia, respondiendo a Portia con idéntica sonrisa—. Le he puesto *Galahad de Calverton Chase*.

—¿¡*Galahad*!? —Portia se aferró al borde de una silla con el asombro pintado en el rostro—. ¿Y Luc está de acuerdo?

Amelia se encogió de hombros.

—No hay ningún perro que se llame igual.

Portia lo miró. A juzgar por su expresión, estaba relacionando acontecimientos, cosa que él prefería que no hiciera. Su hermana entrecerró los ojos, que habían adquirido un brillo suspicaz, pero se limitó a decir:

—¡Espléndido! Voy a ver ese fenómeno con mis propios ojos.

Y retomó el camino hacia las puertas francesas.

Penélope dejó la taza sobre la mesa y cogió dos galletas a escondidas.

—Ya era hora, hermanito. Espérame, Portia. Yo también tengo que verlo.

Tras hacer un gesto de despedida con la cabeza en dirección a su madre y a Amelia, se apresuró a alcanzar a su hermana.

La cantidad de energía que inundaba la estancia descendió hasta niveles más agradables. Todo el mundo sonrió y se relajó un poco. Luc esperaba que al menos Amelia atribuyera el comentario de Penélope al nombre del cachorro. Estaba convencido de que su irritante hermana había hecho el comentario en alusión a algo mucho más personal.

Su madre dejó la taza en la mesa.

—Evidentemente, ha habido otros acontecimientos interesantes además de la visita al Astley's y al museo. —Ayudada por los comentarios de Emily y Anne, su madre los puso al día, y les hizo llegar la enhorabuena de algunas de las damas más preeminentes de la ciudad—. Podéis estar seguros de que, cuando volváis a Londres a finales de año, sufriréis todo un asedio, tanto vosotros como Amanda y Dexter.

—Con suerte, para entonces habrá surgido algún escándalo que distraerá a los volubles chismosos. —Luc se enderezó y dio un tironcito a uno de los puños de su camisa.

Su madre lo miró con expresión sarcástica.

—No apuestes por ello. Dado que Martin y Amanda se han refugiado en el norte y que vosotros os casasteis en Somersham y no habéis puesto un pie en la ciudad, las anfitrionas estarán ansiosas por echaros el guante.

Luc hizo una mueca de desagrado; Amelia sonrió.

La señorita Pink, bastante repuesta de los rigores del viaje, se puso en pie y se despidió con discreción. Emily y Anne, que ya habían apurado el té, decidieron retirarse a sus habitaciones.

—He dispuesto la cena a las seis —les dijo Amelia cuando las muchachas se inclinaron frente a ella en una reverencia.

—Me parece estupendo —replicó Emily—. Para esa hora estaré famélica.

Anne sonrió.

—Es maravilloso estar en casa.

En cuanto abandonaron la estancia, su madre lo miró.

—Estoy convencida de que lord Kirkpatrick tiene intención de escribirte; si no estoy muy equivocada, la carta te llegará a lo largo de esta misma semana.

Luc enarcó una ceja.

—¿Tan serias son sus intenciones?

Su madre esbozó una sonrisa.

—Es un joven impaciente, querido. Creí que apreciabas esa cualidad...

Dejó que el comentario pasara sin más, por lo que ella añadió con voz más seria:

—Sería apropiado que lo invitaras a venir, pero no he querido insinuar nada hasta haberlo consultado con vosotros. —Su mirada se desvió hacia Amelia, quien de repente captó la implicación.

—Por supuesto —dijo ella, haciendo un gesto con la mano y mirándolo—. A finales de julio o principios de agosto, ¿te parece bien?

Luc sostuvo su mirada.

—Lo que tú decidas estará bien. Seguiremos aquí hasta finales de septiembre.

La mirada de Amelia regresó a su madre, que acababa de arrellanarse en el sillón, visiblemente más relajada.

—Ya lo decidiremos cuando llegue su carta... porque estoy segura de que te escribirá. —Sus labios esbozaron una sonrisa—. Por tanto, podemos estar tranquilos con respecto a Emily. Todo está arreglado —dijo mientras lo miraba, tras lo cual sus ojos se posaron sobre Amelia al tiempo que ensanchaba la sonrisa—. No voy a preguntar qué tal os va; estoy segura de que os estáis adaptando el uno al otro sin mayores dificultades. ¿Ha hecho mucho calor por aquí?

Mientras rezaba para no ruborizarse, Amelia se reprendió mentalmente por recordar la tarde que había pasado con Luc retozando en la cama.

—Hemos sufrido un par de días muy calurosos —contestó, esforzándose por no mirar a Luc.

Minerva se puso en pie.

—A estas alturas, todo debe de haber vuelto a la normalidad en mi habitación. Es hora de que suba y descanse durante una hora o así. ¿A las seis has dicho?

Amelia asintió con la cabeza.

Su suegra se despidió de ellos con un breve gesto.

—Os veré en el salón. —Se encaminó hacia la puerta, pero se detuvo a medio camino. Dio media vuelta con el ceño fruncido—. En realidad, ahora que estamos solos... —Echó un vistazo en dirección a la puerta antes de seguir hablando con voz seria—. Mientras hacía el equipaje me di cuenta de que me faltaban dos objetos. Una cajita de rapé de estilo *grisaille* (la has visto muchas veces, Luc) y un frasco de perfume con el tapón de oro. Son dos objetos pequeños, pero antiguos y muy valiosos. —Miró a Luc—. Los dos estaban en mi gabinete y sí, han desaparecido, nadie los ha cambiado de sitio. ¿Se te ocurre qué puede haber sucedido?

Luc frunció el ceño.

—La servidumbre es la de siempre, no hay nadie nuevo.

—No. Eso también fue lo primero que se me ocurrió, pero me parece inconcebible que sea alguno de ellos, en especial después de haberse quedado con nosotros durante todos esos años de apuros económicos.

Luc asintió con la cabeza.

—Hablaré con Cottsloe y con el ama de llaves. Es posible que hayan contratado los servicios de algún deshollinador o algo así.

El semblante de Minerva se aclaró al punto.

—Por supuesto, tienes razón. Debe de ser eso. Sin embargo, es una pena que haya que guardar ese tipo de objetos cada vez que un desconocido entre en la casa.

—Yo me encargaré del asunto —le aseguró su hijo. Ella asintió y se marchó.

Amelia dejó la taza vacía sobre la mesa y se puso en pie. Tanto ella como Luc aguardaron de pie a que Minerva saliera antes de mirarse. Estaban muy cerca. Él extendió un brazo y le acarició la muñeca antes de entrelazar los dedos.

A esa distancia y a plena luz del día, era imposible pasar por alto el deseo que asomaba a sus ojos, sobre todo porque no se molestaba en ocultarlo.

Como si fuera una oleada de calor que le abrasara la piel, Luc volvió a sentir su deseo de besarla, de acariciarla, de abrazarla. La sensación despertaba la pasión de Amelia y la excitaba. El deseo los rodeó como un aura brillante hasta que Luc lo refrenó una vez más.

Con las miradas entrelazadas, él se llevó su mano a los labios para besarle los nudillos.

—Será mejor que vaya a ver qué está pasando en las perreras. Portia y Penélope tienen sus propias ideas sobre cualquier materia, y son demasiado obstinadas. Además, tengo trabajo que hacer en el despacho.

Amelia aceptó sus palabras con una sonrisilla; pero, cuando le soltó la mano, lo tomó del brazo y lo instó a caminar hacia las puertas francesas.

—Te acompaño a las perreras; quiero asegurarme de que tus hermanas no miman a *Galahad* en exceso. —Una vez que estuvieron en la terraza, murmuró—: Tomemos el camino del jardín.

Era el camino más largo, pero él asintió tras un instante de indecisión.

Se dejó guiar a través de los distintos patios rodeados por setos. Dejaron atrás la fuente y llegaron al estanque de aguas cristalinas, donde los últimos rayos del sol arrancaban destellos plateados a los peces que nadaban bajo la superficie. Y lo convenció de que los besos y los abrazos, por más breves que fueran, aún podían incluirse en sus planes si se lo proponían, a pesar de la llegada de sus hermanas.

Esa noche le quedó muy claro la magnitud de lo que Luc tenía que soportar.

Sentada al extremo de la larga mesa del comedor, que en ese momento contaba por fin con suficientes comensales, Amelia observaba y aprendía hasta que llegó un punto en el que se compadeció de él, aunque le costó un gran esfuerzo ocultar lo graciosa que encontraba la situación.

Estaba desbordado.

Jamás se había imaginado que pudiera verlo así, que una situación semejante pudiera llegar a producirse. Sin embargo, allí estaba Luc, intentando lidiar por todos los medios con cuatro mujeres muy distintas que estaban bajo su protección. Después de todo, era su tutor legal.

La noche había tenido un comienzo poco favorable.

Tras pasarle un plato de judías a Emily, sentada a su derecha, Amelia se percató de nuevo de la expresión ausente que asomaba a los ojos de su cuñada. No cabía duda de que los pensamientos de la muchacha estaban en otro lugar, rememorando momentos agradables. Sospechaba cuál era la naturaleza de dichos recuerdos.

Movida por esa sospecha, cuando se reunieron en el salón momentos antes de la cena, consiguió apartar a Emily del grupo para hacerle una pregunta sin importancia relacionada con lord Kirkpatrick y la simple mención del nombre del caballero había arrancado un brillo especial a su mirada. Y también un deje emocionado a su voz, lo que le confirmó que su relación era seria. Eso no suponía ningún problema, dado que Minerva estaba esperando una petición formal de mano.

En aquel instante, le dio un apretón en la mano, llevada por un arrebato de comprensión femenina y se dio la vuelta... para descubrir que la mirada de Luc estaba clavada en ellas. Su marido se acercó tras ofrecerles una disculpa a su madre y a la señorita Pink. Amelia se preparó para defender a Emily en caso de que él tuviera la intención de someterla a un interrogatorio; sin embargo, la damisela en cuestión se limitó a componer una expresión altanera, aunque un tanto ruborizada, y se negó a dejarse avasallar. La muchacha le confesó a su hermano que encontraba muy varonil a lord Kirkpatrick y que, a decir verdad, cumplía con todos los requisitos que ella deseaba en su futuro marido.

Amelia notó que Luc tensaba la mandíbula para reprimir el impulso de exigirle a su hermana que se lo contara todo. Ella dudaba mucho que la historia completa fuera de su agrado.

El comentario de Emily, que estaba mirando a Luc mientras hablaba, la obligó a hacer una inevitable comparación. Kirkpatrick no estaba mal, tenía un físico agradable y era apuesto, pero ensalzar sus cualidades físicas cuando se tenía un hermano como Luc... dejaba muy claro el estado en el que se hallaba su cuñada.

El epítome de la belleza masculina era Luc. Su elegancia, su encanto y sus modales aristocráticos no lograban ocultar la amenaza que suponían su fuerza física y su férrea voluntad. Era Luc quien siempre había logrado que se estremeciera. Y aún lo seguía haciendo.

En aquel momento, él se percató de su escrutinio y clavó la mirada en ella.

—La cena está servida, milord, miladies... —llegó la voz de Cottsloe, procedente de la puerta de entrada.

El mayordomo logró contener una sonrisa a duras penas. Salvo Edward, la familia al completo estaba allí, en casa de nuevo, y el mundo volvía a ser perfecto para Cottsloe.

Amelia agradeció la interrupción. Tomada del brazo de su marido, dejó que él la acompañara al comedor. Dejó que la ayudara a sentarse al otro extremo de la mesa, un lugar que no había vuelto a ocupar desde la noche de bodas.

El roce de sus dedos sobre el brazo hizo que afloraran recuerdos de ciertos momentos excitantes; estuvo tentada de mirarlo con el ceño fruncido, pero se distrajo con ciertas cuestiones...

Por suerte, la comida le reportó la suficiente distracción, sobre todo dada la presencia de Portia y Penélope. Portia, a sus catorce años, era una hedonista alegre, brillante y de aguda inteligencia. Con su físico, sus comentarios y su ingenio era la que más se parecía a Luc, y a éste le resultaba muy difícil tratar con ella.

Portia lo ponía en un brete. A la menor oportunidad.

A pesar de todo, el cariño que existía entre ellos era innegable. Tardó casi toda la cena en comprender que Portia había adoptado el papel de némesis de su hermano, al menos en la intimidad familiar. La jovencita había asumido la tarea de que no se comportara con demasiada arrogancia, ni se excediera en su papel de protector.

Nadie más se habría atrevido, al menos no hasta ese extremo. Ni ella misma se atrevería a llegar tan lejos... al menos en público. En privado... ostentaba mucho más poder sobre Luc que su hermana y gozaba de mayores oportunidades para expandir la estrechez de miras de su marido en ciertos aspectos. Comenzó a meditar acerca del mejor modo de hacerle saber a Portia, con sus catorce años, que debía dejar la arrogancia de Luc en las delicadas manos de su esposa...

Porque sin saberlo, y de eso estaba segura, la muchacha irritaba profundamente la parte más recóndita de Luc. La esencia que lo había convertido en lo que era, pero que también hacía aflorar las peores muestras de lo que parecía ser su afán dominante.

Ella lo percibía y contaba con la madurez suficiente como para valorar esa esencia que Portia aún no comprendía.

Luc se preocupaba mucho por sus hermanas; no sólo de forma general, tal y como un hermano estaba obligado a hacer y llevaba haciendo desde hacía ocho años, sino también de una forma mucho más íntima y afectuosa que reflejaba lo que la familia representaba para él.

Mientras lo observaba enfrentarse a las pullas de Portia con el ceño fruncido, recordó la conversación que habían mantenido acerca de su posible embarazo.

Tendría que saberlo... tendría que decírselo en cuanto estuviera segura. Era así de importante para él. Tan importante que era el primer comentario de índole emocional que le había hecho desde que las barreras cayeran entre ellos. Él le había preguntado, había admitido mucho más de lo que resultaba necesario; una muestra de confianza que ella valoraba en su justa medida y que debía corresponder en consonancia.

Esa devoción constante, instintiva e incondicional, se reflejaba en su expresión, en el esfuerzo que hacía para lidiar con la situación, para controlar sus vidas el máximo tiempo posible. Con o sin su consentimiento.

Emily estaba a punto de abandonar su protección, pero a él no le preocupaba porque se limitaría a traspasarle esa responsabilidad a Kirkpatrick. Sin embargo, hasta entonces... se hizo el propósito de sugerirle a la muchacha que evitara ofrecerle a su hermano cualquier información potencialmente incendiaria que a éste no le resultara necesaria.

Y también estaba Anne, tan callada que corría el peligro de que los demás se olvidaran de su presencia. Estaba sentada a su izquierda. Le ofreció una sonrisa y se dispuso a sonsacarle su opinión sobre su primera temporada social. Anne la conocía, confiaba en ella y se sinceró de inmediato. Mientras analizaba la reacción de su cuñada, sintió la torva mirada de Luc sobre ella y se recordó que debía averiguar el motivo de su inquietud.

Puesto que a esas alturas sus habilidades sociales estaban perfectamente desarrolladas, siguió escuchando a Anne mientras su mirada se clavaba en Penélope. Era la más pequeña de las cuatro y estaba sentada a la izquierda de Anne. Si se contabilizaban las palabras que salían de su boca, se podía decir que Penélope era más callada que Anne. Sin embargo, nadie olvidaría su presencia en la mesa. Observaba el mundo a través de sus gruesas lentes; y el mundo sabía que estaba siendo sopesado, medido y juzgado por una mente astuta y en extremo inteligente.

Penélope había decidido convertirse en una marisabidilla desde muy temprana edad. Para ella, el aprendizaje y los conocimientos eran más importantes que el matrimonio y los hombres. La conocía desde que era pequeña y no recordaba que la muchacha hubiera pensado jamás de otro modo. Tenía trece años y físicamente era muy parecida a Emily y Anne, con los ojos y el cabello castaños, si bien poseía una determinación y una confianza en sí misma de las que sus hermanas mayores carecían. Era una fuerza a tener muy en cuenta, aunque los planes que había trazado para su vida eran todavía un misterio para todos.

Portia y Penélope se llevaban bien entre ellas, al igual que Emily y Anne; el problema era que las dos mayores no sabían qué hacer con las dos pequeñas. Detalle que añadía una nueva carga sobre los hombros de Luc porque, tal y como haría cualquier hombre en su posición, no podía dejar en manos de Emily y Anne, ni de su madre, la responsabilidad de mantener a las pequeñas de la familia dentro de los límites establecidos; unos límites que ninguna de las dos reconocía.

Y, además, se animaban la una a la otra. Así como las dos mayores compartían aspiraciones, también lo hacían las pequeñas. Por desgracia, sus aspiraciones no tenían nada que ver con lo que estaba establecido para las jovencitas de buena cuna.

A juzgar por lo que estaba ocurriendo en el comedor, tanto Portia como Penélope estaban decididas a que a su hermano le salieran canas de la noche a la mañana. Echó un vistazo al cabello negro de su marido y se apiadó de él. Al instante, Luc la miró a los ojos. Ella sonrió y se recordó que, después de todo, era su esposa.

Lo que significaba que tenía tanto el derecho como el deber de asegurarse de que, durante los próximos años, su cabello siguiera siendo tan negro como en esos momentos.

Cuando se metió en la cama esa noche, ya había llegado a esa conclusión y se había hecho el firme propósito de lograrlo. Apagó la vela y se tumbó sobre los almohadones mientras reflexionaba acerca de los obstáculos que había decidido afrontar, cada vez más convencida de la decisión que había tomado.

Uno de esos obstáculos radicaba en la dificultad de ganarse el apoyo de Luc, su comprensión y su aprobación para la ayuda que estaba dispuesta a prestarle. Aunque lo conocía demasiado bien como para mencionar el asunto cuando él entró en el dormitorio media hora más tarde.

Fue él mismo quien sacó el tema a colación. Se detuvo en la penumbra, al lado de la cama, mientras se desataba el cordón de la bata.

—¿Te ha hablado Anne de sus impresiones sobre la temporada, sobre la alta sociedad?

Tanto sus ojos como la mayor parte de sus pensamientos estaban distraídos observando el momento en el que Luc se deshacía de la bata...

—Si te refieres a su opinión acerca del matrimonio, no creo que tenga ninguna —murmuró, intentando concentrarse.

Él frunció el ceño antes de meterse en la cama y tumbarse de costado a su lado. Apoyó la cabeza en una mano, pero no hizo ademán de meterse bajo la sábana de seda con la que ella se tapaba hasta la barbilla.

—¿Qué quieres decir?

—Que no ha pensado en conseguir marido —contestó al tiempo que se volvía sobre el colchón para mirarlo de frente—. Sólo tiene... diecisiete años, ¿no?

Luc enarcó las cejas.

—¿Crees que es demasiado joven?

Amelia enfrentó su mirada sin pestañear.

—Por muy extraña que te parezca la idea, no todas las mujeres piensan en casarse nada más ser presentadas en sociedad.

Se hizo el silencio mientras la mirada de su marido seguía clavada en ella y una de sus cejas oscuras se alzaba un poco más.

—¿A esa edad no soñabas con casarte?

Se preguntó por un instante si sería capaz de decirle que el único sueño que había albergado sobre el matrimonio se había hecho realidad. Él era el único hombre con el que había soñado casarse. Sin embargo, se alegró muchísimo al sentir que esa compulsión que los gobernaba en la cama, donde ya no había lugar para los engaños, se adueñaba de ellos y dio gracias a Dios por haber sido capaz de esperar hasta los veintitrés años para lidiar con Luc.

—Me sorprendería mucho que Anne no tuviera sueños al respecto, que no soñara con lo que le gustaría que fuera su matrimonio. Pero, sinceramente, dudo mucho... No. Estoy convencida de que todavía no está pensando en formar parte de las filas de los casados. Lo hará cuando esté lista, pero ese momento todavía no ha llegado.

Él estudió su rostro antes de encogerse de hombros.

—No tiene por qué hacer nada al respecto hasta que lo desee.

Amelia sonrió.

—Eso digo yo.

Permaneció inmóvil, observándolo; dejando que su mirada recorriera los ángulos de ese rostro hasta que la pasión y el deseo se adueñaron de ellos. Esperó a que él diera el primer paso, convencida de que fuera cual fuese el camino que Luc tomara, el resultado sería nuevo y tan emocionante, fascinante y arrebatador como ella deseaba. En ese aspecto, la imaginación de su marido no tenía límites, o eso sospechaba. La certeza que demostraba acerca de lo que a ella le resultaba excitante y placentero había demostrado ser fidedigna hasta ese momento.

Tras una larga pausa, los labios de Luc esbozaron una

amplia sonrisa que dejó a la vista sus dientes. Se acercó a ella, inclinó la cabeza y capturó sus labios.

No la tocó en ninguna otra parte; se limitó a besarla y ambos fueron conscientes de que la única barrera que separaba sus enfebrecidos cuerpos era la ligera sábana de seda. La temperatura subió con rapidez a medida que el beso se tornaba más exigente y ella se ofrecía gustosa. Aunque seguía sin tocarla.

Percibía el intenso calor que emanaba del cuerpo de Luc como si fuera una llamarada; un calor con el que a esas alturas ya estaba más que familiarizada. El anhelo la consumía, su piel parecía arder con el deseo de acariciar y de que la acariciaran.

Un anhelo que iba en aumento.

En ese instante, él se apartó para mirarla. Metió un dedo bajo la sábana, entre sus pechos, y lo hizo descender hasta la cintura sin apenas rozarla.

Entretanto, esos ojos azul cobalto no se apartaron de su rostro. Inclinó la cabeza y capturó un pezón con los labios. Ni siquiera la acarició en ningún otro sitio, sólo el pezón y la areola. Y siguió atormentándola de ese modo hasta que ella arqueó la espalda, sin apenas resuello.

En cuanto él se apartó, se dejó caer sobre el colchón, ofreciéndole el otro pecho. Luc aceptó el regalo y volvió a someterla a la exquisita tortura hasta que le arrojó los brazos al cuello con un grito. No obstante, la cogió por las muñecas antes de que pudiera tocarlo y la inmovilizó con una sola mano. Tras estirarle los brazos y retenerlos sobre los almohadones, por encima de su cabeza, se dispuso a seguir bajando la sábana con la mano libre.

Hasta las caderas.

En esa ocasión, cuando se inclinó hacia ella fue su lengua la que le acarició el ombligo. Se hundió en él y lo rodeó antes de repetir el movimiento.

No había considerado que el ombligo fuese uno de esos lugares susceptibles de ser estimulados hasta hacerla gemir de deseo. Sin embargo, Luc le demostró lo contrario cuando esas repetidas caricias hicieron que el ardiente anhelo de sentirlo en su interior fuera insoportable.

Él alzó la cabeza y apartó la sábana, dejando su cuerpo entero a la vista. Le soltó las manos y cogió dos almohadones antes de alejarse hasta los pies de la cama.

—Levanta las caderas —le ordenó.

Lo obedeció, a sabiendas de lo que estaba por llegar cuando le colocó los dos almohadones debajo. Esperaba que le acariciara las piernas con lentitud, desde los tobillos hasta los muslos. En cambio, la aferró por las rodillas, le separó las piernas mientras se colocaba entre ellas y bajó la cabeza.

Para tomarla en la boca y acariciarla con la lengua.

Reprimió un grito, insegura de repente.

—Nadie puede oírte —murmuró él, tras alzar la cabeza.

Amelia tomó el aire suficiente para preguntarle:

—¿Aunque grite?

—Aunque grites —repitió él con un malicioso deje de satisfacción masculina en la voz al tiempo que volvía a inclinar la cabeza.

Amelia se acomodó de nuevo sobre el colchón y dejó que el fuego la consumiera. Sentía la piel enfebrecida y sensible hasta un extremo doloroso, a pesar de que sólo la estaba acariciando allí, en la parte más íntima de su cuerpo. Le había apartado tanto las piernas que ni siquiera lo rozaba con los muslos; podría haberle acariciado la cabeza, pero le parecía mucho más importante aferrarse a la sábana que tenía debajo, como si de ese modo pudiera retener un vestigio de cordura o aferrarse al mundo mientras él la llevaba al borde del precipicio.

Centímetro a centímetro... hasta que cayó.

Vio estrellas y se vio envuelta en la vorágine de placer y pasión. Sintió la satisfacción de Luc en el modo en que seguía acariciándola con los labios y penetrándola con la lengua.

En un abrir y cerrar de ojos, los almohadones desaparecieron y él estuvo sobre ella.

Y dentro de ella. Y a su alrededor, envolviéndola con su calor, con la pasión abrasadora que emanaba de su cuerpo.

La penetró con una embestida certera y ella estalló en llamas. Su piel, que llevaba una eternidad anhelando sus caricias, se convirtió en un río de lava ardiente con el contacto. Su cuerpo entero se vio arrasado por el deseo de acariciar y ser acariciado, de consumir y ser consumido.

Lo aferró por las nalgas y lo acercó aún más a ella.

Luc sintió que le clavaba las uñas mientras se retorcía bajo su cuerpo, inmersa en la ola de placer que había conjurado. Amelia se afanaba por alcanzar el siguiente pináculo de placer con tanta desesperación como él.

Sus cuerpos, que ya se conocían íntimamente, se unieron y se fusionaron, incansables en su deseo, consumidos por la pasión, pero decididos a entregarse a ese momento de confianza suprema, de rendición absoluta.

Y en un instante estuvieron allí, en la cumbre donde los aguardaba el deleite más sensual. El fuego los rodeó. Se entregaron a las llamas y se regodearon en ellas, dejando que el éxtasis los embargara.

El momento se alargó y después comenzó a desvanecerse mientras regresaban de la mano a la realidad. El fuego se apagó hasta convertirse en un puñado de ascuas incandescentes que quedaron enterradas en ellos.

Donde permanecerían siempre.

La pasión que compartían jamás se enfriaría, jamás los abandonaría. El fuego siempre habitaría en su interior, resguardándolos del frío.

18

Al día siguiente comenzaron las visitas que la nobleza provinciana consideraba de rigor cuando se recibía a una recién casada en la comunidad. El señor Gingold y su esposa encabezaban la marcha, sorprendidos en parte porque sus dos hijos, dos muchachos larguiruchos y tremendamente tímidos, los acompañaran.

A Luc le bastó con echarles un vistazo para enviar a un criado en busca de Portia y Penélope. Amelia, que charlaba con la señora Gingold, meditó al respecto... Aunque los Gingold eran una pareja agradable y vivaracha, no podía creer que Luc alentara a sus hermanas en esa dirección. A pesar de las dificultades económicas, los Ashford pertenecían a la alta sociedad.

La señora Gingold despejó sus dudas. Cuando las más pequeñas de las Ashford aparecieron en la sala y saludaron a los invitados, la expresión de los rostros de los dos muchachos arrancó un suspiro a su madre. La dama intercambió una mirada elocuente con Minerva antes de añadir en un quedo susurro:

—Embobados, los dos. Tienen menos sentido común que un par de cachorritos, pero no me cabe la menor duda de que se les pasará pronto.

Aunque ese «pronto» era demasiado largo para Portia y Penélope, según reflejaban sus rostros. Amelia no las perdió de vista ni un momento. Ambas soportaban a regañadientes la compañía de los jovenzuelos en la terraza, mientras ellos conversaban en el salón. La señora Gingold, Minerva, Emily, Anne y ella intercambiaron cotilleos locales y londinenses; entretanto, Luc y el señor Gingold, que se habían sentado aparte, trazaban planes para las nuevas cosechas y la reparación de las cercas.

Sus cuñadas más jóvenes se comportaban con la misma arrogancia y superioridad que su hermano mayor, y sus lenguas no tenían nada que envidiarle.

No escuchaba lo que decían, pero cuando Portia, con las cejas enarcadas, le contestó con vehemencia a uno de los jóvenes logrando que a éste se le descompusiera el rostro, Amelia se compadeció de él.

Por suerte, antes de que se sintiera obligada a rescatar a esos pobres desdichados de la desgracia que ellos mismos se habían buscado, el señor Gingold concluyó su conversación con Luc y se puso en pie. Su esposa intercambió una sonrisa resignada con Minerva antes de mirarla a ella y se levantó del diván.

—Vamos, muchachos, es hora de marcharnos.

Pese a todos sus padecimientos, los muchachos no querían marcharse. Por suerte para ellos, sus padres no les prestaron atención. Todos los presentes salieron al pórtico. Portia y Penélope acribillaron a preguntas al señor Gingold, haciéndole objeto del ávido interés que negaban a sus hijos. La señora Gingold subió a la calesa mientras que uno de los jovenzuelos se hacía cargo de las riendas y el otro montaba a caballo, al igual que su padre.

Los Ashford despidieron a sus invitados y regresaron al interior. Minerva se marchó, seguida de Emily y Anne; Luc desapareció entre las sombras del vestíbulo de entrada. Dado que Portia y Penélope estaban a punto de imitarlos, Amelia echó un vistazo hacia las perreras.

—Voy a ver cómo está *Galahad*. Seguro que a él y al resto de la camada les viene bien dar una vuelta. —Miró a las muchachas—. ¿Por qué no me acompañáis? Estoy segura de que a la señorita Pink no le importará que os retraséis un poco más.

—No le importará si le decimos que estábamos contigo —replicó Penélope, mientras se daba la vuelta—. Además, no deberías sacar a los cachorros tú sola. Son demasiados para que los vigile una sola persona.

—Muy cierto. —Portia se alejó de la puerta—. Y son tan indefensos...

Amelia aprovechó la oportunidad que el comentario le brindaba.

—Y hablando de cachorros indefensos... —Esperó hasta que ambas jovencitas la miraron y guardó silencio hasta que ambas comprendieron y apartaron la vista, incómodas.

—Bueno, es que son muy irritantes. Y un par de bobos. —Penélope miró con el ceño fruncido hacia el lugar por el que habían partido los Gingold.

—Tal vez, pero no es su intención. Y hay una diferencia entre desanimar con amabilidad y arrancarles el corazón sin miramientos. —Amelia miró a Portia, que tenía la vista clavada en el valle y los labios apretados—. Podríais intentar ser más comprensivas.

—Son mayores que nosotras... Deberían demostrar algo más de sentido común en lugar de limitarse a mirarnos embobados. —Portia levantó la barbilla y la miró a los ojos—. Es imposible que crean que esa actitud nos halaga.

Se notaba que no tenían hermanos menores, y que tanto Edward como Luc les llevaban muchos años. En lo tocante a los jovencitos, ella contaba con muchísima más experiencia que sus cuñadas. Tras exhalar un suspiro, tomó a Penélope del brazo e hizo lo mismo con Portia antes de echar a andar en dirección al sendero de gravilla que rodeaba la casa.

—Tal vez sean mayores que vosotras, pero en lo que se refiere a las relaciones entre hombres y mujeres, los muchachos, incluso los hombres, siempre van un paso por detrás. Es algo que no debéis perder de vista. En el caso de los Gingold, mostrarles un poco de comprensión (no, no me refiero a darles ánimos ni a acceder a sus deseos, sólo a tratarlos con amabilidad) puede reportaros beneficios en el futuro. Es muy posible que siempre vivan en esta zona y en el futuro pueden ser relaciones muy convenientes; no hay necesidad de que tengan malos recuerdos de vosotras. Y lo que es más importante, un poco de práctica a la hora de tratar con la devoción masculina, por muy equivocada que ésta sea, no os vendrá mal. Cuando llegue el momento de vuestra presentación en sociedad, saber cómo tratar con los jóvenes embelesados...

La voz de Amelia se desvaneció mientras se alejaban por el sendero. Desde el lugar en el que había estado oculto tras la puerta, Luc se arriesgó a echar un vistazo. Caminaban despacio, con las cabezas muy juntas (una de cabello negro, otra rubia y la tercera castaña) mientras Amelia las reconvenía y sus hermanas escuchaban; tal vez lo hicieran a regañadientes, pero estaban escuchando. Había estado esperando el momento oportuno para señalarles precisamente lo que ella les estaba diciendo, pero jamás habría tenido tan buenos resultados como Amelia.

Además, jamás habría admitido estar un paso por detrás en las relaciones entre hombres y mujeres.

Aunque fuera verdad.

Se demoró en el vestíbulo mientras la tensión que se había apoderado de él ante la perspectiva de una discusión con Portia y Penélope acerca de ese comportamiento tan inexcusable lo abandonaba. Una vez que desapareció, su mente regresó a la obsesión que lo ocupaba últimamente: esa otra mujer con la que tenía que lidiar.

Reprimió un suspiro resignado y se encaminó a su despacho.

Pasó una semana de largos días soleados, salpicados por más visitas a medida que las familias de la zona se acercaban a ofrecerle sus buenos deseos a Amelia. Dado que los conocía a todos, la familiaridad y el desenfado fueron la tónica de dichas visitas. Sin tener en cuenta esos interludios sociales, un aura de vibrante vitalidad parecía haberse adueñado de

Calverton Chase, cosa que a Luc le resultaba de lo más cómodo y familiar.

Así era como siempre había sido su hogar hasta donde le alcanzaba la memoria. En los largos pasillos resonaban los murmullos de la servidumbre, la risa y los susurros de sus hermanas, la voz más comedida de su madre, las risillas de las doncellas, las bruscas órdenes de Molly y la voz más profunda de Cottsloe. Para él, ese murmullo (un murmullo que contenía cientos de sonidos) representaba gran parte de aquello por lo que había estado luchando los últimos ocho años.

Los sonidos de Calverton Chase en pleno verano representaban la esencia de la familia, la esencia de un hogar.

Y a esa sinfonía se había sumado otra voz, otra persona. Se descubría una y otra vez agudizando el oído para escuchar la voz de Amelia mientras conversaba con sus hermanas, las interrumpía, las regañaba o las animaba.

Acompañada de su madre, Emily y Anne, Amelia devolvía las visitas de sus vecinos, cumpliendo así con las expectativas sociales. Tanto Emily como Anne observaban y aprendían, fijándose en su comportamiento más de lo que se habían fijado en el de su madre.

La esperada carta de lord Kirkpatrick llegó. Su madre estaba complacida; imbuida de la confianza que otorgaba la experiencia en tales asuntos, simplemente asumió que no habría problemas. Y no había motivos para que estuviera equivocada.

Emily, en cambio, estaba muy nerviosa, como era de esperar; comenzó a preocuparse por nimiedades. Luc se preparó para hablar con ella, para conseguir de alguna manera calmar sus miedos... pero Amelia se le adelantó, evitando así que tuviera que enfrentarse a algo que no terminaba de entender.

Emily respondió a los reconfortantes comentarios de Amelia con una sonrisa y volvió a su habitual forma de ser casi de inmediato. Luc estaba más que agradecido.

Y se sintió igual de contento cuando descubrió que su esposa estaba animando a Anne, no presionándola, sino apoyándola, que era justo lo que él había querido hacer, aunque jamás lo hubiera logrado por completo. Era un hombre, después de todo; sus hermanas lo tenían calado, si bien cada una lo consideraba de una manera.

Razón por la cual reaccionó de forma instintiva cuando, una noche durante la cena, Amelia se interpuso entre Portia y él, y no fue precisamente movido por el agradecimiento, sino a causa de una emoción muy diferente.

Amelia se percató de su mirada sombría y de la tensión que lo invadía, a pesar de estar sentada al otro extremo de la mesa. Enarcó una ceja en respuesta, pero se negó a entregarle las riendas de la conversación que acababa de arrebatarle.

Sin embargo, esa misma noche y tan pronto como se quedaron a solas, sacó el tema para explicarle los motivos que la habían llevado a hacerlo antes de que él dijera nada, y le pidió abiertamente su aprobación. Y se la dio porque, tal y como era la tónica en lo referente a sus hermanas, Amelia estaba en lo cierto. El instinto que demostraba para manejarlas estaba mucho más desarrollado que el suyo; de forma que, cuando ella le expuso sus argumentos, comprendió su actitud y aceptó su forma de enfocar el asunto.

Accedió a regañadientes a dejarlas en sus manos, aunque se quedó más tranquilo a medida que Amelia aprovechaba cualquier momento de intimidad para hablarle de sus progresos.

Poco a poco, tan despacio que al principio ni se dio cuenta, se fue despojando de la pesada carga de tratar con sus hermanas. Se relajó... y entonces lo comprendió. Se percató de que estaba menos tenso en su presencia y de que, de ese modo, disfrutaba mucho más de su compañía. No las amaba menos, pero esa distancia lo ayudaba a mirarlas de otra forma, sin que lo cegaran sus instintos ni el hecho de que estuvieran bajo su responsabilidad.

Legalmente seguían siendo su responsabilidad; pero, en la práctica, dicha responsabilidad era compartida.

El descubrimiento lo dejó aturdido y volvió a provocar

una reacción, una preocupación de la que no le resultaba fácil deshacerse.

Cuando entró en su dormitorio esa misma noche, Amelia ya estaba en la cama, recostada contra los almohadones y con el pelo suelto. Lo observó mientras se acercaba, con un aire de serena expectación.

Se detuvo junto a la cama y la miró a los ojos mientras buscaba con las manos el cordón de la bata.

—Has sido de mucha ayuda con mis hermanas... con todas ellas. —Se quitó la bata y la dejó caer al suelo. Observó cómo la mirada de Amelia descendía por su cuerpo—. ¿Por qué?

—¿Por qué? —le preguntó sin alzar la vista mientras se reunía con ella en la cama; cuando estuvo acostado, extendió los brazos hacia él y lo miró a los ojos—. Porque me caen bien, por supuesto. Las conozco desde siempre y necesitan... no ayuda, pero sí ciertos consejos.

Siguió mirándolo mientras él se pegaba a su cuerpo hasta que estuvieron piel con piel y, después, alzó una mano para apartarle un mechón de cabello que le había caído sobre la frente.

—Tu madre... Bueno, ha pasado bastante tiempo desde la última vez que tuvo que enfrentarse a estas cosas y muchas de ellas han cambiado a lo largo de los años.

—¿Eso quiere decir que lo estás haciendo por ellas?

Amelia esbozó una sonrisa y se recostó con gesto incitante, mientras le acariciaba una mejilla con los dedos.

—Por ellas, por ti... por nosotros.

Luc titubeó. Había esperado ese «por ti», y también esperaba comprenderlo. No iba a preguntar al respecto.

—¿Por nosotros?

Ella se echó a reír.

—Son tus hermanas y nosotros estamos casados... Eso las convierte en mis cuñadas. Son familia y necesitan consejos, unos consejos que yo puedo proporcionarles. Así que no te quepa duda de que haré cuanto esté en mi mano para facilitarles las cosas. —Le enterró los dedos en el pelo y tiró de su cabeza hacia ella—. Te preocupas demasiado. Son inteligentes y encantadoras. Se las apañarán a las mil maravillas. Confía en mí.

Y eso hacía. Se apoderó de sus labios y se desentendió del asunto... dejando que otro bien distinto ocupara su lugar. Que el poder y la pasión se llevaran sus pensamientos; que las sensaciones y las emociones rigieran sus vidas; que sus cuerpos se fundieran al igual que sus almas.

Más tarde, yacía en la cama iluminada por la luz de la luna con Amelia dormida a su lado cuando se dispuso a ordenar sus pensamientos.

Quería mucho a sus hermanas, y Amelia lo sabía. De ahí que hubiera cuestionado sus motivos para ayudarlas. Una reacción de lo más reveladora. En lo referente a ella y a la relación que los unía se sentía abrumado por la incertidumbre. Incluso había llegado a pensar que lo que ella buscaba a través del control tanto de sus hermanas como de los asuntos domésticos era, en última instancia, controlarlo a él.

Su posición, su misma naturaleza, estaba tan enraizada en su hogar, en su familia, que el control sobre esos dos aspectos le otorgaría una enorme influencia sobre él. Aunque había esperado que su esposa se hiciera cargo de la casa, no había previsto que quisiera ayudarlo con sus hermanas.

Una estupidez por su parte, si bien comenzaba a sospechar que había sido (y que seguía siendo) mucho más estúpido en otro aspecto.

Hacía mucho que había reconocido el poder que ostentaba el amor y siempre le había preocupado la posibilidad de que fuese tan poderoso como para regir su vida. Tal y como había sucedido.

Amelia siempre había sido una mujer extremadamente controladora y tan obstinada como él mismo; sin embargo, era la única mujer a la que había deseado de verdad, la única a la que había deseado como esposa. Y la había conseguido.

Su preocupación, su desconfianza, incluso su persistente incertidumbre... todo provenía del hecho de no saber por qué ella lo había escogido como marido. Había asumido e imaginado muchas cosas... Todas equivocadas, al parecer.

Y seguía sin saberlo.

No obstante, por fin estaba empezando a creer que no era el deseo de controlarlo lo que la motivaba.

A la tarde siguiente, Amelia estaba en su gabinete revisando las cuentas de la casa cuando Molly entró.

—Viene un tílburi por el camino, señora. Un caballero y una dama, ambos de cabello oscuro... Nadie de por aquí, aunque creo haberlos visto en su boda.

Desconcertada, Amelia dejó a un lado la pluma.

—Veré de quién se trata.

Estaba esperando a Amanda y Martin, que llegarían en unos cuantos días junto con sus padres, Simon y su tía Helena. En esos momentos estaban de visita en Hathersage, el nuevo hogar de su hermana gemela que ella aún no conocía. La preocupación de que hubiera ocurrido un imprevisto que los hiciera acudir antes de tiempo hizo que se dirigiera a toda prisa al vestíbulo principal.

Cottsloe le abrió la puerta de entrada. Amelia se protegió los ojos del sol con una mano y echó un vistazo a la larga curva que describía el camino. Avistó el tílburi cuando éste subía la cuesta de acceso a la mansión.

Retrocedió un paso y miró a Cottsloe.

—Por favor, dile a Su Ilustrísima que Lucifer y Phyllida están aquí.

Se dio la vuelta y salió al pórtico para recibir a su primo y a su esposa.

—¿Qué pasa? —le preguntó a Lucifer en cuanto éste bajó de su tílburi.

Su primo desvió la mirada hacia el lacayo que se acercaba a toda prisa para hacerse cargo de los caballos antes de observar el pórtico, donde Cottsloe esperaba junto al criado que se encargaría del equipaje. Volvió a mirarla y esbozó su encantadora sonrisa antes de darle un abrazo y plantarle un beso en la mejilla.

—Te lo diré más tarde, cuando sólo estemos tú, Luc y yo.

—Y yo —añadió Phyllida al tiempo que le daba unos golpecitos en la espalda a su marido.

Lucifer se giró y la ayudó a bajar.

—Y tú, por supuesto, eso se da por descontado.

Phyllida lo miró con los ojos entrecerrados antes de abrazarla.

—No te preocupes —le susurró—, nadie está en peligro.

Lucifer estaba observando los alrededores.

—Magnífico paisaje.

Phyllida y ella intercambiaron una mirada antes de echar a andar hacia la casa tomadas del brazo.

—Bueno, aparte de eso —le dijo Phyllida—, tienes que contármelo todo. Soy yo la que está aquí, así que quiero que me pongas al día antes de que lleguen los demás. ¿Cómo te van las cosas? —Levantó la vista y vio a Luc en el pórtico—. ¡Vaya! Aquí está tu marido. Es casi tan guapo como el mío...

—¿Casi? —Amelia se echó a reír—. Tenemos diferentes gustos, supongo.

—Sin duda alguna —replicó su prima política.

Serio y evidentemente preocupado, Luc enarcó una ceja mientras ellas se acercaban; Amelia le comunicó con una simple mirada que tendrían que esperar a otro momento y musitó un «Después» cuando pasó por su lado antes de comenzar a darle órdenes a Molly.

Había muchas cosas de las que hablar y sobre las que reírse. Tanto el té que tomaron un poco más tarde de lo normal como la cena pasaron en un santiamén. Luc y Lucifer rechazaron el placer del oporto, de manera que la familia se acomodó en el salón.

A la postre, Portia y Penélope se retiraron con la señorita Pink; pasados unos minutos, su madre siguió su ejemplo. Luc se levantó en cuanto la puerta se hubo cerrado a su espalda. Se acercó al aparador, sirvió dos copas de brandi y le ofreció una a Lucifer antes de sentarse en el brazo del sillón de Amelia.

Tomó un sorbo antes de hablar.

—¿Cuál es el problema?

Lucifer recorrió la estancia con la mirada antes de clavarla en él.

—Nadie puede oírnos. Las habitaciones están lo bastante alejadas —le aseguró.

Lucifer asintió.

—De acuerdo. El problema no está muy claro. Aunque los hechos son los siguientes: tras vuestra boda, Phyllida y yo regresamos a Londres ya que habíamos planeado quedarnos otra semana; tenía la intención de ponerme en contacto con algunas amistades.

Luc asintió, ya que conocía el interés de Lucifer por la plata y las joyas.

—Una tarde, mientras repasaba la colección de un antiguo conocido, me topé con un antiquísimo salero de plata. Cuando le pregunté dónde lo había conseguido, admitió que había entrado a formar parte de su colección a través de la puerta trasera y de mano de uno de los «traperos», que es como llama a aquellos que venden objetos de dudosa procedencia.

—¿Objetos robados?

—Normalmente, sí. Por regla general, los mejores establecimientos evitan estos objetos, pero en el caso del salero, este conocido había sido incapaz de resistirse. —Lucifer frunció el ceño—. Lo que es una suerte para nosotros. La última vez que vi ese salero estaba en Somersham Place. Fue un regalo hecho a alguno de mis antepasados por los servicios prestados a la Corona.

Amelia se incorporó.

—¿Lo habían robado de Somersham?

Lucifer asintió.

—Y no fue lo único. Recuperé el salero y lo llevé de vuelta a Somersham Place. Cuando llegamos, Honoria estaba hecha una furia. Esa mañana había recibido tres cartas de diferentes miembros de la familia que habían pasado la noche allí. A todos les faltaban pequeños objetos... Una cajita de rapé de Sevres, un brazalete de oro, un broche de amatistas...

—Parece ser obra del mismo ladrón que ha estado sisando objetos por todo Londres. —Luc también frunció el ceño—. No creo que hayáis hecho un viaje tan largo sólo para contarnos esto. Debe de haber algo más.

—Desde luego, pero no debemos apresurarnos a sacar conclusiones, porque, la verdad sea dicha, no tenemos suficientes pruebas. Sin embargo, hay dos razones por las que hemos venido. La primera es que las desapariciones ya se habían hecho públicas antes de que Diablo y Honoria se dieran cuenta de lo que sucedía, de manera que no han podido mantener el asunto en el ámbito estrictamente familiar, tal y como les habría gustado. —Lucifer levantó la mano para detener la pregunta que Amelia estaba a punto de hacer—. La única conclusión a la que hemos llegado después de analizar los distintos objetos robados y los lugares donde se produjeron los robos, incluyendo los que tuvieron lugar en Somersham Place, es que tienen un denominador común: hay un grupo de personas que asistió a todos esos lugares.

El silencio se abatió sobre los presentes. Durante largo rato, nadie habló. Lucifer lo miró sin pestañear y Luc enfrentó su mirada.

—Los Ashford —concluyó con voz serena y sin inflexiones.

Lucifer compuso una mueca.

—Visto lo visto, sí. Diablo y Honoria han regresado a Londres para intentar acallar los rumores en la medida de lo posible. Es una suerte que la temporada social esté a punto de acabar, y si podemos encargarnos del asunto (sea lo que sea) con rapidez, el daño será mínimo.

A ojos de Amelia, la serenidad de Luc era antinatural.

—No podemos permitirnos otro escándalo, no después de lo de Edward.

Lucifer asintió con la cabeza.

—Sabíamos que pensarías así, por eso hemos venido mientras que Diablo y Honoria volvían a la ciudad. Tenemos que identificar al culpable para encargarnos de la situación como mejor nos convenga. Y, en caso de que sea necesario, minimizar los daños.

Con la mirada perdida, Luc asintió. Se llevó la copa a los labios y le dio un sorbo al brandi.

Phyllida, que hasta ese momento había permanecido en silencio, intervino:

—No les has contado el resto.

Lucifer miró a su esposa y compuso una mueca antes de volver a mirarlos.

—Cuando estábamos discutiendo esto (me refiero a Diablo, Honoria, Phyllida y yo mismo), nos olvidamos de que había alguien más en la habitación. La tía abuela Clara. Como de costumbre, nos embrolló al decirnos que tal vez esa acompañante que hace las veces de enfermera podría haber visto algo de utilidad. Por fortuna, la señora Althorpe, que así se llama la mujer, no es ni mucho menos tan imprecisa como la tía Clara. Cuando hablamos con ella, recordaba el incidente con bastante claridad.

»Fue en vuestra noche de bodas y se había quedado levantada hasta tarde atendiendo a la tía Clara. Cuando regresó a su habitación, vio que una joven regresaba a la casa a toda prisa. Era ya pasada la medianoche. La señora Althorpe está segura de que la joven tiene edad para haber sido presentada en sociedad, aunque no es demasiado mayor, y afirma que parecía muy nerviosa. Extremadamente nerviosa.

—¿Pudo describirla? —preguntó Amelia.

—Como la veía desde arriba, no le vio el rostro. Lo que sí vio fue una melena castaña que posiblemente le llegara a la altura del hombro. La joven llevaba una capa, pero se le había caído la capucha de la cabeza.

—Cabello castaño —murmuró Luc antes de darle otro sorbo a su copa.

—Sin duda alguna. La señora Althorpe fue tajante en ese aspecto: ni negro ni rubio. Castaño.

«Podría ser una de mis hermanas», pensó Luc.

Pronunció esas palabras en voz alta cuando llegó a la inevitable conclusión. Amelia sabía cuánto le había costado hacerlo.

Ni Lucifer ni Phyllida dijeron nada. Se retiraron a sus respectivas habitaciones en silencio, sumidos cada cual en sus pensamientos.

En ese momento, Amelia estaba tumbada en la cama, y observaba cómo Luc se acercaba a ella muy despacio. Tenía el rostro inexpresivo; estaba muy lejos de ella, mucho más distante de lo que jamás había estado desde que hablaran de matrimonio.

Sufría por él. Después de haber salvado a su familia de los excesos de su padre, de haberlos librado del escándalo provocado por Edward, de haber trabajado muy duro para reflotar sus finanzas... se encontraba con que sus esfuerzos quedaban empañados por algo así.

La amenaza implícita era demasiado real. Si las sospechas eran ciertas... para él sería un golpe mortal.

Amelia esperó hasta que estuvo a su lado entre las sábanas. Se armó de valor y le preguntó sin ambages:

—¿Quién crees que es? ¿Emily o Anne?

Esa quietud que en ocasiones se apoderaba de él hizo acto de presencia. Luc no dijo nada, se limitó a quedarse muy tenso junto a ella. Amelia se mordió el labio para reprimir la abrumadora necesidad de hablar, de abrazarlo. De retirar su pregunta.

Poco después, Luc soltó el aire.

—Creo que... —Se detuvo y, cuando volvió a hablar, su voz sonó distinta—. Me he estado preguntando si podría tratarse de mi madre. —Fue él quien extendió los brazos y le cogió las manos para apretárselas con fuerza—. Me he estado preguntando si... Bueno, ya sabes cómo se enfrentan algunas familias a este tipo de problema, escondiéndolo y negándose a hablar del tema.

Era una posibilidad que a ella no se le había ocurrido.

—¿Te refieres a...? —Comenzó y luego se volvió hacia

él, acercándose más en busca del consuelo que su proximidad le proporcionaba—. ¿Te refieres a que tal vez haya desarrollado el hábito de coger cosas insignificantes que le llaman la atención y que ni siquiera se haya dado cuenta de ello?

Él asintió.

—La muchacha que vio la enfermera tal vez no tenga nada que ver con los robos, tal vez estuviera allí por algo diferente.

Amelia pensó en Minerva, tan inteligente, serena y sabia.

—No, no me lo imagino —concluyó, con un tono que no dejaba lugar a dudas—. Esas damas ya mayores que empiezan a coger cosas... Por lo que he oído, son bastante olvidadizas, y no sólo en lo referente a los objetos de los que se apoderan. Tu madre no tiene esos síntomas, ni mucho menos.

Él titubeó antes de añadir en voz baja:

—Ha estado sometida a mucha presión estos últimos años...

Amelia recordó la serena fuerza de su suegra. Se pegó todavía más a él y le puso una mano en el pecho.

—Luc, no es tu madre.

Buena parte de la tensión que lo atenazaba abandonó su cuerpo. Le soltó los dedos y le pasó el brazo por debajo de la cabeza, de modo que ella pudo acercarse aún más en cuanto estuvo rodeada por sus brazos.

Luc aceptó su consuelo y su ayuda, en lugar de rechazarlos.

Cerró los ojos en señal de silencioso agradecimiento un momento antes de sentir el beso que Luc depositó en su coronilla y el peso de su cabeza cuando la apoyó contra la suya.

Pasado un largo rato, él volvió a hablar.

—Si no es mi madre, entonces sólo puede ser Anne.

19

No se lo dijeron con palabras, pero al día siguiente ya tenían muy claro que se enfrentarían juntos a la nueva amenaza que pesaba sobre los Ashford y la superarían, fuera cual fuese el resultado.

Tanto Emily como Anne habían asistido a las fiestas, las veladas y las reuniones durante las que habían desaparecido objetos. Era imposible creer que Emily, absorta como estaba en su romance con lord Kirkpatrick, hubiera desaprovechado el tiempo sisando pequeños objetos de valor. Anne, por su parte, era tan callada e introvertida...

En mitad de la noche, Luc le había preguntado:

—¿Tienes alguna idea de lo que podría haberla llevado a hacer algo así?

Ella negó con la cabeza, pero se detuvo de repente.

—El único motivo que se me ocurre es que crea necesitar dinero para algo... algo cuya naturaleza le impide recurrir a tu madre, a ti o a mí —murmuró a la postre.

Luc no rebatió su opinión. Sin embargo, antes de que se quedaran dormidos acurrucados el uno en los brazos del otro, le susurró:

—Hay que tener en cuenta un detalle; no podemos abordar el tema con ella sin tener pruebas fehacientes. Ya sabes cómo es.

No dijo más, pero ella lo comprendió. La naturaleza retraída de Anne no se parecía en absoluto a la de Penélope. Ésta solía guardar silencio por la sencilla razón de no malgastar aliento. Pero el distanciamiento de Anne era una forma de pasar desapercibida a simple vista, de esconderse de los demás. Era una muchacha nerviosa por naturaleza y siempre había estado claro que necesitaría tiempo y mucho apoyo para sentirse cómoda en los círculos sociales.

Una acusación infundada destruiría su frágil confianza. Si descubría que su familia, que su hermano y tutor, sospechaba que era ella la ladrona... el resultado sería desastroso, fuesen sus sospechas ciertas o no.

La reunión matutina en la mesa del desayuno transcurrió como siempre: rebosante de cháchara alegre, vivaz y femenina. Sin embargo, esa mañana la voz grave de los hombres servía de contrapunto. Luc y Lucifer estaban sentados a un extremo de la mesa, debatiendo algo, pero ella no podía escucharlos. Phyllida y Minerva intercambiaban cotilleos familiares. La señorita Pink vigilaba con atención a Portia y Penélope mientras aguardaba el momento de llevarse a las dos jovencitas al aula para comenzar sus clases.

Amelia se volvió hacia Emily, sentada a su derecha. Anne estaba sentada a su izquierda.

—He estado pensando que sería una buena idea revisar vuestros guardarropas. —Incluyó a Anne en el comentario con una mirada de soslayo—. Tal vez necesitéis más vestidos para lo que resta de verano, y también deberíamos ir planeando el regreso a Londres en otoño.

Emily tardó un instante en alejar sus pensamientos de la que era su preocupación habitual de un tiempo a esa parte: lord Kirkpatrick y su familia habían sido invitados a pasar unos días en Calverton Chase y la visita se había fijado para dentro de un par de semanas. Parpadeó varias veces antes de asentir con la cabeza.

—No se me había ocurrido, pero tienes razón. No me gustaría estar preocupada por mis vestidos cuando Mark esté aquí.

Amelia reprimió una sonrisa.

—Por supuesto. —Miró a Anne—. También deberíamos echar un vistazo a los tuyos.

Anne sonrió, encantada. Sin titubeos y sin el menor indicio de duda o de nerviosismo.

Amelia miró hacia el otro extremo de la mesa. Luc no se había perdido detalle de su breve conversación, a pesar de que no había interrumpido su charla con Lucifer. Sostuvo su mirada. Si bien no asintió de forma visible, ella percibió que estaba de acuerdo con el plan que había puesto en marcha.

Si Anne hubiera estado robando cosas, ¿qué habría hecho con ellas? En caso de que sus acciones estuvieran motivadas por una compulsión irracional, las habría ocultado en algún lugar, posiblemente en su habitación. Dado que Emily, Portia y Penélope estaban por todos lados, por no mencionar la presencia de las doncellas y del ama de llaves, era improbable que hubiera podido esconder nada en cualquier otro sitio. Y aunque se diera el caso de que hubiera logrado vender algunos objetos, tal y como indicaba el caso del salero, era imposible que se hubiera deshecho de todo.

—¿Merece la pena visitar el pueblo? —preguntó Phyllida.

Amelia alzó la vista.

—No hay nada interesante, pero es un lugar agradable. Podemos ir cabalgando después del almuerzo, si te apetece. —Hizo un gesto hacia sus maridos—. No me cabe duda de que ellos tendrán otras cosas de las que ocuparse.

Phyllida sonrió.

—Tienes razón. En ese caso, iremos después del almuerzo —dijo mientras echaba su silla hacia atrás.

Abandonaron la mesa a la vez. Phyllida y Minerva salieron a los jardines para dar un paseo. La señorita Pink se llevó a sus pupilas a la segunda planta para comenzar con sus clases. Ella se encaminó junto con Emily y Anne hasta los aposentos de éstas, dejando que Luc y Lucifer siguieran hablando mientras acababan de tomarse el café.

La necesidad de echar un vistazo a sus guardarropas no era del todo ficticia. Los vestidos de sus cuñadas habían sido el motivo por el que comenzó a sospechar de las estrecheces económicas que sufría la familia. Había notado que las telas estaban desgastadas, como si se hubieran aprovechado de otros vestidos viejos, y que el corte de algunos parecía reformado para adaptarlos a los últimos estilos. Todo se había hecho con gran habilidad, pero dado el tiempo que pasaba con ellas, había acabado por adivinar la verdad.

En esos momentos no había razón alguna que impidiera a las muchachas disfrutar de vestidos nuevos, no había motivos para que sus guardarropas no fueran en consonancia a la posición social que ocupaban. Ni Emily ni Anne se habían percatado de lo que ocurría, pero ella sí.

En primer lugar fueron a la habitación de Emily. Ésta abrió las puertas del armario mientras ella se sentaba en un sillón situado junto a la ventana y Anne se dejaba caer sobre la cama, todas ellas dispuestas a pasar un buen rato.

Cuarenta minutos después, habían examinado el contenido del armario y del vestidor de Emily hasta el mínimo detalle. Amelia había ampliado su inspección hasta incluir todos los accesorios, incluyendo los zapatos. Habían registrado todos los cajones y todas las cajas para revisar su contenido.

Hizo un gesto afirmativo con la cabeza mientras observaba el cuadernillo en el que había ido anotando cosas.

—Muy bien. Nos encargaremos de todo esto. Y ahora... —Hizo un gesto en dirección al pasillo.

Sin más, las tres se encaminaron hacia la habitación de Anne, contigua a la de su hermana.

Repitieron el proceso, pero esa vez fue Emily la que se recostó en la cama mientras Anne abría las puertas del armario. Amelia observó detenidamente a su cuñada mientras ésta sacaba vestidos, chales y chaquetillas. Su rostro no reflejaba asomo de nerviosismo, de culpabilidad ni de temor; sólo la alegría de ser incluida en semejante empresa.

Volvieron a examinar los contenidos de todos los cajones, cajas y sombrereras. Lo único que descubrió fue que Anne necesitaba medias de seda, un par de guantes de fiesta y un chal de color cereza con extrema urgencia.

Anne alzó el chal viejo con expresión avergonzada.

—No tenía ni idea... era viejo, por supuesto, pero no entiendo cómo ha podido llegar a este extremo.

Amelia se encogió de hombros.

—A la seda le pasa eso a veces... ensancha. —Aunque parecía que alguien hubiera retorcido el chal sin muchos miramientos—. No importa. Te compraremos uno nuevo.

Emily se incorporó en la cama.

—Hasta que tengas el nuevo, no podrás utilizar el ridículo rojo, el que hace juego con él. ¿Me lo prestas? Es exactamente del mismo tono que mi vestido de paseo.

—Claro —dijo Anne, alzando la vista hacia la estantería situada sobre la barra del armario—. Debe de estar por aquí.

Amelia echó un vistazo a sus anotaciones. Anne y Emily intercambiaban su ropa y complementos con frecuencia, detalle que había ayudado a ocultar su falta de vestuario a los ávidos ojos de las damas de la aristocracia. Anotó todo lo que Anne necesitaría en breve, habida cuenta de que Emily no tardaría en marcharse de casa.

—Estoy segura de que lo guardé aquí. —Anne se puso de puntillas y empujó las cajas a derecha e izquierda—. ¿Ves? Aquí está.

Tiró del asa del bolso para liberarlo. Lo lanzó por los aires con una sonrisa y fue a caer a los pies de Emily. Ésta se rio y lo cogió con una expresión sorprendida.

—Pesa mucho. ¿Qué narices has guardado en él?

Emily calibró el contenido del bolso a través de la seda roja y su semblante se tornó aún más perplejo.

Amelia echó un vistazo en dirección a Anne, pero tanto su rostro como sus ojos castaños parecían genuinamente asombrados.

—Un pañuelo, algunas horquillas. No sé qué puede pesar tanto... —Sin embargo, en esos momentos las tres distinguieron la forma del objeto que Emily estaba tocando—. Déjame ver.

Anne cruzó la distancia que la separaba de su hermana y Amelia hizo lo mismo. Cuando llegaron junto a la cama, Emily había desatado las cintas del ridículo para mirar en su interior. Con el ceño fruncido, metió una mano y sacó...

—Unos impertinentes —dijo al tiempo que los sostenía en alto.

Las tres observaron el intrincado labrado del mango del objeto, así como las piedras preciosas que lo adornaban.

—¿De quién narices son? —preguntó Anne.

Amelia le lanzó una mirada perspicaz. Por mucho que la observara, no veía otra cosa que la sorpresa más absoluta en el rostro de la muchacha.

—¿Y cómo han llegado hasta ahí? —Anne echó un vistazo por encima del hombro en dirección al armario antes de dar media vuelta para acercarse de nuevo.

Sin que nadie se lo sugiriera, bajó todas las sombrereras y los ridículos que ya habían examinado. Cuando no quedó nada en la estantería, hizo a un lado las cajas y se arrodilló junto a los ridículos. Los abrió de uno en uno y los sacudió para vaciar su contenido en el suelo. Pañuelos, horquillas, un peine y dos abanicos.

Nada más.

Se sentó sobre los talones y las miró.

—No lo entiendo.

Ni Amelia tampoco.

—No son de tu madre, ¿verdad?

Emily negó con la cabeza, sin apartar los ojos de los impertinentes.

—Tampoco recuerdo habérselos visto a nadie.

Amelia cogió el objeto. Era muy pesado. Una dama no querría llevar algo así. Anne se había acercado a ella y contemplaba los impertinentes con el ceño fruncido, sin saber qué hacer.

—Deben de haberlos puesto en tu ridículo por error.

Amelia se guardó el objeto en el bolsillo.

—Yo me encargo de preguntar; no creo que sea difícil averiguar de quién son. —Echó un vistazo a su alrededor—. ¿Hemos acabado con tus cosas?

Anne parpadeó antes de recorrer la habitación con la mirada, un tanto confusa.

—Creo que sí.

Emily cogió el ridículo rojo y se bajó de la cama.

—Acabo de recordar que hoy nos toca ocuparnos de los floreros.

Amelia se obligó a sonreír.

—En ese caso, será mejor que os vayáis... falta menos de una hora para el almuerzo.

Salieron de la habitación y Anne cerró la puerta tras de sí. Emily entró en la suya para soltar el ridículo y las alcanzó de nuevo en el pasillo. Amelia se quedó rezagada mientras sus dos cuñadas bajaban la escalinata. Cuando llegaron abajo, se volvieron y se despidieron con un gesto de la mano, tras lo cual echaron a andar en dirección al vestíbulo del jardín.

Amelia se detuvo en el último peldaño. Emily le había sonreído. Anne, no. No cabía duda de que Emily había desechado de su mente el episodio de los impertinentes, puesto que tenía cosas mucho más agradables en las que pensar. Anne, por su parte, estaba preocupada. Tal vez un poco asustada. Si bien era una reacción de lo más lógica. Por muy callada que fuera, no era tonta. Al contrario. Ninguna de sus cuñadas lo era.

Se demoró en el desierto vestíbulo, con la mano en la columna de la escalera y la mirada perdida. Un instante después, exhaló un suspiro, varió el rumbo de sus pensamientos y se alejó de la escalinata en dirección al despacho.

Luc alzó la vista cuando vio entrar a Amelia. Ella lo vio detrás del escritorio, pero no le ofreció ninguna sonrisa. La observó mientras cerraba la puerta y se disponía a acercarse. A medida que acortaba la distancia, se percató de que la expresión de su rostro le resultaba desconocida; era reservada, casi sombría.

—¿Qué sucede? —preguntó sin poder contenerse mientras se ponía en pie.

Amelia lo miró a los ojos y le indicó con un gesto que se sentara. La obedeció al tiempo que ella rodeaba la silla emplazada frente al escritorio y continuaba acercándose. Cuando llegó a su lado, lo miró con los labios fruncidos, dio media vuelta y se sentó en su regazo antes de apoyar la cabeza en su hombro.

La mente de Luc se desbocó al tiempo que un miedo desconocido le atenazaba el corazón. Malas noticias, era lo único que se le ocurría. La rodeó con los brazos, con delicadeza en un primer momento, aunque no tardó en estrecharla con fuerza. Amelia se acurrucó. Él apoyó la barbilla sobre su cabeza y sintió el aterciopelado roce de su cabello.

—¿Qué?

—He estado inspeccionando el guardarropa de Emily y el de Anne. Ya me oíste durante el desayuno.

—Has encontrado algo.

El miedo que amenazaba con apoderarse de su corazón se acrecentó.

—Sí. Esto. —Alzó la mano para mostrarle unos impertinentes muy recargados—. Estaban en uno de los ridículos de Anne.

Sintió que se le helaba la sangre en las venas, pero se obligó a coger el objeto. Lo sostuvo en alto y entrecerró los ojos al ver el destello de las piedras preciosas.

—¿Diamantes?

—Eso creo. Y no creo que pertenezcan a una dama, pesan demasiado.

—No me resultan familiares en absoluto.

—A mí tampoco. Ni a tus hermanas.

Luc sintió que lo embargaba la tensión; el silencio era tan pesado que Amelia acabó por alzar la vista.

Él le devolvió la mirada. Tenía los ojos abiertos de par en par, pero seguían siendo tan azules como el cielo. No obstante, su color quedaba ensombrecido por el desconcierto y la preocupación. Se aferró a esa mirada y se obligó a decir:

—Entonces, es Anne. Y ya tenemos otro escándalo en la familia.

Percibió que Amelia iba a fruncir el ceño por la expresión que asomó a sus ojos. Así fue.

—No —lo contradijo, ceñuda y meneando la cabeza con convicción—. Deja de sacar conclusiones precipitadas.

—¿Sacar conclusiones...? —Sintió un arrebato de furia, aunque sabía que era una reacción irracional—. ¿Qué demonios se supone que debo pensar... que todos deben pensar?

Ella intentó incorporarse y alejarse de sus brazos, por lo que la retuvo al instante.

—No. Quédate donde estás.

Ella obedeció, aunque sospechaba que lo había hecho porque no le quedaba más remedio. Su voz adquirió un deje cortante cuando replicó con sequedad:

—Estoy segura de que no es Anne. Ni Emily, ya puestos.

Sintió que la tensión lo abandonaba en parte, que el miedo disminuía.

—¿Por qué? Dímelo.

Ella titubeó antes de contestarle.

—No soy capaz de leer los pensamientos de nadie, pero no soy una inútil a la hora de juzgar tanto el carácter como las reacciones de las personas. Anne estaba genuinamente sorprendida, perpleja por el hecho de que los impertinentes estuvieran en su ridículo. No sabía que estuvieran allí; estoy segura de que tampoco los reconoció, lo que significa que no los había visto nunca. Anne es muy tímida y es incapaz de ocultar sus sentimientos. Y lo más significativo es que no estaba obligada a prestarle el ridículo a Emily, podría haberle dicho que no estaba allí, o que lo buscaría más tarde... un sinfín de excusas.

Luc intentó descifrar sus palabras, pero fue en vano.

—Me he perdido, empieza por el principio.

Ella lo hizo, sin alejarse de su regazo y encerrada entre sus brazos. Cuando acabó, aguardó sin moverse.

Instantes después, Luc se obligó a tomar una honda bocanada de aire.

—¿Estás segura?

—Sí —le contestó ella, mirándolo a los ojos sin pestañear—. Estoy convencida de que quienquiera que robara esos impertinentes no es ni Anne ni Emily.

Intentó encontrar algún vestigio de indecisión en su mirada.

—¿No lo estarás diciendo sólo para que yo...? —Dejó la pregunta en el aire al tiempo que hacía un gesto con la mano.

Ella lo comprendió a pesar de que era la mano que estaba a su espalda. El rictus obstinado que se había apoderado de sus labios desapareció mientras le colocaba una mano sobre la mejilla.

—Tal vez podría... —Hizo una pausa antes de proseguir—. Podría hacer la vista gorda con ciertas cosas si creyera que de ese modo te estaba haciendo un favor, que podría ayudar en algo a nuestra familia, pero esto... —Meneó la cabeza sin dejar de mirarlo—. Engañarte en esta cuestión no ayudaría en nada, y podría resultar muy perjudicial.

Dejó que sus palabras lo inundaran y que disiparan poco a poco el miedo que se había adueñado de su corazón; que le entibiaran de nuevo la sangre, alejando el frío.

Respiró hondo.

—Estás segura. —No era una pregunta. Leía la respuesta en los ojos de su esposa.

Ella asintió con la cabeza.

—No es Anne. Y tampoco es Emily.

Permitió que la información lo alentara durante un instante, tras el cual le preguntó:

—Si no son ellas, ¿quién es? ¿Cómo ha llegado esto al ridículo de Anne? —Alzó los impertinentes.

Amelia observó el objeto.

—No lo sé. Y eso es lo que me preocupa de verdad.

El gong que anunciaba el almuerzo los obligó a abandonar el despacho un cuarto de hora después. Salieron juntos tras dejar los impertinentes a buen recaudo, en un cofrecito con cerradura.

Amelia comprobó su aspecto en el espejo del vestíbulo principal y echó un vistazo a su alrededor antes de colocarse bien el corpiño.

Luc se esforzó por mantener una expresión seria. La mirada que ella le lanzó al darse la vuelta le indicó que no lo había logrado.

El comedor se llenó de inmediato. Una vez que hubo acompañado a Amelia hasta su silla, regresó a su lugar en el otro extremo de la mesa. El almuerzo pasó con rapidez, amenizado por la agradable conversación que solía acompañarlo siempre. Entretanto, observó a Anne. Su hermana comía con la vista clavada en el plato y respondía a cualquier pregunta con evidente reserva. Su semblante era serio y no aportó nada a la conversación, pero debía tener en cuenta la presencia de Lucifer y Phyllida. El comportamiento de Anne podía deberse sencillamente a su timidez.

Se preguntó si debería hablar con ella. Por desgracia, tanto ella como Emily se sentían algo intimidadas por él; todo lo contrario que Portia y Penélope... Cualquier pregunta podría echar por tierra la confianza de su hermana.

Lucifer, que estaba sentado a su izquierda, se apoyó contra el respaldo de su silla.

—Si no tienes otra cosa que hacer, esta tarde me gustaría echarles un vistazo a las inversiones de las que hablamos.

Luc lo pensó un instante antes de asentir con la cabeza. Amelia y Phyllida estaban ultimando los detalles para su visita al pueblo; era probable que Emily y Anne las acompañaran. Portia, Penélope y la señorita Pink salían en esos momentos para dar un paseo hasta el templete; su madre pasaría la tarde descansando, como era su costumbre.

Soltó la servilleta y empujó la silla hacia atrás mientras miraba a Lucifer.

—No dejes para mañana lo que puedas hacer hoy.

Lucifer le sonrió. Se pusieron en pie a la vez y se dispusieron a abandonar el comedor sin más explicación que un roce en el hombro de sus respectivas esposas al pasar junto a ellas. Tanto Amelia como Phyllida alzaron la vista con idénticas sonrisas confiadas y afectuosas antes de seguir con sus planes.

Luc y Lucifer abandonaron la estancia.

—¿Dónde está Anne? —preguntó Amelia cuando llegó al establo con Phyllida y sólo vio a Emily.

—Ha ido a Lyddington Manor a hacerle una visita a Fiona; había olvidado que se lo prometió.

Amelia consideró sus palabras mientras montaba. Lyddington Manor no estaba lejos, Anne no correría peligro alguno. Al recordar a la vivaracha Fiona que conoció en Londres y el enorme apoyo que había supuesto su compañía para Anne a la hora de enfrentarse a la vorágine social, se alegró de que la amistad entre ellas continuara.

Cuando salieron de los establos azuzaron sus monturas hasta que se lanzaron al galope para calmar la ansiedad de los animales. Una vez que se tranquilizaron, adoptaron un paso más tranquilo. Hacía un día estupendo y la caricia del sol en el rostro era muy agradable. Los pájaros se lanzaban en picado en busca de insectos y sus trinos flotaban en el aire. El mundo parecía perfecto.

Cuando llegaron al pueblo, dejaron los caballos en la posada y caminaron por el prado antes de entrar en la panadería para comprar pasteles. Se sentaron al sol para comerse los deliciosos dulces y charlar sobre cosas cotidianas. Sobre niños. A petición suya, Phyllida la puso al corriente sobre sus hijos. Evan y Aidan crecían muy deprisa.

—Son un par de bribones. Sé que en casa están seguros, pero... —Desvió la mirada hacia el horizonte—. Los echo de menos. —Volvió a mirar a Amelia con una sonrisa—. No me cabe la menor duda de que cuando regresemos estarán horriblemente consentidos. Mi padre, Jonas y Sweetie se habrán encargado de ello. —Desvió la vista y musitó—: Tenemos compañía. ¿Quién es?

Era la señora Tilby. La esposa del vicario se acercó a ellas para saludarlas. La mujer parecía bastante nerviosa y una vez dejaron a un lado las cortesías de rigor, les explicó el motivo.

—Están desapareciendo objetos. Un buen número de objetos pequeños... En fin, ya saben que no se puede estar seguro de cuándo fue la última vez que se vio algo. Nos dimos cuenta ayer, durante la reunión de la Asociación de Damas. No era motivo de preocupación hasta que comprendimos que es una epidemia. Caray, no se sabe qué será lo próximo en desaparecer.

—¿Qué objetos han desaparecido? —le preguntó Amelia con el alma en los pies.

—La cajita lacada de lady Merrington. Solía estar en el alféizar de la ventana de su salita. Un pisapapeles de cristal labrado de los Gingold. Un abrecartas de oro de los Dallinger y un cuenco de oro de los Castle.

Eran familias a cuyas reuniones habían asistido Emily, Anne y ella misma la semana anterior.

Los ojos oscuros de Phyllida la observaron antes de que su mirada volara hacia la señora Tilby.

—¿Hace poco que han desaparecido?

—Bueno, querida, eso no es algo que se pueda saber con exactitud. Lo que sí sabemos es que han desaparecido y nadie sabe dónde están.

Tanto ella como Phyllida tuvieron que morderse la lengua y disimular la impaciencia hasta esa noche, momento en el que por fin pudieron quedarse a solas con sus maridos para contarles lo sucedido.

Lucifer frunció el ceño.

—No tiene sentido. Para vender esos objetos habría que ir a Londres —dijo, con la vista clavada en Luc, quien negó con la cabeza.

—Yo tampoco lo entiendo. —Tomó un trago de brandi y observó a Amelia, que estaba cómodamente sentada en uno de los extremos del diván—. Siempre y cuando los hayan robado por el valor monetario.

Lucifer hizo un gesto afirmativo.

—Exacto.

Amelia sintió la mirada de Luc sobre ella. Giró la cabeza para enfrentarla. Su esposo estaba esperando que informara a Lucifer del hallazgo de los impertinentes. Sostuvo su mirada un instante, pero se negó a decir nada.

—Hay otro detalle mucho más pertinente a tener en

cuenta —dijo Phyllida, que estaba sentada en el otro extremo del diván—. Los robos continúan.

—Lo que significa... —agregó ella, sin abandonar la hipótesis que ambas habían elaborado—, que el ladrón sigue operativo. Por tanto, tenemos la oportunidad de pillarlo, desenmascararlo y arreglar este asunto de una vez por todas.

Lucifer asintió con la cabeza.

—Tienes razón. —Tras una pausa, musitó—: Tenemos que pensar en el modo de llamar su atención para que actúe.

Los cuatro aportaron sugerencias, pero nada que pudieran llevar a cabo de inmediato. Cuando se retiraron a sus aposentos, aún seguían dándole vueltas a la cuestión.

—¿Por qué no se lo has contado? —Estaba tumbado en la cama, al lado de Amelia.

Habían apagado la vela y la luz de la luna, plateada y misteriosa, entraba por las ventanas.

—¿Por qué no lo hiciste tú? —replicó ella.

Sopesó un instante el tono brusco de la pregunta, pero no entendía por qué podía estar molesta con él.

—No me siento predispuesto a contar una historia que parece implicar directamente a una de mis hermanas en los robos. Sobre todo cuando no es la ladrona, según tu opinión.

—¡Vaya! Pues ahí lo tienes. —Hizo una pausa y después añadió en un tono algo menos beligerante—: ¿Por qué has pensado que yo podía ver la situación de otro modo?

De repente, Luc se encontró en terreno muy peligroso, sin nada a lo que asirse.

—Lucifer es tu primo.

—Y tú eres mi marido —replicó ella, que había girado la cabeza para mirarlo.

Percibía su mirada, pero la evitó y siguió con los ojos clavados en el dosel mientras intentaba comprender la situación.

—Eres una Cynster de los pies a la cabeza. —Sabía lo que eso significaba, pero no se atrevía a decírselo tal cual.

Amelia se volvió hasta quedar de costado y se incorporó sobre un codo para poder observar su rostro.

—Cierto, soy una Cynster por nacimiento, pero me he casado contigo... y ahora soy una Ashford. Que no te quepa la menor duda de que haré cualquier cosa para proteger a tus hermanas.

En ese momento no le quedó otra opción que enfrentar su mirada.

—¿Hasta el punto de no ser del todo sincera con Lucifer?

Sin apartar la mirada, ella contestó:

—Si quieres saber la verdad, ni se me ocurrió pensar en ello. Mi lealtad te pertenece a ti y, por extensión, al resto de nuestra familia.

La tensión que le había hecho un nudo en las entrañas, del cual ni siquiera había sido consciente hasta ese momento, se desvaneció. Lo abandonó. Las palabras de Amelia resonaron en su cabeza. La seriedad de su rostro dejaba bien claro que hablaba con sinceridad y no albergaba la menor duda al respecto.

Sin embargo, tenía que preguntárselo.

—¿Puedes hacerlo? ¿Cambiar tu lealtad de ese modo, así sin más?

Interpretó su expresión a pesar de la penumbra. Amelia lo estaba tildando de obtuso.

—Por supuesto que sí. Las mujeres lo hacemos; de hecho, eso es lo que se espera de nosotras. Detente un momento a pensar en lo complicada que sería la vida si no pudiéramos hacerlo... ¡si no lo hiciéramos!

Tenía razón; estaba siendo, o había sido, de lo más obtuso.

—No se me ocurrió. Los hombres no están supeditados a esas circunstancias, sobre todo en lo referente a la lealtad familiar.

Amelia le clavó el codo en el pecho mientras se apoyaba en él.

—Las tareas más difíciles siempre recaen sobre las damas.

A esa distancia, distinguió la expresión afectuosa pero exasperada que asomaba a los ojos de su esposa. Amelia no entendía por qué no lo había comprendido; lo creía un obtuso que no se había parado a meditar la cuestión. No era cierto, pero por fin lo comprendía. Por fin tenía delante la verdad. Alzó las manos y tomó su rostro entre ellas.

—Lo que tú digas —convino mientras la acercaba a su rostro—. Gracias.

Antes de que ella le pudiera preguntar por qué le estaba dando las gracias, la besó. Fue un beso largo, lento y abrasador. Amelia murmuró algo al tiempo que se acercaba más a él. Apartó las manos de su rostro para acariciarle la espalda. La aferró por la cintura y la alzó sobre su cuerpo, de modo que quedó tendida sobre él.

Puso fin al beso para musitar:

—Si se me permite una sugerencia...

Dada la magnitud de la erección que tenía entre los muslos, a ella no le cabría la menor duda de la naturaleza de dicha sugerencia.

—Por supuesto —le dijo, antes de inclinar la cabeza para reanudar el beso—. Sugiere cuanto te plazca —lo instó al apartarse.

Y Luc hizo su sugerencia. Hasta ese momento, ella no había puesto en duda ni su experiencia ni el alcance de su imaginación. La descripción que procedió a hacerle logró que todo pensamiento sobre el ladrón, sobre la necesidad de proteger a Anne y todas las cuestiones referentes a su familia se desvanecieran de la mente de su esposa. En cambio, se entregó en cuerpo y alma a una cuestión muy concreta.

A la más importante.

A amarlo.

Lo amaba. Tenía que hacerlo.

Un corazón generoso y una voluntad de acero. Siempre había sabido que su esposa poseía ambas cosas, pero en los últimos tiempos había estado mucho más pendiente de su obstinación que de su corazón, por más que deseara hacer lo contrario.

En esos momentos las dos cosas, tanto su carácter obstinado como su corazón, le pertenecían por la sencilla razón de que ella le pertenecía. Por fin había comprendido lo que significaba. Lo que ella le había dicho sin palabras.

La certeza lo dejó aturdido.

Por fin podía confesar. Por fin podía decirle todo lo que quería, todo lo que creía que ella debía saber. Todo saldría bien. Tal y como Helena le había dicho, una vez que aceptara el poder, sería suyo.

Y acababa de aceptarlo.

La única incógnita residía en el cuándo...

Porque al día siguiente estaba prevista la llegada de sus suegros, que vendrían acompañados de Amanda y Martin, Simon, y de la misma Helena.

El día fue una sucesión de preparativos. Amelia se pasó toda la mañana yendo de un lado a otro, dando órdenes y verificando detalles. Lucifer y Phyllida sonrieron, puesto que estaban muy familiarizados con ese tipo de situaciones, y decidieron llevarse la comida para almorzar al aire libre. Tras aceptar a regañadientes que ése no era el momento adecuado, Luc se retiró a su despacho y dejó a Amelia al mando.

Cosa que ella agradeció muchísimo. La servidumbre obedecía sus órdenes con presteza y todos parecían tan agitados como ella misma. Cuando el mozo de cuadra más joven, a quien había ordenado que se mantuviera alerta, regresó a la carrera con las noticias de que el primer carruaje ya había aparecido en el valle, todo estaba preparado.

Tras intercambiar una mirada victoriosa con Cottsloe y el ama de llaves, Amelia se apresuró a subir para cambiarse el vestido y peinarse. Bajó diez minutos más tarde y apenas tuvo tiempo de sacar a Luc del despacho cuando el sonido de las ruedas sobre la gravilla y las pisadas de los cascos de los caballos frente a la puerta principal indicaron que sus huéspedes habían llegado.

Caminaron de la mano hacia el pórtico para saludarlos. Martin, el conde de Dexter, bajó del vehículo y extendió el brazo para ayudar a su condesa. En cuanto Amanda puso los pies en el suelo, alzó la vista y esbozó una sonrisa de oreja a oreja.

—¡Melly!

Las gemelas se encontraron al pie de la escalinata y se fundieron en un abrazo. Se abrazaron y se besaron mientras reían a carcajadas y brincaban sin soltarse de las manos. En un momento dado, comenzaron a hablar a la vez. Un coro de frases incompletas que al parecer no tenían necesidad de terminar.

—¿Sabes lo de...?

—Reggie me escribió. Pero, ¿cómo es que...?

Amanda hizo un gesto despectivo con la mano.

—El viaje no ha sido complicado.

—Sí, pero...

—¡Ah, eso! Bueno...

Martin meneó la cabeza y subió la escalinata para acercarse a Luc. Intercambiaron unas sonrisas y se dieron unas cuantas palmadas afectuosas en el hombro, recuperando la antigua camaradería que los uniera en su juventud, antes de devolver la mirada a sus parlanchinas esposas.

Un instante después, Martin alzó la vista para observar el extenso y verde valle.

—Todo parece mucho más próspero de lo que lo recordaba.

—Nos va bastante bien —replicó Luc, asintiendo con la cabeza.

Martin ignoraba las dificultades económicas que habían padecido los Ashford. Si su primo, que recordaba los tiempos gloriosos de Calverton Chase, era incapaz de detectar indicios del calvario que habían pasado, Luc estaba más que dispuesto a dejarlo correr. Los Ashford habían sobrevivido, eso era lo único que importaba. Clavó la vista en los rizos dorados de Amelia y en su fuero interno llegó a la conclusión de que su familia era cada día más fuerte. Cada día que pasaba lo acercaba más a Amelia.

Otro carruaje comenzó a ascender la loma que se alzaba en el otro extremo del valle. Martin lo señaló con la cabeza.

—Debe de ser la duquesa viuda. Simon viene con ella. Arthur y Louise llegarán en último lugar.

El sol descendía poco a poco, tiñendo de dorado la fachada de la mansión. Las sombras de la tarde iban alargándose cada vez más a medida que pasaban las horas, teñidas de alegría, ternura y felicidad con la llegada de la familia de Amelia.

Tomaron el té en el salón. Martin y Amanda eligieron ese momento para comunicar la noticia: Amanda estaba esperando su primer hijo. Las exclamaciones de sorpresa y las felicitaciones inundaron el salón. Luc observó a Amelia mientras ésta abrazaba a su hermana. Contempló cómo las damas presentes se acercaban a Amanda y comenzaban a abrazarse unas a otras, desbordantes de felicidad. Tras apartar la vista de la escena, hizo un gesto a Cottsloe para que se acercara y le ordenó que buscara una botella de champán.

El mayordomo se apresuró a obedecerlo. Puesto que sabía contar a la perfección, miró a Amelia. Ella lo notó y le devolvió la mirada. Su expresión fue un tanto extraña y no supo interpretarla del todo. ¿Le estaba implorando que guardara silencio?

El champán llegó. Se puso en pie para acercarse al aparador y servir el burbujeante líquido en las copas que Cottsloe había preparado en un santiamén. Simon lo ayudó a repartirlas.

En cuanto su cuñado se hubo alejado, Amelia se acercó y lo aferró por la muñeca. Luc dejó a medias la copa que estaba llenando y la miró a los ojos.

—Por favor, no digas nada. ¡No estoy segura!

En ese momento interpretó su expresión. Con una sonrisa en los labios, inclinó la cabeza y la besó en la sien.

—No lo haré, no te preocupes. Este momento les pertenece. Se casaron un mes antes que nosotros. Ya haremos nuestro anuncio a su debido momento.

Ella lo miró con detenimiento. La tensión la abandonó al instante. Cuando lo soltó, acabó de llenar la copa y se la ofreció.

Ella la aceptó y sus miradas volvieron a entrelazarse.

—Gracias.

Luc esbozó una sonrisa.

—No. Gracias a ti.

Por un instante, los restantes ocupantes del salón quedaron olvidados. Sin embargo, Simon regresó para llevarse el resto de las copas, salvo una.

—Ya estamos todos, creo —dijo antes de regresar con los demás.

Luc alzó su copa y la acercó a la de Amelia mientras la miraba a los ojos y hacía un silencioso brindis.

—Vamos. —Le rodeó la cintura con el brazo libre y juntos dieron media vuelta para regresar junto a los demás—. Brindemos por el futuro.

Ella sonrió y se apoyó un instante en él antes de regresar junto a sus invitados.

La siguiente hora pasó en un abrir y cerrar de ojos. Había llegado el momento de subir a las habitaciones a fin de prepararse para la cena. La señorita Pink se marchó, llevándose con ella a Portia y Penélope. Simon se puso en pie para estirar las piernas. Cuando se dirigía a la puerta, ésta se abrió. Cottsloe entró en el salón, localizó a Luc y se acercó a él.

—Milord, el general Ffolliot solicita verlo. Está esperando en el vestíbulo.

Luc miró a sus invitados y les dijo:

—Es nuestro vecino más cercano. —Devolvió la vista a Cottsloe—. Hazlo pasar. Tal vez le apetezca unirse a nosotros.

Cottsloe hizo una reverencia y se retiró. Luc se puso en pie para acercarse a la puerta.

El general entró en el salón poco después. Era un hombre robusto, de altura media. Sus rasgos más significativos eran unas cejas muy pobladas y un rostro rubicundo. Un tipo excelente, pero un tanto tímido e introvertido. Estrechó la mano que Luc le tendió.

—Buenas tardes, Calverton. Me alegro de poder hablar con usted.

—Bienvenido, general. ¿Le apetece unirse a nosotros?

La mirada del hombre siguió el gesto que Luc hizo con la mano y se posó sobre el numeroso grupo que los miraba sonriente desde el centro de la estancia. Su rostro perdió el color.

—¡Caray! No me di cuenta de que tenía invitados.

—No es una reunión privada. ¿Le apetece tomar algo?

—Bueno...

La indecisión del general era evidente. Luc había olvidado que no solían gustarle las reuniones con desconocidos. Escuchó el frufrú de la seda que anunciaba la llegada de una de las damas. Supuso que se trataba de su madre, quien solía tratar al general con cordialidad. Sin embargo, fue Amelia quien apareció a su lado, luciendo una encantadora sonrisa mientras entrelazaba un brazo con el suyo y extendía el otro hacia el recién llegado.

—Es un placer verlo, señor Ffolliot. ¿Me permite convencerlo de que nos acompañe un ratito?

Luc reprimió una sonrisa y guardó silencio, dejando que fuera ella quien liderara el ataque. En cuestión de minutos, el general estuvo sentado en el diván, con Louise a un lado y su madre al otro. Aunque en un principio se mostró nervioso, no pudo resistirse a los encantos de las damas presentes. En un santiamén tuvo una taza de té en una mano y un pastelito en la otra mientras escuchaba con embeleso las alabanzas que la duquesa viuda de St. Ives dedicaba a la campiña.

Su suegro lo miró con ojos risueños. Luc sonrió y tomó un sorbo de té. Cuando Helena acabó de elogiar al general por el buen sentido común que demostraba al vivir en un lugar tan agradable, Luc aprovechó para preguntarle:

—¿Para qué deseaba verme, general?

El aludido parpadeó, súbitamente nervioso de nuevo. Echó un vistazo a su alrededor.

—Bueno... no es un asunto apropiado para... En fin, no sé... —Respiró hondo y farfulló—: No sé qué pensar ni qué hacer... —Miró a su madre antes de que sus ojos se trasladaran hacia Louise y Helena, cuyas expresiones parecieron darle ánimos—. Se trata del dedal de oro de mi esposa. Uno de los pocos objetos que me quedan de ella. —Lo miró con expresión implorante—. Ha desaparecido, ¿sabe? Y con todo este asunto del ladrón... Y bueno, no sabía a quién acudir...

Sus palabras fueron seguidas por un silencio absoluto antes de que Amelia se inclinara hacia delante para darle al pobre hombre unas palmaditas en el brazo.

—Es horrible. ¿Cuándo se percató de su desaparición?

—Qué suceso más desafortunado —añadió Helena.

Emily y Anne lucían sendas expresiones de evidente desconcierto; además de seguir totalmente ajenas al hecho de que las estaban sometiendo a un exhaustivo escrutinio.

—¡Es terrible! —musitó Anne con los ojos desorbitados y la inocencia pintada en el rostro.

Las damas se congregaron alrededor del general. Luc escuchó con atención las respuestas del hombre a las preguntas de Amelia y Phyllida. Al parecer, el dedal, un sencillo objeto de oro, ocupaba un lugar en la repisa de la chimenea de Lyddington Manor desde que su esposa falleció. Recordaba haberlo visto por última vez varias semanas atrás.

—No es el tipo de cosa que suelo mirar todos los días. Pero saber que está ahí me basta.

Quedó claro que había ido a Calverton Chase en busca de consuelo y no a lanzar acusaciones sobre los habitantes de la mansión. Sin embargo, cuando se hubo marchado, no tranquilo pero sí un poco más calmado, el ambiente que reinaba en el salón se tornó sombrío. Luc intercambió una mirada seria con Lucifer y sus respectivas esposas.

Tanto sus suegros, como su madre y Helena se percataron y se miraron entre ellos. Su madre se puso en pie y se sacudió las faldas.

—Será mejor que subamos a cambiarnos. Portia y Penélope no tardarán en bajar y nos encontrarán sentados aquí, todavía sin arreglar.

El grupo se dispersó cuando todos se retiraron a sus aposentos.

—Tendremos que hablar más tarde —le dijo Lucifer en un murmullo mientras subía la escalinata a su lado.

Luc asintió.

—Tendremos que hacer algo más. —Replicó él mientras lo miraba a los ojos, de un azul tan oscuro como el suyo—. Necesitamos trazar un plan.

20

Por consenso, esperaron a que Emily, Anne, Portia, Penélope y la señorita Pink se retiraran a sus habitaciones antes de sacar a colación el tema que les preocupaba.

Helena levantó la mano en cuanto la puerta se hubo cerrado tras la señorita Pink.

—Empezad por el principio, si no os importa. No tiene sentido andarse por las ramas en este asunto, no cuando estamos en familia.

Las miradas de todos los presentes se cruzaron antes de que Luc accediera. Hizo un resumen de las familias afectadas por los robos y, después, Lucifer y Amelia añadieron las piezas del rompecabezas que se habían ido encontrando.

Desde su posición delante de la chimenea, Luc concluyó:

—Por el momento no tenemos ni idea de la identidad del ladrón. Sin embargo, ya sea por pura coincidencia o por un plan establecido, sus robos apuntan a que el culpable es... —Se detuvo y su semblante se tornó pétreo—. Uno de nosotros. Un Ashford.

Helena, con la expresión más seria y reprobatoria que Amelia le había visto jamás, asintió con decisión.

—Sí. Podría decirse que es una de tus hermanas. Pero tal y como hemos comprobado hoy, es del todo imposible.

Luc la contempló detenidamente antes de preguntar.

—¿Por qué dice que es imposible?

Helena lo miró sin parpadear un instante.

—¡Caray...! Quieres que diga lo obvio. Muy bien. Es imposible que Emily o Anne hayan robado el dedal del general ya que ambas son *jeunes filles ingénues*... No son capaces de fingir mientras esconden algo así, no ante mí, ni ante Louise ni ante nadie de los presentes. No es creíble. Además, Amelia nos ha comentado que no sabían nada acerca de los impertinentes, los cuales creo que deben de pertenecer a lord Witherley, aunque ya me aseguraré después. A lo que iba, ni sus actos ni las impresiones de Amelia apoyan la idea de que estén relacionadas con los robos. De manera que no lo están. —Su expresión se tornó sombría—. Aunque eso quiere decir que debemos encontrar al culpable, y pronto, porque tanto Emily como Anne son... vulnerables. Sus vidas quedarán arruinadas por la sospecha y los rumores si no los silenciamos.

Luc reconoció sus palabras con una inclinación de cabeza.

—Gracias. Y estoy de acuerdo. Eso resume perfectamente la situación.

Martin, que estaba sentado en un sillón con Amanda sentada en el brazo del mismo, miró a su primo.

—¿Conocemos a alguien que quiera hacer daño a los Ashford?

Luc lo miró a los ojos. Amelia observó la comunicación muda entre los primos, pero fue Minerva quien acabó por suspirar y pronunciar sus pensamientos en voz alta.

—Edward, por supuesto. —Todos la miraron, aunque fue a Luc a quien ella miró a su vez—. Ni tú ni yo hemos llegado a comprenderlo nunca. Y dado lo que hizo antes, ¿cómo podríamos asegurar que no ha sido capaz de fraguar algo así?

Luc compuso una mueca y desvió la vista a Martin.

—De todos modos, no es Edward en persona quien lo está haciendo.

Martin asintió con la cabeza.

—Un compinche, o varios. Todos sabemos que es posible.

—Salvo —intervino Amelia— por el hecho de que Edward no dispone de mucho dinero. Al menos, no del suficiente para pagar a nadie. —Miró a Luc—. ¿O sí?

—Cuenta con su asignación mensual, pero dudo mucho que le llegue para tanto.

—Pues eso cuadraría a la perfección. —Lucifer estiró sus largas piernas y las cruzó a la altura de los tobillos—. Edward se podría limitar a decirles a estos amigos suyos dónde robar pequeños objetos, ya que le estarían haciendo un favor. Por supuesto, esta hipótesis parte de la base de que Edward tenga tales amigos y de que éstos estén dispuestos a cumplir sus deseos.

Luc negó con la cabeza.

—Nunca tuvimos una relación estrecha. A decir verdad, mantuvimos las distancias a conciencia durante más de diez años. No tengo ni idea de con quién se relacionaba Edward.

—Si está detrás de todo esto, seguro que cuenta con esa circunstancia —replicó Lucifer con los labios fruncidos.

A Amelia no le importaba quién fuera el cerebro de la operación siempre y cuando ésta tocara a su fin.

—Eso da igual, tenemos que descubrir al ladrón con las manos en la masa, y pronto. No podemos dejar que esto siga hasta tal punto que los rumores aumenten y comiencen a barajarse posibles culpables. La sospechosa más probable sería Anne y... —Se detuvo y recorrió con la mirada los rostros de los presentes, donde vio comprensión y consenso, así que prosiguió—: Y no podemos dejar que eso suceda.

Arthur, que estaba arrellanado en su sillón observando la escena con calma, intervino en ese momento.

—Necesitamos un plan. Uno que nos ayude a desenmascarar al ladrón.

Martin se inclinó hacia delante.

—Tenemos que actuar ahora, antes de que sospeche que andamos tras su pista.

Luc sostuvo su mirada mientras asentía con la cabeza.

—Bueno... ¿cómo se caza a un ladrón?

—Eso es muy sencillo —declaró Helena. Cuando todas las miradas se clavaron en ella, se limitó a enarcar las cejas—.

Pondremos delante de sus codiciosos ojos algo a lo que no pueda resistirse.

—¿Una trampa? —Luc meditó el asunto y luego preguntó—: ¿Cuál sería el cebo?

Helena respondió con calma.

—Mi collar de perlas y esmeraldas, por supuesto.

La sugerencia desató el caos. Lucifer y Arthur dejaron bien claro que el collar de los Cynster no era una opción.

Helena los silenció con una simple mirada de sus claros ojos verdes. Una vez que la estancia volvió a quedarse en silencio, prosiguió con tranquilidad:

—El collar es mío para hacer con él lo que me plazca... Sebastian me lo regaló hace muchos años y no está ligado a la herencia familiar de ninguna manera. Ningún otro objeto que sugiráis atraerá tanto la atención del ladrón como el collar. Es cierto que forma parte de las joyas familiares; pero, como tal, creo que debería usarse para el bien de esta familia y no sólo como símbolo de riqueza. Y nos enfrentamos a una situación que lo requiere. —Recorrió con la mirada a los presentes antes de observar de nuevo a Lucifer y Arthur—. Y he tomado la decisión de que así sea.

Su voz le recordó a todo el mundo que aunque Sebastian, su marido y el padre de Diablo, hacía mucho que ya no estaba entre ellos, seguía ostentando mucho poder. Era la matriarca de los Cynster; al fin y al cabo, nadie tenía el poder de contradecirla.

Amelia se percató de que su madre y Phyllida, las mujeres en general, respaldaban a Helena aunque no lo expresaran con palabras. Había tomado una decisión, había declarado lo que debía hacerse; era el turno de los hombres para llevarlo a cabo.

Luc rompió el silencio que siguió a su declaración.

—Asumiendo que decidamos tender una trampa, ¿cómo lo hacemos?

Lucifer respondió a regañadientes:

—Tenemos que aprovechar algún evento, alguna fiesta, que le dé pie al ladrón a actuar.

—Si vamos a usar el collar o cualquier otra joya —intervino Martin con diplomacia—, tenemos que hacérselo saber al ladrón de modo que podamos atraparlo con las manos en la masa.

—Necesitamos un cebo y un cepo —dijo Arthur—. Ponemos el cebo y preparamos el cepo.

Luc los miró.

—¿Y cuál sería nuestro cepo?

Las discusiones y sugerencias se prolongaron durante más de una hora. Amelia ordenó que sirvieran más té y Luc hizo que les llevaran licores. Cómodamente sentados, discutieron posibilidades y las desecharon. Aunque fue Minerva quien hizo la sugerencia definitiva.

—Podríamos organizar algún tipo de celebración que abriera las puertas de la casa.

Amelia parpadeó.

—Hace poco que entré a formar parte de la familia... vosotros estáis de visita. —Desvió la mirada hacia Luc—. Podríamos dar una especie de fiesta para las familias de los alrededores.

—Y también para los arrendatarios y los habitantes del pueblo —añadió Phyllida—. Así podrán asistir todos.

—Si estás decidida a utilizar el collar —dijo Lucifer dejando bien claro su desacuerdo y, a la par, su resignación—, tendrá que ser una fiesta nocturna. Es imposible que te lo pongas durante el día sin que resulte demasiado obvio.

Helena asintió con la cabeza.

—Cierto.

—Una Velada Estival —dijo Amelia—. No hay razón por la que no podamos organizar algo así sin más, guiados por un impulso... sería una fiesta improvisada. No levantaría sospechas. Hace un tiempo maravilloso y, como todos estáis de visita, hemos decidido aprovechar esas dos circunstancias a fin de organizar un baile para todas las familias de la zona. Para incluir a todos, empezará por la tarde y se prolongará hasta la medianoche, abriremos los jardines para que se pueda bailar y habrá fuegos artificiales.

De ese modo el ladrón no tendrá problema para ver el collar.

Todos meditaron la idea y todos dieron su aprobación.

—Muy bien —dijo Luc—. Ahora vamos a por los detalles. —Clavó una mirada ecuánime en Helena—. ¿Cómo cree que deberíamos hacerlo?

Ella le contestó con una sonrisa. Pese a los gruñidos de Lucifer y los ceños fruncidos de Simon, Luc y Martin, todos acabaron por acceder. A lo largo de la tarde, antes del baile, Helena se mezclaría con los vecinos, los arrendatarios y los habitantes del pueblo para que vieran bien el collar. Iría acompañada en todo momento por dos de las mujeres, detalle que no suscitaría comentario alguno por ser algo acostumbrado; desde una distancia prudencial, dos de los hombres se encargarían de no quitarle la vista de encima.

Después, justo antes de que comenzara el baile, Luc y Helena se reunirían en la terraza. Luc haría un comentario acerca del collar, sugiriéndole que se lo diera después del baile para guardarlo a buen recaudo. Sugerencia que Helena rechazaría sin ambages, declarando que su habitación era más que segura.

—Podemos hacer que los fuegos artificiales den comienzo a esa hora, de manera que todos se reúnan en la terraza y en las escaleras. Así, habrá muchas personas cerca para que puedan oír la conversación.

Amelia miró a Luc, que hizo un gesto de asentimiento.

—Dadas las circunstancias, dará la sensación de que me siento obligado a sugerir tal cosa, a pesar de estar rodeado por una multitud. —Miró a Helena—. Si no he entendido mal, el collar vale eso y más.

Lucifer resopló.

—Créeme. Tres largas sartas de perlas de incalculable valor engarzadas con tres esmeraldas rectangulares. Además de las pulseras y los pendientes a juego. —Fulminó a Helena con la mirada antes de componer una mueca—. Por más que me duela admitirlo, es el cebo perfecto para nuestro ladrón. Quienesquiera que sean, tienen buen ojo para los objetos de valor, y esas joyas se pueden desmontar y cambiar con tanta facilidad que será un juego de niños venderlas como collares nuevos imposibles de identificar. Las esmeraldas también se podrían montar sin problemas en un nuevo collar, a pesar de su singularidad.

La expresión de Luc se agrió.

—Sin duda alguna el tipo de joya que insistiría en guardar bajo llave.

Helena restó importancia a la advertencia con un gesto de la mano.

—No temáis. Cuando rechace tu amable sugerencia, todos sabrán que el collar pasará la noche en mi habitación.

—Pues sigue sin gustarme. —La protesta procedía de Simon, que estaba de pie junto a la chimenea con un hombro apoyado en la repisa. Miraba a Helena con el ceño fruncido—. Es demasiado peligroso. ¿Y si te hacen daño?

La sonrisa de Helena se suavizó, pero no borró su temple.

—No correré riesgo alguno. El collar estará sobre la mesa del centro de la habitación... justo donde una dama como yo, descuidada a más no poder, lo habría dejado. A ningún ladrón se le pasaría por la cabeza hacerle daño a una ancianita, ya que no represento amenaza alguna para él.

—Sólo para dejar este punto asentado —intervino Arthur, que había estado siguiendo cada una de sus palabras con atención—, ¿prometes, para calmar los miedos irracionales de este puñado de hombres, que no intentarás de ninguna de las maneras atrapar al ladrón tú sola?

Helena lo miró a los ojos y luego se echó a reír.

—Muy bien, *mon ami*... lo prometo. Me limitaré a observar y vosotros —dijo con un gesto de la mano que abarcó a los hombres— os encargaréis de atrapar a nuestro ladrón antes de que se vaya con mi tesoro.

—Y si no lo hacemos, será nuestra perdición para los restos... —mascculló Lucifer.

El reloj marcó la medianoche. Helena se puso en pie y el resto de mujeres la imitó, ya que consideraban que el plan estaba trazado. Cuando pasó junto a Lucifer, le dio unas palmaditas en la cabeza.

—Tengo plena confianza en todos vosotros, *mes enfants.*

Lucifer, que erguido le sacaba más de una cabeza a su tía, al igual que el resto de los hombres presentes, estaba profundamente contrariado.

A media mañana del día siguiente, todos los hombres casados habían llegado a la conclusión de que era un imposible convencer a sus esposas de que el plan de Helena era una locura.

—Vamos a tener que cubrir todos los posibles accesos a la casa. —Luc contemplaba los planos de la mansión que había extendido sobre su escritorio. Lucifer y Martin estaban a su lado, haciendo lo mismo.

Simon estaba frente a ellos, observando alternativamente sus rostros y el plano.

—¿De verdad no tenemos otra alternativa?

—No —replicó Lucifer sin levantar la vista—. Créenos: no sirve de nada que sigamos discutiendo el asunto.

Arthur se acercó al escritorio. Miró los planos y suspiró.

—Odio tener que marcharme en este momento, pero esas negociaciones son inaplazables.

Lucifer, Luc y Martin levantaron la vista para mirarlo.

—No te preocupes —replicó Luc.

—Nos las apañaremos —fueron las palabras de Lucifer.

—Sobre todo después de que le arrancaras la promesa de que no se enfrentaría ella sola al ladrón. —Martin esbozó una sonrisa—. Ya has cumplido con tu parte, puedes dejarnos el resto a nosotros.

Arthur los miró y, pasado un momento, asintió.

—Muy bien... Pero avisad a Diablo si necesitáis refuerzos.

Los tres asintieron.

Arthur sacó su reloj y miró la hora.

—Bueno, será mejor que me vaya y compruebe si Louise está preparada para partir. Llevamos quince minutos de retraso.

Los dejó para que siguieran estudiando los planos.

En el vestíbulo principal reinaba una frenética actividad. Las doncellas y los lacayos iban de un lado a otro, sorteando al grupo de mujeres reunidas en el centro.

Louise lo vio.

—Aquí estás. Te hemos estado esperando.

Arthur se limitó a sonreír.

Minerva, Emily y Anne se despidieron deseándoles un buen viaje.

Un paso más allá, las gemelas conversaban en murmullos. Arthur se detuvo para contemplar la familiar imagen antes de rodearlas por la cintura, primero a Amanda y después a Amelia. Las abrazó a la vez y les plantó un beso en la frente.

—Cuidaos.

Ellas se echaron a reír y le devolvieron el beso.

—Cuídate, papá.

—Y vuelve de visita pronto.

Reprimió un suspiro y las soltó mientras intentaba no pensar que las había dejado marchar. Se llevó la mano de Phyllida a los labios.

—Tú también, querida.

Phyllida esbozó una sonrisa serena y le besó la mejilla.

—Que tengas un buen viaje.

Arthur se volvió hacia Helena.

—En cuanto a ti...

Su cuñada enarcó las cejas con altivez, si bien sus ojos eran risueños.

—En cuanto a mí, me las apañaré a las mil maravillas, muchas gracias por tu preocupación. Pero será mejor que os pongáis en marcha o no llegaréis a Londres antes de que anochezca. —Su sonrisa se suavizó y le tendió ambas manos antes de ofrecerle la mejilla para que le diera un beso—. Cuídate.

—Eso debería decirlo yo —gruñó Arthur mientras la besaba en la mejilla y le daba un apretón en las manos antes de soltarla.

Salieron al porche acompañados de un nuevo coro de adioses. Arthur ayudó a su esposa a bajar los escalones a cuyo pie les aguardaba el carruaje, ya con el equipaje cargado.

Acto seguido, la ayudó a subir y, con un último gesto de despedida hacia las damas que los observaban, y a quienes se les habían sumado sus respectivos maridos y Simon, el único hijo varón que le quedaba con vida, subió tras ella. El lacayo cerró la portezuela y se apartó. Se escuchó el restallido del látigo y el carruaje se puso en marcha.

Tras decir adiós con la mano a través de la ventanilla, Louise se acomodó en el asiento con un suspiro. Arthur la imitó mientras ella lo miraba.

—¿Y bien? ¿Estás contento con tus yernos?

Arthur enarcó las cejas.

—Los dos son buenos hombres y es evidente que ambos son esposos... fervientes.

—¿Fervientes? —La sonrisa de Louise se ensanchó—. Sí, creo que se podría decir así.

Arthur enfrentó su mirada.

—¿Y tú? ¿Estás contenta con ellos?

—Con Martin, sí. Con Luc... no me cabe la menor duda. Jamás la tuve. Parece que se han acomodado con mucha rapidez, tal y como yo esperaba, aunque hay algo que aún no termina de encajar. Claro que estoy convencida de que, sea lo que sea, acabará por solucionarse. —Louise clavó la vista al frente—. Le he pedido a Helena que les eche un ojo... Y estoy segura de que lo hará.

Arthur estudió su perfil y después, mientras el carruaje ascendía por la larga curva en pendiente del otro lado del valle, desvió la vista hacia la mansión, bañada por la luz del sol. Se preguntó si debería mandarle a Luc una nota de advertencia. No estaba muy seguro de para quién debía ser su lealtad...

Louise lo miró, chasqueó la lengua y le dio unas palmaditas en la mano.

—Deja de preocuparte... Se las arreglarán muy bien.

Arthur resopló y se reclinó en el asiento con los ojos cerrados. Decidió que seguramente se las arreglarían... Ya fuera por obra del destino o porque Helena se asegurara de que así fuera.

Decidieron celebrar la Velada Estival el sábado siguiente. Lo que les dejaba cinco días para llevar a cabo los preparativos... Podrían lograrlo, pero por los pelos. Lo primero era redactar las invitaciones; justo después del almuerzo, las damas se sentaron para escribirlas y después pusieron en movimiento a todos los mozos de cuadra y los lacayos a fin de que las entregaran.

Una vez listo el primer paso, pasaron las tres horas siguientes en el salón, discutiendo, tomando decisiones y redactando listas. Portia y Penélope convencieron a la señorita Pink de que la parte de su educación referente a las actividades que debía desempeñar una dama se completaría espléndidamente si observaban los preparativos; sus originales sugerencias provocaron muchas carcajadas, pero algunas de ellas fueron tomadas en cuenta y quedaron reseñadas en alguna de las listas.

Redactaron una lista para los entretenimientos, otra para la comida, otra para los muebles y una cuarta para el menaje necesario (vajilla, cristalería y cubertería).

—Deberíamos establecer un esquema horario —declaró Penélope.

Al ver que su madre sonreía, Portia insistió.

—No, Penny tiene razón. Tenemos que asegurarnos de que las cosas marchan según lo previsto, ¿no?

Miró a su alrededor con expresión inocente. Las damas intercambiaron una mirada. Ni Portia ni Penélope, y tampoco sus hermanas, debían saber...

Así que Amelia decidió averiguarlo.

—¿Te refieres al momento preciso en el que deben comenzar los fuegos artificiales o el baile?

—Y la comida y todas esas otras cosas. —Portia frunció

el ceño—. Creo que es indispensable fijar el orden con un horario.

Una oleada de alivio recorrió la estancia; tanto Portia como Penélope se dieron cuenta, pero cuando Phyllida y Amanda se apresuraron a aceptar su sugerencia, se olvidaron del tema y de las preguntas que no habían tenido tiempo de formular.

Cuando decidieron que por fin habían anotado todo lo que debía hacerse y sus cuatro cuñadas se marcharon para dar un paseo por los jardines, Amelia se relajó en su asiento con la vista clavada en Phyllida, que estaba sentada junto a Amanda.

—Sé que estás impaciente por regresar a Colyton. No podemos pedirte que retrases más...

Phyllida la interrumpió con un gesto de la mano.

—Alasdair y yo lo discutimos anoche. Sí que quiero regresar, pero... —Esbozó una sonrisa torcida—. Si nos vamos y las cosas no salen como deberían porque no habéis contado con toda la ayuda necesaria, jamás me lo perdonaría, y él mucho menos.

—Aun así, es una contrariedad. Ya habéis hecho tanto...

—Tonterías. Sabes que estamos disfrutando. Además, ya hemos avisado del retraso. Alasdair mandó a su lacayo a Londres con una misiva para Diablo, y éste a su vez hará llegar el mensaje a mi padre y a Jonas en Devon, así que no hay de qué preocuparse. —Phyllida se inclinó hacia delante y le dio un apretón en la mano—. De hecho, nos sentimos tan... enervados por este ladrón y estamos tan decididos a atraparlo que dudo mucho de que nos marcháramos aunque no nos necesitaseis.

Helena expresó su conformidad con un gesto.

—Este ladrón, quienquiera que sea, es un ser abyecto. Me resulta imposible creer que ignore el daño que les está ocasionando a personas inocentes. Y considero un honor participar en su caída.

—¡Bien dicho! —fue la réplica de Amanda.

Pasado un momento, todas sonrieron, a las demás y también para sus adentros, mientras se ponían en pie; acompañadas del frufrú de sus faldas, subieron las escaleras para cambiarse.

Amelia se llevó las listas a la cama esa noche. Su dormitorio era el único lugar en el que podía reunirse a solas con Luc en absoluta intimidad.

Y el tema que iba a tratar merecía eso y más.

Esperó hasta que él estuvo acostado a su lado, totalmente desnudo. Había pensado en preguntarle por las camisas de dormir, pero recordó el viejo dicho sobre tirar piedras al tejado de uno mismo... Además, al contemplar la imagen de Luc desnudo, acostado a su lado para más señas, decidió que no había razón alguna para privarse de semejante placer. Sin embargo, cuando él estiró el brazo y le quitó las listas de sus inertes manos, se dio cuenta de que tenía la boca seca y de que su mente había estado divagando.

Se aclaró la garganta, se concentró en las listas (en manos de Luc) y se aprestó a retomar el control de sus pensamientos.

—He intentado reducir los gastos en la medida de lo posible, pero creo que eso es lo mínimo que necesitamos.

Luc la miró antes de abandonar las listas sobre su abdomen, por encima de la colcha.

—Dispón cuanto te guste. Lo que te apetezca.

Extendió los brazos para acercarla a su cuerpo y atrapó sus labios. La besó con pasión y lentitud, hasta que Amelia no tuvo la menor duda sobre lo que le apetecía a él.

Cuando puso fin al beso para apartar la colcha que se interponía entre sus cuerpos, ella cogió las listas y respiró hondo.

—Sí, pero...

Él la besó de nuevo.

Un instante después, Amelia alzó las preciadas listas y tanteó hasta dar con el borde de la cama; una vez allí, las dejó caer al suelo. Un lugar mucho más seguro que la cama. Si las dejaban olvidadas entre las sábanas, a saber cómo estarían por la mañana...

Cogió la cara de Luc entre las manos y lo besó mientras dejaba que el deseo y la pasión la consumieran hasta alcanzar su mismo nivel.

Él la acariciaba por todas partes, su cuerpo se movía a su alrededor amoldándose a ella de la cabeza a los pies. A la postre, la puso de rodillas y él se situó detrás. Con las manos en sus pechos, se hundió en ella hasta el fondo.

Amelia arqueó la espalda y dejó escapar un suave grito.

Se vieron arrastrados por el poder y la pasión, por el anhelo que sentían y por la maravillosa sensación de que aquello, así como el éxtasis que les reportaba, era totalmente suyo.

Más tarde, mientras yacían el uno en brazos del otro bajo la colcha una vez más, ella se movió para besarlo en el pecho.

—Gracias. —Sonrió al percatarse de la ambigüedad de la palabra, pero no le pareció necesario clarificar su significado. Se acomodó entre sus brazos, encantada por el hecho de que la encerraran de forma instintiva y suspiró, satisfecha—. Intentaré reducir los gastos al mínimo.

La tensión se apoderó de él ante la mención del dinero; una sensación incómoda que entendía perfectamente.

—Amelia, tengo que...

—No hay necesidad de que vivamos con estrecheces. —Volvió a besarle el pecho—. Lo sé. Pero tampoco tenemos que tirar la casa por la ventana. Me las apañaré. —El sueño la estaba venciendo, de manera que le dio unas palmaditas en el pecho antes de dejar la mano donde más le gustaba: sobre su corazón—. No te preocupes.

Su murmullo fue casi inaudible; Luc reprimió un juramento. Por un instante estuvo tentado de despertarla y obligarla a escuchar la verdad...

Sentía su suave aliento en el pecho mientras la mano que yacía sobre su corazón se relajaba.

Inspiró hondo y dejó escapar el aire, sintiendo cómo la

tensión lo abandonaba. La calidez de Amelia traspasó su piel y lo envolvió.

Se relajó y se dispuso a decidir dónde, cuándo y de qué modo confesaría... y se quedó dormido.

Debería habérselo dicho. Si no la noche anterior, sin duda esa mañana. Y si no toda la verdad, al menos el hecho de que no tenía que escatimar en gastos y la razón.

En cambio...

Estaba junto a la ventana de su despacho, con la vista perdida en los jardines mientras rememoraba los sucesos de esa mañana, desde que se despertara y descubriera que Amelia no estaba en la cama.

El pánico se había apoderado de él, ya que Amelia jamás se despertaba antes, pero entonces la escuchó trajinando en su vestidor. Regresó al dormitorio poco después, ya vestida y dispuesta a comenzar el día. Lo saludó con jovialidad mientras rodeaba la cama para coger las listas.

Le contó con un alegre parloteo todo lo que tenía que hacer; ni a su rostro ni a sus increíbles ojos azules asomó el menor rastro de preocupación o desánimo. No cabía duda de que estaba encantada de la vida, encantada con su vida, a pesar de la supuesta estrechez económica. Ni siquiera le había dejado tiempo para hacer el menor comentario; y él no había encontrado el valor (no había conseguido hacer de tripas corazón) para interrumpir su chispeante vivacidad e imponerle una confesión que, en ese momento, no le parecía tan importante.

—Estas cuentas.

Se volvió. Sentado a su escritorio, Martin le daba unos golpecitos al informe que estaba estudiando.

—¿Son exactas?

—En la medida de lo posible. Hice que las repasaran tres agentes independientes. —Titubeó un instante antes de añadir—: Suelo contar con la mitad de lo que aseguran las previsiones.

Martin arqueó las cejas mientras calculaba y después dejó escapar un silbido antes de regresar al informe. Frente a él y sentado al otro lado del escritorio, Lucifer también repasaba los detalles de las posibles inversiones que Luc había estado considerando; estaba absorto, con los dedos de una mano enterrados en el pelo, y ni siquiera alzó la cabeza.

Luc volvió de nuevo a contemplar los jardines. Y vio que Penélope aparecía desde las perreras con un cachorro inquieto (*Galahad*, sin duda) en los brazos. Una vez en los jardines, dejó al cachorro en el suelo; el perro hizo honor a su nombre y de inmediato se puso a olisquear por los alrededores, siguiendo algún rastro con el hocico pegado al suelo.

Penélope se sentó en la hierba y lo observó del mismo modo que solía observarlo todo, con una inquebrantable concentración. Tras ella llegaron Portia y Simon, acompañados de los sabuesos más jóvenes (demasiado pequeños para entrenar aún con los otros).

Portia vigilaba a los sabuesos. Simon, con las manos en los bolsillos, parecía vigilarlas a ellas.

Cosa que resultaba un poco extraña. Simon tenía diecinueve años, casi veinte, y ya tenía cierta pátina social. Emily y Anne estaban más próximas a él en edad; sin embargo, esos últimos días, el joven siempre parecía estar revoloteando allí donde estaban sus hermanas pequeñas cada vez que abandonaban el aula... Comprendió la explicación prácticamente al mismo tiempo que cuestionaba el asunto.

Dado que sospechaban que alguien de los alrededores tenía intenciones aviesas para con su familia, sobre todo en contra de sus hermanas, y dado que Portia y Penélope pasaban mucho tiempo al aire libre casi sin supervisión, se sintió más que agradecido de la presencia constante de su cuñado.

Mientras contemplaba al trío en los jardines, le resultó evidente que Portia no compartía su opinión; incluso desde la distancia, se percató de la altivez con la que alzó la barbilla y dijo algo... algo lo bastante mordaz como para que Simon frunciera el ceño.

Penélope no les hizo caso mientras seguían lanzándose pullas por encima de ella. Tras tomar nota de que debía advertirle a su cuñado que discutir con sus hermanas pequeñas era una actividad de la que era mejor abstenerse, Luc se apartó de la ventana para regresar a su sillón y a los informes que le quedaban por revisar.

Como si fueran uno solo, Martin, Lucifer y él se habían refugiado en su despacho; al otro lado de esas puertas, reinaba el pandemonio... y sus esposas. Así que era mejor, aunque ninguno se vio en la necesidad de decirlo en voz alta, desaparecer de la vista.

A petición de Diablo, Lucifer le había pedido que lo pusiera al corriente de su estrategia de inversión. Eso había despertado el interés de Martin, quien había pedido participar. En esos momentos, los dos revisaban los informes en los que se había basado para realizar sus tres últimas inversiones, todas muy arriesgadas y potencialmente muy productivas... y que estaban reportándole unos pingües beneficios.

Sonrió sin apartar la vista de las cabezas agachadas de Martin y Lucifer, y se acomodó en el sillón antes de concentrarse de lleno en la que sería su próxima inversión.

De forma totalmente inesperada, de hecho ni siquiera sabía cómo había llegado a ocurrir, Luc se encontró paseando esa tarde con Helena del brazo. Cuando ella lo dirigió hasta los jardines, con esa actitud imperiosa que la caracterizaba, se le dispararon las alarmas, pero la obedeció. Atravesaron el primer patio mientras el sol descendía por el horizonte y teñía de dorado la parte superior de los altos setos; de allí siguieron hasta el segundo, donde se encontraba el estanque de aguas tranquilas.

Helena señaló el banco de hierro forjado emplazado frente al estanque. La condujo hasta allí y esperó a que se sentara antes de hacer lo mismo cuando ella lo invitó. Clavó la vista en el estanque y esperó, impasible, a que dijera lo que tenía pensado decirle.

Para su sorpresa, Helena se echó a reír, genuinamente regocijada.

Cuando giró la cabeza, descubrió que ella lo estaba mirando.

—Puedes bajar tus defensas, no voy a atacarte.

Su sonrisa era contagiosa, aunque... sabía que no debía confiarse.

Helena suspiró y meneó la cabeza antes de clavar la mirada en el estanque.

—Sigues negándolo.

Se preguntó por un instante si le serviría de algo fingir que no sabía a lo que se refería, pero dudaba de que fuera así. Se reclinó contra el respaldo del banco, estiró sus largas piernas y las cruzó a la altura de los tobillos. Imitando a Helena, se dispuso a contemplar el brillo plateado de los peces que nadaban en las oscuras aguas.

—Soy muy feliz... Los dos lo somos.

—No hace falta que lo digas. Sin embargo... no eres, al menos en mi opinión, tan feliz como podrías serlo, como lo serías, si te enfrentaras a la verdad.

Luc dejó que el silencio se prolongara, aceptando la verdad de sus palabras.

—Con el tiempo, estoy seguro de que llegaremos a eso.

Helena emitió un sonido que no solía asociarse con las duquesas viudas.

—«Llegar a eso»... ¿Qué se supone que significa? Voy a decirte una cosa: el tiempo no te ayudará. El tiempo sólo te denegará días llenos de felicidad que podrías haber disfrutado.

La miró a los ojos y vio algo en sus profundidades verdes que resultaba aplastante e irresistible a un tiempo.

Helena sonrió y se encogió de hombros antes de concentrarse de nuevo en el estanque.

—Nos sucede a todos... Y todos debemos enfrentarnos a ello. Para algunos es más fácil que para otros, pero a todos nos llega la hora en la que tenemos que comprender y aceptar la verdad. A todos nos llega la hora en la que tenemos que tomar una decisión.

No se le había ocurrido... Empezó a fruncir el ceño.

Ella lo miró una vez más y su sonrisa se ensanchó.

—De eso nada, no hay escapatoria posible. Es la verdad. Sólo queda aceptarla y cosechar los frutos o, en caso contrario, luchar toda la vida contra un enemigo invencible.

El comentario le arrancó una carcajada, aunque un tanto amarga. Bien sabía él a lo que Helena se refería.

Ella no dijo nada más y él, tampoco. Siguieron sentados mientras las sombras se alargaban, mientras meditaban sobre el mismo tema. A la postre, ella se puso en pie y él la imitó. Le ofreció el brazo y regresaron a la mansión.

El viernes por la mañana, Luc contemplaba desde la ventana de su despacho cómo Amelia y Amanda jugaban con *Galahad* en el jardín y se preguntó por un instante qué secretos estarían intercambiando. Y por un instante rememoró la conversación con Helena, pero un deber mucho más urgente lo reclamó.

Volvió al escritorio con el pisapapeles que acababa de coger del alféizar de la ventana y aseguró una de las esquinas del plano de la casa y los jardines.

—Ya están colocando las mesas en esa parte. —Martin señaló con un lápiz la zona oeste de los jardines—. Y parece ser que habrá un violinista y un tamborilero por aquí, lo bastante lejos de la casa como para que no se solapen con la música del cuarteto del salón de baile.

Lucifer miró a Luc.

—¿Estas personas son desconocidas para tu personal? Ya sabes, los músicos y los criados adicionales para ayudar en las cocinas y demás.

Él negó con la cabeza.

—Lo he comprobado con Molly y Cottsloe. Todos son lugareños y ninguno ha estado fuera este último año.

—Bien. —Lucifer estudió la distribución de la casa y los jardines que la rodeaban—. Si tuvieras que colarte de noche, ¿por dónde lo harías?

—Si supiera que hay perros, por aquí. —Señaló la zona nordeste de la propiedad, al otro lado de la rosaleda—. Es un bosque bastante denso. Es lo que queda del antiguo feudo y no se ha talado nunca. Se puede pasar por ahí, pero los árboles son bastante viejos e incluso a plena luz del día los senderos son demasiado sombríos.

Martin asintió.

—Cierto. Pero si no estás al tanto de la presencia de los perros, éste sería el mejor acceso. —Trazó un sendero desde la linde oriental de los jardines, hasta la zona de los setos, pasando por el camino que llevaba a la granja principal—. O, en cambio, si vienes de las lomas, la opción más sensata sería colarse en los establos de noche.

—Sí, tendría suficiente cobertura —convino Luc—. Pero os aseguro que los perros darían la alarma si alguien se acercara por ese camino.

Lucifer compuso una mueca.

—Esperemos que sea lo bastante listo como para saber que hay perros.

Con las manos en los bolsillos, Luc clavó la vista en los planos y fue sometido al escrutinio de su primo. Sus miradas se encontraron.

—Será mejor que ponga a Sugden sobre aviso. Si alguien se acerca por ese camino y los perros lo escuchan, puede soltarlos. Perseguirán a cualquier intruso hasta encontrarlo y lo retendrán hasta que lleguemos.

Lucifer sonrió.

—Estupenda idea.

—Y hablando de estupendas ideas —intervino Martin—. Que *Patsy* y *Morry* entretengan a los niños durante la velada. Saben comportarse. Sugden podría llevarlos de las correas y enseñárselos a la gente. A nadie le extrañaría, dado que son campeones. Y eso serviría para poner sobre aviso a nuestro ladrón de la existencia de las perreras. —Martin se enderezó antes de mirarlos a la cara—. Aunque perseguir a este villano sería muy satisfactorio, sería mejor si pudiéramos pillarlo con las manos en la masa.

Luc asintió y también Lucifer.

Los tres se concentraron en los planos.

—Muy bien. —Luc señaló un dormitorio en el primer piso—. Éste es el dormitorio de Helena. ¿Cómo vamos a protegerla?

Pasaron gran parte de la mañana discutiendo todas las posibilidades; sin embargo, tuvieron que esperar a conocer los planes de sus esposas y, lo más importante, el horario y el emplazamiento de las distintas actividades programadas.

Una vez que tuvieron todos los detalles, trazaron sus propios planes. Durante la velada y el posterior baile, los tres, junto con Simon, Sugden y Cottsloe, montarían guardia alrededor de Helena. Más tarde, una vez que los invitados se hubieran marchado, Amelia, Amanda y Phyllida vigilarían desde distintos emplazamientos en el interior de la casa mientras que Martin, Sugden y Lucifer harían rondas en el exterior; Luc y Simon, que estaban más familiarizados con la mansión y la distribución de las habitaciones, harían lo propio por los largos pasillos.

En cuanto terminaron de rematar los preparativos, se separaron. Luc fue a las perreras para hablar con Sugden y echar un rápido vistazo a los perros.

Cuando volvió a la casa, titubeó un instante antes de dirigirse a la sala de música. Se detuvo en el pasillo, justo al otro lado de la puerta... Escuchó la voz de Amelia procedente de la salita. Y la de Phyllida. Y la de Amanda. Con una mueca, siguió caminando.

Subió la escalinata y se detuvo un instante en el rellano de la primera planta; apretó los dientes y continuó hasta el piso superior.

Portia, Penélope y la señorita Pink estaban en la planta baja, ya que habían descartado los libros a favor de las demostraciones prácticas. El ala central de la segunda planta estaba vacía. Luc se encaminó hacia la habitación infantil y abrió la puerta.

Todavía no se apreciaba ningún cambio, aunque tampoco lo había esperado. Amelia no había tenido tiempo de poner en marcha sus planes. Pero lo haría. Y pronto.

Se acercó a la ventana y contempló el valle mientras meditaba ese punto, lo que significaría y cómo se sentía al respecto.

Un hijo... Era lo menos que le debía el destino por haberlo dejado solo al cargo del cuidado de sus cuatro hermanas. Frunció los labios. La verdad era que no le importaba. Lo único que quería era ver a Amelia dándole el pecho a un hijo suyo.

Su conversación con Helena le había dado otra cosa sobre la que pensar, ya que jamás se le había ocurrido que Amelia también debiera tomar una decisión.

Aunque ya lo había hecho, estaba convencido de eso. Se había comprometido con él, le había jurado fidelidad y llevaba a un hijo suyo en su vientre. Era suya. De alguna forma bastante primitiva, esa verdad lo llevaba acompañando ya algún tiempo, pero por fin la creía.

Su mente racional por fin caminaba a la par de esa parte primitiva de su naturaleza.

La satisfacción y la felicidad se apoderaron de él, si bien estaban teñidas de una creciente frustración. Justo cuando estaba a punto de confesárselo todo, el destino conspiraba para que tuviera que retrasar su declaración.

Amelia no descansaba ni un instante a causa de los preparativos. Cuando se reunía con ella en la cama por las noches estaba agotada; cuando se despertaba por las mañanas, ella ya estaba inmersa en el torbellino de actividad.

Dado lo mucho que habían llegado a significar tanto ella como la relación que los unía, y lo crucial que la declaración era, rapiñar unos minutos para confesárselo mientras los criados y los familiares revoloteaban a su alrededor era, para él, impensable.

Cuando por fin le confesara su total rendición, quería estar cuanto menos seguro de que Amelia le prestaba atención... y de que se acordaría después.

La impaciencia lo devoraba por dentro y la frustración lo consumía. Contempló el valle con la mandíbula apretada.

Una vez que capturaran al ladrón, insistiría en que ella le prestara toda su atención.

Y entonces le diría la verdad.

Dos palabras de nada.

«Te quiero.»

21

—Un consejo, *ma petite.*

Amelia alzó la vista de los papeles que estaban desordenados sobre su escritorio. Su tía Helena le sonreía desde el vano de la puerta.

—¿Sobre qué? —le preguntó mientras organizaba las listas.

—¡Caramba, no! Mi consejo no tiene nada que ver con los preparativos —replicó su tía al tiempo que se desentendía de los papeles con un gesto de la mano—, sino con un tema mucho más importante para ti.

—¡Ah! —exclamó ella sin dejar de mirarla.

Su tía asintió con la cabeza.

—Luc. Creo que desea decirte algo, pero... hay ocasiones en las que incluso los hombres se muestran indecisos. Mi consejo es que no le vendría nada mal un empujoncito por tu parte, y tal vez así consigas mucho más de lo que esperas.

Amelia parpadeó.

—¿Un empujoncito?

—*Oui.* —Su tía hizo un gesto de lo más francés con la mano—. El tipo de empujoncito que debilita la resistencia irracional de un marido. —Esbozó una sonrisa deslumbrante mientras daba media vuelta. Sus ojos se tornaron risueños—. Estoy segura de que puedo dejar los detalles en tus manos.

Amelia siguió con la vista clavada en el vano de la puerta, y las listas quedaron olvidadas. Después de que su tía hubiera mencionado el asunto, se percató de que Luc llevaba unos días... revoloteando a su alrededor. Ambos habían estado tan ocupados con sus invitados y con los planes para atrapar al ladrón que habían pospuesto temporalmente su vida privada y sus asuntos más íntimos, al menos hasta que solucionaran la amenaza que se cernía sobre su familia.

Sin embargo...

Una súbita impaciencia se apoderó de ella. Recogió los papeles y cerró el escritorio, tras lo cual se encaminó hacia la primera planta.

Esa noche, Luc descubrió que Amelia no lo aguardaba en la cama como era habitual, sino de pie frente a las ventanas, contemplando el paisaje bañado por la luna. Ya había apagado las velas, se había puesto la bata de color melocotón y se había cepillado el cabello, que le caía sobre los hombros. Parecía sumida en sus pensamientos.

Ni siquiera lo había oído entrar. Aprovechó el momento para observarla y preguntarse qué estaría pensando. La había sorprendido observándolo en varias ocasiones a lo largo de la velada, como si quisiera leerle la mente. Supuso que estaba nerviosa y que la tensión la afectaba cada día más, al igual que al resto. Al día siguiente a esa hora estarían esperando al ladrón que amenazaba a los Ashford, ya fuera con premeditación o sin ella. El nerviosismo y la expectación corrían por las venas de todos.

La observó. Amelia seguía inmóvil y su figura quedaba delineada por la luz plateada que entraba por las ventanas.

La tentación se abrió paso en él... pero no, no podía ser. Esa noche no era el momento adecuado para hablar. Todavía tenían que enfrentar lo que les deparara el día siguiente, la noche siguiente. Después, una vez que todo estuviera solucionado y pudieran retomar sus vidas y sus planes de futuro...

La impaciencia se apoderó de él, pero la refrenó. Se acercó a ella.

Amelia percibió su presencia y se volvió hacia él. Esbozó una sonrisa y se acercó para que la abrazara. Le arrojó los brazos al cuello y alzó el rostro en busca del beso que él ya pensaba darle.

Mientras saboreaba sus labios, la rodeó por la cintura para pegarla a su cuerpo. Se tomó su tiempo para aceptar lo que ella le ofrecía, todo lo que ella le entregaba gustosa. Sintió el cálido roce de sus senos contra el pecho, y el de sus piernas, envueltas en la seda, que prometían un deleite sensual.

Apartó las manos de la cintura para acariciarle las nalgas antes de darles un apretón y alzarla hasta que su erección le presionó la entrepierna.

Ella musitó algo, puso fin al beso y se separó. No mucho, pero sí lo suficiente para que sus labios sólo pudieran rozarse. Una forma de atormentar sus sentidos mientras sus alientos se mezclaban y el deseo crecía. Le quitó una mano del cuello y la introdujo entre sus cuerpos. Le apartó la bata y colocó la mano sobre su pecho, ansiosa por acariciarlo. Utilizó la otra mano para separarlo un poco, aunque no para desasirse de su abrazo sino para que quedara un espacio entre sus torsos.

Comprendió que había dispuesto una ruta distinta a la que él había planeado. Sin embargo, tardó unos minutos en complacerla mientras sus manos se demoraban sobre su trasero, renuentes a soltarla. Aunque la dejó en el suelo, se negó a permitir que se apartara demasiado. De todos modos, estaba claro que tampoco ella quería alejarse y, en cuanto le fue posible, bajó las manos en busca... del nudo de la bata.

Luc sintió que le daba un tirón para desatarlo. Notó que su mano se alejaba y que volvía a pegarse a su cuerpo, por lo que volvió a abrazarla.

Con los párpados entornados, la observó sonreír y se regodeó en la emoción desinhibida que se reflejaba en su rostro mientras alzaba las manos hasta sus hombros para quitarle la bata. No lo desvistió de inmediato, sino que se detuvo para observarlo, para deleitarse en aquello que iba dejando a la vista.

No tenía intención alguna de moverse, sabía que debía dejar que ella se saliera con la suya. Cosa que nunca le había resultado fácil. Por regla general, no solía dejarle las riendas mucho rato; sin embargo, esa noche, mientras la contemplaba allí de pie a la luz de la luna, se armó de valor y contuvo el impulso de distraerla. Obligó a sus manos a quedarse quietas y a no aferrarla para estrecharla con fuerza.

Así que dejó que lo acariciara y lo besara a placer.

Se vio obligado a cerrar los ojos cuando ella lamió uno de sus pezones antes de mordisquearlo. La tensión comenzó a apoderarse de él. Esas manos pequeñas, ávidas y atrevidas, se deslizaron con ansia por su torso en dirección a su abdomen, y siguieron su inexorable camino hacia abajo... tras ellas, sus labios, ardientes y húmedos, dejaron un rastro de fuego.

Se zafó de su abrazo para prodigarle las mismas caricias más allá de la cintura y él se sintió sin fuerzas para retenerla.

Cuando por fin tomó su miembro en la mano, Luc sintió que se le secaba la boca. Enterró los dedos en su cabello, en esos tirabuzones dorados, mientras ella lo acariciaba. Comenzó a hacerlo como él mismo le había enseñado y el placer fue tan intenso que creyó estar a punto de morir. Sin embargo, no fue hasta que se arrodilló y lo tomó en la boca cuando creyó que había muerto para subir al cielo.

La sangre le rugía en los oídos mientras Amelia ponía en práctica su fantasía más erótica. Jamás se lo había permitido antes, al menos no en esa posición, arrodillada frente a él. Ni siquiera se lo había sugerido, por lo que se preguntó vagamente cómo lo habría adivinado ella.

El instinto parecía ser la conclusión más lógica, y resultó ser un arma de lo más amenazadora. Sobre todo cuando inclinó la cabeza para tomarlo casi por completo con la boca, haciendo que crispara los dedos que tenía enterrados en su cabello. Más que escuchar, sintió el suspiro que Amelia exhaló cuando se detuvo para tomar aire. Un suspiro victorioso.

Antes de que él pudiera reaccionar, Amelia retomó las

caricias de sus manos y su boca, atrapándolo de nuevo en ese hechizo. Lo mantuvo cautivo, torturándolo del modo más delicioso, aunque sus caricias se tornaron mucho más atrevidas a medida que iba cogiendo confianza.

Apenas sin resuello, Luc abrió los ojos lo suficiente como para observarla. Estaba bañada por un rayo de luna y la bata se extendía a su alrededor como un reluciente estanque. Su cabello resplandecía con cada uno de sus movimientos.

Él le había enseñado cómo debía hacerlo, y demostraba ser una alumna aventajada. Cada caricia, cada roce de sus uñas, cada lametón lo tensaban un poco más, hasta que enardeció sus sentidos de forma insoportable. Y, sin embargo, no se detuvo.

Volvió a cerrar los ojos al tiempo que echaba la cabeza hacia atrás y contenía el aliento.

No le quedó más remedio que preguntarse qué había cambiado. Porque estaba claro que algo lo había hecho.

En el plano físico de su relación, Amelia siempre había estado dispuesta y ansiosa a entregarse; sin embargo, esa noche parecía... confiada.

Segura de sí misma.

Lo notaba en cada una de sus caricias.

Lo percibió cuando por fin, ¡por fin!, se apartó de él y alzó la cabeza. Tomó una honda bocanada de aire y la observó mientras se sentaba sobre los talones para contemplar con detenimiento el fruto de sus esfuerzos sin quitarle las manos de los muslos. La serena sonrisa que esbozó dejó bien claro que encontraba el resultado más que satisfactorio.

Gimió y extendió los brazos hacia ella, pero Amelia lo detuvo, aferrándole las muñecas. Se puso en pie con agilidad. Cuando le soltó las manos, se terminó de abrir la bata... y se acercó a él.

Con deliberada lentitud y determinación, se pegó a él hasta que estuvieron piel con piel y volvió a robarle el aliento. Se movió de forma sensual y utilizó todo su cuerpo para acariciarlo. El suave roce de su piel lo abrasó. Introdujo la mano entre sus cuerpos y se colocó de modo que pudiera deslizarse sobre su verga. Acto seguido, le pasó un brazo por el cuello al tiempo que alzaba una pierna y le rodeaba un muslo. Una vez que afirmó la postura, comenzó a moverse sinuosamente sobre él, como si se tratara de una hurí mientras le daba placer a su amo.

Lo acarició con las caderas, con los senos, con la parte interna de los muslos; incluso los rizos de su entrepierna se sumaron a su propósito. Utilizó todo su cuerpo para invocar una serie de instintos atávicos enterrados bajo siglos de urbanidad, unos instintos que se apoderaron de él con un rugido.

Su despertar hizo añicos todo vestigio de control y ahuyentó su faceta civilizada.

De modo que quedó expuesto y desnudo, en cuerpo y alma, frente a ella y frente a sí mismo. La sensación lo dejó aturdido, pero allí estaba Amelia para reconfortarlo, para instarlo a continuar...

Respiró hondo, inclinó la cabeza y tomó los labios que ella le ofrecía. Sus manos le apartaron por instinto los extremos de la bata y se deslizaron por su espalda hasta aferrarla por las nalgas con actitud posesiva. Tras un instante, se trasladaron a la cara posterior de sus muslos para alzarla.

Ella le arrojó los brazos al cuello y lo estrechó con fuerza mientras le rodeaba las caderas con las piernas y entrelazaba los tobillos en la base de su espalda. La penetró sin más. Amelia soltó un jadeo, puso fin al beso y contuvo el aliento mientras la acercaba y se hundía en ella hasta el fondo. Se mantuvo inmóvil, asimilando la sensación de estar rodeado por esa cálida humedad, así como el trémulo placer que siempre se adueñaba de él cuando la penetraba, y dejó que ella sintiera la vulnerabilidad del camino que había elegido; dejó que la experiencia de su entrega le calara hasta la médula de los huesos.

Sólo cuando la experiencia lo hubo satisfecho y sintió que sus sentidos y los de Amelia lo habían asimilado todo, comenzó a moverse.

O mejor, a moverla sobre él. Puesto que la posición de

sus piernas no le permitía guardar el equilibrio, ella se dejó hacer, se dejó tomar. La movió lo justo para que la tensión se adueñara de ella, para que el deseo la enfebreciera. Entretanto, ella se aferró con fuerza a su cuello y le clavó los dientes en el hombro.

Sonriendo para sus adentros, volvió a hundirse en ella hasta el fondo y echó a andar. Muy despacio y de forma deliberada, la alzó y la bajó sobre su miembro siguiendo el ritmo de sus pasos. Hasta que notó que la respiración de Amelia se le aceleraba y gemía mientras le clavaba los dedos en los hombros, no a causa del dolor, sino de la desesperación.

Sin pararse a pensar, Luc siguió caminando hasta la cama. Se sentó sobre los almohadones que descansaban sobre el cabecero y se dejó caer sobre ellos.

Ella intentó moverse para cambiar la posición de las piernas, pero se lo impidió.

—No. Quédate como estás.

Amelia abrió los ojos para mirarlo y parpadeó varias veces.

—Quiero verte —le confesó él, logrando que la recorriera un estremecimiento de placer.

Tras humedecerse los labios, lo miró a los ojos, pero Luc se negó a complacerla. En cambio, la alzó de nuevo y la hizo descender, hundiéndose cada vez más en ella a medida que repetía el movimiento. El roce de sus senos sobre su pecho, con los pezones endurecidos y la piel enfebrecida, era otra fuente de deleite sensorial.

Con los ojos clavados en su rostro, Luc siguió moviéndola aun cuando percibió que todo su cuerpo se tensaba, y que arqueaba la espalda. Aun cuando escuchó su grito y el éxtasis se cernió sobre ella en esa posición.

Dejó de moverla, pero siguió hundido en ella, deleitándose con los espasmos que la sacudían y que lo instaban a...

No, esa noche quería mucho más. Ella se lo había ofrecido y él lo había aceptado. Esa noche podía pedir lo que se le antojara porque ella se lo daría.

Y, a cambio, Amelia conocería todo lo que le había ocultado hasta entonces, todo lo que había enmascarado tras la única barrera que aún quedaba alzada. Porque a partir de esa noche ya no habría ninguna. Ya no habría nada que lo protegiera. Ella se había encargado de derribarla. No le había dejado otra opción que la de mostrarse ante ella tal y como era.

En ese aspecto y en todos los demás.

Comenzó a moverla de nuevo, antes de que los últimos estremecimientos del orgasmo la abandonaran. Sin embargo, no se detuvo, no le dio tregua.

Cuando el deseo volvió a correr por sus venas y sus sentidos volvieron a despertar, Amelia abrió los ojos y lo miró. En ese momento, él dejó de moverla y se percató de la plenitud de su unión. Se lamió los labios y siguió mirándolo con los ojos abiertos de par en par.

—Te deseo —le confesó él.

—Lo sé —replicó con voz trémula.

Luc esbozó una sonrisa.

—Respuesta incorrecta.

Sintió que sonreía por la respuesta y abrió los ojos un poco más.

—¿Cómo me deseas?

El brillo oscuro de esos ojos azul cobalto, la rudeza controlada de sus manos y de todo su cuerpo, la pasión refrenada y la promesa de lo que estaba por llegar hicieron que la situación le resultara abrumadora. Apoyó los brazos sobre su torso y se inclinó hacia él para susurrarle sobre los labios:

—Dímelo.

Él la besó en respuesta. Le dio un beso apasionado y sensual mientras le inmovilizaba la cabeza con una mano para devorarla a su antojo. Lo sentía duro y ardiente en su interior, hundido en ella por completo. El asalto insistente, exigente y abrasador de su lengua subrayaba su afán de posesión. Subrayaba la posición de vulnerabilidad extrema en la que ella misma se había colocado.

El beso acabó tras alcanzar un tinte salvaje.

Sus miradas se encontraron a escasa distancia y se entrelazaron. Sus alientos entrecortados se fusionaron.

—Ponte de rodillas en el centro de la cama.

Amelia se esforzó por respirar. No podía pensar. La mirada de Luc vagaba por su cuerpo y jamás había visto ese brillo oscuro en sus ojos. Nunca había estado tan excitado, tan tenso, tan duro. Jamás se había dejado llevar por la pasión hasta ese extremo. No tardaría en rodearla con su cuerpo y hundirse en ella hasta lograr que la pasión también la arrastrara.

No tardaría en tomarla como se le antojara. En poseerla sin paliativos.

Le colocó una mano en la base de la espalda para sostenerla, mientras que la otra se alejaba de su nuca para apartarle un extremo de la bata, sin llegar a quitársela.

—Déjatela.

Amelia ni siquiera fue capaz de asentir con la cabeza. Apenas podía respirar cuando sacó las piernas de debajo de Luc.

Él la ayudó a alejarse y a colocarse de rodillas. No perdió tiempo pensando, se dio la vuelta y gateó hasta el centro de la cama. Una vez allí, se sentó sobre los talones y se alzó un poco para sacar la bata que había quedado atrapada bajo sus piernas. Aprovechó el momento para recobrar el aliento y, en un alarde de elegancia, arregló los pliegues de la bata. La dejó abierta por delante, si bien le cubría la espalda y los pies, y caía a su alrededor, conformando un delicado estanque de seda. Una vez contenta con los resultados, se inclinó hacia delante sin dirigirle ni una mirada a Luc y colocó los brazos delante de las rodillas.

Sintió que él se movía y cuando echó un vistazo a través del cabello que le había caído hacia delante, vio que ya no estaba recostado sobre los almohadones. Su peso hundió el colchón tras ella y le indicó que acabara de arrodillarse a su espalda. Percibió el calor que emanaba de su cuerpo, pero no la tocó de inmediato.

Le importó un comino que lo estuviera haciendo a propósito para incitarla o que simplemente se hubiera detenido para recobrar la cordura. Su cuerpo comenzó a palpitar de deseo por el mero hecho de sentirlo tan cerca, y el anhelo de que la envolviera con sus brazos le abrasó la piel.

Percibió el roce de su cuerpo a través de la bata de seda cuando Luc abrió las piernas de modo que ella quedara en medio. Extendió una mano hacia su cabeza y le alzó el pelo que le caía sobre la nuca. Con mucha delicadeza, lo envolvió en un puño y tiró de ella despacio, hasta que quedó arrodillada, pero sin estar incorporada del todo. Una vez que la soltó, sus dedos se demoraron sobre la piel de la nuca y del cuello.

Su otra mano tomó un rumbo diferente. Después de rozarle la garganta, descendió por su torso hasta llegar a la entrepierna, húmeda de deseo. Aunque la bata le cubría la espalda, por delante estaba desnuda, expuesta a sus caricias.

Su mano siguió explorando y subió de nuevo. Comenzó a torturarle los senos, pellizcándole los pezones hasta que estuvieron tan endurecidos y sensibilizados que el menor roce resultaba doloroso. Acto seguido, le colocó la mano sobre el abdomen e hizo ademán de proseguir el descenso, pero se contuvo, arrancándole un gemido. La mano que le acariciaba la nuca se crispó brevemente al tiempo que los dedos de la otra se hundían en ella mientras presionaba con la palma ese lugar que palpitaba sin cesar. La fricción hizo que se arqueara y jadeara.

—¡Por favor! —le suplicó.

Las manos de Luc la abandonaron.

La súbita retirada la aturdió. La desorientó.

—Inclínate —dijo él.

Ella lo hizo. Volvió a apoyarse sobre los codos con el corazón desbocado y el rugido de la sangre atronándole los oídos. El deseo la atormentaba.

Se había apoderado de su cuerpo.

Luc le alzó el borde de la bata hasta las caderas, dejando expuesto su trasero, que acarició con ambas manos de forma casi reverente. A medida que lo hacía, sus acciones se tornaron más posesivas y avivaron las llamas que le enardecían la sudorosa piel. El contraste del calor de la pasión con la frescura del aire que los rodeaba le provocó un escalofrío en la espalda mientras él la contemplaba como si fuera su esclava.

Deseó poder ver su rostro y se preguntó si habría escogido esa posición precisamente para que no pudiera hacerlo. Se preguntó, de ser ésa la razón, qué lo había llevado a querer ocultarse.

En ese momento, los dedos de Luc se internaron en la hendidura que separaba sus nalgas y siguieron hacia abajo.

Amelia dejó de pensar. Dejó de respirar. Cerró los ojos y aguardó.

Luc acarició los humedecidos pliegues de su sexo y los separó, dejándola expuesta. La penetró brevemente con los dedos antes de retirar la mano para variar la postura. Sus muslos la inmovilizaron de súbito, al tiempo que la aferraba por las caderas y la punta de su verga la penetraba despacio.

Comenzó a hundirse en ella. La penetró poco a poco hasta llenarla por completo y saturar sus sentidos.

La invadió una oleada de alivio y soltó un suspiro entrecortado que flotó en la oscuridad de la noche. Cerró los ojos y apoyó la cabeza en los antebrazos. Se preparó para lo que estaba por llegar.

Y lo que llegó fue lo que esperaba y mucho más.

La poseyó en cuerpo y alma. Le exigió una rendición completa y ella se la entregó; se rindió sin reservas. Porque así era como él la reclamaba, sin reservas. Las manos de Luc se apoderaron de cada centímetro de su cuerpo mientras se hundía en ella una y otra vez.

Sus envites eran rápidos, profundos y certeros. El placer los inundó mucho antes de llegar a la gloriosa cúspide que los aguardaba. El placer de ser un solo ser, de ser una sola alma que atravesaba ese paisaje sensual sin ninguna inhibición.

A la postre, cuando llegaron a la cúspide, resultó que los aguardaba algo más poderoso que el éxtasis, algo que trascendía las meras sensaciones físicas. Resultó que juntos alcanzaron un lugar, un plano, desconocido para ambos hasta ese momento. Un plano que les había estado vetado hasta entonces.

Cuando salió de ella y se dejó caer en el colchón con ella entre los brazos, aún seguían en ese lugar, flotando en su beatífica paz.

Un lugar donde el cuerpo no tenía acceso; al que sólo llegaban las almas unidas.

Yacieron abrazados, jadeantes y con las manos entrelazadas, intentando comprender qué les había sucedido.

Una declaración sin palabras. Tácita y absoluta. Cuando por fin se miraron a los ojos, no tuvieron necesidad de palabras para hacerse entender.

Sólo esa mirada, una caricia y un beso.

La confianza se instauró entre ellos. Fue una entrega recíproca.

Amelia se acurrucó entre sus brazos y él la estrechó con más fuerza. Cerraron los ojos a la vez y se quedaron dormidos.

El sueño de los exhaustos. Luc estaba en un tris de aceptar que se estaba haciendo viejo, ya que cuando despertó, Amelia ya se había levantado y él ni siquiera lo había notado... otra vez; sin embargo, en ese momento recordó con nitidez lo que había sucedido entre ellos la noche anterior.

Se tumbó de espaldas y cruzó los brazos bajo la cabeza con la mirada perdida en el dosel. La cama estaba completamente deshecha. Un vívido testimonio de la intensidad física de su unión.

Aunque no era sólo ese detalle lo que embellecía los recuerdos de la noche pasada.

Amelia se había entregado, se había rendido gustosa y no sólo en el plano físico o emocional, sino a un nivel mucho más complejo y profundo. Y él lo había aceptado, había tomado lo que le ofrecía. Lo había hecho a sabiendas de su magnitud. Y había correspondido en la misma medida.

Porque era ella, junto con todo lo que le ofrecía, lo único que él anhelaba en el mundo.

No le cabía la menor duda. Sin embargo, tenía dificultades para asimilar la convicción de que lo ocurrido entre ellos estaba escrito y formaba parte de una ceremonia; de que formaba parte de su matrimonio, y habría sucedido tarde o temprano. Porque esa convicción se basaba en un hecho espiritual, no en un hecho físico.

Estaba escrito desde el principio que se entregaran el uno al otro, tal y como ella se ofreció aquel amanecer en el vestíbulo de su casa de Londres, sellando su destino y la verdadera naturaleza de su relación.

Y Amelia lo sabía. Aun cuando él no hubiera dicho ni una sola palabra, ella lo había comprendido.

¿Significaba eso que su esposa había vuelto a tomar las riendas de la situación?

Escuchó unas voces. Amelia estaba hablando con su doncella. Con una mueca de cansancio, apartó las sábanas y se levantó de la cama. Tras ponerse la bata, se encaminó a su vestidor.

La impaciencia de hablar con ella, de confesarle sus sentimientos había adquirido cotas insospechadas. Sin embargo, ése iba a ser un día muy largo. No había modo de que encontrara el momento para decírselo de la forma apropiada. Al menos hasta que la situación se normalizara.

Tanto ella como él se merecían algo más que un distraído: «Por cierto, te quiero», mientras bajaban la escalera a toda prisa.

Una vez que estuvo vestido regresó al dormitorio justo cuando Amelia, preparada para enfrentar el día, llegaba desde su gabinete. Lo miró a los ojos con una sonrisa. Él esperó en el vano de la puerta a que se acercara y sostuvo su mirada hasta que se detuvo a escasa distancia. La serenidad que la embargaba, la confianza, estaba grabada en el azul de sus ojos.

La decisión que había tomado. Su compromiso. La admisión de que lo aceptaba tal y como era.

Semejante seguridad lo dejó aturdido. Tomó una entrecortada bocanada de aire.

Escuchó las voces de las camareras, que charlaban entre ellas mientras aguardaban el momento de entrar en el dormitorio para limpiar. Echó un vistazo hacia la puerta que comunicaba la estancia con los aposentos de Amelia antes de mirarla a los ojos.

—En cuanto todo haya acabado, tenemos que hablar. —Alzó una mano para acariciarle una mejilla con la yema de los dedos—. Hay un par de cosas que necesito decirte. Cosas que tenemos que discutir.

La sonrisa que ella esbozó era la esencia misma de la felicidad. Lo tomó de la mano sin apartar la mirada de sus ojos y depositó un beso en su palma.

—En ese caso, hablaremos luego.

El breve contacto lo excitó. La sonrisa de su esposa se ensanchó mientras daba la vuelta para acercarse a la puerta. Él la abrió y le hizo un gesto para que lo precediera. Cuando observó el vaivén de sus caderas bajo el vestido mañanero de color azul, se vio obligado a tomar aire y refrenar sus impulsos. Sólo podía seguirla.

22

El día pasó volando. Nadie hizo un alto para almorzar. Molly sirvió una selección de platos fríos en el comedor, donde cada cual acudió cuando tuvo un momento libre. Un pandemonio organizado reinaba en la casa, si bien, cuando el reloj marcó las seis y los primeros invitados llegaron al patio, todo estaba dispuesto. Molly, con una enorme sonrisa, volvió corriendo a la cocina mientras que Cottsloe se encaminaba con porte orgulloso a la puerta principal.

Amelia se levantó del diván en el que se acababa de sentar. Llevaba de pie todo el día; sin embargo, la expectación que predominaba en el ambiente y que se había apoderado de todo el personal, así como la expresión de los ojos azul cobalto de Luc cuando ella se colocó a su lado junto a la chimenea, bien valió el esfuerzo; aparte de la trampa que le habían tendido al ladrón, claro estaba.

Los invitados fueron pasando al salón para saludarlos antes de ser presentados al resto de la familia, tanto la más cercana como los parientes lejanos, diseminada por la enorme estancia. Minerva, Emily y Anne se apresuraron a hacerse cargo de las presentaciones de modo que ella y Luc pudieran concentrarse en dar la bienvenida al constante flujo de vecinos y arrendatarios. Phyllida se quedó junto a Emily, presta a ayudarla en el caso de que la muchacha tuviera algún problema; Amanda hizo lo mismo con Anne, muy tímida pero decidida a cumplir con el papel que le habían asignado.

Sentadas en el diván del centro de la estancia estaban Minerva y Helena, con el deslumbrante collar de esmeraldas y perlas resaltando gracias al color verde oscuro de su vestido de seda. El porte regio de su tía, con el cabello veteado de gris y esos claros ojos verdes, atrajo la mirada de todos los presentes. A nadie le sorprendió descubrir que se trataba de la duquesa viuda de St. Ives.

Amelia se vio obligada a apartar la mirada de inmediato cuando vio que su tía intercambiaba saludos con lady Fenton, una mujer con demasiados aires de grandeza, la cual quedó hecha un manojo de nervios después de verse sometida a la lengua mordaz de la duquesa.

Esbozó una sonrisa deslumbrante y siguió saludando a los recién llegados.

Portia, Penélope y Simon paseaban por delante de las puertas francesas que daban a la terraza, y se ocupaban de que los invitados que ya habían saludado a la familia salieran a los jardines, lugar donde se ubicaban las primeras actividades. En poco menos de una hora, ya se había congregado toda una multitud que daba buena cuenta de las abundantes exquisiteces que Molly había preparado, acompañándolas con cerveza y vino.

Cuando se redujo el flujo de llegadas, se cerraron las puertas principales. Un mozo de cuadra fue el encargado de aguardar en los escalones de entrada para acompañar a los rezagados hasta la parte trasera de la mansión, donde tendría lugar la fiesta. Juntos, Luc y ella condujeron a sus respectivas familias a los jardines para que se mezclaran con los invitados.

El sol se filtraba entre las copas de los árboles y teñía de dorado la parte superior de los setos cuando por fin descendieron los escalones de la terraza. En la agradable brisa estival flotaba el aroma de las plantas, de la comida, del jazmín y de las rosas que florecían en los jardines.

Luc la miró a los ojos antes de llevarse su mano a los labios y darle un breve beso. Se separaron para mezclarse por separado con los invitados y así intercambiar saludos con los arrendatarios y los habitantes del pueblo, la mayoría de los cuales había ido andando para unirse a la fiesta.

Luc no perdió de vista a Helena mientras charlaba. Era muy fácil distinguirla entre la multitud gracias al llamativo color de su vestido. Era una especie de faro entre los restantes tonos pastel; y, tal y como querían, se había convertido en el centro de atención de todas las miradas.

Interpretaba su papel con total abandono; nadie sospecharía al observarla que su principal objetivo era mostrar el collar en lugar de hacer un despliegue de su majestuosa persona. El hecho de que siempre hubiera dos damas junto a ella, como dos doncellas que atendieran a su ama y señora, sólo enfatizaba la imagen de arrogante dominancia que proyectaba.

Mientras se movía entre los presentes, comprobó que los demás (Martin, Lucifer y Simon), también observaban a la multitud. Cottsloe montaba guardia desde la terraza mientras que Sugden se mantenía a la sombra de los setos, muy pendiente de *Patsy* y *Morry*, y de todo lo demás.

Los perros estaban saludando a un sinfín de niños. Luc se encaminó hacia allí con la intención de preguntarle a Sugden si reconocía a una serie de hombres que a él le resultaban desconocidos. Claro que no era algo de lo que preocuparse sobremanera, ya que a todos los invitados se les había dicho que podían llevar a quienes quisieran. En verano muchas familias acogían a amigos o a otros familiares procedentes de Londres.

En su camino, vio al general Ffolliot a un lado, con la vista clavada en los violinistas. Cambió de dirección y se acercó a él. Lo saludó con un gesto cordial.

—Estoy vigilando a nuestras pequeñas. —El general señaló a Fiona y a Anne que, cogidas del brazo, observaban a los bailarines.

Luc sonrió.

—Quería darle las gracias por permitir que Fiona pasara tanto tiempo con nosotros en Londres. Su aplomo es de gran ayuda para Anne.

—Ay, sí... Tiene mucho aplomo mi Fiona. —Pasado un momento, el general carraspeó y prosiguió con cierta reserva—: De hecho, quería hablar con usted, pero el asunto con el dedal me distrajo. —Lo miró con el ceño fruncido—. ¿Ha escuchado algún rumor que implique a mi hija con algún hombre?

Luc enarcó las cejas, genuinamente sorprendido.

—No. Ninguno. —Titubeó un instante antes de preguntar—: ¿Tiene razones para creer que sea así?

—¡No, no! —El general suspiró—. Es sólo que... Bueno, no es la misma desde que ha vuelto a casa. No termino de averiguar de qué se trata...

Tras un momento, Luc le respondió.

—Si le parece bien, podría mencionarle el tema a mi esposa. Tiene una estrecha relación con mis hermanas. Y si Fiona ha dejado caer algo...

El general contempló a su hija antes de contestar con sequedad:

—Le estaré muy agradecido si me hace el favor.

Luc inclinó la cabeza y, un instante después, se separó del general para acercarse a Sugden, que sujetaba en una mano las correas de *Patsy* y *Morry*.

Los perros comenzaron a dar saltos y a gemir en cuanto lo vieron; después se sentaron con las orejas gachas y siguieron moviendo los rabos y las patas delanteras. Con una sonrisa, Luc les acarició la cabeza y rascó a *Patsy* detrás de las orejas, cosa que a la perra le encantaba.

—Se han convertido en una pareja de lo más popular.

—Sí. Los niños los adoran y los padres no pueden resistirse.

Luc le dio unas palmaditas a *Morry*.

—¿Y quién podría? —De repente, su voz cambió—. ¿Has visto algo fuera de lugar?

—Nada, pero hay algunas caras que no consigo reconocer.

Entre los dos, pusieron nombre a cuantos invitados pudieron.

—Eso nos deja con cinco desconocidos.

Con el rostro impasible, Sugden vigilaba a uno en concreto.

Luc miró a los perros.

—Y cuatro desconocidas. Y aún sigue llegando gente.

—Además, por lo que me ha dicho, no sabemos ni cuándo ni de dónde vendrá este maleante. Tal vez no entre por la puerta.

—Cierto. —Luc fijó la vista en la pequeña procesión que se dirigía hacia ellos. Amelia y Portia la lideraban, cada una de ellas con una niña de la mano y toda una tribu a la zaga—. ¿Qué es esto?

Daba la impresión de que Amelia se dirigía a las perreras; al percatarse de que las estaban observando, se acercó a ellos. Abarcó a su corte con un gesto de la mano.

—Llevo a los niños a ver a *Galahad*.

Luc reconoció a los niños de las casas que había junto al río.

—Ya veo.

Los mayores se detuvieron para acariciar a los perros, seguidos de los más pequeños, al igual que Portia y la niña que tenía de la mano. La chiquilla que estaba con Amelia se separó de ella para hacer lo mismo. Sugden comenzó a hablar de los sabuesos mientras él separaba a Amelia unos pasos.

Ella se volvió para mirarlo a la cara.

—Sólo los llevo para que vean a los cachorros, sobre todo a *Galahad*. Se lo prometí.

No se le había ocurrido que Amelia, o Portia, se separaran del grupo de invitados de los jardines, donde estarían a plena vista. Le resultaba imposible dejar de vigilar a Helena para acompañarlas a las perreras. Aun así, y si lo pensaba detenidamente, ¿qué podría sucederles allí? Le dio permiso, disimulando que lo hacía a regañadientes... o al menos pensando que conseguía disimular.

—Muy bien... Pero no os entretengáis y regresad de inmediato a los jardines.

Ella lo miró a los ojos, esbozó una sonrisa y se puso de puntillas para darle un beso en la mejilla.

—No te preocupes. No tardaremos mucho.

Los niños ya estaban listos para proseguir, de manera que las dos pequeñas volvieron a cogerse de la mano de Amelia y de Portia y la procesión reanudó su camino a las perreras.

Luc los observó un instante antes de volverse hacia Sugden, que también tenía la vista fija en el grupo que se dirigía a sus dominios... sin nadie que los vigilara.

—Dame las correas, yo me encargaré de *Patsy* y *Morry*. Tú ve a vigilar a ese grupo. —Y para calmar su ego, añadió—: Y ya que estás, comprueba que todo esté bien en las perreras.

Sugden asintió, se desenrolló las correas del puño y se apresuró para alcanzar a los niños.

Luc se enrolló las correas en una mano antes de contemplar a sus perros preferidos.

—Soy el anfitrión, así que no puedo quedarme aquí como una estatua. De manera que vamos a mezclarnos con los invitados. Intentad mantener los hocicos en el suelo...

Con esa advertencia que sin duda caería en saco roto, reanudó su paseo por los jardines.

A Amelia no le sorprendió en absoluto que Sugden apareciera a su lado justo a tiempo para abrir las puertas de la perrera. Se volvió hacia los niños.

—Ahora tenemos que estarnos muy calladitos para no molestar a los perros. Tenemos que ir hasta el otro extremo del pasillo para ver a los perritos. ¿De acuerdo?

Todos asintieron.

—Es la primera vez que los vemos a todos juntos —dijo la niña que se había erigido en líder al tiempo que le apretaba con fuerza la mano; Sugden les indicó por señas que entraran y así pasaron, de dos en dos, por el pasillo central.

Amelia escuchó varias exclamaciones de asombro y, cuando echó la vista atrás, vio que varios de los mayores contemplaban, absortos, los perros. El mayor de todos, que cerraba la fila, se volvió a hablar con Sugden. El hombre negó con la cabeza.

—No, es mejor no acariciarlos. Si lo haces, esperarán que los saques a dar una vuelta y se quedarán muy decepcionados cuando nos vayamos sin ellos.

El muchacho aceptó la negativa con un gesto de la cabeza, pero su mirada voló de nuevo a los perros, muchos de los cuales se habían acercado a los barrotes al verlos pasar, con las orejas erguidas y las cabezas ladeadas por la curiosidad. Tras devolver la vista al frente, Amelia se preguntó a cuántos mozos daba trabajo Sugden en las perreras; tal vez pudiera aceptar a uno más...

Justo entonces llegaron hasta donde se encontraba *Galahad*; y a partir de ese momento ninguno de los niños tuvo ojos para nada más. Estaban cautivados; el cachorro se ganó su atención completa y su adoración, al ponerse a ladrar a su alrededor, olisquearles las manos y regalar lametones. Pasó un cuarto de hora en un abrir y cerrar de ojos; cuando notó que Sugden empezaba a inquietarse, Amelia cogió a *Galahad*, le hizo cosquillas en la barriga y volvió a dejarlo con su madre. Después, ordenó a su séquito que diera media vuelta y todos salieron en fila, satisfechos y encantados. En el exterior comenzaba a oscurecer.

Los niños echaron a correr por el corto sendero que llevaba a los jardines. Las dos pequeñas que Amelia y Portia habían llevado de la mano se despidieron con un par de reverencias y siguieron a los demás.

Sugden les hizo un gesto con la cabeza cuando cerró las puertas.

—Voy a dar una vuelta por aquí. Sólo para asegurarme de que todo está bien.

Amelia, que captó su mirada, asintió.

—Nosotras regresamos directamente a la fiesta.

Al volverse, se percató del ceño de Portia, de manera que enlazó su brazo con el de su cuñada y la condujo por el sendero que habían tomado los niños. Estaba a punto de hacer un comentario inocuo a fin de distraer a Portia del súbito interés de Sugden por la seguridad cuando la muchacha se tensó.

Amelia alzó la vista y vio a un caballero junto al sendero, delante de ellas. Casi habían llegado a su altura, pero hasta ese momento no se había percatado de su presencia a pesar de su corpulencia. El hombre estaba tan inmóvil entre las sombras que proyectaba un enorme seto que apenas si era visible.

Portia aminoró el paso, indecisa.

Amelia echó mano de su máscara de anfitriona, esbozó la sonrisa de la señora del castillo y se detuvo.

—Buenas tardes. Soy lady Calverton. ¿Puedo ayudarlo en algo?

El hombre respondió con una sonrisa que dejó al descubierto unos dientes muy blancos al tiempo que ejecutaba una reverencia formal.

—No, no... Sólo me pareció escuchar perros y me pregunté...

Acento londinense, lo bastante culto, y sin embargo...

—Mi marido es criador y tiene un buen número de perros.

—Ya me he dado cuenta. —Otra sonrisa deslumbrante y otra reverencia—. Mi más sincera enhorabuena por la fiesta, lady Calverton. Ahora, si me disculpa...

Ni siquiera esperó a que ella le diera la venia antes de regresar a los jardines y perderse entre la multitud. Amelia observó su retirada.

—¿Sabes quién es?

Portia y ella reanudaron la marcha mucho más despacio. La muchacha negó con la cabeza.

—No es de los alrededores.

Amelia no recordaba que se lo hubieran presentado. El hombre era tan alto como Luc, pero mucho más corpulento; una complexión difícil de olvidar. A juzgar por lo que había visto a la mortecina luz del atardecer, vestía lo bastante bien, pero su chaqueta no procedía de ninguno de los sastres que vestía a la alta sociedad, como tampoco sus botas... Algo de lo que estaba bastante segura.

Portia se encogió de hombros.

—Supongo que habrá venido con los Farrell o los Tibertson. Todos los veranos invitan a un montón de parientes de todas partes.

—Sin duda tienes razón.

Se internaron en la multitud, que estaba disfrutando de la fiesta. Amelia echó un vistazo al cielo, pero aún era demasiado temprano para los fuegos artificiales. En esa época del año, el atardecer duraba horas.

Llegaron hasta la zona en la que varias parejas bailaban al son de los tres violinistas. Un corro de invitados rodeaba a los bailarines, dando palmas y riendo. Aunque se había organizado con otro propósito en mente, la tarde iba camino de convertirse en un éxito social, ya que todos los presentes se lo estaban pasando en grande.

La música terminó y los bailarines se detuvieron, exhaustos. Los violinistas bajaron los arcos el tiempo imprescindible para acordar la siguiente pieza y volvieron a ponerse manos a la obra. Entre risas, algunas parejas abandonaron los grupos para descansar mientras que otras ocupaban su lugar y comenzaban a girar al son de una alegre pieza.

Unos dedos fríos se cerraron alrededor de su mano.

Levantó la vista y vio que Luc estaba a su lado.

Sus miradas se encontraron.

—Vamos a bailar.

Titubeó un instante; al otro lado, Portia se soltó de su brazo y le dio un empujoncito.

—Sí, venga. Se supone que tienes que dar ejemplo.

Cuando miró a la muchacha, se percató de que ésta miraba a su hermano echando chispas por los ojos. Miró a Luc, pero él se limitó a enarcar una ceja y a apretarla contra su cuerpo al tiempo que se sumaban a la danza.

—¿A qué ha venido eso?

—Es una muestra más de la obstinación de Portia. —Tras un momento, añadió—: Ya te acostumbrarás.

La resignación de su voz le arrancó una carcajada. Luc volvió a enarcar las cejas y la hizo girar al son de la música. Había bailado las alegres piezas populares en otras ocasiones, pero jamás con él.

Cuando los violinistas por fin los liberaron de su embrujo, estaba sin aliento. Y no todo se debía al brioso baile. Luc la ayudó a recuperar el equilibrio y la sostuvo (quizá demasiado cerca; pero ¿quién les estaba prestando atención?) mientras, supuestamente, ella recuperaba el aliento y el sentido común. Sus verdaderos motivos estaban más que claros en esos ojos azul cobalto, pero fingió estar molesta y frunció el ceño.

—Se supone que no es adecuado robar el sentido a la anfitriona...

Los sensuales labios de su marido esbozaron una sonrisa mientras la soltaba y su semblante sugirió que no estaba de acuerdo. Miró primero a la multitud y después al cielo.

—Ya no falta mucho.

Ella respiró hondo y volvió a concentrarse en su plan. Pasearon por entre la multitud y, en cuanto el cielo se tornó de un azul más oscuro, subieron a la terraza. Luc le ordenó a Cottsloe que diera comienzo a los fuegos artificiales; éste, a su vez, les dio la señal convenida a los jardineros, que se apresuraron a prepararlo todo.

Los invitados no necesitaron ningún aviso, ya que reconocieron los preparativos por lo que eran. Echaron un vistazo a su alrededor y se agruparon en torno a la terraza y las escaleras.

Amelia intercambió una mirada con Luc antes de apartarse de su lado para ir en busca de su tía. Cuando la condujo hasta la balaustrada, lugar desde donde disfrutarían de las mejores vistas (y desde donde los invitados la verían mejor a ella), los fuegos estaban a punto de empezar.

Ambas ocuparon sus puestos; un instante después, Luc se acercó a ellas con paso despreocupado, procedente del salón de baile. Saludó a Helena con un gesto de cabeza y sus ojos se posaron en el collar.

Frunció el ceño y titubeó un instante antes de hablar.

—Me sentiría mucho más tranquilo si me diera el collar al final de la velada, señora. Dormiré mucho mejor sabiendo que está guardado bajo llave.

Su tía restó importancia a su preocupación con un arrogante gesto de la mano.

—No tienes que preocuparte, Calverton. Tengo este collar desde hace años y jamás le ha sucedido nada.

Luc apretó los labios.

—Aun así...

Helena interrumpió la cortante réplica de Luc con voz alta y clara.

—A decir verdad, no dormiría tranquila si no lo tengo en mi habitación mientras duermo. —Se volvió hacia los jardines con otro gesto de la mano—. No te preocupes.

A Luc no le quedó más remedio que aceptar la negativa, aunque era obvio que lo hacía a regañadientes. Amelia se percató de que todas las miradas estaban clavadas en su tía... y en el collar; un buen número de invitados acercaron sus cabezas para murmurar. Ya circulaban rumores sobre la existencia de un ladrón, de manera que el intento de Luc por proteger el collar no pasó desapercibido.

Un destello de luz al final del jardín captó las miradas de los presentes antes de que el primer cohete surcara el cielo. Amelia lo observó un instante antes de mirar de soslayo a su tía, iluminada brevemente por el resplandor. Su rostro sólo reflejaba un desdén altanero, pero en ese momento sintió que la cogía de la mano y le daba un apretón victorioso.

Con una sonrisa, Amelia se concentró en los fuegos artificiales y, durante el rato que duraron, se permitió bajar la guardia.

Ninguno de los presentes, absortos como estaban en los fuegos artificiales, se percató de que el caballero con el que se encontraran Amelia y Portia cogía a una joven del codo. Nadie la vio girarse con expresión alarmada. El hombre señaló en silencio a la dama que estaba a su otro lado, ajena por completo a ellos y absorta en el maravilloso espectáculo.

El hombre le dio un tirón y ella se volvió hacia su amiga para apartarse de su brazo... La otra muchacha, embelesada por la preciosa estela que había dejado un cohete, apenas se percató. La joven se mostró indecisa por un instante hasta que, con evidente renuencia, obedeció la tácita orden del hombre y lo siguió. La multitud ocupó el espacio que había dejado vacío sin prestarle atención; el hombre tiró de ella hasta llegar al extremo de la terraza, un lugar oculto entre las sombras que proyectaba la pared.

La joven miró con ansiedad a su alrededor.

—¡No podemos hablar aquí! —exclamó con la voz tensa por el pánico y casi sin aliento.

Kirby estudió su rostro con expresión pétrea e impasible antes de inclinarse hacia ella para que pudiera escuchar la réplica.

—Tal vez no. —Sus ojos se encontraron cuando ella lo miró a la cara, asustada por la amenaza implícita en su voz. Dejó que el miedo la desequilibrara un poco más antes de continuar—. En cuanto acaben los fuegos artificiales, vamos a irnos, deprisita y sin hacer ruido, a la rosaleda. Para conservar su reputación, usted irá primero. Yo la seguiré poco después. No intente pedirle ayuda a nadie. Y rece para que nadie la detenga. —Se detuvo para estudiar la expresión de su cara y sus ojos. Le gustó lo que vio—. Nadie nos molestará en la rosaleda. Y allí podremos hablar tranquilamente.

Cuando se enderezó, la muchacha se echó a temblar, aunque siguió junto a él, tan callada como una muerta.

Hasta que el último de los cohetes estalló y la multitud dejó escapar un suspiro colectivo.

La muchacha se apartó de la multitud y aprovechó sin pérdida de tiempo el momento en el que los invitados comenzaron a dispersarse en grupo, preguntándose qué hacer a continuación. Bajó de la terraza, atravesó el gentío y se perdió en el oscuro sendero que llevaba a la rosaleda tras rodear el ala oeste de la mansión.

Cuando llegó al arco abierto en el muro de piedra tenía el rostro lívido. Le bastó un vistazo por encima del hombro para comprobar que su torturador era un hombre de palabra: lo tenía pegado a los talones. Tragó saliva y transpuso el arco a toda prisa, ansiosa por ocultarse de los ojos de los invitados.

De cualquiera que la viera y adivinara su espantoso secreto.

Se detuvo cuando Kirby se reunió con ella y dio media vuelta para enfrentarlo.

—Ya se lo dije. No puedo robar nada más. ¡No puedo! —Su voz adquirió un tono histérico.

—¡Baja la voz, estúpida!

Kirby la cogió sin miramientos del codo y la arrastró por el sendero central, lejos de la entrada. Se detuvo en el extremo más alejado del jardín. Los rosales estaban en plena floración, protegidos por los altos arbustos que rodeaban la rosaleda y sujetos gracias a las guías que los ayudaban a sostener los enormes capullos que se agitaban con la brisa.

Estaban solos, nadie los vería ni los sorprendería.

La joven volvió a tragar saliva; estaba mareada y sentía náuseas. El pánico amenazaba con dejarla sin aliento y el miedo le helaba la sangre.

Kirby la soltó y la miró con los ojos entrecerrados.

Ella empezó a retorcerse las manos.

—Ya se lo dije. —Un sollozo le quebró la voz—. No puedo robar nada más. Me dijo que un objeto más bastaría y le di el dedal. No hay nada más...

—Deja de gimotear —la interrumpió la voz del hombre como si se tratara de un látigo—. Se pueden robar muchas más cosas. Pero si quieres librarte de mí, te ofreceré un trato.

La joven se echó a temblar y después inspiró con fuerza para infundirse valor.

—¿Qué clase de trato?

—El collar, el collar que lleva la duquesa viuda. —Kirby hizo caso omiso de la mirada desesperada de la muchacha, que se encogió de hombros—. Necesito mucho más, pero me conformaré con eso. —Estudió su rostro, impertérrito ante las lágrimas que le anegaban los ojos y ajeno por completo a la negativa que ella le ofrecía—. Podría exprimirte durante años, pero estoy dispuesto a acabar con nuestra relación si me das esa fruslería. Ya has escuchado a la vieja: estará en su habitación, esperando a que vayas a por él.

—No lo haré. —La joven irguió los hombros e intentó levantar la barbilla—. Ya me ha mentido antes, no mantendrá su palabra. No ha hecho más que engañarme desde el principio. Primero me dijo que era por Edward; después, que sólo quería un objeto más... Y aquí está, pidiéndome que le dé el collar. No lo robaré... ¡No confío en usted!

Pronunció la última frase con tono beligerante. Kirby sonrió.

—Por fin enseñas los dientes. No fingiré que estás equivocada al no confiar en mí, dadas las circunstancias. Sin embargo, te estás olvidando de un detalle.

La joven intentó mantener la boca cerrada, intentó acallar la necesidad de saber lo que tenía que decirle.

—¿Qué detalle?

—Si robas el collar siguiendo mis instrucciones porque te obligué a hacerlo y me lo das, seré yo quien tenga que irse. Porque si algo sale mal y me entregas a las autoridades, seré yo quien esté metido en un lío, no tú. Nadie te prestará la menor atención. Yo seré el villano de esta obra. A ti sólo te verán como a la jovencita estúpida que eres. —Se detuvo un instante para que sus palabras calaran antes de añadir—: Ese collar es el método más efectivo que tienes para protegerte de mí.

Kirby dejó que el silencio se alargara mientras ella luchaba contra su conciencia, una conciencia que se había despertado demasiado tarde para salvarla. La historia que le había soltado no era más que una sarta de patrañas con más agujeros que un colador, aunque dudaba de que se diera cuenta o de que se percatara de uno en concreto, la mar de peligroso para sí misma.

Sabía que no era demasiado lista; de modo que, con la mente ofuscada por el pánico, sería incapaz de descubrir su salida. De descubrir el camino que la pondría a salvo.

A la postre, tal y como él había esperado, se retorció las manos con más fuerza y lo miró a la cara.

—Si consigo el collar y se lo doy, ¿me jura que se marchará? ¿Me jura que, una vez que se lo dé, jamás volveré a verlo?

Kirby sonrió y levantó la mano derecha.

—A Dios pongo por testigo de que una vez que me des el collar jamás volverás a verme.

Los fuegos artificiales fueron un éxito rotundo y el broche perfecto para la primera tanda de entretenimientos. Cuando la última estela se desvaneció en el cielo nocturno, los invitados suspiraron a la vez. Todos volvieron a la realidad poco a poco.

Mientras los vecinos de las propiedades colindantes iban agrupándose en el salón de baile para que comenzara la parte formal de la velada, Luc y Amelia se demoraron en los escalones de la terraza para despedir a sus felices y exhaustos arrendatarios, así como a los habitantes del pueblo y a otras familias de los alrededores.

Tras agradecerles profusamente la magnífica velada, los grupos se dispersaron por los jardines y enfilaron los caminos que rodeaban la mansión, rumbo al acceso principal donde algunos habían dejado sus calesas y sus carromatos; otros se marcharon a pie, tomando la dirección de los establos; y hubo quienes, con sus hijos dormidos en brazos, enfilaron el sendero que trasponía la loma donde se alzaba el templete.

Cuando el último se hubo marchado, Amelia soltó un suspiro y se volvió para que Luc la condujera al interior.

El resto de la velada transcurrió tal y como lo habían planeado. El cuarteto de cuerda que durante la tarde había entretenido a las damas de mayor edad que no estaban en condiciones de pasear por los jardines deleitaba a los invitados con valses y cotillones. La nobleza rural de la zona reía y bailaba mientras las horas pasaban.

No obstante, se encontraban en el campo, no en la ciudad. De manera que a las once, todos los invitados se reunieron con sus respectivas familias y se marcharon; a algunos les quedaba un largo camino para llegar a casa. La familia se retiró a sus habitaciones, como harían en circunstancias normales. Todos se despidieron con una sonrisa... y todos esperaron a que las cuatro hermanas de Luc y la señorita Pink se retiraran a sus dormitorios antes de quitarse las máscaras.

Pero eso fue todo lo que hicieron, ya que no podían estar seguros de que el malhechor no estuviera oculto en la casa. Aunque la mera idea era suficiente para que las mujeres se estremecieran, ni sus palabras ni sus actos delataron el plan.

Minerva y Amelia acompañaron a Helena a su habitación. Con una afectuosa despedida, Minerva se separó de ellas delante de la puerta y siguió por el pasillo del ala oeste, donde se emplazaba su habitación. Amelia acompañó a su tía y se sentó con ella un rato para comentar la velada mientras la doncella de Helena la atendía y la ayudaba a prepararse para dormir. Una vez que la despacharon, Amelia se acercó a la cama. Le dio un apretón en la mano a su tía y se inclinó para besarla en la mejilla.

—¡Ten cuidado! —le susurró.

—*Naturellement.* —Helena le devolvió el beso con su habitual confianza—. Pero en cuanto al collar... —le susurró y señaló la mesa redonda que había en el centro de la habitación—, ponlo donde pueda verlo.

Amelia vaciló un instante, aunque bien era cierto que el collar debía quedarse a la vista (la doncella lo había guardado, como era su costumbre, en el joyero, que seguía con la llave en la cerradura). Además, si no la obedecía, Helena se levantaría para colocarlo en la mesa en cuanto ella se hubiera marchado.

Con una renuente inclinación de cabeza, fue hasta el joyero y sacó el collar. Dejó las pulseras y los pendientes a juego; si algo salía mal, al menos quedaría una parte del espléndido regalo de su abuelo Sebastian. Mientras disponía las maravillosas sartas de perlas y esmeraldas sobre la pulida superficie de la mesa, fue más consciente que nunca del valor de la joya... un valor que trascendía el ámbito monetario. Y fue más consciente que nunca del riesgo que con tanta generosidad estaba corriendo su tía.

Mientras acariciaba las brillantes perlas del collar, miró a Helena, recostada contra los almohadones en la penumbra. Quería darle las gracias, pero no era el momento oportuno. Esbozó una trémula sonrisa y asintió con la cabeza. Su tía la instó a marcharse con un gesto imperioso de la mano.

La obedeció y cerró la puerta al salir.

En otras partes de la enorme mansión, los criados habían limpiado y, bajo la atenta supervisión de Molly y Cottsloe, ya se habían retirado a sus aposentos. Cottsloe hizo la ronda como era su costumbre. La mansión estaba bien cerrada y se habían apagado las luces.

Una vez hecho eso, Cottsloe se retiró... a la cocina para montar guardia. Molly ya estaba en su puesto, en la escalera del servicio, por si acaso alguien se hubiera escondido en las estancias de los criados y quisiera entrar en la casa por ese lado.

La familia se había retirado a sus habitaciones, pero nadie se había acostado. Cuando los relojes de la casa marcaron las doce, salieron todos de sus dormitorios y atravesaron las sombras en silencio, saludándose escuetamente cuando se cruzaron, camino de sus respectivos puestos de guardia.

Escondido entre las sombras que había delante del saloncito de la primera planta, Luc meditaba acerca de la aparente ignorancia de Portia y Penélope. Al parecer, no se habían dado cuenta de que estaba pasando algo. El detalle resultaba de lo más improbable, pero no habían dado la menor muestra de sospechar algo.

Apoyó los hombros contra la puerta y se desentendió de sus hermanas pequeñas, ya que estaban en sus dormitorios en la segunda planta y no podrían bajar sin que él mismo, Molly o Amelia las vieran; y tenía plena confianza en que ninguno de ellos las dejaría pasar.

¿Sería posible que estuvieran durmiendo en ese preciso momento?

Reprimió un resoplido incrédulo y agudizó el oído, pero

lo único que escuchó fueron los sonidos de la casa preparándose para su habitual descanso nocturno. Reconocía cada crujido y cada peldaño hueco de cada escalera; si se producía un ruido inusual, lo sabría al instante. La habitación de Helena estaba a su izquierda, a mitad del ala oeste. Simon estaba escondido en el otro extremo del ala, justo delante de las escaleras de servicio. Si el ladrón aparecía por ese lado, su cuñado lo dejaría pasar y lo seguiría.

Él haría lo propio en el caso de que el ladrón utilizara la escalinata para acceder al dormitorio de Helena. Amelia era la otra encargada de montar guardia en ese pasillo... Estaba a su derecha, en el ala este, al lado de las habitaciones de Emily y Anne. La de Anne era la que estaba más alejada. Aunque no creían que estuviera involucrada, si por casualidad había algún tipo de conexión, Amelia y él querían ser los primeros en enterarse.

Habían llegado a ese acuerdo sin necesidad de hablarlo, ni siquiera entre ellos (a solas o delante de otras personas)... Se habían limitado a mirarse a los ojos antes de que Amelia reclamara ese puesto para ella.

Sus pensamientos volaron hacia ella, hasta su esposa y todo lo que significaba, hasta todo lo que quería decirle tan pronto como el destino le diera una oportunidad.

Con un esfuerzo supremo, se concentró de nuevo en el problema que tenían entre manos, ya que era demasiado peligroso como para permitirse la menor distracción. Lucifer montaba guardia en la planta baja; Martin rondaba por el jardín de los setos. Sugden estaba en algún lugar cerca de las perreras. Desde una habitación del ala oeste, Amanda vigilaba el valle y los accesos desde la granja principal. Phyllida estaba en la habitación que compartía con su marido, la cual tenía una vista magnífica de la rosaleda y de los jardines que había más allá del ala este.

La noche cayó como un manto sobre la mansión.

Y durante sus largas horas, esperaron a que el ladrón apareciera.

Los relojes marcaron las dos. A las tres menos cuarto,

Luc dejó un instante su puesto para recorrer los pasillos sin hacer ruido; avisó a Simon a fin de que cubriera toda el ala oeste y después fue de puesto en puesto, comprobando la situación, hasta que regresó de nuevo a su lugar. Estaban descorazonados. Nadie lo había dicho, pero todos se preguntaban si no se habrían equivocado, si el ladrón no haría acto de presencia por algún motivo.

A medida que el tiempo seguía su curso, les resultaba más difícil mantener los ojos abiertos.

Recostada contra los almohadones, Helena tenía menos problemas que el resto para mantenerse despierta. La vejez le robaba el sueño y la predisponía a descansar sin más mientras repasaba sus recuerdos.

Esa noche, recostada en la cama y con los ojos clavados en el collar, estaba recordando. Sí, recordaba los buenos ratos que siguieron al instante en el que lo recibió... el instante en el que se vio obligada a aceptarlo después de que Sebastian y el destino le hubieran ganado la mano.

Recordaba los maravillosos momentos de la vida, y del amor.

Estaba sumida en sus recuerdos cuando la puerta de su armario, situado al otro lado de la estancia, empezó a abrirse muy despacio.

23

Helena observó que una figura encapuchada salía con mucha cautela del armario. Tras echarle una mirada a la cama, titubeó. Era demasiado baja y delgada como para ser un hombre, pero la capucha ocultaba sus facciones y, por tanto, también su identidad.

Tranquilizada por el hecho de que no se moviera, la figura se enderezó y echó un vistazo a su alrededor; su escrutinio se detuvo al llegar a la mesa.

Iluminadas por la pálida luz de la luna que entraba por la ventana abierta, las perlas refulgían con un brillo sobrenatural.

La figura se acercó muy despacio y se detuvo. Acto seguido, una mano muy pequeña salió de debajo de la capa con los dedos extendidos para tocar las brillantes perlas.

Vio que esos dedos temblaban en súbita indecisión. Y supo de repente quién era. Cuando habló, su voz destilaba mucha ternura.

—*Ma petite,* ¿qué estás haciendo aquí?

La figura levantó la cabeza de golpe. Helena se incorporó en la cama, y la figura respondió con un chillido estrangulado antes de quedarse pasmada con los ojos clavados en ella.

—Ven —la llamó—. No grites. Ven y cuéntamelo todo.

Se escucharon pasos en el pasillo. La figura desvió la mirada hacia la puerta y comenzó a moverse de un lado para otro, consumida por el pánico.

Helena soltó un juramento en francés y se afanó por salir de la cama.

La figura gritó y se acercó corriendo a la ventana abierta. Miró fuera... La habitación estaba en la primera planta.

—¡No! —le ordenó Helena—. ¡Vuelve aquí! —Su sangre aristocrática quedó bien clara en el tono de su voz.

La figura se volvió hacia ella sin saber qué hacer.

En ese momento, Simon entró en tromba por la puerta.

Con un chillido de pánico, la figura saltó por la ventana.

Simon soltó un juramento y se apresuró a mirar.

—¡Por el amor de Dios! —exclamó mientras observaba la escena—. Ha saltado al cenador. —Se inclinó hacia fuera y le hizo gestos—. ¡Vuelve aquí, estúpida!

Helena puso los ojos en blanco. Se acercó a Simon mientras se ponía la bata. La escena que se desarrollaba al otro lado de la ventana la instó a ponerle una mano en el brazo.

—No digas ni una palabra más.

De todas formas, Simon ya guardaba un sombrío silencio.

En el exterior, la figura avanzaba con inseguridad por una de las vigas del cenador que se extendía sobre la terraza pavimentada, con los brazos extendidos para guardar el equilibrio. Si caía al suelo, una pierna rota sería el menor de los males. Se balanceaba de forma precaria y agitaba los brazos en el aire, pero se las arregló para no caerse. La pesada capa se le arremolinaba en torno a las piernas y la ponía aún más en peligro. Helena rezaba con un hilo de voz.

—Que me aspen —musitó Simon—, pero creo que va a conseguirlo.

—No tientes a la suerte antes de tiempo.

Entre la penumbra que dominaba los jardines, vislumbraban a Martin cerca de los setos y a Sugden en el sendero de las perreras. Ambos estaban petrificados y observaban en silencio el peligroso recorrido de la muchacha. Ninguno emitió el menor sonido ni hizo el más mínimo movimiento por temor a distraerla.

Tras lo que les pareció una eternidad, la figura alcanzó el otro extremo de la viga, justo donde se unía con el pilar. Simon se tensó y Helena le clavó las uñas en el brazo.

—No creas que vas a seguirla.

Él ni se molestó en mirarla.

—Por supuesto que no. No hace falta.

Esperaron en silencio mientras la figura se aferraba a la viga y se dejaba caer con torpeza al suelo, aterrizando con muy poca soltura.

Simon se apresuró a sacar el cuerpo por la ventana.

—¡La muchacha está en el cenador!

Su grito puso a todo el mundo en acción. La muchacha se levantó de un salto y echó a correr hacia el jardín de los setos. En ese instante, vio a Martin cerrándole la retirada por ese lado. Con un chillido, dio media vuelta y echó a correr en dirección contraria, hacia la rosaleda y el oscuro bosque que se alzaba tras ella.

Estaba muy cerca, prácticamente en el sendero que llevaba al bosque, cuando fue a parar a los brazos de Lucifer, que había salido de la casa por la puerta principal para rodear el ala este.

Luc escuchó que Simon se acercaba a la carrera al dormitorio de Helena, pero nadie había pasado por delante de él, ni por delante de Simon, así que, ¿cómo...? ¿Por la ventana? Pero Martin, Sugden o Phyllida lo habrían visto... ¿cómo los había despistado?

Salió corriendo hacia el ala oeste y vio a Simon entrar en la habitación de Helena. Se detuvo, preparado para entrar en acción, pero escuchó la voz de Simon. Confuso, esperó... Estaba claro que no se estaba desarrollando ningún drama en el dormitorio, Helena no corría peligro.

¿Qué diantres estaba pasando? Estaba a punto de entrar en la habitación y descubrirlo cuando escuchó el grito de Simon.

—¡La muchacha está en el cenador...!

«La muchacha.»

Eso lo detuvo en seco. Una miríada de posibilidades le pasó por la cabeza. ¿Sería posible que se hubieran equivocado? ¿Habría salido Anne por la ventana para rodear la cornisa? ¿O se habría escondido directamente en el dormitorio de Helena?

Dio media vuelta y regresó al ala este.

Amelia estaba agazapada delante de la puerta de Anne; ella también había escuchado el grito de Simon, pero la casa era demasiado grande como para entender sus palabras. Sin embargo, en cuanto vio aparecer a Luc, comprendió. No dudó ni un instante.

Abrió la puerta de Anne.

—¿Anne? —No obtuvo respuesta. La cama estaba envuelta en sombras—. ¡Anne!

—¿Qué? ¿Qué pasa...? —Apartándose el espeso cabello castaño de la cara, Anne se incorporó adormilada y la miró—. ¿Qué pasa?

Amelia esbozó una sonrisa radiante. El alivio, acompañado de una súbita oleada de emoción, se apoderó de ella.

—Nada, nada... Nada de lo que tengas que preocuparte.

Escucharon ruidos procedentes del exterior; Amelia se acercó a la ventana y la abrió una vez que hubo descorrido las cortinas. Sin mirar atrás, escuchó que Luc llegaba y entraba en el dormitorio.

—¿Qué está pasando? —preguntó Anne desde la cama.

Tras una pausa muy breve, Luc le respondió:

—No estoy seguro.

Amelia se percató del inmenso alivio que traslucía su voz y sintió que ambos se libraban del enorme peso de la sospecha. Se asomó por la ventana cuando Luc se reunió con ella. Un instante después, Anne, que se había puesto una bata, se colocó a su lado.

La escena que contemplaban resultó incomprensible en un principio. Tres figuras forcejeaban en los jardines, pero las sombras que proyectaban los árboles les impedían ver los detalles. Cuando la lucha terminó, vieron que dos personas llevaban a una tercera a rastras hacia la casa. La figura más bajita y delgada seguía resistiéndose, pero todos sus esfuerzos eran en vano.

Bajo la ventana en la que se encontraban se abrió una puerta y Amanda salió a la terraza. Le hizo señas al trío.

—Traedla aquí.

Cambiaron de dirección y no tardaron en salir de las sombras, de manera que sus perfiles quedaron a la vista. Martin y Lucifer sujetaban con delicadeza y firmeza a una muchacha delgada, envuelta en una capa, que meneaba la cabeza entre sollozos. La capucha se le había caído de la cabeza, dejando a la vista un lustroso cabello castaño.

Luc frunció el ceño.

—¿Quién es?

Amelia lo averiguó de pronto.

Sin embargo, fue Anne quien respondió con los ojos desorbitados y clavados en la figura.

—¡Dios mío! ¡Pero si es Fiona! ¿¡Qué está pasando!?

Era la tercera vez que hacía esa pregunta, pero la explicación no era sencilla y ni siquiera contaban con todos los detalles.

—Te lo contaremos mañana.

Luc dio media vuelta y salió de la habitación; lo oyeron correr por el pasillo en dirección a la escalinata.

Amelia hizo ademán de seguirlo.

—¡Amelia!

Cuando se volvió, se encontró con la mirada de Anne.

—De verdad que ahora no tengo tiempo, pero te prometo que te lo explicaré todo mañana por la mañana. Por favor, vuelve a la cama.

Con el ferviente deseo de que Anne obedeciera, salió de su habitación y cerró la puerta tras ella. Había enfilado el pasillo cuando recordó a Emily. Se detuvo junto a su puerta y agudizó el oído antes de abrirla con sumo cuidado. Se acercó de puntillas a la cama lo justo para asegurarse de que seguía dormida, sumida en el sueño de los inocentes... aunque tal vez sus sueños ya no fueran tan inocentes.

Reprimió un suspiro de alivio, salió de nuevo y corrió hacia la escalinata. Allí se topó con Helena y Minerva, a quien su hermano acompañaba a la planta inferior.

Simon la miró.

—La han cogido.

—Lo sé. Lo he visto.

Minerva suspiró.

—Pobre chiquilla. Tenemos que llegar al fondo de este asunto, porque me resulta imposible pensar que sea idea suya. Siempre ha sido una buena chica. —Con expresión preocupada, se detuvo con una mano en el pasamanos antes de echar un vistazo a la segunda planta—. Alguien debería comprobar cómo se encuentran Portia y Penélope —dijo, mirándola.

—Yo lo haré —replicó al tiempo que asentía con la cabeza—. Bajaré en un instante.

Minerva reanudó el descenso.

—Diles que deben quedarse en la cama.

Mientras echaba a andar hacia la habitación de sus cuñadas, dudó mucho que semejante orden surtiera efecto a la hora de detener a ese par; en su opinión, lo mejor que podían esperar era que estuvieran tan dormidas como para no haber oído el alboroto.

Una esperanza que quedó hecha añicos en cuanto entreabrió la puerta de Portia... y las descubrió totalmente vestidas y asomadas a la ventana, seguramente para observar cómo obligaban a Fiona a entrar en la casa.

Entró y cerró la puerta de golpe.

—¿Qué creéis que estáis haciendo?

Sus cuñadas la miraron sin el menor atisbo de culpabilidad en sus rostros.

—Contemplar la culminación de vuestro plan. —Penélope volvió a asomarse por la ventana.

—Ya la han metido en la casa.

Portia se enderezó y se acercó a ella. Su hermana la siguió.

—No creía que el plan funcionase, pero lo ha hecho.

Aunque sí sospechaba de Fiona... Después de todo, estuvo en todos los lugares donde robaron. —Clavó la mirada en ella—. ¿Se sabe por qué lo hizo?

Amelia no tenía ni idea de lo que decir para ponerlas en su lugar. Ni siquiera estaba segura de que eso fuera posible. Aun así, inspiró hondo para intentarlo.

—Os traigo un mensaje de vuestra madre: tenéis que quedaros en la cama.

Ambas la miraron como si se hubiera vuelto loca.

—¿¡Cómo!? —exclamó Portia—. ¿Esperas que mientras que todo está pasando...?

—¿... nos vayamos a la cama como si tal cosa? —concluyó su hermana.

Respirar hondo no iba a servir de mucho.

—No, pero...

Se interrumpió y levantó la cabeza al tiempo que agudizaba el oído.

Portia y Penélope la imitaron. Un instante después, volvieron a escuchar el ruido... un chillido ahogado. Se precipitaron hacia la ventana.

—¿Veis algo? —les preguntó.

Escudriñaron juntas los jardines, mucho más oscuros dado que la luna comenzaba a desaparecer.

—¡Allí! —Penélope señaló al otro lado de los jardines, donde dos figuras apenas visibles se debatían junto al sendero de la rosaleda.

—¿Quién...? —comenzó a preguntar Amelia, pero el vuelco del corazón le dio la respuesta.

—Bueno, si Fiona está abajo —comenzó Portia—, ésa debe de ser Anne.

—¡Menuda idiota! —dijo Penélope—. ¡Eso es una estupidez!

Amelia no se quedó a discutir, ya iba de camino a la puerta.

—No, piensa... —la reconvino Portia—. Ese hombre debe formar parte del sindicato del crimen...

Las dejó con sus suposiciones; de cualquier forma, se les

daban mejor que a ella y, con un poco de suerte, eso evitaría que se metieran en líos. Bajó corriendo la escalinata al tiempo que llamaba a Luc a gritos y a sabiendas de que no tenía tiempo para dar explicaciones.

Hasta donde había podido vislumbrar, el hombre, quienquiera que fuese, estaba estrangulando a Anne.

—¡Luc! —Cruzó el vestíbulo principal como una exhalación y se deslizó sobre el suelo de mármol al girar hacia el pasillo del ala este. Atravesar el vestíbulo del jardín era el camino más rápido para llegar hasta Anne, de manera que enfiló hacia él sin pensárselo.

Cuando salió al jardín descubrió que estaba mucho más cerca de la pareja que forcejeaba (¡y que, gracias a Dios, seguían forcejeando!) de lo que había supuesto.

—¡Anne! ¡Anne! —gritó.

La figura más corpulenta se detuvo para analizar la situación y arrojó a Anne a un lado antes de echar a correr hacia el bosque.

Cuando llegó junto a su cuñada, estaba sin resuello; al menos, el villano la había arrojado al suelo y no contra el muro de piedra. Anne tosía en busca de aire mientras intentaba incorporarse. Amelia la ayudó a sentarse.

—¿Quién era? ¿Lo has reconocido?

Anne negó con la cabeza.

—Pero... —tomó aire con dificultad antes de intentar hablar de nuevo—, creo que estaba entre los invitados. —Hizo una nueva pausa para respirar—. Me confundió con Fiona. —Se aferró a sus dedos—. Si no hubieras gritado mi nombre... Intentaba matarme, bueno, a ella. En cuanto se dio cuenta de que no era Fiona...

Amelia le dio unas palmaditas en el hombro.

—Quédate aquí.

Miró hacia la oscuridad del bosque. Tuvo que tomar una decisión crucial. ¿Se habría apoderado Fiona del collar y se lo había entregado a su compinche antes de que la atraparan? No lo sabía. Y Anne tampoco.

—Cuando llegue tu hermano, dile que he seguido a ese

hombre. Que no voy a enfrentarme a él, sólo lo tendré vigilado hasta que alguien nos dé alcance.

Soltó la mano de su cuñada y se puso en pie para echar a correr. El sendero conducía al bosque; los árboles se cerraron sobre ella, envolviéndola en la oscuridad. Siguió adelante despacio, intentando que sus escarpines no hiciesen ruido sobre el manto de hojas caídas. Conocía ese bosque, quizá no tan bien como Luc, pero bastante mejor que cualquiera que acabara de llegar a la zona.

Sólo había unas cuantas salidas posibles. Lo más lógico era poner rumbo al este para alejarse de Calverton Chase. Dudaba mucho que el desconocido siguiera corriendo, ya que haría demasiado ruido en los estrechos senderos y facilitaría la persecución; de modo que, con un poco de suerte...

Pasado un rato, comprobó que sus suposiciones habían sido ciertas. Frente a ella atisbó una figura corpulenta que caminaba entre los enormes árboles. Instantes después lo vio con total claridad.

Caminaba con resolución, pero no parecía asustado.

En silencio, se dispuso a seguirlo.

Estupefacta, Anne observó a Amelia mientras ésta se internaba en el bosque. Tenía la garganta demasiado dolorida como para protestar. En cuanto recuperó el aliento, se puso de pie y regresó cojeando a la casa.

No tuvo que andar mucho para dar con Luc. Estaba en el sendero que daba al ala este, mirando hacia la ventana por la que se asomaban Penélope y Portia. Sus hermanas gesticulaban y gritaban algo sobre la rosaleda y el bosque.

Cuando vieron a Anne, empezaron a chillar.

—¡Ahí está!

Luc se dio media vuelta y, en un abrir y cerrar de ojos, la estaba abrazando con fuerza.

—¿Estás bien?

Anne asintió.

—Amelia...

Luc sintió que se le caía el alma a los pies.

—¿Dónde está?

La apartó un poco de él y la miró a la cara.

Anne tosió antes de responder con voz ronca:

—En el bosque... Me pidió que te dijera que no intentaría atraparlo, sólo mantenerlo vigilado hasta que tú llegaras...

Él reprimió un juramento, una maldición nacida del terror más absoluto y que su hermana no tenía por qué oír. Tal vez Amelia no pretendiera atrapar al tipo, pero seguro que a él le encantaría atraparla a ella. Empujó a Anne hacia la casa.

—Entra y díselo a los demás.

Su cabeza ya estaba con Amelia. Dio media vuelta y echó a correr hacia el bosque.

Amelia avanzó entre los árboles con creciente cautela. Si bien en un principio el bosque se le había antojado cuanto menos familiar, ya que no acogedor, se había ido volviendo más denso y oscuro a medida que las vetustas ramas de los árboles cubrían los senderos y que el olor a hojas descompuestas y humedad invadía el aire. Seguía escuchando frente a ella las rítmicas pisadas del hombre; no intentaba huir sin hacer ruido, sino que proseguía su marcha a paso ligero. No le costó mucho deducir que el tipo tenía la intención de continuar por el bosque hasta llegar a la loma que se alzaba a las espaldas del pueblo.

Era lo bastante inteligente como para darse cuenta de que sería una estupidez echar a correr, ya que un tropiezo con una raíz lo dejaría incapacitado y a merced de sus perseguidores. También era lo bastante listo como para regresar a casa por la ruta más segura, asumiendo que dispusiera algún alojamiento en Lyddington, claro estaba.

Cuanto más pensaba en la inteligencia que estaba demostrando el ladrón, más inquieta y nerviosa se sentía. Sin embargo, le bastaba con pensar en el collar de los Cynster, en la idea de seguirlo hasta su guarida con el fin de indicarles a Luc y los demás (que no debían estar muy lejos) dónde se encontraba, para que sus pies se siguieran moviendo.

Poco después, la pendiente se hizo más acusada. De vez en cuando, captaba una imagen fugaz del hombre por delante de ella; alargó el cuello en un intento por averiguar hacia dónde se dirigía... y tropezó con una raíz. Se volvió para apoyarse en el tronco mientras reprimía una maldición... Y rompió una rama seca.

El ruido atravesó el bosque como si de un disparo se tratara.

Se quedó helada.

A su alrededor, el bosque pareció despertarse de forma amenazadora. Esperó a que sucediera algo, y en ese momento recordó que su vestido, el vestido de paseo que se había puesto, era de un amarillo claro. Si estaba a la vista del ladrón...

El hombre reanudó la marcha. La misma cadencia en la misma dirección.

Respiró algo más tranquila y esperó a que se le tranquilizara el corazón antes de proseguir, si bien con mucho más cuidado que antes.

El ladrón había tomado un sendero bastante abrupto que coronaba una pendiente antes de descender a través de una zona muy densa. Llevaba un rato siguiendo el camino cuando se percató de que ya no escuchaba las rítmicas pisadas. Se detuvo y agudizó el oído, pero sólo escuchó los sonidos típicos del bosque: el lejano ulular de un búho, la furtiva carrera de un roedor, el crujido de las copas de los árboles... Nada producido por el hombre.

Sin embargo, no entendía cómo podía haberlo perdido.

El sendero se ensanchaba un poco después, así que continuó de forma mucho más cautelosa. Llegó a un pequeño claro bordeado de árboles.

Se detuvo una vez más a escuchar; pero reanudó la marcha al no oír nada. Sus escarpines apenas si hacían ruido sobre el manto de hojas.

Casi había cruzado el claro cuando un escalofrío le recorrió la espalda.

Miró por encima del hombro.

Y jadeó.

Tras ella estaba el hombre que había estado siguiendo. Se dio la vuelta para quedar frente a él.

Su enorme cuerpo bloqueaba el sendero de regreso a Calverton Chase. Era muy alto y corpulento, con cabello negro muy corto... Se quedó boquiabierta al reconocerlo: era el hombre con quien Portia y ella se habían topado cerca de las perreras.

El desconocido sonrió... con malicia.

—Vaya, vaya... pero qué servicial.

A Amelia se le desbocó el corazón, pero mantuvo una expresión arrogante y la barbilla en alto.

—¡No sea obtuso! No tengo la menor intención de prestarle servicio alguno.

Su única esperanza radicaba en conseguir que siguiera hablando, y cuanto más alto mejor, durante el mayor tiempo posible.

Dio un paso hacia ella con actitud arrogante y sus ojos se entrecerraron cuando vio que se limitaba a levantar más la barbilla. Había pasado años tratando con hombres que intentaban intimidar a los demás con su tamaño. Una vez que estuvo seguro de que ella no estaba a punto de echar a correr hacia la espesura del bosque (de todos modos, Amelia sabía que no llegaría muy lejos), el hombre se detuvo y la miró con una mueca despectiva en los labios.

—Por supuesto que me prestará un servicio... Un servicio que me reportará una bonita tajada de la fortuna de su maridito. No sé qué ha pasado allí abajo —dijo al tiempo que señalaba hacia la mansión con la cabeza—, pero sé cuándo me conviene dejar la partida. —Su aterradora sonrisa regresó—. Y cuándo aprovechar las oportunidades que me brinda la suerte.

Hizo ademán de acercarse más y cogerla del brazo, pero ella lo detuvo con una mirada arrogante.

—Si de verdad sabe cuándo le conviene dejarlo y salir corriendo, le sugiero que lo haga ahora mismo. Es imposible que vaya a conseguir un jugoso rescate de mi marido, si es eso lo que tiene en mente.

El hombre asintió sin dejar de sonreír.

—Y tanto que eso es lo que tengo en mente, pero no malgaste el aliento, ya he visto cómo la mira.

Ella parpadeó.

—¿En serio? ¿Y cómo lo hace?

A juzgar por la expresión de su rostro, el tipo no estaba seguro del terreno que pisaba.

—Como si estuviera dispuesto a cortarse el brazo derecho antes de renunciar a usted.

Tuvo que esforzarse por no sonreír como una tonta ante ese comentario.

—No. —Frunció los labios y levantó la cabeza todavía más—. Pues se equivoca de parte a parte: jamás me ha querido. Fue un matrimonio concertado.

El hombre resopló.

—Déjese de monsergas. Si hubiera sido Edward, tal vez me lo habría tragado, pero ese hermano suyo siempre fue escrupulosamente honesto. Matrimonio concertado o no, pagará, y mucho, para recuperarla ilesa... y sin hacer el menor revuelo.

Sus ojos se entrecerraron mientras la contemplaba con expresión desalmada y recalcaba las últimas palabras. Dio un paso hacia ella.

Y, de nuevo, lo detuvo, aunque en esa ocasión gracias a un suspiro resignado.

—Parece ser que voy a tener que confesarle la verdad.

Lo miró de soslayo y se percató de que el afán de llevársela consigo de allí pugnaba con la necesidad de saber por qué creía que su plan estaba avocado al fracaso. El hombre sabía que no debía de perder el tiempo discutiendo, pero...

—¿Qué verdad?

La pregunta fue un mero gruñido que le dejó bien claro que debía hablar deprisa.

Amelia titubeó un instante antes de preguntar:

—¿Cómo se llama?

Los ojos del hombre llamearon.

—Jonathon Kirby, aunque eso no tiene nada que ver con...

—Me gustaría saber con quién me estoy confesando.

—Pues, adelante... y rapidito. No tenemos toda la noche.

—Muy bien, señor Kirby —comenzó, alzando la barbilla—. La verdad que debo confesarle está relacionada con las causas de mi matrimonio. Que también es el motivo por el que mi esposo no pagará una gran suma por mi rescate. —Farfulló una explicación sin detenerse mucho a pensar en lo que decía, con la certeza de que debía entretenerlo un poco más... Luc y los demás debían de estar cerca—. Le he dicho que nuestro matrimonio fue concertado y es verdad, concertado por dinero. No tiene mucho... Bueno, eso es el eufemismo del siglo, porque en realidad no tiene... esto, no tiene lo que se diría una fortuna. Sí, posee tierras, pero con las tierras no se come... Y desde luego el heno no da para hacer vestidos de fiesta... Así que, ya ve, era imperativo que se casara por dinero. Y lo hicimos. Él se quedó con mi dote, pero con todas esas facturas urgentes y las reparaciones y todo lo demás... Lo que intento decirle es que queda muy poco y que no podrá pagarle mucho por la sencilla razón de que no hay dinero.

Tuvo que hacer una pausa para recuperar el aliento.

Kirby dio un amenazador paso hacia ella.

—Ya he escuchado bastante. —Se inclinó hacia ella, de modo que sus rostros quedaron muy cerca—. ¿Acaso me toma por un imbécil? Lo he comprobado. ¡Y tanto que sí! —El desprecio le teñía la voz—. En cuanto comprendí que tal vez pudiera engañar a una de sus hermanitas. Habría sido un fastidio, pero su esposa es otro cantar. Ni siquiera tengo que engatusarla y tampoco estará en mis manos mucho tiempo. Calverton es más rico que Creso y adora el suelo que usted pisa... Pagará una pequeña fortuna por recuperarla y eso es precisamente lo que yo voy a exigir como rescate. —Una emoción peligrosa le había crispado el rostro.

Amelia apretó los dientes y lo miró fijamente con una beligerancia nacida de la necesidad y de la irritación que le provocaba saber que ella tenía razón y él estaba equivocado, por irracional que pareciera.

—¡Me está demostrando que es un imbécil! —exclamó, mientras lo miraba echando chispas por los ojos con los brazos en jarras—. No nos casamos por amor. ¡Él no me quiere! —Era una mentira como una catedral, pero al menos su siguiente aseveración era verdad de cabo a rabo—: Es casi un indigente... No tiene ni un solo chelín. ¡Soy su esposa, por el amor de Dios! ¿Acaso cree que no sé cómo están las cosas?

Abrió los brazos al pronunciar esa última frase... y vio algo por el rabillo del ojo. Hasta ese momento, Kirby le había bloqueado el camino, pero al acercarse lo dejó a la vista. A su espalda, vio a Luc, muy quieto al borde del claro, pero no estaba mirando a Kirby, sino a ella. Tenía la mirada clavada en sus ojos.

Por un instante, el tiempo se detuvo. Se le paró el corazón y sintió...

Kirby se percató de su expresión.

Y se volvió con un rugido.

Ella saltó y jadeó, apartándose al tiempo que el hombre se abalanzaba sobre Luc con uno de sus enormes puños en alto. Amelia gritó.

Luc se agachó en el último instante. Desde donde estaba, no pudo ver lo que sucedió a continuación, pero sí observó que el cuerpo de Kirby se sacudía y caía hacia delante un instante antes de que Luc le asestara un puñetazo en la mandíbula que lo enderezó al punto.

Compuso una mueca al escuchar el sonido y se alejó sin pérdida de tiempo cuando Kirby se tambaleó hacia atrás. El denso bosque no le dejaba mucho espacio; y a pesar de que la mirada del villano se posó sobre ella en un par de ocasiones, no perdió detalle de los movimientos de Luc.

A su vez, Luc se había internado en el claro después de mirarla y «saludar» a Kirby. Un solo paso de su marido resultaba mucho más amenazante que el discurso que le había soltado ese villano.

Kirby gruñó, se tambaleó y, acto seguido, se enderezó. Un cuchillo apareció en su mano.

Amelia soltó una exclamación de sorpresa y se tensó.

Entretanto, Luc, con la vista clavada en el cuchillo, se detuvo apenas un instante antes de reanudar su lento acercamiento.

Kirby se agachó con los brazos extendidos y comenzó a trazar un círculo.

Luc lo imitó.

Amelia retrocedió hasta quedar al amparo de los árboles mientras rememoraba el no tan lejano recuerdo de su hermana gemela con un cuchillo al cuello...

Kirby se abalanzó, blandiendo el cuchillo. Luc retrocedió de un salto y se puso fuera de su alcance.

Horrorizada, Amelia sólo pudo contemplar la escena, ya que era evidente que Kirby buscaba el rostro de Luc. Ese rostro, tan hermoso como el del ángel caído. Un rostro al que Luc no daba más importancia de la necesaria y al que, al contrario de lo que pensaba Kirby, no protegería movido por la vanidad.

Ella, en cambio, le tenía mucho cariño a ese rostro... tal y como estaba.

Con los dientes apretados, echó un vistazo a su alrededor y vio una rama caída, una bonita y robusta rama, lo bastante gruesa como para causar daño, pero también lo bastante pequeña para que ella pudiera levantarla. Y, lo mejor de todo, estaba lo bastante cerca como para que nadie se percatara de que se apoderaba de ella.

Kirby le estaba dando la espalda.

Antes siquiera de haber terminado de trazar el plan, tuvo la rama en la mano. Se detuvo un instante para hacer acopio de valor, dio un paso hacia delante con la rama en alto...

Kirby percibió su presencia a su espalda y comenzó a volverse...

Y ella dejó caer la rama con tanta fuerza como pudo. La rama se rompió con un satisfactorio crujido contra la cabeza del villano.

El hombre no perdió el sentido, pero sí quedó atontado. Comenzó a sacudir la cabeza muy despacio para despejarse.

Con un rictus sombrío en los labios, Luc dio un paso hacia él, lo agarró de la muñeca y le quitó el cuchillo. Con el otro puño, asestó el *coup de grâce...* y el tipo se desplomó sobre el manto de hojas del suelo.

Amelia lo miró mientras agarraba con fuerza lo que quedaba de la rama.

—¿Está...?

Luc la miró un instante antes de inclinarse para recoger el cuchillo.

—Inconsciente. Creo que tardará un buen rato en despertarse.

Escucharon el lejano eco de voces y gritos que los llamaban; pero, por el momento, estaban ellos dos solos.

Y el silencio.

Que seguía resonando con todo lo que ella había dicho.

Amelia repasó frenéticamente todo lo que había farfullado. ¿Cuánto habría escuchado? Tal vez llevara un buen rato allí, pero era imposible que creyera... que pensara que ella... Dejó caer la rama y comenzó a retorcerse las manos antes de aclararse la garganta.

—Yo... —comenzó.

—Tú... —dijo a la vez Luc.

Se detuvieron a la vez y se miraron a los ojos. Tuvo la sensación de que se estaba ahogando en esas profundidades azul cobalto. Se quedó sin aliento, como si estuviera en la cuerda floja, balanceándose entre la felicidad y la desesperación, si bien ignoraba hacia dónde iba a caer.

Luc se acercó a ella con el cuerpo rígido por la tensión y buscó sus manos. Con un suspiro, se rindió y la abrazó con fuerza. Aplastándola contra su pecho.

—Debería zarandearte por salir corriendo sola para meterte en la boca del lobo —gruñó contra su pelo mientras la estrechaba. Poco después, aflojó su abrazo—. Pero antes... —Se apartó un poco para mirarla a los ojos—. Tengo que decirte algo... algo que debería haberte dicho hace mucho. —Frunció los labios—. Bueno, en realidad son dos cosas, la verdad sea dicha. Porque son verdad. La única verdad. —Inspiró hondo sin dejar de mirarla a los ojos—. Y...

De repente, escucharon el ladrido de los perros. Luc se volvió y ambos miraron en esa dirección.

—¡Maldita sea! —La soltó y enfrentó el sendero. El ruido de la rehala a la carrera se escuchaba cada vez más cerca—. Han soltado a los perros.

En cuanto esas palabras salieron de su boca, los perros aparecieron por el sendero; una marea de sabuesos felices y contentos por haber encontrado a su amo. Y no eran unos pocos perros, no, eran todos. Luc siguió frente a ella mientras se aferraba a su chaqueta y se pegaba a su espalda, no porque estuviera asustada, sino porque corría peligro de que la efusiva rehala la tirara al suelo.

—¡Abajo! —rugió Luc—. ¡Quietos!

A la postre lo obedecieron, si bien le dejaron muy claro que se merecían más que un simple agradecimiento por haberse portado tan bien.

Luc acababa de imponer cierto orden cuando la otra marea, la humana, descendió sobre ellos. Portia y Penélope, que conocían mucho mejor el bosque que los demás, guiaban al grupo a toda carrera apartando las ramas por delante de Lucifer, Sugden, Martin y un Simon muy descontento.

Todos resollaban cuando salieron al claro.

—¡Lo habéis atrapado! —jadeó Portia, aferrándose el costado.

Luc miró de reojo a Kirby y después a Amelia antes de replicarle a su hermana:

—Cierto. —Sin dejar de mirarla, le preguntó—: ¿Quién soltó a los perros?

—Nosotras, por supuesto. —El tono de Penélope dejaba claro que habían meditado en profundidad la decisión y que sólo un necio la cuestionaría—. Ellos ya estaban en el primer cruce y no sabían en qué dirección os habíais marchado, así que los perros eran la única forma de seguiros la pista.

Luc miró a su hermana pequeña y suspiró. *Patsy* se acercó, y le olisqueó la mano al tiempo que dejaba escapar un gemido de contento.

—¿Y qué habéis averiguado? —Apoyado contra un árbol mientras recuperaba el aliento, Martin señaló el cuerpo desplomado de Kirby con la cabeza.

Luc bajó la vista y meneó la cabeza.

—Pues la verdad es que no sabemos mucho. Sólo sé que se llama Jonathon Kirby... y que conoce a Edward.

Esas palabras, por supuesto, le indicaron a Amelia cuánto había escuchado Luc... Todo. La idea aún le provocaba palpitaciones horas más tarde, mientras subía la escalinata de camino a su habitación.

El amanecer estaba muy cerca.

Regresar a la mansión había supuesto un esfuerzo inesperado, ya que, a pesar de que habían capturado al malhechor y estaban a punto de obtener las respuestas que buscaban, la determinación que les había dado fuerzas para pasar la noche se había desvanecido de golpe. De modo que recorrieron el camino a trompicones, arrastrando los pies.

Luc ordenó a Sugden y a sus hermanas que llevaran a los perros de regreso a las perreras. Ellos fueron los que partieron en primer lugar, con los sabuesos más que dispuestos para salir en persecución de cualquier cosa.

Kirby, a quien habían levantado sin muchos miramientos, estaba demasiado aturdido como para caminar solo. Así que Martin, Lucifer y Simon se turnaron para llevarlo, siguiendo la estela de Amelia y Luc, ya que él era el único que podría llevarlos de regreso a la mansión sin perderse en el bosque.

Habían llegado media hora antes y los recibieron con un sinfín de preguntas y exclamaciones. De camino hacia las perreras, Portia y Penélope se habían limitado a señalar que todo estaba bien antes de proseguir su camino para ayudar a Sugden a encerrar a los sabuesos.

Fue su tía quien, con su actitud matriarcal, acabó por tomar las riendas. Les recordó a los presentes que Luc era el magistrado de la zona y que, al parecer, contaban con un magnífico sótano en el que podrían encerrar a Kirby (a quien todos se referían como «el malhechor») hasta que decidieran interrogarlo, y que, mientras tanto, todos necesitaban descansar.

Como de costumbre, su tía estaba en lo cierto, aunque Amelia suplicaba en silencio que Luc y ella pudieran hablar antes de quedarse dormidos.

En realidad no sabía lo que él quería decirle. No tenía la menor idea. Sin embargo, cuando entró en su gabinete, las esperanzas y los sueños la llevaban en volandas. Dos cosas, había dicho. En su fuero interno, sabía al menos cuál era una de ellas.

Su incansable y larga batalla estaba a punto de culminar en la victoria más absoluta.

El triunfo era una droga poderosa. Le corría por las venas mientras se quitaba el vestido y se preparaba para acostarse. Comenzó a cepillarse el pelo mientras la impaciencia se acrecentaba; para distraerse, ya que no sabía cuánto tardaría Luc en encerrar a Kirby en el sótano, intentó deducir qué otra cosa (qué otro secreto) quería confesarle Luc.

No podía tratarse de algo grave.

Pero, ¿por qué en ese momento? ¿Qué había dicho Kirby para que Luc se viera impulsado a...?

La mano que sujetaba el cepillo se detuvo y siguió mirando el espejo sin ver nada. Sólo había discutido dos asuntos con Kirby. El hecho de que Luc la amara lo suficiente como para pagar un cuantioso rescate por ella.

Y el hecho de que Luc fuera, o no, rico.
«Más rico que Creso.»
Kirby le dijo que lo había comprobado. Y parecía muy convencido; además, en cierto modo, el tipo era muy listo. «Más rico que Creso.» Era difícil que ese hombre hubiera cometido semejante error...
Rememoró los últimos meses; las pruebas que había ido reuniendo, todo lo que había presenciado y lo que la había llevado a creer que los Ashford distaban mucho de ser ricos.
Era imposible que se hubiera equivocado... ¿o no?
¡Por supuesto que no se había equivocado! Luc prácticamente había admitido que...
No, no lo había hecho. Ni siquiera lo había insinuado. Nunca.
El acuerdo matrimonial... Luc había insistido en que sólo incluyera porcentajes, no cifras reales, de modo que la cantidad exacta de su fortuna no constaba en ninguna parte. Ella había asumido que era poco dinero.
Pero... ¿y si no fuera así?
Todas esas reparaciones... La madera que compraron antes de lo previsto, a los pocos días de que ella sacara el tema del matrimonio y de su dote.
¿Y si Luc no se hubiera casado con ella por eso?
Miró su imagen en el espejo y dejó escapar una trémula carcajada. Se estaba imaginando cosas. Los sucesos de la noche le habían destrozado los nervios, no era de extrañar...
Pero, ¿y si Luc no se había casado con ella por el dinero?
Alguien dio unos golpecitos en la puerta.
—Adelante —dijo, distraída.
Cuando se dio la vuelta, vio que Molly asomaba la cabeza por la puerta.
—Estaba a punto de retirarme, milady, y quería preguntarle si necesita algo.
—Nada, Molly. Y gracias por tu ayuda esta noche.
Molly se ruborizó e hizo una reverencia.
—Ha sido un placer, milady.

La mujer hizo ademán de retirarse.

—¡Espera! —Amelia le hizo un gesto con la mano—. Sólo será un momento. —Se volvió en el taburete que ocupaba para mirarla de frente—. Tengo que hacerte una pregunta. El primer día que pasé aquí, cuando estuvimos disponiendo los menús, dijiste algo acerca de que ya podíamos ser más extravagantes. ¿A qué te referías?

Molly entró en la estancia, cerró la puerta y unió las manos frente a ella. Después, la miró con el ceño fruncido.

—No creo que me corresponda a mí decirle...

—No, no... —Le sonrió para tranquilizarla—. No hay ningún problema, sólo me preguntaba por qué hiciste el comentario.

—Bueno, ya sabe lo que pasó con el padre del vizconde, cómo murió y... y todo lo demás, ¿no?

Amelia contuvo el aliento.

—¿Sobre las deudas que dejó? —Cuando Molly asintió, soltó el aire—. Sí, conozco la historia.

No se había equivocado, sólo había sido un estúpido malentendido por parte de Kirby...

—Bueno, pues entonces fue cuando después de muchísimo trabajo, Su Ilustrísima tuvo un tremendo golpe de suerte y dijo que no teníamos que volver a preocuparnos por el dinero. Que sus inversiones lo habían convertido en un hombre rico. ¡Fueron unas noticias maravillosas! Y justo después nos comunicó que se casaba con usted...

—Un momento. —La cabeza le daba vueltas. ¿Inversiones? Lucifer le había preguntado a Luc acerca de unas inversiones...—. Estas inversiones... ¿cuándo las hizo? ¿Te acuerdas de cuándo fue?

Molly frunció el ceño en un evidente esfuerzo por hacer memoria. Entrecerró los ojos...

—Sí, ya me acuerdo. La semana posterior a la boda de la señorita Amanda. Recuerdo que estaba lavando los vestidos de las señoritas cuando apareció Cottsloe para contármelo. Me dijo que Su Ilustrísima acababa de enterarse.

Estaba tan mareada que era un milagro que siguiera derecha. Sus emociones oscilaban entre el éxtasis y la furia más asesina. Esbozó una tensa sonrisa, pero logró tranquilizar al ama de llaves.

—Sí, claro. Por supuesto. Gracias, Molly. Eso es todo.

La despidió con una elegante inclinación de cabeza que Molly respondió con una reverencia. Cuando se fue, cerró la puerta tras ella.

Amelia soltó el cepillo. Empezaba a ver claro algo que no había terminado de comprender en su momento. Luc estaba borracho el amanecer en el que le tendió la emboscada; en aquel momento pensó que era algo muy impropio de él. Luc no había esperado que ella apareciera de la nada y lo rescatara de su desastroso estado financiero... Se había emborrachado para celebrar el hecho de que por fin había salido por sus propios medios, o eso empezaba a creer, de una situación mucho más desesperada de lo que ella habría imaginado jamás.

Se quedó largo rato con la mirada perdida en el otro extremo de la habitación mientras todas las piezas del rompecabezas encajaban y por fin veía el cuadro completo, la realidad de su matrimonio y de lo que lo había propiciado. Después, con gesto decidido, se puso en pie y entró en el dormitorio.

Poco después, Luc subía la escalinata y recorría el pasillo de acceso a sus aposentos. Mientras caminaba, se desanudó la corbata y la dejó colgando. En el exterior, se veían las primeras luces del alba. Suponía que Amelia se habría quedado dormida, rendida por el cansancio, así que tendría que esperar para hablar con ella. Pero se lo diría. Con un poco de suerte, Amelia sentiría tal curiosidad acerca de esas «dos cosas» de las que tenía que hablarle, que se quedaría en la cama hasta que él despertara y pudiera confesarle la verdad.

Mientras giraba el picaporte, se juró en silencio que no saldría de sus aposentos hasta que se lo hubiera dicho todo.

Entró y cerró la puerta con el pie mientras se peleaba con uno de los botones de un puño de la camisa.

Tardó un poco en darse cuenta de que una vela seguía encendida... y de que Amelia no estaba en la cama, sino de pie junto a la ventana...

Levantó la vista.

Y tuvo que agacharse.

Algo se hizo añicos contra el suelo a su espalda, si bien no se volvió para ver de qué se trataba. Amelia aferraba un pesado pisapapeles en la mano cuando llegó hasta ella y la aprisionó contra la pared.

Esos ojos azules lo miraban echando chispas.

—¿Por qué no me lo dijiste?

Estaba furiosa, pero no distante, y su tono de voz le daba esperanzas.

—¿Qué tenía que decirte?

La imprudente réplica se le escapó antes de que pudiera morderse la lengua.

—¡Que eres asquerosamente rico! —Se debatía contra él con expresión asesina—. Que lo eras incluso antes de que nos casáramos. —Luchaba como una verdadera fiera—. ¡Que no te casabas conmigo por mi dinero! ¡Me dejaste creer que ése era el motivo y mientras tanto...! —Soltó un resoplido furioso.

—¡Estate quieta! —Le cogió las manos y se las sujetó contra la pared a ambos lados de la cabeza antes de inclinarse hacia ella para controlarla... y para impedir que se hiciera daño. O se lo hiciera a él. Clavó la mirada en esos furiosos ojos azules y en la obstinada expresión de su rostro—. Tenía la intención de decírtelo. —Aunque no de esa manera—. Y ya te dije antes que tenía que confesarte un par de cosas. Ésa era una de ellas.

Amelia entrecerró los ojos y lo miró con cara de pocos amigos. Se negó a que su rostro delatara la euforia que la invadía... Pero, sobre todo, se negó a ayudarlo a salir del entuerto que él mismo había provocado.

—¿Y la otra cosa?

La pregunta hizo que él también la mirara con los ojos entrecerrados.

—Ya lo sabes. —Pasado un momento, añadió—: Pese a todo lo que le dijiste a Kirby, lo sabes perfectamente.

Amelia alzó la barbilla.

—Tal vez lo suponga, pero es evidente que contigo no se pueden dar las cosas por supuestas. Vas a tener que decírmelo. —Le sostuvo la mirada—. Suéltalo. Con todas las palabras, de modo que quede bien claro.

Él apretó los dientes. Atrapada entre la pared y su cuerpo, Amelia jamás había sido más consciente de Luc y de ella misma, de los poderes, tanto físicos como etéreos, que los vinculaban. La abierta sensualidad y la flagrante emotividad siempre habían estado ahí, pero hasta ese preciso instante no se habían manifestado por completo. Hasta ese preciso momento no las habían reconocido abiertamente.

Eran tan poderosas que cualquier otra cosa sería impensable.

Él había llegado a la misma conclusión. Sin dejar de mirarla a los ojos, inspiró hondo antes de hablar con voz ronca y cargada de emoción.

—Dejé que creyeras que me casaba contigo por tu dote... que creyeras que lo hacía por eso. Ésa es mi primera confesión. Quería decirte que no era cierto.

Hizo una pausa. Amelia lo miró con expresión implorante para que continuara y cuando él se lo permitió, entrelazó los dedos con los suyos.

Luc bajó la vista hasta sus labios antes de regresar a sus ojos.

—Mi segunda confesión se refiere al verdadero motivo por el que accedí a casarme contigo.

Al ver que no decía nada más y que sus ojos volvían a descender, Amelia se vio obligada a preguntar:

—Y... ¿cuál es el verdadero motivo? —La pregunta crucial para ella, la que llevaba apenas quince minutos royéndole las entrañas y que por fin iba a ser contestada.

Luc inspiró hondo y, una vez más, la miró a los ojos.

—Porque te quiero... como muy bien sabes. —Comenzó a palpitarle un músculo en el mentón, pero pronunció las palabras sin titubeos y sin apartar esos ojos azul cobalto de los suyos—. Porque eres y siempre lo has sido la única mujer que quiero por esposa. La única mujer a la que quiero aquí, al cargo de esta casa... La única mujer a la que imagino con mi hijo en sus brazos. —Cerró los ojos y se acercó con toda la intención de distraerla—. Y, dicho sea de paso, una vez que nos encarguemos de Kirby, tal vez sea el momento de hacer cierto anuncio...

—No intentes distraerme. —Se conocía al dedillo todas sus tácticas. Lo obligó a que le soltara las manos, cosa que él hizo al tiempo que le quitaba el pisapapeles. Mientras lo dejaba en el tocador, ella le echó los brazos al cuello y le dio un beso en la barbilla—. Acababas de llegar a la mejor parte. Me estabas diciendo cuánto me quieres.

Lo atrajo hacia ella de forma incitante y lo besó. Fue un beso deliberadamente largo y lento, lo suficiente para excitarlo pero sin dejar que el fuego los consumiera. Luc se dejó llevar, dejó que la pasión restallara...

Pero Amelia se apartó, aunque no demasiado.

—Dímelo otra vez.

Luc se enderezó, pero sus miradas siguieron entrelazadas. Deslizó las manos hasta su espalda y la aferró por el trasero.

Dejó que el deseo asomara a sus ojos y la miró a los labios mientras esbozaba una sonrisa.

—Prefiero demostrártelo.

Ella soltó una carcajada y le permitió inclinar la cabeza para que la besara.

Le permitió que la alzara en brazos y la llevara a la cama.

Le permitió que le demostrara su amor... Y se lo demostró a su vez.

Con todo su corazón y abiertamente, al igual que él.

Las palabras estaban de más; hablaban con una lengua que no necesitaba de palabras para comunicarse, para alabar, para dar, para abrir sus corazones y compartir... No obstante, cuando la primera luz del alba se filtró por las ventanas e iluminó la cama, Amelia, abrumada por el placer, observó el rostro de su marido mientras aceptaba todo lo que ella le entregaba y se lo devolvía con manos llenas. Tomó ese rostro entre las manos y lo obligó a inclinarse un poco para susurrarle contra los labios:

—Te quiero.

Un brillo peculiar asomó a sus ojos. Se apoderó de sus labios y la besó con avidez mientras se hundía en ella. Sólo se separó cuando Amelia arqueó la espalda y el éxtasis inundó sus sentidos.

—Y yo te amaré siempre. Ayer, hoy, mañana... y siempre —dijo con voz ronca, al tiempo que se unía a ella en la cima del placer.

—No escaparás nunca.

Como si quisiera demostrar la veracidad de sus palabras, Luc agarró la sarta de perlas engarzadas con diamantes que Amelia llevaba al cuello, y que le había regalado una hora antes, y tiró de ella para darle un profundo beso.

Encantada, ella se dejó hacer y suspiró satisfecha cuando la soltó.

Era media tarde y estaban la mar de cómodos en la cama. Al otro lado de las cortinas corridas, reinaba el agobiante calor propio de un día estival. Se había retirado a descansar después del almuerzo y Luc no había tardado en seguirla, con la excusa de comprobar cómo se encontraba. La verdad era que quería estar con ella, aunque no precisamente para descansar.

Estaban desnudos entre las sábanas revueltas y en paz. Con una mano le acariciaba el cabello a Luc mientras que con la otra jugueteaba con el increíble collar que él había mandado hacer antes de la boda... y que se había visto obligado a esconder hasta haberle confesado la verdad. Hacía juego con el supuesto anillo de compromiso de la familia y con los pendientes que le había dejado el día anterior sobre el tocador, después de que se llevaran a Kirby y de que Martin y Amanda, así como Lucifer y Phyllida, se marcharan.

Esbozó una sonrisa.

—Por si no te has dado cuenta, no tengo la menor intención de hacerlo.

Luc la miró.

—Sí que me he dado cuenta, pero quería dejar claro el asunto.

Y el asunto estaba más que claro. Fue incapaz de reprimir la sonrisa; era tan difícil de contener como la felicidad que le henchía el corazón.

Antes de que la familia se marchara, habían anunciado sus buenas nuevas para añadir su esperanza de futuro a la de Amanda y Martin. Todos se alegraron muchísimo por la noticia. Su tía asintió con la cabeza, complacida, mientras una emoción que trascendía la mera felicidad asomaba a sus ojos.

En cuanto a Kirby y la desdichada Fiona, se había revelado toda la verdad... y todo se había solucionado en la medida de lo posible.

Suspiró.

—Pobre Fiona. Sigo sin creer que Edward fuera tan desalmado como para aprovecharse de ella de esa manera. La dejó en manos de Kirby, y tenía que saber qué tipo de hombre era.

—Jamás comprenderemos a Edward. —Luc le acarició la mejilla—. Se percató del enamoramiento de Fiona y lo aprovechó en su propio beneficio. Cuando lo obligamos a marcharse, la pobre se convirtió en la herramienta perfecta con la que llevar a cabo su venganza. Eso es lo único que le preocupaba. Ella jamás significó nada.

Sus palabras la estremecieron.

—No puedo creerme que sea tu hermano.

—Pues ya somos dos. Pero lo es. No me lo tengas en cuenta, por favor.

Ella sonrió y lo abrazó.

—No lo haré.

Dado que Kirby había almacenado en su casa de Londres casi todos los objetos que Fiona había robado (detalle que permitió que se recuperaran y fueran devueltos a sus legítimos dueños) y dado que era verano y que la alta sociedad estaba demasiado desperdigada como para regodearse con el escándalo, los Ashford, los Fulbridge y los Cynster zanjaron el asunto con relativa facilidad. El episodio había sido tildado como el epílogo del escándalo protagonizado por Edward, lo que hizo que apenas se le prestara atención, dado que era «agua pasada».

Aunque, por supuesto, no habían consentido que Kirby se fuera de rositas.

Cualquier indulgencia que pudieran haber demostrado murió de golpe la mañana posterior a su captura, cuando vieron los moratones de la garganta de Anne. La muchacha había estado en lo cierto: Kirby había intentado matar a quien tomara por Fiona.

A las damas presentes les costó un enorme esfuerzo mantener a Kirby con vida hasta que se lo llevaran de Calverton Chase, pero lo lograron; además, uno de los jueces itinerantes recogió las pruebas que tenían en su contra. Kirby estaba ya en Londres a la espera de juicio.

La casa había vuelto a recuperar su tranquila armonía de manos del plácido ritmo de la vida en el campo. Aún tenían por delante casi todo el verano y, tras él, el resto de sus vidas les aguardaba.

—Los Kirkpatrick llegarán mañana. —Luc la miró—. ¿Emily quiere que demos un baile en su honor?

—Por lo que sé, Emily estaría más que contenta si la dejamos a solas con Kirkpatrick. —Sonrió—. Se quedarán una semana... así que tendremos tiempo de hablar con sus padres para saber qué les parece.

Luc aceptó su consejo y se recostó en la cama, pegado a ella y con una mano sobre su vientre.

Se quedaron así, en silencio pero despiertos... Satisfechos, saciados... y en paz.

En el exterior se escuchó el ruido de una puerta al abrirse. Un instante después, les llegaron voces. El gruñido de una voz masculina y el tono firme y mordaz de otra, femenina en ese caso. Y desdeñosa.

Luc frunció el ceño.

Al percatarse de su expresión, Amelia murmuró:

—Supongo que Simon sostiene que no es seguro que Portia saque a los perros al bosque. Al menos, no si está sola.

Tras una pausa llegó la réplica de Luc.

—Pero si lleva a los perros...

—No creo que a Simon le parezcan protección suficiente.

Luc soltó una carcajada.

—Pues si se cree capaz de persuadir a Portia al respecto, va listo.

Las voces del exterior fueron subiendo de volumen, lo que confirmó sus respectivas suposiciones con respecto a sus hermanas. Las voces se perdieron cuando Portia se alejó hacia las perreras, sin duda con la barbilla en alto, y Simon la siguió, sin duda también, con la determinación pintada en un torvo semblante.

Luc y Amelia se miraron antes de relajarse y disfrutar del momento de satisfacción que compartían. Para saborearlo a placer.

—Hay algo que nunca me has dicho —musitó Luc.

—¿El qué? —preguntó ella con voz insegura.

—Los motivos que te llevaron a elegirme entre todos los demás para hacerme objeto de tu descarada proposición.

Amelia dejó escapar un suspiro al tiempo que se volvía para quedar de costado. Le pasó una pierna sobre un muslo y le colocó una mano sobre el pecho. Encontró su pezón entre la maraña de vello oscuro y comenzó a juguetear con él mientras lo miraba a los ojos con una sonrisa en los labios.

—Te elegí porque siempre te he deseado... ¿por qué si no?

Luc cambió de postura. Una de sus manos se deslizó por la espalda de Amelia hasta cerrarse en torno a una nalga.

—Ya veo. Porque te morías de deseo por mí.

—Eso es —convino, mientras se incorporaba un poco, de modo que sus senos quedaron aplastados contra su torso.

Luc la ayudó a tenderse por completo sobre él y, una vez que estuvo colocada, la tomó por el mentón y la acercó para besarla en esos labios que aguardaban ansiosos sus caricias.

Pasó largo rato antes de que la soltara y la mirara a los ojos.

—Eres una pésima mentirosa.

Amelia clavó la mirada en sus ojos y suspiró antes de apoyar la cabeza en su pecho. Levantó el collar y empezó a juguetear con las perlas.

—Pues te diré la verdad. —Sintió que él observaba su rostro con detenimiento—. Tracé un plan para casarme contigo. —Levantó un poco la cabeza para poder mirarlo a la cara—. Siempre he sabido que si conseguía que te casaras conmigo, conseguiríamos... encontraríamos... —Hizo un gesto, sin saber cómo expresar lo que quería decir.

—¿Esto?

—Sí. —Volvió a apoyar la cabeza en su pecho y extendió la mano sobre su corazón—. Esto es lo que siempre he deseado.

Un momento después, él replicó con los labios pegados a su cabello.

—Pues eras mucho más sagaz que yo, porque jamás imaginé que pudiera existir semejante estado.

—¿No te importa que te acechara y te tendiera una trampa para casarme contigo? —le preguntó tras un momento de indecisión.

—Aunque hubiera sabido que era una trampa, habría caído de todos modos. Porque tú eres lo que siempre he querido y no me importaba el modo de conseguirte.

Ella levantó el rostro con una sonrisa radiante.

—Eso quiere decir que ambos hemos llevado a cabo nuestros planes con un éxito rotundo.

Luc movió la mano para acariciarle el trasero.

—Creo que hemos demostrado que se puede alcanzar la victoria a través de la rendición.

Ella soltó una carcajada y se estiró para besarlo.

—¿Quién ha vencido? ¿Tú o yo?

Los labios de Luc se curvaron en una sonrisa antes de devolverle el beso.

—Los dos.